6   2/25
$1—

D1714257

UNE HISTOIRE
POLITIQUE
DU JOURNALISME
XIXᵉ-XXᵉ siècle

Ancienne élève de l'École Normale Supérieure de la rue d'Ulm, Géraldine Muhlmann, née en 1972, est agrégée de philosophie et de science politique. Elle a obtenu un Master's Degree en journalisme à New York University en 1996 et a exercé le journalisme aux États-Unis et en France. Sa thèse de doctorat a reçu en 2003 le « Prix *Le Monde* de la recherche universitaire ». Ce livre en est le fruit, de même qu'un autre ouvrage qu'elle a publié en parallèle chez Payot, *Du journalisme en démocratie*. Aujourd'hui professeur à l'université Panthéon-Assas (Paris II), elle est chroniqueuse dans plusieurs émissions, sur RTL, (« On refait le monde »), France Culture (« Les Matins ») et France 5 (« Le Bateau Livre »).

DU MÊME AUTEUR

Du journalisme en démocratie
Payot, « Critique de la politique », 2004
réédition Payot, « Petite Bibliothèque », n° 601, 2006

Géraldine Muhlmann

UNE HISTOIRE
POLITIQUE
DU JOURNALISME

XIXe-XXe siècle

Préface de Marc Kravetz

Presses Universitaires de France

Cet ouvrage est publié en collaboration avec Sylvain Bourmeau,
conseiller littéraire de la collection « Points ».

Ce livre a reçu le soutien
de la Fondation de France
de la Fondation Charles Léopold Mayer
de la Fondation Evens
et de l'Office universitaire de presse/Firstream

TEXTE INTÉGRAL

ISBN : 978-2-7578-0392-9
(ISBN 2-13-053939-4, 1re publication)

© Presses Universitaires de France, 2004

Le Code de la propriété intellectuelle interdit les copies ou reproductions destinées à une utilisation
collective. Toute représentation ou reproduction intégrale ou partielle faite par quelque procédé
que ce soit, sans le consentement de l'auteur ou de ses ayants cause, est illicite et constitue une
contrefaçon sanctionnée par les articles L. 335-2 et suivants du Code de la propriété intellectuelle.

Préface

Qu'est-ce qu'un journaliste ? La question peut sembler incongrue quand elle est posée par quelqu'un qui exerce ce métier depuis un bon quart de siècle. On pourrait même la tenir pour faussement naïve et aux frontières de l'indécence. Si un journaliste ne sait pas répondre, autant dire qu'il ne sait pas ce qu'il fait, ce qui serait en effet choquant, mais n'étonnera pas forcément la foule des lecteurs, auditeurs et téléspectateurs qui, si l'on en croit les sondages, manifeste périodiquement son scepticisme à l'endroit de celles et ceux qui font profession de l'informer.

Les réponses ne manquent évidemment pas, au-delà de la possession de la « carte » qui fait foi. D'abord il y a des écoles pour former ce qu'on appelle des journalistes ; il y a des règles et même des codes de déontologie ; il y a des statuts, des spécialités, des hiérarchies, des carrières, bref tout ce qui constitue un métier. Certains même ont rêvé d'un « ordre », à l'image des médecins, des avocats ou des architectes. Mais on voit bien aussi qu'en additionnant tous ces éléments on n'a pas vraiment répondu à la question. Elle se pose *d'autant plus que régulièrement aussi on apprend que le journalisme est « en crise ». Mais de quoi ?*

Dans le jargon journalistique, on appelle « marronniers » des sujets qui, telle la floraison de cette espèce d'Hippocastanacées, reviennent avec régularité et permettent de recycler sans grands efforts images et clichés des années précédentes. Cela va de manifestations saisonnières à quelques grands « problèmes de société », le salaire des cadres, le mal de dos, les villes où il fait bon vivre, sans oublier Dieu, toujours très prisé.

Et voilà que, par une sorte de paradoxe, le journalisme lui-même est devenu l'un de ces sujets récurrents et du coup le marronnier se fait mise en abyme : « Faut-il croire les journalistes ? », « Les Médias disent-ils la vérité ? ». Articles et sondages sur le sujet relaient une production libraire abondante. Il ne se passe pratiquement pas un mois sans que deux ou trois livres traitant de la presse ou des « médias » n'apparaissent sur les étals. La critique des médias est donc dans l'air du temps et on ne peut malgré tout que s'en féliciter. J'ai, pour ma part, un goût très modéré pour les énergies dénonciatrices et autres pourfendeurs d'une « pensée unique » censée gouverner la presse à grande diffusion, mais si « quatrième pouvoir » il y a, il est assurément justiciable d'un contre-examen à la mesure de l'influence qu'on lui prête. Tout cela pour dire que ce ne sont pas les livres qui manquent dans ce domaine.

Rien pourtant dans les rayons de nos librairies ne ressemble au livre que vous avez maintenant entre les mains.

Géraldine Muhlmann est une jeune – et brillante – universitaire. J'ai eu la chance, car c'en fut une et je dirai brièvement pourquoi, de la rencontrer alors qu'elle préparait sa thèse de doctorat dont ce livre est pour partie issu. Elle y travaillait assidûment et depuis longtemps avec une culture impressionnante, à la fois sur l'histoire et les pratiques du journalisme de part et d'autre de l'Atlantique, outre un solide bagage philosophique, sociologique et littéraire. Mais cela on ne pouvait que le deviner chemin faisant, à travers la rigueur et la précision de ses informations autant que par la richesse et la variété de ses questions, le tout administré d'un ton léger, mine de rien, avec une délicieuse modestie. Il y avait en effet de quoi être impressionné. Je le fus.

Un chapitre de la thèse était consacré à Libération *– le journal avec lequel j'ai vécu et travaillé pendant vingt ans –, et à nos pratiques journalistiques en particulier dans le domaine du reportage. Elle en savait déjà fort long et elle semblait avoir quasiment tout lu sur le sujet. On aurait pu croire qu'avec son outillage théorique et un corpus fortement constitué elle cherchait auprès des journalistes concernés quelques compléments d'informations « techniques », voire anecdotiques. Mais c'était bien plus et en vérité autre chose.*

Nul n'est exempt de ses vanités et c'est évidemment flatteur d'être l'objet – l'un des « objets », soyons juste – d'une telle attention. Mais c'est précisément la curiosité attentive de Géraldine Muhlmann que je voudrais souligner ici et sur laquelle je souhaiterais attirer celle du lecteur de son livre. Au fond, que me voulait-elle en sollicitant cette rencontre ? La réponse ici n'engage que moi, il eût été passablement impudent de lui poser la question, et je suis par ailleurs bien trop timide pour m'y être hasardé. Mais assez de confidences, revenons au sujet.

Géraldine voulait, je crois, comprendre comment se « produisait » une écriture de reportage. Non pas les aléas du moment ou du terrain, en tout cas pas en premier lieu car finalement dans ce travail tout compte, mais d'abord comment le journaliste et celui-là en particulier choisissait un sujet plutôt qu'un autre, un « angle » pour le traiter, et pourquoi cette phrase et pourquoi ce mot, cela en amont de l'article, mais aussi, en aval, le pourquoi et le comment d'un choix typographique, d'une présentation, d'un titre.

J'essayais de mon mieux de répondre à ses questions. Plus tard, nous avons parlé de sa recherche de manière plus générale et c'est ainsi que j'ai découvert l'ampleur de ses connaissances en même temps que quelques passions communes, de George Orwell à Michael Herr en passant par le new journalism américain des grandes années et à l'ombre de Walter Benjamin. Mais c'est seulement en lisant sa thèse et maintenant son livre que j'ai commencé à comprendre le caractère profondément original et vraiment novateur de sa démarche.

J'ai évoqué plus haut l'abondance libraire concernant les médias. Peu de livres néanmoins s'intéressent aux journalistes et au journalisme comme pratique, hors bien sûr quelques manuels et un très bon livre historique de Christian Delporte sur les « Journalistes en France, de 1880 à 1950 » (Seuil, 1999), outre bien sûr les écrits plus personnels, témoignages ou souvenirs écrits des journalistes eux-mêmes. Le gros de la bibliographie traite avec plus ou de moins de bonheur de la situation de la presse, du rôle des médias, de leurs dérapages, de leurs manques, de leurs effets pervers, de leur « positionnement », délibéré ou masqué, sur la scène sociale ou politique. On scrute, on analyse, on pèse, on quantifie, on juge, voire on dénonce. Il y a probablement de quoi mais c'est une autre histoire. La « production » journalistique est globalement ignorée. Et ce qui vaut pour les livres vaut également pour la presse.

*La plupart des journaux ont leur rubrique « médias »
ou « communication » – bizarre confusion des genres
soit dit en passant –, mais il s'agit pour l'essentiel
d'informations sur la vie économique, sociale ou industrielle des journaux et autres « médias » donc. Il
n'existe pas en revanche de revue de journalisme dans
notre pays à l'exemple de la* Columbia Review of Journalism *publiée à New York. On chercherait en vain dans
l'histoire du journalisme français l'équivalent d'un
A.J. Liebling qui pendant plus de trente ans assura une
chronique hebdomadaire dans le* New Yorker *consacrée à la presse et aux journalistes.*

*Si la critique gastronomique, cinématographique ou
littéraire occupe une place de choix dans nos journaux,
son équivalent journalistique passerait pour une incon-
gruité insupportable. C'était pourtant le titre et la fonction, assez unique il est vrai, même dans son pays, de
David Shaw, le regretté « media-critic » du* Los Angeles
Times. *Mais c'est aussi que le journalisme aux États-
Unis est tout à la fois consubstantiel avec une certaine
conception de la démocratie citoyenne en même temps
qu'un artisanat exigeant, donc susceptible à ces deux
titres d'un examen critique.*

*Voilà qui nous ramène à Géraldine Muhlmann et à
son livre, conçu, dit-elle, comme un « voyage dans l'histoire du journalisme » à travers une « galerie de portraits », présentation modeste pour une vaste ambition,
mais aussi double promesse tenue. Avec elle, nous
allons parcourir, mais en vérité découvrir, une histoire
inédite du journalisme moderne amorcée dans le premier tiers du XIXᵉ siècle aux États-Unis avec la naissance des grands journaux populaires et la montée en
puissance des premiers grands « media-moguls » que
furent Joseph Pulitzer, William Randolph Hearst ou
James Gordon Bennett.*

Ces noms sont évidemment connus. Ce qui l'est moins est la façon dont se constitue, dans leurs journaux, un journalisme de type nouveau, voué au culte de l'information, qui entend transcender la diversité des opinions par la réalité désormais incontournable du fait, « just facts », établi, vérifié, recoupé. Désormais le fait est distinct et prime le commentaire. Un fait est un fait, mais cette tautologie n'est pas non plus innocente. La devise de Joseph Pulitzer, « Accuracy, accuracy, accuracy » – en français « exactitude factuelle », mais ça n'a évidemment pas la même force –, exprime autant une intention de méthode qu'une exigence morale et sociale.

Les journaux se doivent d'être « au service du public », un public aux intérêts divers, voire contradictoires, dont les opinions peuvent diverger mais qui n'en doit pas moins trouver une base, voire une cause, commune, grâce à une information exacte qui, elle, ne peut se discuter. Ainsi s'affirme la démocratie américaine indissociable de la presse de masse qui naît aux États-Unis.

Comme le dit encore Géraldine Muhlmann, « les reporters de la fin du XIXe siècle [...] en ne livrant que les "faits" et en taisant leurs opinions personnelles [...] sont censés en appeler au "sens commun", qui permet de rencontrer le public le plus large. Rassembler demeure l'enjeu ultime... » Et encore : « Le geste de rassembler transparaît notamment dans la manière dont il [le journalisme moderne] se soucie de donner à son public la "vérité" – en somme quelque chose que tous peuvent recevoir au-delà de leurs différences d'opinions. » D'où la position du « témoin-ambassadeur », celui-là même qui, rapportant les faits, « rien que les faits », à la fois confirme et conforte le consensus social. « Il restera à se demander, poursuit l'auteur,

*quelles figures de "résistance" peuvent lui être oppo-
sées, autrement dit à s'interroger sur la possibilité
même d'un journalisme de décentrement. »*

*Ces quelques lignes, empruntées au premier chapitre
du livre de Géraldine Muhlmann, n'en résument pas le
propos mais nous donnent quelques repères essentiels
pour la suivre tout au long de son « voyage ». « Rassembleurs », « décentreurs » seront les concepts-clefs
du parcours. Un parcours qui ne cesse de traverser
l'océan Atlantique à la mesure – considérable – des
lectures de l'auteur.*

*On y voguera de Séverine, la « frondeuse » libertaire
de l'affaire Dreyfus, à Nellie Bly ou Edward R. Murrow.
On y trouvera une lecture neuve et stimulante d'Albert
Londres, notre « prince des reporters », non plus confit
dans sa révérence mais lu et restitué dans ses ambiguï-
tés et ses contradictions. On y découvrira, et c'est une
première en français, une approche passionnante du*
new journalism *américain, de Tom Wolfe à Norman
Mailer, de la révolution qu'il opéra mais aussi de ses
limites et de ses impasses. On y relira d'un œil neuf
l'écriture de George Orwell, son travail de journaliste
en Catalogne durant la guerre d'Espagne, et l'on comprendra mieux du coup le sens du* regard *dans* 1984,
*son ouvrage le plus célèbre. On y apprendra, au moins
pour ceux qui ne le savaient pas, que Michael Herr a
écrit avec* Dispatches, *en français « Putain de mort »,
non seulement l'un des plus grands reportages de
guerre jamais écrits mais aussi l'un des livres majeurs
du xxe siècle. J'en oublie et j'en passe, bien sûr.*

*Géraldine Muhlmann m'a fait l'honneur et le plaisir
de préfacer son livre qui n'en avait nul besoin. Ses
qualités parlent pour elle et vous allez le vérifier par
vous-mêmes, il suffit de la lire. J'ai évoqué plus haut
sa curiosité. À l'échelle de son projet, le compliment*

*pourrait sembler assez trivial. Mais elle a, fort juste-
ment, tracé une sorte de signe « égal » entre journalisme moderne et reportage. Elle a mille fois raison. Le
reportage n'est évidemment jamais neutre. Il sert à tout
et même à n'importe quoi. Mais « rassembleurs » ou
« décentreurs », pour reprendre ses mots, ne se rapportent pas à des décisions personnelles, ni même ou rarement à des options politiques ou idéologiques. Ce sont
le plus souvent les faits qui décident pour nous et l'instinct de chacun qui ensuite fera la différence.*

*Dans tous les cas, la curiosité, aussi instruite qu'il
se peut, reste la motivation commune, la « clef » si l'on
veut pour tenter d'approcher les mystères du monde et
de ses conflits. Ce n'est pas seulement une qualité, mais
une nécessité ou alors on change de métier. Géraldine
Muhlmann ferait, si elle le veut, une formidable journaliste.*

*Encore un mot personnel. Je ne sais toujours pas ce
qu'est un journaliste. Je sais seulement que j'ai choisi
ce métier parce que je n'en imaginais aucun autre possible. J'ai beaucoup appris en lisant Géraldine Muhlmann, et je ne doute pas que les lecteurs y découvriront
bien d'autres choses encore. Mais je souhaite aussi aux
journalistes qui liront ce livre d'avoir une lectrice aussi
attentive, aussi passionnée, aussi curieuse que Géraldine Muhlmann. Et maintenant, bonne lecture à tous.*

Marc KRAVETZ

En souvenir de Fred W. Friendly

Remerciements

Merci à tous ceux qui m'ont aidée dans ce travail :

Miguel Abensour, qui a dirigé ma thèse et dont la réflexion sur les enjeux actuels de la philosophie politique continue de me nourrir ; ils sont rares, les maîtres si attentifs ;

ma chère Ruth Friendly, toujours accueillante, affectueuse, généreuse en encouragements ; elle contribue à faire vivre la mémoire de Fred W. Friendly, ce grand journaliste américain malheureusement méconnu en France, qui aimait l'esprit critique et le cultivait chez ceux qu'il aimait ; Ruth m'a fait rencontrer Joe Wershba et son épouse Shirley, que je remercie pour leurs témoignages et leur disponibilité ;

les enseignants du département de journalisme de New York University, où j'ai étudié une année, avant de me lancer dans ce travail, et où depuis j'ai toujours trouvé une oreille attentive ; je dois à Susie Linfield la découverte de quelques joyaux du journalisme américain et plusieurs conversations stimulantes, à Ellen Willis une tendresse pour l'esprit du New Journalism, à Brooke Kroeger beaucoup d'économie de temps grâce à son aide énergique et généreuse ; au moment de cette nouvelle édition du livre, j'ai une pensée particulière pour Ellen Willis, qui a disparu l'an dernier et qui incarnait si bien une certaine manière – new-yorkaise – d'être curieuse du monde, curieuse des mondes... ;

les journalistes qui m'ont fait partager leurs souvenirs et leurs réflexions, Marc Kravetz, Francis Déron, mais aussi tous ceux que j'ai lus sans les rencontrer, et qui ont contribué à faire de leur métier un lieu de liberté ;

les institutions et bibliothèques qui m'ont permis de collecter en des temps records les documents les plus variés ; je pense en particulier à l'aide attentive que m'a apportée le personnel de la bibliothèque Marguerite Durand à Paris, à l'efficacité bien connue, qui n'en mérite pas moins d'être soulignée, de celui de la New York Public Library et à l'accueil chaleureux du centre de documentation du Centre de formation et de perfectionnement des journalistes à Paris ; quant à l'American Library in Paris, je la remercie simplement d'exister ;

Anne-Sophie Menasseyre, David Muhlmann, Vincent Valentin, mes parents, autant pour leur soutien affectueux que pour leurs questions et lectures impitoyables ; sachant que les proches sont ceux pour lesquels aucune formule n'exprime convenablement la gratitude que l'on ressent.

Introduction

Les démocraties occidentales ont connu, vers le milieu du XIXᵉ siècle, des évolutions techniques qui ont profondément modifié le journalisme. Le développement des transports par chemin de fer a facilité la diffusion des journaux et leur a assuré un public beaucoup plus large. L'extension du réseau des fils télégraphiques a permis une récolte plus lointaine et plus fréquente des informations. Le journal a cessé d'être simplement le lieu d'expression d'opinions diverses : il est devenu une source d'informations toujours plus abondantes, recueillies par ceux qui ont commencé à se faire appeler « reporters ». Les agences de presse naissantes ont imposé de plus en plus le « reportage » comme le cœur de l'activité journalistique et, d'une façon générale, le journalisme est entré sur le chemin de sa professionnalisation.

Un spécialiste des médias utilise une métaphore suggestive pour décrire ces changements : « La presse n'exprime plus, ou moins. Elle relaie. Le journal était une voix. Il devient un écho. »[1] Contrairement à la

---

1. D. Cornu, *Journalisme et vérité. Pour une éthique de l'information*, 1994, p. 200-201.

« voix » qui émane d'un lieu précis et se fait entendre dans un périmètre circonscrit, l'« écho » vient de l'immensité du monde et résonne pour les oreilles les plus lointaines. En se voulant un « écho », le nouveau journalisme du XIXᵉ siècle prétend donc intéresser, pour la première fois, un lectorat de masse.

De fait, vers le milieu du XIXᵉ siècle, naît ce qu'on appelle parfois la « grande presse » – une presse à très grand tirage, bon marché, populaire. La *penny press* (presse à un sou) apparaît aux États-Unis dès les années 1830. Le *New York Sun*, fondé en 1833, est à cet égard pionnier, suivi deux ans plus tard par le *New York Herald*, dont le tirage atteint 40 000 exemplaires au bout de quinze mois, puis passe rapidement à 100 000. Le pays connaît, dans ces années 1830, un accroissement spectaculaire du nombre de journaux et de lecteurs de journaux : pour 650 hebdomadaires et 65 quotidiens américains en 1830, ces derniers ayant un tirage moyen d'environ 1 200 exemplaires, soit un tirage global quotidien d'environ 78 000, on observe, en 1840, 1 141 hebdomadaires et 138 quotidiens, un tirage moyen de 2 200 pour les quotidiens et donc un tirage global quotidien d'environ 300 000[1]. L'Europe suivra avec quelques décennies de retard : en France, *Le Petit Journal*, qui coûtera cinq centimes, sera lancé en 1863, *Le Petit Parisien* apparaîtra en 1876 et *Le Matin*, en 1883 ; en Grande-Bretagne, c'est dans les années 1880 que naîtront les journaux à un demi-penny (*The Evening News* en 1881, *The Star* en 1888)[2].

Les spécialistes considèrent que cette presse populaire a inventé le concept moderne d'« informations »

1. Nous empruntons ces données chiffrées à M. Schudson (*Discovering the News*, 1978, p. 13-14).
2. Voir F. Balle, *Médias et sociétés. De Gutenberg à Internet*, 1999, p. 76-77.

ou, pour le dire dans la langue d'origine, puisque cela s'est passé aux États-Unis dans les années 1830, de « *news* »[1]. Les mêmes jugent cependant que le « reporter » ne devient vraiment le nouveau visage du journalisme américain que dans les années 1880-1890. Les deux événements majeurs de cette période, dans le monde du journalisme américain, sont la reprise en main du *New York World* par Joseph Pulitzer, en 1883, et, en 1895, le rachat par William Randolph Hearst du *New York Journal*, qui devient le concurrent le plus direct du *World*. Ces deux grands journaux représentent le sacre du reporter.

Or, l'Europe, à ce moment-là, n'est plus en reste : ici aussi, au tournant du XIXe et du XXe siècle, le reporter est désormais la figure émergente dans le monde du journalisme[2]. Le culte des « faits » commence à battre son plein et le journaliste-reporter se met à travailler, c'est-à-dire à regarder et écrire, pour un public de plus en plus gigantesque. Ainsi, dans toutes les démocraties occidentales, les années 1880 sonnent le début, en quelque sorte, du journalisme moderne.

C'est aussi à ce moment-là que naissent, au sujet du journalisme, ces inquiétudes qui depuis n'ont cessé de le poursuivre. Les critiques du journalisme ont des colorations diverses, mais elles s'ancrent toutes, hier comme aujourd'hui, dans le même diagnostic sombre : le journalisme est responsable d'un puissant mouvement d'homogénéisation de l'espace public des opinions et des regards, préjudiciable à la vie démocratique qui exige un échange de points de vue pluriels.

---

1. Voir M. Schudson, *Discovering the News*, 1978.
2. Voir notamment M. B. Palmer, *Des petits journaux aux grandes agences*, 1983, et T. Ferenczi, *L'Invention du journalisme en France*, 1993.

Ce diagnostic permet pour certains de déverser leur haine de la démocratie. C'est le cas de Gustave Le Bon, qui fait paraître en 1895 sa *Psychologie des foules*, où il assimile les nouveaux lectorats de journaux à des « foules ». La « foule » est pour Le Bon un rassemblement dont les caractéristiques sont essentiellement psychologiques, c'est pourquoi un lectorat, tout invisible qu'il soit, peut fort bien être une foule, c'est-à-dire, selon lui, une chose odieuse inapte à toute subtilité et préparant la déchéance de la « race » française. Pour Le Bon, la presse concentre des vices qui, en réalité, sont inhérents à la démocratie elle-même.

Mais s'inquiètent aussi des penseurs qui visent au contraire une véritable démocratie, plurielle, riche d'échanges. Ils sont nombreux à mettre l'accent sur ce paradoxe de la démocratie, qui dans son développement a conduit à la neutralisation des conflits, à une « réification » des discours et des regards, à une « société close » : c'est en ces termes que les penseurs de l'École de Francfort, par exemple, évoquent la nouvelle forme de domination qui caractérise la société contemporaine. Adorno et Horkheimer interrogent dès les années 1940 le nouveau rapport à la culture qui a triomphé avec la société industrielle[1] ; la télévision sera l'une de leurs cibles privilégiée, source d'anéantissement de la pensée critique[2]. Pour Marcuse, les médias participent largement de ce « mouvement d'intégration [qui] se déroule, pour l'essentiel, sans terreur ouverte : la démocratie consolide la domination plus fermement que l'absolu-

---

1. Voir le chapitre intitulé « La production industrielle de biens culturels. Raison et mystification des masses », dans T. W. Adorno et M. Horkheimer, *La Dialectique de la raison*, 1947.
2. Voir par exemple l'article de T. W. Adorno, « Television and the Patterns of Mass Culture », dans B. Rosenberg et D. M. White (dir.), *Mass Culture. The Popular Arts in America*, 1957, p. 474-488.

tisme ; liberté administrée et répression instinctuelle
deviennent des sources sans cesse renouvelées de la
productivité » [1]. Pour Habermas, qui, sur ce point, est
l'héritier de ces premiers penseurs de l'École de Francfort, l'avènement de la grande presse marque le début
du dévoiement de la Publicité, au sens critique du mot
– c'est-à-dire de cette vertueuse exposition au public à
laquelle se soumettent les opinions afin de s'améliorer
grâce à l'échange contradictoire –, en une « Publicité »
consommée, qui domine les esprits, uniformise les
jugements. Les nouveaux médias du XXe siècle n'ont
fait selon lui qu'accentuer ce dévoiement, dont l'origine
remonte à la fin du XIXe siècle [2].

Les critiques actuelles du média télévisuel, malgré
l'annonce, parfois, du caractère inédit des problèmes
posés par la toute-puissance de la télévision, proposent
des analyses qui, en général, ne rompent guère, sur le
fond, avec les inquiétudes suscitées par la révolution de
la presse à la fin du XIXe siècle : « Par sa puissance de
diffusion », écrit par exemple Pierre Bourdieu, « la télévision pose à l'univers du journalisme écrit et à l'univers culturel en général un problème absolument terrible. À côté, la presse de masse qui faisait frémir [...]
paraît peu de chose. Par son ampleur tout à fait extraordinaire, la télévision produit des effets qui, bien qu'ils
ne soient pas sans précédent, sont tout à fait inédits. » [3]
La fin de cet extrait laisse entendre qu'il s'agit, malgré
tout, de penser une différence de degré, et non de nature,
entre les problèmes actuels posés par le triomphe de la

1. H. Marcuse, *L'Homme unidimensionnel. Essai sur l'idéologie dans
la société industrielle avancée*, 1964, trad. fr. M. Wittig revue par l'auteur,
1968, p. 8.
2. J. Habermas, *L'Espace public. Archéologie de la publicité comme
dimension constitutive de la société bourgeoise*, 1962, éd. fr. de 1993.
3. P. Bourdieu, *Sur la télévision*, 1996, p. 50.

télévision et les effets de la révolution de la presse à la fin du XIXe siècle. L'« uniformisation de l'offre », c'est cela, encore et toujours, que Bourdieu met au cœur de son analyse critique[1], pour y déceler, lui aussi, une forme pernicieuse de domination sur les individus, et notamment une neutralisation des conflits qui traversent l'espace social. Les « événements » médiatiques sont ainsi destinés à « ne choquer personne », à ne soulever que « des problèmes sans histoire », comme lorsque, dans la vie quotidienne, on parle de la pluie et du beau temps pour éviter tout sujet qui pourrait fâcher, engendrer du conflit[2].

Il est indéniable, à observer de près le développement du journalisme moderne, qu'existe en lui un souci d'*intégrer* la communauté de ses lecteurs (qui est potentiellement la communauté politique tout entière) : le reporter rassemble son public derrière lui. Ce geste journalistique du *rassemblement*, on peut le repérer dans l'histoire, que l'on examine la manière dont le journalisme parle de lui, se présente, se comprend, ou bien sa seule pratique, c'est-à-dire ses « productions ». *Rassembler* est probablement le grand geste du journalisme moderne.

Et pourtant, faut-il lui faire dire systématiquement ce qu'on en dit – qu'il tue la conflictualité démocratique, qu'il lisse les regards ? Est-ce si simple ? Ne doit-on pas lire des différences dans les pratiques journalistiques ? N'y a-t-il pas plusieurs sortes de journalismes « rassembleurs », certains d'entre eux, loin de fuir ce qui engendre du conflit, faisant reposer le geste de rassembler sur un conflit qu'ils révèlent et activent ?

1. *Ibid.*, p. 87.
2. *Ibid.*, p. 50-51.

Et si l'on considère, somme toute, ces conflits mis en scène dans les regards des journalismes « rassembleurs » comme trop encadrés, trop bridés, s'est-on demandé si l'histoire du journalisme ne recelait pas encore d'autres « gestes » ? S'est-on demandé si, face au journalisme « rassembleur » dominant, avait vu le jour un journalisme en quelque sorte « de résistance » ? Existe-t-il, et sous quelles formes, un journalisme soucieux de réinjecter dans la communauté démocratique un conflit plus radical, un journalisme désireux de faire voir ce que là, tous rassemblés, tous agglutinés autour de notre « centre », nous ne voyons pas ou plus – bref, un journalisme du *décentrement* ?

Il serait temps de se débarrasser des évidences pour s'emparer vraiment de ces questions. Ce livre, on l'aura compris, fait fi des jugements hâtifs sur la médiocrité ordinaire du journalisme. Puisque la critique du journalisme vise en général une certaine « modernité » journalistique, osons examiner celle-ci pour de vrai : que nous raconte l'histoire du journalisme depuis la fin du XIXe siècle, cette histoire si méconnue en France – si peu digne d'intérêt, apparemment ? Et puisque le cœur de cette critique est un soupir face à des regards désespérément homogènes, qui lissent la réalité sociale, gomment ses failles et ses contradictions, interrogeons sérieusement le regard journalistique à partir de la question du conflit : comment peut-il mettre en scène le conflit, le malentendu, l'affrontement ? Est-il réellement démuni ? Ne pourrait-on pas distinguer, d'une part, des journalismes prioritairement « rassembleurs », qui ne révèlent un conflit qu'au titre d'*épreuve* pour la communauté politique, lui permettant *in fine* de se reconstituer, de réactiver en elle le sentiment du « nous », et, d'autre part, des journalismes « décentreurs », qui visent à exposer un conflit plus grave, plus

25

menaçant pour l'identité collective, plus inquiétant pour le « nous » ? Quels sont les ressorts, les difficultés, les limites des uns et des autres ?

Penser le journalisme à partir de ce problème que constitue la mise en scène du conflit : dans un autre ouvrage [1] nous explicitons les fondements et les enjeux philosophiques de cette démarche. Le livre qu'on va lire ici propose, quant à lui, de l'appliquer concrètement, en voyageant dans l'histoire du journalisme : qui sont les « rassembleurs » et les « décentreurs » ? Que révèlent-ils, les uns et les autres, sur ces gestes qu'ils « jouent » dans leur regard ? Notre réflexion actuelle sur le journalisme manque trop souvent de chair et d'ampleur historique. Cet ouvrage essaie de donner quelques repères, d'élaborer des « figures » qui, nous l'espérons, aideront à réfléchir au journalisme d'aujourd'hui. C'est en quelque sorte une histoire personnelle, politique, du journalisme moderne – une galerie de portraits, pour explorer concrètement les gestes politiques, *rassembler*, *décentrer*, qui peuvent se jouer dans le regard du journaliste.

---

1. G. Muhlmann, *Du journalisme en démocratie*, Paris, Payot, coll. « Critique de la politique », 2004 ; rééd. Payot, « Petite Bibliothèque », 2006.

Chapitre I

Rassembleurs et décentreurs dans le journalisme moderne

S'adresser au plus grand nombre : c'est l'exigence même du journalisme moderne, dès sa naissance. Le geste de *rassembler* transparaît notamment dans la manière dont il se soucie de donner à son public la « vérité » – en somme quelque chose que tous peuvent recevoir, au-delà de leurs différences d'opinions. L'analyse nous révélera que le journaliste rassembleur prend volontiers les traits de ce que nous appellerons un *témoin-ambassadeur*, figure-clef du journalisme moderne « dominant ». Il restera à se demander quelles figures « de résistance » peuvent lui être opposées, en somme à s'interroger sur la possibilité même d'un journalisme qui *décentre*.

I – JOURNALISMES DU RASSEMBLEMENT : LE TRIOMPHE DU TÉMOIN-AMBASSADEUR

DES « FAITS » VALABLES POUR TOUS

Comme le montrent plusieurs études [1], c'est la *penny press* et sa conception moderne des « news » qui sont à

---

1. Voir M. Schudson, *Discovering the News*, 1978 ; D. Schiller, *Objectivity and the News. The Public and the Rise of Commercial Journalism*,

l'origine du souci journalistique de l'exactitude factuelle (*accuracy*). L'idéal d'objectivité dans le journalisme moderne est donc né dans une presse souvent méprisée des élites – qui la qualifiaient, pour la discréditer, de « *yellow press* » (presse à sensation). Or, cette exigence de la presse « grand public » du XIXᵉ siècle de donner des informations vraies, des faits exacts, « objectifs », est étroitement liée à son souci de *rassembler* : elle s'attache aux « faits » pour pouvoir réunir des lecteurs aux opinions probablement divergentes sur le sujet, donc pour atteindre au dénominateur commun d'un lectorat de plus en plus large. L'accroissement spectaculaire du lectorat implique ainsi le « triomphe des *informations* (*news*) sur l'éditorial et des *faits* sur l'opinion » et suscite une « allégeance du journaliste à l'idéal d'objectivité »[1].

Les acteurs de cette « révolution » affichent souvent de manière explicite leur souci de rassembler le public auquel ils s'adressent. Le *New York Sun* de Benjamin Day proclame, dans son en-tête : « Brille pour tous » (« *Shines For All* »). Cette « brillance » est manifestement destinée à réunir ces « tous », comme Benjamin Day le laisse entendre dans un article du 28 juin 1838 : « Depuis que le *Sun* a commencé à briller parmi les citoyens de New York, la condition des classes travailleuses et les techniques ont connu un changement très ample et décisif. Maintenant, chaque individu, depuis le riche aristocrate qui se prélasse dans sa voiture, jusqu'à l'humble travailleur qui balaie les rues, lit le *Sun* ; on ne peut pas trouver un garçon à New York ou dans la région avoisinante qui ne sache, au cours de la

---

1981, et D. T. Mindich, *Just the Facts : How "Objectivity" came to define American Journalism*, 1998.
    1. M. Schudson, *Discovering the News*, p. 14.

journée, ce qui a été annoncé dans le *Sun* du matin. Déjà nous percevons un changement dans la masse du peuple. Ils pensent, parlent et agissent de concert. Ils comprennent leur propre intérêt, et ressentent qu'ils détiennent la force et le nombre pour l'atteindre. »[1] De même, James Gordon Bennett, fondateur du *New York Herald*, insiste pour que son journal soit « à l'intention aussi bien de la grande masse de la communauté – le peuple marchand, industrieux, travailleur – que de la famille privée, de l'hôtel public – le représentant de commerce et son employeur –, du fonctionnaire et de l'homme d'Église »[2].

On constate d'ailleurs que le « public » est souvent représenté, dans cette presse à grand tirage, comme une instance dépassant les clivages partisans, comme un grand *corps*, unifié, précisément, par une exigence de vérité, et invitant les journalistes à honorer cette exigence. La métaphore du corps pour évoquer le public est claire par exemple sous la plume de Bennett, qui évoque « *the whole body of the people* »[3] ; celui-ci n'entend que le langage du « sens commun », à mille lieues des allégeances politiques partisanes : « Notre seul guide », affirme Bennett, « devra être le sens commun juste, sensé, pratique, applicable aux affaires, aux milieux des hommes engagés dans la vie de tous les jours. Nous ne soutiendrons aucun parti, ne serons l'organe d'aucune faction ou coterie, et ne nous soucierons d'aucune élection, d'aucun candidat, qu'il soit président ou simple fonctionnaire. Nous nous efforcerons d'enregistrer les faits concernant tout sujet public et

---

1. *New York Sun*, 28 juin 1838, cité par H. M. Hughes, *News and the Human Interest Story*, 1940, p. 160.
2. *New York Herald*, 6 mai 1835, cité par H. M. Hugues, *ibid.*, p. 15-16.
3. J. Gordon Bennett, article du 15 février 1837, cité par D. Schiller, *Objectivity and the News*, p. 51.

approprié, de le nettoyer du verbiage et de le colorer de commentaires adéquats, justes, indépendants, intrépides, et équilibrés. Si le *Herald* veut une croissance à la hauteur de celle que connaissent beaucoup de journaux, nous devons essayer de la réaliser par l'application, le jugement juste, la brièveté, la variété, le sens de l'essentiel, le piquant et les bas prix. » [1]

Ainsi rapporté aux exigences naturelles du « sens commun », le souci de la vérité factuelle est étroitement relié à la conviction plus générale de servir le bien public, le juste, contre les déchirements partisans. Citons, en ce sens, les propos d'un spécialiste de ces questions : « L'impartialité et l'indépendance proclamée par la *penny press* annonçaient son souci de se mettre au service de la lumière de la raison dans la sphère publique. Bien que les journaux à un *penny* aient eu des identités différentes, soumises à des changements selon les variations du contexte, ils partageaient ce que Bennett appelait "le grand centre de l'intelligence, de l'information, de l'esprit, du commerce, de l'indépendance, et de la connaissance vraie" (*Herald*, 31 mars 1836). L'initiative, proclamée avant tout le monde par les journaux bon marché, de défendre les droits naturels et le bien public était [...] le socle durable sur lequel s'est construit l'édifice de l'objectivité journalistique. » [2]

Les reporters des années 1880-1890 ne font que prolonger cette veine dessinée quelques décennies plus tôt par la *penny press*. En ne livrant que les « faits » et en taisant leurs opinions personnelles, ils sont censés en

1. *New York Herald*, 6 mai 1835, cité par H. M. Hughes, *News and the Human Interest Story*, p. 10-11. Cet extrait précède directement la phrase, citée plus haut, dans laquelle Bennett affirme vouloir rassembler « la grande masse de la communauté » (« *the great mass of the community* »).
2. D. Schiller, *Objectivity and the News*, p. 75.

appeler au « sens commun », qui permet de rencontrer le public le plus large. *Rassembler* demeure bien l'enjeu ultime, derrière le slogan « ACCURACY, ACCURACY, ACCURACY ! » que Joseph Pulitzer avait en son temps choisi pour décorer le mur de son bureau et, d'une façon générale, derrière les règles draconiennes imposées aux reporters par leurs « *editors* ». Voici par exemple l'un des commandements inclus dans le code du *Chicago Daily News*, dont le *managing editor* est alors Charles Dennis : « Ne mélangez aucun commentaire éditorial ou jugement discutable aux informations. Gardez vos sympathies et aversions en dehors de votre papier. » [1] On a pu souligner, d'ailleurs, les frustrations que ces règles ont suscitées chez tant d'écrivains en herbe, contraints de gommer la singularité de leur voix dans leur écriture. Voici par exemple le témoignage de Lincoln Steffens sur ses années au *Evening Post* : « L'humour ou n'importe quelle expression de la personnalité dans nos reportages était traqué, blâmé et, dans les délais, supprimé. En tant qu'écrivain, j'étais en permanence blessé par mes années au *Post*. » [2]

Toute cette discipline doit permettre au reporter de proposer ce que le journalisme américain appelle encore aujourd'hui une « *story* », c'est-à-dire une narration propre à être collectivement reçue, en somme « désingularisée » et par là même intéressante pour le plus grand nombre. Lorsque la *story* est réussie, elle permet de faire faire au public, considéré comme une entité unifiée (un corps), une véritable expérience par procuration. C'est en ces termes, en effet, que la sociologue américaine Helen M. Hugues décrit la fonction de la *story* : « construire une représentation avec les

---

1. Cité par H. M. Hughes, *News and the Human Interest Story*, p. 74.
2. L. Steffens, *The Autobiography of Lincoln Steffens*, 1931, p. 179.

mots, qui soit un substitut, pour les lecteurs, à l'expérience de la perception (*to make a word picture that will be a substitute to his readers for the experience of perceiving*) » [1].

Les sociologues de l'École de Chicago, dont fait partie H. M. Hugues et qui proposèrent, dans la première moitié XXᵉ siècle, des études pionnières sur les évolutions historiques de la presse aux États-Unis, ont d'ailleurs élaboré une notion centrale pour comprendre ce journalisme moderne : la notion de « *human interest* » [2]. Le *human interest*, c'est cette partie de la curiosité humaine qui est commune au plus grand nombre, c'est ce qui intéresse *généralement*, et c'est ce que la presse à grand tirage vise au premier chef. Mettre la notion de *human interest* au cœur du journalisme « grand public » né à la fin du XIXᵉ siècle, c'est bien souligner que son souci premier, son geste fondateur, était de *rassembler*.

Or, ce geste continue de transparaître à chaque fois que le journalisme insiste, en particulier dans des réflexions de nature déontologique, sur son idéal de « vérité », que le vocabulaire soit celui de l'exactitude factuelle (*accuracy*), de l'objectivité (*objectivity*), de l'impartialité (*impartiality*) ou de l'honnêteté (*fairness*). En effet, au-delà des nuances apparentes, l'enjeu semble toujours le même : souligner que le journalisme s'adresse à un public perçu comme une entité unifiée, en tout cas « unifiable », en droit d'obtenir ce qui lui revient, à savoir une description qui ne soit pas pure-

1. H. M. Hugues, *News and the Human Interest Story*, p. 89.
2. Voir R. E. Park, « News and the Human Interest Story », introd. au livre de H. M. Hugues, *News and the Human Interest Story*, 1940, et reproduit dans *The Collected Papers of R. E. Park*, vol. III : « Society », 1974, p. 105-114.

ment singulière, mais intègre les critères du sens commun et donne ainsi à voir une réalité *commune*.

Cet enjeu est manifeste dans les différents codes déontologiques qui ponctuent l'histoire du journalisme américain et européen. Par exemple, dans le code d'éthique de l'Association Sigma Delta Chi de 1926 – l'un des premiers textes déontologiques américains à proclamer le devoir des journalistes de « servir la vérité », à prononcer les mots d'exactitude (*accuracy*) et d'objectivité (*objectivity*) –, il est net que cet impératif s'inscrit dans la reconnaissance d'un « droit du public »[1]. D'une façon générale, l'évolution déontologique et légale au XXe siècle est allée dans le sens d'une conception de la liberté de la presse envisagée, de plus en plus, du point de vue des « demandeurs », c'est-à-dire d'un public représenté comme une entité ayant des droits[2]. La Déclaration de Bordeaux, adoptée en

1. Ce texte est reproduit et traduit en annexe à l'ouvrage de H. Pigeat, *Médias et déontologie. Règles du jeu ou jeu sans règles*, 1997.

2. Voir H. Pigeat, *Médias et déontologie. Règles du jeu ou jeu sans règles*. L'auteur rappelle que la conception américaine de la liberté d'expression est par nature la plus réticente à produire une législation contraignante – le premier amendement de la Constitution américaine affirme l'interdiction de limiter par une voi la liberté d'expression – alors que, dès la Déclaration des droits de l'homme, la France ne concevait la liberté d'expression qu'encadrée par la loi – l'article 11 de la Déclaration des droits de l'homme et du citoyen du 26 août 1789 affirme que « la libre communication des pensées et des opinions est un des droits les plus précieux de l'homme ; tout citoyen peut donc parler, écrire, imprimer librement, sauf à répondre de l'abus de cette liberté dans les cas déterminés par la loi ». Mais ceci n'a pas empêché la jurisprudence américaine d'élaborer peu à peu une réflexion casuistique sur la manière dont les médias doivent honorer l'exigence de vérité : tel est bien l'enjeu des fameuses *libel laws*. En France, la loi de 1881, qui fixait d'emblée des limites à la liberté d'expression, n'était pas en premier lieu focalisée sur la question de la vérité de l'information. Mais cette exigence est de plus en plus passée au premier plan – ainsi dans la loi Gayssot de 1991, qui interdit l'expression de toute opinion niant le fait du génocide nazi. En somme, d'une façon générale, la légalité accueille de plus en plus cette exigence de donner au public la vérité qui lui est due, et par ailleurs cette exigence est manifeste

1954 par des journalistes français et européens, révisée en juin 1986, affirme que « respecter la vérité et le droit que le public a de la connaître constitue le devoir primordial du journaliste », et la Charte de Munich, adoptée en 1971 par le Syndicat de journalistes de la Communauté européenne, de la Suisse et de l'Autriche, enjoint à la profession de « respecter la vérité quelles qu'en puissent être les conséquences pour lui-même [le journalisme], et ce en raison du droit du public à connaître la vérité »[1].

La notion d'objectivité, qui, lorsqu'elle est formulée, n'est pas en général explicitée, relève d'une logique analogue. Elle est par exemple évoquée par l'encyclique de 1963, *Pacem et Terris*, de Jean XXIII, reliée indéniablement à l'idée de la possibilité d'un regard commun des hommes sur leur monde ; aux médias dès lors d'offrir ce regard « collectif »[2]. La notion de « réalité objective » est également mise en avant par la déclaration de l'UNESCO de 1983 : « Le peuple et les individus ont le droit de recevoir une image objective de la réalité par le canal d'une information précise et complète [...] »[3].

La notion d'honnêteté (*fairness*), parfois évoquée pour se démarquer de l'idéal d'objectivité, ne s'inscrit pas moins dans une telle visée « rassembleuse ». Hubert Beuve-Méry disait préférer l'honnêteté à une objectivité inaccessible. Cette notion d'honnêteté s'inscrit dans une

---

dans la floraison des codes déontologiques de la profession journalistique, américaine ou européenne.

1. Ces deux textes sont reproduits en annexes à l'ouvrage de D. Cornu, *Journalisme et vérité*, ainsi qu'en annexes à l'ouvrage de H. Pigeat, *Médias et déontologie*.

2. Cette encyclique est notamment citée par H. Pigeat, *Médias et déontologie*, p. 90.

3. La déclaration de l'UNESCO sur les médias de 1983 est reproduite en annexe à l'ouvrage de D. Cornu, *Journalisme et vérité*.

tradition de prudence toute française [1], mais elle a également trouvé des partisans aux États-Unis : en 1989, lorsqu'il élabora pour le *Washington Post* une nouvelle charte déontologique, Benjamin C. Bradlee a prétendu opérer une véritable rupture en mettant en avant, contre la notion d'objectivité qui suscitait d'interminables controverses, le concept d'honnêteté (*fairness*), à la fois plus souple et plus concret [2]. Pour autant, à bien regarder le paragraphe de cette charte consacrée à la *fairness*, on constate que les enjeux restent analogues. D'abord, la difficulté épistémologique est loin d'être enfin réglée : il est demandé aux journalistes de faire des choix « honnêtes » dans le regard qu'ils portent sur le monde, notamment de savoir faire la part entre les « informations secondaires » et les « faits significatifs » ; or, on imagine que le questionnement épistémologique pourrait s'emparer de cette « honnêteté » et l'entraîner dans un vertige assez analogue à celui dans lequel il a coutume de plonger la notion d'« objectivité ». Ensuite, l'enjeu sociopolitique de *rassembler* demeure identique : il s'agit toujours de produire un regard collectivement acceptable, conforme aux normes générales du « public ». Plus que jamais, la référence semble patente, quoique implicite, à un « sens commun » guidant le regard journalistique : « L'honnêteté inclut la reconnaissance de ce qui est important (*relevant*) », affirme cette charte ; il paraît évident que les critères de l'importance, les choix journalistiques en général, sont ceux-là mêmes de la « commu-

1. Voir D. Cornu, *Journalisme et vérité*, p. 360-361. Cornu rappelle par exemple que dans la « Charte du journaliste » établie en 1918 par le Syndicat national des journalistes français, le journaliste revendique « la liberté de publier honnêtement ses informations ».
2. « Alors que les discussions au sujet de l'objectivité sont interminables, le concept d'honnêteté est quelque chose que les journalistes peuvent aisément comprendre et appliquer », lit-on dans cette Charte. Celle-ci est reproduite et traduite en annexe à H. Pigeat, *Médias et déontologie*.

nauté » ; la charte déclare ainsi que « le *Washington Post* est au plus haut point concerné par l'intérêt national et par celui de la communauté ». Sur le fond, il n'y a donc guère de différence entre cette « nouvelle » exigence d'« honnêteté » et les anciennes injonctions faites par les *editors* du XIXᵉ siècle à leurs reporters de faire taire toute voix personnelle pour adopter un regard soucieux des seuls « faits ». Il s'agit toujours d'intégrer convenablement les critères du public le plus large – critères qui définissent ce qu'est un « fait » et son « importance » (*relevance*) par rapport aux autres faits –, en somme de faire faire à ce public une expérience par procuration.

L'exigence de descriptions journalistiques « vraies », « objectives », « honnêtes », s'inscrit donc toujours, quel que soit l'adjectif employé, dans une perspective de *rassemblement*. C'est peut-être la raison de l'extraordinaire indigence épistémologique, soulignée par la plupart des chercheurs, des règles concrètes qui ont cours dans la profession journalistique, censées honorer cette exigence d'objectivité : l'enjeu n'est pas, en effet, la rigueur épistémologique elle-même ; l'enjeu est avant tout d'appliquer les règles que le public considère comme acceptables, définissant *à ses yeux* l'« objectivité ». Il s'agit d'honorer un pacte avec le public, qui autorise les journalistes à prétendre à un regard collectivement recevable ; mais ce pacte n'a pas nécessairement de cohérence épistémologique forte.

Tel est le constat fait par Gaye Tuchman en 1978, dans un article sur ce qu'elle a appelé les « rituels d'objectivité » dans la profession journalistique [1]. Il y a « rituel » au sens où plusieurs pratiques sont définies

1. G. Tuchman, « Objectivity as Strategic Ritual : An Examination of Newsman's Notions of Objectivity », *American Journal of Sociology*, janvier 1972, p. 660-679.

comme des marques d'objectivité, mais sans cohérence épistémologique nette ; les rares principes épistémologiques qui semblent se dégager ne sont guère appliqués en toute rigueur, et ils sont contredits par d'autres pratiques concomitantes. Prenons le cas de la règle, volontiers énoncée par la profession, qui veut que tout « fait » soit vérifié empiriquement, sans quoi il doit toujours être relativisé par la mention de la source qui l'authentifie. G. Tuchman montre qu'en fait cette pratique n'est pas absolument rigoureuse ; les journalistes font tout de même confiance à des « sources » qui ne sont pas entièrement passées au crible ; sinon, combien d'articles devraient, en fait, se présenter de la façon suivante : « Robert Jones et sa supposée épouse, Fay Smith Jones, ont donné hier ce qu'eux-mêmes ont décrit comme un cocktail dans leur supposé foyer, 187 Grant Street, Ville, d'après eux en l'honneur d'une femme qui prétend être Madame John Smith, qu'on considère communément comme la tante de celle qui se présente comme l'hôtesse de cette réception. »[1] À supposer que la vérification empirique soit le mode d'établissement de la vérité factuelle, il est clair qu'elle n'est pas, sauf à aller jusqu'à l'absurde, appliquée en toute rigueur pour chaque « fait » avancé dans les journaux.

D'une manière générale, Tuchman montre que la notion de « fait » est tributaire du « sens commun », c'est-à-dire de critères définis par la communauté, et non de modalités de vérification plus fermes sur le plan épistémologique. Le choix des « faits » relève en effet de ce que les journalistes appellent eux-mêmes le jugement journalistique (*news judgment*). Celui-ci est notamment important, dans la tradition journalistique américaine, pour la rédaction du « *lead* », c'est-à-dire de la première

1. *Ibid.*, p. 664.

phrase de l'article, censée résumer l'essentiel de l'information, énoncer ce qui est le plus important dans l'« histoire » (*story*) qui va être racontée. Or, ce jugement, pour être acceptable – « objectif », « honnête »... –, applique en fait des critères *communs*, aux fondements plus sociologiques qu'épistémologiques. Tuchman va donc loin : un fait matériel, vérifiable empiriquement, peut fort bien ne pas être mentionné s'il contredit le sens commun, de même, comme on l'a vu plus haut, qu'un fait qui « fait sens » sera mentionné comme tel alors même que sa « matérialité » n'a pas été vérifiée empiriquement.

D'autres « rituels » infléchissent d'ailleurs l'exigence de donner au lecteur des *faits matériels* (c'est-à-dire matériellement vérifiés, ou tenus pour vérifiés). Souvent, plutôt que de vérifier un fait « A » énoncé par une personne « X », le journaliste considère comme un fait l'affirmation « X a dit A »[1]. Sous l'apparence de la rigueur, un biais évident surgit ; car si cette affirmation n'était qu'une opinion sans valeur (A est faux), il serait contestable de lui donner une place dans l'information. Cela revient en effet à donner une place égale à des faits vérifiés et à de simples opinions fausses, elles-mêmes considérées, dans ce cas, comme des faits. Tuchman rappelle que les journalistes essaient de se sortir de cet embarras, dont ils sont conscients, en donnant souvent au moins une autre opinion (« Y a dit B »). Mais elle s'empresse de préciser que, sur le fond, cet ajout ne change rien au problème : une nouvelle opinion est rapportée comme un « fait », dont le contenu n'est pas davantage vérifié que celui de la première. « Dans la mesure où l'"objectivité" est définie comme "la détermination d'objets extérieurs à l'esprit" », écrit-elle, « et l'adjectif "objectif" comme "ce qui appartient à l'objet

1. *Ibid.*, p. 665.

de la pensée et non au sujet qui pense" (deux définitions du dictionnaire), il paraît difficile de prétendre – comme les journalistes le font – que présenter des hypothèses en conflit favorise l'objectivité. »[1] Pourtant, toute contestable qu'elle soit sur le plan épistémologique, la juxtaposition de plusieurs points de vue est bien un rituel d'objectivité dans la profession journalistique.

En fait, ce dernier rituel correspond à ce qu'une certaine tradition déontologique appelle la « *fairness* » – avant l'usage rénové que Bradlee, au *Washington Post*, a fait de ce mot. Ainsi, la *Fairness Doctrine*, énoncée en 1949 par la Federal Communications Commission, exigeait de donner un « point de vue équilibré » (un « *balanced point of view* »), qui impliquait la mention d'au moins deux opinions différentes sur un sujet[2]. Certes, ce texte mentionnait aussi l'exigence de la vérification factuelle, c'est-à-dire celle d'enquêter sur le contenu ou la « matière » des opinions. Mais Tuchman montre comment, dans la pratique journalistique contemporaine, la doctrine de la *fairness* s'émancipe souvent de la règle de la vérification factuelle pour devenir le rituel même de l'objectivité, fort indigent sur le plan épistémologique.

D'autres spécialistes des médias soulignent eux aussi le dévoiement provoqué par la *Fairness Doctrine*. Selon l'un d'eux, les journalistes « essaient de relier des opinions aux opinions contraires, espérant, semble-t-il, que ces bêtes-là se détruiront entre elles, en laissant derrière elles ce qui passe, dans le raisonnement journalistique, pour la vérité. Cette technique délivre d'une manière confortable les journalistes de la responsabilité de regar-

---

1. *Ibid.*, p. 666-667.
2. Sur la « Fairness Doctrine », voir D. Cornu, *Journalisme et vérité*, p. 225-226.

der au-delà des arguments en compétition pour trouver la vérité. Certains événements et sujets, après tout, ne sont guère équilibrés par nature, et l'effort pour les présenter de façon équilibrée ajoute en soi une sorte de biais. En outre, parce qu'il y a rarement assez de place dans cette balance pour y faire figurer l'ensemble des arguments que ces sujets inspirent, pas plus de deux ou trois points de vue [...] ne sont, en général, jugés dignes d'un examen équilibré. Le choix de l'endroit où placer le point d'appui sur cette balance est nécessairement une décision subjective. » [1] Citer des opinions en mentionnant leurs sources n'exonère donc nullement le journaliste du choix qu'il a fait de les présenter, et ne le place guère dans une confortable position de surplomb. Ainsi, lorsque la presse américaine, dans les années 1950, a publié les listes de « suspects » dressées par McCarthy, les journalistes ont eu beau penser qu'en précisant la source de ces listes (« *he said* ») ils ne donnaient pas caution à McCarthy, en réalité, il est évident que cette précaution ne les dédouanait guère et que la presse a par là donné au maccarthysme une assise extraordinaire [2].

Ainsi, l'objectivité est avant tout un ensemble de rites définis par un pacte tacite entre le journaliste et le public, ce qui, bien entendu, n'exclut pas l'éventualité de malentendus entre eux sur la nature exacte du pacte, en particulier d'interprétations abusives, par les journalistes, des attentes du public. Certains de ces rites peuvent avoir une base épistémologique précise, comme, par exemple, la règle consistant à vérifier empiriquement les faits énoncés. Mais on a vu qu'ils cohabitaient avec d'autres qui n'en ont guère, comme par

1. M. Stephens, *A History of News. From the Drum to the Satellite*, 1988, p. 267.
2. *Ibid.*, p. 268.

exemple la règle du « *balanced point of view* ». Plus cocasses encore, certains rites consistent précisément à savoir en suspendre d'autres, dans certaines situations. Par exemple : les journalistes pratiquent volontiers la confrontation d'au moins deux points de vue ; c'est la règle qu'en anglais on appelle des « *both sides* » ; mais ils doivent aussi savoir parfois ne pas appliquer cette règle, notamment dans le traitement d'événements dramatiques. Comme le souligne un chercheur sur ces questions, « selon une compréhension implicite, il n'y a pas deux points de vue dans les tragédies humaines » ; ce n'est donc qu'en théorie qu'un reporter pourrait, au moment où une catastrophe climatique a détruit de nombreuses habitations luxueuses, faire une enquête pour savoir pourquoi les propriétaires ont été assez stupides pour construire leurs maisons à cet endroit [1].

Ainsi, le « sens commun » est loin de produire des principes cohérents les uns avec les autres. Et le journalisme en subit les effets, même si par ailleurs il lui arrive d'interpréter de façon abusive ou erronée les attentes « communes ». D'une manière générale, les contradictions entre ses différents « rituels d'objectivité » ne font que confirmer que le geste essentiel, au cœur du journalisme moderne, est celui de rassembler le public le plus large possible.

LA VÉRITÉ SE VOIT

Parmi les rituels importants du journalisme, permettant de présenter des « faits » valables pour tous, c'est-à-dire non pas réductibles à un point de vue singulier, mais objectivés, il faut insister sur l'usage du sens de

1. M. Schudson, *The Power of News*, 1995, p. 13.

la *vue*. Dès sa naissance, en effet, le journalisme « rassembleur » semble avoir misé, comme instrument d'objectivation, sur *l'œil, dans son opposition à la voix* : pour rassembler, pour être collectivement reçu comme un ensemble de faits, et non d'opinions singulières, il fallait que le journal donnât à *voir*, et cessât (enfin) de se contenter, comme les journaux partisans, de *dire*.

Le champ lexical de la vue et de la lumière a indéniablement les faveurs de la *penny press*, qui pratique volontiers l'« *exposure* » – ces reportages « révélant » au regard de tous des faits jusque-là cachés. La définition des « faits » paraît même étroitement liée à une dimension visuelle : est un « fait » ce qui *se voit* ou peut être rendu visible pour tous – comme le suggère l'en-tête « *Brille* pour tous » du *New York Sun*... – et ceci par opposition avec ce qui est simplement *dit*. Le culte du *vu* comme preuve collectivement recevable, à la différence des rumeurs (les voix), est une constante du journalisme populaire américain de la seconde moitié du XIXᵉ siècle. Par exemple, le reportage de Nellie Bly en 1887 pour le *New York World* de Pulitzer, qui a fait beaucoup de bruit à l'époque, et que nous étudierons de près dans le chapitre 3, relève clairement de la démarche suivante : on (c'est-à-dire des voix singulières) *raconte* des choses épouvantables sur l'asile psychiatrique pour femmes de Blackwell Island – il y eut en effet des éditoriaux dans plusieurs journaux sur ces rumeurs dans les mois précédents ; Nellie Bly, elle, va y *voir*.

Le caractère « objectivant », et par là « rassembleur » du visuel, les journalistes de l'écrit semblent donc l'avoir connu avant même l'invention de la télévision. Non seulement la photographie a très vite été un ressort essentiel de la presse populaire, mais on peut considérer que le texte lui-même a tenté de s'approprier cette puis-

sance rassembleuse de l'image. La précision des notations visuelles exigées des reporters dans la seconde
moitié du XIXᵉ siècle est le pendant de l'exigence à
laquelle ils sont soumis de ne pas livrer leur opinion
personnelle. L'œil contre la voix : cette opposition est
claire, notamment dans la façon dont la presse américaine du XIXᵉ siècle se représente elle-même. Par exemple, un poème de 1845 évoque l'ancienne presse d'opinion comme une *langue* – métaphore du bavardage –
dont il déplore l'inaptitude à distinguer le vrai du faux :

> Qu'est-ce que la Presse ? Elle est ce que la langue
> Était au monde quand le Temps était jeune,
> Quand, par la tradition, les pères aux fils
> Racontaient savoirs et actions ;
> Mais les faits et la fiction étaient mélangés
> Aussi les limites ne pouvaient jamais être établies[1].

À ce monde de la rumeur se serait substituée la presse
moderne, qui, pour se représenter, préfère les métaphores
visuelles du miroir ou de la photographie, en particulier
du daguerréotype. Ainsi un article de 1848 évoque-t-il le
Herald de Bennett comme « le daguerréotype quotidien
du cœur et de l'âme de la république idéale »[2].

En fait, on peut se demander dans quelle mesure
le journalisme d'opinion lui-même, ce journalisme
d'avant la révolution industrielle et dont l'actuel éditorial est l'héritier, conscient de sa fragilité intrinsèque –
journalisme de la voix, il risquait de ne passer que pour
une voix... –, n'usait pas déjà volontiers de procédés

---

1. Troisième strophe d'un poème publié le 24 mai 1845 dans *Subter-
ranean*, et cité par D. Schiller, *Objectivity and the News*, p. 87.
2. D. Schiller consacre plusieurs pages à cette métaphore de la photographie, et notamment à l'influence du daguerréotype. Il donne l'exemple
de cet article de 1848 à la page 88 de son livre *Objectivity and the News*.

maquillant la voix « suspecte » sous un regard « innocent ». Après tout, c'est une pratique stylistique ancienne que de proposer une description distante, sans
signe explicite de l'émotion qu'éprouve celui qui décrit,
pour donner à une dénonciation, par exemple, toute sa
force persuasive. Le procédé était déjà cher au Montes-
quieu des *Lettres persanes* ; il est apprécié aussi de la
presse partisane pourtant typique d'un journalisme de
la voix. C'est qu'avant même l'avènement du reportage,
la presse politique connaissait la puissance « rassembleuse » des notations visuelles, la force des descriptions, les vertus de l'œil « innocent » qui pallient le
risque de « singularisation », inhérent à tout propos où
l'auteur donne de la voix.

Cet atout que les notations visuelles offrent y compris
aux textes d'opinion est confirmé, notamment, par les
analyses que Marc Angenot consacre aux textes « agoniques », dans son ouvrage *La Parole pamphlétaire*.
Angenot distingue trois sortes de discours agoniques.
La « polémique » est en quelque sorte le degré zéro, où
les deux adversaires s'estiment à égalité ; la polémique
place sa propre parole sur le même plan que celle de
son adversaire : « Le discours polémique suppose,
comme pour l'essai, un milieu topique sous-jacent,
c'est-à-dire un terrain commun entre les entrepar-
leurs. »[1] Dans la polémique, précise encore Angenot,
« les deux paroles qui s'affrontent sont à égalité de
plan : le polémiste se flatte que sa parole ne vainc que
grâce à ce surcroît métaphysique, sa vérité intrinsèque »[2]. La « satire », elle, se place spontanément dans
une position de supériorité ; elle s'installe dans le vrai,

1. M. Angenot, *La Parole pamphlétaire. Typologie des discours modernes*, 1982, p. 35.
2. *Ibid.*, p. 39.

elle est rassembleuse : « Le satirique est tout à fait installé dans le vrai, c'est son adversaire qui est sans statut. »[1] Angenot écrit ainsi que l'auteur de satires « a "des gens derrière lui" ; le rire a un effet de regroupement, tandis que l'adversaire est tenu à distance »[2]. Or, cette position se caractérise précisément par une abondance de notations visuelles ; la satire décrit, met en scène l'adversaire ou le monde qu'elle critique, pour le discréditer aux yeux de tous ceux qu'elle a derrière elle : « Tout est dans le détachement, la "vision en dehors". »[3] La force de la satire semble tenir précisément à cette capacité à transmuer la voix – singularisante – en un regard – rassembleur, lui. La satire, en somme, ne dénonce pas, elle ne discute même pas, elle peint, et c'est dans cette attitude distanciée que réside cette supériorité qui la caractérise. Le « pamphlet, » pour finir, se situe à l'opposé de la satire : le pamphlétaire se place au contraire d'emblée dans une position d'infériorité, sa parole dit volontiers, au moment même où elle advient, qu'elle est perdue d'avance, vaine, singulière, déjà oubliée. Il y a une morbide jouissance de la marginalité et de l'échec dans la parole pamphlétaire, selon les analyses de Angenot. Or, précisément, il s'agit d'une parole qui ne peint guère, qui souffre même d'une indigence visuelle. Le « je vois » qui s'exprime parfois dans la parole pamphlétaire recèle souvent un aveu de cécité, ou s'il exprime une lucidité singulière, celle-ci est volontiers présentée comme impossible à partager. Le pamphlétaire s'attarde peu sur ses « visions », au mieux dit-il les effets qu'elles produisent sur lui. En d'autres termes, il demeure dans le registre de la *voix*,

---

1. *Ibid.*, p. 39.
2. *Ibid.*, p. 36.
3. *Ibid.*, p. 36.

dans l'expression de l'indignation désespérée que produit sur lui sa propre vision. La seule chose que le pamphlet aime donner à voir, c'est l'image de son échec, d'où l'image, chère aux discours pamphlétaires, de la bouteille à la mer : « Cette lettre », écrivait par exemple Georges Bernanos, « comme celle qui la précède, n'est qu'un message perdu jeté à un avenir que je ne connaîtrai pas. » [1] Ainsi, les images du discours pamphlétaire sont avant tout des représentations de soi, plus que des peintures du monde. Elles relèvent d'un certain narcissisme morbide et sans issue, si caractéristique du pamphlet, impliquant que « l'évidence du propos est intransmissible » [2]. Angenot parle à ce sujet d'un discours « logo-centrique » qui, loin de chercher à faire taire la voix qui l'anime, ne parle que d'elle [3]. En ce sens le pamphlet est précisément le type de discours agonique qui, loin de chercher un renfort dans la peinture rassembleuse dont la satire tire si bien parti, ne se veut, lui, qu'une voix, et jouit de la fragilité même de sa posture. D'ailleurs, l'image de la bouteille à la mer, loin de représenter le pamphlet comme un *regard*, est bien plutôt la métaphore d'une voix qui a peu de chances d'être entendue. Voix singulière, donc, dans tous les sens de l'adjectif, et notamment dans celui qui souligne son incapacité à rassembler.

Cette analyse des discours agoniques insiste donc, elle aussi, sur le caractère étrangement rassembleur des notations visuelles : la voix singulière qui se met à *décrire* donne l'impression de s'effacer devant ce qui s'impose aux yeux de tous. Au contraire du pamphlet, pure et fragile voix, la satire est l'exemple privilégié

---

1. *Anglais*, 38, cité par M. Angenot, *ibid.*, p. 81.
2. M. Angenot, *ibid.*, p. 81.
3. *Ibid.*, p. 74.

d'un discours qui fait mine de s'effacer devant le regard, de refuser l'énoncé explicite d'opinion, et qui, ce faisant, « a du monde derrière lui » ; en somme, d'un discours qui cherche à tirer parti de procédés masquant le fait même qu'il est (qu'il n'est qu') un discours.

Passer de la voix singulière à un regard plus rassembleur, n'est-ce pas, en fait, travailler à transformer, autant que possible, le discours en récit ? Le récit, comme l'explique Gérard Genette[1], qui parle aussi, pour le désigner, de « diégétique », exige de la description. Cette complémentarité de la narration et de la description explique d'ailleurs qu'après examen de leurs différences, Genette refuse une séparation stricte de ces deux formes d'écriture : de la description se mêle toujours à la narration ; la narration, avec sa dimension descriptive, constitue ainsi l'ordre du *récit*, distinct de l'ordre du *discours*. « Dans le discours », écrit-il, « quelqu'un parle, et sa situation dans l'acte même de parler est le foyer des significations les plus importantes ; dans le récit, comme Benveniste le dit avec force, *personne ne parle*, en ce sens qu'à aucun moment nous n'avons à nous demander *qui parle*, *où* et *quand*, etc., pour recevoir intégralement la signification du texte »[2]. Genette ne croit certes pas, pour sa part, à l'existence d'une frontière étanche entre discours et récit, mais il demeure clair à ses yeux que le récit a ses règles propres et que « raconter » est donc différent de « discourir » : « Le discours peut "raconter" sans cesser d'être discours », affirme-t-il, « le récit ne peut "discourir" sans sortir de lui-même. »[3] On peut se demander si la spécificité du récit ne tient pas justement à cette

1. G. Genette, « Frontières du récit », in *Figures II*, 1969, p. 49-69.
2. *Ibid.*, p. 64-65.
3. *Ibid.*, p. 66.

importance en lui du descriptif, autrement dit au fait qu'il met en jeu, outre une voix, un regard[1]. Ainsi, la voix qui raconte, au lieu de simplement discourir, suscite une écoute que les polémistes de talent connaissent bien, soucieux qu'ils sont de parsemer leurs dénonciations indignées de récits – c'est-à-dire de narrations incluant, comme on l'a dit, de la description. Plus on raconte et décrit, moins on donne l'impression de discourir.

Ce procédé bien connu du journalisme d'opinion, cet étrange effacement de la voix dans le « diégétique » – en fait, la voix se mue en voix *narrative* –, stratégiquement si efficace pour rassembler, invite d'ailleurs à ne pas nécessairement considérer le passage du journalisme d'opinion au journalisme de reportage, dans la seconde moitié du XIXᵉ siècle, comme une pure et simple rupture. Les grands journalistes d'opinion étaient, à maints égards, déjà de fort bons reporters, ou du moins de fort bons narrateurs. Certaines figures dont la biographie semble dessiner une conversion journalistique – du journalisme d'opinion « traditionnel » au reportage – n'ont peut-être que poussé à bout une sensibilité à la puissance du « diégétique », sensibilité dont témoignaient déjà leurs écrits les plus polémiques. On pense ici à une figure comme Séverine, que nous étudierons au chapitre suivant, dont les articles d'opinion, et notamment les textes d'indignation, ont toujours été extraordinairement visuels, descriptifs, narratifs[2]. Son « reportage » sur le procès de Dreyfus paru dans *La*

---

1. Le fait que le récit est fondamentalement affaire de *regard* est confirmé par la longue réflexion de Genette sur les modalités de la « focalisation » dans le récit, dans son article « Discours du récit » (in *Figures III*, 1972, p. 67-278).
2. Voir Séverine, *Choix de papiers*, recueil établi par Évelyne le Garrec, 1982.

Fronde en 1899 n'est dès lors pas à comprendre comme une rupture dans son itinéraire : il ne fait que prolonger une sensibilité particulièrement aiguë à la faiblesse intrinsèque du *dire*, et à l'exigence de soutenir ses propos par un *voir*. Dans ce reportage [1], elle affirme d'une façon particulièrement intense son dégoût pour les journalistes « rhéteurs » qui ne vont pas voir les choses de près. Elle semble alors rompre avec le journalisme polémique traditionnel pour embrasser une écriture du témoignage vécu, sensible et notamment visuel. Pour autant, la manière dont elle-même pratiquait ce journalisme d'opinion qu'elle dénonce maintenant, révélait déjà cette conscience douloureuse d'une certaine faiblesse des voix qui disent sans jamais rien donner à voir.

Bien sûr que ce culte du *voir* relève d'un « rituel d'objectivité » et n'a rien à voir avec une objectivité fondée avec rigueur sur le plan épistémologique ! Il s'agit, là encore, d'un pacte avec le public, qui dénote, au cours du XIXe siècle, une montée en puissance du sens de la vue dans la vie sociale – n'oublions pas que c'est le siècle de la naissance de la photographie et du cinéma. Pour beaucoup de spécialistes de la notion d'objectivité, cette confiance dans la vue comme instrument de vérité témoigne d'ailleurs d'une réflexion encore peu approfondie, peu angoissée, sur la nature de l'objectivité. Le culte des « faits » qui a cours dans le journalisme de la fin du XIXe siècle relève, selon Michael Schudson, d'un « empirisme naïf » [2], c'est-à-dire d'une confiance profonde dans la capacité d'un « je », à condition qu'il soit regardeur, et non simplement dis-

1. Voir le chapitre suivant.
2. M. Schudson, *Discovering the News*, p. 6.

coureur, à établir les « faits » et à proposer ainsi une sorte d'expérience collectivement recevable, dans laquelle tous peuvent se reconnaître. À tel point que Schudson considère qu'à ce moment-là la question de l'objectivité n'existe encore nullement comme telle dans le journalisme : elle est comme réglée d'avance, désamorcée par cet « empirisme naïf » qui, loin de craindre la subjectivité, lui fait au contraire largement confiance.

Selon ce spécialiste, ce n'est qu'à partir du lendemain de la Première Guerre mondiale que la question de l'objectivité commence vraiment à tenailler le journalisme américain, parce que alors le contexte est celui d'une méfiance nouvelle, radicale, envers la subjectivité. À cet égard, le moment-charnière est l'article que font paraître, en 1920, Walter Lippmann et Charles Merz [1], dans lequel ils condamnent la couverture de la révolution soviétique et de la guerre qui s'ensuivit par les reporters du *New York Times*. Les deux auteurs de l'article analysent en détail le regard de ces journalistes sur la révolution et les accusent, tout bonnement, de n'avoir vu que ce qu'ils avaient eu envie de voir. Les « regardeurs » doivent désormais offrir des garanties : il ne suffit plus de voir, il faut encore bien voir. On doit noter cependant que la critique de Lippmann et Merz ne débouche pas sur un discrédit complet de la position de témoin, mais sur la nécessité de professionnaliser davantage cette position. D'ailleurs, Lippmann, en dépit des critiques qu'il adressera toute sa vie aux journalistes dont le regard lui paraît biaisé, conservera une foi dans la possibilité d'un témoignage « vrai » [2].

---

1. W. Lippman et C. Merz, « A Test of the News », *The New Republic*, 4 août 1920, p. 1-42.
2. Voir nos analyses du chapitre IV.

Quelle que soit la pertinence de la périodisation adoptée par Schudson, et qui concerne, rappelons-le, le journalisme américain, elle met en tout cas le doigt sur un phénomène qui traverse d'une manière générale l'histoire de la notion d'objectivité. Cette histoire va effectivement dans le sens d'une méfiance de plus en plus grande envers la subjectivité. De même que Schudson considère qu'au fond la notion d'objectivité n'apparaît véritablement dans le journalisme qu'à l'heure où la méfiance s'est tout à fait installée envers le « je » (du reporter-regardeur), de même, et de façon plus générale, certains spécialistes de la notion d'objectivité considèrent qu'elle n'advient de façon tout à fait formalisée qu'au moment où elle s'inscrit historiquement dans une suspicion radicale envers la subjectivité. Pour Lorraine Daston, par exemple, la notion d'objectivité s'est fixée au moment où elle a pris, dans la science du XIXᵉ siècle particulièrement, qui semble à cet égard en avance sur des pratiques sociales comme le journalisme, ce tour radical, c'est-à-dire le sens d'objectivité « aperspectivale », impliquant une crainte de principe envers la subjectivité et les limitations qu'elle implique [1]. L'objectivité est alors devenue, pour ainsi dire, l'idéal d'un regard qui ne se réduirait plus à une perspective, qui aurait effacé toute trace du regardeur.

Daston montre qu'au XVIIIᵉ siècle l'idéal n'était pas encore formulé en ces termes. Chez Adam Smith par exemple est surtout valorisé, dans l'ordre épistémologique, esthétique ou moral, le modèle de l'observateur interchangeable, c'est-à-dire une capacité d'empathie universelle, une aptitude à épouser tout à tour une

---

1. L. Daston, « Objectivity and the Escape from Perspective », actes du *Symposium on the Social History of Objectivity* publiés dans *Social Studies of Science*, 1992, p. 597-618.

myriade de points de vue différents. À partir de la fin du XVIIIᵉ siècle, cependant, le souci d'être parfaitement « désintéressé » s'est de plus en plus formalisé en un idéal qu'on pourrait appeler de « désancrage » absolu, sous l'effet d'une méfiance croissante envers la subjectivité. Comme l'explique fort bien Daston, la conséquence de cette évolution sur les attentes de tout lectorat face aux textes prétendument « objectifs » est la substitution, à une relation fondée sur la confiance (*trust*) dans un auteur, dans un « je » – sa présence n'était pas gênante, pourvu qu'il fût digne de confiance, c'est-à-dire potentiellement interchangeable, permettant l'identification de tous à lui –, d'une méfiance de principe, qui se traduit par l'exigence incessante de preuves, de signes « techniques » garantissant que l'observation est bien indépendante de toute perspective singulière.

Il est bien possible que le journalisme, avec un peu de retard, ait lui aussi fini par être gagné par cette méfiance envers la simplicité du « je vois » (« empirisme naïf ») et que l'on ne puisse, en toute rigueur, dater que de ce moment-là sa quête angoissée de l'objectivité. En même temps, demandons-nous si les solutions qu'il a pu apporter à cette quête ont véritablement dépassé la position du « je vois », c'est-à-dire la structure du sujet qui regarde et raconte ce qu'il a vu, la structure du *témoin*. A-t-on produit un regard « aperspectival », sans sujet pour l'ancrer ? Rien n'est moins sûr, ce qui conduirait dès lors à penser que le journalisme n'est pas tout à fait sorti de son XIXᵉ siècle.

LA FIGURE DU TÉMOIN-AMBASSADEUR

Mais au fait, qu'est-ce que cela voudrait dire, un regard « aperspectival », parfaitement désingularisé, hors perspective, désancré, « total » ? Ne s'agit-il pas d'une pure abstraction – la visée toute théorique d'une sorte de *non-lieu* ou de « *nulle part* », d'une « *view from nowhere* », pour reprendre la formule du philosophe Thomas Nagel[1] ?

Cependant, il serait faux de dire que ce genre d'abstraction n'a pas fait rêver au sein du journalisme moderne. Dans les années 1970, un auteur réfléchissant sur le journalisme américain, Edward Jay Epstein, intitulait précisément l'un de ses ouvrages *News From Nowhere. TV and the News*[2]. Posons donc la question : l'apparition du média télévisuel n'a-t-il pas donné chair, pour la première fois, à l'idéal journalistique d'un regard parfaitement désancré ou « total » ? Et si enfin l'objectivité aperspectivale avait trouvé les modalités de sa réalisation, grâce à une technique éliminant toutes ces traces subjectives singulières qui, au contraire, « salissent » les regards des journalistes de l'écrit ? Et si enfin un regard était né, nettoyé de toute voix, non réductible à un *point de vue*, impossible à discréditer comme un simple *témoignage*, c'est-à-dire comme une perspective inexorablement subjective et singulière ?

L'image technique – la photographie, mais, mieux encore, parce qu'ils parviennent à saisir la durée, le film puis la vidéo – aurait-elle permis de dépasser la limite inhérente à la position du *témoin* ? Auquel cas, n'accomplirait-elle pas le mouvement du rassemblement absolu, puisqu'elle offrirait enfin la vision de personne en particulier, donc de tout le monde[3] ? Pour reprendre une formule d'un célèbre journaliste de télé-

1. T. Nagel, *The View from Nowhere*, 1986.
2. E. J. Epstein, *News From Nowhere. TV and the News*, 1973.
3. Le caractère extraordinairement « rassembleur » des événements montrés en images, télévisés, est notamment analysé par D. Dayan et E. Katz dans *La Télévision cérémonielle*, 1992.

vision américain, Dan Rather, la force de la caméra, c'est qu'elle est un œil qui ne cligne jamais [1]. Rappelons d'ailleurs que le logo de la chaîne américaine CBS est un œil, sans visage pour l'entourer ou l'ancrer. Les images photographiques et filmées semblent bel et bien posséder une force d'objectivation inédite, supplantant les regards pleins de voix que sont les reportages écrits, ces textes dont rien ne permet *a priori* d'affirmer qu'ils sont autre chose que des témoignages, avec la fragilité qui leur est consubstantielle.

Il y a une indéniable force démonstrative des « faits » établis au moyen d'une caméra, cachée ou non. Il y a quelques années, le scandale provoqué par le film tourné, à l'insu des acteurs concernés, par un photographe de l'agence de mannequins Élite au Royaume-Uni, qui révélait les comportements racistes des employeurs et leurs abus sur des mannequins mineures, scandale qui a mené à la démission de la direction d'Élite, est significatif de cette force de l'image, preuve qui semble s'imposer sans besoin d'interroger la source de son élaboration – le « je » qui a filmé, ce journaliste déguisé en photographe de l'agence [2]. Dans les années 1980, Günther Wallraff révélait le traitement des travailleurs turcs par beaucoup d'industries allemandes en s'étant fait lui-même passer pour un Turc et embaucher ; son reportage a d'abord pris la forme d'un livre [3], mais il a de lui-même éprouvé le besoin de monter ensuite en

1. D. Rather (with M. Herskowitz), *The Camera Never Blinks. Adventures of a TV Journalist*, 1977.
2. Nous faisons ici référence au reportage diffusé en novembre 1999 par la BBC puis dans une vingtaine de pays. Ces « révélations » ont produit des réactions en chaîne, l'agence ayant été ébranlée par de nouvelles accusations en septembre 2001. (Voir notamment *Le Monde*, 2-3 septembre 2001, p. 13.)
3. G. Wallraff, *Ganz Unten*, 1985, trad. fr. A. Brossat et K. Schuffels sous le titre *Tête de Turc*, 1986.

film les images qu'il avait tournées au moyen d'une caméra cachée.

Et pourtant il n'est pas certain du tout que l'image télévisuelle permette de supplanter la figure du journaliste-témoin. Les réflexions de Jacques Derrida, dans ses *Échographies de la télévision*, sont éclairantes à cet égard. Assurément, remarque Derrida, l'image télévisée livre, ou donne l'impression de livrer une représentation im-médiate, comme désubjectivée, du réel, c'est-à-dire une *preuve*, au contraire d'un *témoignage* qui demeure inexorablement un discours à la première personne, où un « je » s'exprime en son nom. Mais le paradoxe, c'est que le dépassement du biais subjectif inhérent au témoignage ouvre en même temps la possibilité d'une manipulation encore bien plus grande. Les possibilités de montage et d'effets spéciaux, notamment grâce aux images numériques, installent le doute le plus cuisant au cœur même de cet instrument de *preuve*. La preuve peut aussi être une manipulation. « Les instruments d'archivation très raffinés dont nous disposons maintenant sont à double tranchant », affirme Derrida : « d'un côté, ils peuvent nous livrer plus "authentiquement" que jamais, plus fidèlement, la reproduction du "présent tel qu'il a été" ; mais d'un autre côté, par là même, grâce à ce même pouvoir, ils nous offrent des possibilités plus raffinées de manipuler, de couper, de recomposer, de produire des images de synthèse, etc. Le synthétique nous donne ici plus de champ et de chance d'authentification, et en même temps une plus grande menace sur l'authentification en question. Cette valeur d'authenticité est à la fois rendue possible par la technique et menacée par elle, indissociablement. »[1]

1. J. Derrida et B. Stiegler, *Échographies de la télévision. Entretiens filmés*, 1996, p. 110-111.

Or, si le risque du leurre est l'envers de la puissance d'authentification de l'image, si le moment où le but semble atteint – un regard pur de toute voix – est aussi celui où cet accès peut le plus être mis en doute, alors, *in fine*, le témoignage pourrait bien être plus fiable que la preuve. « C'est pourquoi on continuera de préférer, fût-ce naïvement, le prétendu témoignage vivant à l'archive : on aime croire que quand un témoin vient à la barre et parle en son nom, il est lui-même ! Il parle... Même s'il ment, ou même s'il oublie, ou même si son témoignage est insuffisant ou fini, au moins il peut être véritable. »[1] Derrida analyse l'exemple du film tourné par un amateur, montrant les sévices corporels infligés à Rodney King par des policiers en Californie. Cette image a fait le tour des rédactions du monde entier, elle s'est imposée comme une preuve qui semblait supplanter tous les témoignages. Et elle a été, indéniablement, « rassembleuse » : « [...] cette scène a été filmée et montrée à la nation tout entière, personne ne pouvait plus détourner les yeux de ce qui était en quelque sorte immédiatement livré sous le regard, voire imposé à la conscience, apparemment sans interposition, sans médiateur. Et cela devenait tout à coup intolérable, la scène paraissait insoutenable, la responsabilité collective ou déléguée s'avérait insupportable »[2]. Pourtant, Derrida trouve beaucoup de sagesse dans l'exigence juridique, qui est apparue au moment du procès, de ne pas confondre une preuve, une pièce à conviction, avec un témoignage : le jeune caméraman a donc été appelé à la barre pour certifier ce que *lui* avait vu. « [...] l'enregistrement vidéographique a pu servir d'archive, peut-être de pièce à conviction, peut-être de preuve, mais il

1. *Ibid.*, p. 111.
2. *Ibid.*, p. 105.

n'a pas été substitué au témoignage. La preuve – la preuve ! – de ce fait, c'est qu'on a demandé au jeune homme qui a filmé de venir lui-même attester en jurant devant des personnes vivantes qui constituaient le jury et qui étaient légitimées comme telles, en jurant que c'était bien lui qui tenait la caméra, qu'il a assisté à la scène, qu'il a vu ce qu'il a filmé, etc. Il y a donc hétérogénéité du témoignage et de la preuve, et par conséquent de tout enregistrement technique. La technique ne fournira jamais un témoignage » [1].

Ainsi, si tant est que l'image télévisée puisse réaliser le dépassement du témoignage, le regard « désubjectivé » qui en résulte comporte intrinsèquement le risque d'une manipulation subjective peut-être plus grande que jamais. Le rassemblement confiant autour de la « preuve » peut se retourner très vite en éparpillement suspicieux. Cela permet peut-être de comprendre le spectaculaire passage aux extrêmes constaté dans certaines crises aiguës du journalisme télévisuel, notamment dans l'affaire des images du massacre de Timisoara : soudain, à la preuve par les images a succédé une méfiance absolue, qui resurgit volontiers depuis, sous la forme de ce qu'il est désormais convenu d'appeler le « syndrome Timisoara ». Et surtout, cela invite à se demander si, malgré ses limites, la figure-clef du journalisme rassembleur ne demeure pas celle du témoin qui dit « je vois ».

La présence du « je » donne au regard ce qu'on appelle en anglais une « *reliability* », un visage auquel s'en remettre, une visibilité du pôle qui prétend rassembler. Et c'est pourquoi la faiblesse de la figure du témoin peut aussi se retourner en force extraordinaire, pour peu

1. *Ibid.*, p. 107.

que le témoin soit investi d'une légitimité par la communauté qui reçoit son témoignage. Commentant la littérature sur les problèmes posés par le témoignage judiciaire, le sociologue Renaud Dulong souligne qu'« il n'y a peut-être rien de plus convaincant qu'un être humain qui se lève, pointe le doigt vers l'accusé et affirme : c'est lui »[1]. Ainsi, le « je l'ai vu », s'il est parfois discrédité d'emblée, est aussi, dans certains contextes sociaux, véritablement tout-puissant. Un regard, et le discours dans lequel il se déploie, peuvent donc être socialement « objectivés » sans besoin de cette lutte infinie contre la part de subjectivité qu'ils recèlent, mais au contraire en misant sur elle. Il s'agit alors d'une forme d'objectivation qui n'a rien à voir avec l'idéal d'objectivité aperspectivale, et qui en constitue même l'opposé : loin d'être pensé comme haïssable, obstacle sur la route vers l'objectivité, le « je » apparaît comme l'instrument même de l'objectivation.

Et ceci parce que existe une sorte de contrat tacite entre ce « je » et le « nous » qui se reconnaît en lui. Le témoin n'est plus fragile et suspect, car son expérience est perçue comme celle que chacun d'entre « nous » aurait faite à sa place. Son « je » rassemble une communauté, parce que celle-ci voit en lui, dans la singularité même de l'expérience qu'il a faite, son ambassadeur. Ce mode d'objectivation, ou ce procédé de rassemblement, nous l'appellerons donc la figure du *témoin-ambassadeur*. Pour celui qui l'utilise, il s'agit de rappeler toujours, plus ou moins implicitement, qu'il voit *au nom de tous* ; donc de rappeler le pacte qui l'unit au « nous », lui permettant de faire faire à ce « nous » une

---

1. R. Dulong, *Le Témoin oculaire. Les conditions sociales de l'attestation personnelle*, 1998, p. 27.

sorte d'expérience par procuration. Comme si le « je », tout singulier qu'il fût, était en même temps « collectif ».

Cette figure du *témoin-ambassadeur* demeure fidèle, en un sens, pour reprendre les analyses de Daston, à l'ancien modèle, cher au XVIIIᵉ siècle, de l'observateur interchangeable, avant la radicalisation qu'a constituée l'apparition de l'idéal d'une objectivité aperspectivale. Effectivement, malgré les crises de confiance du public envers ses journalistes, malgré les exigences d'un regard plus « professionnel », c'est-à-dire, en particulier, plus réflexif – est-ce que je vois tout ce qu'il y a à voir, ou bien suis-je aveuglé par mes stéréotypes singuliers ? –, on peut se demander si le journalisme a tout à fait rompu avec cette structure déjà ancienne du « je vois », qui veut dire : « je vous fais voir à tous », « vous êtes tous rassemblés derrière moi ». Voilà qui est peut-être bien plus fondamental, dans l'histoire du journalisme, que les rêves contemporains d'un regard purement technique et désubjectivé, rêves dont on vient de voir le permanent renversement en cauchemars. Sans doute à cause du caractère impalpable de cette « objectivité aperspectivale », ce qui demeure triomphant dans le journalisme rassembleur, c'est bien plutôt la figure du témoin-ambassadeur, qui a émergé à la fin du XIXᵉ siècle : le journaliste se présente comme un simple témoin, mais un témoin légitimé par une communauté entière ; comme un observateur singulier, mais mandaté, justifié. Ainsi le regard du journaliste dit-il en même temps « je » et « nous ».

Cette figure du témoin-ambassadeur était bel et bien la figure de prédilection du journalisme populaire de la seconde moitié du XIXᵉ siècle. L'une de ses manifestations était la présence, intense, du « je » dans l'écriture journalistique de cette époque, alors même que naissait, comme on l'a dit, le souci de ne livrer que les « faits », indépendamment de l'opinion du journaliste. Paradoxe qui voulait que l'effacement du sujet au nom de la « factualité » n'impliquât nullement la disparition complète du « je ». Ce paradoxe est en fait résolu par l'« empirisme naïf » dont parle Schudson : le « je » n'est pas suspect tant qu'il laisse parler ses sens et ne parasite pas l'expérience vécue, le « je vois », par des opinions, des « je pense que ». C'est la croyance en la possibilité de séparer ces deux ordres, celui des sens et celui de l'opinion, l'œil qui « reçoit » et la voix qui « exprime », qui est au fondement de cet « empirisme naïf » – on pourrait aussi parler d'un positivisme sensualiste – et qui fonde la confiance dans le reporter. Parce qu'il ne discourt pas mais relate ce qu'il perçoit, son « je », ancré dans ses sensations, n'est nullement gênant, il est potentiellement « collectif ». Cependant, ce sensualisme – cette confiance dans les sens comme instrument de vérité – semble, en ce siècle de la naissance des reporters, soutenu par autre chose encore : l'impression que ces journalistes-là nous représentent particulièrement bien, qu'ils sont des incarnations parfaites du public moyen. S'ils sont nos ambassadeurs, ce n'est pas simplement parce qu'ils sont *corps*, abandonnés aux sens, rivés à leur « je vois » ; c'est parce qu'ils sont tellement *nous*. En fait, c'est pour cela que leur corps sent comme le nôtre, que leur œil est potentiellement notre œil à tous.

Or, ces « certitudes », ce sont les premiers reporters eux-mêmes qui ne cessent de les rappeler, de les faire jouer dans leur écriture. Dans leur manière même de regarder ils ont besoin de sceller le pacte qui les unit à leur public, afin de perpétuer la puissance rassembleuse de leur regard. Et c'est pourquoi le « je » est omniprésent dans l'écriture des reporters du XIXe siècle :

il ne cesse de se légitimer, de formuler son mandat d'ambassadeur du « nous ». Cela est tout à fait net, par exemple, dans l'écriture de James Gordon Bennett. Prenons cette page qui a offert au *Herald* son premier succès populaire, à propos d'un fait divers, le meurtre d'une prostituée, Helen Jewett, par un jeune homme du nom de Robinson. Bennett, qui a fait l'enquête pour le *Herald*, ne cesse de se mettre en scène dans son reportage :

> « Je frappai à la porte. Un officier de police l'ouvrit, furtivement. Je lui dis qui j'étais. "Monsieur B., vous pouvez entrer", dit-il avec une grande politesse. Les foules se bousculaient derrière moi, cherchant également une entrée.
> – Plus personne n'entre !, dit l'officier de police.
> – Pourquoi laissez-vous cet homme entrer ?, demanda quelqu'un dans la foule.
> – C'est un journaliste – il est de service pour le public (*he is on public duty*). » [1]

On le voit, le pacte entre le journaliste et son public ne cesse d'être répété, le rassemblement autour du reporter est littéralement mis en scène (« Les foules se bousculaient derrière moi », le journaliste est « *on public duty* »). Le « je » peut bien être omniprésent – il le doit même – puisqu'il est en quelque sorte « collectif », plein de « nous », incarnation du public.

Le paradoxe de ce procédé est que le rassemblement s'opère non pas contre l'expression d'un « je », mais par elle. La description de la chambre du crime par Bennett, dans le reportage que l'on vient d'évoquer, se caractérise par une mise en scène de soi permanente du reporter : l'usage de la première personne est envahissant à l'heure où, comme on l'a dit, on demandait aux

---

1. J. Gordon Bennett, *New York Herald*, avril 1836, cité par H. M. Hugues, *News and the Human Interest Story*, p. 11.

reporters de ne guère exprimer d'opinion personnelle. En réalité, si les *opinions* sont interdites, les *sensations* sont au contraire essentielles. Car elles constituent l'instance même d'établissement des « faits » collectivement recevables, l'instrument paradoxal de l'objectivation, la médiation entre « je » et « nous ». Ce positivisme sensualiste n'a donc rien à voir avec l'idéal d'« objectivité aperspectivale » qui hait la subjectivité. Il a, en quelque sorte, un pied dans le positivisme du XIXe siècle – il a la prétention de toucher aux « faits » valables au-delà de la singularité de la perspective dans laquelle ils sont apparus – tout en lui donnant une coloration particulière, qui tient à cette tendresse pour l'expérience sensible, à cette confiance dans les *sens* pour accéder aux « faits ».

Que ce procédé, cher au reportage du XIXe siècle, ne soit pas démodé, c'est là peut-être une thèse moins attendue. On observe pourtant que même le journalisme de télévision semble avoir recours, souvent, à cette figure du témoin-ambassadeur, misant beaucoup moins qu'on le croit sur le caractère impersonnel, « technique » de l'image télévisuelle. Les émissions françaises dites de « grand reportage » ou de « reportage d'investigation » (« Zone interdite », « Envoyé spécial ») se rangent de plus en plus volontiers à cette pratique consistant, après la diffusion d'un « sujet », à inviter sur le plateau de télévision le reporter, c'est-à-dire la voix qui parlait pendant le « sujet », le visage qui était bien là, derrière la caméra. Le présentateur lui demande alors des explications sur la manière dont il a rencontré les personnes dont il a été question, sur ce qu'il sait de l'évolution de ces personnes depuis la date du reportage, etc. L'itinéraire, la perspective propre du regardeur, loin d'être gommés, sont volontiers exhibés.

Par ces pratiques, il semble que ces émissions de qualité cherchent précisément à corriger certains traits du journalisme de télévision ordinaire. Car, peut-être sous l'effet d'une croyance en l'importance d'un « regard venu de nulle part », ce journalisme de télévision a tendance à jongler avec des regards multiples, éparpillés : il est fréquent que les « sujets » proposés à la télévision soient des produits constitués d'images d'origines diverses, issues notamment de banques d'images, montées plusieurs fois, souvent par différentes personnes successivement. Ce phénomène n'interdit pas forcément la reconstitution, à chaque fois, d'un « angle » – pour employer le jargon de la profession – qui structure de manière ferme le regard journalistique, mais il faut tout de même reconnaître qu'il est propice à la fabrication de « produits » visuels plutôt « déstructurés ». Il nous paraît dès lors significatif que certains reportages dits d'investigation essaient au contraire de restaurer une présence – celle d'un narrateur, en fait –, c'est-à-dire d'exhiber un visage ou un « je » derrière le regard « technique » ; comme s'il était important de repenser le tournage et le montage télévisuels comme les expressions d'un regard ancré, d'un point de vue, bref comme des écritures. De telles tentatives invitent en tout cas à refuser l'idée d'un gouffre séparant le support écrit et le support télévisuel : l'enjeu au fond déborde la question des supports ; il s'agit de tirer le meilleur parti de l'ancrage dans un « je », un je témoin, un je narrateur.

Plus d'un siècle après les premiers reporters, beaucoup de reportages écrits continuent, eux aussi, de décliner la figure du témoin-ambassadeur. Les procédés n'ont donc peut-être pas tant changé que cela. L'écriture d'Edwy Plenel en est un bon exemple. Dans son appel à livrer la « bataille du secret »[1], à dénicher les vérités dans les « territoires interdits »[2] par le pouvoir, il va jusqu'à parler de « révélation » pour qualifier la démarche du journaliste. Le souci de l'objectivation est donc on ne peut plus net, impliquant un désir de rassembler d'une autre façon que celle, artificielle, qui arrange les pouvoirs établis. Il écrit : « Restaurer l'information dissidente contre le fait accompli, la liberté indocile de la première contre la douce dictature du second. Restaurer la nouvelle qui fait sens contre le communiqué qui fait silence. La révélation qui dérange contre la communication qui arrange. »[3] C'est le regard du « nous » qui est ici invoqué contre la parole de quelques-uns. On retrouve donc dans ces formules le « *Shines for All* » du vieux *New York Sun*, c'est-à-dire le mélange des thèmes du rassemblement et de la visibilité : seuls quelques-uns ont intérêt à laisser le « caché » là où il se trouve, dans les coulisses. Faire voir, c'est être l'ambassadeur du « nous », bien plus large, contre ce petit groupe.

Or, comme chez les reporters du XIXᵉ siècle, l'écriture de Plenel se caractérise par une omniprésence du « je ». La figure du témoin-ambassadeur, du « je » rassembleur, envahit son style, par exemple dans *La Part d'ombre*, où l'on perçoit avec netteté les signes les plus évidents de l'usage d'une telle figure : une fréquente autolégitimation, le rappel insistant que le « je » voit au nom de tous, révèle pour tous, est un « nous ». Ainsi dans les passages où Plenel s'étend sur sa proximité de cœur avec tous ces détenteurs de vérités, soumis au silence par le pouvoir : il parle de lui, de ce qu'il

1. E. Plenel, *Un temps de chien*, 1996, p. 157.
2. *Ibid.*
3. *Ibid.*, p. 186.

éprouve face aux situations qu'il décrit. Or, cet épanchement, qui peut au premier abord sembler une parenthèse, constitue un atout essentiel du texte. Car ce faisant, Plenel, homme ému par l'injustice, individu *comme nous*, avec du cœur et des valeurs de « citoyen », se présente comme digne d'être notre représentant, digne d'être ce témoin auquel nous faisons confiance. Observons par exemple la manière dont il justifie son attitude à l'égard de Bernard Jégat, un témoin qui, en décidant de parler, s'était mis dans des tracas infinis : « Aussi m'en a-t-il voulu – et m'en veut-il toujours. Ce soir d'octobre 1985, je lui ai fermement conseillé d'aller chez le juge, la seule protection qui vaille. Je ne lui ai même guère laissé le choix : désormais, nous connaissions son histoire, nous allions la publier, tout au plus pouvions-nous attendre son audition par le magistrat. Les puristes diront que je suis sorti de mon rôle, franchissant la ligne jaune qui sépare le spectateur de l'acteur. Ils croient sans doute pouvoir tracer une frontière étanche entre le journaliste et le citoyen. Si d'aventure il existe, ce journalisme désintéressé, sans chair ni passion, est l'école du cynisme. Il est permis de lui préférer le "droit de suite" qu'invoquait dans les années vingt Albert Londres à la fin de ses enquêtes, apostrophant ministres et gouvernements, les sommant de mettre un terme aux injustices dont il avait été témoin. »[1] Plenel fait mine de prendre une position défensive, répondant à ceux pour lesquels l'individu-citoyen doit s'absenter du regard journalistique. Mais sa réponse constitue en fait un moment décisif et « offensif », situé plutôt au début de l'ouvrage, d'ailleurs : loin de dire « je suis malgré tout un journaliste », il fait de son attachement personnel à certaines valeurs le socle même

1. E. Plenel, *La Part d'ombre*, 1992, nouvelle édition de 1994, p. 67.

de sa légitimité comme journaliste. Vous voyez bien, semble-t-il dire, que je porte notre acception commune du juste, et donc que je suis *le témoin* légitime, celui qui voit et parle pour nous tous – et il cherche d'ailleurs un modèle journalistique typique de la figure rassembleuse du témoin-ambassadeur, Albert Londres [1].

Cette figure du témoin-ambassadeur rend en fait *essentiel de parler de soi*, de sa chair et de sa passion, cela fait partie du procédé lui-même, qui repose sur un travail d'autolégitimation. Ce travail peut s'avérer fort subtil : le journaliste fait mine d'avoir l'esprit singulièrement retors... pour qu'il apparaisse, précisément, que non, qu'en fait il a l'esprit bien tourné, lui, comme « nous » et pas comme « eux » (les gens au pouvoir) ; ainsi dans cette petite remarque de *La Part d'ombre*, qui clôt le récit de divers événements : « Seuls de mauvais esprits, dont je suis, peuvent encore y voir une relation de cause à effet... » [2] – une remarque qui signifie, bien entendu : si je suis un mauvais esprit, nous le sommes tous, n'est-ce pas ? Il ne s'agit guère d'effacer le « je », il s'agit d'en faire une présence constante, mais justifiée, légitimée par un pacte tacite avec le public. Ainsi, encore, dans l'affaire des Irlandais de Vincennes, où « je » incarne la simple humanité, solidaire, généreuse, « nous » tous, contemplant un pouvoir socialiste en perdition : « Autant l'avouer, écrit Plenel : *je ne crois pas avoir réussi à sauver la gauche dans cette débâcle* qui emportait Jean-Michel Beau, victime de l'injustice d'un pouvoir socialiste. La pire des injustices pour un militaire : celle que vous infligent votre arme, votre famille, vos frères. Celle où tout se brouille, fidélité et liberté, principes et devoir. Celle où tout

1. Voir notre chapitre 3.
2. *Ibid.*, p. 118.

s'écroule. Dans les jours qui suivirent les aveux de Pierre Caudan, quand le sol se déroba sous ses pieds, quand Prouteau et Barril ne répondirent plus à ses appels, Beau entra en dépression. Il en est sorti en choisissant de se battre. *J'ai vu* cet homme massif et autoritaire craquer, envisager les pires folies, se perdre dans son désespoir. *J'ai essayé* parfois de lui remonter le moral en lui suggérant que sa mésaventure était bienvenue, qu'elle lui en avait plus appris sur la vie que vingt-six ans d'obéissance et de discipline. *Je n'aurai sans doute pas* fait un bon médecin des âmes. »[1] Aucune gêne à dire « je », plutôt une heureuse insistance, parce que le « je » ici est déjà collectif, il est institué en ambassadeur d'un « nous » par l'écriture elle-même.

Évidemment, il n'est pas toujours nécessaire de formuler autant le « je » pour qu'il soit présent. La figure du témoin-ambassadeur se décline de multiples manières, exigeant simplement du journaliste qu'il se pose comme un représentant du public, du « nous ». Par exemple, le personnage de l'intervieweur, dans les médias en général, utilise volontiers ce procédé, visant à faire sentir qu'il pose *nos* questions, et que c'est cela qui le rend légitime. D'où la parade bien connue, et symétrique, de l'interviewé en difficulté, qui consiste à renvoyer au journaliste l'image d'un interrogateur « orienté », singulier, ne représentant guère le « public » comme il devrait le faire. La figure du témoin-ambassadeur a la particularité d'exhiber le pôle du rassemblement, c'est-à-dire le reporter lui-même, le « je » ; mais cela peut se faire de multiples manières, qui renvoient à la multiplicité des manières de *rassembler*.

---

1. *Ibid.*, p. 58. C'est nous qui soulignons.

Dès lors, cette figure du témoin-ambassadeur invite à une analyse toute en nuances de ce geste du rassemblement. On ne peut pas se contenter de rejeter en bloc, avec mépris, une démarche qui, en réalité, n'est pas une, et se décline en de multiples variantes. Il est faux, en particulier, de considérer que le geste journalistique de rassembler implique le lissage de tous les conflits dans cette communauté rassemblée. Le témoin-ambassadeur, qui s'érige en centre de la communauté et qui, se faisant, définit ce centre, engage une réflexion latente sur l'identité du « nous » ; or, il y a de nombreux cas – qui renvoient, en fait, aux pages les plus combatives du journalisme moderne – où cette réflexion sur l'identité implique une *mise à l'épreuve du « nous »* : le journaliste, par son regard, introduit quelque chose qui interroge l'identité du « nous » et qui active un conflit autour de cette identité en question ; c'est à travers la mise en scène de ce conflit qu'il réaffirme le centre. Le rassemblement s'opère donc dans et par l'épreuve.

C'est précisément sur ces rassemblements dans et par l'épreuve que nous souhaitons réfléchir dans cette étude. Quelles sortes d'épreuves le journaliste témoin-ambassadeur est-il en mesure d'infliger à la communauté, par le seul travail de son regard ? Et par là, quelles sortes de conflits peuvent se jouer au sein même du mouvement de rassemblement du public ?

À l'évidence, de telles questions nous invitent à nous pencher sur ce que le geste journalistique de *rassembler* a produit de meilleur, de plus intéressant en tout cas, dans l'histoire du journalisme. S'agit-il de réhabiliter ici ce journalisme rassembleur, majoritaire, dominant et critiqué de toutes parts ? En fait, plutôt que de parler de réhabilitation, il faudrait parler d'un souci de prendre au sérieux, de décortiquer enfin avec soin, une histoire du journalisme souvent méconnue, où même les courants dominants donnent à voir des « gestes » plus complexes que l'on croit, en réalité vitaux pour nos démocraties modernes – en l'occurrence, un geste alliant le mouvement de *rassembler* et celui d'injecter du *conflit*.

II – JOURNALISMES DU DÉCENTREMENT : AUDACES, DIFFICULTÉS, ÉCUEILS

LE DILEMME DU JOURNALISTE DÉCENTREUR

Les journalismes du rassemblement ne sont donc pas nécessairement étrangers au conflit : ils se fondent volontiers sur lui, et construisent alors le « centre » de la communauté à partir d'un conflit mis en scène dans le regard du reporter. Pour autant, il est légitime de demeurer sceptique à l'égard du type de conflits que ce geste journalistique est en mesure de révéler et d'exposer. Il s'agit par définition de conflits qui ramènent vers le centre, qui font éprouver, *in fine*, l'identité d'un « nous ». Sans mépriser ce type de démarche, on peut désirer entrer en résistance de manière plus radicale contre tous ces regards qui, dans l'histoire du journalisme, soudent et ressoudent la communauté politique.

C'est ici qu'apparaît, dans notre analyse, la figure du décentreur. Le journaliste décentreur vise à installer dans le public qui « reçoit » son regard une chose tout autre, profondément dérangeante pour le « nous ». Pas simplement une pomme de discorde grâce à laquelle, pour finir, la communauté se reconstruit, mais une altérité propre à dissoudre le « nous ». Quelque chose qui dise au « nous » : vous n'existez guère comme « nous » constitué ou à constituer ; le « nous » que vous êtes ou croyez être est défait.

Contrairement aux journalismes du rassemblement, aisés à repérer dans l'histoire, journalismes dominants, les décentreurs sont des résistants qu'il faut guetter dans les coins, souvent dans des lieux-frontières – par exemple à la frontière du journalisme et de la littérature. Le décentrement est toujours en premier lieu une tentative, un essai. Il n'a pas l'allure triomphante des rassembleurs. Il s'esquisse, ouvre des voies inexplorées, rencontre des difficultés. Car il comporte une dimension profondément paradoxale, qui est la raison des échecs qu'il rencontre parfois, des risques de dévoiement qui le guettent incessamment et des désespoirs qu'il suscite souvent chez ceux qui s'y essaient.

Pour comprendre cette dimension paradoxale, commençons par une anecdote. Elle nous a été racontée par un journaliste qui a longtemps été correspondant du *Monde* en Chine. Lors de cet entretien de mars 1999, Francis Déron – c'est son nom – nous a parlé en ces termes : « Ce qui est fascinant concernant la Chine, c'est qu'on a affaire à l'autre radical. » Le correspondant, précisait-il, a pour tâche, tout en s'adressant à un public français, de lui faire voir cette altérité, en la respectant le mieux possible ; ainsi confronté à l'« autre », le public se voit renvoyer sa propre particularité culturelle, relative, interrogée dans ses stéréotypes.

Ainsi décrite, cette démarche journalistique ressemble fort à celle que nous appelons « décentrement ». On le voit, la relation ici entretenue avec le public est très différente de celle qui caractérise la figure rassembleuse du témoin-ambassadeur. Ce dernier est comme mandaté par son public, il représente un « nous ». Ici, au contraire, le journaliste se met d'emblée à l'écart du « nous », pour pouvoir lui dire « vous » ; il dit à son public : ce que *je* vois est précisément ce que *vous* ne voyez pas et sans doute ne pouvez pas voir aisément, tant cela bouleverse vos catégories habituelles ; c'est en tant que je m'exclus de vous, en tant que je ne suis plus comme vous, que je vois. Certes, je vous fais voir cela, vous pouvez donc dire que « nous le voyons ensemble » ; mais ce spectacle collectif vise en fait à désigner les limites de votre « voir » habituel. Je jette le trouble dans votre « nous », loin de le constituer ou de le reconstituer. Je vous « défais », et peut-être vais-je ainsi vous changer.

Cela implique que le regard proposé au « nous » confronte ce dernier à un « non-nous », un « autre » qui, à la différence des journalismes du rassemblement pour lesquels la représentation d'une adversité permettait justement de rassembler, de ressouder le « nous », a ici pour visée la destruction de la frontière « nous/non-nous » elle-même. Le décentreur se place dans une position de « désappartenance » au « nous » pour déclencher un conflit qui touche à l'identité collective : il affronte le « nous » à partir d'une extériorité-altérité, et par là le défait.

Le regard décentreur est donc un regard qui, outre ce qu'il regarde, *nous* regarde, et ce sur un mode tout autre que celui de la seule sollicitation ou mise à l'épreuve qui caractérise les journalismes du rassemblement. Cette fois le regard interroge jusqu'à mettre en crise celui-là même qui regarde à travers lui : le public est comme débordé par son propre spectacle, car il y a quelque chose dans le spectacle qui le regarde *lui*.

Or, au cours de l'entretien, Déron a raconté une scène qui révèle toute la difficulté, et peut-être, qui sait, l'impossibilité de ce processus de décentrement. Un jour, lorsqu'il couvrait les conflits sur la frontière entre le Laos et la Thaïlande, il interrogea un Laotien rescapé d'un camp thaïlandais. Il cherchait à saisir son vécu, son regard singulier sur la souffrance qu'il avait traversée. Le Laotien lui raconta toutes les horreurs qu'il avait endurées. Déron lui posa alors cette question – peut-être particulièrement occidentale, après tout : « Qu'est-ce qui finalement a été le plus dur pour vous ? » À sa stupeur, l'homme répondit : « C'est qu'il y avait des "mauvais esprits" dans les camps. » De toutes les tortures, de toutes les privations endurées, c'est donc cette obscure idée, pour un Occidental, de « mauvais esprits », que le Laotien évoquait finalement, marque de l'horreur absolue.

Le journaliste occidental, « décentreur », déterminé à confronter ses lecteurs à une altérité présentée comme telle, est censé rapporter ce qui lui est dit. Mais ce propos peut-il avoir le moindre sens pour un lecteur français ? Ne constitue-t-il pas le point-limite, qui sonne la fin de toute compréhension ? L'altérité semble telle ici qu'elle est au-delà du lien possible avec un lecteur français. Citée sans plus de commentaires, la phrase du Laotien risque d'apparaître si étrange, si « autre » qu'en fait elle ne décentrera plus. Mais à l'inverse, si le journaliste la traduit, ou bien s'il la supprime, pour exposer des souffrances plus accessibles pour un public occidental, va-t-il vraiment décentrer ce dernier ? Cette traduction et cette sélection ne reviendront-elles pas, en fait, à apprivoiser tellement l'altérité qu'elle en sera trahie ? Dès lors ce sera une fausse altérité, une altérité apprivoisée donc dénaturée, qui « décentrera ». Piètre, mensonger décentrement.

Cette anecdote, par laquelle un journaliste évoque les difficultés inhérentes à son métier de correspondant dans un pays étranger, et ô combien étranger, de son aveu même, résume assez bien le problème inhérent à la démarche journalistique du décentrement. Peut-être faut-il parler de contradiction : il semble en effet y avoir une contradiction entre la *visée* du mouvement de décentrement – confronter le « nous » à un « autre » qui nous désigne et nous révèle comme un « vous » – et sa *condition de possibilité* – que l'« autre », en fait, ne soit pas tout à fait autre, c'est-à-dire qu'il demeure tout de même dans un lien à nous. Le décentreur doit faire faire à « nous » l'expérience de ce qui rompt avec nous, mais ceci ne peut advenir que si tout lien n'est pas coupé avec ce « nous ».

FAIRE VOIR L'ALTÉRITÉ ET LA RELIER À NOUS

Ce paradoxe, on pourrait l'appeler le paradoxe de la rupture et du lien. Il est à l'origine des affres qui, nous le verrons, hantent les journalismes du décentrement : faut-il tenter de montrer une altérité radicale, au risque qu'elle n'ait plus de sens pour le public, et qu'au bout du compte celui-ci ne soit guère atteint, pas « décentré » le moins du monde ? Faut-il au contraire se résigner à apprivoiser l'altérité pour la faire porter, pour la rendre efficacement « décentreuse » – mais dans ce dernier cas, peut-on dire vraiment que l'on « décentre », puisqu'en un sens, une altérité apprivoisée signifie que l'on a évité la confrontation avec ce qui est le plus éloigné possible du « centre » ?

Comment les décentreurs se sortent-ils de cette difficulté inhérente à leur démarche ? C'est cette question qui doit nous guider. Elle permet, nous semble-t-il, d'appréhender les enjeux les plus importants de ces courants qui, dans l'histoire du journalisme, ont cherché à résister au journalisme dominant. Le plus significatif est certainement le mouvement dit du « *New Journalism* », dans les années 1960 aux États-Unis. On peut aussi considérer que le projet journalistique du quotidien français *Libération*, dans les années 1970, un projet qui s'est d'ailleurs beaucoup « auto-explicité » et qui, dans ses références, faisait parfois allusion au *New Journalism*, correspond lui aussi à une démarche de décentrement.

Notre question permettra de faire ressortir les écueils rencontrés par ces différents courants journalistiques. Par exemple, l'écueil lié à la tentation, pour le décentreur, de se poser en *voyageur* au sein de l'altérité : le journaliste décentreur voyage parmi les points de vue « autres », il fond son regard dans cette multiplicité de points de vue autres, et les restitue pour le « nous » qu'il interpelle (« voyez ces autres... »). Mais si c'est tellement facile, n'est-ce pas le signe qu'on a échoué à pénétrer une altérité réelle ? Si cela « communique » aussi aisément entre « eux » et « nous », s'il suffit d'un journaliste voyageur pour accéder à « eux », n'est-ce pas que ces « eux » demeurent trahis, domestiqués par un regard qui, précisément, demeure dans l'obsession que « ça communique » ?

Ce décentreur-là, voyageur triomphant au sein d'une altérité trahie, succombe à ce qu'on pourrait appeler la *tentation de l'ubiquité*. Nous verrons que Tom Wolfe, dans sa manière de définir le projet du *New Journalism*, fait voir avec netteté une telle tentation, en particulier lorsqu'il compare le « Nouveau Journaliste » à un « caméléon », capable de naviguer dans la multiplicité des points de vue et, en les restituant, de mettre en scène un conflit généralisé. N'est-ce pas finalement avoir une représentation un peu lisse de l'espace des points de vue, révélant une difficulté à saisir la profondeur des conflits et des malentendus, la force de l'« incommunicable » ?

D'autres tentations encore guettent le décentreur, par exemple celle de se prendre pour le témoin-ambassadeur des dominés, donc de créer un nouveau « nous », contre le « nous » des dominants. Cette tentation de *rassembler les dominés*, c'est dans les premières années du quotidien français *Libération* que nous la repérerons.

Au fond, et nous y reviendrons bien sûr, les risques inhérents à la démarche du décentrement correspondent à des dévoiements en des sortes de... rassemblement. La tentation de l'ubiquité revient un peu à rassembler tout le monde, dans une représentation lisse de l'espace des points de vue ; somme toute, un « nous » se reconstitue, plus large que jamais. La tentation de fondre les dominés en un « nous » revient, elle, à inventer une nouvelle communauté, rassemblée dans le regard du journaliste, celui-ci devenant le témoin-ambassadeur des dominés plus que le décentreur des dominants.

Bien sûr, exposés comme cela, ces risques paraissent quelque peu abstraits, impalpables. Mais l'étude plus précise de ces grands moments du journalisme décentreur donnera chair à ces premiers débroussaillages, et *figurera* les difficultés intrinsèques de la démarche du décentrement. Et là aussi, comme pour les journalismes du rassemblement, nous serons amenés à élaborer plusieurs figures différentes de ce geste journalistique de décentrer, qui aideront à en saisir très concrètement les enjeux et les écueils.

Mais il est probable que la figure archétypique du décentreur, en quelque sorte la référence matricielle de tous les décentreurs, ne pourra pas apparaître d'emblée à l'analyse : précisément, elle ne peut être que la synthèse de mouvements esquissés, d'audaces avortées, de tâtonnements exigeants. La figure rassembleuse du témoin-ambassadeur permet, elle, assez facilement, tant elle apparaît avec netteté dans l'histoire du journalisme, d'en dessiner d'emblée les traits archétypiques, quitte à décliner ensuite des variantes. Au contraire, dès lors qu'on se penche sur les décentreurs, il faut mettre au jour des gestes enfouis, des démarches hésitantes et complexes, pour aboutir peu à peu à la figure archétypique qui, loin de dépasser ces hésitations et ces difficultés, les synthétise, les réfléchit (comme un miroir réfléchit nos mouvements).

On ne peut donc pas étudier les décentreurs comme on étudie les rassembleurs. Néanmoins, c'est bien cette double attention, chacune ayant sa logique propre, qui structurera notre démarche. Nous allons voyager dans l'histoire du journalisme et nous arrêter sur des regards particulièrement significatifs, qui aident à comprendre en profondeur ces deux gestes journalistiques, rassembler, décentrer. L'idée est d'élaborer des figures-clefs du journalisme moderne, permettant de réfléchir concrètement aux rôles qui lui reviennent, dans nos sociétés démocratiques.

Chapitre II

Un archétype de témoin-ambassadeur :
Séverine, reporter au procès
du capitaine Dreyfus
(*La Fronde*, 6 août-15 septembre 1899)

Comme beaucoup d'anarchistes français, Séverine (1855-1929) n'a pas fait partie des dreyfusards de la première heure. Des engagements précoces comme celui de Bernard Lazare ne doivent guère faire illusion, en effet, sur l'adhésion réelle des milieux anarchistes, antimilitaristes et volontiers judéophobes – le « juif » étant assimilé au « bourgeois » – à la cause d'Alfred Dreyfus[1]. Collaboratrice de la *Libre parole* d'Édouard Drumont dans les années 1894-1896, Séverine a même longtemps manifesté peu de répugnance, ou du moins beaucoup de légèreté, à l'égard de la presse antisémite[2].

Elle fut pourtant touchée par le personnage de Dreyfus à la lecture d'un reportage du *Petit Parisien*, qui décrivait l'embarquement du bagnard pour l'île de Ré : « Passant son sabre par-dessus la tête d'un gendarme, un officier d'infanterie de ligne en garnison à la Rochelle a frappé Dreyfus avec le pommeau et lui a fait

---

1. Voir J. Maitron, *Le Mouvement anarchiste en France*, 1975.
2. Voir E. Le Garrec, *Séverine. Une rebelle. 1855-1929*, 1982. Une autre biographie romancée, écrite à la première personne, a paru depuis : J.-M. Gaillard, *Séverine. Mémoires inventés d'une femme en colère*, Paris, Plon, 1999.

une blessure dont le sang jaillissait », notait l'article. Choquée par cette image d'un homme seul face à la violence militaire, Séverine fit paraître un article indigné dans *L'Éclair* le 25 janvier 1895, qui lui valut une lettre chaleureuse de l'épouse du capitaine, Lucie Dreyfus, qu'elle refusa pourtant de rencontrer. « Beaucoup », écrivait Séverine dans cet article, « même des patriotes qui ont regretté qu'on ne pût condamner Dreyfus à la peine de mort, auront le cœur serré de tristesse et soulevé de dégoût à l'idée qu'un officier de l'armée française ait pu s'oublier à ce point, non seulement d'insulter, mais de frapper un prisonnier. » [1]

Son engagement pour la cause de Dreyfus est demeuré empreint de cette émotion. C'est en quelque sorte un engagement « sensible », qui n'a rien à voir avec une prise de position idéologique – il faudrait même dire que c'est *en dépit* de préjugés idéologiques tenaces que Séverine, *touchée*, a finalement perçu dans Dreyfus une victime, à laquelle, disait-elle, les défenseurs de la cause du peuple contre la violence étatique ne pouvaient demeurer indifférents.

Le dreyfusisme a rapproché Séverine d'Émile Zola. Leurs rapports étaient plutôt froids dans les années précédant l'engagement de l'écrivain en faveur de Dreyfus. Malgré l'admiration certaine de Jules Vallès et Séverine pour l'œuvre de Zola, celui-ci était volontiers critiqué, dans les années 1880, dans le *Cri du Peuple* – ce journal qui avait joué un rôle essentiel sous la Commune et que Séverine avait aidé Vallès à faire renaître en 1883. Ce que *Le Cri du Peuple* dénonçait, c'était, chez le Zola de l'époque, un mépris de la politique et un souci de laisser la littérature à l'abri des engagements ; lorsque le journal prit sa défense au moment de l'interdiction

---

1. Cité par E. Le Garrec, *Séverine. Une rebelle*, p. 168.

de *Germinal*, Séverine ne manqua pas de faire remarquer ironiquement que la politique, elle, se rappelait à Zola... Puis, en 1898, le « J'Accuse » souleva un réel enthousiasme chez la journaliste, qui signifiait aussi : Zola s'est enfin résolu à jouer ce rôle politique que, depuis longtemps, elle et ses amis souhaitaient lui voir endosser [1].

Les débuts dreyfusards de Séverine lui ayant valu des refus de papiers dans de nombreuses rédactions, dont elle était pourtant une habituée, elle décida de rejoindre *La Fronde*, un quotidien entièrement écrit par des femmes, fondé en 1897 par la dreyfusarde Marguerite Durand. Le premier numéro avait paru le 10 décembre 1897, en pleine affaire Dreyfus. Dans les semaines qui suivirent, *La Fronde* reproduisit intégralement le « J'Accuse » de Zola, ce qui voulait dire que Marguerite Durand prenait le risque d'être poursuivie en justice, au même titre que Clemenceau, le patron de *L'Aurore* [2]. Séverine couvrit le procès de Zola du 8 au 24 février 1898, pour *La Fronde* et pour le journal belge *Le Petit Bleu* [3]. Elle se prononça en faveur de la révision du procès de Dreyfus, finalement obtenue, et fut alors envoyée par *La Fronde* à Rennes, où ce procès en révision se tint du 5 août au 8 septembre 1899.

Pendant toute la durée de ce procès, Séverine fit paraître une rubrique quotidienne intitulée « Notes d'une frondeuse » [4]. Une autre reporter de *La Fronde* était également sur place, Jeanne Brémontier, tandis que Marcelle Tinayre et Marguerite Durand proposaient des

---

1. *Ibid.*, p. 170-171.
2. *Ibid.*, p. 190-191.
3. Le titre de la rubrique de Séverine dans *Le Petit Bleu* était « Les impressions d'audience de Séverine à la cour d'assises ».
4. Cette formule avait déjà donné son titre à un recueil de ses articles que Séverine avait fait paraître en 1894.

éditoriaux réguliers. Certains jours, Séverine faisait paraître un article plus long, à la place de sa rubrique habituelle : ainsi, le mardi 8 août, un portrait de Dreyfus intitulé « L'Homme » ; le samedi 12 août, un article intitulé « Les Bons Gîtes » ; le mercredi 16 août, un article intitulé « Chouannerie » ; le lundi 28 août, un article intitulé « Les Trois Marches » ; le mardi 12 septembre, un article intitulé « Chose jugée ». Un seul jour, pendant cette période, le quotidien parut sans aucune ligne signée de Séverine : le lundi 11 septembre ; Séverine prenait peut-être un peu de repos après le verdict ; elle préparait en tout cas un long article pour le mardi 12 (« Chose jugée »). Elle reprit ensuite sa chronique jusqu'au 15, donnant des nouvelles de l'atmosphère à Rennes dans les jours qui suivirent la fin du procès.

Nous avons choisi de nous arrêter sur l'ensemble des textes de Séverine parus dans *La Fronde* du 6 août au 15 septembre 1899 compris. Ce corpus restreint, qui n'interdira pas quelques références à des textes antérieurs, notamment à sa couverture du procès de Zola l'année précédente, révèle, d'une manière particulièrement dense, une écriture tout à fait emblématique de la figure du témoin-ambassadeur. En effet, dans cette série d'articles écrits à l'occasion du procès de Dreyfus, Séverine condense avec talent tous les thèmes avec lesquels cette figure journalistique ne cesse de jouer. Elle les pousse à bout, en dessine l'archétype.

Nous verrons tout particulièrement comment le témoin-ambassadeur se construit par la mise en scène de soi. Le « je » est érigé en foyer d'une expérience collective. Il est en effet présenté comme pur *corps*, qui ressent l'événement et, à travers ses sensations, touche à la vérité de celui-ci. C'est ce que nous appellerons le « sensualisme radical » de Séverine, c'est-à-dire sa conception du corps comme source tout à fait fiable,

« vérace », foyer d'universalité et non pas enfermement dans des expériences purement singulières. Elle ne cesse d'opposer le journalisme du *dire*, qui ne touche rien, demeure dans une parole singulière et creuse, au journalisme du *voir*, auquel elle prétend et qui saisit le réel par les yeux et le corps entier – le *voir* apparaissant comme l'un des modes du *sentir* en général. Pour Séverine, la seule exigence que doit respecter le reporter soucieux de rapporter à son public la vérité de l'événement est d'ancrer son témoignage dans son *corps*, afin d'offrir un regard vraiment sensible, au plus loin de tout discours abstrait. C'est cela qui fera de lui un témoin-ambassadeur, dont l'expérience est universalisable et donc recevable par nous tous qui le lisons.

Le travail d'autolégitimation du témoin-ambassadeur est particulièrement élaboré dans l'écriture de Séverine. Elle ne cesse ainsi de faire savoir qu'elle est davantage un *corps* que quiconque, qu'elle est donc le témoin absolu, qui touche à l'universel ; par exemple, elle transforme en atout ce qui, dans son itinéraire de journaliste, a toujours été un handicap : sa féminité, présentée par elle comme une proximité au corps, un ancrage dans le sensible, donc un privilège pour accéder aux « faits ». Mais elle s'efforce aussi de rappeler que, mieux que quiconque, elle est mandatée par le peuple, parce qu'il l'a reconnue, justement, comme *le* corps par excellence, et donc comme l'ambassadeur parfait. La figure du témoin-ambassadeur est poussée à bout jusqu'à décliner le thème de l'incarnation, Séverine semblant dire : *mon corps*, parce qu'il est absolument corps, corps passif, réceptivité pure, foyer de sensations non orientées par une volonté singulière, *est le corps du peuple lui-même ;* là où le peuple n'est pas « en personne », je peux le remplacer, lui faire faire une expérience par procuration, lui donner un corps. Cette façon de « mettre le peuple en corps » à travers son regard journalistique correspond, presque par excellence, au geste de rassembler.

I – LA VÉRITÉ DES SENS

LE « TÉMOIN » CONTRE LES « RHÉTEURS »

Le grand thème au cœur de l'écriture de Séverine, c'est l'opposition du témoin, cet observateur qui *voit* l'événement et, dans cette proximité, le ressent avec son corps tout entier, au journaliste traditionnel, qui en parle à distance. Le témoignage n'apparaît jamais, sous la plume de Séverine, comme quelque chose de fragile, incitant au doute, voire à la méfiance – voit-il « bien » ? Il est l'accès royal aux faits, recevables par tous. Ce sont au contraire les paroles sans ancrage dans du « senti » qui sont disqualifiées comme creuses et singulières – pures opinions qui n'ont guère de chance de rassembler derrière elles.

Le terme de « rhéteurs » cristallise la haine de la reporter envers les journalistes qui ne se déplacent guère et discourent sans cesse. À l'inverse, c'est un journalisme du témoignage sensible qu'elle vise. Cette opposition trouve une de ses formulations les plus nettes dans l'article qui fait suite au verdict. Séverine refuse de s'incliner devant la « chose jugée » et s'exclame : « Laquelle ? Celle de 1894 ? Celles de 1898, procès Esterhazy, procès Zola ? Celles de 1890, Cour de Cassation ou Conseil de guerre ? De laquelle nous prêche-t-on l'observance et le respect ? / *Je n'en parle pas comme un rhéteur : j'en parle comme un témoin.* Je n'ai jamais considéré ce mystère comme un canevas à réflexions, comme une trame à broder des phrases : *j'ai vu, j'ai entendu, j'ai employé, depuis deux ans, toutes les forces vives de mon être à observer, à écouter, à refléter, comme un miroir sincère, des faits sur quoi ma volonté ne pouvait rien.* »[1] Le miroir, notons-le, est forcément « sincère » : la confiance est totale dans ce corps qui ressent, et qui se concentre sur son ressentir. C'est cela, justement, qui manque aux « rhéteurs ». Eux, au contraire, tombent sous le diagnostic méprisant qu'elle leur assenait au moment du procès Zola : « Des faits ? Peu. Des paroles ? Beaucoup. »[2]

En opposant le rhéteur et le témoin, Séverine fait contraster le caractère actif, élaboré du discours avec la passivité et la simplicité de la sensation. Si le témoin est fiable, c'est parce qu'il est celui qui se laisse saisir par l'événement, sans chercher à le contrôler par la volonté ; à l'inverse, discourir au sujet d'un événement renvoie à une volonté contrôleuse, opposée à la sensation passive. Si cette passivité de la sensation est l'idéal du journaliste, on doit alors noter le caractère paradoxal de l'effort qui est exigé de lui : devenir absolument témoin pour quitter tout à fait la posture du rhéteur, c'est-à-dire « employer toutes les forces vives de son être » à faire naître cette passivité féconde, cette capacité à *refléter*. Ce thème paradoxal – un effort pour atteindre à la passivité – apparaît sous formes d'oxymores ; ainsi, dans son article du 4 septembre, elle évoque la « force de l'action passive » qui se dégage du regard lorsqu'on va sur place pour observer les choses : « Ne regrettez rien, vous qui êtes venus, qui savourez

---

1. Séverine, « Chose jugée », *La Fronde*, 12 septembre 1899. C'est nous qui soulignons. D'une manière générale, nous marquerons par le signe « / » le passage à la ligne (le commencement d'un nouveau paragraphe) dans les articles cités.
2. *Le Petit Bleu*, 17 février 1898.

le morne ennui des "transplantés", loin des sites ou des meubles familiers, de la besogne journalière, et des êtres chéris. Même hors le but d'équité qui nous rassemble, regardez autour de vous – et comprenez la beauté, la force de l'action passive, de l'influence qui se dégage du principe sans que la volonté même y soit pour quelque chose. » [1] Elle parle aussi de « faibles forces » dans un article du 1er septembre : à quelques jours du verdict, pour assurer son lecteur de la sincérité de sa conviction – l'innocence de Dreyfus –, elle affirme qu'elle *éprouve* intensément et, en un sens, malgré elle, ce qu'elle énonce, et que donc son « sentiment » n'a rien à voir avec une quelconque « opinion », que cela vient du corps et non pas d'un cerveau bavard. « En mon âme et conscience, de toutes mes faibles forces, de toute l'énergie de ma sincérité », écrit-elle, « je crois Alfred Dreyfus innocent ! ». L'article en question s'intitule d'ailleurs « Pipelets ! » et commence par une dénonciation de tous les bavards qui font courir des bruits sur la culpabilité de Dreyfus : « [...] tous ces commérages, tous ces potins, toutes ces cruautés, toutes ces vulgarités, c'est à faire lever le cœur ! » Notons que c'est le cœur qui se soulève, ce qui, là encore, offre l'image de la passivité. Ainsi, en opposition à ce *dire* obscène, fondé sur de pures opinions, de suspectes volontés, Séverine présente son *sentiment*, force passive s'imposant à l'âme [2].

La valorisation de la position du témoin, qui est présent et éprouve la situation dans sa chair, au lieu d'en parler à distance, tient à la conviction qu'il accède, lui, à une matérialité que les « rhéteurs » ignorent ou

1. « Notes d'une frondeuse » : « Semailles », *La Fronde*, 4 septembre 1899.
2. « Notes d'une frondeuse » : « Pipelets ! », *La Fronde*, 1er septembre 1899.

dénient. D'ailleurs, le seul fait que ceux-ci ne se rendent pas sur place, et demeurent donc à distance de la seule source de vérité qui soit, la sensation, est le signe qu'ils ne souhaitent guère, en réalité, rectifier les probables « erreurs » dues à cet éloignement – ah, pernicieuse volonté... Le 14 août, Séverine note ainsi que les anti-dreyfusards, eux, ne se sont pas montrés « le plus empressés à venir ici, aux sources mêmes, chercher la précision et l'exactitude du fait ». « Je le regrette », poursuit-elle. « Car il n'est pas un être de bonne foi qui, *ayant vu, ayant entendu*, se trouvant donc en situation de contrôler les récits, les soi-disant comptes rendus de la plupart des feuilles nationalistes ne demeurerait stupéfait, et quelque peu honteux, d'avoir accordé créance à de semblables... imaginations ! » Le début de l'article en appelait d'ailleurs à ces « êtres de bonne foi », prêts à se soumettre au test de leurs sens : « Je voudrais que tous ceux que l'on a abusés, trompés, que l'on trompe et que l'on abuse encore, assistassent, par eux-mêmes, aux débats du Conseil de Guerre : *qu'ils puissent voir et toucher*, comme saint Thomas, les vérités qu'on leur a dissimulées ou travesties. »[1]

Ainsi la présence physique est-elle absolument nécessaire pour garantir une juste perception de la situation. D'où l'angoisse de Séverine – qu'elle fait partager à ses lecteurs – dans certains articles où elle évoque les événements qui se déroulent à Paris et auxquels elle ne peut donc assister, tandis que Rennes semble reléguée à une arrière-scène : « On ne sait rien, on ronge son frein, on se mord les poings, dans l'ignorance, dans l'impuissance épouvantables de l'éloignement ! Que s'est-il passé là-bas à Paris ? / Tandis qu'ici le drame

---

1. « Notes d'une frondeuse » : « Le Byzantinisme du général Mercier », *La Fronde*, 14 août 1899. C'est nous qui soulignons.

judiciaire se déroule, dans une paix nostalgique et peut-être trompeuse, on devine, on sent, on sait que la bataille effective se livre au loin, derrière l'horizon fermé. / *Les méditatifs s'en consolent ; mais les vivants, les passionnés, depuis ce matin errent comme des ombres, en quête de nouvelles, se désolent, songent au départ.* Le télégraphe, le téléphone ont joué, dans les sphères officielles : mais tant d'incertitude règne encore !... »[1]

Ce culte de la *présence sur place*, dont on sait à quel point il imprègne le journalisme contemporain – aller sur place, c'est saisir la « vérité » de l'événement, celle qui se ressent et s'impose à tous, au-delà des clivages partisans qui caractérisent les interprétations –, a pour corollaire l'angoisse de la distance. Celle-ci semble ne jamais quitter Séverine ; elle participe d'une angoisse plus générale, celle que les « vraies » choses – qui donnent les clefs de la situation – se passent justement là où il n'y a pas de témoin possible, c'est-à-dire dans les sphères d'un pouvoir à l'abri des regards. « Loin d'ici on ne peut savoir tout ce qui se trame dans l'ombre », écrit-elle le 27 août, évoquant les négociations secrètes qui pourraient bien constituer les coulisses du procès auquel elle assiste, « les conciliabules de chaque après-midi pour préparer les témoignages du lendemain (chacun devant donner sa note, jouer son rôle, corroborer, appuyer, démentir, en raison de l'audience du matin) ; M. Cavaignac embusqué place de la Comédie, foyer de la résistance, centre de l'agitation ; M. Auffray "l'un des jeunes conseils les plus écoutés du comte de Paris" jadis, veillant à la sécurité juridique de l'entreprise, fréquentant à toute heure chez l'ex-général Mercier...

---

1. « Notes d'une frondeuse » : « En réponse », *La Fronde*, 22 août 1899. C'est nous qui soulignons, pour mettre en valeur cette nouvelle opposition entre les « méditatifs » et les « passionnés », qui répète en fait l'opposition antérieure entre les « rhéteurs » et les « témoins ».

et le va-et-vient éperdu entre tous ces nids de réaction ! »[1]

La possibilité de témoigner étant la seule garantie de prendre la mesure « vraie » de l'événement, il est donc essentiel de la préserver. Et lorsqu'elle est réalisée, elle ne cesse pas pour autant d'être menacée : en dépit de la matérialité à laquelle le témoin accède, et qui remplit ses paroles d'un contenu qui fait défaut, au contraire, à celles du rhéteur, ses mots ne coupent pas court si vite à la puissance de la rhétorique creuse. Tel est le paradoxe : malgré leur immatérialité, les mots qui adviennent à distance comportent une puissance considérable ; les jacasseries de corbeaux sont de puissants agents de l'obscurcissement du ciel, pour reprendre une métaphore de Séverine dans son article du 22 août : « Ouvrez leurs journaux parus depuis une semaine : ce ne sont que défis, provocations, bravades, prophéties de malheur, avertissements de massacre ! Ils claquent du bec comme des corbeaux à l'approche des hécatombes. Ils y poussent, ils les souhaitent, ils obscurcissent le ciel, pour qu'on se frappe mieux, de leurs ailes noires, de leur vol de ténèbres ! »[2]

La puissance des mots n'est jamais mieux évoquée qu'au moment de l'attentat contre Me Labori, avocat de Dreyfus, que Séverine leur attribue directement. Cette fois, les rhéteurs sont interpellés directement, du « ils » on passe au « vous » : « Alors, moi, songeant à mes collections de Paris, aux articles de journaux depuis deux ans recueillis et classés alphabétiquement, aux monceaux d'injures quotidiennes déversées sur Labori, je me demande quelle est la puissance de raisonnement,

1. « Notes d'une frondeuse » : « L'École de Picquart », *La Fronde*, 27 août 1899.
2. « Notes d'une frondeuse » : « En réponse », *La Fronde*, 22 août 1899.

la force de logique des gens qui, goutte à goutte versant la haine, s'étonnent, s'effraient du résultat. / L'homme qui a tiré a cru bien faire ; a pensé abattre le monstre que vous lui avez dépeint. Son geste n'est que le signe de sa crédulité ; le gage farouche de sa foi en votre sincérité. Ceci mène à cela : c'est inéluctable ! » [1]

Cet article est significatif à plusieurs titres : d'abord, il allie une affirmation de la force des mots – les mots tuent – à une nouvelle mention de leur vacuité ; car il s'agit bel et bien, dans ce papier, d'affirmer que les actuels pleurs de la presse « bien pensante » ne valent rien, ne renvoient à aucun sentiment vrai : « Hier, elle était curieuse, la lecture des journaux "bien pensants". C'était à qui, de tous ces crocodiles, verserait le plus de pleurs ; à qui témoignerait davantage d'indignation ; à qui dirait le mieux : "c'est l'acte d'un fou... Tous les partis réprouveront" – et autres boniments ! » Pour Séverine, les mots d'aujourd'hui ne sont guère plus « pleins », si l'on ose dire, que les mensonges d'hier ; mais les mensonges d'hier ont poussé au crime. La vacuité n'empêche donc guère la puissance, et la puissance ne signale pas pour autant un contenu matériel « remplissant » ces paroles. Ensuite, il semble que Séverine ait finalement plus d'indulgence pour celui qui a commis le crime que pour ceux qui en sont les véritables fomenteurs, les « rhéteurs ». Comme s'il y avait une innocence de celui qui a encore l'heureuse naïveté de prendre les mots pour ce qu'ils devraient être, des porteurs de « matière », qui invitent à passer à l'acte.

Enfin, l'article met en scène, littéralement, l'opposition de Séverine à ce monde de la vacuité meurtrière. La voici qui se représente, elle, témoin direct de l'attentat de Labori, sur les lieux, en mesure d'en restituer

1. « Notes d'une frondeuse » : « L'œuvre », *La Fronde*, 17 août 1899.

l'émotion vraie et donc de donner des mots « pleins » :
« J'étais là, hier, tandis qu'on plaçait sa civière dans la
petite voiture d'ambulance qui devait l'emmener vers
un logis plus aéré, plus rustique. Sur la blancheur des
draps, son visage de bonté et de force se détachait,
dominant l'expression de la douleur pour sourire à tous.
Sa voix encore nous encourageait. "Bonjour, Séverine !
Ils ne m'ont pas tué, vous voyez ! On vivra, pour combattre... et pour vaincre !" Des larmes d'émotion et
d'enthousiasme, devant cette belle vaillance, nous mon-
taient aux yeux. Celui-là est vraiment un "professeur
d'énergie". »

UN SENSUALISME RADICAL

Mais Séverine, en valorisant ainsi la figure du
témoin, contre les rhéteurs, ne se préoccupe-t-elle
jamais de l'éventualité d'un « mauvais » témoin ? Il
faut bien reconnaître que cela l'inquiète peu. Pour elle,
tout de la sensation est juste : l'ensemble des émotions,
du « senti », est valorisé, sans réserves. Ainsi, dans la
mesure où le témoin est « vraiment » un témoin, abandonné entièrement à ses sensations et ses émotions,
aucune fausse note ne le guette.

Ce n'est donc pas le *mauvais* témoin qu'il faut
craindre, c'est plus exactement le témoin partiel
ou *insuffisant* – celui qui est encore rhéteur, pas
assez témoin, encore dans le verbe, pas assez dans la
sensation. Ainsi, au moment du procès Zola, déjà, Séverine démasquait les rhéteurs sous les témoins, ironisant
par exemple devant tel témoin qui « n'a rien vu » :
« Long, sec, une couronne comtale dans le fond de son
képi, M. de Boisdeffre, chef de l'état-major général,
après avoir prêté serment sous réserve du secret profes-

sionnel (comme tous d'ailleurs), s'est retranché, avant que d'y recourir, derrière l'arrêt de la Cour restreignant la preuve. / Il ne sait rien, il n'a rien vu – comme l'enfant de "Roger-la-Honte" ! » Et elle citait avec délice le propos grinçant de Labori, qui était déjà l'avocat de Zola : « Le défenseur en arrive à dire : "Toutes les paroles qui sortent de la bouche d'un général n'intéressent pas nécessairement la défense nationale." » [1] Autrement dit : tout ce que vous dites n'est pas témoignage, beaucoup est rhétorique.

Ce n'est pas le témoignage sensible qui trompe, mais le fait qu'il n'advient pas assez, justement – qu'il n'est pas assez présent sous le verbe, dans le verbe. Inversement, tout de l'expérience sensible est vrai ou « vérace ». Cela conduit Séverine à une véritable apologie de l'émotion, déjà claire dans l'article qui ouvrait sa couverture du procès de Zola, le 8 février 1898 dans *Le Petit Bleu ;* voici comment elle présentait sa démarche de journaliste : « Et si, dans le récit de mes impressions, dans la forme où je les traduis, quelque chose déplaît aux contradicteurs, qu'ils me fassent cette grâce de me supposer toujours sincère, *incapable en quoi que ce soit de travestir la vérité. / Je dis ce que j'ai vu et comment je l'ai vu. / Que si un peu de fièvre m'anime, que si un peu de passion vibre sous le vouloir d'être impassible, qu'on ne m'en veuille point.* / Je ne suis ni neutre ni blasée, je n'ai point licence de renoncer, à mon gré, aux belles ardeurs de l'enthousiasme. / Tout démodés qu'on les puisse croire, on est encore quelques-uns, peut-être plus qu'on ne se l'imagine, à en ressentir le noble frisson. Rien ne vaut de le répudier, d'en avoir la fausse honte ! / Mieux est cent fois de

---

1. « Les impressions d'audience de Séverine à la Cour d'assises », *Le Petit Bleu*, 10 février 1898.

l'avouer et d'arborer cet aveu crânement. »[1] En somme, l'émotion excessive n'est que le revers d'une passivité enfin complètement atteinte – comme l'étymologie du mot « passion » le laisse d'ailleurs entendre. Elle ne doit donc pas faire peur.

Et en effet, dans ses reportages pour *Le Petit Bleu*, en 1898, Séverine ne cessait de valoriser l'émotion comme mode d'accès à ces faits que le verbe accueille si peu. Elle faisait l'apologie même des émotions les plus extrêmes, des « fureurs », qui malheureusement demeurent étrangères à certains citoyens insensibles. Ainsi, le 9 février, elle s'indignait de « l'épouvantable tristesse, [de] la morne lassitude que n'arrive pas à distraire la recrudescence des fureurs », et déplorait que ce merveilleux instrument de mesure d'une situation soit en perdition : « Car il n'est pas dans le monde civilisé une conscience honnête qui, si les excitations atteignent leur but, ne les réprouve avec horreur. »[2] Le problème n'est donc guère l'émotion, mais les barrières qui s'interposent, l'empêchant de jouer son rôle salutaire.

À cette apologie des émotions les plus fortes fait écho, un an et demi plus tard, son éloge, mentionné plus haut, des « passionnés ». Ceux-là sont au contact de l'événement. D'ailleurs, Séverine salue en permanence la *capacité à être ému*, signe que celui qui en est doté peut être un véritable témoin, abandonné à la réalité sentie. Cette capacité ne saurait jamais leurrer. Elle permet de dire ce qui est et comment en juger. Inversement, il n'y a guère d'événement qui puisse être révélé sans la médiation d'une émotion ; et un événement qui touche au juste et à l'injuste suscite plus qu'aucun autre des émotions vives. Face à un événement de cette

1. *Ibid.*, *Le Petit Bleu*, 8 février 1898. C'est nous qui soulignons.
2. *Ibid.*, *Le Petit Bleu*, 9 février 1898.

nature, les insensibles n'ont plus aucune excuse : c'est chez eux que quelque chose ne va pas.

D'où l'importance de ces remarques, au moment de l'attentat de Labori, selon lesquelles l'événement aurait forcé l'entrée même des cœurs les moins tendres. Le 15 août, au cours de son récit de l'attentat, Séverine note : « J'ai vu des hommes réputés pour leur flegme sangloter muettement, les poings crispés. »[1] (L'adverbe « muettement » exprime une fois de plus le contraste entre le registre, silencieux, de l'émotion et celui des discours.) Le 23 août, elle fait la même remarque, dans un développement où elle souligne la véracité de l'émotion, et par là la fiabilité supérieure de celui qui est *touché* sur celui qui demeure à distance et qui, de ce fait, est quasiment présenté comme inapte à toute « compréhension » de la situation : « Ceux qui n'ont pas traversé avec nous, dans cette salle aux issues gardées, l'instant qui suivit l'attentat, ne peuvent, ne pourront jamais comprendre, l'étendue de notre bonheur présent[2], mesuré à ce que fut notre désespoir. / On l'admirait, on l'estimait, on applaudissait à son courage et à son talent, mais personne, cela est certain, ne se doutait l'aimer ainsi. J'ai vu des hommes, des durs-à-cuire, renommés pour leur flegme, à la nouvelle du meurtre s'abattre sur une chaise et sangloter comme d'un deuil personnel qui vous frappe en plein cœur. »[3]

Puisque l'émotion est l'aune du jugement et de la compréhension, il faut bien constater que le sensua-

---

1. « Notes d'une frondeuse » : « Par délégation », *La Fronde*, 15 août 1899.
2. Il s'agit du bonheur de revoir Me Labori quelques jours plus tard, en vie, au tribunal.
3. « Notes d'une frondeuse » : « Coup manqué ! », *La Fronde*, 23 août 1899.

lisme de Séverine est plus qu'un empirisme qui laisserait aux sens le soin de (re) connaître ce qui est (les « faits ») : son sensualisme inclut une valorisation de *tout* ce qui est éprouvé ; le témoin est non seulement le garant de la vérité factuelle mais, en même temps, de la juste manière de l'évaluer ; le corps à la fois garantit ce qui est et signale ce qu'il faut en penser. Telle est la richesse prêtée au rapport sensitif, immédiat, « instinctif », au monde : il permet et la connaissance (vraie) et le jugement (juste).

À rebours, on peut dire que le monde de Séverine est un monde où le réel *se révèle* au sens le plus fort du mot « révélation » : il apparaît aux sens, mais ce faisant, il offre aussi au « récepteur » les outils de son évaluation. Aussi faut-il entendre l'adjectif « révélateur », chez Séverine, dans ce sens fort. Ainsi, par exemple, dans son article du 2 septembre : une fois de plus elle en appelle à laisser les sens, contre le verbe, prendre la mesure de la situation ; elle fait une apologie de l'« instinct », puis évoque l'évidence qui naît de la simple observation des protagonistes de ce procès. Elle écrit alors : « De même que du contraste entre Labori, qui incarne la défense, et le général Roget qui personnifie l'accusation, ressort qu'esthétiquement, en beauté morale, et pour la netteté du geste, une fois de plus l'arme le cède à la toge, de même du rapprochement entre les nôtres et les leurs, *il appert que nous devons ressentir quelque fierté.* » [1] Ce qui « appert », c'est donc la façon même dont il faut juger ce qui est. « Les masques trahissent, se font révélateurs », ajoute-t-elle : ce qui est *révélé*, c'est donc, outre une réalité cachée, ce qu'il faut en penser. En somme, la réalité émeut dans

1. « Notes d'une frondeuse » : « Les leurs !... Les nôtres ! », *La Fronde*, 2 septembre 1899. C'est nous qui soulignons.

le sens nécessaire à son évaluation ; il n'y a qu'à laisser la place à cet outil merveilleux, c'est-à-dire permettre cet abandon aux sens. Lorsque Séverine évoque, dans ce même article, le « beau mouvement d'émotion » que « les nôtres » ont provoqué le matin même en proclamant leur conviction quant à l'innocence de Dreyfus, elle ne fait qu'appliquer son instrument d'évaluation : ils émeuvent, *donc* ils sont « les nôtres » ; ils sont ce qu'ils paraissent, ce qu'ils suscitent.

On observe que cette apologie de l'émotion produit volontiers de la redondance, voire de la tautologie. En effet, qu'est-ce qui, chez « nos » témoins, garantit qu'ils sont « nôtres », qu'ils sont d'authentiques témoins ? Leur capacité à être émus, c'est-à-dire à être « vraiment » témoins, entièrement *corps*. Mais qu'est-ce qui prouve cela ? Qu'est-ce qui prouve que leurs expressions renvoient à un authentique abandon au corps, qu'elles sont pures émotions ? L'émotion même qu'elles suscitent chez d'autres témoins. Ils savent être émus, et cela « appert » sous la forme d'une capacité à émouvoir. Cette authentification des vrais témoins, émotifs, par l'émotion même qu'ils suscitent, est nette par exemple dans l'« Adieu aux amis », écrit par Séverine quelques jours avant le verdict, en hommage à tous les observateurs qui ont partagé sa passion de la vérité, et pour lesquels l'innocence de Dreyfus était, en quelque sorte, une évidence sensible. Séverine écrit : « [...] je regarde cet auditoire frémissant de passions confuses, ces écrivains accourus de tous les points du monde et qui, fiévreusement, rédigent leurs dépêches. / Ce n'est pas le travail banal, la besogne tarifiée, dont l'habitude, fatalement, arrive à émousser, sinon à exclure l'émotion. Des regards brillent, s'embuent, s'assombrissent ; des doigts se crispent sous la plume ou le crayon ; des mots jaillissent, involontaires, brefs, qui tout bas révèlent des états d'esprit tumultueux. »[1]

La capacité de ces observateurs-là à être émus est bien au cœur de cet éloge : on retrouve l'opposition latente entre la vieille tradition journalistique, blasée, et le « vrai » journalisme, plein d'émotion – entre les paroles creuses, trop intentionnées, et les mots qui « jaillissent » du cœur, et non de la volonté. Mais Séverine vient ensuite garantir la « valeur » de ces « amis », la confiance que le public peut leur apporter, par le fait qu'ils l'émeuvent, *elle ;* une fois de plus, comme à un deuxième niveau, c'est l'émotion qui garantit la juste appréciation ; l'émotion de ces écrivains-journalistes dreyfusards est le signe de leur juste rapport à l'événement, et l'émotion de Séverine qui les observe confirme qu'ils sont bien guidés par l'émotion, qu'ils sont complètement dans l'émotion et donc dans la vérité : « Je tenais à le dire, moi qui les ai vus à l'œuvre ; *qui peux témoigner* de la dignité, de la sérénité que gardèrent ces représentants de la pensée humaine, intéressée au sombre drame qui se jouait ici. »[2] *Moi qui peux témoigner* ! Autrement dit, je peux témoigner du fait qu'ils étaient des témoins, et non des rhéteurs. En somme, si c'est la capacité à être ému qui caractérise le vrai témoin, ce qui certifie la présence de cette faculté, c'est l'émotion que les émotions de ce témoin suscitent chez un autre témoin – ici, en l'occurrence, Séverine.

Cela est net également dans l'article du 18 août, intitulé « Les nôtres ! ». Séverine établit une frontière entre « eux » ou « les autres », insensibles et verbeux, et « nous » ou « les nôtres », témoins émus par Dreyfus,

1. « Notes d'une frondeuse » : « L'Adieu aux amis », *La Fronde*, 9 septembre 1899.
2. *Ibid.* C'est nous qui soulignons.

comme, par exemple, le colonel Picquart. Or, qu'est-ce qui certifie l'authenticité de l'émotion de ces derniers ? L'émotion qu'ils suscitent, dans le public en général – « c'était l'abnégation de Picquart, une fois de plus affirmée, qui remuait les cœurs » – ou, plus étonnant encore, chez le protagoniste essentiel, Dreyfus, comme dans ce passage où Séverine observe Dreyfus observant Picquart : « Cependant il [Picquart] fut payé : je l'ai vu recevoir son salaire. / Quand il survint, le regard fixe, le front haut, les joues blêmes, de ce pas que je lui vis pour la première fois au Cherche-Midi, lors du simulacre du procès d'Esterhazy, alors qu'il marchait à l'outrage, à la persécution – à la gloire ! – je détournai les yeux pour observer Alfred Dreyfus. / Et je vis soudain (miracle plus touchant que ceux des légendes !) dans les prunelles comme vitrifiées par la douleur, monter quelque chose d'ineffable, d'indicible, l'expression d'abandon et de gratitude qu'aurait un crucifié pour celui qui le déclouerait ! » Autrement dit, l'émotion de l'un – « les joues blêmes » – suscite celle de l'autre – « les prunelles comme vitrifiées par la douleur ».

Le mouvement de redoublement, et par là d'authentification, d'une émotion par une autre ne s'arrête d'ailleurs pas là, à bien lire ces lignes. En fait, il semble nécessaire que cette dernière émotion de Dreyfus soit elle-même authentifiée. *In fine*, comme dans l'exemple précédent, le témoin suprême, dont l'émotion est en quelque sorte le dernier mot, c'est Séverine. Car c'est elle qui *voit*, et est *touchée* – « miracle plus touchant que ceux des légendes ! » – par l'émotion de Dreyfus à la vue de celle de Picquart ; c'est elle qui recueille dans sa chair l'émotion d'un Dreyfus abandonné et reconnaissant. Et l'on note que cette réalité perçue par ses sens est qualifiée d'« ineffable » et d'« indicible », signe qu'on a bien affaire cette fois à un parfait témoin, qui ne parle plus guère, qui est tout entier rivé à sa sensation – même si, bien entendu, tout cela, elle le dit, elle l'écrit... C'est elle qui authentifie en dernier ressort les autres témoins ; elle dont l'émotion permet de séparer définitivement les « héros » des traîtres (les premiers l'émeuvent, les seconds non) ; elle qui est le corps des corps, juge de l'émotion des autres témoins, en fonction de l'émotion qu'ils suscitent en elle.

Ainsi, l'apologie du témoin, contre les « rhéteurs », trouve sa justification suprême dans l'affirmation d'un témoin ultime, qui, lui, ne saurait être mis en doute, et dont le corps permet d'évaluer la valeur, l'authenticité des autres témoins : si tel témoin émeut Séverine, c'est qu'il est lui-même un « émotif », donc un vrai témoin. C'est elle qui sait si un autre témoin est abandonné complètement, ou seulement en partie, à la sensation passive ; elle qui mesure la part du « témoin » dans le parleur, l'emprise réelle de l'émotion dans un discours. Séverine voit et sent si les autres voient et sentent convenablement, c'est-à-dire pleinement. Un tel sensualisme radical se retrouve d'ailleurs chez ses collaboratrices de *La Fronde*. Marguerite Durand en appelle par exemple, dans un article du 23 août, à « regarder » ces témoins que l'accusation met en scène ; elle évoque le scepticisme qu'ils ne manqueront pas de susciter chez ceux qui poseront sur eux un « regard étonné » – adjectif qui évoque l'innocence, la position du vrai témoin, purement passif, sans intention, sans opinion préconçue orientant la sensation. « Quel effroi, à la pensée que ce sont ces hommes-là qui ont eu, qui ont encore la charge de renseigner la défense nationale. *Regardez-les*. Il semble qu'on les recrute sur le même modèle et à l'aide d'un patron unique. Jusque dans la ressemblance physique leurs individualités se confondent, au point de *faire émerger devant le regard étonné* un type étrange, avec le front fuyant, le geste vague, la parole hésitante, toutes les manifestations extérieures de la conscience débile. »[1] On ne voit que trop qu'ils parlent en contrôlant, en déformant leur témoignage sensible. Au « vrai » témoin, la fausseté de ces témoignages-là « appert » sans l'ombre d'un doute.

Ce mode d'authentification, ou de démasquage, suppose, évidemment, qu'en ce qui concerne Séverine, il n'y ait pas de doute : elle ne saurait, pour sa part, être suspectée de rhétorique pernicieuse, de contrôle de l'émotion, d'insuffisant abandon à la sensation passive ; elle est le témoin absolu, elle est absolument *corps*. Mais comment se fait-il que Séverine n'ait pas besoin de fonder davantage cette certitude aux yeux de ses lecteurs ? Tant d'implicite n'exige-t-il pas, malgré tout, quelques moments d'explicitation, c'est-à-dire d'autolégitimation du témoin-ambassadeur auprès de son public ?

II – FAIRE CORPS DANS LE CORPS DU REPORTER

LA FEMME-PEUPLE

Il est évident que le sensualisme plein d'assurance de Séverine est soutenu, article après article, de manière souterraine, par un minutieux travail d'autolégitimation. Arrêtons-nous par exemple sur cet article du 8 août, où elle dessine un portrait de Dreyfus. C'est le début du procès, un moment propice à la justification

1. M. Durand, « Leurs témoins », *La Fronde*, 23 août 1899. C'est nous qui soulignons.

de son rôle de journaliste auprès de lecteurs qui seront ses interlocuteurs pendant plusieurs semaines :

« *Je le vois bien, je le dévisage ardemment*, ainsi qu'on fait d'une énigme ; ainsi qu'Œdipe, sur la route de Thèbes, dut faire du Sphinx aux yeux aigus.

Et bien des choses, de cette contemplation, m'apparaissent compréhensibles, distinctes.

Ce n'est pas la victime traditionnelle, vibrante, dont les protestations, dont la véhémence éveilleraient les morts dans leur tombeau. Rien d'en dehors : ni la physionomie, ni le geste ni le mot !

Il manque de la banalité nécessaire à l'emploi, il déconcerte, il déroute : la seule pitié ne s'y reconnaît plus ! Il n'a pas la voix de violoncelle fêlé, la mimique enveloppante, l'attitude désolée ou rebelle qui sied au rôle, attire et subjugue l'ordinaire compassion.

Il est net, précis, posé, maître de soi, ce forçat, avec une force d'âme incroyable, un dédain du cabotinage qui *le privera de bien des sympathies faciles, qui lui aliénera, évidemment, les sentimentalités à fleur de peau.*

C'est un Polytechnicien dans toute la force du terme, un chiffre, un X, un esprit méthodique et précis, un être algébrique et discipliné.

Un militaire aussi : plein de respect envers ses chefs, de déférence... je dirai presque de réglementaire ingénuité !

Mais pour qui sait regarder, pour qui sait pénétrer au tréfonds des consciences, quel drame en cet être de si calme aspect ! *Il est deux signes d'émotion qui ne sauraient tromper, car il n'est pas au pouvoir du "sujet" de les annuler ou de les modifier :* le mouvement machinal de l'angle des maxillaires, une sorte de ruminement qui broie le sanglot et, à la nuque, au bas des cheveux, le frisson qu'ont les chevaux sous la piqûre du taon. Or, cet accusé d'allure placide retient, contient un désespoir inouï, une somme de douleurs qui dépasse l'endurance humaine ! Son physique est terne, sa voix est blanche – mais ses cheveux aussi sont devenus blancs de tant d'indescriptibles souffrances, et son regard, derrière l'éclat du binocle, semble vitrifié dans les pleurs.

Les premières syllabes qu'il prononce constituent son cri éternel : "Je suis innocent ! Mon colonel, je vous jure que je suis innocent !"

Et *la sensiblarde que je suis, se dégageant de la mise en scène habituelle du mélo*, sait presque gré à ce malheureux d'être si peu pareil aux innocents de théâtre ; d'élever le débat et la portée de nos actes par une dissemblance qui ajoute à notre intervention même le *désintéressement intellectuel*.

Il n'est des nôtres que par l'immensité de son infortune, par la fatalité qui s'attache à sa perte, par le déchaînement de tant de passions – et d'intérêts ! – conjurés pour le maintenir dans les fers. » [1]

Il y a donc le regard ordinaire et le regard de « qui sait regarder ». Deux sensibilités, en somme : celle qui reflète la singularité du « regardeur » – en l'occurrence une tendance à la sensiblerie (la « sensiblarde ») – et ne saisit donc pas la vérité du regardé, et celle qui dépasse cette singularité pour atteindre à la perception sensible juste, sorte de sensibilité universelle. Ce dépassement, pourtant, n'a rien d'évident ; « la sensiblarde que je suis », avoue Séverine : voilà une rarissime mention des excès possibles de la sensibilité, un appel inattendu à une certaine mesure et au « désintéressement intellectuel » de la part d'une avocate de la « passion » et des « fureurs ». Mais c'est pour mieux nous rassurer finalement : ne nous inquiétons pas, elle sait « se dégager du mélo », elle n'est pas sous l'emprise d'une sensibilité trop singulière, elle est un véritable corps universel. Ce texte est donc un acte d'auto-investiture.

Mais l'autolégitimation ne s'arrête pas là. Son mode le plus fréquent consiste, en fait, à mettre en scène une symbiose entre elle et un peuple qui la reconnaît, la mandate – la désigne, précisément, comme le corps universel. C'est là l'enjeu des divers articles sur Rennes

1. Séverine, « L'Homme », *La Fronde*, 8 août 1899. C'est nous qui soulignons.

et l'accueil que les Rennais réservent à Séverine et à ses amis. Dès le 12 août, Séverine propose un article intitulé « Les Bons Gîtes », dans lequel elle décrit l'hospitalité qu'ont rencontrée ceux que, pourtant, E. Drumont appelle « la clique » pour suggérer qu'ils constituent un cercle fermé et singulier. Séverine écrit : « Beaucoup logent chez l'ouvrier, le "bleu" qui a ouvert sa porte toute grande. [...] N'est-ce pas très émouvant, dans son évangélique simplicité ? C'était l'habitude anarchiste, depuis bien des années. Les événements l'ont étendue. Dans le rapprochement qui s'est effectué entre les "abjects" érudits et le peuple, ceux-là ont été gagnés par la noble contagion hospitalière de celui-ci. » Sous sa plume on voit un peuple entier, nombreux, accueillant et entourant les « vieux maîtres » : « Et les vieux maîtres sont descendus chez les anciens élèves aujourd'hui maîtres à leur tour ; et des amis jusque-là ignorés ont pris place, comme des parents qui reviennent, parmi les gros livres, au calme foyer. » Séverine jubile dans sa conclusion : « C'est ça, la "clique" ? Je n'ai pas encore rencontré d'ivrognes. » C'est donc le peuple lui-même que Drumont insulte. Et le montrer permet de renverser les rôles : en fait, la « clique », c'est Drumont et ses amis [1].

La manière dont le peuple reconnaît Séverine et ses amis est mise en scène d'une façon particulièrement intéressante dans l'article du 4 septembre. Séverine semble décrire une nouvelle fois la symbiose avec le peuple de Rennes, mais on sent, ici, que les liens ne se sont pas noués dès le début : « Sentez la vieille ville bretonne, d'abord hostile – je ne parle pas, bien entendu, de la bande de jeunes sacripants qu'on nous lancera peut-être bientôt dessus, mais de la population

1. Séverine, « Les Bons Gîtes », *La Fronde*, 12 août 1899.

honnête, sensée, dont l'autre est la honte et la terreur – sentez la détente qui se produit dans les esprits, qui bientôt gagnera les cœurs. Les regards se sont adoucis ; les faces austères se dérident sous une ombre de sourire ; des mains commencent de se poser, dans nos mains tendues... / Qu'avons-nous fait pour cela ? Rien. / On a vu seulement que nous étions de braves gens ; que nous ne voulions de mal à personne ; que nous prêchions le calme ; que nous payions notre dû sans marchander. Les cochers, les commissionnaires, tout ce qui, déambulant, devient facteurs de nouvelles, ont pu voir, entendre, et redire que nous n'avions rien d'inhumain. » La force persuasive du texte réside dans la présentation de cette reconnaissance comme un retournement : cette reconnaissance n'était nullement acquise ; le peuple était le premier à adhérer à la représentation des dreyfusards comme une « clique ». Or, conformément aux principes du sensualisme, il semble qu'il n'ait pas pu faire autrement que de reconnaître sa propre erreur – une erreur due à ces « rhéteurs », manipulateurs du peuple, « obscurcisseurs du ciel », comme elle le dit ailleurs. La vérité a fini par s'imposer au peuple, à ses yeux, à ses oreilles, à ses sens en général, quasiment malgré lui. Merveilleux pouvoir de la passivité sensible, qui déjoue la puissance mensongère des mots.

C'est cette rectification obligée du jugement populaire, cette victoire des sens sur les mots, que Séverine met en scène dans l'anecdote qui suit :

> « Une bonne femme, près de l'ancien domicile de Labori, une marchande ambulante, le troisième jour que j'étais ici, me contait ses peines et comment son établissement avait brûlé.
> – Ça a été bien du malheur : la ruine, quoi ! je ne crois pas qu'on ait mis le feu exprès. Il y avait bien un dreyfusard dans le pays... mais tout de même je ne crois pas.
> Je lui dis :

– Je suis dreyfusarde.
Elle faillit en laisser choir son panier.
– Vous Madame, c'est pas possible. Avec un air doux comme ça.
Je restai encore cinq minutes, vulgarisant de mon mieux, pour
lui être accessible, l'idéal supérieur que nous servons.
De loin, quand je l'eus quittée, je me retournai.
Elle demeurait immobile, à la même place, les yeux fixés au
sol, les mains croisées, pendantes sur son tablier. Un monde
de pensées nouvelles se débattait, dans le vieux cerveau, sous
la coiffe de tulle. » [1]

On ne peut donc pas ne pas les reconnaître, les
« nôtres », en dessous des masques qu'« ils » ont essayé
de leur faire porter – quitte à sortir de cette découverte
tout bouleversé soi-même.

Ce thème de la reconnaissance par le peuple s'arti-
cule volontiers, sous la plume de Séverine, à des représentations qui mettent en scène sa féminité. Peut-être
même le motif de la femme-peuple constitue-t-il l'un
des ressorts les plus puissants de son travail d'autolégitimation. On observe, d'une façon générale, que pour
évoquer le peuple, son bon sens, ses « évidences »,
Séverine met souvent en scène une femme ou des
femmes – comme, par exemple, dans l'anecdote ci-
dessus. Dans son article du 27 août, la voix du bon sens,
et du courage, est placée dans la bouche de la fiancée
du témoin Freystætter ; Séverine rappelle les risques
que prennent ces militaires qui témoignent en faveur de
Dreyfus : « Avenir, avancement, faveurs, ils auront tout
sacrifié à [...] l'accomplissement d'une tâche qui semblait incompatible avec leur fonction. / Et je songe avec
une fierté attendrie, qu'une femme, une jeune fille, pré-
sida aussi à la détermination du capitaine Freystætter ;

1. « Notes d'une frondeuse » : « Semailles », *La Fronde*, 4 septembre
1899.

que sa fiancée répondit à qui lui faisait observer les risques de telle attitude : – Mieux vaut plus d'honneur et moins de galons ! »[1] À cette femme, à cette jeune fille, cette priorité paraît néanmoins évidente. Elle est la voix du sens commun et de l'honnêteté. Déjà, lors du procès Zola, dans *La Fronde*, Séverine ne manquait pas de noter les clameurs des femmes en faveur de l'accusé : « Autour de nous », écrivait-elle le 9 février, « des femmes de tout rang, élégantes ou simples, bravant le péril, emportées dans un élan de justice criaient : "Vive Zola !" »[2]

Ce bon sens féminin, c'est-à-dire ce sens de ce qui est juste, il est évident que Séverine se l'attribue à elle aussi. Le 21 août 1899, évoquant les manifestations parisiennes, violentes, déchaînées par les « rhéteurs », elle précise qu'elle a préféré se taire depuis une semaine, pour ne pas ajouter du sang à celui que les mots ont déjà fait verser. Et son humeur, sage et silencieuse, en contraste avec les outrances verbales de ses confrères parisiens, elle la met clairement sur le compte de sa féminité – aussi l'attribue-t-elle à l'ensemble de la rédaction, féminine, de *La Fronde* : « De ce qui précède, on comprendra amplement », écrit-elle, « que je n'ai pas le cœur à l'ironie. Toute extravagance, toute folie d'où peut surgir le massacre n'est point pour prêter à rire à des femmes, de quelque côté que le sang puisse devoir couler. »[3]

Il y a comme une propension féminine, suggère Séverine, à être plus témoin que rhéteur, et c'est ce qui fait

1. « Notes d'une frondeuse » : « L'école de Picquart », *La Fronde*, 27 août 1899.
2. « Le Procès d'Émile Zola. Deuxième audience » » : « Envers et contre tous ! », *La Fronde*, 9 février 1898.
3. « Notes d'une frondeuse » : « Pourquoi ? », *La Fronde*, 21 août 1899.

des femmes des ambassadrices naturelles du peuple. On assiste, en somme, à la transformation en atout de ce qu'elle-même n'a eu de cesse de mentionner comme un sévère handicap dans le milieu journalistique de son temps : sa féminité. Déjà, dans un texte de 1894, Séverine soulignait que sa marginalité par rapport à la profession de journaliste, due à son sexe – elle n'était pas autorisée, par exemple, à rejoindre la tribune de la presse à l'Assemblée nationale –, lui permettait de faire du journalisme « autrement » que ses confrères, c'est-à-dire de dépasser le vieux journalisme bavard, mais « isolé », « sourd et aveugle », pour chercher de « nouveaux horizons », à la fois plus sensibles et plus rassembleurs, en somme plus près du peuple : « Étant femme », écrivait-elle dans ce texte, « je n'allais point à la tribune de la Presse, changement de milieu qui me permettait d'habiller à neuf mon esprit ; d'échapper au "métier", à ses traditions, à ses habitudes, à ses jugements préconçus, à son parti pris de dénigrement ou de louange, à tout ce qui fait du journaliste chargé d'"éclairer l'opinion" un isolé sourd et aveugle – pas muet, hélas ! – enfermé dans sa profession comme Robinson dans son île, si de temps en temps il ne s'évade point, ne plonge pas en pleine foule, ne va pas, sous d'autres latitudes, chercher de nouveaux horizons. » [1]

Ainsi Séverine renverse-t-elle en atout pour « rassembler » cette féminité qui pouvait apparaître – et apparaissait à ses confrères – comme « singularisante ». Elle fait de l'identité féminine un privilège pour la rencontre du collectif, parce qu'elle la pense comme une proximité privilégiée au corps, un ancrage fort dans la sensibilité. Si l'on relit maintenant l'article sur l'attentat de Labori, évoqué plus haut, on peut entendre autre

---

1. *Notes d'une frondeuse. De la Boulange au Panama*, 1894, p. 6.

chose dans ce prénom, *Séverine*, que l'avocat prononce sur sa civière : on peut entendre que c'est avant tout une *femme* qu'il appelle, lui, le corps meurtri, l'être atteint dans sa chair ; c'est à *elle* qu'il dit qu'il la reconnaît entre tous, comme si tous deux partageaient par nature le même combat, *au plus près du corps*, en quelque sorte. Et leur échange fait bien sûr contraste avec les plaisanteries de mauvais goût des rieurs et rhéteurs, au loin – *loin du corps* au double sens de l'expression : loin de leurs corps, parce qu'ils n'ont pas « senti » l'attentat, ils n'y étaient pas, ils ne font qu'en parler, et loin du corps souffrant de la victime. Séverine reproduit d'ailleurs la chanson publiée par la *Libre parole*, une chanson qui, précisément, est fondée sur des jeux de mots – pas vraiment subtils – concernant le corps :

> « As-tu vu
> Le trou d'balle, le trou d'balle
> As-tu vu
> Le trou d'balle à Labori. » [1]

Le thème de la femme-peuple, dans l'écriture de Séverine, fait écho de manière évidente à un motif cher à son maître, Jules Vallès. Celui-ci représentait volontiers le peuple sous les traits d'une femme. La rue, qui était au centre de son imaginaire politique dès ses années au *Figaro*, était féminine, comme le souligne un des plus grands spécialistes de son écriture journalistique, Roger Bellet : « La rue est féminine par ses chansons, par ses personnages les plus fragiles ; par ses toilettes ; par ses demi-mondaines ; parmi elles, que de filles des champs ! Des Jeanneton de province devenues

---

1. Citée par Séverine dans l'article « Notes d'une frondeuse » : « Chevalerie », *La Fronde*, 29 août 1899.

Pomponnettes de cafés-chantants et difficiles Dames aux Camélias, qui, méprisant les violettes, cherchent éperdument les camélias rouges ou le dahlia bleu ; romanesque passionnel qui obsède toujours Vallès, qu'il vienne de l'histoire, de la littérature, du fait divers ou du souvenir. La présence d'Emma (Bovary) court dans les rues ; l'adultère parisien, une obsession, s'y respire ; bref, une féminité diffuse, profonde. »[1] Bellet rappelle que cette féminisation du peuple renvoie, chez Vallès, à une représentation du peuple *en souffrance* plus qu'*en lutte*. Il note sur ce point l'influence de Victor Hugo, mais surtout du roman populaire d'Eugène Sue ; et il souligne qu'une telle représentation n'est pas sans comporter une touche de sensiblerie bourgeoise. « Vallès, longtemps aussi, garda en lui l'image d'un Peuple persécuté, immortel, sans âge et errant, que véhicula souvent au XIXe siècle la mythologie du Juif errant : le dessin d'Épinal l'avait portée ; plus encore : le roman "populaire" d'Eugène Sue avait favorisé cette assimilation d'Ahasvérus et du Peuple persécuté en ses deux figures : la femme et l'ouvrier. »[2] Bellet affirme d'ailleurs que « la féminité, ou plutôt une certaine idéologie de la féminité, très convenue, très bourgeoise, empêchera longtemps Vallès de comprendre la femme révolutionnaire, la femme insurgée, et, tout simplement, la femme citoyenne »[3].

Quoi qu'il en soit, on retrouve chez Séverine une telle représentation de la féminité comme proximité au corps, donc, en particulier, à la souffrance, et par là au peuple. Son texte de 1894, évoqué plus haut, se poursuivait par une remarque sur le fait que tous ces parle-

---

1. R. Bellet, *Jules Vallès. Journalisme et révolution.* 1857-1885, 1987, p. 119.
2. *Ibid.*, p. 251.
3. *Ibid.*, p. 352.

mentaires masculins, auprès desquels elle ne pouvait s'asseoir, « ont peur du peuple ». Elle écrivait : « [Les députés] ont la peur, une peur irraisonnée, inconsciente – mais combien juste ! – que le populo ne voie ce qui se passe dedans, qu'il n'assiste à leurs débats, qu'il ne les pèse... et ne les juge ! »[1] À l'inverse, elle décrivait sa propre proximité avec le public – « le bon public », selon ses termes – comme « une espèce de coquetterie bizarre », expression dans laquelle on ne peut s'empêcher de lire une allusion à sa féminité[2]. Dans un article plus ancien consacré à Paul Lafargue, elle défendait précisément, contre les « politiciens », mais aussi contre la gauche guesdiste avec laquelle, après la mort de Vallès, elle se querellait, une représentation moins « intellectuelle », et du coup moins dominatrice et dédaigneuse, du peuple. Elle voulait retrouver, au contraire des acteurs masculins de la politique et du journalisme, le corps souffrant que Vallès avait mis au centre de son imagerie : « C'est qu'ils ont le dédain du peuple, ces politiciens, à un point qu'on ne saurait imaginer ; du peuple, intellect simple, cœur ému. Ils ne considèrent en lui que l'instrument conférant à qui sait le manier une suprématie de domination : le peuple-moyen, et non le peuple-but ; le peuple cariatide[3] de la statue de Karl Marx – les "degrés" de sa détresse sont, sous leurs semelles implacables, les marches qui accèdent à la tribune du Parlement ! »[4]

1. *Notes d'une frondeuse. De la Boulange au Panama*, p. 9.
2. *Ibid.*, p. 6.
3. L'expression est intéressante : la cariatide, statue de femme soutenant une corniche sur sa tête, ne correspond-elle pas ici, pour Séverine, à une dénaturation de la féminité ? La femme, sous les traits de la cariatide, est représentée comme forte, virile, à mille lieues du corps sensible qui, pour Séverine, constitue justement le privilège féminin de l'accès à l'universalité (notamment à l'universalité de la souffrance).
4. « Lafargue et Cie », *in* Séverine, *Pages rouges*, 1893, p. 250-256,

La mémoire de Vallès était au centre de ces querelles entre Séverine et les guesdistes, au sein de la rédaction du *Cri du Peuple*. « Je me sens vraiment lasse, et demande quelques semaines de vacances », écrivait-elle le 31 janvier 1887. « J'emporte avec moi le nom de Vallès [...] J'ai pris la garde de sa mémoire et ne me reconnais le droit de la confier à personne. » Mais dans ce conflit entre héritiers, ce sont à l'évidence deux représentations différentes du peuple qui s'entrechoquent, comme on le constate, par exemple, dans les articles des uns et des autres au moment des attentats anarchistes, notamment celui d'Auguste Vaillant contre l'Assemblée nationale en décembre 1893. Jules Guesde écrivit, le 10 décembre 1893, dans *Le Journal*, que « la violence en toute circonstance est odieuse... », alors que Séverine, comme dans l'affaire Duval quelques années auparavant, proposa un rapport quasi fusionnel avec le peuple souffrant – « les pauvres » –, c'est-à-dire une solidarité inconditionnelle et, surtout, peu intellectuelle, plutôt charnelle : « Avec les pauvres, toujours – malgré leurs erreurs, malgré leurs fautes, malgré leurs crimes ! »[1]

Ce n'est pas se montrer partial que de reconnaître que l'héritage de Vallès est bien du côté de Séverine. Mais encore faut-il comprendre que cet héritage n'est pas seulement constitué de quelques motifs littéraires et politiques repris, ici ou là, au fil de l'écriture ; c'est une réflexion profonde et complexe sur le sens politique de l'activité journalistique que Vallès a transmis à Séverine. Revenons quelques instants sur cet héritage vallé-

---

citation extraite de la page 252. Ce texte est reproduit dans Séverine, *Choix de papiers*, édition établie par E. Le Garrec, p. 81-87.

1. Voir J. Maitron, *Le Mouvement anarchiste en France*, p. 230 et suivantes.

sien, auquel Séverine s'est montrée fidèle, mais qu'elle a aussi prolongé et enrichi.

L'HÉRITAGE DE JULES VALLÈS

« Le peu que je sais, le peu que je suis, mon Maître inoublié, je vous le dois. Vous m'avez appris à voir, à entendre, à méditer – à compatir surtout aux grandes misères des pauvres gens. » C'est par ces mots que Séverine rend hommage à Vallès au début de son recueil *Pages rouges* en 1893. On a plus de mal à définir la relation qui unissait Vallès à Séverine, quoique une interprétation (forcée ?) vienne assez spontanément à l'esprit, qui insisterait sur l'ambivalence certainement fascinante de la jeune femme aux yeux de Vallès. Pour quelqu'un qui aimait à voir dans la féminité, même la plus bourgeoise ou « bovaryenne », une proximité historique à la souffrance – compte tenu du sort réservé aux femmes du XIXe siècle dans la bourgeoisie –, et par là une proximité au peuple, cette jeune femme issue de la bourgeoisie, conduite par des épreuves douloureuses à une contestation radicale des valeurs et pratiques de son milieu, avait sans doute un charme particulier [1].

---

1. Née Caroline Rémy, celle qui devint plus tard Séverine fit un mariage bourgeois à dix-sept ans avec un dénommé Henri Montrobert, dont elle eut un enfant. Violée par son mari, elle s'en sépara, se réfugia chez ses parents, puis se lia avec Adrien Guebhardt, fils d'une riche veuve originaire de Suisse, au service de laquelle Caroline – elle se faisait aussi appeler Line – était entrée comme lectrice. Ils eurent un enfant, né dans la clandestinité, enregistré « né de mère inconnue », à Bruxelles en 1880. C'est au cours de ce voyage à Bruxelles que Line et Adrien rencontrèrent Vallès, quelques mois avant la promulgation de la loi du 11 juillet 1880 autorisant le retour en France des anciens communards. Au retour de Vallès à Paris, Guebhardt offrit son aide financière pour la refondation du *Cri du Peuple*, dont le premier numéro parut le 27 octobre 1883. Line signa son premier

Vallès rend hommage à Séverine en 1883, au début de *La Rue à Londres*, en ces termes : « Ma chère enfant, je vous dédie ce livre, non comme un hommage de banale galanterie, mais comme un tribut de sincère reconnaissance. Vous m'avez aidé à bien voir Londres, vous m'avez aidé à en traduire l'horreur et la désolation. Née dans le camp des heureux, en plein boulevard de Gand – graine d'aristo, fleur de fusillade –, vous avez crânement déserté pour venir, à mon bras, dans le camp des pauvres, sans crainte de salir vos dentelles au contact de leurs guenilles, sans souci du "qu'en dira-t-on" bourgeois. *Honny soit qui mal y pense !* suivant la devise de la vieille Albion. Vous avez fait à ma vie cadeau d'un peu de votre grâce et de votre jeunesse, vous avez fait à mon œuvre l'offrande du meilleur de votre esprit et de votre cœur. C'est donc une dette que mes cheveux gris payent à vos cheveux blonds, camarade en qui j'ai trouvé à la fois la tendresse d'une fille et l'ardeur d'un disciple. » La suite insiste encore davantage, par la métaphore qui est utilisée, sur cette ambivalence de Séverine, « bouquet de roses » en exil au milieu des « pauvresses » (on notera ce féminin si vallésien) : « Vous souvient-il qu'un jour, devant un Workhouse, nous vîmes une touffe de roses à chair saignante, clouée je ne sais par qui, je ne sais pourquoi, au battant vermoulu ? Cette miette de nature, cette bribe de printemps, faisait éclore l'ombre d'un sourire et d'un reflet d'espoir sur les faces mortes des pauvresses qui attendaient leur tour. Cela nous donna un regain de courage, à nous aussi, et nous franchîmes, moins tristes, la porte de cet enfer. Au seuil de mon livre, dont

---

article « Séverin » pour finalement assumer le féminin à partir du second. Séverine fut une des premières bénéficiaires de la loi Naquet sur le divorce de 1884, qui lui permit d'épouser alors Adrien en secondes noces.

quelques chapitres sont, comme "Le Refuge", pleins de douleur et de misère, je veux attacher votre nom comme un bouquet. » [1]

Il est clair, dans cet hommage, que Vallès reconnaît en Séverine une sensibilité juste, exceptionnelle d'universalité pour quelqu'un né dans l'îlot singulier de la bourgeoisie. Or, cette sensibilité juste, c'est cela précisément que Séverine retient de Vallès, modèle face auquel elle se présente, à l'époque de leur correspondance, comme une humble disciple, angoissée de « sentir mal » – on retrouve ici, quelques années plus tôt, la hantise de n'être qu'une « sensiblarde », rivée à son corps, certes, mais un corps trop singulier, incapable d'accéder vraiment à l'universalité sensible. Lui, Vallès, sait « ressentir » ; elle n'est que l'élève ignorante qui a tout à apprendre de cet étrange savoir : c'est ainsi en tout cas qu'elle se met en scène dans cette correspondance. C'est lui, indéniablement, le corps universel, ni blasé – rhéteur, indifférent, insensible –, ni sensiblard – rivé à la sensibilité ordinaire, pas assez universelle, pas encore « juste ». Ceci est net, par exemple, dans la lettre de Séverine à Vallès du 25 décembre 1882 : « Vous qui avez traversé la guerre civile, vu le sang couler à ruisseaux et les têtes fendues comme des grenades mûres », lui écrit-elle, « vous ne pouvez avoir la grande pitié individuelle qui me prend aux entrailles, moi, ignorante qui ne sais rien et n'ai pas de souvenirs de tuerie. » [2]

Il semble, en somme, que ce « vrai » témoin qu'elle affirme être au moment du procès de Dreyfus, ce pur

---

1. J. Vallès, « À Séverine », Paris, 1er décembre 1883, première page de J. Vallès, *La Rue à Londres*, ou bien dans J. Vallès, *Œuvres*, 1990, vol. II, p. 1133-1134.
2. Séverine, Lettre à Vallès du 25 décembre 1882, *in* J. Vallès, *Correspondance avec Séverine*, 1972, p. 49.

corps qui se contente de *ressentir* sans chercher à produire un discours intentionné et qui, ainsi, touche à un universel rassembleur au-delà des voix singulières des rhéteurs, ce soit Vallès qui en ait longtemps constitué le modèle. Un modèle dans lequel on retrouve la dimension paradoxale déjà évoquée : c'est un idéal exigeant, difficile à atteindre, alors même qu'il ne consiste qu'en un abandon à la sensation, innocemment, passivement, loin de toute volonté bavarde et singulière.

Vallès voulait en effet atteindre à une écriture *concrète, sensible*, qui serait, ainsi, une écriture véritablement *collective, rassembleuse*. Et le journalisme lui semblait de nature à réaliser cet accès au « concret », ou cette saisie de la « vie », faisant perdre au « je » qui écrit son isolement consubstantiel et le fondant, en quelque sorte, dans le collectif. Comme pour Séverine, quelques années plus tard, le journalisme comportait pour Vallès deux enjeux, mais immédiatement reliés, ramenés l'un à l'autre : toucher le concret, et se fondre dans le peuple ; produire une écriture vivante, et réaliser une écriture rassembleuse, comme sans auteur, écrite par un « je » tout collectif, pur ambassadeur du peuple. En ce sens, le journalisme devait conduire à ce que Vallès appelait la « libération de l'encre », qu'il concevait comme l'avènement d'une langue enfin affective, visuelle surtout : une langue envahie par les *images*, car c'étaient elles qui devaient permettre aux mots, comme il le disait, de « retourner à la vie ». On retrouve ici, au cœur de l'univers vallésien, l'idée d'un *voir* plus rassembleur que le *dire*, parce que plus proche de la vie. De manière significative, lorsque Vallès se moquait de l'éloquence creuse, française, il décelait en elle une inaptitude à *voir*, et donc à rencontrer la foule : « Chacun », écrivait-il en 1865, « met volontairement sa main entre la lumière et la foule. On porte sa conviction, non comme un flambeau, mais comme une lanterne sourde. »[1] Selon lui, au contraire, comme le dit Bellet, il fallait « abolir l'écriture ; non écrire, mais faire voir ; non tracer des signes, mais créer des images : "peindre la vie sans fioritures comme Sieyès demandait la Mort sans phrases" »[2].

Si Vallès plaçait ses espoirs d'une révolution de l'écriture dans le journalisme, c'est parce qu'il croyait l'encre du « Livre » – cet objet devenu institution qui isole son auteur – définitivement séchée. Il était sensible, au contraire, à la manière dont le journalisme s'écrit – au cœur de la vie, dans le présent – et dont il est reçu – là encore, dans l'immédiateté, qui empêche le texte de se figer, l'encre de sécher. Pour Vallès, la lecture du journalisme « transforme l'écriture en vie, l'encre en sang ; le journal crée une vie collective nouvelle »[3]. Le journaliste, iconoclaste, rejoint dès lors, dans l'univers vallésien, des figures marginales et rebelles comme celle du saltimbanque. Rires, discontinuité, désordre : l'espace du saltimbanque est en effet décrit avec un vocabulaire analogue à celui qui sert à évoquer le lieu du journalisme, qui en définitive se ramène à la rue[4].

Car, l'enjeu central, c'est toujours la rue, qui cristallise tous les grands thèmes vallésiens : le concret, la vie, le collectif, le présent. Elle a donné son nom à divers articles de Vallès, puis à son recueil de 1866, et encore à son journal, *La Rue*, fondé en 1867, qui a connu ensuite plusieurs morts et renaissances. Dans un

1. J. Vallès, articles des 12 et 19 février 1865 dans *Le Courrier du dimanche*, reproduits dans J. Vallès, *Œuvres*, vol. I, p. 501-510 et cités par R. Bellet, *Jules Vallès. Journalisme et révolution*, p. 89.
2. R. Bellet, *ibid.*, p. 349-350.
3. *Ibid.*, p. 206. Cet espoir placé dans l'écriture journalistique, par opposition au Livre, pour accompagner et même susciter une nouvelle vie collective, s'observait déjà sous la plume des révolutionnaires de 1789 (cf. chapitre VI de notre ouvrage, *Du journalisme en démocratie*, 2004).
4. *Ibid.*, p. 223.

article de 1879, « Les Boulevardiers », paru dans sa troisième *Rue*, Vallès décrivait la naissance du journalisme comme ce qui avait permis au boulevard de connaître « son grand moment » [1]. Mais cela n'avait pas duré ; le boulevard, c'est-à-dire la rue d'hier, s'était depuis policé, embourgeoisé ; et la rue s'était déplacée, déployée ailleurs, menaçant désormais la bourgeoisie du boulevard comme la bourgeoisie d'hier, depuis son boulevard, menaçait les Tuileries. Or, Vallès considérait que ce déplacement de la rue, de la « vraie » rue, devait emmener dans son sillage le journalisme. Déjà dans les années 1860, lorsqu'il était rédacteur au *Figaro*, il était attiré par la presse la plus populaire [2]. Et d'une façon générale, il n'a cessé toute sa vie d'évaluer le journalisme à l'aune de cette « passion », de ce désir et de cette aptitude à rencontrer la rue. Par exemple, lorsqu'en 1876 il envisagea, malgré un scepticisme certain, une collaboration au journal de Naquet, *La Révolution*, c'est dans les termes suivants qu'il exprima ses doutes : « Le Peuple ne lira pas *La Révolution*. Naquet me paraît brave, ordonné, honnête, mais il n'a pas le feu sacré ou la flamme maudite du journalisme. » [3]

Le modèle du journal-rue, c'est bien sûr *Le Cri du Peuple* qui, selon Vallès, s'en était le plus approché. À ce moment-là, sous la Commune, Vallès semblait avoir touché son but, réalisé tous les désirs qu'il plaçait dans

---

1. *La Rue*, 7 décembre 1879, signé « Jacques Vingtras », reproduit dans J. Vallès, *Œuvres*, vol. II, p. 397-402 et cité par R. Bellet, *Jules Vallès. Journalisme et révolution*, p. 63.

2. En 1866, note Bellet, Vallès salue Timothée Trimm, le reporter célèbre du *Petit Journal*, dans un article pour *Le Figaro*, comme la figure de l'heureuse « décadence », qui rompt avec les « époques solennelles ». Bellet semble n'imputer l'échec de la tentative de Vallès d'entrer au *Petit Journal* cette année-là qu'à des désaccords de nature financière (*ibid.*, p. 80).

3. Lettre à Arnould, novembre 1876, citée par R. Bellet, *ibid.*, p. 412.

l'écriture journalistique. Or, *Le Cri du Peuple* déclina de manière particulièrement intense, ne serait-ce que dans son titre, le thème du peuple rassemblé, enfin uni dans un grand corps (qui peut ainsi « crier » d'une unique voix). De manière significative, Vallès décida que dans *Le Cri du Peuple* les articles ne seraient plus signés, comme pour marquer l'avènement d'une écriture véritablement collective. Quelques années plus tard, dans un article pour le nouveau *Cri du Peuple*, il évoquait en ces termes cette écriture collective : « Il fallait prêter au peuple un langage à la fois simple et large. Devant l'histoire, il prenait la parole, dans le plus terrible des orages, sous le feu de l'étranger. On devait songer à la Patrie en même temps qu'à la Révolution [...] Il fallait une phrase, rien qu'une, mais il en fallait une où palpitât l'âme du Peuple ; il fallait un mot aussi pour prendre position dans l'avenir. »[1] Pour Vallès, *Le Cri du Peuple* avait vraiment réconcilié l'encre et le sang. Enfin la rue semblait écrire et s'écrire toute seule, rassemblée, incarnée, dans le journal.

Il est évident que cette conception vallésienne du journalisme imprègne la figure du témoin-ambassadeur telle qu'on l'a repérée dans l'écriture de Séverine. Le même désir d'une fusion héroïque du journaliste dans le peuple se lit dans ses reportages. Ce qui invite, d'ailleurs, à se demander si le fait que notre archétype de témoin-ambassadeur vienne des rangs de l'anarchisme est un pur hasard. Probablement pas. Que certaines représentations anarchistes aident à penser le journalisme moderne ne doit pas surprendre, si l'on se sou-

---

1. « L'Affiche rouge », *Le Cri du Peuple*, 7 janvier 1884, reproduit dans J. Vallès, *Œuvres*, vol. II, p. 1102-1105 et cité par R. Bellet, *Jules Vallès. Journalisme et révolution*, p. 373.

vient que celui-ci, comme on l'a vu au chapitre précédent, s'enracine dans le désir de créer un « nous » au-
delà des représentants officiels de ce « nous », donc,
par voie de conséquence, de dessiner un espace de
contre-pouvoir. Le journalisme moderne croise naturellement des thèmes anarchistes, de même que l'anarchisme – l'œuvre de Vallès en témoigne de façon émi-
nente – rencontre la question du journalisme, saisissant
en lui un enjeu crucial.

Cependant, Séverine héritière n'est pas qu'héritière.
Elle va plus loin que Vallès dans la définition de ce qui
rassemble, constitue le « nous ». Chez Vallès, la question du « centre » demeurait problématique : quel était
exactement le ressort permettant à l'écrivain-journaliste
d'accéder au « concret » rassembleur ? Quel était le
levier, le pôle du rassemblement ? Séverine explicite,
elle, ce centre : c'est le corps du journaliste. C'est le
sensualisme de Séverine qui lui permet de dessiner la
figure achevée, parfaitement cohérente et claire, et en
ce sens archétypique, du témoin-ambassadeur. Vallès
n'a pas poussé si loin la réflexion sur le corps comme
foyer d'une expérience collective. Ce thème apparaît
chez lui à la fin de sa vie, période pendant laquelle,
d'ailleurs, Vallès et Séverine se sont fréquentés. Par
exemple, dans un article de cette époque, Vallès, pour
critiquer les républicains opportunistes, oublieux de
l'héritage de la Commune, évoque, en contrepoint, les
héros qui ont souffert *dans leur chair*, et qui sont dès
lors l'authentique voix du peuple, « ceux qui ont pavé
de leurs corps le chemin qui mène maintenant au Capi-
tole les opportunistes victorieux »[1]. Mais on peut consi-

---

1. « Vive la République », *Le Réveil*, 13 janvier 1878, reproduit dans
J. Vallès, *Œuvres*, vol. II, p. 95-97 et cité par R. Bellet, *Jules Vallès.
Journalisme et révolution*, p. 414.

dérer que sa réflexion politique sur le sens du journalisme trouve, dans le sensualisme de Séverine, un prolongement qui n'était qu'esquissé dans son œuvre personnelle.

Séverine permet dès lors de préciser la nature du lien qui unit le journaliste – le vrai, le bon journaliste – au peuple. C'est plus qu'un lien de représentation, plus qu'un simple mandat. Le corps du journaliste, en particulier le sien, lorsque c'est elle qui prend la plume, est véritablement celui du peuple « en petit ». Séverine *ressemble* au peuple, en même temps qu'elle le *représente* ; en ce sens, on peut dire qu'elle l'*incarne ;* elle est le peuple en personne, elle lui permet donc d'aller là où il n'est jamais allé et de faire une expérience sensible à travers son corps à elle. Sans doute l'écriture de Séverine demeure-t-elle redevable de nombreux thèmes vallésiens, comme celui de la femme-peuple ; mais le sensualisme radical dans lequel tous ces thèmes viennent prendre place donne une dimension nouvelle à la figure vallésienne du journaliste rassembleur, tout en mettant en scène, de manière archétypique, un geste fondamental du journalisme moderne.

III – Rassembler en orchestrant
un conflit

Pourrait-on décortiquer plus encore ce geste de rassembler, tel que Séverine le réalise dans son écriture ? Faut-il y voir la négation de tout ce qui, dans le peuple, fait conflit ? L'institution d'un *commun* par-delà les différences ? Rien n'est moins sûr : sur ce point, tant Vallès que Séverine donnent à voir quelque chose de beaucoup plus compliqué, qui fait la richesse de la figure du témoin-ambassadeur.

Vallès n'a jamais considéré le journal-rue, journal rassembleur, comme quelque chose qui *s'instituait*. À chaque article, à chaque dessin de plume, il faut recommencer, gagner la rue. Il est significatif que, pendant la Commune, moment de gloire pour *Le Cri du Peuple*, il se soit fermement opposé à la restauration de la censure contre les autres journaux ; il a notamment pris la défense de son ancien journal, *Le Figaro*, sous le coup des censeurs : « J'ai écrit il y a bien longtemps, et je le répète aujourd'hui, que je suis pour la liberté de presse absolue et illimitée. Je regrette donc profondément qu'on ait empêché *Le Gaulois* et *Le Figaro* de reparaître, eussent-ils dû encore rire de nos canons et nous appeler des pillards ! La liberté sans rivages. »[1] Ceci semble vouloir dire : aucune presse ne peut jamais s'instituer comme représentante définitive de la rue.

Comme si s'affirmer en tant que journal-rue exigeait, précisément, des adversaires à combattre : c'est toute la différence, justement, entre *s'affirmer* et *s'instituer*. Il faut au *Cri du Peuple* ce rire du *Gaulois* et du *Figaro*, pour affirmer que son « rire » à lui – rappelons que le « rire » est chez Vallès une métaphore de la rue et donc du journal « idéal » – est le plus rassembleur, celui qui vient des entrailles du Peuple, de sa chair. Dès lors, la conception vallésienne du journalisme offre l'exemple d'un souci de rassembler par et dans un conflit permanent. Le corps (du Peuple) est *toujours en lutte*, dans son affirmation même comme *corps*.

On retrouve cette conception du journalisme chez Séverine ; et à vrai dire, le fait qu'elle désigne de façon encore plus précise que Vallès le centre, le pôle du rassemblement, c'est-à-dire le *corps du journaliste*, lui

1. *Le Cri du Peuple*, 22 mars 1871, cité par R. Bellet, *Jules Vallès. Journalisme et révolution*, p. 390.

permet d'aller plus loin encore dans la représentation du rassemblement comme *rassemblement conflictuel*. Car cela lui permet de mettre en scène ce corps en lutte. De fait, le corps de la reporter, dans son écriture, s'affirme toujours dans l'expérience de la lutte : le témoin advient *contre* les rhéteurs, et il ne cesse jamais, dans l'affirmation de soi, de combattre ces ennemis aux mots « creux » et pourtant si puissants. Le corps du témoin-ambassadeur livre à ses lecteurs le monde dans sa matérialité, il donne l'évidence pleine, et pourtant il ne cesse d'être sommé de se justifier contre les « obscurcisseurs du ciel ». On constate ainsi qu'il est extrêmement rare que le « je-nous » qui se réalise dans l'écriture de Séverine apparaisse sans le contrepoint d'un « vous » ou d'un « eux ». La construction du « nous » est profondément liée à un jeu de frontières, lui-même expression d'un conflit jamais dépassé. Non pas que les critères se valent, entre « eux » et « nous » ; « notre » critère, la sensation, est le seul qui vaille. Mais les « eux » demeurent, malgré cette évidence.

Il semble donc que le caractère explicite du centre chez Séverine – son corps – rende cette dimension conflictuelle, inhérente à ce centre, particulièrement explicite elle aussi. Pour Séverine, ce qui rassemble, ce qui est « évident », est posé de manière radicale et jamais interrogé ; il n'y a pas de réflexivité réelle sur ce sensualisme qui sous-tend l'écriture. Mais, par contre, parce que l'évidence est absolue, l'hostilité à celui qui ne la reconnaît pas, qui continue à fermer ses yeux, est absolue elle aussi : les frontières chez Séverine sont des *failles*. Le centre est évident et ceci qualifie la lutte qui se joue autour de lui : c'est une lutte à la fois simple (« eux » et « nous ») et sans partage (« eux » et « nous »). Le conflit est donc exclusif au sens premier du terme : il *exclut* des « eux », qui n'ont plus rien en commun avec « nous », et qui demeurent là, pourtant, barrant l'accès au centre et exigeant que « nous » continuions à nous définir par rapport à eux.

Ce n'est pas un conflit coopératif ni multidimensionnel. Et c'est là aussi sa limite : le conflit exclusif est un conflit somme toute assez simple, encadré, ordonné, prévisible. « Nous » exclut « eux » sans véritablement confronter ses valeurs à « eux ». « Nous » est *mis à l'épreuve*, mais pas mis en péril dans son identité profonde, pas entamé, pas défait. Autrement dit, si le mouvement de rassembler autorise l'expression d'un conflit, c'est un conflit qui ne met jamais en question l'existence même d'un centre, somme toute évident malgré les obstacles qu'il rencontre dans l'affirmation de soi, malgré son absence de paix, malgré les épreuves infinies qu'il traverse pour pouvoir rayonner. L'idée même de centre n'est donc pas interrogée : il y en a un ; et l'enjeu est de combattre ceux qui tentent de l'obscurcir. Dès lors, la lutte reste « axée », elle préserve un centre ordonnateur, elle ne conduit pas au décentrement complet. C'est là toute la différence entre les journalismes du rassemblement, dont nous nous occupons ici à travers la figure archétypique de Séverine, et les journalismes du décentrement que nous examinerons plus tard, dans lesquels la conception du conflit à l'œuvre est, nous le verrons, beaucoup plus radicale, beaucoup plus dangereuse pour le « nous ».

Néanmoins, ce que nous observons ici, c'est que les journalismes rassembleurs ne sont pas complètement étrangers au conflit, même si celui-ci est limité – orchestré, pourrait-on dire – par un témoin-ambassadeur qui est bien déterminé, *in fine*, à réaffirmer le centre. La figure du témoin-ambassadeur fonde volontiers son geste de rassembler sur un conflit qu'elle révèle et met en scène : elle constitue ou reconstitue le

« nous » dans l'épreuve, dans la confrontation à un « eux ». Dès lors, on ne peut pas dire qu'elle *institue* le centre, car elle en fait toujours un lieu en péril, mal institué, justement, et exigeant sa permanente réaffirmation. Le témoin-ambassadeur se donne ce rôle de « recentrage » de la communauté politique, sur fond de lutte toujours inachevée.

Chapitre III

Nous rassembler dans l'épreuve : Nellie Bly, Albert Londres, Edward R. Murrow

Si nous poursuivons cette plongée dans les journalismes rassembleurs, une question appelle davantage d'éclaircissement. Comment concrètement le journaliste témoin-ambassadeur inflige-t-il, dans son regard, dans son écriture, une épreuve à ce public qu'il rassemble, à ce « nous » qu'il constitue ? Séverine nous a permis de voir comment la lutte, le conflit, peuvent être imbriqués dans le geste de rassembler. Mais il reste à mieux qualifier cette lutte, à se demander si elle peut être de plusieurs sortes. En somme, si la figure du témoin-ambassadeur, qui offre un axe de lecture de l'histoire du journalisme moderne, comporte ce que le langage musical appelle des variations.

Bien entendu, l'exhaustivité en cette matière est à bannir. Mais le travail d'élaboration de figures peut tout de même être poussé plus avant, pour affiner la compréhension de ce geste de rassembler et offrir ainsi quelques repères supplémentaires à un voyageur égaré dans l'immensité du journalisme moderne.

Nous proposons ici de présenter trois témoins-ambassadeurs qui ont chacun leur manière particulière de mettre le « nous » à l'épreuve pour l'aider, précisément, à s'éprouver comme un « nous ». Le premier est une reporter, Nellie Bly (1864-1922), qui fut proche de Joseph Pulitzer et de son *New York World* ; elle y fit paraître, en 1887, un reportage sur l'asile psychiatrique pour femmes de Blackwell's Island ; c'est ce texte qui concentrera notre attention. Le second est Albert Londres (1884-1932), figure mythique du journalisme français, peu étudié cependant ; nous nous pencherons sur trois de ses reportages des années 1920, *Au bagne*, *Chez les fous* et *Terre d'ébène*. Le troisième est un monstre sacré du journalisme américain, méconnu en France : Edward R. Murrow (1908-1965), qui passa l'essentiel de sa carrière à CBS, où il vécut la transition de la radio – il se fit connaître du grand public comme correspondant à Londres pendant la Seconde Guerre mondiale – à la télévision ; il présenta pendant plusieurs années l'émission « *See It Now* », préparée avec son collaborateur Fred W. Friendly ; cette émission joua un rôle considérable dans la chute de McCarthy, en diffusant en 1953-1954 trois documentaires qui demeurent des joyaux du journalisme télévisuel ; nous les étudierons de près.

L'examen de ces documents journalistiques se fera sans prendre en compte leur impact sur le public et leurs conséquences politiques et sociales. Car tout cela mettrait en jeu d'autres facteurs que l'« efficacité » propre du reportage. La fermeture du bagne de Cayenne, par exemple, est une mesure consécutive au reportage d'Albert Londres, mais la preuve qu'elle exige de prendre en compte d'autres facteurs est qu'elle a « débordé » les revendications du reporter : celui-ci, dans la lettre au ministre des Colonies par laquelle il avait achevé son reportage, n'avait pas demandé la fermeture, mais des réformes du bagne. De même, la chute de McCarthy, certainement favorisée ou précipitée par les documentaires d'Edward R. Murrow et de Fred W. Friendly, a évidemment d'autres causes. Quant à Nellie Bly, elle s'est glorifiée d'avoir, par son reportage (« *on the strength of my story* [1] »), obtenu que la ville débloquât un million de dollars supplémentaires pour l'asile de Blackwell's Island, mais, une fois de plus, la réalité fut un peu moins simple, puisque une réévaluation budgétaire semble avoir été en cours avant même son reportage, certes probablement confirmée sous l'effet de la publicité gênante donnée à l'asile par Nellie Bly [2].

Il est certain que s'aventurer sur le terrain des « effets réels » soulèverait bien d'autres questions, qui dépassent de très loin notre propos ici : étudier les documents en eux-mêmes, le type de regard journalistique qui s'exprime en eux, la relation que le journaliste tisse avec son public imaginaire.

I – NELLIE BLY OU L'ÉPREUVE DU CACHÉ

LE *STUNT JOURNALISM*

Nellie Bly (1864-1922) est assez représentative d'une forme de reportage populaire qui, à la fin du XIXᵉ siècle aux États-Unis, utilisait divers stratagèmes pour pénétrer dans de grandes institutions et en révéler la face cachée, et pour lequel on forgea l'expression de « *stunt journalism* » – « *stunt* » signifiant en anglais « coup de force ». Le *stunt journalism* faisait partie de ce qu'on appelait, d'une manière plus générale,

---

1. *Ten Days In A Mad-House*, p. 98.
2. Voir B. Kroeger, *Nellie Bly*, 1994, p. 98-99.

l'« *exposure journalism* » ou la « *literature of exposure* » : cette littérature à scandales cherchait à faire voir, à « exposer » au regard de tous ce qui restait volontiers caché dans des lieux de pouvoir bien gardés ; et ce par tous les moyens, parfois les plus inattendus et les plus dangereux [1]. Plusieurs reporters femmes, dans les années 1880 et 1890, se sont ainsi déguisées pour pénétrer dans des institutions méconnues : on a parlé à leur sujet de « *stunt girls* » et, comme elles en sortaient avec des reportages particulièrement larmoyants, on les a aussi qualifiées de « *sob* [sanglot] *sisters* ». W.R. Hearst par exemple, alors qu'il était encore à la tête du *San Francisco Examiner* – c'est-à-dire avant de devenir, en 1896, le célèbre patron du *New York Journal* –, avait fait travailler une de ses reporters sur les scandales de la gestion de l'hôpital de la ville ; celle-ci, Winifred Black, devint pour la cause « Annie Laurie » ; elle feignit de s'évanouir dans la rue, afin d'entrer dans l'hôpital au titre de malade. Peu après, elle raconta tout ce qu'elle avait vu « à l'intérieur ».

Il ne faut pas oublier que c'est cette littérature à scandales qui a permis au journalisme d'investigation le plus rigoureux de faire ses premiers pas. C'est pourquoi tous les spécialistes considèrent que ces *stunt girls* et autres adeptes de l'*exposure journalism*, publiés dans la presse à sensation (« *yellow press* ») de la seconde moitié du XIXe siècle, ont été les ancêtres d'un mouvement qui suscite souvent plus de considération pour le sérieux de ses

---

1. Sur les différentes sortes de reportage urbain à la fin du XIXe siècle aux États-Unis (« *beat reporting* », « *stunt reporting* », « *exposure reporting* »...), voir R. Lindner, *The Reportage of Urban Culture. R. Park and the Chicago School*, 1990, traduction anglaise de 1996. La « *literature of exposure* » est, comme l'explique Louis Filler, le nom générique donné à ce journalisme populaire par ceux qui, en général, le méprisaient (L. Filler, *The Muckrakers*, 1976, p. 10).

enquêtes et qui a battu son plein dans la première décennie du XXe siècle : le mouvement des *muckrakers* – littéralement « fouille-merde » [1]. Les grands patrons de la presse populaire des années 1880, comme Joseph Pulitzer qui a racheté le *New York World* en 1883, ont été, au fond, les inventeurs du *muckraking* [2].

Cette presse populaire faisait un usage permanent de la figure du témoin-ambassadeur. Le *stunt journalism* la déclinait même jusqu'à la caricature : le journaliste invitait son public à le suivre dans un véritable voyage dans les tréfonds d'un lieu obscur ; il lui faisait vivre par procuration une expérience inédite, lui donnait des yeux là où le regard semblait interdit et, ce faisant, se présentait comme son ambassadeur impeccable. Il maniait volontiers le discours de la « vérité », celle-ci étant entendue comme ce qu'il faut extirper de l'obscurité, mettre au jour, faire briller enfin pour tous – on retrouve le fameux « *Shines for All* », en-tête du *New York Sun* [3]. Rassembler le public dans la contemplation de ce qui est enfin mis en pleine lumière : c'était l'enjeu du *stunt journalism*.

Ceci, bien entendu, avait des implications concernant la nature des « scandales » révélés : puisqu'ils devaient

---

1. C'est le président des État-Unis Theodore Roosevelt qui a inventé l'expression « *muckraker* », dans un discours prononcé le 14 avril 1906. Il avait des sentiments mêlés à l'égard de ces journalistes qui avaient insufflé, certes, un mouvement progressiste dans lequel il s'inscrivait lui-même, mais auxquels il reprochait d'en faire trop, jusqu'à fomenter un « sentiment révolutionnaire » (« *revolutionary feeling* »). Le mot « *muckraker* » était donc dans sa bouche péjoratif, même s'il a pu ensuite être retourné en compliment flatteur par les principaux concernés, et par ceux qui se sont réclamés de leur héritage. Le discours de Roosevelt est reproduit dans *The Progressive Movement 1900-1915*, recueil établi et présenté par R. Hofstadter, 1963, p. 18-19.

2. Voir R. E. Park, « The Natural History of the Newspaper », 1923, p. 102, et L. Filler, *The Muckrakers*, 1976, p. 29.

3. Voir notre chapitre I.

rassembler, il leur fallait entrer dans les canons du
« sens commun » ; c'est-à-dire non seulement être révélés selon des normes de vérité collectivement admises,
mais en outre s'inscrire dans une conception *commune*
du bien et du mal. D'aucuns diraient qu'ils devaient
toujours renvoyer à quelque chose de « consensuel ».
Sans doute, mais l'intérêt de ce type de journalisme est
que, précisément parce qu'il se manifestait sous la
forme du scandale, il donnait tout de même à voir un
conflit, au cœur même du mouvement de rassemblement. Car ce qui nous était révélé, et nous rassemblait,
interrogeait en même temps ce « nous », l'interpellait,
l'engageait à se battre pour ce qu'il était. Le « nous »
était sollicité, mis à l'épreuve, et non simplement
constitué. Le regard du journaliste désignait une sorte
d'adversaire insoupçonné, un intrus logé dans ce
« nous », que celui-ci devait combattre pour être à la
hauteur de ce qu'il voulait être et croyait être avant que
le reporter ne lui révélât toute cette « saleté » en son
sein – c'est bien le sens littéral de « *muckraker* ».

Il reste bien sûr à comprendre quel genre de conflit,
exactement, est à l'œuvre dans ce type de journalisme.
C'est assurément un conflit assez « simple », comme
l'exemple de l'écriture de Nellie Bly permettra de l'observer : un conflit qui met en scène le « nous », centré
ou recentré par le reporter (pôle de rassemblement) et
un « eux », exclu mais pourtant bien là, au centre même
– un « eux » révélé par le journaliste, enfin repéré
comme tel. Néanmoins, c'est bel et bien un conflit, et
il s'imbrique dans le geste de rassembler, il le permet,
le fonde même. Cette épreuve que le journaliste fait
ici subir au « nous », c'est *l'épreuve du caché* : il lui
montre que là, là où l'on ne va jamais, il y a, caché,
insoupçonné, un « eux » qui se prend pour « nous »

alors qu'il n'a rien de « nous ». L'épreuve du caché consiste à montrer que, dans des endroits habituellement soustraits aux regards, il faut reconquérir un centre en péril.

Nellie Bly est probablement la première « *stunt girl* » de l'histoire du journalisme américain, précédant Annie Laurie de quelques années[1]. Née en 1864[2], Elizabeth Cochrane commence sa carrière à la *Pittsburgh Dispatch* en janvier 1885 : c'est là qu'elle devient Nellie Bly, un pseudonyme suggéré par le *managing editor* George A. Madden par allusion à l'héroïne d'une chanson populaire de l'époque. C'est sur les conseils de ce même Madden qu'elle se spécialise dans les reportages sur « le monde des femmes (*the woman's sphere*) » ; elle écrit notamment un article sur les filles travaillant en usine (*factory girls*) de Pittsburgh. En décembre 1885, elle quitte Pittsburgh pour devenir une journaliste en free-lance, voyage à Mexico, puis part pour New York en mai 1887 ; elle cherche par tous les moyens à faire carrière dans le journalisme new-yorkais. Elle parvient à entrer au *New York World* de Joseph Pulitzer en septembre 1887, sur une idée qui séduit le *managing editor* du journal, John Cockerill : se faire passer pour une malade mentale du nom de Nellie Brown, afin de

---

1. Brooke Kroeger, auteur de la biographie la plus complète de Nellie Bly à ce jour, explique qu'Annie Laurie, tout comme une autre « *sob sister* », Dorothy Dix, fut une héritière de Nellie Bly (*Nellie Bly*, p. 459).

2. Il semble qu'il y ait longtemps eu un certain flou autour de sa date de naissance. En 1936, Ishbel Ross, dans ses pages consacrées à Nellie Bly dans *Ladies of the Press*, donne encore la date de 1867. C'est Bly elle-même qui est à l'origine de ce flou, car au moment de son « tour du monde », dont nous parlerons un peu plus loin, en 1888-1889, elle souhaitait vivement se faire passer pour plus jeune qu'elle n'était, l'âge de 24 ans étant considéré à l'époque, pour une femme, comme très avancé pour pareille aventure ! Elle s'était donc rajeunie de trois ans (voir B. Kroeger, *Nellie Bly*, p. 145).

pénétrer dans l'asile pour femmes (Women's Lunatic Asylum) de Blackwell's Island.

Une rumeur existait en effet au sujet des effroyables conditions dans lesquelles les patientes y étaient traitées : deux éditoriaux, dans le *New York World* du 3 et du 9 juillet 1887, s'étaient fait l'écho de ces rumeurs. Ce lieu était par ailleurs légendaire pour le mystère qui s'en dégageait : cette bande de terre sur l'East River était le type même du lieu « caché » sur lequel on ne sait rien et on fantasme beaucoup. Dickens, dans ses *American Notes*, en avait dit quelques mots, reconnaissant qu'il y était allé mais sans avoir vraiment pénétré ce lieu et son mystère. Il offre quelques descriptions rapides de cette atmosphère de folie étrange (« *madhouse air* »), s'attarde peu sur la nature exacte du confort ou de l'inconfort qui y règne – « Je ne peux pas dire que l'inspection de cette institution charitable me donna l'impression d'un grand confort », se contente-t-il de remarquer – et s'étonne simplement que la gestion d'un tel univers ne soit pas réservée à des spécialistes, mais soumise aux aléas des nominations politiques[1].

Nellie Bly, pour son reportage, met au point le scénario suivant : elle se rend d'abord dans un foyer pour travailleuses, où son comportement étrange lui permet d'être emmenée par la patronne auprès du juge Patrick G. Duffy ; en vain on cherche l'identité de cette pauvre fille confuse ; elle est alors envoyée à l'hôpital de Bellevue, puis à Blackwell's Island, où elle reste dix jours, « récupérée » finalement par le journal. Elle fait paraître deux articles en octobre 1887 dans le *New York World*,

---

1. C. Dickens, *American Notes and Pictures from Italy*, 1842, édition de 1957, p. 92-93.

suivis deux mois plus tard d'un livre intitulé *Ten Days In A Mad-House* [1].

La démarche de Nellie Bly, telle qu'elle apparaît dans son écriture, et aussi telle qu'elle la présente elle-même, consiste en un dévoilement du caché, une mise au jour de l'univers obscur, qui aboutit à la détermination de deux mondes très clairs, eux : le monde des patientes, qui sont « comme nous », qui éveillent notre pitié et notre sympathie ; et le monde du personnel médical, qui les torture, les violente, les méprise. D'une part, un « nous » qui se reconnaît (se projette ?) en « elles », ces patientes si humaines et à la folie si peu étrange ou étrangère *in fine* ; et, d'autre part, les véritables « autres », terrifiants. Dès lors, l'éclairage est bien conçu comme la source, non seulement d'un rassemblement – nous sommes là, dans cet asile, auprès de ces patientes qui sont tellement « nous » –, mais en même temps d'un conflit – à travers elles, qui appartiennent à « nous », nous sommes confrontés à « d'autres ». Le conflit est fort simple, bien entendu : il apparaît sous la forme d'une frontière « eux-nous ». Mais il est intrinsèquement lié au geste de rassembler. Autrement dit, le caché *nous* révèle, mais nous révèle *dans le conflit*.

Ce travail de la révélation, que conduit la journaliste, a des implications qu'il faudra souligner – et qui donnent, certes, à ce type de reportage un caractère « simpliste » : le caché est entièrement mis au jour, la lumière se fait totalement, grâce à la journaliste. En d'autres termes, la manière dont la mise au jour est envisagée, avec sa puissance de révélation d'un conflit, et par là,

---

1. *Ten Days In A Mad-House or Nellie Bly's Experience on Blackwell's Island*, New, 1887 (l'ouvrage comporte encore plusieurs sous-titres : *Feigning Insanity in Order to Reveal Asylum Horrors. The Trying Ordeal of the New York World's Girl Correspondent*). Nous traduirons les passages de ce reportage que nous citerons.

de reconstitution du « nous », lui interdit de conserver tout résidu d'étrangeté ; elle mène vers une compréhension qui s'affirme parfaite, totale, s'achevant dans la contemplation finale de deux mondes clairs et nets : celui des « nôtres » et celui des « autres », le second étant désigné comme un adversaire. Pas de zone grise, pas d'étrangeté inclassable (ni « nous », ni « eux ») : tout le caché finit par s'éclairer, et se ranger dans les catégories « simples » de l'identité et de l'altérité-adversité.

C'est à cet unique épisode de l'itinéraire de Nellie Bly que nous nous attacherons ici ; pour autant, quelques précisions sur la suite de son parcours peuvent aider à saisir le type de personnage qu'elle est en train de devenir à travers ces écrits sur Blackwell's Island. Ce reportage l'a rendue d'un coup célèbre, une célébrité qu'elle utilisa et renforça encore quelques mois plus tard. Non contente de répéter sa technique – en se faisant par exemple embaucher comme domestique, pour révéler les pratiques en cours dans les agences de recrutement de personnel domestique [1] –, une technique que le *New York World* a par ailleurs généralisée, en recrutant d'autres *stunt girls* [2] et en faisant des adeptes chez ses confrères, Nellie Bly fut envoyée à l'automne 1888 par le même *New York World* pour un tour du monde qui devait être suivi au jour le jour par les lecteurs du journal. Il n'y a peut-être pas de meilleure illustration de la figure du journaliste témoin-ambassadeur – avec les faiblesses, aussi, de cette pratique, à savoir un regard indéniablement superficiel sur les pays traversés, ce voyage ressemblant surtout à une course dont le centre d'intérêt est Nellie Bly elle-même. L'idée était, expli-

---

1. Voir B. Kroeger, *Nellie Bly*, p. 101.
2. Par exemple Fannie B. Merrill (voir B. Kroeger, *ibid.*, p. 101).

citement, de battre le record de Phileas Fogg ; elle rencontra d'ailleurs Jules Verne au cours de son étape en France. Elle rentra le 25 janvier 1890, soit après 72 jours, 6 heures, 11 minutes et 14 secondes, accueillie par une foule d'admirateurs et devenue, assurément, une grande figure populaire[1]. Elle abandonna le journalisme en 1895 pour se marier avec un homme d'affaires, quelques mois après avoir écrit un reportage sur la grève des cheminots de Chicago en mai 1894. À la mort de son mari, elle s'essaya, avec beaucoup moins de talent que pour le journalisme, aux affaires, et finit à peu près ruinée ; c'est ainsi qu'elle revint, dans les dernières années de sa vie, vers la profession journalistique, mais sans jamais retrouver la gloire de ses débuts[2].

NOUS FAIRE VOIR LE CACHÉ ET FAIRE VOIR LE « NOUS »

L'écriture de Nellie Bly, dans son reportage sur l'asile de Blackwell's Island, est tendue vers un double objectif : dévoiler le caché et, en même temps, dévoiler celui qui assiste à ce dévoilement (« nous »). On peut

---

1. Outre les articles qu'elle envoyait pendant son tour du monde, elle écrivit quelques mois après son retour un ouvrage sur son voyage : *Nellie Bly's Book. Around the World in Seventy-Two Days*, 1890.

2. Depuis quelques années, Nellie Bly, longtemps demeurée inconnue, fait l'objet de travaux plus réguliers aux États-Unis, souvent ancrés dans un questionnement – qui n'est pas le nôtre ici – sur la place des femmes dans la profession journalistique. Une pionnière à cet égard fut Ishbel Ross (*Ladies of the Press*, 1936). Un documentaire a été réalisé sur Nellie Bly par Christine Lesiak en 1996 (production WGBH Educational Foundation, Boston), diffusé sur la chaîne câblée française Planète en 2000. Le caractère populaire, presque légendaire du personnage, est remis au goût du jour sur un site Internet qui lui est consacré, ou dans de petits ouvrages de vulgarisation comme la « Lerner Biography », *Nellie Bly. Daredevil Reporter*, par Charles Fredeen, parue en 2000.

ainsi parler d'une double mise au jour, consistant à *nous faire voir* au double sens de l'expression – nous faire voir quelque chose et faire voir le « nous ».

D'abord, faire voir *la chose*. La sortir du caché, la livrer aux regards. Les premières pages de son livre sont pleines d'un discours sur la « vérité », discours qui relève d'un sensualisme plus ou moins explicite, analogue à celui de Séverine, mais beaucoup moins développé que chez cette dernière – c'est pourquoi d'ailleurs Séverine et sa représentation du corps dans son écriture ont constitué pour nous un archétype, permettant de saisir, de manière particulièrement claire, cet implicite de beaucoup de reportages de la fin du XIXᵉ siècle. Nellie Bly assure qu'elle ne livrera que des choses vues, senties, mais elle précise que ces sensations-là ne seront point singulières, dans la mesure où elle évitera toute outrance « sensationnaliste » et demeurera fidèlement dans son rôle d'ambassadrice de la sensibilité du public. Ces préambules sont habilement placés dans la bouche de son « *editor* » : « J'étais censée », écrit-elle, « rendre compte fidèlement des expériences que je faisais, et, une fois à l'intérieur des murs de l'asile, découvrir et décrire les rouages [*workings*] intérieurs qui sont efficacement tenus cachés au public par des infirmières chapeautées de blanc, ainsi que par des verrous et des barreaux. "Nous ne vous demandons pas d'aller là-bas dans le but de faire des révélations sensationnelles. Décrivez les choses comme vous les trouverez, bonnes ou mauvaises ; donnez des appréciations ou des blâmes comme vous le jugerez juste, et la vérité toujours." » [1]

Les rouages qu'en tout cas ce texte donne à voir, ce sont toutes les caractéristiques de la figure du témoin-ambassadeur. Sa capacité à dire le « vrai » est reliée à

---

1. *Ten Days In A Mad-House*, p. 5-6.

son rapport privilégié au public. En outre, la figure est déclinée ici dans une version sensualiste « complète », comme chez Séverine, c'est-à-dire que ses yeux et ses sens en général sont présentés, non seulement comme de fidèles rapporteurs, mais comme d'excellents *évaluateurs* : voyez *et jugez*, demande l'*editor* à Nellie Bly – sous-entendu : « puisque vous êtes le public ». La nécessité de distinguer entre observation et interprétation (ou jugement) n'est nullement soulevée car, comme chez Séverine, toute émotion, éprouvée par un témoin si bien « légitimé », est considérée comme juste ou vérace. Elle est la voie vers un récit « sans fard »[1], touchant la vérité jusque dans ses profondeurs : aller là-bas, déclare Nellie Bly, c'est réaliser enfin son « désir de connaître la vie d'asile en profondeur »[2]. On le voit, le témoin n'évoque nullement l'éventualité que ses observations demeurent superficielles.

Ce qui donne cependant à cette démarche journalistique une couleur spécifique, par rapport à d'autres variations de la figure du témoin-ambassadeur, c'est l'insistance sur le thème du *caché*. Le témoin-ambassadeur est présenté quasiment au seuil d'une expérience initiatique, qu'il va faire faire, par procuration, à nous tous. L'objet qu'il va falloir mettre au jour est particulièrement bien gardé, et le dévoilement a donc d'emblée une dimension très combative. Or, ceci a des conséquences sur la nature du rassemblement qui s'opère à travers le regard du journaliste : il est net que le « nous » sera ici sollicité contre des adversaires, des « eux », gardiens du caché.

---

1. Bly affirme vouloir donner « un récit simple et sans fard (*a plain and unvarnished narrative*) sur le traitement des patients à l'intérieur et sur les méthodes de gestion » (*Ten Days In A Mad-House*, p. 5).

2. *Ibid.*, p. 6.

On en vient donc ici à l'autre mise au jour : faire voir le « nous ». Si elle est induite par la première – dévoiler la chose cachée –, c'est parce que ce premier dévoilement est conçu comme la substitution à un univers étrange, et, croyions-nous, complètement étranger, de deux mondes clairs : « nous » et « eux ». Ainsi, nous sommes aussi là-bas, dans ces patientes qui suscitent notre sympathie, et il y a, par contre, un véritable *étranger*, enfin manifeste : le personnel médical. Le discours de la *vérité* (révéler le caché) remplit donc, à un autre niveau, la fonction d'un discours sur l'identité et la différence-adversité : voici « nous », voilà « eux ».

Or, comme on le constate, cette double mise au jour implique une sorte d'épuisement de l'*étrange* : tout finit par s'éclairer, c'est-à-dire par intégrer les catégories claires du « nous » et du « eux » ; même l'*étranger* finalement désigné est « clair », peu étrange, au fond. Le fait que rien ne demeure caché semble impliquer que rien ne demeure étrange : la lumière interdit la possibilité d'un « tiers », mystérieux, inclassable, inquiétant, sortant de l'alternative « nous-eux ». Dès le début du livre qui relate son expérience, Nellie Bly laisse en effet entendre qu'elle va *réduire* la folie et son mystère à du compréhensible, qu'elle va se l'approprier dans la mise au jour. Dès la page 8, elle signifie clairement qu'en étant allée voir ces pauvres femmes enfermées à Blackwell's Island, elle a vu que la distance imaginée initialement à leur égard était une illusion : en vérité elles sont comme nous, elles sont *nôtres*, et leur folie est une construction due aux voiles qui recouvraient ce lieu et qui sont levés par l'irruption du regard ; elle évoque ainsi ces « femmes malheureuses qui ont vécu et souffert avec moi et qui, j'en suis convaincue, sont aussi saines d'esprit que je l'étais et que je le suis maintenant »[1]. À plusieurs reprises, dans le reportage, elle souligne que ces femmes ne sont pas *réellement folles*. À l'inverse, les auteurs de cette construction sont, eux, démasqués comme les vrais étrangers ou vrais autres. À une étrangeté floue, les « folles », est donc substitué un vrai étranger ou une altérité nette, le corps médical, en même temps que ces fausses étrangères sont ramenées à « nous ». Significative est, par exemple, la remarque de Nellie Bly sur le fait qu'« ils » – les médecins – la trouvaient toujours plus malade à mesure qu'elle se comportait normalement : « Aussi bizarre que cela paraisse, plus je parlais et agissais de manière saine, plus on me croyait folle. »[2] C'est, selon elle, la preuve qu'une fausse altérité, la pseudo-folie, a été construite par ceux qui, en fait, sont les vrais autres, les médecins qui occupent ce lieu. Vont dans le même sens ses observations sur la facilité qu'elle a eue à tenir son rôle de « folle » : les stratagèmes les plus grossiers sont efficaces puisque de toute façon les médecins semblent déterminés à projeter en cllc unc évidente « folie ». Le corps médical la fournit même en stratagèmes, comme dans cette scène[3] où un médecin l'interroge : « Vous entendez parfois des voix la nuit ? Que disent-elles ? » Quoi que cette Nellie puisse raconter, elle *est* folle pour lui.

On note d'ailleurs, dans cette dernière phrase, un trait significatif de l'écriture de Nellie Bly : la distribution des bons et des mauvais points au fur et à mesure de ses observations – ce qui correspond précisément aux instructions de son *editor*, qui souhaitait qu'elle exprimât ses avis, et confirme, là encore, le triomphe de la

1. *Ibid.*, p. 8.
2. *Ibid.*, p. 8. Nellie n'évoque qu'un seul médecin plus suspicieux, qui fait donc exception.
3. *Ibid.*, p. 44.

lumière sur l'étrange. La reporter montre que grâce à elle, à travers elle, le public reconnaît toujours les siens. C'est pourquoi d'ailleurs elle n'hésite guère à donner les noms des quelques individus qui font exception dans le monde des « autres ». Ainsi rend-elle hommage plusieurs fois à la douceur du Juge Duffy ou souligne-t-elle la tendresse d'une infirmière, Mary – « Je suis heureuse de savoir qu'il y a une femme avec tant de cœur dans cet endroit. »[1] Nellie Bly ne se perd donc jamais dans son voyage dans l'obscur, armée qu'elle est d'un regard proprement tout-puissant.

Ce qui veut dire que *nous* ne nous perdons jamais. Car nous sommes toujours là, derrière elle ; elle nous emmène, nous parle comme à des complices, par exemple quand elle nous raconte qu'elle a emporté avec elle un carnet pour noter ses impressions, mais aussi pour des raisons stratégiques – elle y a noté des phrases absurdes, pour précisément passer pour folle à qui serait curieux de le consulter[2]. Lorsque, plus loin, elle raconte qu'une infirmière lui a volé ce carnet, c'est du coup le public lui-même qui se sent volé, et la voleuse est ainsi naturellement désignée comme une ennemie. En outre, l'infirmière en question ment à ce sujet au médecin auprès duquel Nellie s'est plainte – à moins que ce ne soit le médecin qui mente à Nellie ; tout ceci les place encore davantage, à nos propres yeux, dans ce statut d'« autres » odieux[3].

Il n'y a apparemment qu'un seul moment de danger pour la figure du témoin-ambassadeur : à la fin du livre, lorsque Nellie Bly retourne à Blackwell's Island dans le cadre de la procédure judiciaire qui a suivi ses révé-

1. *Ibid*, p. 35.
2. *Ibid.*, p. 12.
3. *Ibid.*, p. 67.

lations, accompagnée des jurés. Car entre-temps, beaucoup de choses ont changé. Le bateau pour accéder à
l'île est désormais neuf et propre, la nourriture plus
appétissante, la cuisine enfin salubre. Si le *voir* est censé
faire office de preuve, la démarche de Nellie Bly semble
alors invalidée. Elle le dit d'ailleurs elle-même : « Je
m'attendais à peine à ce que le grand jury me soutienne,
après avoir *vu* que toutes les choses étaient différentes
de ce qu'elles avaient été pendant mon séjour. » [1]

Et pourtant ils lui firent confiance. Cette ultime
confiance signifie donc, finalement, le triomphe de la
figure du témoin-ambassadeur, mis en scène par Nellie
Bly elle-même dans son écriture. On peut du coup
considérer que la mise en danger n'était qu'un adjuvant
à ce triomphe, comme une faiblesse destinée à se retourner en force ; en effet, en avouant que ce qu'elle avait
vu, elle ne le voit plus aujourd'hui, elle excite plus que
jamais, chez ses lecteurs, la confiance à son endroit,
apparaissant comme une journaliste qui, décidément,
même contre ses intérêts, dit toujours la vérité sur ce
qu'elle voit. Ainsi le récit s'achève-t-il sur une autocé-
lébration, à peine maquillée par cette angoisse si touchante de ne plus être crue. Lorsqu'elle raconte comment une patiente, Mrs. Neville, confirme ses dires
antérieurs, témoignant en détail des changements qui
se sont produits depuis deux semaines dans l'institution,
ou lorsqu'elle considère comme une preuve de la véracité de son récit le fait que beaucoup de femmes qu'elle
avait fréquentées pendant son séjour aient été entre-
temps déplacées, devenues introuvables au moment
de ce deuxième voyage, dans tous ces cas, Nellie Bly
suppose en fait son statut de témoin-ambassadeur
conservé. Car après tout, pour accepter le témoignage

---

1. *Ibid.*, p. 98. C'est nous qui soulignons.

de Mrs. Neville, ou sa propre observation au sujet de la disparition des patientes, encore nous faut-il ne pas cesser de croire Nellie Bly dans *sa* confiance dans cette Mrs. Neville, et dans *son* affirmation que ces femmes ont bel et bien existé... Si son meilleur atout pour se « re-légitimer » est de faire partager au lecteur sa colère quant à ces changements, cela implique, on le voit bien, qu'elle *puisse* la lui faire partager, donc qu'en fait elle ne soit jamais entièrement « dé-légitimée » dans son rôle d'ambassadrice de confiance.

D'une manière générale, donc, le dévoilement, par une reporter érigée en pionnière dans ces terres vierges de tout regard, est *garanti*, et nullement présenté comme problématique. Le regard du journaliste est *le* regard, le regard vrai, opposé en cela à tous ces regards de médecins, qui instituent et conservent les masques – ils « voient », eux, systématiquement des « folles » dans ces pauvres patientes. Significativement, c'est de ses collègues, les reporters, et d'eux seuls que Nellie Bly a peur pendant son expérience : s'ils entrent et l'interrogent, elle est perdue ; ils verront tout de suite la supercherie. Déjà le Juge Duffy – comme par hasard, un des « nôtres », qui sait donc que les reporters sont nos yeux mêmes, c'est-à-dire *les* yeux mêmes – exprimait le regret que les reporters ne fussent pas là pour découvrir la vérité sur cette étrange jeune fille sans identité qui se présentait à lui. « J'aimerais bien que les reporters soient là », dit-il pour finir. « Ils seraient capables de découvrir quelque chose à son sujet. » « Ceci m'effraya beaucoup », déclare Nellie Bly, « car s'il y a quelqu'un qui peut déterrer un mystère, c'est un reporter. Je sentis que je préférais être confrontée à une masse de médecins, de policiers et de détectives plutôt qu'à deux spécimens brillants de ma profession. »[1] Plus tard, une fois arrivée à Bellevue, elle déclare : « Les reporters étaient les plus embarrassants. Il y en avait tant ! Et ils étaient tous si brillants et intelligents que j'étais terrifiée à l'idée qu'ils voient que j'étais saine d'esprit. »[2] En définitive, elle parvient à les tromper, essentiellement, d'ailleurs, en les évitant, sauf un, qui la reconnaît en effet. Mais la scène qui a lieu entre eux est alors significative de ce « nous » dans lequel ils se retrouvent pris l'un et l'autre, et qui constitue en fait le public et ses intérêts : Nellie Bly parvient à lui demander de ne pas la démasquer, pour les besoins de la cause ; après tout, si tous deux sont des ambassadeurs du public, ils peuvent s'unir dans ce combat qui a lieu au nom du public. Et il accepte[3].

Cette célébration du regard du journaliste, substitut au regard du public, donc regard juste, prompt à démasquer, interdit décidément à Nellie Bly toute sorte de doute sur la valeur de son témoignage. Elle passe dix jours dans un asile, et elle en touche « évidemment » la vérité profonde, elle le transperce, le met au jour sans qu'aucun résidu d'étrangeté ne lui résiste. À cet égard, le *stunt journalism* est une véritable apologie du *voir* y compris dans son immédiateté, lorsqu'il relève du simple « coup d'œil ». Il n'y a qu'à remarquer comment notre *stunt girl* règle le problème du temps, c'est-à-dire des transformations que le regard pourrait subir dans la

1. *Ibid.*, p. 28.
2. *Ibid.*, p. 45.
3. Dans la manière de décrire cette scène, Nellie Bly ne précise pas, il est vrai, qu'il s'agit d'un collègue ; elle évoque seulement un « homme qui la connaissait personnellement depuis des années » (*ibid.*, p. 76). C'est Kroeger qui affirme qu'il s'agissait d'un reporter (B. Kroeger, *Nellie Bly*, p. 93). Quoi qu'il en soit, il s'instaure entre eux une complicité digne de ceux qui sont tout à fait « nôtres », parfaits représentants du public.

durée : « J'ai décrit mon premier jour dans l'asile, et comme les neuf autres furent exactement les mêmes pour ce qui est du cours général des choses, il serait ennuyeux de raconter chacun d'eux. » [1] Le regard se présente donc comme d'emblée orienté comme il faut, empathique avec ceux qu'il reconnaît, indigné envers les autres. « Pendant dix jours j'ai été l'une d'elles », affirme sans scrupules Nellie Bly [2]. Telle est la puissance du regard, la seule condition étant qu'il soit celui d'un véritable ambassadeur du public, et non pas d'un représentant d'intérêts ou de pouvoirs particuliers.

Cette toute-puissance tient au fait que, dans l'univers de Nellie Bly, comme dans celui de Séverine, tout « appert », et probablement assez vite. Rien ne résiste longtemps au *voir*, qui fait dès lors office de preuve définitive et complète. La vérité ne saurait demeurer cachée. Significatives sur ce point sont les remarques de la reporter à propos de la propreté de la salle à manger ; au début du reportage elle note : « Tout était reluisant de propreté et j'ai pensé combien les infirmières devaient être de bonnes travailleuses pour maintenir tant de netteté. Quelques jours plus tard, combien ai-je ri de ma propre stupidité à penser que les infirmières travaillaient. » [3] Quelques pages plus loin, elle donne la *preuve par les yeux* qui permet de corriger le jugement : « Une fois de retour dans la salle de repos, on ordonna à un certain nombre de femmes de faire les lits, et certaines des patientes furent assignées au nettoyage du sol, d'autres à d'autres tâches qui couvraient tout le travail à faire dans le hall. Ce n'est pas le personnel qui maintient l'institution propre pour les pau-

1. *Ten Days In A Mad-House*, p. 72.
2. *Ibid.*, p. 94.
3. *Ibid.*, p. 56.

vres patientes, comme je l'avais toujours pensé, mais les patientes, qui font tout par elles-mêmes – même nettoyer les chambres à coucher des infirmières et s'occuper des vêtements de celles-ci. »[1]

Tout finit donc par se voir. La souffrance des patientes a ses *preuves sensibles*, de même que l'incompétence du personnel médical – les preuves données là-dessus par Nellie Bly sont ahurissantes, les infirmières ne savent même pas quelle est la température normale du corps humain[2]. La technique de la journaliste est donc toujours la même : dire exactement ce qu'elle voit, comme pour la nourriture, par exemple, dont elle donne une description extrêmement précise tout au long du reportage ; mais aussi ne croire que ce qu'elle voit. Ainsi, lorsqu'elle rapporte les paroles de patientes qui lui racontent leurs souffrances passées, elle s'efforce d'en chercher les traces manifestes, qui font office de certificats. « Mrs. Cofter [il s'agit d'une femme qui raconte les tortures que lui ont infligées les infirmières], à ce moment, me montra des preuves (*proofs*) de son histoire, l'entaille sur l'arrière de sa tête et les plaques où les cheveux avaient été arrachés par poignées. »[3] Le fait que Nellie puisse vérifier par elle-même une expérience racontée par une autre est encore un mode d'authentification – qui confirme sa fonction de témoin-ambassadeur, seule figure à pouvoir prétendre à une objectivation de son vécu. Ainsi, elle commence par rapporter les propos d'une patiente du nom de Bridget McGuinness, qui parle elle-même comme témoin des autres, puis comme témoin direct : « J'ai vu les patientes souffrant d'une soif violente sous l'effet des médi-

1. *Ibid.*, p. 67.
2. *Ibid.*, p. 73.
3. *Ibid.*, p. 86.

caments, et des infirmières qui leur refusaient de l'eau. J'ai entendu des femmes supplier pendant une nuit entière pour une goutte d'eau et elle ne leur fut pas donnée. J'ai moi-même imploré pour recevoir de l'eau jusqu'à ce que ma bouche fût si desséchée que je ne pouvais plus parler. » [1] Puis Nellie Bly confirme : « J'ai vu la même chose moi-même dans le hall 7. Les patientes suppliaient qu'on les laisse boire avant de se coucher, mais les infirmières – Miss Hart et les autres [cette incise, mentionnant les « autres », est significative...] – refusèrent d'ouvrir la salle de bain pour qu'elles y étanchent leur soif. » [2]

Souci de la preuve matérielle, donc. Mais Nellie Bly pratique aussi une reconnaissance plus instinctive : elle « sent » si un discours est vrai ou faux, qui est des « nôtres » ou pas. Il s'agit toujours du registre du sensible, mais d'un sensible plus complexe et vague – une émotion, une intuition, et non une sensation « froide » qui ne s'en tiendrait qu'aux traces matérielles. Car, comme chez Séverine là encore, c'est tout le corps du reporter qui authentifie, reconnaît les nôtres et désigne les autres ; rien ne ment, toutes les émotions sont « vraies », et il suffit de se laisser guider par elles. Quitte à être plus dans l'interprétation et l'imagination que dans l'observation rigoureuse de ce qui est. Ainsi, lorsque Nellie Bly imagine un incendie dans ce couloir où les patientes sont enfermées à double tour par les infirmières, elle est affirmative : « Si l'immeuble venait à brûler, les geôlières ou infirmières ne penseraient jamais à délivrer leurs patientes folles. *Cela, je pourrai vous le prouver plus tard*, quand j'en viendrai à raconter le traitement cruel qu'elles infligent aux pauvres choses

1. *Ibid.*, p. 87.
2. *Ibid.*, p. 87.

qu'elles ont sous leur garde. »[1] Une « preuve » par les yeux, certes, mais pour valider quelque chose qui demeure tout de même un fantasme. C'est dire que les sensations du témoin-ambassadeur, sources de vérité, débordent largement sur l'imagination et l'interprétation, sans que cela pose le moindre problème.

« NOUS » ET « LES AUTRES »

Les techniques que Nellie Bly utilise pour mettre au jour deux mondes, « nous » et « eux », peuvent être précisées à l'aide des catégories dégagées par Luc Boltanski dans son ouvrage *La Souffrance à distance*. La reporter joue en effet en permanence sur ce que Boltanski appelle la « topique du sentiment » – attendrissement produisant une identification aux patientes, une reconnaissance de celles-ci comme « nôtres » – et la « topique de la dénonciation » – orientation du regard vers le persécuteur, désignation du responsable de cette souffrance vue et par là identification d'un « autre ».

Chacune de ces topiques, explique Boltanski, permet à un spectacle de la souffrance de tisser un lien à l'action[2]. Car telle est bien la question que pose son livre : comment un spectacle de la souffrance peut-il engager une « politique de la pitié », c'est-à-dire faire naître, dans la parole même, dans le spectacle, le désir de réagir ? Comment le spectateur peut-il « pointer vers l'action en rapportant ce qu'il a vu »[3] ? Boltanski considère que c'est là l'enjeu des différentes topiques qu'il repère dans les regards et discours sur la souffrance.

1. *Ibid.*, p. 63. C'est nous qui soulignons.
2. Boltanski distingue encore une troisième topique, dite « topique esthétique », que nous n'évoquerons pas ici.
3. *La Souffrance à distance*, 1993, p. 37.

Mais en même temps, il explique que chaque topique comporte des risques de manquer l'objectif même qu'elle se donne. En effet, la *topique de la dénonciation* oriente le regard vers le responsable de la souffrance plus que sur celui qui la subit ; elle désigne le responsable et invite à arrêter son geste ; c'est sa manière à elle de tisser un chemin vers l'agir. Mais ce chemin peut s'obscurcir du fait, précisément, qu'elle a tendance à accorder peu d'attention à la souffrance vécue : « Dans la topique de la dénonciation, l'attention du spectateur ne s'attarde pas sur le malheureux »[1], écrit-il. D'où la faiblesse de certains discours de la dénonciation, pauvres en « empathie », peinant à restituer la singularité de la souffrance. À l'inverse, la *topique du sentiment* est fondée sur une intense empathie à l'égard de celui qui souffre, utilisant volontiers un personnage, réel ou imaginaire, de bienfaiteur, auquel s'identifier : elle incite ainsi à « sympathiser avec les sentiments de *gratitude* que l'intervention d'un *bienfaiteur* inspire au malheureux »[2]. D'où cet attendrissement, produit justement par la contemplation réelle ou imaginaire d'un bienfaiteur qui viendrait soulager la souffrance. Dès lors, cette topique, dit Boltanski, « fait l'économie de la dénonciation et de l'accusation »[3], pour rester au plus près de celui qui souffre. Et c'est de cette façon qu'elle veut « faire réagir ». Or, là encore, la faiblesse de la topique n'est pas loin : elle peut aussi verser dans le « sentimentalisme » et son éventuelle jouissance inavouée et inavouable, à savoir la complaisance à s'émouvoir, l'émotion pour l'émotion, qui ne tisse guère de chemin vers l'agir[4].

1. *Ibid.*, p. 101.
2. *Ibid.*, p. 117.
3. *Ibid.*, p. 121.
4. L'écueil du « sentimentalisme » fait l'objet du chapitre 6 de *La Souffrance à distance.*

La conséquence que Boltanski tire de l'ambivalence respective de ces deux topiques est qu'elles ont intérêt à ne pas marcher l'une sans l'autre. Le meilleur moyen d'éviter les écueils respectifs de chacune des deux topiques, celle de la dénonciation et celle du sentiment, c'est de les réunir, de les faire jouer ensemble, bref de miser sur leur complémentarité. En effet, puisque la topique de la dénonciation comporte le risque de verser dans une obsession du « eux », oubliant de tisser un lien affectif avec ceux qui souffrent, c'est-à-dire de peindre un « nous » sensible, la topique du sentiment lui est d'un puissant recours. À l'inverse, la topique du sentiment, qui empathise avec des « souffrants » systématiquement reconnus comme « nôtres » mais risque de se complaire dans le sentimentalisme en perdant la question des causes de la souffrance, gagne à faire appel à la topique de la dénonciation, pour la compenser en quelque sorte. Peut-être est-ce dès lors en jouant sur les deux tableaux à la fois que chaque topique donne le meilleur d'elle-même et évite ses propres écueils. Ainsi advient une représentation de la souffrance désignant à la fois un « nous » et un « eux » et évitant l'hypertrophie de l'un des deux mondes – cette hypertrophie qui rend le spectacle de la souffrance moins « efficace », moins propre à susciter une réaction chez le spectateur.

Il nous semble que dans l'écriture de Nellie Bly nous retrouvons toute la complexité de ces deux topiques, leurs ressorts principaux mais aussi leurs ambivalences respectives qui, précisément, les rendent complémentaires. Effectivement, Nellie Bly ne cesse de les faire jouer ensemble. Ce jeu conjoint des deux topiques n'est peut-être jamais aussi net que dans cette page où, juste après avoir évoqué la torture infligée par l'infirmière Miss Grupe à une patiente frigorifiée demandant une couverture – Miss Grupe pose ses mains glacées sur tout son corps, en riant de sa cruauté, et d'autres infirmières se joignent à elle [1] –, la journaliste décrit une autre patiente, Miss Tillie Mayard, qui souffre aussi du froid terriblement, et qui inspire une pitié intense à Nellie Bly ainsi qu'aux autres patientes ; Miss Neville, une autre patiente, la prend alors dans ses bras, malgré les sarcasmes des infirmières [2]. La topique du sentiment succède donc à celle de la dénonciation. À vrai dire, dans cette dernière scène, qui représente une bienfaitrice, en conformité aux exigences de la topique du sentiment, on lit déjà, comme mêlée à cette dernière, une topique de la dénonciation, car juste avant ce geste affectueux, Nellie elle-même, ne pouvant plus tolérer le spectacle de la souffrance de Miss Mayard, est allée se plaindre aux trois gardiennes qui se trouvaient là, en manteaux, les accusant d'être des persécutrices (« "C'est cruel d'enfermer les gens et de les geler", dis-je »).

Ce passage est en outre significatif des implications politiques de l'usage respectif de ces deux topiques : la dénonciation vise *in fine* à désigner un monde d'« autres », tandis que le sentiment donne chair à un « nous ». En d'autres termes, la topique de la dénonciation dit la frontière – une frontière conflictuelle –, la topique du sentiment dit le centre. Et l'usage concomitant des deux permet d'opérer un rassemblement, un recentrage, en le liant étroitement à la représentation d'une frontière et d'un conflit : « nous », c'est ce qui est en lutte contre « les autres », et c'est ce qui se découvre dans cette lutte ; notre centre se fait voir à travers la vision de ces « autres », qui ne sauraient s'en

---

1. *Ten Days In A Mad-House*, p. 75.
2. *Ibid.*, p. 75.

réclamer aussi, et qu'il faut donc exclure. Ainsi l'adverbe « *savagely* », « sauvagement », employé pour caractériser l'attitude de l'infirmière persécutrice est-il probablement à lire comme une marque forte d'exclusion hors du « nous », tandis que, significativement, Nellie Bly précise que la pitié et l'effroi face au malaise de Miss Mayard étaient « partagés par chaque patiente » (« *every patient looked frightenened* »), ce qui souligne le rassemblement d'un « nous » autour de la reporter.

D'une manière générale, le texte de Nellie Bly fourmille de remarques qui divisent ainsi l'univers de l'asile en deux. L'empathie est absolue avec les patientes, et jamais vraiment interrogée : elles sont « nôtres », elles appartiennent au « nous », cela est évident. La journaliste répète volontiers combien son cœur bat pour ces pauvres femmes, qu'elle appelle ses « sœurs »[1]. À l'inverse, le personnel médical est présenté comme un univers d'étrangers absolus. Elle fait tout pour montrer le caractère irréparable de la fracture entre « nous » et le personnel médical, à l'égard duquel aucune empathie n'est possible. Dès son voyage en ambulance de l'hôpital de Bellevue vers Blackwell's Island, elle donnait une description effrayante des deux gardiennes : les vraies « autres », c'étaient bien celles-là, grossières, massives, crachant, regardant les patientes d'un air « simplement terrifiant »[2]. En fait, les deux topiques n'ont de cesse de s'alimenter l'une l'autre, puisque la proximité de cœur avec les patientes est servie au moins autant par la représentation d'un bienfaiteur – Nellie Bly évoque par exemple ses propres désirs de réconforter ces « pauvres créatures » et elle essaie elle-même de soulager du

1. *Ibid.*, p. 51-52.
2. *Ibid.*, p. 48.

froid une patiente en la prenant dans ses bras[1] – que par le rappel constant du persécuteur : ainsi la topique de la dénonciation n'est-elle jamais loin de celle du sentiment. Son cœur n'est jamais plus serré que lorsque lui apparaît la cruauté du personnel ; ainsi évoque-t-elle avec pitié les sentiments de dégoût quasi insurmontable des patientes devant la nourriture, alors qu'elles sont en même temps affamées, au moment même où elle a décrit la nourriture appétissante qui, sous les yeux des patientes, est préparée pour le personnel[2].

Les rares moments où Nellie Bly semble mettre en question sa capacité à empathiser réellement avec ces femmes qu'elle côtoie pendant quelques jours seulement – et qui, après tout, pourraient être atteintes d'un mal tissant une barrière infranchissable avec elle – sont en fait vite éclipsés par l'affirmation insistante de son aptitude à être l'une d'elles, parce qu'elles-mêmes sont tellement « nôtres », c'est-à-dire, au fond, saines. Aussi les évocations de la « sauvagerie » des patientes ne renvoient-elles jamais à la même sauvagerie, inhumaine, que celle qui caractérise sous sa plume les infirmières. Si la reporter dit, par exemple, qu'au réfectoire, les patientes qui doivent manger sans couverts ont l'air « sauvage », il est significatif qu'elle note ensuite qu'elle-même finit par manger de cette façon[3]. On reste donc dans le « nous », ou du moins dans les possibilités du « nous ». De même, lorsqu'elle décrit, quelques pages plus haut, les vols mutuels et brutaux des patientes entre elles à table, comportement qui aurait de quoi déstabiliser Nellie, elle se contente de dire qu'elle était seulement « amusée »[4]. Il semble qu'elle veuille éviter

1. *Ibid.*, p. 66.
2. *Ibid.*, p. 72-73.
3. *Ibid.*, p. 71.
4. *Ibid.*, p. 58.

de penser la fracture entre ces patientes et elle. Elle se place d'emblée « dedans », au plus près de ces femmes, et, parallèlement, elle fait tout pour ne pas situer ces femmes dans une étrangeté inaccessible au « nous » – « nous », le public représenté par Nellie Bly.

Ce qui veut dire, d'une part, qu'elle n'a aucun mal à être « dedans ». Elle affirme en effet qu'il lui suffit d'entrer ici pour empathiser et donc comprendre : « Les gens dans le monde ne peuvent jamais imaginer la longueur des jours pour ceux qui sont dans les asiles », écrit-elle [1], phrase qui suppose qu'il suffit, comme elle, d'y entrer pour comprendre. Mais, d'autre part, cette proximité est évidemment facilitée par le fait que ces « folles » ne constituent guère, en réalité, une altérité profonde et déconcertante. Aussi évite-t-elle de s'étendre sur les cas de folie effrayante, radicalement étrangère à elle, qu'elle a pu rencontrer.

Elle y est certes par moments confrontée. Il y a par exemple cette scène où elle observe des patientes enchaînées entre elles, affreusement sales, au regard hébété. Mais elle les qualifie de « la plus misérable collection d'humanité que j'aie jamais vue », et, là encore, la pitié est au rendez-vous, comme par un ultime sursaut de la capacité d'empathie qui vient submerger l'horreur distante du début (« Mon cœur tressaillit de pitié »). Même si quelque chose ici semble détonner par rapport au reste du reportage, il faut de toute façon faire ce constat : ces patientes-là apparaissent comme *ce sur quoi ce reportage ne porte pas ;* car ce n'est pas d'elles que Nellie Bly parle en premier lieu, ce n'est pas elles qu'elle « couvre ». Elle « couvre » avant tout ces fausses folles, celles qui sont moins folles que les médecins qui les examinent et les torturent.

1. *Ibid.*, p. 77.

Concernant ces patientes si proches de nous, Nellie Bly fait bien quelques remarques qui laissent poindre un sentiment d'étrangeté angoissante. Par exemple, ce passage où elle entend le cri d'un bébé qui vient de naître au sous-sol : univers étrange, inaccessible, où des bébés naissent pourtant ! Elle semble secouée[1]. Il est significatif que ce cri de bébé, elle l'entende venu du sous-sol, c'est-à-dire d'un monde « caché » qu'elle ne voit pas ; peut-être est-ce le seul moment, en somme, où elle envisage qu'elle n'a pas tout révélé, et que peut-être, précisément, la vraie étrangeté existe, simplement cachée à son regard. Mais d'un autre côté, ceci confirme l'idée implicite qu'une fois mises au jour, les choses s'éclairent : peut-être, si elle allait y voir... Même si cet épisode est immédiatement associé à une autre anecdote de femme devenue atrocement excitée, incontrôlable de souffrance, à la vue d'une visiteuse qui portait un bébé dans ses bras, ce qui lui rappelait ses propres enfants, dont elle était séparée[2], on ne peut pas dire que Nellie Bly creuse véritablement le thème de la souffrance extrême, inaccessible, aliénante, « étrangère » à elle. On peut certes encore penser à une scène de bain où Nellie semble pour la première fois s'auto-exclure : elle « les » regarde, effrayée de voir qu'elles utilisent toutes la même serviette en dépit des éruptions qu'elle observe sur le visage de certaines d'entre elles ; l'une d'elles lui passe un morceau de savon minuscule, elle le refuse. Elle s'exclut en quelque sorte, en raison, dit-elle, du sentiment que ce savon-là, « elles » en ont plus besoin qu'elle – mais on est autorisé à se demander si cette auto-exclusion n'a pas d'autres raisons, plus difficiles à avouer pour Nellie Bly, comme le dégoût ou

1. *Ibid.*, p. 90.
2. *Ibid.*, p. 90.

l'autoprotection [1]. Mais ce problème de la distance peut-être irréductible entre « elles » et « je-nous » n'est pas véritablement traité dans le reportage. Tout juste apparaît-il dans un petit monologue intérieur, où elle avoue qu'il lui faut faire un effort d'imagination pour vraiment se mettre à la place de ces patientes qui, au contraire d'elle-même, ne voient pas les choses avec les yeux de quelqu'un qui va sortir dix jours plus tard [2]. C'est tout.

En fait, ce type d'interrogation relèverait d'une autre sorte de journalisme, qui viserait à inquiéter bien davantage le « nous », à lui faire voir des limites qui le décentrent radicalement – tandis qu'ici il s'agit toujours de lui rappeler son centre, même si ce centre implique des frontières conflictuelles. Ici le « nous » n'est pas trop inquiété, l'épreuve le recentre plus qu'elle ne le décentre. Nellie Bly reste bel et bien engagée dans un journalisme du rassemblement, et non du décentrement. Il y a des risques qu'elle ne prend pas.

On observe, du coup, combien sa plongée dans ce qui aurait pu s'avérer un « autre monde », demeure sereine. Elle n'est jamais guettée par l'éventualité de se perdre elle-même, de devenir autre, « vraiment » folle. Toute sa démarche consiste à démasquer cette fausse altérité qu'on croit communément être la folie, alors que le « vrai » autre est ailleurs – déjouer, en quelque sorte, la curiosité naïve de la foule qui observait son entrée dans l'ambulance vers Bellevue, et qui croyait contempler là l'étranger, l'autre inquiétant, alors que, comme elle souhaite le montrer, il n'en est pas ainsi [3]. À cet égard, la scène dans le foyer de travailleuses où, alors que cette étrange Nellie Brown faisait peur à tou-

1. *Ibid.*, p. 84.
2. *Ibid.*, p. 88.
3. *Ibid.*, p. 33.

tes, une femme, Mrs Caine, accepta de dormir dans la même chambre qu'elle et de s'occuper d'elle, et manifesta même des signes d'affection maternelle[1], cette scène était comme prémonitoire de ce que Nellie allait faire elle-même à Blackwell's Island : reconnaître ses sœurs et les soutenir.

Il y a un seul moment où elle semble faire une expérience extrême : celle du bain glacé, imposé par les infirmières devant toutes les autres patientes ; sa souffrance lui fait dire qu'à ce moment-là elle est apparue vraiment folle[2]. Mais aux yeux de qui ? Des patientes qui l'observent, écrit-elle. Il est intéressant que ce moment où elle pense l'extrême – un décentrement, semble-t-il... –, sous l'effet d'une torture et d'une humiliation – et elle dit d'ailleurs que les cas de « vraie » folie sont en fait largement dus aux traitements reçus[3] –, elle continue encore à le penser à travers le regard d'un « nous » constitué : nous, les patientes et moi. Oui, certaines « décrochent » de cette communauté solidaire, peut-être moi-même, ici, semble-t-elle dire ; mais on est en général, comme moi ici, rattrapé par le « nous », encore pris dans son champ de perception. Cet asile, c'est donc avant tout une communauté où l'on se reconnaît et se comprend, et non une fragmentation, un éclatement du « nous » sous l'effet d'une souffrance extrême et aliénante. On observe d'ailleurs de nombreuses scènes de complicité chaleureuse entre les patientes, par exemple celle où elles rient ensemble de leur propre accoutrement, en particulier des chapeaux qu'on leur fait porter[4]. La véritable altérité, dans cette scène du

1. *Ibid.*, p. 21.
2. *Ibid.*, p. 60.
3. *Ibid.*, p. 76.
4. *Ibid.*, p. 68.

bain, reste finalement celle de l'infirmière, qualifiée de
« diabolique » (*fiendish*) [1].

Le regard de Nellie Bly offre ainsi un exemple particulièrement significatif d'un rassemblement insépa-
rable de la confrontation à un « eux ». Et l'épreuve qui
produit cette constitution d'un « nous » dans la conflictualité, c'est celle du *caché*. Dès lors, le journaliste est
présenté comme la figure qui passe – et donc fait passer
au « nous » – cette épreuve jusqu'à son aboutissement
final : la mise au jour du caché, et la détermination
conjointe et claire, dans ce lieu longtemps soustrait au
regard, d'un « eux » enfin désigné comme tel et d'un
« nous » proprement révélé.

Évidemment, on pourra dire que la conflictualité ici
mise en œuvre est particulièrement sommaire. Il y a les
bons et les méchants, et il n'y a qu'à combattre ces
derniers. On demeure dans le registre de l'*évidence*,
ou encore du cri : qu'on y mette fin ! Qu'on libère les
« nôtres » de ces « autres » qui les torturent ! Cela
n'est pas sans évoquer ces formules à l'emporte-pièce,
définitives et quelque peu enfermées dans une posture
moralisatrice, du reporter Jacob Riis, qui écrivait ses
reportages sur la misère urbaine à peu près au même
moment que Nellie Bly – son enquête *How The Other
Half Lives* a paru en 1890. Qu'on pense par exemple à
son célèbre soupir, ponctuant une description crue :
« *Murlberry Street must go* ! » L'ambivalence du rapport de Lincoln Steffens, *muckraker* de la génération
suivante, à l'égard du « père » Riis – père à vénérer
pour certaines descriptions rigoureuses, mais aussi
père à « tuer » pour son regard insupportablement lar-
moyant, moralisateur, simpliste –, sera significative des

1. *Ibid.*, p. 59.

frustrations que suscite ce type de reportage et de la complexité que le mouvement du *muckraking* tentera, lui, d'injecter dans l'héritage transmis par la presse à sensation. Mais n'avançons pas trop vite, ces points occuperont le chapitre suivant.

Pour l'instant, poursuivons cette analyse des épreuves que les témoins-ambassadeurs infligent au « nous » pour, précisément, le constituer, lui faire éprouver son identité collective. Sans doute ces épreuves comporteront-elles toujours une certaine « simplicité », invitant à considérer un « eux » qu'il faut combattre pour regagner le centre. Mais il y a un point sur lequel, par rapport à une Nellie Bly, la démarche pourrait s'avérer différente. Chez elle, nous l'avons vu, la mise au jour du caché conduit à un épuisement de l'étrange. Ce n'est pas le cas chez d'autres reporters qui pourtant, comme elles, plongent dans des lieux obscurs et veulent *révéler*. Il peut arriver que la mise au jour fasse droit, au contraire, à une inquiétante étrangeté, au cœur même de ce qu'il y a à voir, et que ce soit cette étrangeté qui soit le levier du mouvement de rassemblement – une étrangeté apparaissant comme un « autre », mais au sens d'une altérité bizarre, mystérieuse, non sondée, et pas du tout, à l'instar des « eux » de Nellie Bly, d'une adversité limpide. L'épreuve pourrait alors s'appeler l'épreuve de l'*étrangeté*. C'est l'écriture d'Albert Londres qui va jouer pour nous, ici, cette variation sur le même thème, c'est-à-dire décliner un autre possible de la figure du témoin-ambassadeur.

II – ALBERT LONDRES
OU L'ÉPREUVE DE L'ÉTRANGETÉ

LE REGARD COMME AVÈNEMENT DE L'ÉTRANGE

Si l'on écoute certains propos célèbres d'Albert Londres (1884-1932) sur la fonction du journaliste, il ne semble guère y avoir plus belle apologie du journalisme comme épreuve du caché, c'est-à-dire comme regard allant s'enfouir dans toutes les cachettes de la société pour les mettre au jour et confondre tous ceux que cette révélation dérange. Après avoir déclaré, dans l'avant-propos de *Terre d'ébène* : « Notre métier n'est pas de faire plaisir, non plus de faire du tort, il est de porter la plume dans la plaie »[1], il déclare dans l'épilogue : « L'intérêt de la France était-il que l'on épaissît les voiles qui nous cachaient encore ce pays ? Nous ne l'avons pas pensé. [...] On dirait que la vie coloniale a pour première nécessité celle de se dérouler en cachette ou en tout cas hors des regards du pays protecteur. Celui qui a l'audace de regarder par-dessus le paravent commet un abominable sacrilège aux dires des purs coloniaux. [...] Ce n'est pas en cachant ses plaies qu'on les guérit. »[2]

Et pourtant la démarche de Londres nous paraît très différente de celle du *stunt journalism*. La mise au jour, dans son écriture, n'a pas du tout la fonction de réduire

1. A. Londres, *Terre d'ébène. La traite des Noirs* (série d'articles parus dans *Le Petit Parisien* en 1928, puis publiés en 1929 sous forme de livre, les articles originels en constituant les différents chapitres), nouvelle édition de 1994, p. 10.
2. *Ibid.*, p. 259-260.

l'étrangeté. Au contraire, c'est l'étrangeté comme telle qu'il s'agit de révéler, avec les complications qu'un tel avènement de l'étrange comporte : précisément, une *difficulté* à couper le monde en deux – les « nôtres », les « autres » – et, en ce sens, un regard politiquement moins « net ». Le chemin qui conduit de l'avènement de l'étrange à l'interrogation ou la sollicitation du « nous » est en effet plus sinueux.

Peut-être faut-il, pour décrire la démarche de Londres, préférer à ces propos célèbres de *Terre d'ébène* cette autre formule, extraite du *Chemin de Buenos Aires* : « J'ai voulu descendre dans les fosses où la société se débarrasse de ce qui la menace ou de ce qu'elle ne peut nourrir. Regarder ce que personne ne veut plus regarder. Juger la chose jugée. »[1] Le thème du caché y est évidemment présent, mais il revêt un caractère très indéterminé, hétérogène, difficile pour le regard qui s'y confronte, empêchant peut-être un jugement serein. Londres ne parle pas ici de « plaies », vocabulaire qui suggère des responsables et des remèdes, mais d'un retour sur la chose jugée dont l'issue n'est pas nécessairement claire. La mise au jour, chez Londres, paraît plus inquiétante que chez une Nellie Bly, où, en un sens, elle était destinée à mettre fin aux mystères, à réduire une étrangeté qui n'était due qu'au voile qui la recouvrait.

Peut-être, à cet égard, pour analyser l'écriture de Londres, ne faut-il pas trop se laisser influencer par les réactions que ses reportages ont provoquées à son époque, ni non plus par le « mythe Albert Londres » tel qu'il est souvent invoqué. Les scandales que ses articles ont suscités ont probablement des causes multiples et

---

1. A. Londres, *Le Chemin de Buenos Aires. La traite des Blanches*, 1927, *in* A. Londres, *Œuvres complètes*, 1992, p. 442.

complexes, qui débordent le texte lui-même ; il est fascinant de constater qu'ils conduisent souvent à attribuer à ce texte une clarté qu'on a bien du mal, ensuite, à retrouver quand on lit minutieusement. Prenons un écrit qui fait directement écho à celui de Nellie Bly, le reportage de 1925 sur les asiles psychiatriques, *Chez les fous*[1] : la réaction scandalisée de la profession des psychiatres[2] ne doit pas faire oublier que ce reportage n'exprime nullement le même genre d'indignation « claire » que celui de la journaliste américaine. Ce qui domine, dans ce reportage, c'est une représentation de la folie comme un univers angoissant, inaccessible, incompréhensible, qui dépasse son observateur et ceux qui s'en occupent. Londres s'en effraie, mais parfois aussi en rit, demeurant toujours, en tout cas, dans une position d'extériorité, sans empathie aucune envers les fous. Il parvient à dessiner un chemin entre la mise au jour de l'étrangeté et l'interrogation du « nous » : que faisons-nous, là, avec ces fous ? Qu'est-ce qu'un asile ? Les médecins font-ils vraiment ce qu'ils prétendent faire, soigner ? Mais cette interrogation n'a absolument pas la clarté de la dénonciation d'une Nellie Bly.

Le problème est en fait que Londres lui-même sème la confusion : à la fin de ce reportage, en effet, il lance une diatribe farouche contre les médecins, qu'il accuse d'incompétence et de substitution de la brimade au soin[3], mais il est légitime de considérer cette diatribe un peu en décalage par rapport à l'ensemble des des-

---

1. *Chez les Fous*, série d'articles parus dans *Le Petit Parisien* en 1925, republiés la même année sous forme de livre, les articles originels en constituant les différents chapitres. Le reportage est reproduit dans A. Londres, *Œuvres complètes*, 1992.
2. Voir là-dessus P. Asssouline, *Albert Londres. Vie et mort d'un grand reporter 1884-1932*, 1989, le chapitre 22 « Chez les fous ».
3. « Un fou ne doit pas être brimé, mais soigné » (A. Londres, *Chez les fous*, in *Œuvres complètes*, p. 242).

criptions qui ont précédé – alors qu'au contraire, les indignations de Nellie Bly sont entièrement soutenues par tout ce qu'elle décrit. La clarté de sa soudaine dénonciation masque un peu, chez Londres, la complexité de sa manière de mettre au jour les choses : il attribue aux fous une étrangeté effrayante et douloureuse, que sans doute les médecins *devraient* maîtriser et surtout soulager, mais qui a tout de même pour effet, à la lecture, d'excuser quelque peu un corps soignant « débordé », notamment les infirmières. Prenons la scène dite du « repas des furies » (chapitre v). Les sœurs de cet asile de l'Ouest de la France sont présentées dans une situation d'impuissance presque touchante face à ces créatures intenables, inhumaines et cruelles. Londres utilise l'un de ses procédés favoris pour faire advenir l'étrange : des métaphores qui animalisent ou chosifient les êtres qu'il décrit, et le chapitre s'achève sur l'image d'une infirmière mordue jusqu'au sang par une patiente. Elles sont débordées comme l'est le reporter lui-même, qui exprime des fantasmes de contrôle violent : « Une trentaine de furies se posent sur les bancs, mais leurs postérieurs ont touché un ressort, du moins on peut l'imaginer. Pour qu'elles ne remuent pas, l'idée vous vient de peser sur leurs épaules. Enfin ! quand elles auront le macaroni dans la bouche, elles ne bougeront plus peut-être ? »[1] Du coup, lorsqu'il décrit, au cours de ce chapitre, ces sœurs se mettant à nourrir les furies à la sonde[2], il est difficile de porter un jugement « net » (indigné) sur cette contrainte.

Londres, faisant place à toute l'étrangeté de la folie, complique ainsi singulièrement sa dénonciation des pratiques médicales. C'est le cas aussi dans la scène des

1. *Ibid.*, p. 200.
2. *Ibid.*, p. 201-202.

folles de la Salle de Pitié, où l'on peut se demander si l'effroi suscité par ces créatures laisse encore une place à l'indignation à propos de la manière dont elles sont traitées :

> « Au fond est la Salle de Pitié. C'était inattendu et incompréhensible. Juchées sur une estrade, onze chaises étaient accrochées au mur. Onze femmes ficelées sur onze chaises. Pour quel entrepreneur d'épouvante étaient-elles "en montre" ? Cela pleurait ! Cela hurlait ! Leur buste se balançait de droite à gauche, et, métronome en mouvement, semblait battre une mesure funèbre. On aurait dit de ces poupées mécaniques que les ventriloques amènent sur la scène des music-halls. Les cheveux ne tenaient plus. Les nez coulaient... La bave huilait les mentons. Des « étangs » se formaient sous les sièges. Dans quel musée préhistorique et animé étais-je tombé ? L'odeur, la vue, les cris vous mettaient du fiel aux lèvres.
> Ce sont les grandes gâteuses qui ne savent plus se conduire. Qu'on les laisse au lit !
> On les attache parce que les asiles manquent de personnel. Tout de même ! » [1]

On notera l'insistance sur le caractère incompréhensible de tout cela, ainsi que l'ambiguïté de l'image du « fiel aux lèvres ». Quant au « Tout de même ! » final, il est indéniablement plus « compliqué » que l'indignation scandalisée d'une Nellie Bly. Pour que l'indignation advienne, Londres est obligé de dépasser son premier mouvement (« Qu'on les laisse au lit ! ») et d'inclure peu à peu des considérations sur les traitements dans ce sentiment général d'étrangeté et d'horreur qui le submerge.

L'atmosphère est la même dans la scène de la baignoire, où il offre un tableau étrange de têtes nageant dans une même baignoire et où le malaise de cette vision interroge petit à petit les conditions de soin :

1. *Ibid.*, p. 199.

pourquoi n'y a-t-il pas plus de baignoires et de personnel ? Comment justifier la contrainte ? Voici la scène :

> « Un jour, mes pas innocents me conduisirent dans une salle.
> Je vis des têtes qui semblaient être des choux-fleurs dans un
> jardin potager. Cette vision anéantit sur-le-champ toutes
> mes capacités, sauf une : celle de compter. Je comptai : une,
> deux, quatre, six... quatorze têtes. [...] C'est d'une baignoire
> qu'émergeaient ces têtes, non d'une cangue. Étonnantes bai-
> gnoires ! Elles étaient entièrement recouvertes d'une planche
> de bois qui, par bonheur, portait une échancrure juste au
> moment où elle atteignait le cou.
> Bien trouvé ! Les baigneurs ne s'évaderont pas de la baignoire.
> Des têtes étaient calmes ; mais celle-ci nous injuriait. Et cette
> autre, d'un geste du menton, réclamait qu'on lui grattât le nez.
> Un trou pour la tête c'est bien ! un autre pour les mains, s'il
> vous plaît, au moins pour une seule !
> La baignoire coûte cher, le personnel est rare, alors apparais-
> sent instruments de contrainte, cellules et cabanons. Ficelez
> sur un lit un agité et regardez sa figure : il enrage, il injurie.
> Les infirmières y gagnent en tranquillité, la malade en exas-
> pération. Si les asiles sont pour la paix des gardiens et non
> pour le traitement des fous, tirons le chapeau, le but est atteint.
> Pinel, voilà cent ans, enleva le fer aux aliénés. Cela fait un
> beau tableau à la faculté de médecine de Paris. Eh bien ! on
> s'est moqué de Pinel.
> Camisoles, bracelets, liens, bretelles remplacent les fers. » [1]

Cette façon d'avancer d'étonnement en étonnement, en
incluant peu à peu le corps médical et le personnel
soignant dans ce sentiment d'étrangeté né d'abord de
l'observation des seuls fous, est très différente d'une
identification immédiate et nette des soigneurs à de
vrais « autres », odieux et malveillants. Il s'agit d'interroger le corps médical sur ses contradictions – c'est
cela, soigner ? – plus que de le désigner, à l'instar de
Nellie Bly, comme un « étranger » absolu. Il s'agit, en

---

1. *Ibid.*, p. 212.

somme, d'une extension du domaine de l'étrange, et nullement d'une révélation claire des bons et des méchants, des « nôtres » et des « autres ».

D'ailleurs, les « bons » et les « méchants » chez Londres ne sont guère figés : outre son insistance sur la cruauté des fous, le journaliste semble prendre un malin plaisir à créer du malaise à propos des rares médecins qui pourraient apparaître, spontanément, comme des « bons » – ainsi du Docteur Dide, beaucoup plus à l'écoute des malades que tous les autres, beaucoup plus compétent, mais qui s'avère tout de même être un personnage bizarre, découpant des cerveaux « en tranches minces comme l'on fait du jambon de Parme dans les boutiques italiennes d'alimentation » et les conservant dans des pots de chambre « parce que le pot de chambre est la forme idéale du cerveau » [1].

Ainsi, la mise au jour « à la Londres » ne se présente guère sous les traits du scandale, mais sous ceux du malaise – ce qui n'empêche évidemment pas, le scandale ayant sa sociologie, que le malaise provoqué à l'époque ait pris la forme d'un scandale. Là où le *stunt journalism* dit « Je comprends » – on se souvient que tel est incessamment le présupposé de Nellie Bly –, Londres ne cesse de dire qu'il ne comprend pas ce qu'il voit. « C'était inattendu et incompréhensible », déclare-t-il au début de la description de la Salle de Pitié. Et c'est cette incompréhension qu'il fait partager. Or, celle-ci n'a peut-être pas de « débouché » politique ou de signification politique claire : n'en déplaise aux amoureux du « mythe Albert Londres », ce dernier demeure un inclassable politiquement, même le quali-

---

1. Voir chapitre VIII « Ces Messieurs du Docteur Dide » et chapitre IX « L'armoire aux cerveaux ».

ficatif flou de rebelle demeure trop précis. C'est avant tout un regard qui s'étonne et qui étonne – ce qui a certainement des implications politiques, mais complexes et ambiguës.

Souvenons-nous de cet épisode qui, pourtant, a tant fait pour la construction du « mythe Albert Londres » : son reportage sur la Ruhr, occupée par la France, en 1923. Il était envoyé par *Le Quotidien*, pour couvrir les mouvements de révolte des travailleurs allemands (encouragés par les communistes) contre les Français. La direction du *Quotidien* avait une arrière-pensée claire : affaiblir Poincaré sur ce dossier, le forcer à « lâcher » la Ruhr. Le reportage de Londres fut, du coup, jugé trop bon enfant par la direction du journal ; il soulignait certes la francophobie des Allemands, mais sans évoquer de tension particulièrement insoutenable, ni de traitement absolument scandaleux des travailleurs allemands. Londres refusa de modifier son texte, lançant sa fameuse formule : « Messieurs, vous apprendrez à vos dépens que le reporter ne connaît qu'une seule ligne, celle du chemin de fer. » Y a-t-il plus belle apologie du droit pour le regard de ne pas être politiquement « clair et net » ? Londres ne défend pas ici le droit pour un reporter d'avoir une ligne politique différente de celle de sa hiérarchie : il défend le droit de ne pas en avoir. C'est une formule non sur le droit à l'engagement, mais sur celui à demeurer, en quelque sorte, dégagé[1].

---

1. Voir P. Assouline, *Albert Londres. Vie et mort d'un grand reporter 1884-1932*, 1989, chapitre 17. Assouline écrit notamment que, « n'obéissant qu'à son œil et son cœur, il a oublié d'être militant » (*ibid.*, p. 238). Le reportage de Londres, finalement paru dans *L'Éclair* du 13 avril 1923, ne livre en effet aucune prise « nette » sur la situation dans la Ruhr. Londres décrit un pays certes francophobe, mais joli, avenant, pas si rude, ni pour l'occupant ni pour l'occupé. Ce passage, par exemple, a dû frustrer les anti-poincaristes du *Quotidien* : « À l'angle d'une rue, trois soldats fran-

Selon Pierre Assouline, son biographe, il convient tout de même d'observer un tournant dans l'itinéraire de Londres. Il fut certes au départ un « poète » ; il voulait faire avant tout de la littérature, dont il avait une conception coupée de considérations politiques. Assouline nous le dépeint, à son arrivée à Paris, dans les premières années du XXe siècle, en jeune « romantique attardé, mi-byronien, mi-jeune France à la manière de Théophile Gautier »[1], indifférent à tous les débats politiques de l'époque. Mais l'année 1923 fut, selon le biographe, « l'année décisive », celle notamment du reportage sur Cayenne, dont l'origine demeure, apparemment, mystérieuse. Y a-t-il cependant rupture complète, à ce moment-là, entre le « flâneur salarié » et le nouveau « redresseur de torts » ? Le diagnostic d'Assouline semble hésiter : « Albert Londres est un témoin. Il rapporte. Plus qu'un rôle, c'est un devoir quand des vies sont en jeu. Mais il est mû par un instinct poétique, romanesque, chevaleresque même, tout de générosité et d'altruisme. Cette pente naturelle s'accentue après 1923, quand le flâneur salarié, employé par une rédaction pour informer ses lecteurs, se mue en redresseur de torts. »[2] En fait, à examiner ces nouveaux textes plus « engagés » – et *Chez les fous* passe pour l'un d'eux, dans la continuité de *Au bagne* –, il semble que parler de rupture serait en tout cas excessif. Peut-être l'expression « redresseur de torts » est-elle, elle aussi, abusive. Ces nouveaux reportages, que ce soit *Au bagne* (1923), *Chez les fous* (1925) ou *Terre d'ébène* (1929),

---

çais, avec un fusil mitrailleuse posé à terre, dans sa gaine, sont en faction. / – C'est dur, par ici ? / – Oh ! font les gars, sans autre conviction » (A. Londres, « Au pays de l'Ersatz. En auto à travers la Ruhr. D'Essen à Dortmund, aller et retour », *L'Éclair*, 13 avril 1923).

1. P. Assouline, *Albert Londres. Vie et mort d'un grand reporter*, p. 32.
2. *Ibid.*, p. 281.

qui furent à l'époque retentissants, conservent en fait cette part d'étrangeté, d'ambivalence, d'« injugeable », si l'on ose dire, suscitant un indéniable sentiment de frustration chez le lecteur qui chercherait, justement, la figure assez claire du « redresseur de torts ». Qu'il y ait entrée en politique, cela est bien possible, mais c'est, nous semble-t-il, à partir des mêmes procédés qu'auparavant : un curieux dégagement, un étonnement distant, un regard extérieur, faisant advenir l'étrangeté. Un regard qui, petit à petit, tisse, interroge le « nous » face à l'étrangeté, dessinant un sinueux chemin du « Je ne comprends pas » au « "Cela" nous sollicite ».

DU « JE NE COMPRENDS PAS » AU « "CELA" NOUS SOLLICITE »

Pour Londres, il s'agit toujours, d'abord, de découvrir une « chose », indéfinissable, choquante, impensable sous des catégories déjà constituées. Lisons par exemple cet extrait de *Terre d'ébène*, où il découvre un chantier aux mains des négriers :

> « C'est la pénombre.
> Hache sur l'épaule, un homme nu descend vers la route. Ses yeux sont battus, son corps rompu. C'est la première fois que je vois un nègre fatigué. Il me regarde avec un intérêt surprenant.
> – Le chantier ? fis-je.
> Il me montre que c'est d'où il vient. Une tornade se prépare. Le vent commence à charger le haut des arbres. Tout se froisse au-dessus de moi.
> Je marche une heure. Plus de Decauville. La trace de pas frais est une indication suffisante.
> Un autre nègre apparaît. Pour lui, je suis un chef, et il vient me mettre sous le nez, en guise de passeport, un doigt écrasé et saignant. Je lui dis : « C'est bien ! » comme si j'avais à lui dire quelque chose !

Soudain la forêt parle. C'est d'abord une rumeur un peu éteinte. J'avance. Il me semble qu'on scande une litanie. La forêt cependant est encore aphone, mais les cris enflent.

– Ah ya ! Ah ya ! Ah ya ! Ya ! ya ! ya ! Yââââ ! yââââ !

Les cris me dirigent. Je tombe sur la chose. Cent nègres nus, attelés à une bille, essaient de la tirer.

– Yââââ ! yââââ !

Le capita bat la mesure avec sa chicotte. Il semble être en état de convulsion. Il hurle : « Yaho ! Ya-ho ko-ko ! » et même « Ya-ho ! Ro-ko-ko ! ».

Dans l'effort, les hommes-chevaux sont tout en muscles. Ils tirent, tête baissée. Une dégelée de coups de manigolo tombe sur leur dos tendu. Les lianes cinglent leur visage. Le sang de leurs pieds marque leur passage.

C'est un beuglement général. Une meute à l'ouverture du chenil. Piqueur, valets, fouet, aboiements.

Un homme blanc ! Il reste béat de ma présence. Je vais à lui.

– La vie de la forêt m'intéresse, dis-je. J'ai voulu voir le travail du bois.

Et je me présente :

– Londr... !

– Martel, répond-il.

Il était maigre, harassé ; il avait vingt-six ans. Ses yeux luisaient comme à travers les orbites d'un crâne. Un sifflet à roulette pendait à sa ceinture. Il suait de partout.

– Quel métier !

Il fit :

– C'est un métier de bagnard. Cependant, on tient ! On se rattrapera pendant le congé ! » [1]

Le texte fait jouer de manière évidente la figure du témoin-ambassadeur, dans une version sensualiste complète : l'écriture est centrée sur les sensations et émotions de ce « je ». Mais cette focalisation sur la sensation a pour conséquence une incapacité à définir : c'est du « cela » partout, de l'indéfini, du vague. Une « forêt qui parle », une « rumeur », des cris d'animaux, « la chose ». Métaphores animales, maintien de la naïveté

1. A. Londres, *Terre d'ébène*, édition de 1994, p. 175-176.

du « je » le plus longtemps possible – l'œil naïf n'est-il pas par définition l'œil de « tout le monde » ou de « n'importe qui » ? –, passivité, voire submersion.

Et c'est de cet indéfini, passivement éprouvé, c'est de la contemplation de cette « chose » sans nom que naît la sollicitation du « nous ». Nulle dénonciation claire, nulle reconnaissance tranchée du « nous » et du « eux ». Car c'est un peu « nous », aussi, ces négriers qui sont à l'origine de « cette chose » découverte. Face au « cela », le « nous », pour *s'éprouver*, doit en même temps *se définir*, poser une frontière conflictuelle qui n'est nullement nette au départ. « Ils » sont logés en nous, ils sont en tout cas dans une certaine proximité avec nous, qui donne à cette étrangeté advenue la dimension du malaise. Chacune à sa façon, Séverine et Nellie Bly préservaient davantage le « nous » d'une compromission avec « eux » ; elles demandaient à ce « nous » de se battre, d'affronter un « eux » clairement désigné, démasqué, et par là, en quelque sorte, de se montrer à la hauteur de ce qu'il est. Le sentiment de malaise n'était pas aussi fort, la sollicitation du « nous » n'avait pas la complexité qu'elle revêt dans l'écriture de Londres, où rien n'est clair, justement, et où il s'agit de demander au « nous » qui il veut être exactement – est-il cet homme blanc aux yeux mystérieux dont un sifflet à roulettes pend à la ceinture ?

On pourrait alors penser que le regard d'Albert Londres, après 1923, relève moins des journalismes du rassemblement que de la démarche du décentrement. Ne crée-t-il pas franchement l'incertitude à propos du centre, loin de recentrer autour de lui ? Ne faudrait-il pas voir en Londres un précurseur de ce journalisme américain des années 1960 et 1970, appelé « New Journalism », qui mettra en scène le désarroi du « nous » au contact de plusieurs formes d'altérité ? C'est notamment l'opinion de Didier Folléas qui, dans un petit livre consacré précisément au reportage de Londres sur l'Afrique, compare sa démarche avec celle du *New Journalism* [1].

Nous ne partageons pas cet avis – ce qui ne sera pleinement justifié, bien entendu, qu'après notre étude sur le *New Journalism*, au chapitre 5. Ce qui, à nos yeux, conserve à Londres son rôle de rassembleur avant tout, c'est le rapport qu'il installe avec l'étrangeté révélée. Que celle-ci mette à l'épreuve le « nous », cela est acquis ; mais l'objet du reportage n'est pas, comme dans le *New Journalism*, de sonder cette étrangeté, d'essayer de la comprendre quelle qu'elle soit – quitte à échouer en partie –, de faire bouger, autant que cela soit possible, les frontières du « nous » et des « autres ». Londres ne cherche nullement à dépasser la catégorie de l'étrange en la creusant. Il pose l'étrange et garde sa distance, observe les effets que « cela » produit. À cet égard, il se protège et nous protège derrière lui : il ne nous confronte pas vraiment à une altérité explorée, il ne nous met pas gravement en danger, il ne nous décentre pas. Il nous interroge, c'est tout, pour nous faire éprouver une identité qui n'est pas chancelante ou à réinventer radicalement. À sa façon, le regard de Londres reste dans le registre de *l'évidence*, cette fois comme Nellie Bly. Cette dernière ne voyait nulle difficulté à empathiser ou à exclure ; elle reconnaissait aisément les siens et ses ennemis, seules catégories possibles. Londres, lui, voit de l'étrangeté partout ; mais, si elle déroute le « nous », ce n'est jamais jusqu'à l'engloutir ; lui-même, dans son étonnement, reste un

---

1. D. Folléas, *Putain d'Afrique ! Albert Londres en Terre d'ébène*, 1998, p. 59.

pôle, le centre. Il somme le « nous » de se faire entendre, de dire ce qu'il veut ; mais l'évidence qu'il *peut* le dire, et ainsi rappeler sa différence indépassable avec cette étrangeté advenue, n'est pas mise en question.

Et ici on touche à une autre raison du malaise et de la frustration suscités par le texte de Londres : le foisonnement de stéréotypes qu'il véhicule, le maintien d'une distance jamais interrogée – au contraire de ce qui se passe dans le *New Journalism* – entre « nous » et ceux qui déclenchent l'interrogation du « nous », les « fous », les « bagnards », les « nègres », et tout leur environnement. La sollicitation du « nous » se fonde sur notre rapport à cette étrangeté, mais sans que la légitimité de la catégorie de l'étrangeté soit, elle, jamais mise en question. La seule interrogation que le texte de Londres pose, et sa visée demeure rassembleuse, nullement décentreuse, est celle-ci : sachant ce que nous prétendons être et croyions être avant qu'un reporter aille mettre son nez dans des lieux inconnus, pouvons-nous vraiment nous reconnaître, ou du moins reconnaître quelque chose de nous, dans de tels lieux ? Est-ce bien nous ici, jusqu'ici, jusqu'à ces lieux, cette Afrique bizarre, cet asile de fous, ce bagne, « cul-de-sac du monde »[1] ? N'y a-t-il pas quelque chose de bizarre ? Londres ne place pas le centre dans le soupçon radical ; il nous affirme capables de cette réaffirmation du centre à travers lui ; il se charge d'ailleurs de nous recentrer là où nous avions cessé de nous poser la question de nos frontières, là où nous ne voyions plus l'étrange qui nous guettait. Et ce qui, dans ce recentrage, demeure en

1. A. Londres, *Au bagne* (série d'articles parus dans *Le Petit Parisien* en août-septembre 1923, publiés l'année suivante sous forme de livre, les articles originels en constituant les différents chapitres), in *Œuvres complètes*, 1992, p. 27.

tout cas certain, c'est que ces êtres étranges, ces
« fous », ces « bagnards », ces « nègres », n'ont, eux,
rien à voir avec nous ; ils sont juste là pour nous mettre
à l'épreuve, pour que nous nous demandions si nous
arrivons encore à être nous dans notre contact avec eux.

Albert Londres n'a pas lu une ligne sur l'Afrique
avant de s'y rendre[1]. Sa démarche n'a rien à voir avec
celle d'un ethnologue ou de ces journalistes très « eth-
nologues », justement, que sont les « Nouveaux Journalistes », qui cherchent à pénétrer l'altérité, à la sonder,
à mettre en question les catégories toutes faites du
« nous » et du « eux ». Le regard demeure amusé et
stéréotypé sur la « logique » si étrange, si « nègre », de
son domestique[2] et, en général sur ces peuples bizarres
où les femmes sont tenues pour moins que les animaux :

> « Ton père va bien ?
> – Oui, y va bien.
> – Ton mère va bien ?
> – Oui, y va bien.
> – Ton enfant va bien ?
> – Oui, y va bien.
> – Ton chienne va bien ?
> – Oui, y va bien.
> – Ta femme va bien ?
> Cette salutation durait depuis une minute.
> Ce nègre, rencontrant ce nègre, lui demandait des nouvelles
> de tout ce qu'il possédait : de son *lougan* (son champ), de son
> cheval, de sa pirogue. La femme venait en dernier. »[3]

S'il décrit comment « les nègres changent », ce n'est
pas pour diminuer le sentiment d'étrangeté qu'ils inspirent, et qui doit de plus en plus inciter les Français à

---

1. Comme le note Didier Folléas lui-même, *Putain d'Afrique !*, p. 51.
2. « On n'aurait pu trouver plus nègre que Birama », *Terre d'ébène*,
p. 194.
3. *Ibid.*, p. 37-38.

se poser la question de la juste attitude à leur égard. Au Sénégal, Londres évoque les velléités d'indépendance, sans les soutenir ni les condamner, simplement pour marquer le caractère inattendu de ce qu'il voit et poser la question des conséquences pour la France : « –Ti frappes ? dit le Noir. Ah ! ti frappes ? Ici c'est pas France, c'est Sénégal, toi comprendre ? Sénégal, mon patrie, ici, chez moi, toi comprendre ? » [1] Il constate que les Français préfèrent ne pas voir ces évolutions, ils préfèrent la figure du « gentil Noir », croyant qu'elle est immuable : « Voici les Noirs, les vrais purs, non les enfants du suffrage universel, mais ceux du vieux Cham. Comme ils sont gentils ! Ils accourent de leur brousse pour vous dire *Bonjou* ! Ils agitent leurs bras avec tant de sincérité, un sourire vernit si bien leur visage que c'est à croire que nous leur faisons plaisir à voir. Ils vous regardent comme si dans le temps ils avaient été des chiens à qui vous auriez donné du sucre. Parmi eux, on se sent une espèce de bon Dieu en balade. » [2] Que faut-il comprendre exactement ? De qui se moque-t-il, sinon de tout le monde en même temps, des Français naïfs, des « gentils nègres » qui flattent cette naïveté, des mouvements d'émancipation eux-mêmes, en plein « exercice de prestidigitation, de boxe et de savate » [3] ?

L'Afrique, dans l'écriture de Londres, ne sort jamais de son étrangeté. Mais ce n'est pas l'enjeu ; ce qui compte, c'est qu'elle nous mette mal à l'aise. Par exemple, Londres nous rappelle que ce sont ces êtres étranges qui « nous » ont construits ici, en Afrique ; c'est « eux » qui l'ont faite, et pourtant nous disons que

1. *Ibid.*, p. 18.
2. *Ibid.*, p. 31.
3. *Ibid.*, p. 31.

c'est « nous » ici [1]. Ou bien il nous fait voir « notre » étrange comportement là-bas, par exemple dans un passage, toujours aussi ambigu et source de malaise, sur les métis, où il souligne que nous n'avons même pas la décence de les laisser entre eux, et que nous créons ainsi des êtres déracinés, ni à nous ni à eux [2]. Ou encore, il nous demande, incidemment, si leur étrangeté nous autorise à les traiter comme de la monnaie d'échange ou l'équivalent d'un « ballon de football » [3] entre les administrateurs et les hommes d'affaires : « Ah ! les belles routes ! On ne peut rien imaginer de mieux. Je ne plaisante pas. Les routes sont magnifiques ; demandez plutôt aux indigènes ! Elles sont d'autant plus remarquables qu'elles ne nous ont pas coûté un cauri. / On n'a dépensé que du nègre ! Sommes-nous donc si pauvres en Afrique noire ? / Pas du tout ! Le budget du gouvernement général possède une caisse de réserve de je ne sais combien de centaines de millions ! » [4]

C'est donc le « nous » humaniste, universaliste, généreux, qui est interrogé ; mais pas le « nous » qui a des préjugés. En fait, des préjugés, Londres en reprend beaucoup à son compte. Mais il les pousse jusqu'au point où ils risquent, tout de même, d'entrer en contradiction avec d'autres aspects de « nous ». Son texte piège, non pas le principe de la colonisation – qu'en fait il ne remet jamais en cause –, mais le discours grandiloquent sur la colonisation, la certitude d'être « généreux », « humaniste ». Dès lors, le « "cela" nous sollicite » ne saurait jamais toucher qu'une partie du « nous », parfois fine ; celle qui est encore capable de remarquer quelque chose de bizarre dans tout cela, quelque chose d'étrange, qui

1. *Ibid.*, p. 24.
2. *Ibid.*, p. 70-71.
3. Cette métaphore ouvre le chapitre XVII.
4. *Terre d'ébène*, p. 126.

pourrait bien révéler des fissures, des contradictions dans le « nous ». Et pour faire pareille épreuve, nul besoin d'empathie intense avec les souffrants.

Les limites du procédé sont patentes. Londres les atteint dans certains reportages où son étonnement devant l'« étrange » a bien du mal à interroger le « nous », et qui n'entrent donc pas dans ceux que nous avons retenus pour illustrer *l'épreuve de l'étrangeté*. Londres ne trouve alors aucun « bout », nous semble-t-il, par lequel déclencher une épreuve pour le « nous », et son regard demeure dans un « Je ne comprends pas » empli de stéréotypes confortables pour le « nous » qui le mandate.

Son reportage de 1920 sur la Russie des Soviets – antérieur au « tournant » de 1923 – en est un bon exemple. C'est un reportage plein d'étonnement, à la fois amusé et sévère, à l'égard de cette « révolution » qu'il a sous les yeux. « Et votre but ? », lui avait-on demandé à son entrée en URSS ; « Voir », avait-il répondu [1]. Or, ce *voir* brut, qui ne nécessite aucune compréhension préalable du contexte – Londres, fidèle a son habitude, n'avait rien lu –, ne peut s'avérer une démarche courageuse que dans un contexte où une idéologisation féroce, procommuniste, bouche la vue de la plupart des observateurs. Ainsi, quelques années plus tard, nombre de voyageurs en URSS ne verront-ils plus rien. Dans ces années 1930 d'aveuglement idéologique, le *voir* brut d'un Londres aurait pu apparaître comme un choc salutaire, une mise à l'épreuve d'un « nous » si complaisant. Mais dans le contexte de l'époque de Londres, plutôt idéologisée dans l'autre sens (peur-haine du communisme), on peut tout de même se demander si son regard

---

1. A. Londres, *Dans la Russie des Soviets*, paru dans l'*Excelsior* à partir du 22 avril 1920, édition en livre, 1993, p. 31.

n'est pas extraordinairement conformiste, attendu[1]. Il voit des femmes qui ne portent pas des sacs à main, comme à Paris, mais des paniers vides et des brocs[2] ; il voit la misère et la faim[3], mais il n'en cherche nullement les raisons, n'évoque jamais le contexte international, et son point de comparaison est toujours la France, et non pas, par exemple, la Russie d'avant la révolution ; franco-centrisme oblige, il assimile le bolchevisme à une pure et simple monarchie[4] sans explorer plus avant la nature du régime qu'il a sous les yeux. Il n'interroge, en fait, qu'une toute petite marge du « nous » de son époque, pour ne pas dire des exclus du « nous », quelques rêveurs déjà marginalisés, fascinés par le communisme. Au « nous » français en général, ce « nous » qui est déjà anticommuniste sans rien savoir de l'Union soviétique, il ne fait passer aucune épreuve, il le conforte dans la violence de son ignorance et de son mépris.

Un regard rassembleur comporte ainsi une limite consubstantielle. La mise en œuvre d'une conflictualité au sein de ce mouvement de rassemblement, la sollicitation du « nous », est périlleuse par nature, puisqu'en même temps il ne peut s'agir d'un conflit qui déstabilise trop profondément le « nous ». C'est un conflit forcément « simple » et encadré – une épreuve –, parfois

---

1. Pour une étude des divers voyages en URSS effectués par les intellectuels français, voir F. Hourmant, *Au pays de l'avenir radieux. Voyages des intellectuels français en URSS, à Cuba et en Chine populaire*, 2000. Hourmant souligne que, dans les premières années d'installation du régime soviétique, l'atmosphère en France est violemment anti-communiste – « Le regard laudateur n'est pas à cette date la norme. Les témoignages hostiles ne manquent pas » (*ibid.*, p. 28) – contrairement à l'engouement aveugle des années 1930.

2. *Dans la Russie des Soviets*, p. 36.

3. *Ibid.*, p. 36-38.

4. « Le bolchevisme n'est pas l'anarchie, c'est la monarchie, la monarchie absolue, seulement le monarque, au lieu de s'appeler Louis XIV ou Nicolas II, se nomme Prolétariat Ier » (*ibid.*, p. 41).

manqué. Mais ce sont les réussites, ici, qui nous intéressent. À cet égard, le reportage d'Albert Londres qui met en œuvre de manière exemplaire *l'épreuve de l'étrangeté* est celui sur le bagne de Cayenne.

AU BAGNE (1923)

Si le thème de l'étrangeté parvient à solliciter le « nous », dans *Au bagne*, c'est qu'il est d'emblée posé en regard de qu'est la France ou de ce que nous croyons communément qu'elle est ; c'est cette référence permanente qui enveloppe le « Je ne comprends pas » et suscite un malaise interrogateur. Il y a de l'étrange, de l'incompréhensible, et *sur nos terres*. Avant même les descriptions du bagne, le texte fourmille d'observations sur ce coin perdu et inhospitalier, Cayenne, royaume des corbeaux-vautours et de l'errance. Tout fait contraste, d'emblée, avec ce que nous pourrions imaginer d'un territoire français. Londres ne manque pas de préciser, en effet, qu'il a été accueilli par une statue de Victor Schoelcher et une belle phrase sur la République et l'Égalité, dans cette ville où il n'y a même pas de port. « Peut-être dans cinq cents ans, verra-t-on une deuxième statue à Cayenne, celle de l'homme qui aura construit un port. »[1] Il pense tout naturellement pouvoir trouver un hôtel, une route. Car n'est-ce pas le pays même où l'on construit des routes, où l'on n'est même censé faire que cela ? « Depuis un demi-siècle on dit aux enfants terribles : "Si tu continues, tu iras casser des cailloux sur les routes de Guyane", et il n'y a pas de route ; c'est comme ça ! Peut-être fait-on la soupe avec tous ces cailloux qu'on casse ? »[2]

1. A. Londres, *Au bagne*, in *Œuvres complètes*, p. 10.
2. *Ibid.*, p. 11.

La force du reportage consiste à appliquer ce même procédé à l'observation des prisonniers : on fait donc cela avec eux ? Je ne comprends pas... Londres met ainsi à l'épreuve le « nous » sans installer un rapport de sympathie, encore moins d'empathie, avec les bagnards. Ils sont l'étrangeté même, cela est acquis. Mais l'expérience de l'étrangeté ne nous épargne pas ; elle nous atteint, nous éprouve, parce qu'elle met le doigt sur nos contradictions. Finalement, il s'agit toujours de regarder à partir de cette référence à la statue de Schoelcher et aux phrases sur la République et de faire advenir l'étrange – sans besoin de dépasser cette étrangeté par une authentique rencontre.

La façon dont Londres décline le thème de la distance avec les bagnards est assez remarquable : cette distance est manifeste dans ses descriptions, annulant les rares mouvements de pitié qui s'esquissent – à peine, d'ailleurs –, mais en outre Londres fait de la question de la juste place du journaliste l'objet d'une réflexion en filigrane, qui court entre les lignes de son reportage. La distance est installée dès le voyage en bateau qui emmène Londres à Cayenne : le *Biskra* prend en effet à son bord onze bagnards évadés – les premiers qui sont donnés à voir à notre reporter. Il les décrit de façon tout extérieure : « Quatre étaient sans savates. Chiques et araignées de mer avaient abîmé leurs pieds. Autour de ces plaies, la chair ressemblait à de la viande qui a tourné, l'été, après l'orage. Sur les joues de dix, la barbe avait repoussé en râpe serrée, le onzième n'en était qu'au duvet, ayant vingt ans. Vêtus comme des chemineaux dont l'unique habit eût été mis en loques par les crocs de tous les chiens de garde de la grand'route, ils étaient pâles comme de la bougie. »[1] S'ils lui arrachent

1. *Ibid.*, p. 3.

tout de même un « Pauvres bougres ! » ou si, quelques paragraphes plus loin, il se risque à évoquer un « sentiment de pitié », il n'en reste pas moins que, lorsqu'il se retrouve avec deux d'entre eux sur la même barque, un peu plus tard, dans l'obscurité, il avoue se retourner « pour [s']assurer que les deux forçats qui étaient dans [son] dos n'allaient pas [lui] y enfoncer un couteau »[1].

Au bagne, la distance persiste. Il y a bien quelques passages où Londres semble se rapprocher : il les appelle des « enfants perdus »[2], dresse le portrait de tel ex-bagnard, condamné pour traite des Blanches, si honnête qu'il rend à Londres la monnaie qu'il a oubliée[3], décrit un bagnard en larmes, Ullmo, attendrissant d'humanité souffrante et pénitente[4]. Mais face à cela, combien de descriptions distantes, fourmillant de métaphores animales qui éloignent toujours plus le reporter de ces êtres à la limite de l'humain ! On nous parle d'hommes « en cage par cinquantaine », le torse nu et tatoué, cachant leur argent dans un tube dans leurs intestins[5] ; d'un « Sodome et Gomorrhe – entre hommes »[6] ; de malades fiévreux, atteints d'ankylostomiase (« ce sont des vers infiniment petits, qui désagrègent l'intestin »), auxquels on ne distribue de la quinine qu'avec parcimonie et qui « tremblotent sur leur planche comme ces petits lapins mécaniques quand on presse la poire »[7] ; d'hommes comparés à des chiens, « qui ne sont plus que des animaux galeux, morveux, pelés,

1. *Ibid.*, p. 9.
2. *Ibid.*, p. 12. Ce vocabulaire relève d'ailleurs de l'imagination du reporter *avant de les avoir vus*.
3. *Ibid.*, p. 15-16.
4. *Ibid.*, p. 25.
5. *Ibid.*, p. 14.
6. *Ibid.*, p. 15.
7. *Ibid.*, p. 34.

anxieux et abandonnés », dont on s'étonne qu'ils n'aboient pas [1] ; d'un « ours » (c'est Ginioux, ex-bagnard qui partage à Saint-Laurent la maison de Londres, qui a étranglé la fille de son ex-patronne, et qui aujourd'hui casse les reins aux chats toutes les nuits avec un bâton [2]) ; d'une « autruche » [3] ; d'un être effrayant surnommé Hespel-le-Chacal ; de lépreux que Londres n'ose même pas nous décrire, avoue-t-il [4]. Les surveillants ne sont guère soustraits à ce regard qui animalise pour dire l'étrange [5] ; il y en a même un complètement fou, qui roule de la viande dans du camphre pour l'expédier à sa maîtresse à Cayenne [6]. Mais pas plus que la déshumanisation des bagnards ne prépare une quelconque empathie, elle n'annonce une antipathie à l'égard des surveillants. Ce monde du bagne est entièrement plongé dans une atmosphère d'étrangeté qui bloque l'affect, laisse le reporter – et donc « nous » – à distance.

Le reporter apparaît toujours comme celui qui n'appartient pas à la scène, situation qui constitue son privilège et sur laquelle Londres ne cesse d'insister. Alors qu'une Nellie Bly se dépêchait de se mettre (et avec elle le public, le « nous ») à une place, celle des pauvres patientes de Blackwell's Island, ici Londres défend farouchement sa non-place. Ce thème lui permet probablement de renforcer son pacte implicite avec le public : il est celui qui n'est d'aucun parti et qui n'en prend aucun clairement. Mais il est surtout développé comme la condition même pour voir. Car si la lucidité, chez Nellie

---

1. *Ibid.*, p. 58.
2. *Ibid.*, p. 69-70.
3. C'est un bagnard du nom de Guidi, évoqué page 80.
4. *Ibid.*, 74.
5. « – B'soir ! fit le hérisson » (*ibid.*, p. 10).
6. *Ibid.*, p. 32-33.

Bly, passait par l'épuisement de l'étrange, celle d'Albert Londres est faite de son avènement. Voir exige donc cette extériorité, cette place qui empêche toute compréhension. Quand on est à l'une des places d'acteurs, on comprend, au contraire ; mais c'est qu'on ne voit rien.

Ce reportage mieux que tout autre développe ce thème du *voir* qui nécessite une distance à l'égard de tous les acteurs, une incompréhension fondamentale. Il commence par présenter le journaliste comme un réceptacle neutre de paroles d'acteurs : Londres est venu voir Ullmo chez M. Quintry et il dit à l'ancien bagnard : « Voici qui je suis ; je viens vous voir pour rien, pour causer. Vous pouvez peut-être avoir quelque chose à me dire ? »[1] Cette manière de se présenter implique déjà un retrait par rapport aux acteurs, mais Londres veut aller plus loin et la réponse d'Ullmo peut déjà apparaître comme une première critique de ce simple rôle d'accoucheur de paroles : « Oh non ! je ne demande que le silence. » Quelques pages plus loin, le même rôle est évoqué, dans la bouche du surveillant, qui annonce Londres aux bagnards dans ces termes : « Quelqu'un est là, qui vient de Paris ; il entendra librement ceux qui ont quelque chose à dire ! » Et Londres d'attendre dans un cachot la visite des bagnards. L'un d'eux se présente :

> « L'homme me fixa et ne dit rien.
> Avez-vous quelque chose à me dire ?
> – Rien.
> – Vous avez frappé, pourtant.
> – *Ce n'est pas à nous de dire, c'est à vous de voir.*
> Et il s'immobilisa, les yeux baissés comme un mort debout.
> C'est un spectre sur fond noir qui me poursuit encore. »[2]

---

1. *Ibid.*, p. 25.
2. *Ibid.*, p. 40. C'est nous qui soulignons.

C'est une leçon de journalisme que Londres prend ici : mais qu'il utilise donc son extériorité pour faire autre chose qu'écouter passivement des paroles qui ne viendront pas ! Qu'il fasse ce que l'on ne peut justement pas faire du « dedans » : voir ! D'ailleurs il est significatif que l'homme qui, lui, est « dedans » soit, pour finir, décrit « les yeux baissés ».

On retrouve les mêmes motifs dans une autre scène, où des propos analogues sont placés dans la bouche d'un bagnard bien particulier, un ancien journaliste :

> « Il pleure. Son émotion le fait bégayer. Il veut se mettre à mes genoux. Il me dit comme Brengues :
> – Regarde ! Regarde !
> Il me répond :
> – Je ne pleure pas, c'est la joie !
> Il me supplie :
> – Tu diras tout ! Tout ! pour que ça change un peu...
> – Voilà les aveugles dans cette case. Ils sont assis les mains sur les genoux et attendent.
> Il en est qui se rendent volontairement aveugles avec des graines de penacoco. Au moins ceux-ci ne voient plus ! » [1]

Le bagnard journaliste oppose, dans son discours, le reporter qui voit aux acteurs qui ne voient pas, et qui d'ailleurs, s'il leur reste encore quelque œil bien portant, font tout pour ne plus voir. De manière significative, la terrible angoisse des bagnards, qui est d'avoir à affronter la misère consécutive à leur libération, obligés qu'ils sont de rester en Guyane pendant un nombre d'années égal à celui qu'ils ont passé au bagne (c'est le « doublage »), s'exprime sous la forme d'un fantasme qui met en scène un aveugle recouvrant la vue. Ainsi dans l'histoire métaphorique racontée par l'ex-bagnard Marius Gardebois : « – Malheur ! ce cochon-là

1. *Ibid.*, p. 60.

m'a réussi. / C'était de son bienfaiteur qu'il parlait ainsi. En lui rendant la vue, l'homme de science l'avait jeté dans la misère. C'est l'histoire du forçat. » [1] Mais le journaliste, lui, doit affronter ces visions, insupportables pour ceux qui sont « dedans ». Il n'a donc pas à chercher à « coller » aux acteurs, à entrer dans leur état. Ce serait peut-être comprendre, mais ce serait s'aveugler. *Au bagne* est une apologie de l'extériorité, de la distance, puisque celle-ci est une garantie de lumière, une condition pour voir.

Quelques pages plus loin, Londres signe d'ailleurs l'échec de la position d'écoute, qui, d'une manière ou d'une autre, est encore trop liée à une démarche empathique. Ce qu'il y aurait à entendre serait de toute façon incompréhensible, semble-t-il dire. Il fait mine de se plaindre auprès des bagnards : « Écoutez, depuis un mois que j'interroge chez vous, vous me répondez tous : "Si on vous disait la vérité, vous ne la croiriez pas." D'un autre côté, vous prétendez que l'administration me cachera tout. Comment voulez-vous que je m'en sorte ? » [2] La réponse est dans le reportage, dans les scènes que nous venons de décrire : il faut renoncer à chercher du sens en sollicitant des paroles ; il faut miser sur cette incompréhension fondamentale dans laquelle le reporter est plongé, afin de *voir* – voir l'étrange comme tel, incompréhensible et source d'épreuve pour « nous ».

La manière dont Londres se représente dans ce reportage met en application cette apologie de la distance, ce refus de l'empathie. Dans une scène étrange, il se met en scène en train d'observer les bagnards à travers un judas, à leur insu :

1. *Ibid.*, p. 91-92.
2. *Ibid.*, p. 65.

« Le soir, à huit heures, à l'île Royale, le commandant me dit :
– Cela vous intéresserait-il de jeter un coup d'œil dans une case, la nuit ?
– Oui.
– Si vous entrez, vous ne verrez rien : ils se donneront en spectacle. Je vais vous conduire devant un judas. Vous y resterez le temps que vous voudrez.
Ils étaient allongés sur deux longs bat-flanc, le pied pris dans la manille (la barre). De petits halos faisaient des taches de lumière. C'étaient des boîtes de sardines qui éclairaient. Ils ne jouaient pas aux cartes. Quelques-uns se promenaient, ceux qui avaient pu se déferrer. Les manilles sont d'un même diamètre et il y a des chevilles plus fines que d'autres. Ils s'insultaient. J'entendis :
– Eh ! l'arbi ! C'est-y-vrai que ta mère...
Ils parlaient de l'événement du jour, de la visite du journaliste.
– Tu crois qu'il y fera quelque chose ? Rien, j'te dis. D'ailleurs, nous n'avons plus rien de commun avec les hommes, nous sommes un parc à bestiaux.
– Ça ne peut tout de même pas durer toute la vie.
– T'avais qu'à ne pas tuer un homme.
– Et toi, qui qu'tas tué ?
– Prends le bateau et va le demander au juge d'instruction du Mans, s'il veut te recevoir.
Aucun ne dormait. On voyait des couples. Un sourd brouhaha flottait, déchiré de temps en temps d'un éclat de voix fauve. Par l'odeur et la vue, cela tenait de la ménagerie.
– J'irai le trouver, demain, pour lui prouver que je ne suis pas fou. Ah ! le manchot (un surveillant) dit que je suis fou ! J'irai le trouver, le journaliste.
– Et puis après ? C'est de la clique comme les autres.
Et l'un, d'un ton de faubourg, me fixa définitivement sur la nature de ma personne :
– Va ! ne crains rien, il fait partie de la viande qu'on soigne ! » [1]

Il les entend parler de lui, « le journaliste ». Pour eux, il est un « autre », clairement ; peut-être un « autre » aussi par rapport à l'administration (alors on pourra essayer de lui parler) ; ou peut-être pas... Quoi qu'il en

1. *Ibid.*, p. 41-42.

soit, Londres en sort fixé sur la distance dans laquelle il est tenu : il n'y a même pas à essayer de s'approcher. C'est la distance qui est féconde. C'est elle qui rend les choses étranges, elle, donc, qui permet de voir d'une manière qui interroge ceux qui sont rassemblés derrière le reporter.

Ce point de vue extérieur, le journaliste semble le partager avec le médecin. Il y a des analogies, dans le texte de Londres, entre ces deux personnages. Comme le journaliste, le médecin voit l'homme dans sa nudité, il peut dresser des diagnostics crus indépendamment de toute démarche empathique ; ainsi objective-t-il comme anormaux, pathologiques, des symptômes qu'à l'intérieur du bagne on ne voit plus comme tels tant ils font partie du quotidien. Le comportement d'un des bagnards, Roussenq, à l'égard de Londres, est assez significatif de cette analogie entre le médecin et le journaliste. Le bagnard lui dit spontanément : « Je vais vous montrer mon corps. » Londres poursuit : « Il se mit complètement nu. Passant la main sur son ventre, il dit : "La cachexie !" / Il est si maigre qu'on dirait qu'il grelotte. »[1] Le bagnard veut être objectivé dans un regard extérieur, il met le journaliste dans une position de poseur de diagnostic, comme pour l'aider à saisir ce qu'il y a à voir, et donc ce qu'il y a à raconter.

Ainsi l'épreuve de l'étrangeté, dans l'écriture d'Albert Londres, consiste-t-elle, au plus loin de toute démarche empathique, à tenir à distance les situations auxquelles le journaliste est confronté, pour faire advenir cet *étrange* qui nous interroge en même temps qu'il nous rassemble derrière le témoin-ambassadeur.

1. *Ibid.*, p. 45.

III – EDWARD R. MURROW OU L'ÉPREUVE
DE L'USURPATION DU CENTRE

SEE IT NOW CONTRE LE MACCARTHYSME :
L'ENJEU DE L'« AMÉRICANITÉ »

Au moment où le maccarthysme bat son plein aux États-Unis, en 1953-1954, Edward R. Murrow (1908-1965) incarne par excellence une figure de témoin-ambassadeur, ou de « centre » [1]. Il avait été le courageux correspondant de la radio CBS à Londres pendant la Seconde Guerre mondiale, et son « *This... is London* », prononcé dans le brouhaha des bombardements, était entré dans la légende du journalisme de guerre ; présent à la libération du camp de Buchenwald, il y avait incarné les valeurs d'une Amérique de liberté, face à une barbarie évoquée avec un indéniable talent d'écriture. Une figure héroïque, donc, dont certains pourtant jugeaient qu'elle s'assoupissait quelque peu. Son fidèle et admiratif collaborateur, Fred W. Friendly, était le premier à reprocher à Murrow de se compromettre dans des émissions divertissantes et mondaines, auxquelles il prêtait sa notoriété et sa capacité de « rassemblement » du public : n'avait-il pas mieux à faire que ces interviews de stars de Hollywood, dans son rendez-vous hebdomadaire « *Person to Person* » ?

D'un autre côté, ces émissions entretenaient, voire renforçaient une popularité qui lui fut ensuite nécessaire, à l'époque de l'émission « *See It Now* », pour

---

1. Parmi les biographies de Murrow, voir en particulier : A. M. Sperber, *Murrow. His Life and Times*, 1986, et A. Kendrick, *Prime Time. The Life of Edward R. Murrow*, 1969.

donner toute sa portée à ses engagements. Comme le souligne son reporter Joseph Wershba, dans un article publié en 1979 pour le quinzième anniversaire du « combat » de Murrow contre McCarthy : « C'était précisément la popularité de *"Person to Person"*, qui rassemblait des millions de spectateurs de plus que ceux auxquels *"See It Now"* aurait pu prétendre, qui rendit l'attaque de Murrow [contre McCarthy] si puissante, au sens où elle atteignit une large audience. Car il était inconcevable pour ces millions de spectateurs éberlués que le commentateur qui les avait emmenés dans les boudoirs des filles sexys de Hollywood fût autre chose qu'un Américain pur et dur (*a true-blue American*). »[1] Murrow possédait ainsi tous les atouts pour devenir particulièrement dangereux pour McCarthy : car il pouvait mieux que quiconque adopter la stature de représentant irréfutable de l'identité collective américaine (du « nous »).

L'émission « *See It Now* », qui proposait sur CBS des documentaires très « écrits » – voix *off* commentant des images elles-mêmes soigneusement montées, le tout introduit et clos par un texte lu par Murrow face à la caméra –, se situait dans le prolongement du journalisme écrit le plus soucieux d'exactitude factuelle et d'impartialité. L'ambition, à cet égard, était bien de rassembler, par un journalisme qui ferait voir des « vérités » s'imposant à tous. Le média télévisuel était conçu comme un atout supplémentaire pour l'établissement de la « vérité ». Ainsi, lors de la première émission de « *See It Now* », le 18 novembre 1951, Murrow souligna que la télévision offre des potentialités inouïes d'élargissement du regard et par là d'avènement du

---

1. J. Wershba, « Murrow vs. McCarthy : See it Now », *The New York Times Magazine*, 4 mars 1979.

vrai ; cette première émission proposa pour commencer une vue simultanée du Golden Gate Bridge de San Francisco et du Brooklyn Bridge de New York ; en voix *off*, Murrow déclara : « Pour la première fois dans l'histoire de l'homme, nous sommes capables de regarder en même temps la côte atlantique et la côte pacifique de ce grand pays. » Il poursuivit : « Aucun âge de l'histoire du journalisme n'a été doté d'une telle arme pour l'établissement de la vérité que cette télévision débutante. » [1]

Mais Murrow n'était pas de ceux qui assimilent tout à fait « vérité » (rassembleuse) et absence de conflit. Si la « vérité » permet un regard en commun, cela n'exclut pas forcément une sollicitation du « nous » contre un adversaire, et par là l'introduction d'un conflit en son cœur même. De cette possibilité, Murrow semblait parfaitement conscient, comme en témoigne son entretien avec Friendly, rapporté par ce dernier, au seuil de la « bataille » contre McCarthy (qui a commencé par un documentaire sur un lieutenant de l'armée, Milo Radulovich) : « Nous étions tous les deux soucieux du vieil adage de la rédaction de CBS établie par Paul White, tête dynamique de cette rédaction pendant la guerre : "Idéalement, dans les sujets à controverse, il faut laisser l'auditoire dans la situation de ne pouvoir ressentir quel camp a la préférence du journaliste." Dans le cas de Milo Radulovich, Murrow doutait qu'un telle attitude fût possible. "Nous ne pouvons pas établir le point de vue de l'Armée s'ils refusent de coopérer avec nous. Par ailleurs, sur certains sujets, les points de vue ne sont pas en équilibre. Nous ne pouvons pas nous asseoir ici chaque mardi soir et donner l'impression que pour tout argu-

---

1. « *See It Now* », émission écrite par E. R. Murrow et F. W. Friendly, diffusée sur CBS le 18 novembre 1951.

ment avancé par une des parties il y a un équivalent chez l'autre." »[1]

Murrow a toujours dénoncé l'hypocrisie de la confusion entre « vérité » et « neutralité », une dénonciation qui repose, nous semble-t-il, sur sa conception des modalités journalistiques d'établissement de la « vérité » : celle-ci n'est guère, selon lui, le fruit d'un regard désancré, mais elle est établie à partir d'un axe, d'un centre – le journaliste, qui se doit d'être un impeccable représentant des valeurs et des exigences de la communauté. C'est parce que le rapport de Murrow à la « vérité » est articulé à la figure du témoin-ambassadeur, c'est-à-dire soutenu par l'exigence d'un centre qui s'exhibe, qu'il est particulièrement ouvert à la possibilité du conflit dans le mouvement même d'établissement de la vérité rassembleuse. Le centre joue, en effet, le rôle d'un levier de rassemblement du « nous » et, en même temps, celui d'un révélateur des obstacles éventuels à ce rassemblement : il peut mettre au jour l'existence d'un intrus dans le « nous », donc d'une frontière conflictuelle.

Autrement dit, c'est parce qu'il décline à la perfection la figure du témoin-ambassadeur que Murrow est en mesure d'ouvrir le rassemblement à la possibilité – peut-être à la nécessité – d'une épreuve pour le « nous ». Et c'est la nature de cette épreuve qui nous intéressera ici, dans l'examen de ses trois documentaires célèbres de 1953-1954 au sujet du maccarthysme, réalisés avec l'aide de son collaborateur Fred W. Friendly[2].

---

1. F. W. Friendly, *Due To Circumstances Beyond Our Control...*, 1967 ; dernière édition de 1995, p. 10.
2. L'étude se limite ici aux trois documentaires : « The Case of Milo Radulovich, A0589839 » (diffusé le 20 octobre 1953 dans l'émission « *See It Now* » sur CBS), « A Report on Senator Joseph R. McCarthy » (diffusé dans « *See It Now* » le 9 mars 1954) et « Annie Lee Moss Before the

Le premier de ces documentaires, diffusé le 20 octobre 1953, s'intitule « The Case of Milo Radulovich, A0589839 ». Il faut rappeler que depuis l'automne 1953, McCarthy et sa commission d'enquête du Sénat s'étaient mis à enquêter sur l'armée. Milo Radulovich était un lieutenant de vingt-six ans, auquel il avait été demandé de démissionner de l'Armée en août 1953 – il travaillait dans un service de météorologie à la « Air Force Reserve » tout en étudiant la physique à l'Université de Michigan – parce qu'il présentait un « risque de sécurité » (*security risk*). Il avait refusé de démissionner, ce qui lui avait valu de faire l'objet d'une enquête officielle (par l'« Air Force Board »), à l'issue de laquelle il avait été établi que sa loyauté (*loyalty*) n'était certes pas en cause, mais que le risque de sécurité demeurait et exigeait son extradition de l'armée, parce que sa sœur et son père étaient suspects d'avoir des « activités communistes ». Pour Murrow et Friendly, qui avaient depuis quelques mois le projet de « faire quelque chose » au sujet de l'atmosphère pestiférée du maccarthysme, et qui avaient notamment commencé à mettre en réserve divers enregistrements de discours du sénateur McCarthy, le cas de Radulovich leur fournissait enfin la « petite histoire » (*little story*) ou « petite image » (*little picture)* qu'ils attendaient. La notion de « *little picture* » était en effet au cœur de leur démarche à « *See It Now* » : Murrow et Friendly aimaient aborder les phénomènes de grande ampleur par un « cas », qui faisait voir « en petit », et

McCarthy Committee » (diffusé dans « *See it Now* » le 16 mars 1954). Quelques travaux existent sur ces documentaires. Voir notamment T. Rosteck, See it Now *confronts McCarthyism. Television Documentary and the Politics of Representation*, 1994.

de façon concrète, évocatrice pour les spectateurs, la nature de ces phénomènes [1].

Ce documentaire donne la parole à Milo Radulovich, aux membres de sa famille et à ses voisins et amis de la petite ville de Dexter (Michigan). Il prend manifestement la défense du jeune lieutenant, en soulevant de nombreux problèmes concernant les méthodes du maccarthysme : des enquêtes ne respectant pas le droit de la défense, une application « extrémiste » de la notion de « *security risk* » (exigeant la démission alors même que la loyauté n'est pas en cause), la confusion entre l'individu et sa famille, le manque de preuves concernant les activités réelles de la sœur et du père de M. Radulovich. En même temps, le principe d'une enquête sur les convictions politiques des individus est présenté comme contraire à la conception américaine de la liberté individuelle. À cet égard, les problèmes soulevés ne sont pas sans présenter des contradictions les uns avec les autres ; le documentaire ne va pas au bout d'une ligne précise : ainsi, il s'attaque en même temps à l'indigence de cette enquête et à son principe même. Aurait-il fallu enquêter précisément sur le père et la sœur ? Ou bien ne pas enquêter pour respecter leurs libertés, éventuellement celle d'être des communistes ? Ou bien enquêter mais ne pas tenir compte des résultats concernant le frère et fils Milo ? Ou bien enquêter et, si le père et la sœur s'étaient avérés être de « vrais » communistes, revoir la question du « *security risk* » concernant Radulovich ? Le documentaire ne tranche pas clairement.

Quoi qu'il en soit, à la suite de cette émission, Radulovich est déclaré maintenu dans l'armée par le ministre

---

1. Voir F. W. Friendly, *Due To Circumstances Beyond Our Control...*, p. 5.

de l'Armée de l'air (Secretary of the Air Force), Harold E. Talbott, qui s'exprime au début d'une émission ultérieure de « *See It Now* », celle du 24 novembre 1953[1]. Cet épisode n'a pas laissé J. McCarthy et ses amis indifférents : en novembre 1953, alors que le reporter de Murrow, Joseph Wershba, couvrait les sessions de la commission d'enquête à Washington, il est pris à partie par les amis de McCarthy. Ceux-ci menacent de révéler que Murrow avait été à la botte de l'Union soviétique dans les années 1930. La « preuve » invoquée est une liste d'enseignants et d'étudiants qui ont participé, à l'époque, à des échanges avec l'URSS, sur laquelle figure le nom de Murrow. Malgré la menace, mais aussi, en même temps, sous l'effet de l'exaspération qu'elle suscite en lui, Murrow se décide enfin à réaliser un documentaire consacré entièrement au personnage de McCarthy, composé d'un montage de ses discours, pour démasquer le personnage et le danger qu'il représente[2]. Ce sera « A Report on Senator Joseph R. McCarthy », diffusé le 9 mars 1954. Le documentaire révèle la logique de l'accusation et de l'intimidation utilisée par McCarthy – notamment ses procédés de « culpabilité établie par association » (*guilt by association*), sans preuves tangibles, ou encore le rôle du mensonge pour déstabiliser les suspects. Il est diffusé en pleine affaire Zwicker : en février 1954, McCarthy avait reproché au général Zwicker d'avoir accepté la promotion d'un dentiste-capitaine d'extrême gauche, Irving Peress, et de l'avoir protégé. McCarthy avait

1. Cette intervention précède un documentaire auquel nous ferons référence un peu plus loin, « An Argument in Indianapolis » ; elle est reproduite par Friendly dans son livre (*ibid.*, p. 17-18).
2. Wershba raconte en détail ces épisodes dans son article « Murrow vs. McCarthy : See it Now » (*The New York Times Magazine*, 4 mars 1979), tout comme Friendly dans *Due To Circumstances Beyond Our Control...*

insulté le général, mais aussi le ministre des armées, Robert Stevens, qu'il parvenait d'ailleurs de plus en plus à intimider et à faire céder à ses prétentions [1].

Murrow avait d'emblée annoncé qu'un droit de réponse serait réservé à McCarthy. Celui-ci l'utilise, deux semaines plus tard [2], mais entre-temps un troisième documentaire de « *See It Now* » frappe : « Annie Lee Moss Before the McCarthy Committee », diffusé le 16 mars 1954. Une fois de plus, il s'agit d'une « *little picture* », comme le souligne Murrow en présentation : « Bonsoir. Dans "See it Now", nous employons à l'occasion l'expression "la petite image". Ce soir, nous vous apportons la petite image d'une petite femme, Madame Annie Lee Moss [...]. » McCarthy venait de faire de nouvelles « révélations » sur l'infiltration des communistes dans l'armée : une employée civile, chargée d'envoyer des messages codés et de les décoder, du nom de Annie Lee Moss, était listée par le FBI comme un membre du parti communiste. Il se fondait sur les déclarations d'un agent du FBI du nom de Mary Stalcup Markward, qui affirmait avoir vu Annie Lee Moss à une réunion du parti plusieurs années auparavant. Une femme du nom de Annie Lee Moss, qui travaillait à la cafétéria du Pentagone et assurait n'avoir jamais mis les pieds dans une « *code room* », fut traduite devant le comité du Sénat. Le documentaire est constitué pour l'essentiel de cette audience filmée, dans laquelle on découvre, face à des questionneurs inlassables, une femme noire, de la classe moyenne, ne comprenant manifestement pas ce qu'elle fait là, affirmant n'avoir aucune activité communiste, ne sachant même pas « qui

---

1. Voir M.-F. Toinet, *La Chasse aux sorcières. Le maccarthysme*, 1984, p. 37-38.
2. « McCarthy Reply to Murrow », émission « See It Now », diffusée sur CBS le 23 mars 1954.

est Karl Marx ». Une femme avec laquelle il n'est guère difficile de s'identifier. Et c'est ce petit personnage, de plus en plus sympathique au fil du documentaire, qui décrédibilise les enquêteurs. McCarthy quitte d'ailleurs l'audience en plein milieu, laissant une chaise vide sur laquelle le caméraman de « *See It Now* », Charles Mack, s'attarde avec délectation. Quant à l'adjoint de McCarthy, Roy Cohn, il lance un regard de plus en plus sombre vers cette accusée qui suscite la sympathie générale.

Lorsque, huit jours plus tard, McCarthy contre-attaque, par une intervention télévisée mal filmée, tournée dans un studio sombre, il est déjà bien affaibli. Par Murrow et par d'autres événements (le 11 mars, l'armée a mis à son tour en cause McCarthy en « affirmant qu'il a tenté d'obtenir un traitement préférentiel pour l'un de ses adjoints appelé à faire son service militaire en juillet 1953 »[1]). Mais ce ne sont pas les conséquences de ces trois documentaires qui nous intéressent ici ; c'est le type de regard qu'ils proposent ; la manière dont ils mettent en scène à la fois un rassemblement du « nous » et, ce faisant, une épreuve pour ce « nous ».

Chez Nellie Bly et Albert Londres, les épreuves étaient respectivement celle du caché et celle de l'étrangeté. Voici, avec Murrow, une autre sorte d'épreuve : celle de l'usurpation du centre : si le « nous » est sollicité ici, c'est parce qu'ici c'est son centre même, donc son identité, qui est en jeu ; ce qu'il y a à voir, ce que le journaliste dévoile pour « nous », c'est un usurpateur qui parle au nom de ce « nous », et donc à sa place à lui. La façon dont Murrow présente le conflit dans lequel il plonge le « nous » est donc la suivante : « nous » ne pou-

1. M.-F. Toinet, *La Chasse aux sorcières*, p. 38.

vons pas ne pas voir, ici même, une menace pour ce que nous sommes. Inutile de nous rendre dans des lieux obscurs pour « nous » éprouver, face à un adversaire insoupçonné ou face à une inquiétante étrangeté ; l'adversaire est là, sous les yeux, au centre du « nous » qu'il prétend rassembler derrière lui. Il a pris les traits d'un témoin-ambassadeur. Il n'a à la bouche que le thème de l'« américanité », et prétend l'incarner. Cette usurpation exige de reconstituer le « nous » dans un affrontement contre l'intrus. Il faut récupérer cette « américanité » que McCarthy a confisquée.

Le propos de Murrow est donc, comme chez Nellie Bly et Londres, de rappeler le centre, de recentrer, mais à partir d'une épreuve spécifique, différente de celle qui se joue dans ces deux précédents cas : le constat de l'usurpation de ce centre. Une fois de plus, il s'agit d'un recentrage et non d'un décentrement. Car si Murrow conteste la nature du clivage « *American / un-American* » tel que le conçoit McCarthy, et va « réintégrer » nombre d'Américains « exclus » par le sénateur – tel est bien le propos rassembleur des documentaires sur Milo Radulovich et sur Annie Lee Moss –, il n'est pas prêt d'en finir avec l'enjeu qui nourrit le maccarthysme : l'existence d'une « américanité ». C'est sur son propre terrain que Murrow affronte McCarthy. Ceci a des conséquences sur sa propre marge de manœuvre à l'égard du maccarthysme : c'est qu'il est lui-même tributaire d'une certaine conception de l'« américanité », qui implique en particulier une dose non négligeable d'anti-communisme. On notera que Murrow ne prend nullement la défense d'un « véritable » communiste ; c'est parce que Radulovich n'est pas communiste, et est donc « loyal », qu'il est réintégré au « nous », contre les accusations de McCarthy. Quant à ses rapports avec les membres « suspects » de sa famille, deux voies d'approche coexistent dans le documentaire – dont nous avons déjà noté certaines contradictions internes, dues au fait qu'il combat sur plusieurs fronts –, qui chacune comportent un anti-communisme latent. D'une part, le documentaire présente, avec une insistance qui tend à le légitimer, un discours de Radulovich sur la famille, entité qu'on ne saurait vouloir supprimer (il est absurde d'exiger du jeune lieutenant qu'il ait cessé tout contact avec son père et sa sœur, tout simplement parce qu'ils sont son père et sa sœur), et qui, de toute façon, respecte la liberté des individus qui la constituent (autrement dit, Radulovich, quoiqu'il fréquente sa sœur et son père, n'est pas influencé par eux). D'autre part, le documentaire souligne que de toute façon ce qui est reproché au père et à la sœur n'est pas prouvé [1]. Ainsi, l'une comme l'autre de ces voies d'approche suppose que le fait d'être communiste serait tout de même un problème au regard de l'« américanité » : la deuxième montre que de toute façon cette éventualité n'est pas prouvée quant aux membres de la famille de Radulovich, ce qui permet d'écarter le problème ; la première l'admet, mais engage une représentation de la famille qui, parce qu'elle mêle à l'apologie de la solidarité affectueuse l'affirmation de l'autonomie de pensée des individus qui la composent, protège le fils et frère de ce « mal » éventuel présent autour de lui.

D'une manière générale, Murrow et Friendly, ici, reprennent à leur compte une certaine ambiguïté de la

---

1. Murrow insiste sur ce point dans son monologue final : il dit que, même si la preuve existait, ceci n'empêcherait guère de défendre Radulovich. Mais *il se trouve* que la preuve n'existe pas. On ne peut s'empêcher de considérer que l'existence de preuves tangibles d'activités communistes plus convaincantes que la seule lecture d'un journal yougoslave (par un père dont le serbo-croate est la langue maternelle) aurait rendu le cas de Radulovich beaucoup moins aisé à défendre pour la figure du témoin-ambassadeur Murrow.

notion d'« américanité », qui fait coexister un attachement fort aux libertés individuelles et une dose évidente
d'anti-communisme. Ainsi, le documentaire sur Radulovich souligne que l'enquête sur le père et la sœur est
contraire au principe américain de la liberté individuelle, mais il affirme aussi que, de toute façon, elle
s'est avérée indigente – deuxième point qui autorise à
penser que, malgré tout, si elle avait prouvé correctement leur communisme, elle aurait peut-être mérité de
l'attention. On a l'impression que, si Murrow se fait
clairement le défenseur des libertés individuelles, socle
de l'« américanité », il ne va tout de même pas jusqu'à
assumer que ce socle autorise à ne pas se préoccuper
du danger représenté par le communisme de certains
individus. Aussi préfère-t-il manifestement défendre
des victimes de McCarthy qui ne sont pas communistes,
ce qui permet, on l'a compris, de tenir le discours sur
la liberté individuelle sans être confronté à son problème limite : sont-ils libres d'être communistes ? Cette
manière-là d'utiliser sa liberté toute « américaine » ne
remet-elle pas en cause, malgré tout, l'« américanité » ?

Le mouvement de « rassemblement », par lequel une
Annie Lee Moss se trouve réintégrée à ce « nous » dont
McCarthy prétendait l'exclure, repose lui aussi, en partie, sur cette évidence : cette femme est on ne peut plus
éloignée du communisme. Le signe le plus tangible de
cette évidence est son étonnement innocent, qui suscite
un rire d'affection chaleureuse et annule d'un coup les
suspicions malveillantes de McCarthy : à la question
« Avez-vous déjà entendu parler de Karl Marx ? »,
elle répond, Américaine moyenne au-dessus de tout
soupçon : « Qui c'est ? » (« *Who's that ?* ») Le sénateur
Symington, qui mène l'interrogatoire, sourit : « Je passe
cette question. » Il enchaîne en lui demandant si elle se
considère comme une « bonne Américaine », si elle

pourrait faire quelque chose qui blesserait son pays (« *Would you ever do anything to hurt your country ?* »). « *No, sir* », répond Annie Lee Moss.

Quelques instants plus tôt, on l'avait vue ânonner devant le Sénat le texte qui résumait les motifs de son licenciement. La voix *off* de Murrow ironisait : « Cette femme, accusée de divers méfaits par le sénateur McCarthy et Roy Cohn, suspecte d'avoir examiné et corrigé des messages internationaux secrets et codés, a essayé de lire les mots non codés annonçant la suspension de ses fonctions. » Manifestement, elle sait à peine lire et écrire. Si ce fait assure le triomphe de Murrow, on doit tout de même remarquer que l'individu défendu ici comme l'emblème de la liberté individuelle menacée par McCarthy est particulièrement peu « dangereux », c'est-à-dire peu enclin à utiliser sa liberté de penser d'une façon subversive au regard d'une certaine conception de l'« américanité ».

Une remarque analogue peut encore être faite à propos d'un passage-clef du documentaire sur McCarthy du 9 mars. Pour démonter les techniques d'accusation du sénateur, le documentaire propose un extrait filmé de l'interrogatoire subi, devant le Sénat, par Reed Harris, employé depuis plusieurs années par le ministère des Affaires étrangères (*State Department*), directeur du « *Information Service* », et accusé d'aider la cause communiste dans ses fonctions. Devant le Sénat, McCarthy l'interroge sur un ouvrage qu'il avait écrit en 1932, alors qu'il était encore dans le milieu académique, enseignant à Columbia University. Ceci permet de bien voir comment procède McCarthy : par association de faits, plutôt que par souci d'établissement de la preuve concernant l'accusation du moment. Ce livre de jeunesse semble avoir été sympathisant à l'égard des idées d'extrême gauche, incluant des remarques assez

subversives sur certains piliers de l'« américanité »,
notamment l'institution familiale. Il avait valu à Harris,
à l'époque, son renvoi de l'université, bien qu'il fût
défendu par un avocat de l'American Civil Liberties
Union (ACLU). Harris reconnaît les faits. McCarthy
inclut alors un mensonge dans son interrogatoire, destiné à intimider son interlocuteur : il affirme que l'ACLU
a été entre-temps « listée » comme association travaillant pour les communistes, ce que Harris dit ignorer.
En voix *off*, Murrow précisera quelques minutes plus
tard que ce point est faux – que l'ACLU ne figure sur
aucune liste d'associations « subversives », ni sur celle
de l'avocat général, ni sur celle du FBI ou d'aucune
structure gouvernementale. Intimidation, donc. Puis,
McCarthy cite un extrait de ce livre attaquant le mariage
comme « phénomène religieux vieillot et stupide »
devant être « aboli de notre civilisation » ; il demande
à Harris s'il pensait à l'époque que les professeurs pouvaient être autorisés à enseigner de telles choses ; Harris
répond qu'à l'époque, en effet, il le pensait, au nom de
la totale liberté de l'enseignement. Mais il est net qu'en
continu, dans cet interrogatoire, Harris demeure dans
une situation défensive : il souligne d'une part que cet
extrait isolé biaise le propos général du livre et, d'autre
part, que le propos général doit lui-même être replacé
dans le contexte de l'époque où la menace communiste
était sans comparaison avec ce qu'elle est devenue. Il
va même plus loin : aujourd'hui il ne pense plus,
comme le sénateur Taft, par exemple, que « les communistes et les socialistes doivent être autorisés à enseigner ».

Autrement dit, le documentaire présente une fois de
plus une victime « parfaite », qui aujourd'hui partage
pleinement les valeurs communes de l'« américanité ».
De même que, dans le documentaire sur Radulovich,

Murrow laissait entendre qu'il ne fallait pas confondre un individu avec sa famille (même s'il les fréquente, il conserve une liberté de penser, donc si lui-même dit n'être nullement communiste, il faut le croire), il invite à ne pas confondre un individu aujourd'hui avec celui qu'il était vingt ans plus tôt (on est libre de changer, et invoquer le passé, c'est nier cette liberté individuelle fondamentale). L'« américanité » n'est donc pas mise en cause aujourd'hui par ces individus que McCarthy montre du doigt. La conception de l'« américanité » qui transparaît dans le documentaire reste ainsi fort peu subversive. Le commentaire de Murrow en voix *off* est significatif : « Le sénateur McCarthy a seulement réussi à prouver que Reed Harris a un jour écrit un mauvais livre, ce que le peuple américain a prouvé il y a vingt-deux ans en ne l'achetant pas, ce qui est en définitive ce qu'il fait avec les idées mauvaises. » Le « peuple américain », à l'abri des « idées mauvaises » : l'ambition rassembleuse est nette, et ses implications également, à savoir l'exclusion de certaines manières de penser de la définition de l'« américanité ». L'attaque contre McCarthy, dès lors, prend la forme suivante : ne vous pensez pas comme plus américain que les Américains eux-mêmes ; et entendez les regrets des « vrais » Américains qui se sont un jour éloignés du sérail. Ne vous prenez pas pour le centre, là où le centre évalue spontanément, et avec plus de souplesse, qui est proche de lui, qui s'en éloigne, qui s'en rapproche à nouveau. Quant au fait que l'ACLU n'est pas « suspecte », on voit que, là aussi, c'est plutôt rassurant : non seulement cela permet de dénoncer l'usage du mensonge dans les procédés d'intimidation de McCarthy, mais cela permet aussi de garantir l'« américanité » de la victime.

Dans le même ordre de remarques, il faut noter encore la manière dont Murrow n'a de cesse de se légitimer, au cours de son affrontement avec McCarthy, en réponse notamment à ses contre-attaques : il s'efforce de garantir qu'il n'est nullement, lui-même, communiste ou sympathisant de l'extrême gauche, là encore dans le but de se présenter comme un « vrai » Américain. La manière dont, quinze minutes après une intervention musclée du sénateur, il parle, dans sa propre émission de radio, de sa « position » politique, montre un net souci de préserver sa place de centre, impliquant l'impossibilité de toute sympathie envers l'extrême gauche. « J'ai quelque difficulté », avait déclaré McCarthy, « à répondre aux attaques spécifiques... parce que je n'écoute jamais les cœurs fendus d'extrême gauche de la radio et de la télévision. Mais puisque vous m'y invitez... » Murrow répond : « Je suis peut-être un cœur fendu, car je ne suis pas bien sûr de ce que cela veut dire. Quant à l'étiquette "de gauche", c'est du jargon politique ; mais si le sénateur veut dire que je suis en quelque sorte à gauche de sa position et de celle de Louis XIV, il a raison. » Dans un article du *New York Times* du 13 mars 1954, Murrow va plus loin, cette fois, dans l'affirmation de son propre anti-communisme ; il conclut en effet par un propos de défi, adressé à McCarthy : « L'histoire montrera bientôt qui a le mieux servi la cause communiste – vous ou moi. » Dans sa « réponse à la réponse », diffusée le 13 avril 1954, Murrow invoque sa dignité et sa « responsabilité » de journaliste, qui l'ont si souvent amené à combattre la cause communiste au nom de la vérité – par exemple, dans ses émissions de radio pendant la guerre, il avait affirmé que les Russes étaient responsables du massacre de Katyn. Il déclare : « Je n'ai aucune leçon à recevoir du sénateur du Wisconsin au sujet des dangers et des terreurs du communisme. »

Cela n'enlève rien, bien évidemment, au courage de

Murrow dans cette lutte contre McCarthy. Les témoins de cette époque, proches de Friendly et Murrow, que nous avons rencontrés, soulignent que la condition d'une lutte efficace, à l'époque, était qu'elle fût fondée, précisément, sur une conception commune (au sens de : la plus communément acceptée) de l'« américanité ». C'est ce qui fait, une fois de plus, toute la différence, entre un journalisme du rassemblement et un journalisme du décentrement qui aurait peut-être mis en question l'existence même d'un centre – en se confrontant directement, par exemple, à la question de l'« altérité » représentée par le communisme par rapport à l'« américanité », c'est-à-dire en interrogeant plus radicalement de telles catégories, leurs fondements, leurs conséquences.

L'« UN-AMERICAN » : LE RENVERSEMENT

Cette dose d'anti-communisme, nécessaire pour rassembler autour de lui, n'empêche guère Murrow d'avoir une approche somme toute très différente du communisme que celle de McCarthy. La différence transparaît notamment dans la manière dont Murrow se défend contre l'accusation d'avoir appartenu à cette liste « suspecte » d'universitaires ayant eu des rapports avec l'Union soviétique dans les années 1930 : « Je pensais il y a dix-neuf ans et je pense aujourd'hui que des étudiants et des professeurs américains mûrs peuvent engager une conversation, une controverse et une confrontation d'idées avec des communistes n'importe où en temps de paix sans devenir contaminés ou convertis. »[1] Certes, la

---

1. « Murrow Reply to McCarthy », émission « See It Now » diffusée sur CBS le 13 avril 1954 ; la phrase était déjà présente dans l'article « Murrow Defends His '35 Role », The New York Times, 13 mars 1954, p. A8.

201

« conversation » se doit, semble-t-il, d'être hardie, évitant le spectre de la conversion à cette cause si profondément anti-américaine ; mais cela est tout de même jugé possible. On retrouve ici l'équilibre même qui est défendu à un moment dans le documentaire sur Radulovich, un équilibre exposé par le jeune lieutenant lui-même, et qui engage toute une représentation de l'individu : on peut, jusqu'à un certain point, ne pas être communiste et fréquenter des communistes, sans que cela implique de l'« influence », c'est-à-dire une absence de loyauté à l'égard de l'Amérique.

En fait, précisément pour en même temps se démarquer de McCarthy et demeurer sur son terrain, celui de l'« américanité », il est essentiel pour l'équipe Murrow-Friendly à la fois de se présenter comme anti-communiste et de faire voir que leur anti-communisme n'est somme toute pas de la même nature que celui de McCarthy. Car c'est dans cet interstice que se réalise leur recentrage, leur récupération du « centre » contre son usurpateur. Certes, l'interstice pourrait s'avérer fort mince – un risque qui semble littéralement « vécu » par Friendly dans les jours qui précèdent la diffusion du documentaire sur McCarthy. Tel que le décrit Wershba quelques années plus tard, Friendly semble avoir eu une conscience aiguë des difficultés de la défense de l'« américanité » adoptée par Murrow contre son usurpateur McCarthy. Il était, on le comprend, soucieux que personne, dans l'équipe de « *See It Now* », ne fût suspect d'activités communistes, ce qui aurait invalidé le travail de l'équipe : le documentaire aurait pu n'apparaître que comme la voix d'un groupuscule d'extrême gauche, ce qui correspondait précisément à l'image que McCarthy voulait en donner. Il fallait donc, en un sens, entrer dans la logique de McCarthy pour pouvoir prétendre l'attaquer sur son propre terrain : s'assurer qu'il n'y avait dans cette rédaction que des « Américains purs et durs » (*true-blue American*). Mais en même temps, Friendly fut manifestement gêné, pendant cette réunion de rédaction où il demanda à ses collaborateurs de déclarer s'ils avaient un passé suspect. En un sens, il ne voulait pas le savoir. Cette ambiguïté transparaît dans le récit de Wershba : « Friendly rassembla l'équipe et, d'un air résolu, avertit que si quelqu'un dans la pièce sentait qu'il avait eu, dans le passé ou le présent, des relations qui pourraient faire du tort à "See it Now", il devait parler. Mais avant que quiconque pût avoir une chance de s'exprimer, Friendly s'empressa d'ajouter : "Et j'assomme celui qui dira quelque chose." » [1] Car la question qu'il posait impliquait de se comporter, finalement, comme McCarthy, et cela Friendly ne pouvait le supporter. Murrow lui-même aurait d'ailleurs déclaré, quelques jours plus tard, toujours selon Wershba : « Si aucun de nous n'avait jamais lu un livre "dangereux", ou eu un ami "différent", ou rejoint une organisation qui prônait le "changement", nous serions tout à fait le genre de personnes que veut Joe McCarthy. » [2] Mais il est sous-entendu ici : c'est stupide ; à la limite, serions-nous des individus libres, qui réfléchissent ? Serions-nous vraiment des héritiers des idéaux qui ont construit l'Amérique ?

L'interstice dans lequel s'inscrit la démarche de Murrow et Friendly est donc le suivant : il faut certes, posture de « centre » (ou de témoin-ambassadeur) oblige, être soucieux du « *un-American* », mais ce souci ne doit pas avoir la coloration obsessionnelle qu'il prend chez McCarthy. Il faut certes reconnaître l'existence d'un clivage « *American / un-American* », mais sans le

1. J. Wershba, « Murrow vs. McCarthy : See It Now ».
2. Cité par J. Wershba, *ibid*.

penser, comme dans le maccarthysme, sous la forme d'une rupture, d'une exclusion radicale et empreinte de crainte. Telle est alors, située dans cet interstice, la position de Murrow : ce qui est vraiment *un-American*, c'est au fond l'obsession continuelle du *un-American*. Plus *un-American* que le communiste lui-même – celui-ci étant, soulignons-le une fois de plus, le grand absent de ces documentaires, l'implicite auquel on ne touche pas – est encore l'obsédé du *un-American*, McCarthy. Car l'« américanité » que représente ici Murrow, si elle implique peut-être du clivage, du *un-American*, dont le communiste fait partie, implique tout de même un certain rapport à ce clivage ; un rapport qui autorise le dialogue, la confrontation, et interdit le sentiment permanent de la menace, l'installation d'un climat de peur et de haine. Et c'est l'application de cette idée de l'« américanité » qui démasque l'usurpateur du centre : le voilà, le vrai *un-American*.

Murrow produit donc un renversement, désignant pour finir le véritable « autre » chez celui-là même qui était hanté par l'altérité. Cette attitude est fort bien résumée par la formule d'un prêtre, citée dans un autre documentaire de « *See It Now* » de la même période, « An Argument in Indianapolis ». Il s'agit d'un documentaire diffusé le 24 novembre 1953, au sujet d'un événement survenu quelques jours plus tôt en Indiana : un groupe de soixante-dix citoyens avait réservé une salle, l'auditorium de l'Indiana War Memorial, pour y tenir une réunion du ACLU (American Civil Liberties Union) ; quatre jours avant la date prévue, la réservation avait été annulée, officiellement parce que la réunion apparaissait sujette à trop de controverses ; il semblait impossible, soudain, de réserver une quelconque salle dans toute la région, jusqu'à ce qu'un prêtre catholique offrît sa propre paroisse. Cet événement ne mettait pas en jeu directement le maccarthysme ; néanmoins, il était révélateur d'une certaine atmosphère de méfiance à l'égard de mouvements associatifs qui pouvaient du jour au lendemain être classés « suspects » et compromettre ceux qui auraient accepté de les accueillir sous leur toit. C'est cette atmosphère que Murrow et Friendly font voir dans leur documentaire. Ils donnent la parole au prêtre, qui dit ceci devant la caméra : « Quand le climat est tel que tant de gens s'empressent [...] de dénier à d'autres le droit de se réunir en paix et de parler librement – alors assurément quelqu'un doit intervenir pour leur dire qu'en fait, dans leur comportement, ils sont non-américains (*un-American*). »

En même temps, si ce qui constitue l'« autre » est précisément l'obsession de l'étranger, la logique de ce renversement implique qu'à l'égard de cet « autre » le rapport instauré ne soit pas, là non plus, empreint d'obsession et d'esprit d'exclusion, comme l'est celui de McCarthy avec ses propres fantômes. Effectivement, dans le regard que Murrow et Friendly jettent sur McCarthy dans le documentaire qui lui est directement consacré, on constate que la démarche prend le contre-pied de la sienne : eux l'affrontent sur son propre terrain ; ils lui donnent la parole, et visent à le désigner comme ennemi « à partir de ses propres mots (*in its own words and pictures*) ». Autrement dit, ils le prennent au sérieux comme « centre » pour, sur son terrain même, dévoiler les failles de ce discours de l'« américanité », c'est-à-dire pour saisir ce qui en lui est une négation de l'héritage le plus manifeste de l'Amérique, la liberté individuelle de penser et de parler. Ceci est le contraire de la logique du maccarthysme, qui établit d'emblée une frontière conflictuelle avec des « autres » jamais affrontés, exclus d'emblée.

La conséquence de cette désignation du véritable *un-*

American à partir d'une confrontation sur la question
même du centre, et non pas, comme chez McCarthy,
par un acte d'institution *a priori* des exclus, est que cet
un-American est pensé dans une proximité bien plus
grande au « nous ». Il apparaît comme une dérive possible de l'obsession du centre ou de l'« américanité ».
Ainsi McCarthy, dans sa monstruosité, dans son dévoiement de l'« américanité », interroge-t-il le « nous »
dont il a pu si aisément usurper le centre ; tel est bien
le sens de la formule de Shakespeare prononcée deux
fois par Murrow dans son commentaire final : « La
faute, cher Brutus, réside non dans nos étoiles, mais en
nous-mêmes (*The fault, dear Brutus, is not in our stars
but in ourselves*). »

Mais par là même Murrow donne à l'Amérique une
leçon importante : le centre est toujours ouvert au
conflit, il est en jeu, il ne s'institue pas. Méfions-nous
de ceux qui instituent le centre, alors que le centre est
quelque chose qui *s'éprouve*, dans tous les sens du mot
(se fait ressentir, se met à l'épreuve). Le démasquage
par Murrow de l'usurpateur du centre, en montrant la
proximité de l'ennemi, ne fait qu'inviter le « nous » à
une vigilance qui n'aurait jamais dû s'éteindre, à une
« américanité » conçue comme la mise en alerte incessante du « nous » contre ses propres tendances à
s'oublier dans l'obsession mécanique de l'ennemi. Le
fameux prolongement établi par McCarthy entre
ennemi extérieur et ennemi intérieur – l'idée que les
Soviétiques sont ici même – est du coup dénoncé
comme un confort qui fait mine de s'ignorer, permettant
de ne pas penser la vraie proximité du « non-nous » : il
s'agit toujours de chercher un « autre » qui ne naît pas
du « nous » lui-même, mais demeure hétérogène à lui.
Au contraire, Murrow fait voir la filiation dangereuse
entre l'intrus et le « nous » qu'il infiltre et trompe ; il

pense McCarthy comme une maladie de l'«américanité» elle-même. L'*un-American* reste donc pour Murrow le défi permanent qui guette l'évidence du «nous», une évidence qu'il s'agit dès lors en même temps de restaurer et d'inquiéter – on devrait même dire de restaurer *dans son inquiétude*.

L'EXPOSITION AU PUBLIC

Dans cette démarche, le rôle essentiel est donné à l'exposition au public. Car c'est cette exposition qui fait advenir l'«évidence» – le renversement de l'usurpateur en *un-American* en même temps que la restauration du véritable «nous». De même que l'«américanité» de McCarthy ne résiste pas à l'exposition publique de ses paroles et de son comportement – test qui constitue exactement la démarche du documentaire «A Report on Senator Joseph R. McCarthy» –, de même, mais à l'inverse, celle d'un Milo Radulovich et d'une Annie Lee Moss est révélée par le simple fait de leur apparition.

Une scène du documentaire sur Annie Lee Moss est sur ce point particulièrement significative. Le mouvement de rassemblement qui s'opère dans le documentaire aboutit pour finir à la prise de parole du sénateur McClellan, qui se lève pour défendre l'accusée contre des méthodes inacceptables. En effet, Roy Cohn vient de conclure, après toutes les réponses de Mrs. Moss, que demeure néanmoins le témoignage de Mrs. Markward, agent du FBI, affirmant que Annie Lee Moss était bien un membre du parti communiste. Cette conclusion est une évidente négation de tout ce que le témoin a dit, et, d'une façon générale, de son «innocence» que l'audience a si bien mise en évidence. Le sénateur McClellan demande alors la parole et Murrow, en voix *off*, nous donne son nom. Tant cette intervention orale de Murrow que la manière de filmer – Charlie Mack, le cameraman, fait glisser doucement la caméra des interrogateurs vers cet individu qui va parler depuis la salle – semblent guider le téléspectateur vers quelque chose d'évident, de nécessaire : la voix de la révolte du public lui-même contre les méthodes du maccarthysme. Or, la malhonnêteté que dénonce ce sénateur réside précisément dans l'invocation par Roy Cohn d'un témoin caché face à un témoin présent, qui a accepté de s'exposer, et auquel est dénié le droit d'être confronté à ce témoin qui, tout caché qu'il soit, est érigé en décideur de son sort. Si Annie Lee Moss est reconnue comme un membre évident du « nous », c'est notamment par son courage à s'exposer.

On note d'ailleurs qu'ici le sénateur McClellan décline la figure même du témoin-ambassadeur. Plus exactement, c'est la scène elle-même qui, livrée par le regard de Murrow-Friendly, décline en cascade cette figure : Murrow se présente comme le témoin-ambassadeur, porte-parole du public lui-même, qui nous présente un autre témoin-ambassadeur. Le sénateur McClellan se réfère d'ailleurs incessamment au « public » et à son droit d'être l'ultime décideur de qui est l'un des siens et qui ne l'est pas. En appliquant ce critère, il désigne le témoin ici présent, A.L. Moss, comme un autre témoin-ambassadeur encore, symbole d'un public spolié, battu en brèche par l'illégitime triomphe du caché.

Le public, instance essentielle, réaffirmée dans son statut d'unique décideur de ce qui est « centre » – d'où la nécessité, pour qui se réclame de ce centre, de s'exposer publiquement, puisque tel est le test –, est d'ailleurs littéralement mis en scène dans le documentaire sur Milo Radulovich : plusieurs personnes du voisinage du lieutenant disent devant la caméra leur certitude quant à sa loyauté. Aux yeux de Thomas Rosteck, qui analyse ces documentaires, le voisinage joue ici le rôle d'un véritable chœur antique, qui représente les spectateurs, met en scène leurs émotions [1]. En l'occurrence, il reconnaît Radulovich comme un des siens, de manière « évidente ». Il n'y a en effet aucune voix pour émettre le moindre doute sur ce jeune homme – Wershba nous a d'ailleurs confié que l'équipe de tournage a été réellement surprise, d'autant plus que l'époque invitait plutôt à la suspicion, de ne trouver aucun individu, dans le voisinage, dans la rue, pour dire du mal de ce jeune lieutenant.

Dans la mesure où le journalisme est le travail même de l'exposition au public, l'« américanité » est donc érigée en enjeu fondamentalement journalistique. Et ce, parce que l'identité (le « nous ») est pensée comme quelque chose qui se révèle : ce qui est « nôtre », ce qui ne l'est pas, ce qui usurpe le centre, tout cela se voit. On retrouve ici une constante de la figure du témoin-ambassadeur : la confiance en la toute-puissance du regard, de son regard, pour saisir le vrai et ainsi rassembler ; c'est ce regard qui fait advenir une épreuve pour le « nous » et qui en même temps relève cette épreuve, reconstitue le « nous ». Tout « appert », constatons-nous dans l'univers de Séverine ; chez Nellie Bly, le regard était érigé en force de dévoilement, qui relevait le défi du caché ; quant à Albert Londres, le même thème du regard tout-puissant était décliné sous la forme d'un pouvoir de faire advenir l'étrange, puis d'en tirer toute la force interrogatrice pour le « nous ». Ici, avec Murrow, le regard est véritablement ce qui permet de trancher sur l'identité : le regard du

---

1. T. Rosteck, See It Now *Confronts McCarthyism*, p. 68-69.

journaliste, qui représente le public et permet à ce public de rentrer dans ses droits, permet de retrouver l'identité du « nous » contre celui qui l'a volée et dont le statut d'usurpateur *apparaît* lui aussi.

Murrow *expose* les victimes du maccarthysme pour les innocenter – ainsi, par exemple, le père de Radulovich, pour faire voir l'évidence de son appartenance au « nous », c'est-à-dire à une Amérique de l'immigration, mais aussi et en même temps à une Amérique des valeurs d'honneur, de dignité, de respect des institutions démocratiques, presque de dévotion au bien commun. La lettre de ce père au président des États-Unis, écrite dans un anglais pauvre et lue avec un fort accent d'Europe centrale, avec l'aide de son épouse, assise à côté de lui dans un canapé faisant face à la caméra, est la « preuve » suprême. « Je suis citoyen américain, venu de Serbie jusqu'ici il y a trente-neuf ans. J'ai servi l'Amérique dans l'Armée pendant la Première Guerre mondiale... Toute ma vie, toute ma famille, est américaine. Monsieur le Président, je vous écris parce qu'on fait quelque chose de mal à Milo. On a tort. Les choses qu'on dit sur lui sont fausses. Il a donné toutes ses années de jeunesse à son pays. Il est bon pour ce pays. Monsieur le Président, je suis un vieil homme. J'ai passé ma vie dans une mine de charbon et des fourneaux pour fabriquer des voitures. Je ne demande rien pour moi. Tout ce que je demande, c'est la justice pour mon garçon. Monsieur le Président, je vous appelle à l'aide. »

Mais Murrow expose aussi l'usurpateur, pour le démasquer. La manière dont il prend McCarthy au sérieux, dans « A Report on Senator Joseph R. McCarthy », n'est jamais aussi nette que lorsqu'il fait mine de reprendre à son compte un propos de celui-ci, ou bien le rapproche de certains discours de Eisenhower. McCarthy ne serait-il pas, en effet, le « centre » ? Murrow laisse planer le doute. Mais immédiatement, il fait voir les contradictions du sénateur, par son langage corporel, par son agressivité quasi maladive envers celui-là même qui parle parfois comme lui (Eisenhower), par son acharnement et ses incohérences en général. Par exemple, au début du documentaire, Murrow cite un propos apparemment raisonnable, dont il mentionne seulement après coup l'auteur (McCarthy) : « Si cette lutte contre le communisme devient une lutte contre les deux grands partis politiques de l'Amérique, le peuple américain sait qu'un des deux partis sera détruit, et la République ne peut durer très longtemps comme système à parti unique. » Murrow montre que c'est précisément ce fantasme destructeur que McCarthy a en tête, dans son acharnement contre le parti démocrate, et que tout dans son comportement va à l'encontre de ce propos. Ensuite, il passe un extrait d'un discours très anti-communiste de Eisenhower, alors qu'il était encore candidat à la présidence, et il le fait suivre de plusieurs discours de McCarthy : de ce rapprochement apparent ressort finalement une surenchère du côté de McCarthy, une volonté de détruire absolue – y compris le parti républicain et tous ceux qui partagent pourtant beaucoup de ses idées. Ainsi, pris au sérieux comme centre, McCarthy apparaît finalement comme son usurpateur. Dans un de ses discours, McCarthy explique qu'après son entretien avec le candidat Eisenhower, « il ne peut pas dire qu'ils se sont entendus absolument sur tout », propos apparemment modéré ; mais il s'interrompt lui-même par un rire morbide, un halètement qui laisse transparaître une sorte de folie destructrice, jouissive ; ce passage du documentaire est souvent mentionné par les témoins de l'époque, qui en parlent comme d'un moment important. On voit clairement en tout cas, dans ce passage, que c'est au moment même où McCarthy se réclame du « peuple américain » – car il déclare, dans ce discours, s'adresser au « peuple américain », étant l'un de ses représentants au Sénat – qu'il est révélé, par son rire effrayant, comme un usurpateur dangereux.

Ainsi, dans la façon dont Murrow et Friendly ont conçu le documentaire sur McCarthy, ils semblent miser sur le fait que l'« américanité », la vraie, *se voit* et que McCarthy ne peut donc être que démasqué, lui qui, d'ailleurs, passe son temps à faire des associations, à interpréter, à accuser, mais sans jamais proposer de preuves visibles. Par exemple, il pratique une sorte de lapsus volontaire, comme dans son discours de 1952, montré dans le documentaire, au sujet du candidat démocrate à la présidence, Adlai Stevenson, qu'il appelle « Alger » ; c'est une référence à Alger Hiss, une figure qui fut l'une des premières victimes de la chasse aux sorcières aux États-Unis. Voilà donc comment procède McCarthy : il voit autre chose derrière ce qu'il y a à voir, sans jamais s'efforcer de le justifier, de le faire voir vraiment. C'était déjà le procédé que nous avions repéré dans l'interrogatoire de Reed Harris, notamment dans l'insinuation mensongère faite par McCarthy au sujet de l'ACLU. Les méthodes de McCarthy sont à l'opposé de celles de Murrow, qui veut, lui, montrer McCarthy tel qu'il s'impose au regard.

Murrow reprend d'ailleurs une formule, employée par McCarthy dans son discours contre Adlai Stevenson – « De quelle viande se nourrit-on, chez César ? » – pour l'appliquer à McCarthy. Mais ce faisant, il en change le ton : pleine d'insinuations dans la bouche de McCarthy, au plus loin du souci de la preuve manifeste, la formule devient, dans celle de Murrow, celle qui préside à l'observation de l'évidence sensible. Car Murrow montre que les insinuations de McCarthy sur Stevenson ne mènent en fait à rien, à aucune preuve visiblement compromettante : il n'y a donc guère de « viande » à découvrir dans le garde-manger secret de Stevenson. Ce qu'elles révèlent cependant, de manière fragrante, ce sont les procédés du maccarthysme. Cette viande-là finit par se faire voir telle qu'elle est : infecte.

Nellie Bly, Albert Londres, Edward R. Murrow : trois variantes de la figure du témoin-ambassadeur, qui permettent d'observer comment le journaliste, érigé en représentant du « nous », rassemble derrière lui une communauté en lui faisant traverser une épreuve. Cette épreuve, il en est à la fois l'origine et le héros, puisque c'est lui qui permet au « nous » de la relever pour se reconstituer.

Ces témoins-ambassadeurs montrent ainsi que le geste de rassembler, qui se joue dans leur regard, n'abolit pas tout conflit, mais peut bel et bien se fonder sur la mise en scène d'une frontière conflictuelle entre le « nous » et un « non-nous », exigeant du premier un combat pour l'affirmation de soi. La forme que prend ce conflit est bien sûr assez simple, mais elle désigne malgré tout quelque chose d'important pour comprendre la démarche des rassembleurs dans le journalisme moderne.

Il reste maintenant à examiner les limites de cette position même, celle du témoin-ambassadeur. Un diagnostic sur les limites et les frustrations attachées à cette figure est en effet latent, quoique non nécessairement formulé, dans la démarche des « décentreurs », pour lesquels le journalisme doit impérativement viser autre chose. Il est donc important que nous dressions ce diagnostic avec précision pour préparer, ensuite, la compréhension des journalistes décentreurs.

Chapitre IV

Les limites de la position du témoin-ambassadeur : le « cas » Lincoln Steffens

Aussi fondamentale que soit la figure du témoin-ambassadeur dans le journalisme moderne, aussi solide qu'elle apparaisse, il faut bien reconnaître qu'il suffit d'émettre quelques doutes sur le regard de ce représentant supposé du « nous », de piéger en lui quelque chose de « construit » et de biaisé, pour que s'écroulent les certitudes sur lesquelles une telle figure est assise. Et pour déclencher ce que nous pourrions appeler la *crise* du témoin-ambassadeur.

Pour penser cette crise en profondeur, nous nous pencherons sur l'itinéraire d'un « *muckraker* » (« fouille-merde »[1]) célèbre, Lincoln Steffens (1866-1936), qui est amené à mettre en question ce pacte avec le public dont son travail de reporter est pourtant le fruit. Deux décennies après Nellie Bly, ce maître du journalisme de l'« *exposure* » (révélation) entre en crise, au nom même des valeurs du *muckraking* : la vérité, la désignation de l'ennemi à combattre, le rassemblement d'un public

---

1. Expression inventée par le président Theodore Roosevelt en 1906. Voir nos précisions au début du chapitre précédent, dans la partie consacrée au *stunt journalism* (journalisme du « coup de force »).

enfin éclairé. Il s'interroge : et si le regard journalistique était condamné à rester à la surface des choses, à manquer la vérité profonde, à substituer des clivages trop simples à des réalités complexes, et donc à « rassembler » sur une base erronée ?

Ce « retour à Steffens », pour élaborer à travers lui, en quelque sorte, la figure du *témoin-ambassadeur en crise*, est précieux pour expliciter des difficultés qui continuent de se présenter aux journalistes, et qui les mettent notamment sous le feu des critiques des sociologues. Le problème sera de savoir si cette crise condamne le journalisme lui-même ou bien si elle autorise à penser, au sein du journalisme, une figure alternative à celle du témoin-ambassadeur.

I – LES FACILITÉS DU RECOURS AU « J'AI VU »

« Retour de Macédoine, de Serbie et du Kosovo, je me dois de vous livrer une impression : j'ai peur, Monsieur le Président, que nous ne fassions fausse route. Vous êtes un homme de terrain. Vous ne prisez guère les intellectuels qui remplissent nos colonnes d'à-peu-près grandiloquents et péremptoires. Cela tombe bien : moi non plus. Je m'en tiendrai donc aux faits. »

Cet extrait n'est pas un document journalistique de la fin du XIXe siècle ; c'est le début de l'article que Régis Debray fit paraître dans *Le Monde* du 13 mai 1999 (« Lettre d'un voyageur au Président de la République »), pour s'ériger contre la guerre du Kosovo. Tous les ressorts de la figure du témoin-ambassadeur sont présents : le refus de l'éditorialisme vide, des mots creux, le culte des « faits », assimilés au *vu* ou au *vécu*, la position du *mandaté*, qui revient de voyage avec une vérité urgente à dire. Il faudrait même dire, à la lecture de ces premières phrases : la position du journaliste, qui voit, contre celle de l'intellectuel, qui discourt.

Évidemment, quelques précautions sont prises. L'auteur laisse entendre qu'il est sensible à la relativité des « faits » : « Chacun les siens, me direz-vous. Ceux que j'ai pu observer sur place, dans un court séjour – une semaine en Serbie (Belgrade, Novi, Sad, Nis, Vramje) du 2 au 9 mai, dont quatre jours au Kosovo, de Pristina à Prej, de Pritzen à Podujevo – ne me semblent pas correspondre aux mots que vous utilisez, de loin et de bonne foi. » Mais la figure du témoin-ambassadeur se renoue vite, dans cette affirmation de l'impartialité de l'observateur : « Ne me croyez pas partial », déclare le témoin, qui s'institue bel et bien en « je » collectif. Même le sensualisme le plus « classique » est au rendez-vous, c'est-à-dire la foi dans le *vécu*, dans le *senti* : « J'ai passé la semaine précédente en Macédoine, assisté à l'arrivée des réfugiés, écouté leurs témoignages. Ils m'ont bouleversé, comme beaucoup d'autres. J'ai voulu à tout prix aller voir "de l'autre côté" comment un tel forfait était possible. » Le témoin précise, ce faisant, qu'il n'est pas un touriste, ni un journaliste lambda, rivé à la singularité d'un regard hyperfabriqué, mais le représentant même de la sensibilité universelle : « Me méfiant des voyages façon Intourist, ou des déplacements journalistiques en car, j'ai demandé aux autorités serbes à avoir mon propre véhicule et la possibilité d'aller et de parler à qui bon me semblait. »

Nous ne savons si Debray a ici conscience de faire jouer les ressorts les plus traditionnels du journalisme rassembleur, dans sa pique même contre les journalistes. Il s'agit enfin de faire du « vrai » journalisme, semble-t-il dire, et pas des voyages « journalistiques » en car. Le discours du concret, du témoignage sensible, de l'émotion, permet de garantir que l'on livre à ses destinataires (« nous ») la vérité absolue, non seulement les « faits », mais aussi la manière de les évaluer. « Ne savez-vous pas qu'au cœur du vieux Belgrade le théâtre pour enfants Dusan-Radevic jouxte la télévision et que le missile qui a détruit celle-ci a frappé celui-là ? » Le « J'ai vu » est le socle de l'article : « J'ai vu dans le hameau de Lipjan, le jeudi 6 mai, une maison particulièrement pulvérisée par un missile : trois fillettes et deux grands-parents massacrés, sans objectif militaire à 3 kilomètres à la ronde. J'ai vu, le lendemain, à Prizren, dans le quartier gitan, deux autres masures civiles réduites en cendres deux heures plus tôt, avec plusieurs victimes enterrées. »

En même temps, Debray s'autorise parfois à transgresser la règle du « J'ai vu », ce qui ne révèle que mieux la façon dont il l'instrumentalise. « Trois cents écoles, partout, ont été touchées par les bombes », assure-t-il, point qui, pour le coup, ne saurait relever du témoignage visuel : on ne *voit* pas trois cents écoles. Il mentionne aussi beaucoup de choses qu'il n'a pas vues, juste pour les mentionner : « Je n'ai certes pas été témoin des carnages opérés par les bombardiers de l'OTAN sur les autobus, les colonnes de réfugiés, les trains, sur l'hôpital de Nis, et ailleurs. » Or, il y a beaucoup d'autres choses – d'autres violences, dans l'autre sens, notamment – qui n'ont pas l'honneur de figurer dans la liste des choses non vues. Et puis, il y a les extrapolations du « J'ai vu », dont certes les plus grands voyageurs n'ont pas non plus été exempts (on a noté la tendance d'un Albert Londres aux conclusions hâtives de théorie politique, sur l'URSS par exemple) : « Aucun charisme "totalitaire" sur les esprits », assure Debray. « L'Occident semble cent fois plus obnubilé par M. Milosevic que ses concitoyens. » Une telle chose *se voit-elle* d'un coup d'œil, en quelques jours de voyage ?

Voici donc à l'œuvre, une fois de plus et malgré quelques arrangements, la toute-puissance du « J'ai vu », du regard qui prétend démentir, sans jamais, lui, mentir, même pas par omission. Les déclarations de modestie ne rendent que plus patente l'arrogance de cet univers de certitudes : « Beaucoup a pu échapper à mes modestes observations, mais le ministre allemand de la Défense a menti, le 6 mai, lorsqu'il a déclaré qu'"entre 600 000 et 900 000 personnes déplacées ont été localisées à l'intérieur du Kosovo". Sur un territoire de 10 000 kilomètres carrés, cela ne passerait pas inaperçu aux yeux d'un observateur en déplacement, le même jour, d'est en ouest et du nord au sud. À Pristina, où vivent encore des dizaines de milliers de Kosovars, on peut déjeuner dans des pizzerias albanaises, en compagnie d'Albanais. »

Mais Régis Debray a-t-il tout vu ? Et que vaut son *voir* ?

Ce texte contemporain, écrit depuis la position du témoin-ambassadeur, en révèle mieux que tout autre la faiblesse consubstantielle. Ce qui gêne, c'est « l'évidence » qui en constitue l'implicite : ce témoin-là est *le* témoin, celui qui, digne d'une Séverine, définit les « vrais » et les « faux » témoins. Les modèles d'impartialité donnés par Debray laissent pourtant perplexes : « Nos ministres ne pourraient-ils interroger là-bas des témoins à la tête froide – médecins grecs de Médecins sans frontières, ecclésiastes, popes ? » Les ressorts de la figure du témoin-ambassadeur sont, en quelque sorte, tellement gros qu'on ne voit qu'eux : ils permettent de faire passer, à travers un témoignage « pur », « innocent », « vrai », une opinion manifestement bien arrêtée sur la situation en ex-Yougoslavie.

Si la faiblesse du procédé perce dans le texte, ce n'est pas sans rappeler aussi, et en même temps, son indéniable force : comme le ton sûr de soi de l'article le laisse entendre, il n'y a rien de tel, en effet, que d'adopter la posture du « simple témoin » pour convaincre, affirmer que l'on dit la vérité, et par là pour rassembler au-delà des clivages partisans. Simplement, à trop user de cette force, qui est celle du « J'ai vu », on finit par rendre visible la faille. En somme, l'article se trouve en passe de subir la même critique que celle qui est rapidement adressée aux « journalistes » dans le premier paragraphe – et qui finalement désigne le talon d'Achille de la figure du témoin-ambassadeur. Le rassemblement souffre d'apparaître pour l'essentiel construit, artificiel ; l'épreuve qui se joue en lui – puisqu'il s'agit de « nous » interpeller, à travers « notre » Président de la République, « nous » qui sommes présents là-bas par l'intermédiaire de l'OTAN – apparaît trop simple pour n'être pas le fruit de cette construction. La prétention même au dépassement de la singularité du point de vue ne fait que rendre plus visible ce point de vue singulier.

Comment les journalismes du « rassemblement » se débattent-il avec ces problèmes qui semblent destinés à guetter la figure du témoin-ambassadeur, alors même que cette figure est leur ressort le plus puissant ? Mais encore, n'est-ce pas le procès du journalisme moderne que l'on ouvre en entamant la critique de la figure du témoin-ambassadeur ? Si l'on met en crise cette figure majeure, comment éviter l'issue extrême de la pure et simple sortie du journalisme ? Ce sont ces questions qu'explore, dans une réflexion pleine de doutes et d'angoisse, un des plus grands témoins-ambassadeurs de l'histoire du journalisme, Lincoln Steffens.

II – L'ITINÉRAIRE D'UN *MUCKRAKER* EN CRISE

LES *MUCKRAKERS*

Lincoln Steffens a fait partie du mouvement des *muckrakers*, qui s'est illustré dans la première décennie du XXᵉ siècle aux États-Unis. Certains spécialistes tiennent même Steffens pour le premier d'entre eux[1], car son premier article sur la corruption des municipalités américaines (« Tweed Days in St. Louis ») fut publié dans *McClure's* en octobre 1902, soit un mois avant le premier « exposé » de l'autre journaliste qui pourrait également prétendre à ce statut de pionnière du mouvement, Ida M. Tarbell. Celle-ci étudiait le capitalisme de son temps à travers le cas de la Standard Oil Company. Les enquêtes de Steffens donnèrent lieu à un recueil de ses articles, *The Shame of the Cities*, publié en 1904, c'est-à-dire quelques mois avant la parution du gros livre de Tarbell sur la Standard Oil Company.

Le magazine *McClure's* fut un phare du *muckraking*. Samuel S. McClure, fils d'un immigrant irlandais, l'avait fondé en 1893. En 1902, il recruta Steffens, qui était *editor* au *Commercial Advisor*. Dans un éditorial de janvier 1903, il définit les enjeux de cette forme de journalisme que développe son magazine, et à laquelle, rappelons-le, le nom de *muckraking* ne fut attribué qu'en 1906 par le président Theodore Roosevelt[2]. McClure constatait que, dans ce numéro de 1903, trois

---

1. Voir L. Filler, *The Muckrakers*, 1976.
2. Voir nos explications au début du chapitre précédent, dans la partie consacrée au *stunt journalism*.

articles relevaient d'une démarche commune : un article de Steffens sur la corruption à Minneapolis (« The Shame of Minneapolis »), un article de Tarbell sur la Standard Oil Company et un article de Raynard Baker – autre grand nom du *muckraking* – sur les conditions de travail et le monde syndical (« The Right to Work »). Il s'agissait à chaque fois, remarquait-il, de traquer un même mal, la transgression des lois, en particulier des lois anti-trusts, qui normalement devaient permettre de protéger les conditions de travail des salariés et de mettre les fonctionnaires à l'abri des pressions corruptrices venues de groupes capitalistes trop puissants. « Les capitalistes, les travailleurs, les hommes politiques, les citoyens – tous à transgresser la loi, ou à la laisser transgressée. Qui reste-t-il pour la respecter ? », demandait-il. Il poursuivait par une énumération vertigineuse des corrompus (les avocats, les juges, les Églises...) « Personne n'y échappe ; personne, sauf nous tous. [...] Nous oublions que nous tous sommes le peuple ; que, tandis que chacun de nous dans son groupe peut se débiner et faire porter aux autres la facture d'aujourd'hui, la dette est seulement reportée ; les autres nous la renvoient. Nous aurons à payer à la fin, chacun d'entre nous. Et à la fin le montant total de la dette sera notre liberté. »[1]

On retrouve ici l'idée d'un nécessaire rassemblement du peuple dans une prise de conscience collective. C'est à cela que travaillaient les *muckrakers*, dans une filiation évidente avec la presse « grand public » du XIXe siècle. Comme celle-ci, ils alliaient un souci de montrer la « vérité » – au sens de l'« *accuracy* » si chère à Joseph Pulitzer – et un souci d'exciter la curiosité com-

---

1. S. S. McClure, *McClure's*, éditorial de janvier 1903, reproduit dans R. Hofstadter (dir.), *The Progressive Movement 1900-1915*, 1963, p. 16-17.

mune, de proposer des choses intéressantes pour le plus grand nombre[1]. Les magazines qui les accueillaient avaient cependant des conceptions plus ou moins sobres du reportage « factuel ». Les historiens de la presse[2] font par exemple une distinction entre *McClure's*, qui proposait des reportages « fondés sur une investigation minutieuse, à grand coût », et un magazine comme *Everybody's*, qui avait une conception du reportage « plus impressionniste, pleine de bruit et de fureur ». Mais même le premier était soucieux de « plaire » : « Il serait plaisant de penser que toute cette croisade contre la corruption dans le gouvernement, dans l'industrie, dans la finance, et même dans la religion et l'éducation, était motivée par l'altruisme ; mais il paraît clair que S. S. McClure, dans son expérimentation inspirée, découvrit une sorte d'articles [*exposés*] qui s'avérèrent immédiatement si populaires qu'elle fut adoptée tout de suite par des *editors* des magazines populaires concurrents. Cela ne veut pas dire qu'il n'y avait pas beaucoup de sincérité chez les auteurs de cette "littérature à scandales" (*literature of exposure*), ni que tout le mouvement ne s'attachait pas à servir intensément le peuple. Cela veut dire simplement que les contenus et qualités qui permettent d'obtenir rapidement un effet de popularité sont en général nécessaires à tout magazine qui vise à avoir des résultats significatifs. »[3]

LINCOLN STEFFENS : DES « FAITS » AU « SYSTÈME »

La pratique du journalisme s'inscrivait, dans la vie de Lincoln Steffens, dans un itinéraire sinueux, sur

1. Voir L. Filler, *The Muckrakers*, p. 36 et p. 81.
2. Nous citons ici F. L. Mott, *A History of American Magazines*, 1957, vol. 4, p. 208.
3. *Ibid.*

lequel il est lui-même revenu, en 1931, dans son immense autobiographie de huit cents pages. Steffens fit des études multiples, aux États-Unis et en Europe, jusqu'à près de quarante ans, manifestant une évidente et perpétuelle insatisfaction. Il fut notamment, pendant plusieurs mois, l'assistant de Wilhelm Wundt à Leipzig. C'est une lettre de son père qui semble lui avoir mis le couteau sur la gorge pour trouver, enfin, un métier, c'est-à-dire, selon l'expression paternelle, pour passer de l'apprentissage de la « théorie de la vie » à celui de la « pratique »[1].

La réponse de Steffens fut le choix du journalisme. Un tel choix faisait sans nul doute écho à certaines préoccupations qu'il exprimait déjà dans sa vie d'étudiant assidu. La question de la « pratique », du concret, de la « factualité pure », au-delà des constructions intellectuelles abstraites, hantait beaucoup le jeune Steffens, alors même qu'il n'en était, selon son père, qu'à apprendre la « théorie de la vie ». Dans les propos de son autobiographie consacrés à Wundt, on ne peut s'empêcher de lire une préfiguration de son attrait pour le journalisme. « [...] et puis il y avait les cours de Wundt », écrit-il, « et le dur esprit scientifique du laboratoire expérimental. "Nous voulons des faits, rien que des faits", déclarait-il volontiers. Le laboratoire où il cherchait les faits et les mesurait mécaniquement était comme un cimetière où le vieil idéalisme déambulait comme un fantôme atroce et où la réflexion philosophique était un péché. »[2] Évidemment, pour qu'un tel rapprochement avec le journalisme fût justifié, encore fallait-il que le journalisme en question fût aux yeux de Steffens aussi scientifique, rigoureux dans son repérage

1. *The Autobiography of Lincoln Steffens*, 1931, p. 169.
2. *Ibid.*, p. 149.

des « faits », que les pratiques de Wundt dans son laboratoire. Précisément, c'est cette ambition que Steffens semblait vouloir relever lorsqu'il se lança dans la profession de journaliste : il souhaitait pousser à bout le culte des « faits », en quelque sorte « scientifiser » le journalisme ; et il se préparait à vivre un éventuel échec comme une intense crise personnelle.

Cette crise, indéniable, a fasciné plus d'un commentateur. Certains y voient une désillusion *a posteriori* à l'égard de « l'ère progressiste », dans laquelle les idéaux du *muckraking* étaient rois. Le « progressisme » de ces années-là méritait sûrement une telle interrogation critique, car le mot avait fini par ne plus rien dire de précis tant il était devenu « envahissant »[1]. Mais selon d'autres, comme le penseur Christopher Lasch[2], la crise de Steffens n'est pas réductible à un syndrome de désillusion *a posteriori* ; en réalité, la désillusion était présente très tôt dans son itinéraire ; dès les années du *muckraking*, Steffens incarnait un « radicalisme » méprisant envers la mollesse des idées « progressistes ». « C'est une erreur, selon moi », affirme Lasch, « de tenir la littérature de la désillusion [il fait ici référence aux écrits des années 1920] pour argent comptant. Les "radicaux" et "bohémiens" des années 1920 prétendaient avoir perdu leurs illusions sur le monde, mais si on en croit leurs propres témoignages antérieurs, ils n'avaient jamais eu aucune de ces illusions au départ – en aucun cas cette illusion particulière qu'ils ont dit plus tard avoir perdue. Assurément, ils n'ont jamais été "progressistes" dans le sens qu'ils ont plus tard donné

1. R. Hofstadter, préface de son recueil *The Progressive Movement 1900-1915*, p. 3.
2. C. Lasch, *The New Radicalism in America 1889-1963. The Intellectual As A Social Type*, 1965, notamment le chapitre VIII : « The Education of Lincoln Steffens ».

à ce mot. Au contraire, des hommes comme Walter Lippmann, John Dewey, Briand Whitlock, Fremont Older, Frederic C. Howe et Lincoln Steffens ont toujours attaqué le "progressisme" comme une variante du "puritanisme". »[1] À en croire Lasch, dans la manière dont Steffens mettait en lumière les maux de son temps, la corruption en particulier, transparaissait déjà un pessimisme fondamental quant à la possibilité d'une réelle prise de conscience par le peuple des causes profondes de ces maux, donc quant à la portée réelle de son rôle de témoin-ambassadeur. Déjà la question, voire la crise, était présente : et si le journaliste dénonciateur, ainsi que le public friand de ses révélations, n'étaient eux-mêmes que des rouages d'un système qui, vicié en profondeur, se rit des *muckrakers* comme de leurs destinataires ? Et si le regard journalistique, même le plus combatif, était par nature privé de cette lucidité qui permet de saisir le cœur des problèmes d'une société, parce que cette lucidité, précisément, *le public rassemblé derrière lui ne peut pas la recevoir* ?

Lorsqu'on lit l'autobiographie de Steffens, on ne peut que donner raison à Lasch : la crise était déjà en cours pendant la période du *muckraking*, en tout cas aux dires de l'ancien *muckraker* lui-même. Dès ses premiers reportages sur Wall Street, pour le *Commercial Adviser*, il affirme avoir compris à quel point les faits qu'il était censé rapporter étaient conditionnés par les attentes du public ; il percevait donc un décalage entre les faits qu'il révélait en tant que journaliste – les « *news* » – et les données qu'il aurait fallu mettre au jour pour une compréhension plus complète et plus profonde du monde des affaires. Il raconte qu'à cette époque, déjà, il commençait à se demander dans quelle mesure la recherche

---

1. *Ibid.*, p. 253.

des « faits » ne devait pas s'accomplir, pour finir, dans la contemplation d'un véritable « système » – celui-là même que les « faits » journalistiques, à la fois éparpillés et orientés par les attentes du public, n'atteignent jamais [1]. Il s'interrogeait sur ce qu'il y avait « en dessous » des propos qu'il entendait parmi les acteurs de Wall Street, sur les logiques qui les faisaient parler et agir. « Je ne pouvais jamais me satisfaire d'un fait ou d'une phrase ; ce dont j'avais besoin, c'était une image, un diagramme de la relation entre les affaires qui se faisaient au bar et les banques, du type de celui par lequel je pouvais me représenter le système nerveux qui reliait mes extrémités. » [2]

Ainsi les « faits », pour L. Steffens, engageaient-ils une recherche vertigineuse du « caché », que la position des témoins-ambassadeurs de la génération précédente ne pouvait entièrement satisfaire. Nous avons évoqué Nellie Bly, mais ici la grande figure avec laquelle Steffens ne cesse de dialoguer est Jacob Riis, l'auteur du célèbre reportage sur la misère urbaine, *How The Other Half Lives* (1890). Pour Steffens, il fallait aller plus loin, se demander si le tableau était complet, démasquer le « système ». Steffens affirme que c'est cette exigence, peut-être celle qui habite les sociologues et les romanciers, qui l'a conduit à écrire *Shame of the Cities*. « Ce que les reporters savent et ne rapportent pas, ce sont des informations – non pas du point de vue du journal, mais de celui des sociologues et des romanciers. Cela m'a permis, quand je l'ai compris, d'écrire *Shame of the Cities*. » [3] Il souligne à quel point sa manière à lui de regarder le crime, la corruption, la ville, a toujours été

---

1. *The Autobiography of Lincoln Steffens*, p. 186.
2. *Ibid.*, p. 220.
3. *Ibid.*, p. 223.

différente de celle d'un Jacob Riis. Steffens avait l'habitude, en effet, d'accompagner Riis et son informateur, Max Fischel, sur les lieux du secteur de New York que ce maître du reportage couvrait. Steffens, à cet égard, a vraiment été à l'école de Riis, il l'a vu faire et l'a admiré. Mais les leçons qu'il a tirées ne l'ont guère conduit à l'ériger en modèle absolu. Riis avait une façon de regarder les choses qui le rendait incapable de reconnaître celles qui gênaient sa générosité combative. Il pratiquait une sorte de déni, il ne touchait jamais les causes profondes des phénomènes qu'il observait. C'est ce que souligne en tout cas Steffens dans son témoignage : « Bien que je n'eusse aucunement à m'occuper, professionnellement parlant, des nouvelles concernant la délinquance », raconte-t-il, « j'avais pour habitude de couvrir, avec les autres reporters, des situations qui étaient d'un intérêt nul pour mon journal, mais grand pour moi. Le crime, en tant que tragédie et en tant que rouage du système policier, me fascinait. J'aimais aller déjeuner au restaurant Lyons sur Bowery avec Max Fischel ou quelque autre reporter "érudit". Ils me montraient les fameux pickpockets, les hommes de second couteau et les faux jetons qui se retrouvaient là pour manger ; parfois avec de tout aussi célèbres détectives, des policiers ou des hommes politiques. Le crime était un "business", et les criminels avaient une "position" dans le monde, une place qui pour moi était révélatrice. J'ai bientôt appris plus que Max n'eût pu en dire à Riis, qui avait en dégoût et n'aurait jamais pu croire ou même entendre certaines des "choses horribles" qu'on lui disait. Riis ne s'intéressait pas du tout au vice et au crime, il ne s'intéressait qu'aux histoires qui concernaient le peuple et les conditions dans lesquelles il vivait. »[1]

1. *Ibid.*, p. 223.

Pourtant, on ne saurait dire que ce genre de critique à l'endroit de Riis ait conduit Steffens à une remise en cause de la figure du témoin-ambassadeur. En fait – et c'est toute la complexité du personnage de Steffens –, il s'agissait plutôt de la perfectionner, de la prendre à la lettre et de la pousser à bout : si on voulait le « vrai », les « faits » au grand complet, l'image qui reflétât fidèlement le réel, au-delà de la singularité d'un point de vue, il fallait aussi être vigilant à ne pas demeurer prisonnier du « nous » qui, tout collectif qu'il fût, n'en demeurait pas moins un point de vue. À maints égards, Steffens ne faisait que définir une figure de témoin-ambassadeur plus exigeante, « meilleure » : il fallait être *plus encore* témoin-ambassadeur, c'est-à-dire le mandataire d'une communauté de plus en plus élargie ; il fallait tant avoir le souci des « faits » que celui-ci conduirait de lui-même vers la recherche du « système » ou de l'« image vraie ». Plus tard, dans son autobiographie, Steffens écrit : « Les faits. Il me semble maintenant que les faits devaient tracer un chemin dans ma tête, cognant mon cerveau comme les balles tirées d'une arme à feu ; et c'est seulement en étant cogné et cogné encore que je pouvais faire exploser ma vieille image de la vie, celle du collégien, pour laisser émerger une nouvelle image, plus vraie. » [1] Ce dessein, Steffens confirme l'avoir pensé dans le prolongement de l'exigence d'exactitude factuelle, et sans quitter la position de témoin, d'observateur, de journaliste ; son insatisfaction exigeait d'aller plus loin, mais pas, semble-t-il, de s'y prendre autrement (par exemple en sortant du journalisme et en passant à des méthodes d'analyse de type sociologique et/ou économique).

1. *Ibid.*, p. 238.

Ainsi, en apparence, pas de rupture avec ce journalisme « mis en crise ». À moins de lire entre les lignes et de détecter alors un pessimisme plus profond chez Steffens. Plusieurs passages, en effet, laissent entendre que ce *meilleur* journaliste, ce parfait témoin-ambassadeur, qui atteindrait véritablement au regard universel (ou désingularisé), pourrait bien *ne rassembler plus personne*. En touchant à la perfection de son rôle il s'abolirait donc, il perdrait le public qui est l'enjeu ultime de son regard. Bref, il cesserait d'être journaliste. N'est-ce pas le sens de cette anecdote racontée dans son autobiographie ? Un jour, dans ce secteur de New York où Riis était le roi des reporters, et où Steffens opérait lui-même pour l'*Evening Post*, Steffens se rend sur les lieux d'un braquage par une bande de « durs » proprement déchaînés, dans la 35e rue-Est. Steffens en rend compte sur le ton le plus froid qui soit, sans une once d'indignation. Les faits, rien que les faits : il semble pousser à bout la doctrine du journalisme de son temps. Or, plusieurs lettres arrivent à la rédaction du *Post*, indignées – indignées aussi du ton si distant du reporter qui avait rapporté ces faits. S'ensuit une discussion entre Steffens et son *editor*. Steffens voit là une leçon, selon laquelle c'est précisément le minimalisme dans l'expression du « je » qui rend ce « je » le plus propice au rassemblement – et à la sollicitation – du « nous » : mieux que jamais, grâce à l'effacement de soi, il a été témoin-ambassadeur ; pour une fois, c'est le « système » à l'état pur qu'un article a donné à voir, et à cette vérité insoutenable le public a réagi. Pourtant, Steffens sait bien qu'il a touché en même temps un point-limite, d'où l'inquiétude de l'*editor* : le « nous », si bien sollicité par le regard du journaliste, se retourne contre lui, l'expulse, reprend son mandat.

Observons cette autre anecdote qui fait immédiatement suite et qui concerne elle aussi un crime dans le secteur de Murlberry Bend. On y retrouve le même thème : l'idéal du journalisme est en même temps un point-limite, un point de sortie du journalisme. Cette fois, Steffens raconte les différences entre la façon dont Riis a rapporté le crime, et sa propre « couverture » à lui. Steffens a cherché, une fois de plus, la position de la distance, un rien cynique, pour restituer la banalité de cette violence ; il a brossé un tableau qui restituait à ces « faits » leur « logique », leur sens profond, ce qui les banalisait nécessairement. Riis, comme à son habitude, s'est au contraire emporté ; tout aussi précis dans sa description factuelle, il ne s'est guère effacé ; il a ponctué sa description de son célèbre et infatigable cri d'indignation qui était aussi un appel au rassemblement du « nous » : « *Murlberry Street must go !* ». Or, qu'a fait le *Post*, où travaillait Steffens ? Il n'a pu lui-même faire autrement que transformer le « crime » en « *news* », note, songeur, Steffens : il l'a assaisonné, lui aussi, de données sensationnelles et de cris d'indignation [1]. Autrement dit : la leçon de Steffens – être le moins indigné possible, pour faire culminer, justement, l'indignation des lecteurs – ne peut être tenue par un journal : c'est un point-limite, le point où les « faits » sont si bien restitués dans leur logique ou leur système – le *système* du crime organisé – et, par là, dans leur banalité, dans leur absence de nouveauté et donc d'intérêt pour la curiosité ordinaire, qu'ils font perdre toute raison de les présenter à un public. C'est le point d'aboutissement du travail de dévoilement, qui réalise une compréhension enfin complète de la réalité (c'est donc cela, tout un système) mais qui, en même temps, pour cette raison même, fait naître l'indifférence (ce

1. *Ibid.*, p. 243.

n'est donc que cela). C'est un point qu'un patron de presse ne peut pas viser.

On comprend mieux, du coup, la profondeur de la crise de Steffens : il n'y a pas de solution journalistique à son insatisfaction. Les idéaux du journalisme ne se réalisent pas « journalistiquement ». Le journalisme est condamné à un mensonge au regard de ses propres ambitions, parce qu'il doit ménager la curiosité du lectorat. Tous les journalistes, semble dire Steffens, connaissent ce mensonge, et l'impossibilité de le dépasser : lorsqu'il raconte l'anecdote précédente, celle de son article écrit si froidement et qui a suscité tant d'indignation, il affirme n'avoir fait que restituer le regard de quelqu'un du métier, celui de Max Fischel, l'informateur qui tous les jours et tous les jours voit de telles choses, c'est-à-dire le regard cynique de celui qui sait mieux que quiconque que Murlberry est un « système » où s'inscrivent les « faits » quotidiennement enregistrés. Mais on ne peut pas publier ce regard-là dans le journal – d'ailleurs, le journaliste qui écrit et signe les articles, c'est Riis, et pas Fischel. On atteint sinon un point-limite du journalisme, à partir duquel le public ne suit plus : au point éventuellement culminant de son indignation naîtrait aussi sa révolte contre son mandataire qui ne lui donne plus les « faits » avec la fraîcheur et l'innocence du témoin étonné, révolté, mais lui livre, dans un style froid, scientifique, blasé, le « système ».

Dès lors, au fond d'une crise si grave, on pourrait lire, malgré tout, un désir d'en finir, de sortir du journalisme. En réalité, ce n'est que dans les moments paroxystiques que Steffens a dessiné un tel chemin : par exemple, pendant l'année 1908, où il se rapproche de la sociologie, qui recherche les causes des « maux » dans les structures et les « choses », et non pas dans les individus. Car pour Steffens « la cause de la faute d'Adam n'était pas Adam ou Ève, pas même le Serpent, mais simplement la pomme », commente son biographe Justin Kaplan[1]. 1908 est aussi l'année qui le conduit plus près que jamais des cercles socialistes. Quelque chose comme une rupture avec le journalisme semble se jouer dans l'article qu'il publie cette année-là dans *Everybody's*. Steffens y rapporte ses entretiens avec les candidats à la Maison Blanche[2]. L'article commence par ces propos, mis dans la bouche d'un « Américain moyen » (*average American*) : « Je suis fatigué de voir. (*I'm tired of exposure.*) Je sais que quelque chose ne va pas ; quelque chose d'important. Mais qu'est-ce que c'est ? Arrêtez de nous prouver que le mal existe, partout et toujours. Dites-nous quoi faire à son sujet. C'est cela que nous voulons savoir. » Plus que jamais Steffens montre la vanité des « faits » et l'impuissance du journalisme. Où sont les hommes qui vont véritablement s'attaquer au « système » ? Ceux qui *voient* vraiment ? Les candidats n'ont en tête que de représenter le peuple et ses naïvetés. « Qui cherche le Mal qui est la source de tous nos maux superficiels ? Personne. Nous combattons tous les conséquences, et non les causes de notre corruption. » (Notons ce possessif « *notre* corruption ».) Dans cette façon de demander, avec une note de désespoir, qui est prêt à s'attaquer aux rouages véritables du « système » au lieu de se contenter des illusions de la lutte contre les symptômes, Steffens fait aussi, à l'évidence, le procès du *muckraking*. Lorsqu'il décrit l'incompréhension du candidat sortant, Theodore Roosevelt, la question qu'il lui pose, « Vous le *voyez* maintenant ? (*Do you see it now ?*), ressemble étrange-

---

1. J. Kaplan, *Lincoln Steffens. A Biography*, 1975, p. 164.
2. L. Steffens, « Roosevelt – Taft – La Follette on What the Matter Is In America and What To Do About It », *Everybody's Magazine*, juin 1908, vol. XVIII/6, p. 723-736.

ment à celle que lui assenait un de ses amis *muckrakers*, Upton Sinclair, quelques années plus tôt, pour l'inciter à se convertir au socialisme au lieu de demeurer dans un diagnostic inabouti, superficiel, des maux de la société de son temps. « Un jour », raconte Steffens dans son autobiographie, « Upton Sinclair m'appela au bureau de *McClure's* pour me faire des remontrances : "Ce que tu rapportes, dit-il, suffit à dresser l'image complète du système, mais tu sembles ne pas le voir. Tu ne le vois pas ? (*Can't you see it ?*) Tu ne vois pas ce que tu montres ?" »[1] En effet, semble suggérer Steffens, peut-être les *muckrakers* ne se donnaient-ils pas les moyens de *voir* réellement mieux que Theodore Roosevelt (qu'ils ont pourtant passablement gêné)...

Mais on ne peut pas dire que Steffens ait véritablement élaboré, dans son itinéraire, une sortie de crise. Il est resté perplexe devant l'impasse que représentait pour lui le journalisme, et c'est somme toute de cela que parle, pour l'essentiel, son autobiographie. Il est resté dans cette ambivalence qui caractérise, par exemple, son portrait de Jacob Riis en 1903[2] : la violence de ses critiques reste mêlée à un sentiment douloureux, indépassable, celui de viser un idéal du journalisme qui demeure tout simplement antinomique avec la nature du journalisme. Ainsi, dans ce portrait, d'un côté Steffens souligne la cécité de Riis, son incompréhension de certaines « logiques » profondes de la misère – par exemple, le comportement d'une famille revenue en

---

1. *The Autobiography of Lincoln Steffens*, p. 434. De nombreux commentateurs font de cette confrontation une illustration des rapports ambigus entre le *muckraking* et le socialisme : voir L. Filler, *The Muckrakers*, 1976, p. 123, et D. M. Chalmers, *The Social and Political Ideas of the Muckrakers*, 1964, p. 75-76.
2. L. Steffens, « Jacob Riis. Reporter, Reformer, American Citizen », *McClure's Magazine*, mai-octobre 1903, vol. 21, p. 419-425.

ville alors que, grâce à l'aide de diverses associations avec lesquelles Riis travaillait, elle avait été envoyée à la campagne. Il montre que le regard de Riis était empli de projections et que la nature profonde du « mal » (*vice*) lui restait ainsi étrangère, à lui qu'on appelait « le pieux Danois » (il était d'origine danoise)[1]. « Riis n'était jamais vraiment "malin" (*wise*) », écrit-il. « Le pouvoir de concevoir le mal dans sa forme vicieuse faisait défaut à Riis. » Certes, il ne manquait pas de qualités ; son imagination et sa capacité à être ému lui permettaient d'agencer les « faits » mieux que quiconque, et sur ce point il n'avait guère de leçon à recevoir des *editors* qui, parfois, lui reprochaient l'omniprésence du « je » ; son extraordinaire aptitude à l'émotion, à l'empathie, lui donnaient une vision pénétrante de la misère et du crime. Mais il voyait tout de même moins bien qu'on *aurait pu* voir : Riis, très supérieur aux journalistes ordinaires de son temps, était cependant loin du journaliste idéal. Mais, d'un autre côté, Steffens sait que réaliser cet idéal serait perdre le public. Il salue en Riis le meilleur représentant possible du public, et de ses aspirations réformistes ou « progressistes », qui dans ces années-là ne faisaient que croître. « Ce grand Danois, enjoué et sentimental, prenait la citoyenneté de façon littérale, et littéralement "travaillait au bien public" – "travaillait" comme un fripon de politicien. »[2] Steffens fait ici référence à ce travail souterrain de Riis dans le monde associatif, en parallèle de son travail de journaliste : Riis était du public à la fois l'œil et le bras,

---

1. Dans ce portrait apparaît l'expression « *the big, jolly and sentimental Dane* » ; l'expression « *pious Dane* » (pieux Danois) est cependant désignée par Rolf Lindner comme le surnom donné à Riis par ses collègues (R. Lindner, *The Reportage of Urban Culture. R. E. Park and the Chicago School*, 1990).

2. L. Steffens, « Jacob Riis. Reporter, Reformer, American Citizen ».

lui qui concevait son métier de journaliste comme un incessant harcèlement du personnel politique, soutenu par des liens puissants avec des associations caritatives. Riis était le témoin-ambassadeur par excellence, c'est-à-dire un très grand journaliste.

Au fond, le nœud de la crise, chez Steffens, c'est le public : c'est lui qui emprisonne le regard de son « ambassadeur » et c'est lui pourtant qu'il ne faut pas perdre si l'on veut rester un journaliste. La dimension la plus intéressante, en tout cas la plus touchante, de ce *muckraker* est peut-être sa révolte sourde et constante contre une instance dont, en même temps, il ne parvient pas à s'affranchir. Le public lui-même ne veut guère la vérité ultime, il ne se rassemble que sur une construction qui laisse dans l'ombre l'origine profonde des « faits » qu'elle rapporte. Et pourtant il demeure la visée ultime des journalistes.

LE PUBLIC, UNE PRISON

« Un journal », écrit Steffens, avec un certain mépris, dans son autobiographie, « pour se rendre populaire et accroître ses ventes et son pouvoir, doit, aujourd'hui comme alors, faire quelque chose de plus que d'imprimer des informations : il doit aider à l'élection ou à la défaite d'un parti, forcer une réforme publique ou arrêter un outrage, conduire devant la justice quelque ennemi public ou sauver un héros populaire de la machine juridique. » [1] Être un témoin-ambassadeur, dès lors, c'est inéluctablement partager cet enthousiasme puéril, soutenir ceux qui soutiennent la « cause du peuple ».

1. *The Autobiography of Lincoln Steffens*, p. 327.

Très tôt, Steffens a voulu s'attaquer à tout cela, mais il était conscient que, ce faisant, il ruinait le socle même sur lequel repose le journalisme. Les tensions avec McClure, qu'il décrit dans son autobiographie, représentent l'impasse dans laquelle il est en train de s'installer. Plus Steffens enquête sur la corruption des municipalités, plus son regard adopte la froideur de la science qui saisit la nécessité d'une loi[1], plus il s'éloigne du mythe du « sauveur », du « *good man* » partant au secours de ces villes en perdition, et plus McClure est irrité. « Je voulais étudier les villes de façon scientifique », rapporte-t-il, « et je déclarai à M. McClure que cela accroîtrait l'intérêt des articles de partir d'une table rase (*blank minds*) et de rechercher, tels des détectives, les clefs du mystère, les clefs de la vérité. Il ne voyait pas les choses ainsi. La science n'intéresse pas les lecteurs, sauf comme source d'étonnement ; et, en outre, il était sûr, parce qu'il l'avait appris par son expérience au *McClure's Magazine* et par son observation dans tous les autres métiers, que la dictature d'un homme fort et intelligent [...] abolirait nos maux politiques et produirait un administrateur fort et intelligent pour nos villes. »[2]

Ainsi, l'homme de presse pense aux lecteurs et croit au sauveur, dont les reportages indignés doivent hâter la venue, tandis que le *muckraker* torturé rêve d'aller au bout de son exigence de vérité, de mettre au jour des logiques profondes et peu aisées à réformer, quitte à divorcer du public. « Mon esprit était occupé à ma théorie », se souvient-il, « mais celui de M. McClure l'était

---

1. Steffens met cette attitude sur le compte de ses années passées dans les universités allemandes, qui l'ont guéri, dit-il, d'une certaine naïveté d'approche propre aux universités américaines. Voir *The Autobiography of Lincoln Steffens*, p. 375.
2. *Ibid.*, p. 375.

aux affaires. »[1] Ce que McClure incarne, au fond, dans le récit de Steffens, c'est le public lui-même, le public « innocent ». Une incarnation que cet homme de presse revendiquait d'ailleurs : « Je veux savoir », disait-il à Steffens, « si une histoire (*story*) te plaît, parce que si c'est le cas, alors je sais que dix mille lecteurs vont l'aimer. Si Miss Tarbell aime une chose, cela veut dire que cinq mille lecteurs vont l'aimer. C'est quelque chose à prendre en compte. Mais je me prends surtout en compte moi-même. Car si moi, j'aime une chose, alors je sais que des millions de personnes vont l'aimer. Mon esprit et mon goût sont si communs que je suis le meilleur *editor*. »[2] Certes, McClure, rassembleur, rappelait ses reporters aux « faits », donc à une certaine vérité ; mais c'était une vérité tronquée, comme Steffens commençait déjà à le comprendre : « M. McClure s'intéressait aux faits, aux faits surprenants (*startling*), pas aux généralisations philosophiques. »[3] Toute la crise personnelle de Steffens est logée dans cet adjectif « *startling* », qui implique une factualité spectaculaire et anarchique (non mise en ordre), insatisfaisante pour qui veut s'attaquer au « système » lui-même.

Dans cet affrontement avec McClure, Steffens ne nie pas d'ailleurs être, « journalistiquement parlant », si l'on ose dire, en tort – coupable en quelque sorte d'abandonner son mandat de témoin-ambassadeur. Dans les paragraphes de cette autobiographie qui suivent l'extrait ci-dessus, il rappelle combien il était lui-même un excellent journaliste, *quand il partageait encore l'innocence du public* : « Le reporter et l'*editor* », affirme-t-il, « doivent sincèrement partager

1. *Ibid.*, p. 392.
2. *Ibid.*, p. 393.
3. *Ibid.*, p. 393.

l'ignorance culturelle, les superstitions, les croyances de leurs lecteurs, et n'avoir pas plus d'une édition d'avance sur eux. Vous pouvez vaincre le public sur les informations, pas sur la vérité *(You may beat the public to the news, not to the truth)*. » [1] Mais, on le voit, ces propos laissent entendre, en même temps, que pour lui, ce temps de l'innocence est en train de s'achever.

Et commence celui de la honte. En effet, à mesure qu'il démasque la « honte » *(shame)* des villes américaines, c'est-à-dire ce « système » qui, au-delà des individus directement responsables, met en cause la communauté entière, Steffens sent affleurer sa propre honte, celle de ne pouvoir le dire tout à fait ainsi, journalisme oblige ; celle de ne pas dire la vérité ultime sur la corruption, parce qu'il est soumis au « *public approval* ». Steffens est en train de devenir une personnalité de premier plan, grâce à ces reportages de 1902-1903 sur les municipalités, mais il entretient un rapport ambivalent à sa notoriété : « Je regardais les hommes qui me donnaient ma célébrité, et, s'ils étaient des hommes d'affaires, je pensais que si on faisait une enquête sur leur ville, on pourrait les prendre en train de corrompre ou de soutenir des corrupteurs. Mais supposons qu'ils fussent honnêtes, qu'en penser ? Qu'est-ce que ces hommes savaient, au fond ? La célébrité n'était pas si sensationnelle qu'on le disait. Voilà ce que je pensais, avec un sentiment de honte qui grandissait mois après mois au fur et à mesure que croissait ma désillusion – un sentiment qu'il y avait quelque chose d'assurément offensant dans l'assentiment du public, un sentiment qu'il aimait la mauvaise part de votre travail, qu'il vous faisait être autre que vous n'étiez, et alors essayait de

1. *Ibid.*, p. 394.

vous garder ainsi afin que vous répondiez à ses attentes. »[1] Les indignés qui me célèbrent, semble dire Steffens, ignorent qu'ils sont les corrupteurs de demain, peut-être même d'aujourd'hui – qu'en somme ils font partie du « système ».

The Shame of the Cities, cet ouvrage de 1904 qui rassemble et présente ses différents articles sur les villes, offre ainsi cette image saisissante d'un témoin-ambassadeur qui ne cesse de s'attaquer à ceux qu'il représente, sans parvenir, en même temps, à renoncer tout à fait à son mandat. L'introduction au recueil est significative : « Le peuple n'est pas innocent », y affirme Steffens. « C'est la seule "information" dont soit porteur tout le journalisme déployé dans ces articles, et il n'y a aucun doute que cela n'était pas nouveau aux yeux de beaucoup d'observateurs. Ça l'était pour moi. Quand je me suis mis à décrire les systèmes corrompus de certaines villes typiques, je souhaitais montrer simplement comment le peuple était trompé et trahi. Mais dans la toute première étude – St. Louis – la vérité surprenante met à nu le fait que la corruption n'était pas purement politique ; elle était financière, commerciale, sociale ; les ramifications des pots-de-vin étaient si complexes, si variées, et si difficiles à atteindre, qu'un seul esprit ne pouvait guère les saisir [...] »[2] Steffens explique ensuite comment la même analyse s'est imposée pour chacune des villes examinées : la corruption est un phénomène global, aux ramifications multiples. C'est pourquoi il avait décidé, en mars 1903, d'écrire un nouvel article (« *Shamelessness of St. Louis* ») sur la première ville qu'il avait étudiée, St. Louis, dans lequel il revenait sur les « faits » présentés et dénoncés

1. *Ibid.*, p. 389-390.
2. *The Shame of the Cities*, 1904, p. 14.

dans son premier article d'octobre 1902 (« *Tweed Days in St. Louis* »). Il attribuait l'échec des réformes qui avaient été engagées à la force du « système », elle-même rapportée à la complaisance du « peuple », qui finit toujours par stopper les réformateurs trop assidus [1]. Aussi justifie-t-il, dans la suite de son introduction, sa prédilection pour le mot « honte » (*shame*), qui donne la clef du mal qu'il dépeint [2].

Mais dans ces pages est aussi présente, en même temps, la grande hésitation de Steffens, sa difficulté à aller au bout de sa critique du peuple pour lequel les journalistes travaillent. Voici le passage qui clôt l'introduction du recueil *The Shame of the Cities*, dans lequel il se réconcilie finalement avec la figure du témoin-ambassadeur et reconstitue le lien avec ce public dont il a commencé, pourtant, à faire le procès : « Nous autres Américains avons peut-être échoué. Nous sommes peut-être intéressés et égoïstes. La démocratie avec nous est peut-être impossible et la corruption inévitable, mais ces articles, s'ils n'ont rien prouvé d'autre, ont démontré qu'au-delà du doute nous pouvons supporter la vérité ; qu'il y a de la fierté dans la nature de la citoyenneté américaine ; et que cette fierté est peut-être un pouvoir dans ce pays. Aussi ce petit livre, un rapport sur la honte et, malgré tout, sur le respect de soi, une confession scandaleuse, malgré tout une déclaration d'honneur, est-il dédié, en toute bonne foi, aux accusés – à tous les citoyens de toutes les villes des États-Unis. » [3] Il est net que Steffens semble s'arrêter en chemin – rester journaliste, en quelque sorte.

On observe un mouvement analogue, une hésitation

1. Voir *The Shame of the Cities*, p. 105.
2. *Ibid.*, p. 15.
3. *Ibid.*, p. 26.

pleine d'ambivalence, à propos de sa fascination pour les « *bad men* ». Pour rompre avec la naïveté du « bon peuple », qui, comme Riis, son impeccable représentant, a l'esprit « simple » (« *single and simple* »[1]), Steffens dit souvent qu'il préfère les corrupteurs eux-mêmes, les « vrais ». Sa recherche de lucidité le conduit à une proximité avec le regard, tordu mais dessillé, des ordures et escrocs (les « *crooks* »), directement à la source des maux. Mais Steffens vit un étrange drame, une douloureuse incapacité à cesser d'être, lui-même, un « *good man* ». Il dénonce l'hypocrisie des « bons » réformateurs, qui touchent à tout sauf à ce qui pourrait les affecter, eux, et qui pour finir reculent, laissent intact le système. Steffens les déteste, et pourtant : « Malgré mon mépris croissant pour le bon peuple », avoue-t-il dans son autobiographie, « j'en faisais partie. Inconsciemment, je voulais en faire partie [...] ; je préférais les escrocs conscients de l'être ; *et cependant, je faisais partie des vertueux*. »[2]

D'où cette permanente situation de *crise* qui caractérise l'itinéraire de Steffens, et qui ne ménage guère, finalement, de nette *sortie de crise*. Dans son ouvrage de 1906, *The Struggle for Self-Government*, il évoque encore la nécessité de penser la corruption comme un « système », et par là la complicité du « bon » peuple, mais il revient tout de même *in fine* à un certain optimisme – celui-là même qui transparaissait à la fin de l'introduction de *The Shame of the Cities*. Selon l'un de ses biographes, « le premier ouvrage de Steffens [*The Shame of the Cities*] commençait avec un opti-

---

1. « His mind was single and simple », écrit Steffens à propos de la confiance aveugle de Riis dans le candidat progressiste Theodore Roosevelt. (*The Autobiography of Lincoln Steffens*, p. 257).

2. *The Autobiography of Lincoln Steffens*, p. 522-523. C'est nous qui soulignons.

misme prudent, puis semblait glisser, par une course en zigzag, vers la mise en alerte et le doute. Le deuxième livre [*The Struggle for Self-Government*] commençait dans le doute (transformé en sarcasme dans la dédicace au tsar Nicholas II), puis essayait de revenir à l'optimisme. La question de la réforme était toujours ouverte, évidemment, et pour Steffens elle le resterait pour longtemps » [1]. Il y a bien, comme nous l'avons vu, le moment paroxystique de 1908. Mais Steffens n'a jamais donné d'issue claire à ses exaspérations. Aussi ne doit-on pas s'étonner de son évolution dans les années suivantes : il se tourne moins vers le socialisme que vers un christianisme social, fondé sur la confiance dans quelques hommes d'exception, « sauveurs » du Bien au-delà de l'organisation systématique du Mal. Telle est l'atmosphère de son ouvrage de 1909, *The Upbuilders*, où il réinvestit, en quelque sorte, le thème du témoin-ambassadeur dans cette idée que le salut du peuple dépend de quelques héros.

Nous arrêtons ici l'examen de cet itinéraire, marqué par une confusion et une ambivalence assez touchantes, qui jettent une lumière particulière sur les limites de la position du témoin-ambassadeur. Cette figure est emprisonnée par cela même qui constitue son ressort fondamental : son lien avec le public, un public auquel il faut faire « ressentir » des événements, des situations, des problèmes. Pour Lincoln Steffens, la recherche de la vérité est nécessairement limitée par ce cadre. La vérité « rassembleuse » n'est qu'une partie de la vérité, les « faits » mis au jour par le journaliste ne sont que des éléments d'un « système » qui demeure opaque aux yeux « innocents » du public. Et pourtant, la lucidité de

1. R. Stinson, *Lincoln Steffens*, 1979, p. 69.

Steffens ne le conduit pas à une nette rupture avec cette figure du témoin-ambassadeur. C'est tout l'intérêt du « cas Lincoln Steffens » que de permettre de saisir le témoin-ambassadeur dans sa crise, en laissant ouverte la question des sorties de crise.

III – FAIRE LE DEUIL
DU TÉMOIN-AMBASSADEUR ?

À nous, dès lors, de reprendre la question. Cette lourde charge contre le témoin-ambassadeur constitue-t-elle un dernier mot, un diagnostic ultime et sans issue sur le journalisme moderne, ou bien autorise-t-elle à envisager des « résistances » au journalisme dominant, c'est-à-dire à repérer, dans le journalisme moderne, d'autres gestes que celui de rassembler ?

Pour un héritier intellectuel de Lincoln Steffens, cela ne fait pas de doute : la crise du *muckraker* conduit à poser sur le journalisme dans son ensemble un diagnostic désenchanté, définitif. Walter Lippmann, en effet, a été marqué par le personnage de Steffens, dont il a été l'assistant. Et l'on peut considérer que ses propres analyses sur l'opinion publique, analyses certes plus « froides », plus conceptuelles que la prose de Steffens, en constituent néanmoins un prolongement logique. Lippmann est à l'évidence une personnalité plus posée, plus modérée que Steffens[1]. Cela explique sans doute que malgré une admiration certaine pour l'ancien *muckraker*, il ait gardé à son égard beaucoup de distance, surtout à la fin de sa vie ; l'esprit bouillonnant de Steffens, volontiers porté aux extrêmes, sa façon de penser

---

1. La modération est parfois considérée comme la caractéristique la plus nette de la pensée politique de Lippmann. Selon William E. Leuch-

dans la crise, lui étaient assez étrangers [1]. Cependant, l'héritage intellectuel entre les deux hommes est indéniable ; et cela vaut la peine de retracer le parcours de Lippmann, parce qu'il va jusqu'au bout du désenchantement « steffensien ». Ensuite, bien sûr, il faudra se demander si l'on peut en sortir...

En mai 1910, le jeune Walter Lippmann (1889-1974), brillant assistant de George Santayana à Harvard, décide de se lancer dans le métier de journaliste et écrit à Steffens qu'il souhaite vivement travailler pour lui. Il l'avait rencontré pour la première fois à l'automne 1908 à Boston, où le célèbre *muckraker* donnait une série de conférences. Lippmann a 21 ans quand il devient l'assistant de Steffens, qui vient de rejoindre la rédaction de *Everybody's* pour y faire paraître une série d'articles sur le pouvoir financier. Beaucoup de choses rapprochaient les deux hommes, à cette période de leurs vies respectives. Leur rapport au socialisme, notamment : tous deux étaient attirés, dans ces années-là, par ce mode de pensée qui s'efforçait d'organiser les « faits » dans une représentation cohérente du capitalisme, mais tous deux étaient également irrités par l'esprit de système qu'il générait chez beaucoup de militants. En somme, le souci d'intégrer les faits observés à une représentation complexe du réel, tout en pen-

---

tenburg, dans sa présentation de *Drift and Mastery* (édition de 1961), la courte expérience socialiste de Lippmann, en 1912, a eu pour conséquence le refus des solutions politiques extrêmes. On peut ajouter qu'au sein de la mouvance libérale, dans laquelle Lippmann s'illustra ensuite – il publia *La Cité libre* en 1935 et, en 1938, un colloque à Paris porta son nom –, il incarna aussi une position plutôt modérée, prônant une réorientation du libéralisme qui l'éloignât de la doctrine manchesterienne du « laissez-faire ».

1. Voir R. Steel, *Walter Lippmann and the American Century*, 1981, p. 37-38.

sant les voies d'une émancipation, les avait, l'un comme l'autre, conduits à la tentation du socialisme, mais les laissait pour finir frustrés.

Ce qui cependant, chez Lippmann, faisait le plus écho à la réflexion de Steffens, c'étaient ses propres interrogations naissantes sur l'opinion publique et le rôle des journalistes. Et effectivement on ne cessera d'entendre un écho à la « crise » de Steffens dans l'évolution de Lippmann, de *Drift and Mastery* (1914) jusqu'à *The Phantom Public* (1925), en passant par *Liberty and the News* (1920) et *Public Opinion* (1922). Un écho parfois très faible, dans les premiers textes particulièrement, puisque c'est seulement *The Phantom Public* qui ouvrira l'ère d'un désenchantement plus grave. Mais toujours, cependant, une manière d'interroger le journalisme qui rappelle un peu le maître : comme Steffens, Lippmann met le doigt sur les limites d'un journalisme du rassemblement, et donc de la figure du témoin-ambassadeur, tout en manifestant en même temps une certaine résignation.

Avant *The Phantom Public*, les textes de Lippmann expriment un optimisme réformiste qui révèle une saisie des problèmes sur un mode encore assez « doux ». Le jeune Lippmann pense qu'on *peut* réformer le journalisme, le sortir de sa crise, faire de lui un authentique instrument d'accès à la vérité profonde des phénomènes qu'il décrit. Ces premiers textes n'injectent du doute et de la critique que pour définir le journalisme « idéal », avec une foi, et en même temps un calme, qui ont encore peu de choses à voir avec le questionnement torturé de Steffens. Lippmann sort le journalisme de sa crise, mais c'est tout juste s'il l'y a vraiment plongé. Prenons l'exemple de *Drift and Mastery* (1914). Lippmann y propose une analyse des « thèmes du *muckraking* » qui, certes, ne ménage guère ce mouvement. Comme Stef-

fens, il souligne la dépendance du *muckraker* à l'égard
du public et sa conséquence : un regard sous contrainte.
« Le simple fait que le *muckraking* était ce que le peuple
voulait entendre est, à maints égards, la révélation la
plus importante de toute la campagne »[1], déclare-t-il.
Le *muckraker* « était en lui-même bien plus un effet
qu'un guide »[2]. Du coup, il est facile de comprendre
pourquoi, selon Lippmann, le mouvement a disparu : le
public a peu à peu été épuisé par cette surenchère à la
dénonciation des maux de la société ; il ne demandait
guère aux *muckrakers* d'aller plus loin que ce processus
d'accumulation des « faits » ; il ne les engageait nullement, par exemple, à passer à une analyse du « système » ; mais dès lors, réduit à l'accumulation, le mouvement s'est comme essoufflé de lui-même[3]. Lippmann
semble donc mettre le doigt précisément sur ce qui
générait chez Steffens la « crise » qu'on a décrite. Mais
l'approche demeure tout de même très en deçà. Car
Drift and Mastery est un texte traversé par un espoir de
plus en plus grand dans la science comme outil d'émancipation ; le souci du vrai, la connaissance scientifique,
doivent permettre de contrôler (*mastery*) le mouvement
de routine (*drift*) qui est responsable des dérives de nos
sociétés démocratiques. Or, cette conviction suppose
une possible « sortie de crise » pour le journalisme : à
lui aussi de sortir de ses prisons (dont celle du public),
de sa « routine », de son « *drift* », grâce à une rigueur
digne de la rigueur scientifique. Ce scientisme, plein
d'optimisme, se déploiera véritablement dans les textes
de 1920, c'est-à-dire l'article avec Charles Merz, « A

1. *Drift and Mastery*, p. 24-25.
2. *Ibid.*, p. 34.
3. *Ibid.*, p. 27.

Test of the News », paru dans *The New Republic*, et l'ouvrage *Liberty and the News*.

Dans ce long article, Lippmann et Merz critiquent les reporters de la presse écrite, qui ont couvert la révolution soviétique de manière « désastreuse »[1]. Mais les deux auteurs ne se contentent pas de constater les faiblesses consubstantielles à tout regard au présent ; ils ne cherchent pas à montrer, par exemple, que les biais de l'observation ne sont rectifiables que par le recul historique. Ils accusent, ils dénoncent un journalisme qui « voyait, non ce qui était, mais ce que les hommes voulaient voir »[2]. Ils supposent, dès lors, qu'on aurait pu et dû voir convenablement. L'idéal est accessible. Et l'appel est lancé à un journalisme enfin digne de ce nom, c'est-à-dire rigoureux et professionnel, acceptant, au nom de la « vérité », de contrer ses propres désirs et ceux du public qu'il représente[3]. Leur critique du journalisme de l'époque n'est donc pas une « mise en crise » définitive du journalisme lui-même : l'alternative au « mauvais » journalisme existe ; on *peut* sortir de ce biais que le public désire, on *peut* imposer au public ce qui ne lui fait pas plaisir. Autrement dit, le modèle demeure le témoin-ambassadeur qui rassemble *vraiment*, en ne se contentant pas de la rumeur ou du désir commun mais en dégageant la vérité « vraie ». Les résistances du public, qui désespèrent Steffens, ne font pas l'objet d'une analyse approfondie. Le propos invite plutôt le journaliste à forcer la voie, à obliger le public à reconnaître cela même qu'il hésite à voir, et

---

1. W. Lippmann et C. Merz, "A Test of the News", *The New Republic*, 4 août 1920, p. 3.

2. *Ibid.*, p. 41-42.

3. Voir leurs « déductions » (*Deductions*) à la fin de l'article et leur appel à la rédaction d'un « code d'honneur » du journalisme professionnel américain (*ibid.*, p. 41-42).

à entendre les sources que, spontanément, il n'entend pas.

Tous ces thèmes se retrouvent dans *Liberty and the News*, sous une forme moins noyée dans des analyses empiriques. La « vérité » est érigée en idéal journalistique, sans mise en question « à la Steffens » de la possibilité d'une authentique réalisation de cet idéal. « Il ne peut pas y avoir de règle plus importante dans le journalisme », affirme Lippmann, « que celle de dire la vérité et de condamner le mal »[1] (le mal est constitué ici de cette tendance inhérente au regard journalistique à faire passer l'exigence de vérité derrière ce que le peuple veut voir et entendre). Lippmann invite les journalistes à une émancipation qui, malgré l'inquiétude qui pointe dans le texte[2], semble possible ; il les appelle au courage de ne pas écrire ce en quoi, par la rigueur de leurs observations, ils ne peuvent pas croire « vraiment ». La solution à l'inquiétude est donc un *volontarisme* : « [...] la résistance aux inerties de la profession, à l'hérésie de l'institution, et la détermination à être renvoyé plutôt que d'écrire ce en quoi vous ne croyez pas, cela ne nécessite rien d'autre que du courage personnel. »[3] En outre, dans *Liberty and the News*, on voit plus clairement encore que dans « A Test of the News » que le modèle de l'accès à cette « vérité » demeure la figure du *témoin*, celui qui a un accès direct et sensible à l'événement. En d'autres termes, pour corriger les biais caractéristiques des « mauvais » témoins-ambassadeurs, soyons de « bons » témoins-ambassadeurs : la figure n'est guère attaquée en profondeur. Parallèle-

1. *Liberty and the News*, 1920, p. 13.
2. Lippmann déclare, page 13, que tout lecteur constatera à l'évidence combien il se fait « peu d'illusions », conscient qu'il est des « difficultés d'un bon reportage (*truthful reporting*) ».
3. *Ibid.*, p. 17.

ment, la notion de public est beaucoup moins mise à mal que chez Steffens : on peut, selon Lippmann, faire émerger un public clairvoyant, en quelque sorte « créé » par le journaliste volontariste.

Ce scientisme triomphant, dans les textes de jeunesse de Lippmann, a donc tendance à étouffer dans l'œuf les angoisses « steffensiennes ». Il aboutit à la distinction entre « *news* » et « *truth* », proposée dans *Public Opinion* (1922) : le journalisme professionnel doit être en mesure, selon Lippmann, de *faire voir* la seconde au-delà des premières qui *font vendre*[1]. Et cette vérité est bel et bien accessible aux yeux, et au présent. Le journalisme est donc plein de ressources. Il peut, depuis la surface des événements, atteindre ce qu'il y a en dessous : cette capacité à creuser fait toute la différence entre le « bon » et le « mauvais » reporter[2]. L'éventualité que cette vérité échappe par nature à l'observation sensible, et exige, pour être saisie, d'autres méthodes d'analyses, sociologiques par exemple, n'est pas envisagée par Lippmann – alors qu'on a vu combien elle hantait Steffens, même s'il n'a jamais osé la rupture radicale. On constate d'ailleurs que la notion de distance, par exemple, est connotée négativement chez Lippmann : c'est dans l'accès direct et sensible à l'événement que la vérité a quelque chance d'affleurer ; au contraire, la distance est favorable aux protections qui sont elles-même le terreau de l'élaboration des « fictions »[3]. Ainsi, les difficultés inhérentes à la perception sensible, qu'il décline longuement dans *Public Opinion*, ne l'empêchent guère de croire en la possibilité de leur dépassement par l'observateur lui-même.

1. *Public Opinion*, 1922, édition de 1965, p. 226.
2. Voir *Liberty and the News*, p. 87-88.
3. *Public Opinion*, p. 29.

Public Opinion demeure donc également en deçà de la « crise » de Steffens. C'est en fait quelques années plus tard, dans *The Public Phantom* (1925), que Lippmann se confronte vraiment au problème de l'aveuglement inhérent au public et prend le risque de frapper d'impuissance ce volontarisme scientiste qui jusqu'ici triomphait dans son approche du journalisme. Il pose enfin des questions dignes de son maître : et si l'exigence de rigueur, de connaissance, de science, formulée à l'endroit du journalisme professionnel, reposait sur une méconnaissance complète de ce qu'il est simplement *possible* d'attendre d'une instance qui s'adresse à un public ? Et si cet enthousiasme réformateur, qui en appelle, en un sens, à « créer » le public en le forçant à contempler la « vérité vraie », revenait à prendre le public pour autre chose que ce qu'il peut être ?

The Phantom Public propose une véritable refonte théorique de la notion de « public », et c'est pour cette raison qu'il nous paraît nécessaire de considérer ce texte comme un moment-charnière dans l'itinéraire de Lippmann. Au lieu de penser, comme dans *Public Opinion*, le public comme un idéal qu'il faut réaliser – créer, en quelque sorte – par delà l'« opinion publique » ordinaire, fruit d'une routine pernicieuse, Lippmann semble ici se résigner à une imperfection fondamentale de la notion de public, donc à la frustration qu'elle suscite. *The Phantom Public* prend donc en compte pour la première fois la désillusion steffensienne dans sa profondeur et son caractère irréparable. Le livre s'ouvre sur le thème du désenchantement (chapitre I : « The Disenchanted Man ») et de l'idéal inaccessible (chapitre 11 : « The Unattainable Ideal ») : Lippmann reconnaît l'inutilité d'exiger d'un public l'accès à cette « vérité » qu'il a lui même jusqu'ici considérée comme l'objectif du journalisme « réformé ». Il considère que le public est condamné à une saisie grossière, limitée, simpliste des problèmes. « Nous devons assumer », affirme-t-il, « qu'un public est inexpert dans sa curiosité, instable, qu'il discerne seulement des distinctions grossières, qu'il est lent à être éveillé et rapide à être diverti ; que, puisqu'il agit en s'alignant sur quelqu'un, il personnalise (*personalizes*) ce sur quoi il se penche, et ne s'intéresse aux événements que lorsqu'ils ont été dramatisés en un conflit (*melodramatized as a conflict*). » [1]

Ainsi, non seulement il fait droit à la « crise » de Steffens, mais ce faisant il développe des concepts qui éclairent particulièrement bien les limites d'un journalisme rassembleur. Nous retrouvons dans ces propos exactement nos interrogations concernant la simplicité du conflit mis en scène par le témoin-ambassadeur (simplicité du clivage « nous/eux »). Le thème de la personnalisation, notamment, fait écho à nos analyses précédentes : les reportages « rassembleurs » que nous avons étudiés fourmillaient en effet de *personnages*, sur lesquels était construite l'opposition « nous/eux ». Nelly Bly offrait une opposition personnel médical / patientes. Albert Londres nous montrait des « étranges », qui conduisaient à l'interrogation : qui est « nous » ? Murrow et Friendly opposaient des individus « héroïques », comme Radulovich ou Annie Lee Moss, au personnage diabolique de McCarthy.

Or, Lippmann fait de cette tendance à la personnalisation et à la simplification des enjeux, des épreuves, des conflits, un destin pour le journalisme – journalisme qu'il conçoit comme rassembleur par nature, puisqu'il n'envisage guère d'autre « geste » journalistique. Les problèmes qu'il repère, il les rattache en effet à la struc-

1. *The Phantom Public*, p. 65.

ture même dans laquelle le regard du journaliste advient : le journaliste est l'œil du public, il est lié à lui, mandaté par lui. En somme, le journaliste est lui-même une personnalisation du public ; lui-même est déjà le fruit de ce rapport simple, médiatisé par des *personnes*, à la réalité événementielle. Ainsi, ayant lui-même, pour sa justification, besoin de *faire voir* sa légitimité (visiblement, je vous représente), le journaliste participe de cette recherche, par le public, des « signes visibles », comme le dit Lippmann, par lesquels il peut repérer ceux qui le représentent et ceux qui le trahissent. Autrement dit, il semble que le désenchantement se mue ici en résignation : oui, le journalisme, en tant qu'il est rassembleur, en tant qu'il cherche à réunir le public derrière lui, a ses limites. Mais c'est ainsi : il faut, semble-t-il, l'accepter. Lippmann formule en des termes plus conceptuels la crise de Steffens, mais pas plus que lui il ne la fait déboucher sur une pure et simple sortie du journalisme. Il révèle et assume les limites d'une figure que nous appelons, pour notre part, celle du témoin-ambassadeur.

À vrai dire, dans cette façon de reconnaître les limites inhérentes à toute sollicitation du public, Lippmann propose une théorisation particulièrement aboutie des journalismes rassembleurs. Son diagnostic est complet, sans condamnation définitive, mais sans illusion non plus. Il explique avec précision ce qu'implique le geste journalistique de « rassembler » un public. D'une part, il confirme que le rassemblement ne signifie pas l'abolition de tout conflit : il va même jusqu'à suggérer que rassembler exige toujours de jouer un conflit, car le public demande que le journalisme décortique pour lui un problème en lui mettant en scène différents « personnages », qui prétendent chacun le représenter et qui s'affrontent devant lui. Alors le public peut faire son choix et par là s'éprouver comme un « nous », représenté par l'un de ces personnages. C'est ce « fonctionnement », en quelque sorte, que décrit Lippmann. D'autre part, il montre que le conflit joué est nécessairement simple, trop simple : rendre visible un morceau de réel pour un public, c'est forcément trahir sa complexité.

Le seul point qui fait défaut à l'analyse, c'est cette interrogation : y a-t-il un autre journalisme que celui-là ? Dans quelle mesure l'histoire du journalisme a-t-elle engendré des contre-modèles au modèle rassembleur dominant ? Dans quelle mesure ce qu'il faudra bien considérer comme une « contre-culture » journalistique a-t-elle rompu avec ce conflit simple, le seul que les journalismes rassembleurs s'autorisent à représenter, le clivage « nous/eux », pour mettre en scène, dans le regard du journaliste, une conflictualité plus riche et plus tumultueuse, plus dangereuse aussi pour le « nous » ? Comment concrètement se produisent, dans le regard journalistique, la contestation de l'idée même de « centre » et l'avènement d'une représentation plus éclatée des conflits et des identités ?

C'est cette interrogation que nous souhaitons mener à présent. Inutile de nier la difficulté de la démarche du décentrement : elle est complexe, risquée, pleine d'écueils, et nous préférons faire droit d'emblée à ces écueils. L'enquête sera donc pleine d'une bienveillante suspicion : peut-on seulement décentrer ? Les tentatives que nous rapporterons ne sont-elles pas tentées en permanence par leur propre dévoiement ? Dessiner les figures du journalisme décentreur, ce sera donc, en même temps, mettre au jour les obstacles auxquels ces figures se sont heurtées.

Chapitre V

Les difficultés du décentrement : le mouvement du *New Journalism* et les premières années du quotidien *Libération*

Les deux moments de l'histoire du journalisme sur lesquels nous avons choisi de nous arrêter pour étudier le geste du décentrement se situent dans les années 1960 et 1970. Le premier est le mouvement américain du *New Journalism*, le second est l'aventure « Libé » en France, plus exactement « Libé 1 », de 1973 à 1981. Dans les deux cas, nous avons affaire à une contestation du journalisme dominant, mais une contestation qui désire s'exprimer à travers une pratique journalistique. C'est un *autre journalisme* que ces deux aventures ont cherché à inventer.

Comment s'y sont-elles prises ? Que racontent-elles, chacune, sur le geste de décentrer ? Ont-elles seulement tenu cette promesse de décentrer leur public ? Nous verrons que chacune révèle, lorsqu'on l'observe de près, une tentation de sortir de la visée du décentrement – tentation qui en dit long, précisément, sur la difficulté de réaliser un journalisme décentreur.

I – LE *NEW JOURNALISM*
ET LA TENTATION DE L'UBIQUITÉ

UN JOURNALISME À LA PREMIÈRE PERSONNE

Le *New Journalism* est un mouvement journalistique – faut-il dire « littéraire » ? – né dans les années 1960 aux États-Unis, à la frontière du roman et du journalisme. Il s'inscrit dans l'atmosphère générale de ces années, c'est-à-dire dans ce qu'on a parfois appelé une « culture de la contestation (*adversary culture*) »[1].

Il est étroitement lié aux évolutions, parallèles, de l'écriture de fiction. D'ailleurs, c'est pour désigner la démarche littéraire que l'expression « *adversary culture* » a été forgée en 1965 par Lionel Trilling. Ce dernier considérait que la littérature moderne, depuis la fin du XVIIIᵉ siècle, était porteuse d'une « intention subversive (*subversive intention*) » : elle ne cesse d'inviter son lecteur à critiquer les habitudes de pensée de la culture dominante du moment. Cette dimension contestataire aurait trouvé son apogée dans les premières décennies du XXᵉ siècle, puis aurait été mise en danger par le développement de la société de la consommation. Inquiets, plongés dans ce que d'autres ont appelé une « humeur apocalyptique »[2], les écrivains des années 1960 auraient cherché à ranimer la flamme de la subversion. De fait, la littérature est au cœur de la « culture de la contestation » des années 1960. Tout un

---

1. M. Schudson, *Discovering the News*, 1978, p. 163.
2. J. Hollowell, *Fact and Fiction. The New Journalism and the Nonfiction Novel*, 1977, p. 3.

courant d'écrivains décide de s'attaquer en profondeur aux représentations dominantes de la réalité. Ils font de la littérature une mise en question du clivage conventionnel entre le réel et le fictif et s'emparent d'événements habituellement considérés comme « non fictifs » et réservés au journalisme. C'est ainsi qu'est apparu le « *Nonfiction Novel* », qui, rejetant la frontière conventionnelle entre réalité et fiction, conteste du même coup celle entre journalisme et littérature.

Le *Nonfiction Novel* et le *New Journalism* sont les deux faces du même phénomène : une révolution complète de l'écriture, qui conduit à traiter sur le même mode les domaines anciennement séparés du réel et du fictif. La littérature sort de la fiction et de ses carcans ; le journalisme sort de sa croyance en son « objectivité » et de l'écriture figée et creuse que cette croyance a engendrée [1]. L'écrivain devient aussi journaliste, et le journaliste, écrivain. Cette révolution devait libérer aussi bien le journalisme que la littérature – ces distinctions perdant leur sens –, qui souffraient tous deux des stéréotypes dominants sur ce qui est « réel ». Le critique John Hollowell explique bien, par exemple, en quoi la littérature de fiction se sentait contrainte par la définition étriquée et stéréotypée du « réel » : « Généralement », écrit-il, « pour qu'un roman soit réussi, l'écrivain doit d'abord appréhender une "réalité" sociale, puis créer un monde fictif plausible qui entretienne quelque ressemblance avec ce monde. Pendant les années 1960, cependant, quand les différences entre "réalité" et "fantasme" sont devenues floues, les romanciers étaient souvent incapables ou peu désireux de pré-

---

1. « Objectivity is a myth », lance dans les années 1960 une reporter du *Raleigh Observer*, Kerry Gruson (voir M. Schudson, *Discovering the News*, p. 160-161).

tendre posséder un tel savoir. Même l'adoption de la technique du narrateur omniscient, que l'on rencontre communément dans les romans réalistes, implique une étendue de savoir que beaucoup d'écrivains refusèrent de prendre à leur compte. Par contraste, l'écrivain dans le roman de non-fiction dit, en fait : *"Voilà ce que j'ai vu*, voilà ce que j'ai fait et ressenti. Mon livre repose seulement sur les impressions et observations que je peux faire au sujet de ma propre expérience". Si la réalité et même les "faits" deviennent suspects, alors l'écrivain du roman de non-fiction choisit le ton de la confidence. » [1] Ce n'était donc en aucun cas pour s'ancrer dans un « réel » sûr de lui que les écrivains du *Nonfiction Novel* se sont intéressés à des événements habituellement traités dans les journaux, mais parce que ces événements révélaient précisément l'intrication du réel et du fantasmatique, déjouaient en somme les certitudes sur ce qui est réel. « Les événements de tous les jours rendaient continuellement floues les distinctions confortables entre le réel et l'irréel, entre le fantasme et le fait », écrit Hollowell [2].

Comme le suggère ce commentaire, le type d'écriture qui semble résulter naturellement de cette mise en question des frontières est une écriture à la première personne, assumant pleinement la singularité du point de vue. En effet, si je ne peux plus dire ce qui est réel et ce qui est fiction, si ce que j'écris est posé comme l'inextricable mélange des deux, alors je considère mon écriture comme un simple discours à la première personne, comme l'expression d'un sujet singulier, refusant ne serait-ce que l'essai d'une distinction entre

1. J. Hollowell, *Fact and Fiction*, p. 14-15.
2. *Ibid.*, p. 5.

l'« objectif » et l'imaginaire. La contestation passe ainsi par l'expression, voire la réhabilitation d'un « je », à la place d'un pseudo « nous » qui prétendait détenir le clivage réel/fiction et dans lequel la voix subjective était effacée.

La « subjectivisation » de l'écriture constituait en effet, aux yeux mêmes des premiers défenseurs du Nouveau Journalisme, la puissante originalité de ce mouvement. Dans son article de 1966, « The Personal Voice and the Impersonal Eye »[1], le journaliste et écrivain Dan Wakefield salue dans cette forme de journalisme la destruction du mythe de l'« œil impersonnel » : celui-ci cache *toujours*, en fait, une voix singulière. C'est par une formule de Henry D. Thoreau dans *Walden* que Wakefield résume l'entreprise du Nouveau Journalisme : « C'est toujours en définitive la première personne qui parle (*It is, after all, always the first person that is speaking*). » Wakefield évoque notamment le ton personnel de l'article de Tom Wolfe de 1965, « The Kandy-Colored Tangerine-Flake Streamline Baby », qui, avec le roman de non-fiction de 1965, *In Cold Blood* de Truman Capote, est traditionnellement considéré comme ouvrant l'ère du Nouveau Journalisme. Wolfe avait été envoyé par le magazine *Esquire* en Californie pour « couvrir » une exposition de voitures à la mode. Comme il l'explique lui-même dans sa préface au recueil d'articles auquel ce texte célèbre a donné son titre[2], il n'était pas parvenu à mettre ses idées en ordre pour produire un article en bonne et due forme.

---

1. D. Wakefield, « The Personal Voice and the Impersonal Eye », *Atlantic*, juin 1966, republié dans R. Weber (dir.), *The Reporter As Artist : A Look at The New Journalism Controversy*, 1974, p. 39-48.
2. L'article « The Kandy-Colored Tangerine-Flake Streamline Baby » est en effet reproduit dans T. Wolfe, *The Kandy-Kolored Tangerine-Flake Streamline Baby*, dernière édition de 1996, p. 76-107.

Son « *managing editor* », Byron Dobelle, lui demanda alors de simplement mettre ses notes par écrit, et de les envoyer au journal pour qu'un autre journaliste rédige l'article. Pendant plusieurs heures, Wolfe coucha sur le papier ses observations, sous la forme d'une lettre qui commençait par « Dear Byron ». Ravie du résultat, c'est finalement ce texte même, cette lettre au ton personnel, que la rédaction d'*Esquire* publia. La force de l'article réside dans cette recréation, à travers une pléthore de notes personnelles, des valeurs de la société de consommation dont ces petites voitures aux couleurs de bonbons étaient les emblèmes. Impossible de distinguer entre les « faits » et les impressions personnelles de Wolfe : la « réalité » n'est saisie qu'à travers les fantasmes qu'elle génère. D'où cette ponctuation fantaisiste, ces répétitions, ces ellipses, cette outrance qui caractérisent le style de Wolfe.

Dans cet article, Wakefield montre que le *New Journalism* vise, au fond, à défaire toute l'entreprise d'« objectivation » qui caractérise le journalisme moderne. Nous avons observé que cette entreprise s'était volontiers appuyée sur la valorisation de l'œil contre la voix. Wakefield, précisément, dénonce cet œil qu'il considère comme l'outil d'une « dépersonnalisation », mystificatrice. Le regard doit être restauré dans son indépassable subjectivité ; le récit, ramené à du discours ; il faut entendre la voix qui, de toute façon, ne cesse jamais de s'y exprimer. C'est cette intrication même (œil/voix) que le *New Journalism* veut coucher sur le papier. Celui-ci s'érige donc contre le mythe d'un « nous » et représente, au contraire, l'espace des points de vue comme le lieu d'une pluralité résistant à l'unification. C'est une conflictualité profonde, insoluble, qui est ici évoquée en filigrane par Wakefield, et qui transparaît aussi dans les premières pages de son livre de 1966,

Between The Lines : A Reporter's Personal Journey Through Public Events (paru, donc, un an après l'article « fondateur » de Wolfe, *Kandy-Kolored*) : Wakefied explique, au commencement de sa première section intitulée « *The Shadow Unmasked* », que son livre est destiné à des lecteurs qui « ont grandi en développant une méfiance et un ennui de plus en plus intenses à l'égard des reportages anonymes sur le monde, qu'ils soient signés ou non » – à des lecteurs, donc, qui « ont commencé à soupçonner ce que nous, les reporters des événements et des problèmes courants, essayons si souvent de dissimuler : le fait que nous sommes, après tout, des individus, non pas des Yeux omniscients, "omnivoyants", mais des "Je" singuliers, séparés, complexes, limités, particuliers »[1]. Ainsi, selon Wakefied, le *New Journalism* invite le lectorat à se désunir, dans la contemplation de ce qui ne peut jamais rassembler : un point de vue singulier, dans lequel c'est une voix unique que l'on entend.

Il faut alors inscrire, semble-t-il, le *New Journalism* dans la filiation du journalisme à la première personne ou « *personal journalism* », qui a des origines plus anciennes. Il est significatif que la première section du recueil sur le *New Journalism* de Ronald Weber s'intitule « *Personal Journalism* ». Pour ce critique, le *New Journalism* est fondamentalement un journalisme à la première personne, assumé comme tel, que le « je » soit explicite ou non dans l'écriture. Parmi les références importantes des « Nouveaux Journalistes », Weber, comme beaucoup d'autres spécialistes et protagonistes

---

1. D. Wakefield, *Between the Lines : A Reporter's Personal Journey Through Public Events*, 1966, cité par Ronald Weber dans son article « Some Sort of Artistic Excitement », en tête du recueil qu'il a dirigé : R. Weber (dir.), *The Reporter As Artist : A Look at The New Journalism Controversy*, p. 18.

du mouvement, évoque l'ouvrage de James Agee et Walker Evans, *Let Us Now Praise Famous Men*, paru en 1941 et considéré comme un véritable monument du « *personal journalism* »[1]. Ce reportage de la fin des années 1930 sur les Blancs pauvres de l'Alabama mêle des photographies prises par Evans et une écriture, celle d'Agee, qui assume la singularité totale du point de vue, donc aussi les limites de ce point de vue. Je vous dis ce que je vois et seulement ce que je vois, semble exprimer le reporter-écrivain. Le refus de tout regard « rassembleur » est patent dès les premières pages du livre : Agee insiste sur l'importance d'interroger *sa* relation à ces individus, afin d'éviter l'« obscénité » des journalistes ordinaires qui jugent tout simple de « fouiner dans les affaires d'un groupe d'autres humains sans défense » ; il lui paraît « curieux », ajoute-t-il, que des gens « soient capables de méditer cette entreprise sans le moindre doute sur ce qui les qualifie pour faire un travail "honnête", et avec une conscience plus claire que l'eau de roche, et dans la certitude virtuelle d'une approbation presque unanime du public »[2].

Le *personal journalism* est un modèle en quelque sorte « classique » de décentrement par le regard. Mais il faut ajouter que, par définition, ce journalisme à la première personne décentre dans une direction unique, celle définie par ce « je » qui déploie sa perspective singulière dans l'écriture. Agee, par exemple, ne prétend nullement faire voir plusieurs regards singuliers à la fois, mais uniquement le sien. Cette modestie, ce sens des limites, est la contrepartie évidente, et parfaitement assumée, de la revendication d'une singularité absolue.

---

1. Voir la traduction française : J. Agee et W. Evans, *Louons maintenant les grands hommes*, 1972 et nouvelle édition de 1993.
2. *Ibid.*, p. 25.

Ainsi, dans ce passage cité par Wakefield, Agee écrit, à propos d'un des paysans, George Gudger : « Mais bien entendu, dans cet effort pour parler de lui (par exemple) de la manière la plus vérace possible, je suis limité. Je ne le connais que dans la mesure où je le connais, et seulement dans les termes selon lesquels je le connais ; et tout cela dépend autant de qui je suis que de qui il est. »[1]

Parmi les grands noms du *personal journalism* qui ont marqué le mouvement du *New Journalism*, on pourrait aussi évoquer Lillian Ross. Celle-ci fut, avec Joseph Mitchell et A. J. Liebling, l'un des piliers du *New Yorker* des années 1940 et 1950 – magazine dont la « *Profiles* » *section*, consacrée à des portraits de célébrités, écrits dans un style libre, sous forme de récits personnels, est souvent considérée comme un projet journalistique précurseur du *New Journalism*. Examinons, pour comprendre comment le *personal journalism* peut décentrer, un reportage de Lillian Ross de 1960 intitulé « L'autobus jaune » (*The Yellow Bus*)[2]. Ross déploie un regard personnel, dont la partialité est parfaitement assumée, sur un groupe de lycéens de l'Indiana dont elle a accompagné le voyage à New York. Leur visite touristique, première découverte de New York, dure deux jours et trois nuits. La reporter ne dit jamais « je » explicitement, pourtant il s'agit indéniablement d'un reportage à la première personne, c'est-à-dire d'un regard singulier qui croque tous les stéréotypes dans lesquels ces lycéens demeurent enfermés, leur incapacité à s'ouvrir à ce qu'ils voient et même, tout simplement, à *voir*. Ross sélectionne leurs dialogues, dans

1. Cité par D. Wakefield, « The Personal Voice and the Impersonal Eye », p. 47.
2. L. Ross, « The Yellow Bus », reproduit dans L. Ross, *Reporting*, 1961, p. 11-30.

lesquels on entend, outre leur accent traînant, leur détermination à ne s'intéresser qu'à ce qui leur rappelle l'Indiana et ainsi à renforcer leur haine instinctive de cette ville si étrangère. Elle note la manière dont le moindre de leurs étonnements est rapporté à leur unique référence, « *home* », et prend un malin plaisir à nous décrire en détail les cadeaux stéréotypés qu'ils achètent (une salière avec la statue de la Liberté dessus et un poivrier avec l'Empire State Building, une théière avec le George Washington Bridge, etc.) ; elle ne vise aucune impartialité. On sent en outre que les propos qu'elle rapporte sont souvent des réponses à des questions qu'elle leur a posées ; elle remarque ainsi que pendant l'heure entière qu'ils ont passée à Coney Island, pas un seul n'est allé se promener près de la mer, alors qu'aucun d'eux n'avait jamais vu l'océan de sa vie ; il faut bien qu'elle les ait interrogés là-dessus pour obtenir cette réponse affligeante : « Oh, on savait que l'océan était là, et de toute façon il est prévu qu'on le voie dans le programme de la visite de demain (*We knew the ocean was there, and anyway we aim to see the ocean on the tour tomorrow*). » Avec surprise, moquerie, pitié peut-être aussi, ce texte exhibe aux yeux du lecteur, pour les démolir, les valeurs de ce petit groupe de jeunes Américains de l'Ouest. Or, ils sont « typiquement américains », et c'est cela, bien sûr, qui fait de ce reportage un texte décentreur : regardez-*vous*, dit-elle au public ; venez avec moi pour *vous* voir ; sortez de là.

Évidemment, encore faut-il que le public se sente concerné pour que le décentrement ait lieu. Mais du coup, ce texte ne s'adresse-t-il pas à des lecteurs déjà acquis à cette vision moqueuse de l'« Amérique profonde », donc finalement peu atteints par cette écriture ? Lors d'une lecture collective de ce texte, en 1996, dans une classe du département de journalisme de New-York

University, nous avons assisté à la révolte d'une étudiante originaire du Texas, qui trouvait le rire de ses camarades plein de malveillance et d'arrogance, et ce texte, au fond, insupportablement « new-yorkais » : elle dénonçait une sorte de « rassemblement » inavoué, un « nous » bien constitué, et non interrogé, riant d'une étrangeté elle-même jamais mise en question. Elle touchait évidemment un point-clef, qui nous permet de souligner qu'à peine entrés dans l'analyse des journalismes décentreurs, nous sommes conduits à observer les risques qui les guettent, notamment le risque de demeurer, en réalité, des écritures du « rassemblement », malgré, peut-être, les meilleures intentions. Pour autant, si l'on considère que, somme toute, Ross n'écrivait pas que pour des New-Yorkais méprisants et que la révolte de cette étudiante texane fait elle-même partie des « effets » de son texte, « The Yellow Bus » demeure un assez bon exemple d'écriture « décentreuse ».

Il est légitime de considérer le *New Journalism* comme un journalisme à la première personne, dans la filiation d'une tradition américaine riche et déjà contestataire du journalisme dominant, ne serait-ce que par la forme d'écriture qu'elle préconisait. Ses atouts pour *décentrer* seraient alors les mêmes que ceux du *personal journalism* – comportant aussi les mêmes limites et les mêmes risques. Cependant, cette analyse est trop rapide. On ne peut pas réduire le *New Journalism* à cela, à cette apologie de la voix subjective du reporter-écrivain[1]. Son « ambition décentreuse » va plus loin. Si

1. Le critique Ronald Weber, qui, comme on l'a dit, insiste sur cette filiation entre le *New Journalism* et le *personal journalism*, souligne, dans la suite de son analyse, que néanmoins le premier ne se réduit pas au second (R. Weber, « Some Sort of Artistic Excitement », introduction à R. Weber (dir.), *The Reporter As Artist*).

Wakefield « tire » le Nouveau Journalisme du côté du journalisme personnel, délibérément subjectif, un de ses représentants les plus importants, Tom Wolfe, insiste, quant à lui, sur le fait que le *New Journalism* est également mû par un tout autre souffle, beaucoup plus original à ses yeux. On pourra se demander, dès lors, si cet autre souffle, qui donne au *New Journalism* d'autres atouts pour décentrer, n'implique pas d'autres difficultés, d'autres risques de dévoiement pour la visée du décentrement.

LE JOURNALISTE « CAMÉLÉON »

DE TOM WOLFE ET SES AMBIVALENCES

Examinons l'article de Tom Wolfe, « The New Journalism », écrit en 1973 [1]. Rédigé à cette date, et introduisant une anthologie de textes du *New Journalism*, ce texte est au moins autant un bilan qu'un programme : il précise ce qu'est et ce que vise ce courant tout à la fois journalistique et littéraire. Or, on y constate un refus de l'interprétation « subjectiviste » du *New Journalism*, au nom d'une vision plus ambitieuse du décentrement.

On est surpris, d'emblée, par l'attachement de Wolfe à la notion de *réalisme*, qui semble aller à l'encontre du désir, évoqué plus haut, de brouiller la frontière du réel et de la fiction. À vrai dire, déjà dans la préface du recueil, qui précède cet article, Wolfe compare l'introduction du réalisme en littérature avec la découverte de l'électricité. « Cela a élevé l'art vers une toute nouvelle dimension », affirme-t-il. « Et quiconque, en fiction

---

1. T. Wolfe, « The New Journalism », *in* T. Wolfe et E.W. Johnson (dir.), *The New Journalism*, 1973, p. 3-52.

comme en non-fiction, essayerait d'améliorer la technique littéraire en abandonnant le réalisme social serait comme un ingénieur qui tenterait de faire progresser la technologie des machines en abandonnant l'électricité. »[1] Puis, au début de son article « The New Journalism », il décrit son entrée dans le monde du journalisme en insistant sur son souci d'atteindre le « *real world* », le monde réel, en laissant là ses études académiques[2] – un discours sur soi qui comporte des ressemblances frappantes avec les motivations qu'un Lincoln Steffens avançait pour justifier son abandon du monde académique et son choix du journalisme. Wolfe fait aussi un éloge de Jimmy Breslin, cet éditorialiste qui a osé quitter son bureau et descendre dans la rue pour y puiser les sujets de ses papiers, c'est-à-dire qui a compris que le reportage était la seule façon d'accéder aux choses « réelles »[3].

Wolfe semble donc s'opposer à la caractérisation qui, jusqu'à présent, était au centre de notre analyse du *New Journalism* : il refuse de voir en lui l'avènement d'un pur discours à la première personne, qui mettrait à mal la définition même de la réalité. Mais c'est surtout au moment où il livre les quatre « procédés (*devices*) » essentiels du *New Journalism* qu'il exprime son opposition à toute écriture purement subjective ; en fait, ce qu'il rejette, c'est l'arbitraire et le relativisme inhérents à la position radicalement subjectiviste. Il pense, lui, que le *New Journalism* a encore à voir avec une certaine recherche, proprement journalistique, de la « réalité objective ».

Certains des procédés qu'il décrit n'apparaissent pas

---

1. T. Wolfe et E.W. Johnson (dir.), *The New Journalism*, p. xi.
2. T. Wolfe, « The New Journalism », p. 4.
3. *Ibid.*, p. 12.

immédiatement contraires au principe d'une écriture à la première personne. Ce sont avant tout des procédés qui réhabilitent, contre les règles d'écriture de la profession journalistique, une écriture plus littéraire et plus libre. Ainsi, le premier procédé qu'indique Wolfe, la narration par scènes successives (« *scene-by-scene construction* »[1]), implique une rupture avec la règle d'or du journalisme conventionnel. Cette règle d'or exigeait de commencer l'article par un premier paragraphe synthétique (le « *lead* ») condensant la substance de l'information et mentionnant la source d'où est tirée cette information, puis de développer progressivement, de l'essentiel au plus anecdotique, les éléments ou ingrédients qui composent cette information. Contre de telles conventions, qui bannissent la narration chronologique et lui préfèrent une approche par sélections successives de ce qui est essentiel (en vertu ce qu'on appelle des « *news judgments* »), le Nouveau Journalisme réhabilite donc la *trame* narrative. La construction par scènes successives permet de retrouver une authentique dramatisation, à laquelle contribuent parfois tous ces détails ignorés du journalisme conventionnel. Ce point annonce le procédé numéro quatre : l'attention aux détails de la vie quotidienne, qui retrouvent ainsi une place dans le récit[2]. Le procédé numéro deux est l'usage fréquent des dialogues réalistes (« *realistic dialogues* »[3]), qu'il convient de couper au minimum – contrairement à ce que fait le journalisme conventionnel lorsqu'il sélectionne des « *quotes* » (citations) –, afin de restituer l'ambiance à laquelle le reporter a été confronté.

1. *Ibid.*, p. 31.
2. *Ibid.*, p. 32.
3. *Ibid.*, p. 31.

Jusqu'ici, on ne perçoit rien qui aille contre le principe d'un regard singulier, délibérément subjectif, bien au contraire. Cela dit, il faut tout de même préciser que, sous la plume de Wolfe, ces procédés littéraires sont à eux seuls, déjà, des instruments qui tirent la narration vers un idéal *réaliste*. Car ce ne sont pas pour Wolfe des procédés littéraires quelconques, mais des outils légués par la tradition du roman *réaliste*. Ainsi le premier procédé est-il la transposition pure et simple du procédé de la « *scenic depiction* » dans laquelle Henry James – pour Wolfe, l'un des grands modèles du roman réaliste [1] – voyait la caractéristique propre du roman par rapport au résumé historique [2]. Quant à l'importance des détails, elle n'est pas sans rappeler le procédé cher à Dickens, salué par George Orwell [3], lui-même volontiers évoqué par Wolfe, qui consistait à parsemer la narration d'observations sans rapport avec la trame narrative, afin de restituer une atmosphère – c'est ce que Barthes a appelé, plus tard, l'« effet de réel » [4].

Mais c'est le procédé numéro trois qui à la fois constitue l'indéniable originalité du Nouveau Journalisme tel que Wolfe le présente et porte le plus fondamentalement atteinte au subjectivisme. Il s'agit du procédé de la *variation des points de vue*, qui doit permettre, selon Wolfe, de briser l'enfermement dans un seul regard subjectif. L'énoncé du procédé numéro trois n'évoque pas directement la *variation* des points de vue,

1. Cela n'implique évidemment pas que le regard de Wolfe sur James – comme sur Balzac ou Joyce – soit satisfaisant. Probablement a-t-il d'ailleurs une tendance à les rendre tous bien plus « réalistes » qu'ils ne le sont.

2. Voir J. Hollowell, *Fact and Fiction*, p. 26.

3. G. Orwell, « Charles Dickens », 1939, reproduit dans G. Orwell, *Essais, articles et lettres. Vol. I (1920-1940)*, 1995, p. 517-574 ; voir notamment p. 563.

4. R. Barthes, « L'Effet de réel », *Communications*, 11, 1968, reproduit dans T. Todorov et G. Genette (dir.), *Littérature et réalité*, 1982, p. 81-90.

mais seulement l'exigence de rompre avec la « classique » vision des choses du seul point de vue du journaliste : Wolfe enjoint au Nouveau Journaliste de raconter l'histoire du point de vue d'au moins un de ses personnages[1]. Puis, la suite du texte de Wolfe montre que l'ambition n'est nullement de se limiter à un seul point de vue : si le journaliste-écrivain sort de *son* voir, de *son* vécu, ce n'est pas pour s'enfermer dans celui d'un seul autre. « Si le journaliste veut glisser du point de vue de la troisième personne à celui de la première personne dans la même scène », écrit-il, « ou entrer dans les points de vue de différents personnages puis en sortir, ou même passer de la voix omnisciente du narrateur au flux de conscience de quelqu'un d'autre – comme cela se produit dans *The Electric Kool-Aid Acid Test*–, il le fait. »[2] Autrement dit, Wolfe ne tient nullement au maintien d'une cohérence dans la *focalisation*, pour reprendre la terminologie de Genette. Il est même net qu'il affectionne la variation la plus large possible des points de vue, que ce soit par l'introduction de multiples dialogues, où des voix différentes se font entendre, qui révèlent quelque chose de la perspective propre de chaque personnage (sorte de plurivocalité en style direct), ou par un usage du style indirect libre, par lequel le narrateur se glisse dans la peau des personnages.

Cette variation des points de vue permet au journaliste-narrateur de voyager dans une multiplicité de recoins d'une même scène. Il se fond partout, il voit de partout parce qu'il épouse toutes les perspectives. Aussi la métaphore utilisée par Wolfe pour évoquer le « nouveau journaliste » est-elle celle du *caméléon* : « En fin

1. T. Wolfe, « The New Journalism », p. 32.
2. *Ibid.*, p. 33-34.

de compte », écrit-il, « un critique m'a traité de "caméléon", parce que je prenais instantanément la couleur
de ceux à propos desquels j'écrivais. Son propos était
péjoratif. Je le pris pour un grand compliment. Un
caméléon... absolument ! » [1] Or, par cette métaphore du
caméléon, Wolfe cherche à l'évidence à mettre le *New
Journalism* à l'écart de la tradition du *personal journalism*. « Beaucoup de reporters qui essayent d'écrire du
Nouveau Journalisme utilisent un format autobiographique – "J'y étais et voici comment cela m'a touché"
– précisément parce que cela semble résoudre nombre
de problèmes techniques. Le Nouveau Journalisme a
souvent été caractérisé comme du journalisme "subjectif" pour cette raison même [...] En fait, la plupart des
meilleurs travaux dans cette forme relève de la narration
par une tierce personne, l'écrivain se tenant lui-même
absolument invisible, comme dans l'œuvre de Capote,
de Talese, du premier Breslin, de Sack, de John Gregory
Dunne, de Joe McGinniss. » [2]

Wolfe prend ainsi ses distances par rapport à cette
revendication de la subjectivité que Wakefield saluait
dans le *New Journalism*. La distance tourne presque au
mépris lorsque Wolfe parle à son tour du livre de Agee,
Let Us Now Praise Now Famous Men : tout ce qui, sous
la plume de Wakefield huit ans plus tôt, était admiré et
perçu comme un « précédent » fondamental au *New
Journalism* – la reconnaissance de l'ancrage subjectif
du point de vue, du biais et des limites qu'il induit dans
l'appréhension des choses, et notamment des autres
points de vue – est ici dévalorisé par Wolfe, parce que
considéré comme un enfermement dans le point de vue
subjectif du seul journaliste. « Après tout l'enthou-

1. *Ibid.*, p. 19.
2. *Ibid.*, p. 42.

siasme que j'avais vu suscité par les critiques au sujet de *Let Us Now Praise About Famous Men* de James Agee – un livre sur les pauvres types dans les Appalaches pendant la Dépression –, le lire fut une grande déception. Agee a fait preuve de pas mal de hardiesse, en montant dans les montagnes et en s'y établissant quelque temps dans une famille. En lisant entre les lignes je dirais que son problème consistait en un manque extrême de confiance en soi. Son compte rendu abonde en descriptions "poétiques" et comporte peu de dialogues. Il n'utilise pas d'autre point de vue que le sien propre. En lisant entre les lignes vous obtenez l'image d'un homme bien élevé et extrêmement timide... trop poli, trop peu sûr de lui pour poser des questions personnelles sur ces gens simples ou même les faire sortir de leur coquille (*draw them out*). » [1]

Aussi la seule littérature « autobiographique » qui semble intéresser Wolfe est-elle celle où *le « je » lui-même se décentre*, franchit ce pas que ne franchit pas Agee face aux paysans, entre dans la tête d'autres acteurs, se fond en eux par empathie, voire par métamorphose. Significativement, parmi les exemples que donne Wolfe, il y a *Dans la Dèche à Paris et à Londres*, livre-reportage dans lequel George Orwell raconte comment il s'est « transformé » en vagabond et a erré à Paris et Londres [2]. Wolfe salue dans ce texte un décentrement par rapport à soi, une expérience inédite qui ouvre la porte de l'intériorité de la misère. (On verra, dans le chapitre suivant consacré à Orwell, que telle était en effet l'ambition du jeune Orwell en écrivant ce texte, mais on verra aussi avec quelle dureté celui-ci jugera son entreprise, quelques années plus tard, ce qui

1. *Ibid.*, p. 44.
2. *Ibid.*, p. 45.

montre qu'au contraire de Wolfe, Orwell a perçu avec subtilité toutes les difficultés, voire les contradictions, qu'implique l'assimilation du *geste de décentrer* à l'expérience de la *métamorphose*.) Pour ce qui est de ses contemporains, Wolfe a une évidente admiration pour les textes mus par l'ambition d'entrer là où c'était interdit ou impossible, croyait-on. Il est particulièrement élogieux, par exemple, à l'égard du travail de Hunter S. Thompson sur les « Anges de l'Enfer »[1] : « Une des forces de *The Hell's Angels* est la capacité de Thompson à dépeindre le milieu, non seulement des Anges eux-mêmes mais aussi des gens dont ils envahissent la vie. [...] L'usage de la première personne par Thompson – *i.e.*, l'usage de son propre personnage, le reporter, dans l'histoire – est tout à fait différent de l'usage qu'il fera plus tard de la première personne dans son *"Gonzo Journalism"* (journalisme bizarroïde). Ici, il utilise son personnage uniquement pour faire ressortir le personnage des Anges et des habitants locaux. »[2] Au contraire, Wolfe reproche à Truman Capote une insuffisante capacité d'empathie : « [...] Capote n'utilise pas la technique du point de vue de manière aussi raffinée qu'il le fait dans la fiction. On sent rarement qu'il se place réellement à l'intérieur de l'esprit des personnages. On éprouve un curieux mélange de perspective à la troisième personne et de narration omnisciente. Capote disposait probablement de suffisamment d'informations pour utiliser la technique du point de vue

---

1. H. S. Thompson, *The Hell's Angels : A Strange and Terrible Saga*, 1967 ; voir la traduction française *Hell's Angels : l'étrange et terrible saga des gangs de motards hors la loi* de 2000.

2. Commentaire par Tom Wolfe d'un extrait de *The Hell's Angels, A Strange and Terrible Saga* de Hunter S. Thompson, reproduit pages 340-355 de T. Wolfe et E.W. Johnson (dir.), *The New Journalism*. Ce commentaire apparaît en tête de l'extrait, page 340.

d'une manière plus complexe, mais il n'était pas prêt à se laisser aller dans le domaine de la non-fiction. » [1]

À première vue, le souci de Wolfe d'éviter l'enfermement dans un seul point de vue révèle donc une ambition de décentrer de manière plus radicale. La modestie d'un auteur conscient de sa partialité et des limites de sa perspective propre ne le séduit guère. Décentrer de cette façon-là, voilà qui n'a pas beaucoup d'intérêt à ses yeux. Il faut vouloir beaucoup plus, il faut que le journaliste donne à voir une conflictualité bien plus générale, qu'il mette en scène la pluralité des perspectives, que son texte soit une véritable cacophonie. Le « caméléon » montre ainsi qu'il n'y a pas de point d'ancrage fixe, de « centre », pour le regard. Mais en réalité, cette ambition même rend la visée du décentrement soudain ambivalente – bien plus ambivalente, en fait, que l'approche strictement subjectiviste du Nouveau Journalisme. Le motif du journaliste-caméléon soulève de nombreux problèmes, qui révèlent que la conception que se fait Wolfe du décentrement suppose une approche assez « lisse » de l'altérité et des conflits

1. Commentaire par T. Wolfe d'un extrait de *In Cold Blood* de Truman Capote, reproduit p. 116-126 de T. Wolfe et E.W. Johnson (dir.), *The New Journalism*. Le commentaire apparaît en tête de l'extrait, p. 116. Wolfe ne dit pas exactement que Capote reste enfermé dans son point de vue ; il considère que celui-ci masque aussi sa voix propre dans l'usage d'un ton distant, où la première personne n'apparaît guère ; c'est donc d'une façon générale que Capote manque, selon Wolfe, la richesse du jeu des points de vue, demeurant dans la froideur d'une posture d'omniscience narrative. D'autres critiques affirment également que l'écriture de Capote se caractérise par une tendance à l'omniscience narrative, mais pour Hollowell, par exemple, c'est précisément un usage raffiné de la technique des points de vue qui nourrit cette posture. (J. Hollowell, *Fact and Fiction*, p. 73). Wolfe est manifestement étranger à ce risque que le procédé de la variation des points de vue aboutisse, précisément, à cette posture d'omniscience qu'il prétend abhorrer. Pourtant, comme on va le voir, c'est très exactement le problème que pose le motif du narrateur « caméléon ».

et qu'elle pourrait bien cacher, en fait, un rassemblement qui s'ignore.

Cette ambivalence apparaît sous plusieurs formes.
Premièrement, le motif du caméléon signifie une capacité pour le regard à accéder partout, ce qui invite à se
demander : n'y a-t-il pas là un fantasme de l'ubiquité,
impliquant le refus d'envisager une altérité proprement
insondable, incommunicable ? Les aveux d'échec de
James Agee à pénétrer la conscience de ceux qu'il
regardait étaient en un sens plus respectueux de cet
incommunicable ; le décentrement se voulait modeste,
limité, mais finalement il comportait moins ce risque
de la trahison, décelable, au contraire, dans le motif
wolfien du journaliste-caméléon. On doit d'ailleurs
remarquer que le motif du journaliste-caméléon n'est
nullement *fondé* chez Wolfe. Il suppose une capacité
d'empathie parfaite du journaliste, qui n'est jamais
explicitée, encore moins justifiée. Wolfe ne se demande
jamais si le journaliste *peut* véritablement sortir de son
enfermement dans sa seule subjectivité. Même s'il
reconnaît que le travail empathique fait largement appel
à l'imagination du journaliste-narrateur, il est clair : ce
n'est pas son propre fantasme sur l'intériorité psychique
des acteurs, mais leur intériorité *réelle* que le journaliste
saisit et restitue. Les éventuels problèmes théoriques et
pratiques de l'empathie ne sont pas du tout évoqués, ce
qui est tout de même surprenant : il semble qu'importer
dans le journalisme le souci joycien de restituer le
« *stream-of-consciousness* », alors qu'il s'agit de l'intériorité psychique de personnages qui ne sont pas inventés par un romancier, ne pose aucune difficulté.

Deuxième aspect de l'ambivalence, lié au premier :
le procédé de la variation des points de vue est mentionné par Wolfe dans le but, non pas de mettre plus à
mal encore la frontière réel/fiction, en faisant advenir

une conflictualité tout à fait désordonnée, un malentendu général n'offrant nul repère au lecteur, mais de défendre ou de reconstruire la notion de « réalité ». Wolfe paraît déterminé à se débarrasser de l'accusation de subjectivisme parce qu'il la sait dangereuse pour les Nouveaux Journalistes : elle autorise leurs détracteurs [1] à leur dénier l'appellation de « journalistes », puisque leur écriture ne peut alors se défendre d'être autre chose que pure fantaisie, délire imaginatif sorti de la tête d'un seul écrivain, construction dont la valeur est au mieux littéraire mais nullement journalistique *(« The bastards are making it up ! »*, comme le résume Wolfe lui-même [2]). Déjà le présupposé d'une empathie réelle – l'idée que le journaliste touche la véritable intériorité psychique des acteurs – était le fruit de ce réalisme farouche : il s'agissait d'affirmer que le journaliste touchait une réalité qui existait et existerait sans lui, que *tout n'était donc pas construit par lui.* Mais plus généralement la manière dont Wolfe évoque le procédé de la variation des points de vue conduit à en faire l'« antidote » absolu contre ce subjectivisme aux implications si dangereuses : il y a du « monde commun », semble affirmer Wolfe, il y a du *réel* ; et donc, nous, les « nouveaux journalistes », *nous faisons bien du journalisme, et pas du roman.*

D'ailleurs, de manière significative, c'est au moment où Wolfe évoque ce procédé de la variation des points de vue qu'il se démarque tout à coup du « roman », retrouvant la classique distinction entre la fiction et la réalité. Certes, dit-il en substance, nous utilisons les techniques de James et Joyce, nous entrons ainsi dans

---

1. Voir notamment D. MacDonald, « Parajournalism, Or Tom Wolfe and His Magic Writing Machine », *The New York Review of Books*, 1965, reproduit dans R. Weber (dir.), *The Reporter As Artist*, p. 223-233.

2. T. Wolfe, « The New Journalism », p. 11

la tête des personnages, mais nous faisons mieux qu'eux puisque *tout est vrai* – c'est-à-dire, puisque les personnages sont parfaitement *réels*. Ce que nous faisons n'est donc pas du roman, *c'est plus réel que le meilleur roman réaliste*. Voici *in extenso* ce passage : « Le résultat est une forme qui n'est pas exactement *comme un roman*. Elle utilise des procédés dont il se trouve qu'ils ont été employés originellement dans le roman, et les mélange à tous les autres procédés connus de la prose. Et ce faisant, bien au-delà des questions de technique, elle possède un avantage tellement évident, tellement consubstantiel que l'on oublie presque l'étendue de son pouvoir : c'est tout simplement le fait que le lecteur sait que *tout ceci est réellement arrivé*. Les démentis ont disparu. L'écran s'est évanoui. L'écrivain s'est approché d'un peu plus près de ce rêve de l'implication complète du lecteur qu'ont fait mais jamais réalisé James et Joyce. » [1]

Cet enjeu – bien assurer qu'on fait du journalisme, c'est-à-dire qu'on touche la *réalité* – signifie à maints égards une régression par rapport à l'une des visées du *New Journalism*, que nous avons très tôt soulignée : le brouillage des frontières entre réel et fiction, entre journalisme et littérature. D'où ce paradoxe : c'est au moment où Wolfe prétend viser un décentrement plus radical que jamais – ce n'est pas *un* point de vue neuf, singulier, que le *New Journalism* donne à voir, déclare-t-il, mais une vaste conflictualité de perspectives, un décentrement général du regard, un voyage dans les points de vue les plus divers – qu'en fait il « régresse » dans cette visée même. Le journaliste-caméléon de Wolfe, outre sa formidable, et énigmatique, capacité d'empathie, ne devient jamais fou ; il sait toujours où

1. *Ibid.*, p. 34. Les groupes de mots soulignés le sont par Wolfe.

il est, à savoir dans le monde intérieur *réel* de tel ou tel ; il sait toujours faire la différence entre ces mondes. Il sait même faire la différence, lorsqu'il pénètre l'intériorité psychique de tel ou tel, entre ce qui est fantasme déformateur par rapport à la réalité extérieure, et ce qui est fidèle à cette réalité extérieure « objective ». En effet, et ce n'est pas le moindre des paradoxes, Wolfe, dans son réalisme, va jusqu'à réhabiliter complètement l'idée d'une réalité commune, « objective » – celle, en fait, qui est extérieure à tous ces mondes intérieurs, et qui n'est nullement mise en cause par le conflit des interprétations à son sujet. « L'idée était de donner l'entière description objective », reconnaît-il, « plus quelque chose qui a toujours poussé les lecteurs à se tourner vers les romans et les nouvelles pour le trouver, à savoir : la vie subjective et émotionnelle des personnages. » [1] En somme, on montrera tout, le « dedans » et le « dehors ». Le fantasme du *regard total* est on ne peut plus clair, impliquant que ce regard demeure capable de bien distinguer, dans tous les niveaux de réalité qu'il embrasse, entre ce qui est réalité objective – « vrai réel », en quelque sorte, valable pour tous – et ce qui est réalité subjective – réalité fantasmatique de tel ou tel acteur à propos du « vrai réel ».

On voit à quel point cette revendication du réalisme, dont on comprend par ailleurs les enjeux polémiques – répliquer à ses détracteurs que le *New Journalism* est bien du journalisme –, plonge le projet dans l'ambiguïté. Car tout ce que le décentrement osait lorsqu'il était présenté comme le travail d'un point de vue délibérément subjectif, c'est-à-dire cette contestation de l'idée de réalité commune, est désormais annulé : Wolfe affirme qu'on ne portera pas atteinte à « notre » réalité ;

1. *Ibid.*, p. 21.

on naviguera dans les interprétations, les fantasmes des uns et des autres à son sujet, mais à elle on ne touchera pas vraiment ; il y a bel et bien du « dehors », il y a de l'« objectif », valable au-delà des vécus subjectifs qui les appréhendent et éventuellement les transforment.

Il arrive en effet, et c'est troublant, que les Nouveaux Journalistes, accablés par les attaques de leurs détracteurs, en viennent à ces extrémités : ils invoquent, contre toute attente, leur « *accuracy* » (précision factuelle) ou encore le caractère « *reliable* » (fiable) de leurs reportages[1] ; ils affirment qu'ils ont *aussi* travaillé, enquêté selon les critères les plus classiques de leur profession, pour trouver les « faits » ; dès lors, ils présentent leur originalité comme un simple travail supplémentaire, pour saisir les vécus subjectifs dans lesquels ces faits sont impliqués. Autrement dit, ils prétendent non pas transformer la notion classique de « fait », mais lui ajouter une dimension supplémentaire, l'accès à ce que Norman Mailer appelle l'« *intimacy* » (l'intimité) et ce que Ronald Weber nomme les « *interior states*[2] » (l'intériorité) ; non pas mettre en cause le principe empiriste de détermination des faits, mais entrer *aussi* dans la tête de tous ceux qui perçoivent, ressentent, déforment ces faits ; non pas dénaturer la visée « objectivante » du journalisme, mais lui donner un « plus », un supplément d'âme, si l'on ose dire...

À cet égard, le discours sur l'intérêt d'additionner de multiples techniques différentes, souvent tenu par les Nouveaux Journalistes, comporte quelque chose d'un

1. Hollowell rappelle par exemple les arguments de Truman Capote pour défendre l'exactitude des faits dans *In Cold Blood*. On y retrouve la conception empiriste classique du fait, qui, comme dans ces propos de Wolfe, paraît donc laissée intacte (*Fact and Fiction*, p. 70).
2. R. Weber, « Some Sort of Artistic Excitement », *in* R. Weber (dir.), *The Reporter As Artist*, p. 15.

peu régressif – en fait de défensif. On trouve par exemple ce discours sous la plume de Gay Talese. Dans une note publiée dans son recueil *Fame and Obscurity*, Talese écrit : « Le Nouveau Journalisme, bien qu'il se lise souvent comme de la fiction, n'est pas de la fiction. Il est, ou devrait être, aussi digne de confiance (*reliable*) que le reportage le plus digne de confiance, bien qu'il recherche une vérité plus large que celle qu'il est possible d'atteindre à travers la pure compilation de faits vérifiables, l'usage des citations directes, et l'adhésion au style rigide et ordonné de la forme conventionnelle. Le Nouveau Journalisme permet, exige en fait, une approche plus imaginative du reportage, et il permet à l'écrivain de se projeter lui-même dans le récit s'il le souhaite, comme beaucoup d'écrivains le font, ou bien d'adopter le rôle d'un observateur détaché, comme d'autres le font, dont je suis. » [1]

Le critique Ronald Weber considère que de tels discours dénotent une incapacité à assumer jusqu'au bout la remise en cause de la notion même de journalisme. « Le Nouveau Journalisme », écrit-il, « tente d'attirer l'un vers l'autre, ou de rapprocher, les mondes conflictuels du journalisme et de la littérature. [...] Manifestement, les Nouveaux Journalistes réalisent ce mélange à des degrés divers. La plupart se placent d'un côté ou de l'autre – en tant que journalistes essayant d'étendre les limites du journalisme ou en tant que figures littéraires utilisant le factuel à des fins artistiques. Mais quelle que soit la façon dont les Nouveaux Journalistes se voient eux-mêmes, ce qu'ils font n'est ni exactement de la littérature ni exactement du journalisme, mais un

---

1. G. Talese, « Author's Note to *Fame and Obscurity* », *in* R. Weber (dir.), *The Reporter as Artist*, p. 35. Gay Talese est un nom important du *New Journalism* ; son ouvrage *Fame and Obscurity : Portraits by Gay Talese* (1970) est un recueil de portraits.

mélange grossier des deux – et c'est là le cœur du problème. Le Nouveau Journalisme est vulnérable sur ses deux faces. »[1] Au-delà du jugement propre de Weber, ce propos met le doigt sur le double discours des Nouveaux Journalistes sur eux-mêmes, un double discours ayant pour fonction de résoudre, par l'addition, quelque chose qui demeure tout de même très problématique. Au lieu de saisir leur propre contradiction à bras-le-corps, ils ont tendance à dire : nous faisons *et* du roman, *et* du journalisme, et l'un n'annule guère l'autre. Ils continuent notamment d'affirmer qu'ils ne font pas *que* du roman, alors même que tout leur projet est mû par un désir de brouiller cette frontière entre roman et journalisme.

Chez Wolfe, ce double discours prend une forme particulièrement orgueilleuse : nous faisons mieux que le roman traditionnel, et que le journalisme conventionnel, dit-il, parce que justement nous réunissons les deux. Nous « complétons » le journalisme grâce aux techniques du roman, à savoir une observation plus minutieuse de la réalité extérieure (modèle balzacien), mais surtout un travail d'intropathie, d'entrée dans l'intériorité, qui était étranger au journalisme traditionnel (modèles de James et Joyce)[2] ; et ce faisant, nous « complétons » le roman réaliste lui-même, nous faisons mieux que lui, nous allons au bout du rêve des romanciers réalistes, puisque enfin nous appliquons leurs techniques à la « réalité » vraie. Il est évident que Wolfe ici déploie un fantasme du *regard total* (extériorité et intériorité, journalisme et roman, etc.).

Or, ce fantasme est des plus suspects au regard de la

---

1. R. Weber, « Some Sort of Artistic Excitement », *in* R. Weber (dir.), *The Reporter As Artist*, p. 23.
2. Encore une fois, on ne se prononcera pas sur la manière dont Wolfe « classe » les romanciers qu'il évoque.

visée du décentrement. Car il suppose une conception finalement assez douce de la conflictualité dans l'espace des points de vue : non seulement aucune perspective « autre » n'est suffisamment « autre » pour être proprement inaccessible, mais il demeure, au-delà de la pluralité des points de vue, une « réalité commune ». Autrement dit, quelque chose est sauvé du malentendu général. Le subjectivisme radical n'était guère préoccupé, lui, d'un tel sauvetage. Le journaliste-caméléon, au contraire, limite l'étendue du conflit au moment même où il prétend le restituer, le mettre en scène. À tel point qu'on peut se demander si les « autres » points de vue dans lesquels il voyage sont perçus dans leur altérité profonde, et si les conflits sont exposés dans toute leur intensité. Car le caméléon, et avec lui le lecteur, s'y retrouvent toujours, comme si ces mondes différents ne dessinaient toujours qu'un seul grand monde dans lequel nous sommes tous rassemblés.

D'ailleurs, le fait que pour Wolfe aucune altérité, aucun conflit ne résistent au regard du reporter est avéré par sa confiance même dans la complémentarité des divers « procédés » (*devices)* qu'il expose. Wolfe ne se demande jamais si tous ces procédés sont bien compatibles entre eux ; si les focalisations multiples qu'il encourage ne présentent pas des contradictions les unes avec les autres. On pourrait pourtant être plus dubitatif, dès lors qu'il s'agit d'observation d'acteurs concrets et non de personnages inventés, quant à la possibilité d'appliquer ensemble tous les « procédés » qu'il expose. Par exemple, peut-on vraiment appliquer en même temps l'impératif d'observation tout extérieure, qui inclut notamment l'attention aux détails et l'écoute attentive des dialogues (des paroles prononcées), et l'exigence de se focaliser sur les monologues intérieurs (non explicitement prononcés), des personnages ? Outre la question de savoir si l'on peut réellement être *dedans* – c'est l'énigme de cette empathie parfaite, si vite réglée par Wolfe –, se pose celle-ci : peut-on être *à la fois* dedans et dehors ? Pour Wolfe, il ne semble pas y avoir de problème : il n'y a pas à choisir de privilégier telle ou telle perspective sur une situation, toutes les perspectives sont possibles en même temps ; idéalement, tous ces procédés s'additionnent, élargissent le regard, le rapprochent de cette totalité à laquelle il semble aspirer.

Ses propres textes, friands en changements brutaux de focalisation, expriment cette confiance dans la possibilité d'un regard total. Prenons *The Electric Kool-Aid Acid Test*, ce texte sur le groupe hippie « The Pranksters » qui a inspiré le roman de Jack Kerouac, *On The Road*, sur la « Beat Generation ». L'écriture y est souvent très empathique : Wolfe cherche à nous restituer le « flux de conscience » du leader Kesey. Mais il ne souhaite pas pour autant perdre l'avantage d'une focalisation externe, d'un regard détaché – le sien, Tom Wolfe, à moins que, ce qu'il préfère en théorie, mais ne pratique pas toujours, il fasse voir le personnage par un autre personnage. C'est ce que le critique Robert Scholes a appelé la « double perspective » : « Wolfe pratique la double vision qui permet de voir Kesey à la fois comme un leader purement religieux et comme une caricature comique. Gardant son propre sang-froid, Wolfe évolue entre l'empathie profonde avec le groupe de Kesey et le scepticisme détaché. Cette double perspective, simultanément à l'intérieur et à l'extérieur de l'objet de son investigation, est typique de sa méthode. »[1] Ce commentaire confirme une sorte de

---

1. R. Scholes, « Double Perspective on Hysteria », *Saturday Review*, 24 août 1968, p. 37. Selon Hollowell, c'est ce permanent changement de focalisation qui rend le texte de Wolfe beaucoup plus satirique que le roman de Kerouac (*Fact and Fiction*, p. 132).

désir de totalité (l'intérieur et l'extérieur) attaché au procédé de la variation des points de vue. Et c'est grâce à cette addition, il faudrait dire le pari de cette addition, que Wolfe peut considérer le *New Journalism* (ou le *Nonfiction Novel*) comme ce qui parachève aussi bien le roman – le seul qui vaille quelque chose pour Wolfe, le roman réaliste – que le journalisme, c'est-à-dire comme ce qui donne enfin accès à la réalité totale.

Mais demeure, insistante, la suspicion : aucune porte intérieure ne serait donc vraiment close pour le journaliste, aucune perspective ne resterait irrémédiablement étrangère, aucun conflit ne serait si profond qu'il interdirait d'y voyager aussi sereinement ? Le journaliste-caméléon est une figure trop rassurante, qui sauvegarde trop l'idée d'un « monde commun », pour qu'on ne la soupçonne pas de ne guère affronter l'idée d'un conflit allant jusqu'à l'incommunicable. Car que dit Wolfe ? Que s'il devait ne plus du tout y avoir de « factuel pur », hors les vécus subjectifs, si le réel et l'imaginaire venaient à se mélanger inextricablement, s'il devait ne plus y avoir que des « construits », bref si la vieille croyance objectiviste dans l'accès aux « faits » venait à s'écrouler, il resterait, tout de même, contre le subjectivisme radical et effrayant, cette capacité du journaliste à ne pas demeurer enfermé dans un seul vécu (le sien), cette possibilité d'entrer dans les construits multiples, les fantasmes, les idées, les « flux de conscience », de tous les personnages. Peut-être pas l'accès au « factuel pur » – et encore, on vient de voir que les Nouveaux Journalistes ne le boudent pas toujours complètement –, mais en tout cas la capacité d'un voyage infini dans la pluralité des constructions : c'est là toute l'ambition du *New Journalism*, mais aussi, qu'il le veuille ou non, son ultime faille, sa contradiction.

Car comment justifier que, si tout est construction, s'il n'y a que des « je » qui mêlent réalité et fantasme d'une façon inextricable, le voyage du journaliste dans les mondes intérieurs de tous les acteurs ne relève pas, lui aussi, d'une construction, par un « je » qui imagine le monde au moins autant qu'il le saisit, inapte à faire la différence entre l'objectif et le subjectif, entre le réel et l'imaginaire ? Ne pas reconnaître que le journaliste lui-même demeure prisonnier d'une subjectivité limitée, voire déformante à l'égard du réel, n'est-ce pas, en fait, désamorcer ce qu'il y avait de plus subversif dans ce mouvement à l'égard du journalisme traditionnel ? Et comment ne pas penser que cette certitude de l'empathie ne cache pas, en fait, une inaptitude à saisir la profondeur des gouffres et des contradictions, c'est-à-dire à se confronter à l'altérité radicale ? C'est l'assurance de ce caméléon, à fois tout-puissant et protégé contre la « folie », qui peut rendre dubitatif. Le *New Journalism*, tel qu'il est présenté par Wolfe, est-il véritablement le modèle du journalisme décentreur, ou bien le symptôme même des écueils que rencontre la visée du décentrement dans sa version la plus triomphante ?

MALENTENDUS, INCOMMUNICABLE ET MISE EN QUESTION DU RÉÉL DANS LE *NEW JOURNALISM*. UNE LECTURE DES *ARMÉES DE LA NUIT* DE NORMAN MAILER (1968)

Cependant, un mouvement journalistique ne saurait être évalué seulement à travers le texte qui en définit le programme. Beaucoup d'écrits typiques de ce mouvement se confrontent, eux, à ces questions que l'assurance de Wolfe tend à étouffer quelque peu.

Dès lors, le paradoxe est que, peut-être, les textes les plus intéressants du *New Journalism* sont ceux qui interrogent le programme de l'intérieur ; notamment, ceux qui mettent en question la possibilité d'appliquer en même temps tous les procédés (*devices*) exposés par Wolfe ; ceux qui sont mus par l'angoisse de ne pas parvenir à être « caméléoniens » ; ceux qui assument de n'être qu'une perspective singulière, limitée, un regard *situé* ; ceux qui s'essaient éventuellement à la saisie de l'intériorité des acteurs, mais qui en connaissent le prix : par exemple, peut-être ce travail de restitution du « flux de conscience » ne peut-il se faire qu'après coup, et nullement dans la simultanéité des événements racontés ; à l'inverse, la saisie tout extérieure des dialogues, des actions, empêche peut-être la saisie simultanée des « mondes intérieurs ».

Il est un peu amusant de voir Wolfe, lorsqu'il commente les textes de ses amis Nouveaux Journalistes, s'étonner du caractère apparemment antithétique de certains des procédés qu'il affectionne. Il remarque ainsi, au fil de ses petites introductions aux textes rassemblés dans son anthologie du *New Journalism*, que très souvent les textes qui pratiquent bien l'intropathie (on parlera ici indifféremment d'*empathie* ou d'*intropathie*), la reconstruction des monologues intérieurs d'un ou de plusieurs personnages, sont moins riches en dialogues, et inversement. Ainsi, dans sa présentation de l'article de Robert Christgau, « *Beth Ann and Macrobiotism* » – une plongée dans le « monde intérieur » d'une jeune femme qui a succombé à un régime déprotéinisé par endoctrinement –, il salue le travail de l'intropathie, et attribue largement la qualité de l'article à cette proximité entre le journaliste et son personnage. Christgau était, à l'époque de cette histoire, en 1965, un jeune reporter de 23 ans, travaillant pour le Dorf Feature Service de Newark (qui fournissait les journaux locaux en « *stories* ») ; il était seul au bureau le soir où le *New York Herald Tribune* appela pour avoir des informations sur la mort de Beth Ann Simon, une fille qui semblait être morte du régime n° 7 « Zen Macrobiotic ». C'est lui qui appela le père de la jeune fille et fit l'enquête, dont l'article est le résultat. Wolfe cite les propos de Christgau, où il est net que celui-ci avait quelque chose en commun, ne serait-ce qu'un langage, avec cette femme de sa génération – par exemple, Christgau connaissait le mot « macrobiotique », ce qui a sans doute mis le père à l'aise dans la conversation. Mais Wolfe considère que l'article manque de dialogues vivants, défaut qu'il attribue – en toute logique – au fait que le journaliste a dû reconstruire cette histoire, faute de l'avoir vue se dérouler en direct[1]. Il ne semble pas lui venir à l'idée que, précisément, ces deux exigences, la restitution de l'action en direct et l'intropathie, pourraient bien ne pas être compatibles ; que ces procédés pourraient relever de deux temporalités différentes. Peut-être faut-il être dans l'après pour pouvoir prétendre reconstruire l'intériorité psychique des personnages ; inversement, peut-être un reporter qui assiste aux scènes qu'il décrit aura-t-il plus de difficulté à réaliser immédiatement une percée dans les vécus de ceux qui, pour l'heure, s'inscrivent avant tout dans son vécu à lui. Wolfe ne voudrait-il pas synthétiser dans son ambitieux programme deux temps d'écriture en fait différents ? On retrouve toujours ce désir de totalité – être dans le présent *et* dans l'après –, qui annule, en fait, les quelques éclairs lors desquels Wolfe semble envisager que ses désirs, loin de s'additionner si aisément, puissent être contradictoires.

On constate à cet égard que Wolfe est assez peu

---

1. Commentaire de Wolfe, dans T. Wolfe et E. W. Johnson (dir.), *The New Journalism*, p. 331-332.

précis à propos de sa conception des dialogues réalistes. Il semble peu sensible à la dimension suivante : un texte « vivant », qui offre de multiples situations de dialogues, donc une sorte de plurivocalité, est parfois tout autre chose qu'un texte proprement « caméléonien ». La plurivocalité n'est pas la même chose qu'une focalisation multiple – peut-être même en est-elle le contraire. La confusion entre plurivocalité (beaucoup de dialogues, « ça parle beaucoup ») et variation des points de vue (qui exige un travail intropathique) est patente dans sa lecture, bien hâtive, de l'article de Michael Herr sur Khe Sanh. Nous montrerons au chapitre VII, quand nous analyserons plus en détail l'écriture de ce reporter envoyé sur le front de la guerre du Vietnam, que la question de l'intropathie est au cœur de la démarche de Herr mais *en tant que question* : puis-je « entrer » ? Ne suis-je pas condamné à l'échec, du fait même que, pour pouvoir la regarder, je me protège de la violence ? En réalité, si « ça parle beaucoup » dans le texte de Herr, c'est souvent le signe qu'*il n'y a pas intropathie*, qu'il n'y a pas entrée dans la tête des *Marines* avec lesquels il se retrouve au Vietnam, qu'il y a échec du caméléon. Et l'intérêt du texte de Herr est de signifier par là l'impossibilité d'une vraie rencontre, la violence laissant chacun enfermé dans son présent et dans l'incompréhension de l'autre : l'autre, le *Marine*, est présenté comme un bloc d'énigme, qui parle, certes, mais qui demeure un atome impénétrable.

Wolfe est resté manifestement aveugle à cette dimension. Il lit dans la plurivocalité de « Khe Sanh » l'indice d'une véritable pénétration des consciences : « En termes de techniques » écrit-il, « une des choses intéressantes à propos de "Khe Sanh" est le fait que Herr n'a pas cédé à la tentation d'écrire une histoire autobiographique... Petit moi dans le *no man's land*... Au contraire, il s'est lancé dans la prouesse bien plus difficile de pénétrer les psychés, les points de vue des troupes elles-mêmes, en utilisant la troisième aussi bien que la première personne. »[1] Notre lecture sera très différente, montrant justement que Herr, dans son application des « procédés » du *New Journalism*, met au jour les contradictions que Wolfe ne reconnaît pas : dans son écriture, un procédé (les dialogues, le « ça parle ») joue contre l'autre (l'entrée dans l'altérité) ; en outre, Herr invite à se demander si l'intropathie n'est pas réalisable exclusivement dans l'après, ce qui signifierait qu'elle ne relève pas, à proprement parler, du journalisme. Auquel cas il n'y aurait rien d'étonnant, en effet, à ce que les meilleurs exemples d'intropathie soient, comme Wolfe le reconnaît lui-même, des textes où ledit journaliste a reconstruit les événements après coup.

Dès lors, peut-être court-il, à l'intérieur du *New Journalism*, une réflexion plus subtile et plus concrète que celle exposée dans les textes programmatiques, sur la possibilité même d'être ce caméléon loué par Wolfe. Peut-être en montrant l'échec du caméléon dans l'écriture elle-même, ou bien en montrant le prix d'un tel modèle – le décalage dans le temps, exigé par le travail de l'intropathie, par le tissage d'une communication approfondie qui fait défaut dans le présent du spectacle –, certains journalistes en disent-ils plus sur le décentrement, et même vont-ils au plus loin dans cette visée, qu'en adoptant le modèle sans l'interroger. Leur écriture ne cesse alors de poser cette question : comment restituer les aspérités de cet espace des points de vue, l'incommunicable des « mondes intérieurs », le gouffre des malentendus ? Au plus loin de la métaphore sereine du caméléon, les Nouveaux Journalistes travail-

---

1. *Ibid.*, p. 85.

lent cette question en profondeur, manifestant une sensibilité aiguë aux souffrances du quotidien, à la solitude intérieure, aux obstacles à l'échange, aux illusions du monde commun et du partage. Leurs textes sont, en ce sens, plus significatifs que le programme de Wolfe.

Le texte du *New Journalism* que nous choisissons pour étudier en détail ce décentrement difficile, peu « caméléonien », c'est-à-dire étranger à l'ubiquité triomphante, est *Les Armées de la nuit*, célèbre livre-reportage de Norman Mailer sur la Marche sur le Pentagone de 1967 contre la guerre du Vietnam, marche à laquelle Mailer participa[1]. Cet ouvrage, comme l'ensemble de l'œuvre de Mailer, est hanté par la question du *conflit*, qui se joue aussi bien entre points de vue différents qu'au sein d'une même subjectivité[2]. Dans ce reportage, le conflit concerne le rapport à l'événement : qui voit ? Qui saisit la vérité de cette marche militante ? Quelle confiance peut-on faire à la perspective de l'observateur ? Tout point de vue est contestable, on peut le mettre en conflit avec un autre. Dès lors, la démarche de Mailer ressemble à un travail de sape : tout ancrage du regard est mis en doute, défié, relativisé.

L'écriture met en scène ce conflit permanent entre différentes perspectives. D'où ce thème, développé d'entrée de jeu, et qui va à l'encontre du « réalisme » d'un Tom Wolfe : tout témoignage, nous dit Mailer, demeure, inextricablement, du roman, c'est-à-dire le

---

1. N. Mailer, *The Armies of the Night*, 1968. Nous citerons le texte dans l'édition française : *Les Armées de la nuit*, traduit de l'américain par Michel Chrestien, 1970.
2. Les conflits du moi colorent l'« égotisme » légendaire de Mailer d'une évidente complexité, car le moi célébré est toujours un moi éclaté. Sur l'importance du conflit dans l'univers de Mailer, voir R. Poirier, *Norman Mailer*, 1972, notamment p. 79-80.

point de vue d'un sujet qui mêle à son regard, nécessairement, de l'imaginaire, lui-même plein de contradictions internes. Le livre I des *Armées de la nuit* s'intitule ainsi : « L'histoire en tant que roman : sur les marches du Pentagone ». Elle nous présente le témoin, « Mailer », évoqué, donc à la troisième personne. C'est lui qui constitue le point de vue à partir duquel la narration se déploie, l'ancrage. Or, cette mise à distance – Mailer-narrateur parle de Mailer-témoin – a avant tout pour fonction de semer le doute : mais que vaut-il donc, ce témoin ô combien singulier ? En somme, la narration exhibe son point d'ancrage, le regard singulier de Mailer-témoin, et en même temps elle sape ce qui l'ancre, elle détruit son socle, elle rappelle que l'histoire qu'il raconte demeure un roman.

C'est d'abord la manière dont Mailer met en scène l'égotisme de Mailer qui le discrédite comme témoin fiable. La relativité de sa perspective ne cesse d'être soulignée, en même temps que son narcissisme, qui le rend inapte à saisir les enjeux « sérieux » de l'événement. Par exemple, quand il prend la parole dans un meeting, il vit cela sur un mode exclusivement narcissique. « De même que le professionnel du football américain aime faire l'amour parce que cela ressemble au sport qu'il pratique, lui, il aimait parler en public parce que cela ressemblait au travail de l'écrivain. Analogie extravagante ? » [1] Mailer-narrateur prend un évident plaisir à nous faire savoir, au milieu du livre, que son Mailer-témoin est le champion des « ratages », manquant toujours le cœur des événements auxquels il assiste. « Il faut dire que Mailer avait le don de rater les bons discours. Lors de la Grande Marche des Droits civiques en 1963, il était sorti faire une petite prome-

1. N. Mailer, *Les Armées de la nuit*, p. 49-50.

nade hygiénique un peu avant l'instant où Martin Luther King avait commencé : "J'ai fait un rêve...", si bien que Mailer, qui pour sa part ne faisait confiance à personne dans ce domaine, et encore moins aux journalistes et commentateurs, ne saurait jamais si, oui et non, le Révérend King avait prononcé un discours mémorable ce jour-là, ou s'il avait simplement joué les "y'a bon Mamadou !" » [1] Outre la provocation typiquement mailerienne – relents racistes, mise en rapport d'un événement historique avec un banal événement physiologique –, l'attaque contre les croyances objectivistes du journalisme conventionnel est claire. De quoi peut-on être sûr ? De rien, assurément. Donc pas non plus du regard de ce Mailer-témoin dont il est question.

Quand Mailer-narrateur déclare que « c'est l'un des petits inconvénients de notre temps, une de ces poches cousues de l'histoire moderne, que personne ne soit capable de dénombrer une foule » [2], on ne sait trop si cette impossibilité d'un témoignage objectif le chagrine ou le met en joie – on optera plutôt pour la seconde hypothèse. Mailer-narrateur semble se donner pour tâche, précisément, de souligner à quel point tout témoignage est un mélange nécessaire entre « vision » et « imagination ». Ainsi dans ce passage sur le regard embrouillé de Mailer-témoin :

> « Mailer eut alors cette *superposition de vision* qui rend les descriptions de bataille si contradictoires quand on confronte les rapports de témoins oculaires – il *ne vit pas, littéralement,* de soldats en uniforme ni de policiers chasser l'armée des civils qui se trouvaient au bord de l'eau, il n'y avait rien d'autre que des manifestants volant vers eux à présent, l'effroi sur les visages, mais *l'imagination de Mailer voyait avec une telle*

1. *Ibid.*, p. 140-141.
2. *Ibid.*, p. 143

clarté la police militaire qui les poussait devant elle, la baïonnette en avant, qu'à un certain moment il aperçut les baïonnettes au canon et en même temps sut, ailleurs en lui, qu'il
n'en était rien. *Comme deux images transparentes quasiment
superposées.* Puis il ne reconnut plus rien que l'expression
terrorisée sur les visages de ceux qui accouraient vers lui et il
se retourna pour ne pas être foulé aux pieds par ceux qui
arrivaient, *imaginant l'espace d'une seconde le geste des* MPS
qui envoient du Mace dans les yeux de tout le monde. Alors,
il fut paniqué à son tour. Il ne voulait pas de *Mace.* Il courut
sur quelques mètres, regarda par-dessus l'épaule, faillit tomber
dans un trou et se tordit méchamment le dos puis, soudain, fit
halte, gauchement, se rendant compte qu'un grand fond de
crainte, qu'il n'avait même pas soupçonné un instant au cours
de ces trois derniers jours, n'en avait pas moins existé en lui
tel un abcès prompt à crever à présent, à la première
menace. » [1]

Qu'est-ce qui est « réel » ici, sinon la confusion des
sensations de Mailer-témoin lui-même, qui « imagine »
l'armée tirant sur la foule, qui découvre en lui une
crainte qu'il ne s'avouait pas alors qu'elle imprègne
manifestement son point de vue ? Dès lors, quelle différence y a-t-il entre un témoignage, notamment un récit
journalistique, et un « roman » ? Aucune, semble dire
Mailer-narrateur, comme le confirme encore ce passage, plein d'ironie : « Au petit matin, pas si petit peut-
être, Mailer alla se coucher au Hay-Adams, s'endormit
pour rêver sans nul doute de fêtes à Georgetown du
temps où l'architecture de style fédéral était encore
neuve. Naturellement, si ceci était un roman, Mailer
passerait la nuit avec une dame. Mais c'est de l'histoire,
et le romancier est, pour une fois, heureusement dis-
pensé de toute description. Il préfère laisser de telles
affaires à l'imagination, heureuse ou non, du lecteur. » [2]

1. *Ibid.*, p. 176. C'est nous qui soulignons.
2. *Ibid.*, p. 79.

Dans ce petit dialogue entre Robert Lowell et Norman Mailer, rapporté dans le livre, il est question, justement, de la différence entre journalisme et littérature ; or, bien malin qui pourrait y lire un avis tranché :

> « – Oui, Norman, je pense vraiment que vous êtes le meilleur journaliste américain.
> La plume est peut-être plus puissante que l'épée, mais, au mieux, elles sont l'apanage d'hommes extravagants.
> – Vous savez, Cal, répondit Mailer, usant pour la première fois du surnom de Lowell, il y a des jours où je pense être le meilleur écrivain d'Amérique !
> L'effet obtenu fut celui d'un bon *swing* envoyé droit dans le cœur d'un boxeur anglais jusque-là bien d'aplomb sur les orteils. À présent ce n'était plus l'Angleterre qui régnait sur les flots, mais la consternation ! Peut-être Lowell se demandat-il une seconde qui était coupable d'avoir déclaré la guerre à l'autre ?
> – Mais, Norman, dit-il, certainement. Je n'ai jamais voulu dire, grand Dieu !... c'est que j'éprouve un tel respect pour le bon journalisme.
> – Je ne sais pas si je suis comme vous, dit Mailer, il est beaucoup plus difficile d'écrire... (et le reste fut dit avec beaucoup de grâce trompeuse) un bon poème.
> – Oui, bien entendu !
> Gloussements. Manières de directeurs d'école. »[1]

Ce dialogue est ambivalent à souhait : il semble révéler un certain mépris de Mailer pour le journalisme par rapport à la littérature – il s'efforce de préciser que la vraie fierté est celle d'être un grand écrivain, et nullement un grand journaliste – et, en même temps, le mépris de Mailer pour qui concevrait un mépris de ce genre... Son apparente distinction entre journalisme et littérature est en effet pleine d'ironie, il se moque de Lowell qui la reprend à son compte, avec ses « manières

---

1. *Ibid.*, p. 42-43.

de directeurs d'école ». Bref, ce passage est à soi seul un jeu de points de vue.

Le discrédit du témoin Mailer paraît définitif au moment – vers la fin de ce premier livre, qui se révèle par là fondamentalement délétère – où le lecteur apprend que « son » témoin utilise en fait l'événement à des fins de starisation. Mailer, en effet, se fait filmer par une équipe de télévision pendant la marche. On avait bien senti quelque chose venir, lorsque Mailer-narrateur notait, à propos de son personnage : « Tant qu'à se faire casser la figure ce jour-là, se disait Mailer, au moins que ce soit devant l'objectif, et ce soir, sous le regard de tous les téléspectateurs d'Amérique. »[1] Mais la nouvelle tombe un peu plus loin : « Il faut admettre ici – le lecteur fait bien de s'attendre à un choc immédiat – que le participant n'est pas seulement un acteur au cœur de l'action, mais qu'on le photographie en même temps ! Mailer avait accepté – dans ce qu'il considérait comme un moment de faiblesse – de donner suite à la requête du jeune cinéaste anglais Dick Fontaine et de laisser tourner un documentaire sur lui pour la télévision britannique. »[2] Le regardeur est regardé ; et qui sait ce que l'on voit de lui ; peut-être le biais même qui est constitutif de son regard, cette autosatisfaction qui transpire de partout.

Mailer aime beaucoup, en général, imaginer ce que l'on verrait si on changeait de point de vue. « Vue des hélicoptères, là-haut, la Marche devait rappeler le pouls d'une progression de chenille », remarque-t-il par exemple[3]. Ou bien il met en scène « son » Mailer-témoin lisant un article sur lui, c'est-à-dire le point de

1. *Ibid.*, p. 152.
2. *Ibid.*, p. 183-184.
3. *Ibid.*, p. 154.

vue sur le point de vue sur le point de vue. Mailer-témoin est bien entendu révolté par ce qu'il lit : « Il se rappelait le journaliste qui avait couru devant et derrière la caméra de Leiterman. Bien peigné, et qui lui avait posé des questions poliment. Suspendu à ses lèvres. Le meilleur moment depuis plusieurs jours. Jamais il n'avait eu l'impression d'un tel moment de dignité dans sa vie... et voilà qu'on lui faisait avoir un sourire falot et déclarer "Je suis coupable." Étaient-ils incapables de donner loyalement une chance à un ennemi ? »[1] Sa révolte doit évidemment être entendue comme une révolte contre le journalisme ordinaire. Ah, ces journalistes ! Mais en même temps, on sait bien que ces journalistes ont tout de même vu quelque chose de Mailer, quelque chose que Mailer ne supporte pas, mais qui est lui. Son point de vue sur leur point de vue est aussi juste et faux que leur point de vue sur lui. Autrement dit, les ennemis sont inséparables : leur lutte est sans fin, et puis, ce sont les mêmes, ils vont de pair. Mailer-narrateur montre bien l'échec du désir de rectifier le point de vue, lorsqu'il confronte son Mailer-témoin à un jeune garçon, qui est présent à ses côtés dans la cellule où il a été enfermé et est en train de lire l'article à haute voix pour se moquer de Mailer : « – *Le romancier eut un sourire falot*, répéta le petit jeune sur un ton de moquerie. – Falot, répéta Mailer, et il n'ajouta rien car sa colère, il le sentait bien, faisait rire les autres. »[2] Il y a donc toujours un troisième point de vue pour rire de celui-là même qui en combat un autre. Aux yeux du garçon, Mailer ne vaut guère mieux que le journaliste, et c'est parce que Mailer-témoin en a lui aussi la sensation qu'il se tait.

1. *Ibid.*, p. 266.
2. *Ibid.*, p. 265.

Ce relativisme, et le travail de sape qui signe son triomphe, semblent donc constituer le cœur du reportage. Et pourtant, dans certains passages, la fiabilité de ce Mailer-témoin nous est vantée. Mailer-narrateur semble alors, curieusement, renverser les faiblesses de son personnage – son égotisme, son imagination débordante, sa « folie » – en atouts. Il remarque : « Écrire l'histoire intime d'un événement qui prend pour foyer une figure centrale non centrale à l'événement lui-même, c'est susciter immédiatement des contestations sur la compétence de l'historien. » Et pourtant, ajoute-t-il, c'est là le meilleur moyen : ne pas prendre pour « centre » les acteurs principaux, engagés au cœur de l'affaire, déchirés entre leurs témoignages contradictoires. Il fait alors l'éloge de cette étrange distance du héros comique, du parfait égotiste, du personnage « Mailer » justement :

> « À cet effet, un témoin oculaire, un participant mais pas un responsable est requis. Il devra, qui plus est, non seulement être "engagé", mais de plus, être un personnage ambigu et mal défini, un héros comique, c'est-à-dire quelqu'un dont on ne peut distinguer la catégorie de façon satisfaisante : est-il réellement comique ou bien est-ce un personnage grotesque de tragi-comédie – ou, s'il est quand même un héros, n'est-il pas tragiquement empêtré dans le comique ? [...] S'il est vrai que l'événement eut lieu dans l'asile d'aliénés de l'Histoire, il est normal que son héros comique et ambigu soit non seulement tout à fait en marge de l'Histoire, mais encore un égotiste des plus stupéfiantes proportions, outrageusement et souvent malencontreusement arrogant, et pourtant en possession d'un détachement classique dans sa rigueur (car il était romancier, et donc désireux d'étudier jusqu'au moindre trait la beauté, la grandeur, la noblesse, l'ardeur, la folie chez les autres et en lui-même). [...] Quand l'Histoire habite une maison de fous, l'égotisme est peut-être l'ultime outil laissé à l'historien. » [1]

1. *Ibid.*, p. 83-85.

En fait, de toute évidence, Mailer-narrateur prépare un renversement : il va finalement montrer que celui qui est le plus centré sur lui-même, le moins fiable dans ses observations, est, en réalité, au plus près de l'intimité de l'Histoire ; plus on est dans le roman, plus on fait de l'histoire. Le second livre des *Armées de la nuit* s'intitule dès lors : « Le roman en tant qu'histoire : la bataille du Pentagone ». Le renversement passe par une apologie toute nietzschéenne de la volonté de puissance de l'égotiste : « Il était né dans un milieu modeste, avait été un garçon modeste, un jeune homme modeste, et il détestait ça ! Il adorait, en revanche, l'orgueil, l'arrogance, la confiance en soi, l'égocentrisme acquis avec les années, qui étaient sa force, son luxe, l'airain de son ardeur à vivre, le miel de son plaisir, sa puissance dans la compétition. »[1] Mais c'est surtout l'imagination débridée qu'il salue dans l'égotiste, et qu'il relie directement à son narcissisme. Il fait par exemple les remarques suivantes, à propos de l'arrestation de Mailer et de l'état d'esprit quasi mégalomaniaque qu'elle lui inspire : « Il restait convaincu que son arrestation, intervenant assez tôt, pouvait inciter les autres à redoubler d'ardeur : les premières batailles tournent sur les gonds de la première légende. Son imagination, sur les talons de peut-être trop de montages de vieux films, lui faisait déjà voir le mot passant de bouche à oreille, ce mot qui lie les hommes entre eux. En réalité, l'analyse postérieure des événements montra *que son imagination n'était pas si folle*. On y reviendra. »[2]

La clef de ce paradoxe – c'est l'imagination « folle » elle-même qui touche le cœur de l'histoire – réside dans le fait que l'égotiste est par définition, chez Mailer,

1. *Ibid.*, p. 113.
2. *Ibid.*, p. 165-166. C'est nous qui soulignons.

l'homme du conflit ; celui dont l'imagination, à la fois centrée sur le moi, ne cesse de confronter ce moi à tous les autres. Dans son narcissisme même, l'imagination ouvre ainsi le moi à la saisie du malentendu dans lequel il est pris de manière incessante. Elle rend le témoin particulièrement apte à ce que Mailer appelait, dans un extrait précédemment cité, la « superposition de vision », à laquelle, souvenons-nous, une certaine « clarté » était attribuée. Mailer imaginait les baïonnettes dont il savait qu'elles n'étaient pas « factuellement » là, mais la clarté de cette image construite touchait pourtant à l'intimité de cet événement, c'est-à-dire au cœur des représentations des acteurs sur l'événement : pour les manifestants, les baïonnettes étaient là, illustrant la violence de leur conflit avec l'armée. Certes, on pourrait penser que tout témoin oculaire aurait pu saisir, c'est-à-dire construire, par son imagination, cette image, mais la différence entre l'égotiste et un témoin quelconque est que ce dernier l'aurait prise pour le fait. Au contraire, l'égotisme installe une distance – due au centrage sur soi – par rapport à l'événement, distance qui lui permet de voir *le moment où le réel le cède au fantasme*, la superposition elle-même entre l'image reçue et l'image déjà déformée, la construction en acte du réel par l'imaginaire. Égotiste, Mailer-témoin se voit fantasmer dans l'acte même d'observer. Il imagine l'affrontement de représentations contradictoires qui se joue dans la situation. Il sait que ce conflit n'est pas dans les « faits », mais dans l'atmosphère, et c'est cette atmosphère qu'il saisit de manière fantasmatique.

Autrement dit, l'« intimité », chez Mailer, c'est le conflit qui est au cœur de l'événement. Celui qui se cantonne aux « faits » ne la saisit guère ; pour l'approcher, il faut un témoin qui ne sait que trop qu'il fantasme. Mailer-témoin ne sait que trop que son point de vue est limité, du coup il ne cesse d'imaginer tous les autres – d'où la superposition des images. Il se donne la contradiction en imagination et ainsi il « voit » tous les malentendus générés par la situation, les conflits insolubles entre points de vue, la superposition d'images qui ne vont pas ensemble. Il « voit » que personne ne voit la même chose, que la notion même de réalité perd son sens.

On comprend alors que pour Mailer la reconstitution des purs faits soit vaine – sans doute possible, mais tout à fait inutile. Car la vérité de cette Marche ne se réduit pas aux simples « faits » et cette vérité ne se donnera jamais dans un récit unique, elle est faite de la contradiction même entre les récits. Cette inutilité de la recherche du récit « vrai » unique est bien soulignée par Mailer lorsque après avoir cité deux témoignages oculaires contradictoires à propos de la violence – l'un mettait l'accent sur l'agressivité des manifestants envers les soldats, l'autre sur la brutalité inouïe des seconds envers les premiers –, il écrit : « On comprend maintenant pourquoi l'histoire de la Marche sur le Pentagone ne pourra jamais être écrite équitablement, pas plus que ne pourrait l'être une histoire dont tous les détails seraient véridiques ! »[1] La vérité intime de cet événement, c'est donc ces déformations mêmes qui caractérisent les représentations des acteurs et les fait s'entrechoquer d'une manière insoluble ; et c'est à la saisie de ces déformations – des « tours tordues », comme il le dit[2] – que travaille le romancier, reconnu par là comme le meilleur journaliste possible. « [...] le mystère des événements qui se déroulèrent au Pentagone ne peut être élucidé par des méthodes historiques,

1. *Ibid.*, p. 342.
2. *Ibid.*, p. 287.

mais uniquement par l'instinct du romancier », déclare-
t-il [1]. Non que les faits ne puissent jamais être établis :
« [...] je ne pense pas tellement que les récits donnés
aux journaux par les deux parties en présence soient si
incohérents, si inexacts, si contradictoires, si malveillants, tellement erronés même, qu'ils ne permettent en
aucune façon de reconstituer les faits ; car les historiens
ne sont pas rares, qui ont réussi à reconstituer la vérité
à travers un tissu d'erreurs. Non, la vraie difficulté est
que cette histoire est quelque chose d'intime – les documents seuls ne permettant pas de pénétrer au cœur de
la question : le roman est là pour remplacer l'histoire
précisément au moment où ce qui se passe est suffisamment dramatique, spirituel, psychique, moral, existen-
tiel, ou surnaturel, pour que l'historien, s'il avait à le
dépeindre, se vît obligé d'abandonner les lisières bien
nettes de l'enquête historique. Voilà pourquoi nous
allons franchir ces limites. Le roman collectif qui va
suivre, tout en se conformant en apparence aux règles
de l'histoire, c'est-à-dire en s'efforçant sans cesse de
tenir scrupuleusement compte de la masse de faits
confus et contradictoires qui lui sont proposés, va har-
diment pénétrer dans le monde des clartés étranges, et
des déductions intuitives propres au roman. » [2] De toute
évidence, c'est d'abord aux journalistes que s'adressent
ces propos. Mailer les somme de laisser là le simple
culte, stérile, des « faits », et d'accueillir le regard du
romancier. Ce qui revient à leur demander de cesser
d'être des *rassembleurs*, pour devenir des *décentreurs*,
qui saisissent non pas ce sur quoi on peut s'entendre,
mais le malentendu lui-même.

C'est ainsi que Mailer-témoin, peu fiable pourtant,

1. *Ibid.*, p. 333.
2. *Ibid.*, p. 333.

apparaît à rebours, *parce qu'il fait du roman*, et mieux que quiconque – grâce à une imagination particulièrement apte à la construction du conflit des perspectives à l'intérieur même de sa perspective –, comme un modèle journalistique. Évidemment, la question se pose de savoir dans quelle mesure Mailer-narrateur a fait de son « héros », Mailer-témoin, le modèle du journalisme même qu'il réalise dans ce récit. Peut-être y a-t-il deux niveaux : le niveau définitivement discrédité du simple témoin, celui de Mailer-témoin, et le second niveau, celui de Mailer narrateur et romancier, regardant le témoin, tous les témoins, et, par-dessus leurs points de vue à tous, construisant, lui, le roman de la marche sur le Pentagone. Mais peut-être aussi Mailer-narrateur, qui est le véritable auteur du roman de cette marche sur le Pentagone, donc le véritable journaliste, rend-il tout de même hommage à celui qui ancre son roman, ce témoin très particulier, ce Mailer-témoin, drôle de héros, égotiste, tragico-comique, déjà journaliste-romancier ou en passe de l'être.

En tout cas, si le roman-histoire est écrit *in fine* par Mailer-narrateur et non par Mailer-témoin, il est net que le second reconnaît qu'il ne fait que prolonger le travail du premier. Il s'agit toujours, somme toute, de « Mailer ». Autrement dit, Mailer, au contraire de Wolfe, ne prétend jamais sortir tout à fait de ce qui est le point de départ de la démarche journalistique : la singularité d'un point de vue, d'une situation, qui implique limites et déformations. Simplement, le journaliste-romancier va au bout de ce jeu des images contradictoires qui caractérise déjà le point de vue de l'égotiste témoin ; il prolonge son travail fantasmatique. Ainsi, contrairement au modèle wolfien du caméléon, qui invitait à penser le Nouveau Journaliste comme un voyageur qui n'a guère d'ancrage, qui est déjà, d'emblée, au-dessus des perspectives en conflits, le modèle du journaliste-romancier, chez Mailer, demeure ancré dans une perspective. Mailer-narrateur ne nie jamais que son roman est le fruit d'un point de vue singulier, à partir duquel est *imaginé* le conflit des points de vue qu'il met en scène.

Prenons par exemple la longue description du face-à-face entre les manifestants et les policiers, dans la dernière partie de son livre. Chaque séquence est racontée en assumant la part de construction imaginaire qui se mêle à l'observation. Mailer ne nie donc jamais que les conflits décrits sont imaginés par un témoin, et nullement restitués par empathie réelle avec tous les acteurs de l'événement. Par exemple :

> « Un peu plus tôt, un couple de manifestants noirs s'était attaqué à un soldat de couleur jusqu'à ce que ce dernier s'avoue vaincu et tourne les talons. *On peut imaginer le dialogue* : – Alors, nègre ! Combien de temps encore vas-tu lécher le cul des officemars ? Tu vas au Vietnam ? Pour y jouer les héros nègres, hein ? Tu auras ton portrait dans le journal, n'est-ce pas ? Hey Monsieur Grosse Tête, donne-moi la cuiller, enlève ta main noire de ton putain de flingue et serre-m'en cinq. C'est toi le gars. Oui, c'est toi notre homme. »[1]

Le dialogue est *imaginé* par Mailer-témoin (et restitué par Mailer-romancier) ; la conflictualité est construite par une imagination singulière, assumée comme telle. Mailer ne prétend pas restituer des univers intérieurs *réels*, dans lesquels il se serait *réellement* fondu comme un caméléon. Beaucoup plus prudent que Wolfe lorsqu'il s'agit de manier les catégories du « réel » et du « fictif », il assume que sa restitution est encore une construction fantasmatique. Dans cet autre

---

1. *Ibid.*, p. 351. C'est nous qui soulignons.

passage, il met en scène un dialogue entre les policiers et les manifestants et, là encore, il paraît clair qu'il l'imagine :

> « La sexualité, l'élan du courage, la liberté au pied léger, l'étouffement de la crainte, le lent balancement douloureux ou la vague somnolente de la marijuana, la morsure du froid nocturne, l'éclat du feu de camp de la guerre de Sécession sur tous ces dolmans nordistes, ces hippies sur les traces du sergent Pepper, et les soldats des États-Unis en faction devant un champ de feux, qui entendaient ces manifestants leur crier : "venez avec nous, venez avec nous..." Ils s'adressaient à eux, leur parlaient à voix basse :
> – Pourquoi rester en uniforme ? C'est le casque qui vous plaît ? Ça vous amuse d'obéir aux officiers que vous détestez ? Venez avec nous. Nous avons tout, nous ! Venez voir ! Nous sommes libres ! Nous avons du "hasch" ! De la nourriture que nous partageons. Nous avons des filles. Venez avec nous, venez partager nos filles !
> Générosité d'Esquimaux ou de cette nouvelle classe moyenne que les soldats des classes laborieuses et des petites villes n'étaient pas prêts à comprendre. Quoi ! donner sa femme, qui le fait ? Telle serait la question qu'ils poseraient. Et ils y répondraient : un pédé ! Oui, les hippies faisaient de belles promesses, trop belles peut-être ! »[1]

Aussi, d'une manière générale, Mailer ne cherche-t-il nullement à nous faire croire que les dialogues qu'il restitue sont « vrais » au sens factuel du terme ; ils sont « vrais » autrement. Ils ressemblent un peu à ce qu'on a appelé, dans l'écriture de Nathalie Sarraute, les « sous-conversations »[2], c'est-à-dire ce qui n'est pas dit, mais se dit quand même : Le Nouveau Roman cherchait à les construire, à les faire entendre dans le texte. Ces constructions n'ont rien à voir avec une quelconque

---

1. *Ibid.*, p. 352.
2. Voir notamment la préface de Sartre à N. Sarraute, *Portrait d'un inconnu*, 1956.

démarche empathique qui, elle, tient absolument à justifier son accès à du réel – à la réalité des mondes intérieurs des acteurs. Cette justification, cette garantie, Mailer en est loin. Il est au-delà du clivage réel/fiction, qu'il souhaite contester, fidèle à l'« intention subversive » du *New Journalism*. Il assume que son travail imaginaire, qui est à la source de sa démarche journalistique, comporte des trous, des arrêts, des contradictions : on reste toujours, en effet, « dehors », on n'est jamais sûr d'entrer vraiment dans les autres points de vue qu'on imagine.

Prenons par exemple la « sous-conversation » entre les soldats et les « filles ». Celles-ci provoquent les soldats, les narguent, les exaspèrent. Et voici la « logique » des soldats que restitue – c'est-à-dire construit – pour nous Mailer :

> « Ici, la logique dit la vieille misère du soldat professionnel, misère séculaire. Il est, dans ce qu'il a de plus brutal, l'homme qui s'est maintenu en vie jusqu'à l'âge de sept ans parce qu'il y avait des hommes, au moins son père ou ses frères, pour l'y aider. Sa mère ne l'avait pas noyé dans un océan de tendresse. Il craint donc la cruauté féminine, et peut-être qu'une occasion comme celle-ci ne se représentera plus jamais : l'occasion de battre une femme sans être forcé de faire l'amour avec elle. [...] Oui, et ils les battaient, les femmes, pour une autre raison encore. Pour humilier les manifestants. Pour les arracher à leur nouvelle résistance et les acculer à la vieille désobéissance passive, celle de la "grève assise" et stérile, où l'on attend de se faire matraquer chacun son tour. Ils leur retournaient le fer dans la plaie, le leur répétaient en pleine figure, aux manifestants, qu'on leur prenait leurs femmes et qu'aucun d'eux, individuellement ou en groupe, n'osait leur sauter dessus depuis une heure. »[1]

Mailer n'« entre » nulle part vraiment, il se contente d'imaginer, il ne cherche rien à « garantir ». Et c'est

---

1. *Ibid.*, p. 359.

bien, d'ailleurs, parce qu'il n'entre pas vraiment qu'il peut imaginer large, voyager *en imagination* dans des points de vue différents. Il faut rester dehors pour cela, il faut rester dans ce qu'il appelle lui-même le « fossé » entre les différents mondes intérieurs des acteurs[1]. Le « fossé » est la place la plus intéressante, car c'est d'elle qu'on voit l'essentiel, à savoir le conflit même entre ces mondes, le malentendu, l'incommunicable. Ce que Mailer appelle le « fossé », c'est ce qui sépare la classe bourgeoise et la classe ouvrière américaine, et dont il nous construit les mondes respectifs. Mais puisque c'est lui qui construit, c'est lui qui dessine les points d'affrontement, c'est lui qui désigne le « fossé » et s'y place, pour pouvoir travailler de manière fantasmatique les mondes intérieurs des classes, comme un peintre « travaille » sa couleur.

Or, non seulement Mailer assume qu'il s'agit d'un travail imaginaire, et donc abolit le mythe de l'ubiquité, mais en outre, il fait droit à ses hésitations, il recommence, teste des hypothèses, se contredit. Par exemple, les manifestants sont-ils des rebelles ? Des petits-bourgeois ? Des « soldats » qui s'ignorent ? Son regard ne cesse de bouger, ironique et tendre à la fois, dans ce passage par exemple :

> « En face d'eux se tenaient les manifestants, qui n'étaient pas uniquement des enfants de bourgeois, cela va sans dire, mais également des rebelles, des hommes de gauche, les jeunes révolutionnaires ; et pourtant ils tremblaient, ils se sentaient intérieurement faibles, ils ne savaient même pas s'ils seraient à la hauteur, homme pour homme, de ces soldats. Si bien que lorsque cette avant-garde arriva à la hauteur des soldats et put effectivement les regarder dans les yeux, elle était en train de se répéter au-dedans d'elle-même : "Je vais te voler ton cran, ton allant, et jusqu'à la partie animale de ton charme, parce

1. *Ibid.*, p. 336-337.

que moi, je suis moralement dans le vrai, et toi dans l'erreur, et que l'équilibre de l'existence est tel que la substance même de ta vie dépend à présent de mon esprit, et que je te chipe tes couilles." » [1]

Il y a en somme quelque chose de délétère dans l'écriture de Mailer, qui le protège contre le fantasme de l'ubiquité qu'on repérait dans le programme de Wolfe. Alors que l'empathie universelle demeure toujours suspecte d'exposer le conflit si « bien », de manière si « complète », qu'elle en serait en fait, une sorte d'« euphémisation », le regard décentreur qui échappe à cette tentation de l'ubiquité *joue* véritablement le conflit – c'est-à-dire se met incessamment en conflit avec lui-même à l'intérieur de son écriture, en passant de point de vue en point de vue, et en reproduisant les heurts qu'impliquent ces passages.

Telle est donc la force de décentrement de l'écriture de Mailer : il ne s'agit guère d'emmener le public *partout*, mais de lui montrer que, où qu'il aille, il pourrait encore se situer *ailleurs*, voir autrement ; et que cette éventualité n'est guère douce, car elle signifie un conflit permanent des points de vue, en même temps que l'impossibilité de l'ubiquité. À l'intérieur du *New Journalism*, Mailer est à l'évidence l'une des figures les plus torturées par l'enjeu de faire voir la profondeur des malentendus, l'intensité des conflits qui agitent l'espace des points de vue.

1. *Ibid.*, p. 337-338.

II – *LIBÉ 1* ET LA TENTATION
DU RASSEMBLEMENT DES DOMINÉS

MULTIPLICITÉ DES VOIX OU VOIX COMMUNE DES DOMINÉS ?
LE DOUBLE DISCOURS DES PREMIÈRES ANNÉES
DE *LIBÉRATION*

Venons-en maintenant à un autre journalisme du décentrement, guetté par une autre tentation que celle de l'ubiquité. Le quotidien *Libération* est né le 22 mai 1973, là aussi dans une perspective de contestation du journalisme dominant. « Dans une France occupée par les "salauds", il faut créer des zones de libération, et appuyer des mouvements qui se créent », aurait déclaré Philippe Gavi, l'un des fondateurs du quotidien, selon l'un des « biographes » de *Libération*, Jean-Claude Perrier [1].

Le quotidien naissant s'appuie sur le travail de l'Agence de Presse Libération (APL), fondée le 18 juin 1971 et dont Maurice Clavel était le directeur de publication. L'APL se chargeait de chercher de l'information partout en France, dans les usines, les universités, les mouvements militants ; elle était un organe de propagande maoïste, sous la coupe de la Gauche prolétarienne. Mais le quotidien *Libération*, dont l'idée revient à Jean-Claude Vernier, semble préoccupé de sortir de l'identité exclusive de « journal mao ». Les « maos » proposent d'ailleurs à d'autres groupes militants de les rejoindre dans leur aventure journalistique : des groupuscules gauchistes, qui se nommeront eux-mêmes, au

---

1. J.-C. Perrier, *Le Roman vrai de* Libération, 1994, p. 15.

sein de la rédaction de *Libé*, les « désirants ». Tous semblent viser à rencontrer un public plus large, ce « peuple » auquel ils déclarent vouloir « donner la parole ». *Libé* est édité par une SARL (les Éditions Libération) au capital de 20 000 F, répartis entre quatre cogérants : Jean-Paul Sartre, Jean-Claude Vernier, Jean-René Huleu et Serge July. Au départ, il est financé exclusivement par souscription populaire et dons d'amis – Michel Foucault, par exemple, a apporté sa contribution financière. Sartre est le directeur de la rédaction.

La première parution ayant été annoncée pour le 5 février 1973, une première conférence de presse est réunie le 4 janvier 1973. Le numéro zéro du 5 février s'avère décevant, suivi par quelques autres qui sont aussi de faux commencements (le 22 février, le 14 mars, le 18 avril 1973). C'est donc finalement le journal du 22 mai qui constitue le véritable premier numéro, sorti en kiosque, tiré à 50 000 exemplaires, vendu 0,80 franc et diffusé par les Nouvelles Messageries de la Presse Parisienne (NMPP). La première période de parution s'arrête le 29 juin ; pendant l'été, l'équipe de rédaction se restructure ; Serge July en devient le rédacteur en chef. Un numéro spécial sort le 10 août au sujet des événements qui se déroulent dans l'usine Lip ; la parution reprend quotidiennement à partir de septembre 1973[1].

Ces débuts du journal *Libération* illustrent de manière instructive les difficultés de la démarche du décentrement. De toute évidence, l'ambition était d'offrir un *autre regard* que celui qui dominait dans le journalisme « bourgeois ». Comme dans le *New Journalism*, la

1. Pour ces précisions historiques, nous nous sommes référée à J.-C. Perrier, *Le Roman vrai de* Libération (notamment le premier chapitre), et à J. Guisnel, *Libération. La biographie*, 1999 (notamment les chapitres 1 et 2).

contestation de la pseudo-objectivité du journalisme dominant impliquait de remettre au premier plan les notions de « parole » et de « voix » : le regard dominant était dénoncé comme n'exprimant qu'une voix singulière ; contre elle, il fallait faire entendre d'autres voix. En somme, redonner vie à l'interpellation, au conflit des points de vue – des « je » –, pour lutter contre cet œil consensuel qui prétendait rassembler un « nous » en gommant les désaccords. Le manifeste initial du journal, du 2 novembre 1972, est révélateur de ce vocabulaire de la « voix » : « Ceux qui sont responsables de la misère matérielle ou morale dans laquelle vit la majorité des habitants de notre pays s'entourent du secret le plus rigoureux, et imposent le silence au grand nombre. Ils n'en font pas moins beaucoup de tapage ; ils nous bombardent d'informations, d'images et d'idées qui nous détournent de l'essentiel, et dénaturent jusqu'à notre visage. Il est temps de s'attaquer au secret, et d'aider le peuple à prendre la parole. » Cette « parole » n'est pas comprise comme une voix unique, mais comme ce qui ouvre la possibilité d'un débat : « Sans se dissimuler l'emprise des préjugés qui divisent encore la population (racisme, oppression de l'homme sur la femme, puritanisme, respect de la hiérarchie...), en s'appuyant sur l'expression directe des gens, *Libération* provoquera le débat. » Le manifeste poursuit en en appelant à un regard renouvelé sur la réalité, une « critique quotidienne de la vie quotidienne » qui, précisément, laissera s'exprimer en elle toutes ces voix jamais entendues : « Tout ce qui se discute dans les ateliers, les communes, sera au centre du quotidien. »[1]

---

1. Ce manifeste initial de *Libération*, du 2 novembre 1972, a été rédigé par Benny Lévy (alias Pierre Victor) et remanié par Philippe Gavi dans un sens moins « mao » (cf. J.-C. Perrier, *Le Roman vrai de* Libération, p. 20). Des extraits ont été reproduits dans le numéro de la revue *Esprit* de mai 1978, p. 2.

Et pourtant, il n'est pas sûr que l'exposition du projet ait pu se débarrasser tout à fait d'une rhétorique du rassemblement, venue ainsi s'imbriquer dans la visée même du décentrement. À maints égards, le souci de « donner la parole au peuple » impliquait la constitution d'un nouveau « nous » contre le « nous » officiel : un « nous » de dominés, contre des dominants auxquels, finalement, on peut se demander si le journal cherchait toujours à s'adresser. En d'autres termes, le projet *Libé* semble avoir été particulièrement guetté par la tentation de donner la priorité à l'union des dominés sur le décentrement des dominants. Cette ambivalence – il s'agit de cela, à nouveau – est particulièrement sensible lors de la conférence de presse du 4 janvier 1973 : elle est même au cœur des préoccupations de Sartre ce jour-là. Celui-ci évoque avant tout l'importance de faire voir les « contradictions » qui traversent la population, afin d'éviter ce qu'il appelle la tentation du « journal gauchiste », replié sur lui-même, mû par l'« esprit de groupuscule ». Il semble donc que Sartre ait été dès le début conscient de ce que nous pourrions appeler le risque de la « petite famille », du repli sur un « nous » de dominés qui ne se confronterait plus à rien qui puisse mettre en péril son unité. Aussi, dans cette intervention, invite-t-il la rédaction à se montrer le plus à l'écoute possible de la multiplicité des voix qui viennent du peuple. Car il faut, selon lui, que ce quotidien soit « gauchiste », mais au meilleur sens du mot, c'est-à-dire au sens qui implique une attitude de contestation permanente (« à gauche du PC »), et non pas au sens, étroit et négatif, qui renvoie à « l'esprit de groupuscule ».

Cependant, il est assez piquant de constater que, dans cette intervention en tout cas, Sartre évoque lui-même le fait que cette attitude d'écoute des voix contradictoires qui traversent le peuple implique malgré tout quelque chose comme un rassemblement. Si Sartre rejette la forme étriquée de rassemblement qu'est « l'esprit de groupuscule », il en accepte, et même en promeut, une autre : celle qui lierait le peuple tout entier à travers l'exposé même de ses conflits. Son intervention se poursuit ainsi : « Et dans la mesure où chacun y travaille, comme on vous l'a déjà dit, il y a des contradictions, des oppositions qui doivent *se résoudre publiquement dans le journal*, par des articles qui seront opposés et qui doivent conduire, finalement, à *une plus grande liaison*. »[1] Résolution des contradictions, liaison : le propos n'est guère attendu de la part de Sartre, qui, philosophiquement, promeut une conception radicale de l'altérité d'autrui et s'érige contre l'idée d'une « liaison des consciences »[2]. Sa philosophie inciterait même à une méfiance extrême à l'égard du projet d'un regard « décentreur », peu disposée à s'accommoder du paradoxe fondamental du décentrement, que nous évoquions dans notre premier chapitre à travers l'anecdote racontée par Francis Déron : un sartrien pur et dur aurait tendance à dénoncer dans le décentrement un processus qui trahit toujours l'altérité de celui qui décentre puisque, par définition, il *relie* au décentré et manque donc ce qui, dans cette altérité, se soustrait à toute liaison possible. Lorsque le Sartre de *L'Être et le néant* évoque la « décentration »[3] que chaque individu produit sur un autre, il souligne que cela ne les lie aucunement, mais les mure dans le malentendu, l'impossibilité de com-

---

1. C'est nous qui soulignons, de même que dans les citations suivantes de cette intervention de Sartre.
2. Voir Sartre, *L'Être et le néant*, 1943, p. 275 et sq., tout particulièrement p. 288. Pour plus de précisions, cf. chap. VI de notre ouvrage *Du journalisme en démocratie*.
3. *Ibid.*, p. 313 et sq.

muniquer, et ne leur laisse que la perspective de rapports « sadiques-masochistes », chacun ne pouvant entrer en contact avec l'autre qu'en l'absorbant dans son point de vue ou en se laissant absorber. Mais peut-être, lorsqu'il prend la direction de la publication de *Libération*, Sartre est-il confronté à une exigence avec laquelle, malgré sa radicalité philosophique, il lui faut désormais composer. Et le voici donc qui reprend ce thème de la liaison, admettant en somme que même le conflit, le décentrement des uns par les autres, crée du lien entre ces uns et ces autres. Non seulement il le reprend, mais il va plus loin qu'on aurait pu l'imaginer, puisqu'il en appelle explicitement à un « rassemblement », fruit de la cacophonie : « Nous ne sommes retenus par rien puisque nous n'avons pas de publicité et donc l'information doit être totale. Elle doit être en même temps le début d'un *rassemblement populaire*, c'est ça le fond de notre pensée, qui permettra au *peuple rassemblé* d'exiger de l'État et de l'administration le contrôle de tout ce qui se passe à l'intérieur de ces organisations. Le gouvernement doit ne plus avoir de secret. On doit le réclamer. Il faut être certain qu'il le gardera, son secret, le secret de ses délibérations, si on ne le lui arrache pas. Précisément, ce qu'il faut à présent, c'est l'arracher et c'est dans ce sens que nous essaierons de créer ce *rassemblement*, c'est-à-dire en essayant petit à petit de donner les *éléments communs qui sont désirés par tous*, comme par exemple : l'absence du secret dans tel domaine, etc. » Ces « éléments communs », dégagés par le débat contradictoire, autorisent même Sartre à qualifier cette « pensée populaire » d'« objective » : « On vous a parlé d'objectivité. L'objectivité, c'est une situation vraie telle qu'elle est exprimée par la pensée populaire. Ce sont des gens qui pensent sur une situation qui est la leur. Cela, nous devons le recueillir. » [1]

Évidemment, ce rassemblement est d'une nature bien particulière : fruit d'un conflit des voix enfin libéré de ses carcans politiques, enfin en mesure de s'exprimer pleinement, il a pour socle la contemplation de « contradictions » aucunement gommées. Sartre rappelle avec force qu'il ne s'agit en aucun cas de gommer les contradictions et il souligne que la rédaction qui orchestrera ce grand rassemblement ne sera pas elle-même consensuelle mais, au contraire, traversée par de forts désaccords. « En somme », poursuit-il, « nous sommes loin des groupuscules, vous le voyez, car *nous ne sommes pas tout à fait d'accord entre nous.* Nous sommes d'accord sur des points précis, c'est-à-dire l'absence du secret, l'information par le peuple, le rassemblement populaire, mais nous ne le sommes pas sur d'autres points. D'autre part, *nous savons qu'il y a des contradictions nettes dans le peuple*, dont d'ailleurs le système se sert beaucoup et nous voudrions aussi essayer, non pas de donner raison à l'une ou à l'autre thèse ou antithèse de ces contradictions, mais les mettre en face et voir ce qu'il sortira. » En somme, c'est bien avant tout l'effet *liant* qui résulte du décentrement que Sartre évoque : même si, encore une fois, cela n'a rien d'évident d'un point de vue sartrien, il suggère ici que le tissage d'un lien et même, dit-il, l'accomplissement d'un nouveau rassemblement demeurent l'horizon de la démarche qui cherche à faire émerger de l'altérité et du conflit tous azimuts. La cacophonie *relie*, avec une force qui concurrence, précisément, le rassemblement

---

1. Cette définition de l'objectivité est très différente de celle, plus classique, que Serge July défend, malgré tout, dans sa propre intervention : il propose de rééquilibrer le point de vue, c'est-à-dire de cesser de confondre le point de vue « objectif » avec celui des seules puissances officielles.

artificiel orchestré par les pouvoirs en place (c'est-à-dire par les forces dominantes).

Cependant, on peut demeurer plus sartrien que Sartre ici, et poser ces questions critiques (qui d'ailleurs continueront de hanter Sartre, et le rendront finalement très sévère à l'égard des premiers pas de *Libération*) : dans quelle mesure ce thème du *lien* a-t-il, dans les premières années de *Libé*, conduit à trahir le projet de faire advenir une conflictualité généralisée dans l'espace des points de vue ? Dans quelle mesure le journal a-t-il, malgré tout, donné la priorité à celle du rassemblement des dominés ? Et pour le dire cette fois dans le vocabulaire du Sartre de ces années, dans quelle mesure l'« esprit de groupuscule », qui vise à unir les dominés, plus qu'à exposer la multiplicité des contradictions, a-t-il imprégné *Libé 1* ?

Tout dépend, en fait, de la manière dont le thème du lien ou de la rencontre est traité dans ces premières années de *Libération.* Il peut arriver que le journal n'évoque, par là, que ce lien créé, *in fine*, par la confrontation de voix habituellement étrangères – en somme, une rencontre qui n'annule guère les différences et différends, et qui s'inscrit donc dans le paradoxe constitutif de la démarche du décentrement : ce qui « nous » conteste, c'est-à-dire conteste le « nous », demeure en lien avec ce « nous » du seul fait qu'il produit un effet sur lui ; le décentrement défait les identités figées, mais relie tout de même, d'une autre façon que le rassemblement artificiel d'origine, tous les acteurs du vaste conflit de points de vue qu'il met en scène ; il les fait s'écouter, se parler, se confronter, donc, qu'on le veuille ou non, se rencontrer.

C'est ce type de lien qu'évoque, par exemple, le numéro zéro du 22 février 1973 : le mot « lien » apparaît explicitement dans un article de la page « Libé Débat ». Ici le thème du lien ne renvoie qu'au lien tissé par le conflit lui-même, par le débat contradictoire dont le journaliste est censé être le révélateur puis l'orchestrateur : « Jusqu'à présent », lit-on dans cet article, « il y a eu de nombreux échecs ; les articles réalisés ont mis en évidence les erreurs : ils ressemblent souvent à des questionnaires. Par exemple, un journaliste avec trois camarades des comités est allé avec un magnétophone devant un jeune ouvrier de la cité des Marguerites à Nanterre et a posé une succession de questions sans présenter son point de vue ; le journaliste est resté totalement passif pendant l'interview. Le résultat : des fragments de paroles mis bout à bout. Le mot d'ordre au départ à *Libération* est "L'information vient du peuple et retourne au peuple". Ce mot d'ordre se précise progressivement. *Les journalistes essaient d'être un lien* [c'est nous qui soulignons] : poser à une personne des questions que d'autres gens se posent, réfléchir avec la population pour parvenir à éclairer les contradictions qui la divisent. Il ne suffit pas de revenir sur les lieux de l'enquête et de voir comment l'article a été accueilli et a aidé ceux qui ont participé à sa confection. Il faut que les personnes interviewées guident le journaliste sur le terrain de leur lutte, de leur vie quotidienne, tout en formulant mieux leurs problèmes. Il faut mettre progressivement en place les nouveaux rapports entre journaliste et population ; l'information doit partir du peuple et ne pas finir sa vie sur un telex, mais ouvrir et rouvrir constamment des débats qui ne seront pas un simple courrier des lecteurs. » L'idée ici creusée est que *le conflit produit lui-même de la communauté*, sinon c'est qu'il n'est pas exposé jusqu'au bout, qu'il demeure au stade de la juxtaposition de points de vue totalement décousus, de la *cacophonie* stérile et superficielle.

C'est la même idée que l'on retrouve dans l'expression « rassemblement des voix », employée par exemple dans le numéro du 18 avril 1973 : « Dans chaque lettre », lit-on sur la page consacrée au courrier des lecteurs, « l'éclosion d'une pensée, celle qui ne s'exprime jamais, celle des humbles et des opprimés... C'est le rassemblement des voix qui fera de *Libération* l'écho d'un peuple qui lutte et qui vit. *Libération* ne doit pas être seulement le cri d'une presse libre, mais d'une presse libératrice. » Ce thème du lien tissé dans la population en général, du fait même de l'exposition de ses contradictions internes, se retrouve dans les propos de Michel Foucault dans un entretien avec un ouvrier spécialisé chez Renault, José, publié dans *Libération* du 26 mai 1973. Foucault considère l'*échange* introduit par le regard de l'intellectuel – étroitement rapproché du journaliste – comme le pendant de sa capacité à faire surgir du conflit, du débat : « Nous sommes d'accord, les ouvriers n'ont pas besoin d'intellectuels pour savoir ce qu'ils font, ils le savent très bien eux-mêmes. Pour moi, l'intellectuel, c'est le type qui est branché, non pas sur l'appareil de production, mais sur l'appareil d'informations. Il peut se faire entendre. Il peut écrire dans les journaux, donner son point de vue. Il est également branché sur l'appareil d'informations ancien. Il a le savoir que lui donne la lecture d'un certain nombre de livres, dont les autres gens ne disposent pas directement. Son rôle, alors, n'est pas de former la conscience ouvrière puisqu'elle existe, mais de *permettre à cette conscience, à ce savoir ouvrier, d'entrer dans le système d'informations, de se diffuser et d'aider, par conséquent, d'autres ouvriers ou des gens qui n'en sont pas, à prendre conscience de ce qui se passe.* Je suis d'accord pour parler de miroir avec toi [Foucault répond ici à José], en entendant miroir comme un moyen de transmission. » Et José d'embrayer : « Et à partir de là, *l'intellectuel favorise les échanges.* »[1] Ici, l'enjeu ne semble pas être le rassemblement des dominés – d'ailleurs, dans la formule de Foucault, le nouvel échange touche tout le monde, dominants compris. L'enjeu est un débat contradictoire qui intégrerait enfin le point de vue de ces « dominés », de ces oubliés du système d'informations général, un débat qui « décentrerait » donc les regards, mais sans recentrage annoncé *a priori* : précisément, le débat, le décentrement doit mettre enfin en jeu la question du centre, la laisser enfin ouverte ; on ne connaît guère l'issue de cette diffusion qui « aide d'autres ouvriers ou des gens qui n'en sont pas à prendre conscience de ce qui se passe ».

Ainsi, lorsque le thème de la *rencontre* ou de l'*échange* est simplement imbriqué dans l'idée de débat contradictoire, il est certes « compliqué », il souligne la *nature paradoxale* du mouvement de décentrement, mais il ne pose pas le problème de la *dénaturation* de celui-ci en quelque chose de tout autre. En revanche, certains usages du thème du lien, de l'échange, de la rencontre, glissent bel et bien vers autre chose.

Ainsi dans l'éditorial du 22 mai 1973 : « Nos amis journalistes qui se battent dans leurs journaux pour faire "passer" la vérité savent comment de mutilations en mutilations leurs articles finissent à la corbeille. C'est pourquoi un nouveau quotidien était nécessaire. Car notre pauvreté, c'est aussi, paradoxalement peut-être, notre force. Celle de pouvoir tout dire. Celle d'être le porte-voix de la population, de ses débats, de ses contra-

1. C'est nous qui soulignons.

dictions, comme de ses espoirs, de ses inventions comme de ses révoltes. *Libération* est un peu David au pays des Goliath. [...] L'existence de *Libé*, sa présence dans les kiosques, tous les matins, c'est un souffle libre, une zone libérée dans la jungle de la presse, un territoire ouvert où on peut se rencontrer et parler. La France d'en bas, celle des grands ensembles, des champs et des usines, celle du métro et des tramways prend la parole. » La démarche exposée ici consiste, c'est vrai, à décentrer le public bourgeois en faisant émerger une « autre » voix et en mettant en scène leur affrontement – David contre Goliath. Elle suppose aussi, semble-t-il, d'aller le plus loin possible dans la critique du centre, puisque le journal assure vouloir être « le porte-voix des contradictions de la population ». L'exposé des contradictions semble prioritaire, ce qui pourrait laisser penser que les seuls « liens » évoqués sont ceux qui se tissent dans l'affrontement, grâce à l'avènement d'un « territoire ouvert où on peut se rencontrer et parler ». Mais l'expression « France d'en bas », qui suit, est ambiguë. Il est net que ce sont d'abord les « David », les « autres » du public bourgeois, qu'il convient ici de rassembler, et nullement les David *et* les Goliath ; « la population », ce n'est pas *toute* la population, c'est la « France d'en bas » contre la « France d'en haut ». En d'autres termes, le thème du rassemblement ne renvoie pas seulement aux liens tissés par le mouvement de décentrer ; il ne s'agit pas de lier le bourgeois et son « autre » (celui qui le décentre) ; il ne s'agit pas, en tout cas pas seulement, de lier tous ceux dont les conflits seront mis au jour (toute la population) ; le thème est plus précis : ce sont les « autres », les dominés, qu'il convient de rassembler, entre eux, pour les aider à s'éprouver comme un « nous ».

Or, insensiblement, un tel souci du rassemblement des « dominés » tend à neutraliser le caractère *général* ou *tous azimuts* de la visée du décentrement. On a l'impression qu'eux, les dominés, ont moins à être défaits que constitués ; que les contradictions internes à la « France d'en bas » deviennent *in fine* secondaires ; que le souci sartrien que toutes les contradictions soient exposées et que le journal soit l'orchestrateur d'un décentrement dans de multiples directions, est comme rattrapé par le désir de constituer un « nous » circonscrit. Et que, dès lors, la figure journalistique du décentreur glisse vers quelque chose qui évoque plutôt celle d'un nouveau témoin-ambassadeur, représentant le « nous » des dominés. Or, dans ces conditions, on ne peut plus prétendre décentrer tout à fait, on reconnaît ne décentrer désormais que pour pouvoir *recentrer.*

La rubrique « Lili Blues », tenue quotidiennement par Philippe Gavi du 30 mai 1973 au 22 juin 1973, est assez révélatrice de cette tendance à muer la démarche du décentrement en un rassemblement des dominés. Elle doit son titre à une jeune fille délinquante, confrontée à la justice, à l'hôpital, à des épreuves multiples, dont Gavi souhaite nous raconter l'histoire « comme un feuilleton ». D'emblée, « leur » parole – à Lili et à ceux qui lui ressemblent, victimes d'une société qui les exclut – est présentée comme la « nôtre » : « Lili Blues, c'est une sorte de feuilleton », lit-on dans le préambule du 30 mai 1973. « Seulement, il n'est pas besoin d'inventer les personnages. Ils sont là, ils existent. Au fil des jours, ils prendront la parole et raconteront leur histoire. La nôtre aussi. Toute misère, toute injustice est partagée, comme la nuit ou la tendresse. Nous sommes sur la même route, fragiles et paumés, rêvant d'un monde qui n'est pas. Celui de la liberté. » Après nous

avoir présenté Lili et Aïcha, une autre jeune fille, sui-
cidaire, Gavi achève son premier article par ces mots :
« Ainsi suspendues l'une à l'autre, et l'une à l'autre,
entre la vie et la mort, elles sont aussi ce que je suis,
ce que nous sommes à quelques détails près. »[1] La
manière dont le « je » s'enfle d'un « nous » est si explicite qu'elle constitue presque un cas d'école de la figure
du témoin-ambassadeur ; tout comme le traitement
empathique annoncé avec aplomb et conduisant le jour-
naliste-ambassadeur à reconnaître « les nôtres » dans
ces exclus du « nous ». C'est à une Nellie Bly que la
démarche fait ici penser, c'est-à-dire à une attitude journalistique réduisant *in fine* l'altérité à de l'identité :
« nous » sommes là, auprès de ceux qu'on croyait être
des « autres ».

Certes, ce qui est différent par rapport à la démarche
de Nellie Bly, c'est le fait que la rubrique donne longuement la parole aux personnages : on entend beaucoup *leur* voix, ce qui pourrait avoir un effet décentreur ; cette voix pourrait faire entendre la singularité
d'une expérience difficile à partager, une altérité, une
véritable étrangeté par rapport à nous, surtout, par
exemple, si cette voix se mettait à désigner un « vous »,
à nous parler depuis une position d'extériorité, de non-
appartenance. Mais ceci exigerait que le journaliste lui-
même, lorsqu'il fait entendre cette voix, se mette en
dehors d'elle, entre elle et nous qui l'entendons, et non
pas en elle ; qu'il soit en somme la médiation pour que
s'exprime le conflit. Or, c'est la place que s'attribue
Gavi qui empêche souvent le décentrement d'opérer ;
ses questions à Lili, par exemple, le placent d'emblée
auprès d'elle, son « tu » lui permet en réalité de réduire
l'altérité de Lili, de constituer un « nous » à travers elle.

1. « Lili Blues », *Libération*, 30 mai 1973.

Ainsi, par exemple, dans l'entretien du 9-10 juin 1973 : il commence par lui poser une question qui la désigne dans sa singularité, dans sa rupture par rapport au « nous » dominant : « Tu as commencé à faire l'amour à onze ans. C'est plutôt jeune, non ? » La voix de Lili pourrait ici apparaître comme l'« autre voix ». Mais la question suivante renverse tout de suite cette « autre » en représentante du véritable « nous » – comme Nellie Bly renversait la malade psychiatrique en représentante du « nous » du public américain : « Le fait qu'on s'acharne à nous faire honte de notre corps, de nos désirs, de devoir faire l'amour à la sauvette, ne gâchait-il pas ton plaisir ? »[1] L'empathie manifeste, l'évidence de sa compréhension d'elle, annulent l'effet décentreur, l'« adresse à », l'interpellation. L'entretien ne parle que de nous qui sommes d'emblée avec Lili.

D'ailleurs, il faut bien dire que d'emblée la voix de Lili est extraordinairement attendue, elle ressemble plus à de la propagande stéréotypée, farcie de clichés, qu'au récit original d'une vie unique, qui chercherait à saisir la domination dans son intimité singulière, qui interrogerait la possibilité pour cette voix de se faire entendre et comprendre, qui mettrait en valeur sa propre force conflictuelle, et qui, dès lors, ferait de la rencontre un enjeu plus qu'une évidence. Par exemple : « Dès qu'un être humain éprouve le besoin de faire l'amour, de communiquer de cette façon-là avec les gens, il faut qu'il le fasse tout de suite, mais alors tout de suite ! C'est tellement beau, merde, tellement simple. [...] J'admets très bien que les gens aient des problèmes dans leur vie sociale, de boulot, de logement, mais pourquoi des problèmes sexuels. C'est ridicule, merde. [...] »[2] Le jour-

---

1. « Lili Blues », *Libération*, 9-10 juin 1973.
2. *Ibid.*, 9-10 juin 1973.

naliste qui « absorbe » ainsi la singularité de la jeune fille n'orchestre pas un conflit entre elle et une bourgeoisie choquée, il perd de vue l'enjeu du « vous » à décentrer, il se contente de rassembler les « dominés », personnages d'ailleurs évidents, sans complexité, avec lesquels il fusionne, dans un oubli assumé du « dominant ».

Ces exemples permettent de constater que la démarche du décentrement dépend largement de la place que se donne le journaliste à travers son regard. C'est sa propre extériorité, par rapport au « nous » du public – pour pouvoir lui faire rencontrer une altérité –, mais aussi par rapport aux « autres » – pour « nous » les faire entendre –, qui fait de lui un décentreur, c'est-à-dire un révélateur et un orchestrateur du conflit entre deux pôles distincts de lui. C'est cette place qui est compromise dans certains épisodes de « Lili Blues ».

Elle l'est aussi dans certains reportages sur l'affaire Lip au cours de l'année 1973, qui illustrent de manière particulièrement nette cette tentation du rassemblement des dominés.

Le titre en première page du numéro du 22 juin 1973 est révélateur de l'identification qui s'opère entre les journalistes et le combat qu'ils « regardent » : « Lip : notre client c'est la France d'en-bas. » Dès le 20 juin, on note ce phénomène significatif : la signature conjointe des ouvriers de Lip et des journalistes de *Libération* (« P.A. et D.G. et les ouvriers de Lip »[1]), au pied d'un article qui manifestement célèbre la communauté des grévistes. Le 27 juin, un article paraît, intitulé « À Lip les journalistes ont vécu quelque chose de nouveau », et signé « Un groupe de journalistes présents

1. P.A. pour Pierre Audibert et D.G. pour Daniel Grignon.

à Besançon ». On y lit ces lignes : « Un OS qui tutoie l'envoyé spécial du *Monde* en cravate, un journaliste italien se faisant expliquer par les employés, dans le bureau de Fred Lip, la place de la société sur les marchés financiers, ce ne sont que deux exemples d'une confiance réciproque qui s'est établie entre les journalistes et les ouvriers de Lip. Une employée nous dit : "Jamais nous n'aurions cru qu'une journaliste de Paris-Match toute bronzée pourrait vivre avec nous plusieurs jours". » Et plus loin : « La conséquence est une série de situations où pour une fois, le contact était réel, et non plus intéressé. Ainsi, on a vu l'équipe d'INF 2, comme la plupart de nos confrères, manger à la cantine Lip. / C'est ainsi qu'il n'a pas été possible pour l'envoyé spécial de l'AFP de passer la première nuit ailleurs qu'à l'intérieur de l'usine avec les ouvriers : "Nous voulons par notre marque de confiance, gagner la sienne", explique une employée. / Et lorsque les appels de solidarité ont bloqué le standard téléphonique, un ouvrier a mis à la disposition d'un journaliste son propre téléphone. / Les ouvriers de Lip ont vécu quelque chose de nouveau, les journalistes aussi ! Les matraques des gardes mobiles y sont peut-être pour quelque chose. La plupart des journalistes sont devenus des receleurs, par solidarité aussi. » L'article exprime un véritable désir de fusion entre journalistes et grévistes, autrement dit de destruction de la spécificité de l'observateur pour qu'il se fonde dans le monde des acteurs. Ainsi ne trahira-t-on pas ceux qui luttent : « [...] la confiance a été encore renforcée à la parution des premiers articles qui, en général, n'avaient pas trahi le sens de leur lutte ».

Certes, l'article souligne que cette confiance ne devrait pas empêcher les journalistes de voir les « contradictions » qui existent au sein du groupe des ouvriers : « Dès les premiers jours, les reporters, seules personnes étrangères admises dans l'usine, pouvaient, accompagnés d'une hôtesse, circuler dans les ateliers, s'entretenir avec qui bon leur semblait, et même assister aux réunions de comité d'action. Les ouvriers n'avaient donc pas peur de montrer leurs contradictions, comme leur unité. » Mais le ton général invite tout de même à s'interroger sur la portée réelle de cette remarque. Plus exactement, il est net que les journalistes ne sont guère invités à dénicher des « contradictions » d'une autre sorte que celles qui seraient transparentes aux ouvriers eux-mêmes : leur point de vue n'est pas censé constituer un point de vue nouveau par rapport au regard intérieur des grévistes sur eux-mêmes.

Beaucoup d'articles sur cet épisode montrent, en effet, que tel est l'enjeu : adhérer à ce point de vue tout intérieur. Par exemple, le point de vue du patronat est en général évoqué à partir du seul point de vue des ouvriers ; le journaliste n'introduit pas un tierce point de vue, il ne se met pas « entre » les deux pôles du conflit. On l'observe par exemple dans un article du 26 juin, signé « Daniel Grignon, Edmonde Morin, des travailleurs de Lip », où la politique patronale est « résumée » par une citation, dont l'auteur, non cité, est à l'évidence un gréviste : « La politique de ÉBAUCHE S.A. pourrait se résumer ainsi : "On n'a pas besoin de gens intelligents pour fabriquer des montres, des gens bêtes y suffisent." » En fait, l'idée même d'une autonomie du regard journalistique par rapport à ceux qui sont, somme toute, regardés, semble odieuse ; c'est le statut même de l'observateur qui dès lors est perçu comme un danger, au point que sa légitimité passe par la présence des « ouvriers de Lip » aux côtés de sa signature.

Il faut croire que cette tentation de la fusion avec les dominés a été suffisamment prégnante dans les premières années de *Libération* pour constituer, comme on va le voir, un enjeu important des débats qui ont secoué la direction du journal en 1977-1979, et qui ont conduit à la rupture avec le gauchisme. Lors de l'occupation, le 23 octobre 1977, des locaux de *Libération* par des lecteurs d'extrême gauche, mécontents de la distance prise par *Libé* à l'égard de la RAF (Fraction Armée rouge), Serge July tient des propos qui, à maints égards, constituent un rappel du rôle « décentreur » du journal ; or, ce rôle implique d'être toujours un « ailleurs ». Ainsi dans cet entretien accordé au *Nouvel Observateur* : « D'entrée, il est bon de préciser que "Libé" est un quotidien d'information, un objet culturel si vous voulez », déclare-t-il. « Mais pas un quotidien d'extrême gauche, comme on l'écrit souvent. Si nous l'étions, cela signifierait que nous nous situons dans le jeu politique, alors que nous sommes en dehors. C'est une expression galvaudée par d'autres, mais nous sommes "ailleurs". Nous ne pensons pas que les choses se jouent au centre, à la tête de l'État. » Et July d'insister notamment sur les « différences internes », à l'intérieur de la rédaction, auxquelles « le journal tient beaucoup » ; cette « diversité dans son expression et sa pensée », qui fait de *Libé* l'outil d'une « expérimentation sociale », constitue, dit-il, « une mise en question de tous les termes de l'action révolutionnaire. » [1] Défaire plus que constituer, retrouver le goût de la cacophonie : tel semble être le sens de ces propos, qui se veulent par là même une rupture avec un certain esprit gauchiste, à l'égard duquel Sartre avait déjà, quelques années plus tôt, exprimé sa méfiance.

Le plus important, dans cet entretien, est peut-être qu'il soulève des questions à propos d'une exigence

---

1. « Serge July : "cette terreur que je refuse..." », *Le Nouvel Observateur*, 29 octobre 1977, p. 41.

qui, pourtant, avait été admise, au début de l'aventure *Libé*, comme une évidence assez simple : l'exigence de se mettre à l'écoute des lecteurs. « Les journalistes de *Libération* partageront la vie des lecteurs du journal dans les cités, dans les banlieues, dans les villages », disait le premier manifeste du 2 novembre 1972. « Fonder une presse au service du public, des lecteurs, autrement dit pour le Peuple », déclarait le communiqué de presse du 5 février 1973. Être un « journal où l'on parle », affirmait une tribune de décembre 1973 [1]. Or, July évoque en 1977 la nécessité de penser des limites à cette attitude, à moins qu'il ne s'agisse d'en préciser, enfin, le sens : « Aucun média ne construit davantage son information avec ses lecteurs que "Libération" », affirme-t-il ; « mais ce travail a des limites : avec Lip, par exemple, ça n'a pas marché. » [2] Que veut-il dire exactement ? Il est vrai que l'allusion n'est pas claire. Pour autant, le contexte dans lequel elle apparaît semble indiquer qu'il s'agit de réfléchir à la place de l'observateur, à l'importance de ne pas confondre l'exigence de l'écoute et le pur et simple effacement, la fusion empathique avec ceux considérés à la fois comme objets et destinataires du regard journalistique. July souligne en effet l'impossibilité d'empathiser avec tout le monde, et même le caractère peu souhaitable de cette attitude, car elle risque de faire du journal un otage permanent, au lieu d'un organe de presse libre. Être « au service des lecteurs », de l'expression de leurs points de vue divers et conflictuels, exige peut-être une attitude qui n'est pas, en fait, celle de l'empathie permanente et changeante. C'est une autre démarche – le

---

1. J.-P. Sartre, P. Gavi, S. July et B. Lallemand, « Pour un peu de liberté », *Libération*, 23-24 décembre 1973, p. 21.
2. « Serge July : "cette terreur que je refuse..." », *Le Nouvel Observateur*, 29 octobre 1977, p. 41.

« réel travail d'information » dont parle July – qu'il convient alors d'élaborer pour être un journal « décentreur ».

Car ce n'est pas pour renier cette visée du décentrement mais, au contraire, semble-t-il, pour en défendre la radicalité, que July émet le désir de changer la pratique journalistique qu'on croyait jusqu'ici lui être attachée, l'empathie. Une empathie qui revenait, au fond, à « rassembler » de multiples groupes de lecteurs, et qui comportait un risque, celui de créer des insatisfaits, ainsi qu'une fragilité intrinsèque : cette empathie démultipliée était-elle seulement possible ? Il semble qu'on retrouve, ici, les difficultés attachées à la figure du « caméléon » brossée par Tom Wolfe. Mais le « cas *Libé* » circonscrit un peu plus la pratique empathique : c'étaient les marges, les lieux où s'exercent les dominations, qu'il fallait avant tout restituer, comme de l'intérieur, dans le journal. Pour autant, le problème demeure analogue à celui qui se posait au caméléon : est-ce bien là le modèle du « décentreur » ? Plutôt que de voir dans le décentreur un adepte de la métamorphose permanente, ne faudrait-il pas le penser plutôt comme un « je » somme toute singulier, avec les limites liées au fait qu'il se situe toujours quelque part (quoi qu'il dise), quitte à penser en même temps, chez lui, une capacité à s'autocritiquer en permanence, à « bouger » (ce qui n'est pas la même chose que s'abolir) ? Car, au fond, ce que July semble ici désigner, c'est l'impasse même que constitue le désir d'être *partout* où il y a des dominés, des marges, des contestations. C'est aussi une forme d'ubiquité, quoique plus limitée, qui est ici dénoncée. Une ubiquité qui crée toujours un mécontent. Au lieu de pousser le journal à faire mieux dans cette ubiquité, July lui demande plutôt de repenser sa démarche même : de penser le décentrement autrement, c'est-à-dire sur le mode de l'« ailleurs » plutôt que sur celui du « partout ».

Puisque le journaliste ne peut manquer de se situer, il lui faut construire une situation qui soit l'« ailleurs » – ce que July appellera, dans un long article du 22 mai 1978, la situation du « nomade ». Dans cet article, précisément, July laisse entendre que le souci d'être hors centre, auprès des marges, des dominés, comporte sans cesse le risque d'une nouvelle sédentarisation[1]. Autrement dit, c'est sur la nature même du « lieu » – le non-centre – qu'il convient de réfléchir. Dès lors, pour que le « rassemblement des voix » – July parlera aussi, dans un entretien accordé à *Esprit* en mai 1978[2], du « rassemblement des contestations » – ne soit pas un simple rassemblement sur de nouvelles bases, c'est-à-dire la construction d'un nouveau centre, qui tend inévitablement à gommer les contradictions qui y font obstacle, donc à encadrer, voire à neutraliser la visée du décentrement, il faut penser autrement le rapport du journaliste décentreur aux contestataires du centre « officiel » auxquels il donne la parole. Dans ce même entretien pour *Esprit*, July déclare notamment : « Il était vital de nous débarrasser de la vieille problématique du gauchisme, et de nous coltiner la réalité nous-mêmes, sans référent institutionnel ou idéologique. » Or, l'un des points que July met en avant, c'est l'importance d'une autonomie absolue du « regardeur » : enquêter sur tout, dit-il, dans une liberté qui semble impliquer aussi une liberté à l'égard de ceux auxquels une écoute est apportée. Sans rubriquage, et dans la vigilance permanente à l'égard de ce qu'il appelle l'« homogénéisation de la pensée ». Comme si July reconstruisait ce qu'une interprétation

---

1. S. July, « Lettre d'adieu à Libération », *Libération*, 22 mai 1978.
2. « Entretien avec Serge July », *Esprit*, mai 1978.

ancienne de l'impératif de l'écoute des dominés avait pu abolir : l'autonomie du regard. Comme si enfin étaient énoncés clairement le refus de la pure empathie, l'horreur du rapport fusionnel.

On constate d'ailleurs que Sartre se montre lui-même assez sévère, en 1979, à l'égard des débuts de *Libé*, laissant penser que ses craintes au sujet de l'« esprit de groupuscule » avaient été prémonitoires. Ses reproches, exprimés dans un entretien paru dans *Les Nouvelles littéraires*, ne sont certes pas très clairs ; mais on y entend tout de même la critique d'un style qui essayait de « faire ouvrier » alors que l'enjeu était d'inventer un style qui s'adressât aussi aux ouvriers, ce qui n'est pas la même chose : « Il fallait parler à un ouvrier qui nous lisait comme on lui aurait parlé dans une conversation directe. C'est ça que devait être le style de *Libération*. Selon moi, le journal a essayé, puis ce n'est pas ça qu'il a fait ; il a fait dans le genre "*La Semaine de Suzette*", c'est-à-dire dans un style assez enfantin. Ce n'est pas ce qu'il fallait. Il fallait essayer de trouver un style de masse pour que cela soit le plus clair, le plus perceptible. »[1]

Cependant, la « sortie du gauchisme » – au mauvais sens, sectaire, du mot – ou, disons, l'accès à un gau-

---

[1]. « Comment Sartre voit le journalisme aujourd'hui. Un entretien avec François-Marie Samuelson », *Les Nouvelles littéraires*, 15-22 novembre 1979. Outre le caractère assez flou des critiques de Sartre – qui semblent relever du règlement de comptes –, il faut remarquer l'extraordinaire suffisance du philosophe dans cet entretien. Par exemple dans ce passage : « En 1973, comment aurait été Sartre, journaliste à *Libération* ? », demande Samuelson. Et Sartre de répondre : « Ce n'est pas facile. Il aurait fallu que je me mette dans la bouillie qu'était *Libération* alors. Et j'aurais fait des "articles-bouillie" aussi, parce que si j'avais été tel que je puisse faire un bon article de journal, alors il y aurait eu une contradiction entre la bouillie de *Libération* et cet article-là. Donc les gens qui trouvaient leur pain, leur vie dans cette bouillie, se seraient méfiés de l'article. »

chisme plus « nomade », Sartre en souligne les atouts comme les inconvénients : son entretien soulève un problème qui permet de comprendre aussi pourquoi *Libé* s'est longtemps accroché à la position militante et empathique. Sartre commente en ces termes l'évolution progressive du journal : « C'était de la bouillie et puis, petit à petit, quelque chose est sorti qui était mieux fait et qui a dégagé ce que pouvait être *Libération* comme journal gauchiste... » Mais il note en même temps que cette évolution a fait perdre quelque chose au journal : « Les articles sont mieux écrits. Mais on ne sent plus la volonté derrière. Il y a un bon travail, mais on ne sent plus la révolte. Beaucoup de choses ont rétréci. » Faut-il alors regretter ? Sartre ne semble nullement soucieux d'approfondir ses remarques : tout est bon pour critiquer, sans crainte de l'autocontradiction. Mais on peut, à sa place, reprendre le problème, qui renvoie, une fois de plus, au paradoxe du décentrement : le vrai révolté, semble dire Sartre, ne peut pas être un bon journaliste décentreur, il « colle » à ceux qu'il soutient, il ne parvient pas à les regarder et à les « montrer » à d'autres ; il est soucieux avant tout de rassembler derrière lui, de construire un nouveau centre contre le centre qu'il combat ; à l'inverse, le journaliste véritablement décentreur rétablit les distances, cherche toujours le « non-lieu », la place du nomade qui permet de faire voir les conflits, mais ceci ne peut se faire qu'en perdant un peu de l'acuité de la révolte. C'est une autre façon de dire le dilemme du projet de décentrer : plus il est voulu avec la violence du révolté, plus il échoue ; mais à l'inverse, la distance du nomade peut-elle constituer un modèle de décentrement, elle qui a perdu, justement, la violence du révolté ? La reconnaissance par Sartre des « progrès » de *Libé* demeure teintée d'une désillusion, pour le coup très sartrienne, elle. Mais on ne peut en sortir, on touche en fait au cœur paradoxal de la démarche du décentrement.

Il est intéressant de constater, d'ailleurs, que les plus farouches partisans d'une sortie du « gauchisme » – pour entrer enfin dans le « journalisme » – ont souvent eu, aussi, leur moment de nostalgie, conscients que ce « progrès » faisait inévitablement perdre quelque chose. Ainsi Serge July lui-même se montre-t-il nostalgique envers ce sentiment de « fusion » qui caractérisait la première époque de *Libé*. Il emploie d'ailleurs, à ce sujet, l'expression sartrienne de « groupe en fusion » – ce qui souligne, s'il était encore besoin de le préciser, que la tentation du rassemblement des dominés, malgré les mises en garde de Sartre, constitue en réalité une tentation éminemment sartrienne[1] :

> « C'était quoi, *Libération* ? Une équipe. C'était quoi le capital de *Libération* ? Une équipe. *Libération* n'a existé, n'a été possible et n'a duré, *Libération* n'a pu jouer le rôle qu'il a joué, créer de nouvelles formes journalistiques, faire même du journalisme une culture à part entière, que dans la mesure où les différentes personnes qui se sont rassemblées au fil des années sont parvenues à coaguler, à se mélanger, à créer un creuset, une matrice. *Libération* n'a aidé à supporter les années 70, que dans la mesure où cette équipe a été à la fois une création authentique et un créateur. Miracle de *Libération* ? Non, "groupe en fusion", comme Sartre dans la "Critique de la raison dialectique". J'ai vraiment envie de citer Sartre, parce que sa vieillesse s'est mêlée à notre naissance, et à notre

---

1. Il est clair que tout ceci renvoie à une difficulté interne à la philosophie de Sartre qui, au fond, n'est pas en mesure de penser le mouvement de décentrement, c'est-à-dire cette démarche qui consiste à déployer un conflit entre « nous » et « d'autres » : cette philosophie conçoit l'altérité de l'autre de manière si radicale que la seule manière de le « rencontrer » est de se nier soi-même et de fusionner avec lui. Le thème de la *fusion*, chez Sartre, est le pendant de l'incapacité à penser une véritable rencontre – ce qui constitue par ailleurs une position critique intéressante et importante (cf. chap. VI de notre ouvrage *Du journalisme en démocratie*).

développement, à notre vie, sans que nous en ayons toujours conscience. Suivons Sartre dans le Paris révolutionnaire du 14 juillet 1789 qui préfigure à sa manière la réussite de *Libération* : "Et ce groupe, encore non structuré, c'est-à-dire entièrement amorphe, se caractérise comme le contraire immédiat de l'altérité : dans la relation sérielle, en effet, l'Unité comme Raison de la série est toujours ailleurs dans l'Apocalypse". "C'est-à-dire dans la dissolution de la série dans le groupe en fusion". Et plus loin : "Un groupe se constituant par liquidation d'une inerte sérialité sous la pression de circonstances matérielles définies". C'est cela l'équipe de *Libération* jusqu'en 1978. Deux centaines d'histoires individuelles issues de la multitude des expériences de l'après-mai 68 qui se dissolvent dans une "totalité totalisante" : un désir de journal fait de manière communautaire. » [1]

Ce sont des propos pour le moins étonnants, qui évoquent explicitement l'importance du rassemblement, dans sa version la plus extrême, afin de créer une culture communautaire, celle des dominés dont *Libé* a constitué le porte-voix. Les conflits, la présence d'une altérité installant de la contradiction au sein de ce rassemblement, tout cela est ici dévalorisé, ou du moins regardé avec crainte. July ajoute :

« L'équipe, cette "totalité totalisante" ne suit plus totalement. Les contradictions hier insurmontables deviennent des montagnes. La fusion se ralentit. Jusqu'au moment où la fusion ne se fait plus du tout. [...] Que les désirs des uns et des autres divergent au point de s'opposer, mais leurs oppositions cette fois ne sont plus positives. Elles deviennent systématiquement négatives, toujours négatives. [...] Alors il faut prendre conscience que l'équipe de *Libération* n'est plus un groupe en fusion, qu'elle est en train de devenir une "fraternité-terreur", toujours pour citer Sartre. C'est-à-dire une collectivité où les initiatives des uns et des autres sont devenues mutilantes et pour les uns et pour les autres. Où les différences finissent par

1. S. July, « C'était quoi Libération ? Une équipe », *Libération*, 23 février 1981.

blesser. Pendant longtemps le rôle de la direction de ce journal a été de gérer le consensus, de permettre à l'équipe de surmonter toutes les contradictions internes. Et puis le moment est venu où cela n'était plus possible. »

July justifie ainsi sa propre démission, du 6 février 1981, ainsi que sa proposition d'arrêter la parution afin de préparer une renaissance. « D'une certaine manière », ajoute-t-il, « nous partons à la recherche d'une nouvelle fusion. »[1]

Au-delà des enjeux de stratégie personnelle qu'il ne faut pas négliger – c'est un article éminemment « politique » –, un tel discours soulève un problème de fond. Il semble que cela même qui était la faiblesse de « *Libé 1* », la tentation de la « petite famille » ou de la fusion des dominés, ait été *en même temps* son originalité profonde, la clef de la subversion que ce journal représentait à l'égard du « centre » officiel. C'est justement le fait qu'il rassemblait puissamment qui le constituait en danger, même si cela impliquait *en même temps* des limites pour la visée du décentrement. C'est pourquoi, paradoxalement peut-être, la métaphore de l'« écrivain public collectif » qui a souvent été employée pour caractériser *Libé 1*[2] – une métaphore étonnamment vallésienne[3], qui montre bien comment la démarche du décentrement rencontre, sur son chemin même, celle du rassemblement – est l'objet *en même temps* d'une critique et d'une nostalgie. À la fois on considère qu'il fallait en sortir pour faire aboutir le projet d'un journal décentreur et l'on reconnaît que le regard du décentreur

1. *Ibid.*
2. Voir par exemple P. Thibaud, introduction au dossier « De la politique au journalisme. *Libération* et la génération de 68 », *Esprit*, mai 1978, p. 3-4.
3. Voir notre chapitre II.

ne peut plus avoir l'enthousiasme militant, la combati-
vité de « l'écrivain public collectif ».

LA RECHERCHE DE LA « PAROLE ERRANTE » :

MARC KRAVETZ REPORTER EN IRAN

De même que beaucoup de Nouveaux Journalistes
s'avèrent très conscients des écueils qui guettent leur
mouvement, de même l'équipe de *Libération* des
années 1970 offre des exemples concrets d'une grande
vigilance à l'égard du geste de rassemblement des
dominés et d'une réflexion approfondie sur ce que veut
dire *décentrer*. Penchons-nous, par exemple, sur l'écriture de Marc Kravetz, qui a encouragé les évolutions
souhaitées par Serge July dans les années 1978-1979 et
qui, comme reporter, propose un regard au plus loin de
toute fusion empathique.

Kravetz n'a jamais cessé de dire à quel point il était
redevable envers *Libération*, ce journal qu'il n'a rejoint
que quelques années après sa création et où, précisément, on pouvait débattre, s'opposer, inventer. Kravetz
a été le correspondant en Iran de *Libération* en 1979-
1980 ; ses reportages, tout particulièrement son article
« Portrait de l'Iran en jeune femme », paru dans *Libération* du 8 mars 1979, lui valurent le prix Albert Londres en 1980. À la fin de *Irano Nox*, son livre de 1982,
il raconte comment lui était venue l'idée de cet article [1] –
un texte si étonnant que lui-même n'emploie le mot
« article » qu'avec des guillemets. La rédaction lui avait
commandé un article sur la situation des femmes iraniennes ; pour le préparer, il avait rencontré une archi-
tecte iranienne, Nasrine T. Or, à l'issue de ses conver-

---

1. Cet article a été réédité dans *Grands Reportages. 43 prix Albert
Londres 1946-1989*, 1989, p. 517-528.

sations avec elle, il ne parvint pas à écrire son texte. « L'article ne venait pas. [...] Alors j'écrivis à la place de l'article ce "Portrait de l'Iran en jeune femme" comme on écrit une lettre. Ce n'était ni l'Iran, ni la femme iranienne, seulement Yasmine [dans l'article de 1979 elle est Nasrine T., dans *Irano Nox*, elle devient Yasmine] et un peu de son histoire, une façon de raconter le grand vertige de la révolution iranienne à travers un regard exceptionnel, même s'il n'était pas exemplaire. » Et Kravetz de rendre alors hommage à son journal : « Jamais comme alors je n'ai été aussi heureux de travailler pour ce journal, *Libération*, le seul qui pouvait publier un tel "article". »[1]

Cette histoire ressemble étonnamment à celle, racontée plus haut, de la genèse de l'article de Tom Wolfe, « The Kandy-Colored-Tangerine-Flake Streamline Baby ». Elle fait penser aussi à celle d'une autre figure du *New Journalism*, Gay Talese, à propos d'un article sur Frank Sinatra : ne parvenant pas à obtenir un entretien direct avec la star, parce que celle-ci souffrait d'un rhume qui la préoccupait, la déprimait, Talese avait fini par écrire l'histoire de ses tentatives pour obtenir cet entretien, qui en disaient long, justement, sur la figure de Frank Sinatra[2]. Kravetz est en effet l'une des figures de *Libé* qui illustre le mieux les analogies entre cette aventure de presse française et le mouvement américain du *New Journalism* : comme les Nouveaux Journalistes, il pose la question de ce qu'est le journalisme tout en le pratiquant. Nous verrons d'ailleurs que l'écriture de Norman Mailer lui est familière.

Malgré sa gratitude, Kravetz a très tôt souligné les

---

1. M. Kravetz, *Irano Nox*, 1982, p. 261.
2. G. Talese, « Frank Sinatra Has A Cold », *Esquire*, avril 1966, reproduit dans G. Talese, *Fame and Obscurity : Portraits by Gay Talese*, 1970, p. 3-40.

faiblesses des premières années de *Libération*. Il partage en 1978 le diagnostic de July, considérant que le quotidien doit, en dépit de sa sympathie pour ceux qui luttent, pour les « dominés », cesser de se penser simplement comme leur « voix ». Ses propos sonnent comme un appel à rompre avec cela même que beaucoup considéraient comme l'originalité profonde du journal. Dans le même cahier que celui où a paru la « Lettre d'adieu à *Libération* » de July – cet article, cité plus haut, où July en appelle à retrouver l'esprit du « nomade » –, Kravetz propose, ce 22 mai 1978, un texte sur « le bonheur d'être journaliste », dans lequel il déclare qu'il est temps que *Libération* devienne un « journal » ; quitte à être un peu « un journal comme les autres ». « Journal sans journalistes, journal qui "donnait la parole au peuple", journal "différent" : je n'ai pas personnellement vécu cette aventure ni partagé cette illusion », écrit-il. « Je les évoque donc sans nostalgie et je pense, inexplicablement, que l'idée demeure salutaire. Et je pense également que le journal que décrivent en creux les lecteurs qui nous reprochent avec hargne et rancune notre "trahison", est tout ce qu'on veut sauf un journal possible, sauf un journal "lisible". Pour être un journal "différent", *Libération* a dû apprendre à être un journal comme les autres. Ce n'est pas un renoncement mais une contradiction. Une de plus, avec laquelle il faut vivre à moins de renoncer, à moins, pour *Libération*, de mourir. »[1] Kravetz souligne ici le risque lié au souci même de rompre avec la violence des regards dominants : à force de contester ce que les « regards sur » ont de dominateur, à force de rechercher le point de vue du dominé lui-même, parfaitement inté-

1. M. Kravetz, « Du bonheur d'être journaliste », *Libération*, 22 mai 1978, p. 5.

rieur et non violent, on risque d'aboutir à un journal tout simplement « impossible », c'est-à-dire à l'abolition de tout point de vue, à l'effacement pur et simple de l'observateur, à la mort du journaliste. *Libération* n'a donc pas le choix ; s'il se veut un *journal*, il sera un « regard sur » ; car il ne pourra guère pratiquer l'empathie avec tous les dominés au nom desquels il prétend écrire.

Dès lors, ce texte est aussi une reconnaissance, fort mailerienne, de cette *fiction* qu'est nécessairement le journalisme, parce qu'il s'agit toujours d'un regard qui se pose sur la réalité – regard nécessairement singulier, nécessairement conflictuel pour d'autres, par exemple pour ceux qu'il regarde. « Sur le terrain ou dans son bureau, le journaliste est toujours auteur de fiction », poursuit Kravetz dans le même article. « La réalité dont il parle n'est pas "la" réalité. Pas plus à *Libération* qu'ailleurs. » C'est bien la contradiction inhérente à la démarche originelle des premières années de *Libé* que Kravetz met au jour : la radicalité de la révolte contre les regards dominants avait tendance à reproduire la même arrogance que celui-ci, c'est-à-dire la prétention à vouloir être « la » réalité. Il y a en somme une façon de chercher la subversion qui retombe sur du conformisme, comme Kravetz le suggère encore lorsqu'il écrit : « [...] nous payons cher cette contradiction. Au point d'oublier parfois d'affirmer notre différence autrement que par la dérision et la caricature du journalisme le plus traditionnel ». Le décentreur tourne alors au rassembleur, qui prétend saisir *le réel*, « objectif », alors même que sa démarche s'enracine dans une conscience aiguë de la vanité d'un tel désir, et de la domination qu'il engendre. L'ambition de décentrer est dénaturée si son issue est la mise sur le trône d'un nouveau regard dominant. Il faut essayer, plutôt, de

regarder « contre », comme le dit encore Kravetz :
« Mais à *Libération* plus qu'ailleurs nous avons les
moyens de penser et d'écrire *contre*, de ne pas céder au
conformisme du code, de décrypter dans le réel les
signes de sa subversion, de jouir à réfléchir et à écrire
sans entraves. » [1]

Mais comment s'y prendre ? En ne renonçant surtout
pas à la distance critique, à la fiction introduite par la
singularité d'un regard. La formule utilisée par Kravetz
pour définir le journaliste est « le déchiffreur de l'envers
des choses et des mots » [2] – une expression qui suggère
que le journaliste n'est pas d'emblée, déjà, « dans » cet
envers. L'idée de déchiffrement évoque un certain
labeur, un travail qui est aux antipodes de l'évidence
d'être, immédiatement, auprès des dominés. Kravetz
évoque ici un regard qui ne s'abolirait pas dans l'acte
de regarder, qui assumerait ce qu'il est, *un* point de vue,
né d'une situation singulière, et qui s'autocontesterait,
s'éprouverait, introduirait le conflit en lui-même pour
aller toujours plus loin dans le « déchiffrement de
l'envers », pour *se décentrer lui-même* petit à petit. Non
sans analogies avec Mailer au sein du *New Journalism*,
Kravetz, pour éviter les tentations qui dénaturent la
démarche du décentrement, propose un regard qui
s'autocritique incessamment – comme si, tout en
voyant, le décentreur se demandait sans cesse pourquoi
il voit ainsi et s'il pourrait voir autrement.

Ce travail, ou ce jeu – comme on parle du « jeu »
d'une porte sur ses gonds –, ne suppose donc pas évidente et immédiate la rupture avec le centre officiel
mais construit sa séparation, son accès à une altérité,
dans un doute et une modestie jamais niés. « *Libération*

1. *Ibid.*
2. *Ibid.*

subit comme les autres journaux – et parfois plus en raison même de sa pauvreté – les contraintes du système mass-médiatique », écrit Kravetz, toujours dans cet article sur le « bonheur d'être journaliste ». « On peut ruser avec, on n'y échappe pas. Et les lecteurs de *Libération* non plus. Le langage des journaux, celui de la radio, celui de la télé, c'est notre langage. Le reconnaître n'est pas nécessairement y consentir. Et c'est là que commence l'aventure de *Libération*, notre aventure, la mienne, le bonheur d'être journaliste. » On sent comment le « nous » (« notre » langage...) se défait peu à peu, mais pas dans la rupture et l'évidence d'un autre « nous », immédiat. L'« aventure » que décrit Kravetz est celle du décentreur, qui désigne peu à peu le « nous » comme un « vous » et qui ne perd jamais de vue ce « vous », continue de s'adresser à lui, en ses termes à lui, loin de postuler une rupture qui, en fait, perdrait de vue l'enjeu même du décentrement, l'« adresse à ».

Mailer, on l'a vu, assumait qu'il ne donnait qu'un « roman », à maints égards aussi faux que le « roman » des journalistes « officiels », et il cherchait pourtant une issue dans le fait d'être un journaliste *tout à fait romancier*, c'est-à-dire un journaliste qui faisait *jouer* son imagination mieux que quiconque et qui était par là capable de saisir le cœur des contradictions. Contrairement au « caméléon » de Wolfe qui prétendait être *partout*, le journaliste-romancier mailerien se traçait difficilement un chemin, par l'imagination, moins dans les mondes intérieurs eux-mêmes, que dans le « fossé » qui les séparait ; il s'autocritiquait à l'infini, défaisait tous les points de vue, y compris ceux qu'il avait pris à son compte pendant quelques pages ; il mettait en scène le conflit des divers points de vue plutôt que de paisiblement les restituer, les uns et les autres. Kravetz semble à son tour en appeler à un regard à la fois situé, limité, et soucieux de faire « bouger » cette situation. C'est ambitieux, et c'est aussi plus modeste que l'empathie, puisque, précisément, le journaliste ne prétend pas être déjà « chez le dominé », voire être le dominé ; il connaît le risque inhérent à une telle prétention, celui de reconstituer une nouvelle domination, un point de vue figé, incontestable, une sédentarisation, comme disait July ; il préfère chercher, petit à petit, dans le doute et l'autocritique inachevée, la manière de refuser l'ancrage, alors même qu'il sait demeurer ancré à chaque coup d'œil. Défaire, défaire sans cesse le point de vue, alors même qu'on sait ne pas pouvoir donner autre chose, à chaque ligne, qu'un point de vue.

Cela évoque une sorte d'errance qui doit sans cesse être conquise, reconquise, contre la tentation de la sédentarisation. Le thème de l'errance est en effet prégnant dans les représentations de Kravetz, au point qu'il assimile volontiers la « parole "vraie" », qu'il dit rechercher, à la « parole errante », expression qu'il emprunte au poète, dramaturge et ancien journaliste Armand Gatti[1]. Et rien n'illustre mieux ce « travail » de l'errance qu'*Irano Nox*, ce livre publié par Kravetz en 1982, qui constitue au moins autant un ouvrage sur le statut de reporter qu'un reportage sur l'Iran – d'autant qu'il reprend, remanie, des reportages parus dans *Libération* dans les années précédentes. Le décalage dans le temps, la forme « livre » apportent un degré supplémentaire dans la réflexivité du regard – une réflexivité qui, cela dit, est déjà nette dans ses reportages au présent. Attardons-nous donc quelques instants sur ce livre, où chaque point de vue, chaque coup de regard, si l'on

---

1. « Toute mon action politique se résume dans cette quête de la parole errante partout recherchée », déclare Gatti (M. Kravetz, *L'Aventure de la parole errante. Multilogues avec Armand Gatti*, 1987, p. 25).

ose dire, à peine proposé, est mis en question, réfléchi, ramené à sa relativité. C'est cette mise en question qui permet, justement, de changer ensuite de point de vue. Et ainsi de suite, dans un long chemin d'errance.

Le photographe Alain Bizos, avec lequel Kravetz dialogue dans l'avion, lors du voyage de retour, définit bien la relativité du point de vue, sa contingence : « Sujet intéressant : tu montres une fille en jean ou en pantalon crème, un type qui a mal à l'œil et qui se fait examiner par une femme qui est peut-être la sienne et tu dis : j'ai vu ça en Iran. On te demande quel rapport ça peut bien avoir avec l'Iran et tu réponds : le rapport c'est que nulle part ailleurs je n'aurais eu envie de prendre un tel cliché. »[1] En même temps, ce propos souligne la réflexivité qui doit être celle du journaliste : « On te demande », dit Bizos ; c'est le questionnement du journaliste sur lui-même qu'il décrit. Regarder, c'est alors se demander pourquoi on voit *ça* ; pourquoi la relation avec l'événement « donne » tel angle de vue, plutôt qu'un autre. Par exemple, Kravetz essaie de comprendre ce qui en lui provoque un « malaise » quand il marche dans les rues de Téhéran ; il s'y prend à plusieurs fois pour définir ce malaise, qui revient finalement à ceci : il voit des femmes, mais en un autre sens il voit qu'il n'y a pas de femmes. C'est ce conflit à l'intérieur du regard qui produit un malaise, que le reporter doit restituer à son lecteur :

> « Il m'a fallu du temps pour comprendre d'où me venait ce malaise quand je marchais dans les rues de Téhéran. L'Islam chiite et la laideur urbaine ne suffisaient pas à expliquer cette morne tristesse qui imprégnait la ville et les gens. J'écrivis un jour : "Téhéran est un monde sans femmes." La formule était hâtive et inexacte.

1. M. Kravetz, *Irano Nox*, 1982, p. 13.

En termes statistiques, les deux sexes étaient à peu près également représentés sur les trottoirs. Un monde d'hommes peut-être, mais d'hommes malades, frustrés, mal dans leur peau et comme hantés par ces fantômes aux formes noires qu'ils croisaient sans jamais les rencontrer. Les femmes étaient là, mais elles n'avaient ni corps, ni parole, ni regard. Ce n'était pas un monde sans femmes mais un monde sans féminité, un monde univoque, sans séduction, sans tendresse, d'où le désir était banni, un monde gouverné par la honte et la peur, où l'on n'osait ni se regarder, ni se toucher. »[1]

Si le travail journalistique consiste en cette réflexivité sur un point de vue au départ contingent, il est évidemment solitaire : c'est le travail d'un exilé qui ne représente personne. Dans la mesure où le reporter est celui qui se détache du « nous » qu'est le public, afin de le désigner comme un « vous », il est en effet condamné à une solitude qui est précisément celle de l'errance. On ressent intensément cette solitude dans la façon dont Kravetz évoque sa relation à l'Iran : cette relation a sa logique propre, dans laquelle les lecteurs, le public, n'interviennent guère. Certes, c'est sous le regard du public que le correspondant vit son propre point de vue, qu'il l'interroge, mais Kravetz refuse absolument l'idée que le journaliste puisse *représenter* le public. Ces lignes, par exemple, rejettent explicitement la figure du témoin-ambassadeur :

« Je ne connais pas [...] de journalistes – *bis repetita*, toutes réserves faites – qui écrivent ou du moins travaillent "pour" leurs lecteurs [...]. Le courage de dire n'est pas en cause, affaire de tempérament, mais la passion de savoir est une fin en soi. [...] Quand bien même nous aurions resservi sous une forme acceptable la totalité des menus objets de notre collection de *facts*, le lecteur ne serait pas plus avancé. À moins d'être lui-même un spécialiste ou un professionnel concerné par le

1. *Ibid.*, p. 50.

sujet, il ne saura jamais ce que nous savons ou que nous croyons savoir parce que les raisons, les principes ou les circonstances qui gouvernent le choix des informations que nous lui offrons, et permettent à la rigueur de leur donner un sens, ne lui sont pas donnés. Il ne saura jamais non plus ce qu'il veut savoir, pour l'excellente raison que la question qui nous occupe entièrement n'est pas dans le meilleur des cas, pour lui, qu'un sujet de curiosité épisodique dont les manifestations sont rarement synchrones avec les sauts de puce de l'envoyé spécial qui s'essouffle à suivre les rebondissements de l'actualité. Résultat, puisque les journaux sont faits pour être lus : un compromis bâtard entre le schématisme simplificateur et le pointillisme abscons. Le reporter poursuit ses chimères et le lecteur ronge ses frustrations. » [1]

Lorsque le reporter assume qu'il est depuis longtemps sorti du public et de son « nous », il découvre donc sa solitude. Cependant, s'il y a solitude absolue, c'est parce que le journaliste est aussi exclu des « autres » qu'il s'efforce de rencontrer. Accusé par ceux qu'il observe et rencontre de n'y rien comprendre, le reporter dessiné par Kravetz est véritablement un orphelin du « nous » ; c'est qu'il est, en fait, l'agent du conflit, le pôle qui fait surgir les malentendus. C'est l'idée d'un *incommunicable* qui ressort en premier lieu de la description par Kravetz de son métier. Comme si ce métier consistait, non pas à dépasser l'incommunicable, à faire mentir ceux qui ne cessent de l'agiter, mais à le reconnaître pour voir ce qu'on peut en faire – le formuler, par exemple.

La « formulation » permet notamment au reporter de dire que l'incommunicable, en Iran, n'est pas exactement de la même nature qu'ailleurs. Plus que jamais il signale une mauvaise volonté, voire une déclaration de

1. *Ibid.*, p. 15.

guerre à l'Occident, par l'intermédiaire du journaliste que celui-ci a envoyé :

> « "Ce n'est pas votre faute mais vous ne pouvez pas comprendre." Cette phrase-là, le journaliste étranger (disons "occidental") en Iran l'a tant entendue qu'il ne l'entend même plus. Il s'est résigné aux évidences : il ne parle pas la langue ; il n'est pas musulman ; il n'a ni vingt-cinq siècles de Perse, ni quinze d'Islam dans la tête et dans les veines. Il sait qu'il ne sort pas des geôles de la Savak ni des bidonvilles de Téhéran. Il n'en est pas spécialement fier, il n'a plus le goût d'en avoir honte. Il a l'habitude. Changez les dates et les lieux, la situation reste la même. Il n'est pas iranien, soit. Il n'était pas vietnamien, algérien, libanais, bengali, kurde ni tchadien. Éternel problème de l'occidentalo-centrisme ? Non.
> En Iran le "Vous n'êtes pas d'ici, vous ne pouvez pas comprendre" n'est pas de l'ordre de la différence, même incommensurable, mais de l'exclusion. Dans la colère de Dieu contre Taghout, le Diable n'admet pas de concession. Khomeiny ne vous accorde pas la part du feu. »[1]

Mais ce qui est important, c'est qu'il y a toujours, même dans un climat moins hostile, de la différence irréductible entre le reporter, « l'autre » regardé et le public auquel ce regard est destiné. Autrement dit, la représentation par Kravetz du regard journalistique est rigoureusement triangulaire : le reporter (« moi ») est seul face à ceux qu'il regarde (« eux ») et face à ceux pour lesquels il regarde (« vous »). Il n'y a pas de fusion, pas même de rapport de *représentation*, ni avec ceux qu'il observe, ni avec « son » public. Cette relation à trois, qui jamais ne parvient à apprivoiser, encore moins à absorber l'un des deux autres termes, interdit absolument à la figure du « nous » d'émerger. Le reporter ne sera le témoin-ambassadeur de personne ; il sera l'exilé ou le nomade, conscient de son étrangeté radi-

1. *Ibid.*, p. 17-18.

cale, de l'unicité de son regard, de ce qu'il renferme d'impossible à partager. L'étrangeté qu'éprouve le journaliste n'a pas, comme chez Albert Londres par exemple, la vertu de reconstituer *in fine* le « nous » du public : elle est sans fin, dans tous les sens du mot, elle génère chez le reporter une frustration permanente et solitaire. Il s'adresse à son public sur le mode du « vous », avec l'incertitude que comporte une telle interpellation – qu'est-ce que le public en retiendra ? Il n'a guère le contrôle des effets de son regard, et, surtout, il ne prétend pas l'avoir.

Dans ces conditions, le titre du reportage de Kravetz, « Irano Nox », la nuit de l'Iran, est riche de significations ; il souligne la part d'incommunicable, d'incompréhensible, qui demeure toujours logée dans la relation du journaliste à ce qu'il « couvre » ; et en même temps il semble annoncer que, malgré le travail du journaliste pour étendre la lumière en faisant bouger son point de vue singulier, le public pourrait bien, lui, demeurer face à la nuit – une nuit qui sera, en tout cas, toujours plus épaisse qu'elle ne l'est pour le journaliste. Le titre concentre les incertitudes et les frustrations induites par la relation triangulaire :

> « Je ne brandirai pas mon flambeau dans la nuit de l'Iran. je ne proposerai ni des clés ni la lumière. Je ne dirai plus : "Voilà la Vérité, faites-en ce que vous pouvez." Je raconterai un voyage. [...] Je dirai ce que j'ai vu, ce que j'ai su ou pu vérifier, ce que j'ai appris mais aussi tout le reste : ce que je n'ai pas su voir, ce que j'ai cru comprendre, ce qui m'est passé par la tête, même si on doit en conclure que la tête était décidément malade. Ce sera une sorte de roman-vérité. Le héros en sera un pays en proie à l'un des ouragans les plus dévastateurs de l'histoire. Ni positif, ni négatif. » [1]

1. *Ibid.*, p. 21.

Cette peinture du journaliste en anti-héros, auteur d'un « roman-vérité » (et nullement de *la* vérité), rivé à la relativité de son point de vue empreint de fiction, laissant donc la place du héros à *ce qui est regardé*, et qui déborde toujours, échappe au contrôle du « regardeur », tout ceci présente d'évidents échos avec la démarche de Mailer. Aussi ne sera-t-on pas surpris de voir Kravetz se référer explicitement au journaliste-romancier américain, sur un mode à la fois complice et taquin. Le nom de Mailer surgit lors d'une conversation avec un ami iranien, Abbas. Les conversations avec Abbas sont souvent l'occasion d'exposer les conflits de points de vue sur la situation embrouillée dans laquelle est plongée l'Iran : à chaque fois que Kravetz croit tenir un point de vue, il semble que l'échange avec Abbas vienne lui rappeler que c'est toujours plus compliqué qu'il ne croit. Ainsi dans ce dialogue, qui commence par une « blague » de Abbas :

« Sur un parking trois miliciens faisaient leur prière. Abbas souriait.

"Sais-tu quelle est la différence entre le régime du chah et celui de Khomeiny ?

Je grommelai que non mais qu'il n'allait pas tarder à me l'apprendre.

"Eh bien voilà : avant, les gens sortaient pour boire et rentraient chez eux pour prier, maintenant c'est pareil sauf que c'est le contraire. C'est une blague, mais elle est drôle, non ?

– Abbas, qu'est-ce que tu penses vraiment ?

– Vraiment de quoi ?

– De tout ça.

– Je pense que l'Amérique n'a que ce qu'elle mérite. Que le droit international n'est qu'une hypocrisie de merde et que je n'ai rien à foutre de leurs putains d'otages.

– Ce sont des mots. Je voudrais savoir ce que pense un type comme toi qui a vécu en Amérique. Tu sais que l'Amérique ce n'est pas le diable. Tu ne peux pas penser ça. Je t'ai vu dans le défilé. Tu faisais comme tous les autres. Pourtant tu n'es pas l'un d'eux. Ou peut-être que si, après tout. Je me demande si tout le monde ne fait pas semblant. Comme toi. À deux cents mètres d'ici on porte le deuil de Hossein et dans cette rue on se balade comme si rien ne s'était passé depuis dix ans.

– Ça, c'est l'Iran. Nous avons différents visages, mais personne ne fait semblant comme tu dis. Si tu veux vraiment savoir, je pense que tu n'as encore rien compris à ce qui se passe en Iran."

Nous étions arrivés à l'hôtel. J'étais passablement déprimé.

"Crois-tu que Carter va extrader le chah ? me demanda brusquement Abbas.

– Non, je ne crois pas. Pourquoi me poses-tu la question ?

– Parce que je pensais comme toi. Mais je voulais avoir ton avis." Abbas prit le temps de la réflexion avant d'ajouter : "Mais, s'ils ne rendent pas le chah, que vont devenir les otages ?

– Je n'en sais pas plus que toi. Peut-être seront-ils jugés. Peut-être qu'un arrangement interviendra.

– Je ne crois pas que les étudiants pourraient les tuer, dit Abbas.

– Moi non plus.

– Alors quoi ?

– Alors rien. Tu as raison, je crois que je n'ai pas compris grand-chose.

– Un jour je t'emmènerai dans le Sud", promit Abbas. »[1]

Les contradictions qui affleurent dans cet échange illustrent la difficulté à trouver un point de vue solide, et, du coup, font avant tout du journaliste *celui qui ne comprend pas*, qui n'arrive pas à fixer son point de vue. Or, l'une de ces conversations avec Abbas s'achève sur une référence à Mailer :

« [...] si j'étais retourné à l'université [c'est Abbas qui parle], aujourd'hui je serais Fedayibn ou Modjahedin, ou n'importe quoi. Je gueulerais contre les mollâs, contre leur bêtise, contre leurs règles stupides. Ou bien je fabriquerais des théories à la mords-moi-le-nœud sur l'Islam et la révolution. Ici je me fous

1. *Ibid.*, p. 36-37.

de tout ça. Si j'ai envie de boire un coup, je sais où trouver de l'alcool, si je veux fumer une pipe, j'achète de l'opium au coin de la rue. Je ne sais pas ce qui va se passer. Mais j'ai envie que ça se passe ici. Je veux que Khomeiny réussisse.

– Si ça rate ?

– Malheur à nous. Nous aurons et les mollâs et les Américains. Ou les Russes. Ce sera mille fois pire qu'avant. Mais t'inquiète pas, ce n'est pas fini.

– Autrement dit, une tempête de merde se prépare.

– Très juste. Tu commences à piger. Tu vas écrire ça dans ton journal ?

– Ce n'est pas de moi mais de Norman Mailer, un Américain.

– Ouais, je connais. Ils sont formidables les Américains. Ils savent tout et ils ne comprennent jamais rien. » [1]

Ce dialogue offre de multiples interprétations possibles, qui se chevauchent, et alimentent l'ironie triste qui en constitue le ton. La manière d'évoquer Mailer relève d'une forme de provocation typiquement mailerienne (ramener Mailer à un vulgaire « Américain » !). Quant au « Tu vas écrire ça dans ton journal ? », on pourrait y lire un écho à un passage des *Armées de la nuit* où Mailer souligne qu'hélas, son point de vue sur la situation ne serait jamais publié dans des journaux de gauche aussi convenables que le *New Yorker* par exemple, « parce qu'on ne [l']y laisserait pas employer le mot *merde* » [2]... Il y a en outre dans ce dialogue un jeu sur comprendre (ou « piger ») et « n'y rien comprendre » : c'est au moment où Kravetz emploie une expression de Mailer qu'il paraît y comprendre quelque chose ; en même temps, ramené de manière provocatrice à son américanité, Mailer demeure celui qui n'y comprend rien. Ainsi, comme chez Mailer, justement, chaque point de vue, chaque angle qui offre une com-

1. *Ibid.*, p. 40.
2. N. Mailer, *Les Armées de la nuit*, p. 48.

préhension, est ensuite défait, si possible avec le plus de provocation possible. Mais encore : au cœur du « ne rien comprendre », il y a peut-être la position « juste » ou la « parole vraie ». Après tout, c'est à cette vérité de l'incompréhension qu'Abbas ramène toujours Kravetz, comme pour lui permettre d'être vraiment un bon journaliste, c'est-à-dire celui qui défait, refait, défait à nouveau ; celui auquel, une fois qu'il est à nouveau désespéré de son incompréhension, on peut dire « Je t'emmènerai dans le Sud » ; donc celui qui, grâce à son incompréhension toujours renouvelée, est encore capable de voir quelque chose de neuf, autre chose – qui sera sans doute défait plus tard pour céder la place à un point de vue encore différent. En fait, c'est le renouvellement de l'incompréhension qui permet de *voir* encore. Donc, si Mailer est celui qui, en tant qu'Américain, « ne comprend rien », c'est peut-être un paradoxal compliment – un compliment très mailerien, d'ailleurs, puisque chez Mailer aussi c'est ce témoin qui n'y comprend rien qui touche l'intimité de l'événement.

Le « ne rien comprendre » signifie donc que le point de vue ne s'est pas sédentarisé, qu'un « ailleurs » se dessine sans cesse et ainsi que le travail du décentrement, ou de mise en conflit permanente d'un point de vue par un autre, peut continuer. L'incompréhension est donc autre chose qu'un moment à dépasser : *il faut en permanence ne pas comprendre pour pouvoir continuer à voir*[1]. Ceci est particulièrement net dans la manière, pas du tout honteuse, dont Kravetz présente sa propre « incompréhension » dans ses conversations avec les représentants du pouvoir religieux en Iran : c'est parce

---

1. Comme chez Albert Londres, sauf que chez celui-ci l'incompréhension d'où naît le regard produit une sollicitation du « nous » qui l'invite à se reconstituer ; chez Marc Kravetz, elle est plus délétère à l'égard du « nous », elle est « décentreuse ».

qu'il ne comprend rien à ce qu'ils racontent qu'il voit ce qui se passe[1]. Et les conversations avec Abbas permettent de renouveler sans cesse cette féconde incompréhension, qui fait « bouger » le point de vue.

Cette façon de faire bouger le point de vue à l'intérieur même du reportage était déjà la caractéristique la plus évidente du « Portrait de l'Iran en jeune femme », paru dans *Libération* du 8 mars 1979. Cet article est repris dans *Irano Nox*, dont il constitue le dernier chapitre, mais légèrement remanié, et surtout enrichi de plusieurs pages qui évoquent la nouvelle rencontre de Nasrine T. (nommée dans le livre Yasmine) deux ans plus tard. C'est là qu'on constate que, pour Kravetz, être journaliste, c'est décidément ne jamais cesser le travail de mise en question du point de vue : en effet, son portrait deux ans plus tard a tendance, par son style, à accentuer encore le jeu des contradictions qui était déjà au cœur de l'article de 1979.

Revenons un instant à l'article d'origine. Le regard du journaliste sur cette iranienne trouve trois modes d'expression concomitants : tantôt Nasrine est évoquée à la troisième personne, tantôt à la seconde (dans ce cas c'est le « vous » de la forme épistolaire), tantôt, enfin, c'est la voix de Nasrine elle-même qu'on entend, ses paroles, à la première personne, donc. Il y a donc deux voix, celle de Nasrine sur elle-même, et celle du journaliste qui elle-même se dédouble : tantôt elle évoque l'Iranienne en la désignant à la troisième personne (« elle »), tantôt elle s'adresse à elle à la seconde personne (« vous »). Ces trois discours parallèles qui, dans le numéro de *Libération* du 8 mars 1979, sont reproduits dans trois typographies différentes, sont en fait trois

---

1. Voir par exemple la conversation avec l'ayatollah Mohammad Yadzi, p. 97.

modes d'accès aux contradictions douloureuses, fascinantes aussi, de cette jeune femme émancipée, occidentalisée, révolutionnaire, amoureuse de son pays, inquiète de la tournure des événements. Chacun des discours exprime du contradictoire, y compris, bien sûr, celui que Nasrine tient sur elle-même. Mais en même temps, chacun recèle un désir d'unité. Et c'est là, précisément, qu'intervient un autre discours comme pour défaire le précédent : chacun permet de défaire toujours plus l'unité qui, malgré tout, surgit d'un autre discours, du seul fait qu'il y a discours.

Par exemple, Nasrine évoque l'importance de son expérience occidentale – elle a fait ses études aux États-Unis – pour expliquer sa sympathie pour le mouvement des femmes, un mouvement qui était né sous le chah. Elle expose avec calme, presque esprit de synthèse, les contradictions de ces premières femmes émancipées, qui étaient à la fois reconnaissantes au régime de leur avoir donné la citoyenneté et qui ne pouvaient manquer, dans leur libération, d'en venir à la contestation même de ce régime. C'est à ce moment-là qu'intervient le discours à la deuxième personne, dans lequel le journaliste décrit le comportement de la jeune femme au restaurant ; il dit alors les contradictions du présent, les plus douloureuses, peut-être celles qui échappent encore à l'auto-analyse de la jeune femme :

« Vous dites je voudrais voyager, vous me racontez le quartier italien de New York. Vous dites je n'ai rien à faire dans cette révolution. Vous voudriez ce soir être de nulle part. Vous me demandez comment devient-on journaliste. Vous enviez cette disponibilité superficielle, cette passion absolue et sans lendemain. Mais vous ne le pensez pas vraiment. Vous beurrez consciencieusement le caviar sur la galette chaude et croustillante en dédaignant les oignons et les œufs hachés servis à la mode américaine. Difficile de marier la révolution et le caviar, et sans vodka en plus... »

Cette voix va au fond de la faille qui la traverse aujourd'hui, et qui est comme cachée sous sa voix à elle.

Mais elle introduit aussi des failles dans le discours à la troisième personne, c'est-à-dire dans le discours journalistique plus « classique », qui met de l'ordre, synthétise, objective Nasrine. Car même si celui-ci expose les contradictions de Nasrine, il introduit de l'unité, malgré tout. Il essaie de faire vivre la douleur des contradictions par un rythme saccadé et binaire (elle aime ceci, elle déteste cela), mais finalement, c'est toujours le « et » qui prévaut : Nasrine est ceci *et* cela. Le discours unifie, nécessairement. L'accumulation saisit l'angoisse, la recherche frénétique de l'identité, plus que le déchirement intime :

> « Nasrine ne veut rien perdre. Ni la richesse accumulée dans le passé. Ni les conquêtes récentes, fussent-elles octroyées par un régime honni. [...] Nasrine veut retrouver sa culture et ne pas perdre sa liberté. [...] Nasrine refuse ce que la loi coranique a fait aux femmes. Elle aime la féminité de la culture coranique. Elle aime la femme qui se voile et sait érotiser le monde d'un regard. Elle aime que le mouvement ait réveillé l'Iran dans ses profondeurs, que la révolution soit celle de la communauté tout entière. Elle ne veut pas que l'individu s'y engloutisse, que la femme soit victime de ce retour aux sources. Elle aime que les femmes se soient engagées dans la lutte. Elle n'accepte pas l'hommage ambigu qui les transforme en "sœur moudjahed" pour ne pas les reconnaître comme femmes. Elle aime l'Islam de la révolte, elle n'aime pas le pouvoir de l'Islam. »

Le discours à la deuxième personne intervient alors : il procède plus par touches, qui disent peu, mais vont au plus profond ; plus loin dans l'univers des fantasmes et de ses logiques compliquées :

> « La femme dont rêve l'homme iranien est toujours, dites-vous, une femme de rêve, un fantasme de femme, la "houri" paradisiaque promise par le Coran aux vrais croyants. Le discours amoureux est toujours un discours de conquête. [...] Vous me racontez qu'à votre retour de l'étranger vos amis militants vous reprochaient d'avoir perdu "cette tension folle que tu avais en toi quand tu étais une vraie révolutionnaire". Vous avez fini par comprendre et leur faire avouer qu'ils vous reprochaient en réalité votre liberté, sexuelle, mais pas seulement. Vous me dites que la liberté ne se divise pas, que vous ne séparez pas votre vie professionnelle de vos choix politiques et de votre bonheur d'être une femme. Cette unité est votre conquête, votre "révolution dans la révolution", une victoire que personne ne peut vous reprocher. »

De manière significative, ce discours, celui qui désintègre le plus, qui touche là où cela fait le plus mal, rencontre lui aussi, sur la fin, le thème de l'unité (« Cette unité est votre conquête... »). Or, c'est là qu'on perçoit à quel point le travail du regard demeure chez Kravetz, fondamentalement, un travail pour *défaire* : trois ans plus tard, dans son livre, cette formule a disparu. La phrase qui suit la mention de son « bonheur d'être femme » est beaucoup plus chaotique : « Vous m'aviez dit : on ne vit pas à moitié, le pire est à venir, je ne regrette pas d'avoir pensé ce que j'ai pensé, ce que j'ai vécu était beau et si je ne crois plus, je n'ai pas honte d'avoir cru. »[1] D'une manière générale, cette version plus tardive a tendance à compliquer encore plus la situation, c'est-à-dire le personnage qui l'incarne, cette jeune femme ; le regard du journaliste lui-même s'embrouille ; il n'est même plus celui qui traque

1. *Irano Nox*, p. 260.

« vos » failles ultimes, ce qui est encore une manière de saisir un ordre – l'ordre caché, « sous » la voix de la jeune femme. D'ailleurs, la phrase sur la caviar et la révolution, avec son ironie – sa façon de dire « Touché ! » –, a disparu elle aussi, remplacée par une phrase qui place dans la bouche de la jeune femme, et non plus dans celle du journaliste, l'intuition de contradictions insolubles : « Le caviar sans la vodka, disiez-vous... et pour ne pas vous assombrir de nouveau vous avez ajouté : au moins avons-nous encore le caviar. [1] » Yasmine a désormais un peu la fonction d'Abbas : sa voix à elle interpelle davantage le journaliste que dans la version de 1979. Ainsi, après avoir raconté le paradoxe des femmes iraniennes libérées par le chah, qui se sont finalement retournées contre lui, Yasmine lui dit cette fois : « Rien n'est simple, petit Français. » [2]

Kravetz offre ainsi, comme Mailer, l'exemple d'une écriture journalistique qui à la fois assume son ancrage dans un « je », avec ses limites, sa fiction, son « roman », et se donne pour tâche de faire bouger le point de vue, par une autocritique, une mise en conflit incessantes. Le journaliste s'efforce de *défaire* ce qu'il a fait, et il ne tisse, au fond, que son errance infinie, qui protège sa capacité à *voir*. Il y a bien alors mise en question radicale de tout centre, d'où « nous » pourrions voir sereinement : il y a bien *décentrement*, et non pas simple *recentrage* – c'est-à-dire reconstitution d'un autre centre, d'un autre « nous », contre le centre « officiel ».

Cette démarche est l'antidote aux tentations qui guettent les journalismes du décentrement. Contre la *tenta-*

1. *Ibid.*, p. 253.
2. *Ibid.*, p. 251.

tion de l'ubiquité, qui minimise le conflit des points de vue dans le mouvement même de les épouser tous, le vrai décentreur joue le conflit à l'intérieur de son propre regard ; il ne se pense pas « partout », il se pense comme devant sans cesse essayer de modifier son « lieu », ce qui n'est pas la même chose. Contre la *tentation du rassemblement des dominés*, tentation qui revient à constituer un autre centre, le décentreur assume la singularité absolue de son regard, dont les tentatives d'empathie ne sauraient jamais être que partielles, provisoires, moments particuliers de l'histoire qu'il impose à son regard en le travaillant et en le critiquant de l'intérieur ; il fuit toute sédentarisation, qui signifierait son oubli du fait que regarder implique une errance ; il travaille sa perpétuelle « désappartenance » comme condition pour être encore celui qui *voit*, c'est-à-dire celui qui installe un décalage par rapport au *déjà vu*.

La clef de la démarche du décentreur, c'est donc l'acceptation d'être toujours placé dans une situation singulière. Le décentreur voit de quelque part, d'un lieu singulier, le sien – et non pas de partout, ou bien de là où il « faudrait » voir. En acceptant cette situation, il peut précisément s'essayer à la changer, à la mettre en conflit, à la travailler. Dès qu'il prétend voyager dans l'altérité aussi aisément qu'il voyagerait dans un « nous », caméléon se fondant partout où il passe (tentation de l'ubiquité), dès qu'il prétend fusionner avec un « autre » institué, jusqu'à en devenir le représentant (tentation du rassemblement des dominés), il trahit la singularité de son regard, qui est le socle de sa démarche de décentreur. Car c'est cette singularité assumée, et incessamment travaillée, qui permet au regard de définir un interstice entre des « nous » – le « nous » des dominants, le « nous » des dominés –, un interstice dans lequel peut se jouer, justement, la confrontation mutuelle de ces « nous », une confrontation propre à les mettre en péril, à les défaire.

Les deux tentations que nous avons distinguées comportent bel et bien un point commun. Chacune à sa manière, elles nient la singularité, et donc aussi la limite naturelle, de la perspective du « regardeur » ; elles visent à dépasser le fait que c'est toujours un « je » qui voit, pour le fondre dans la totalité des points de vue (modèle du caméléon) ou bien dans un point de vue collectif particulier (le regard des dominés, considéré comme *un*). Elles replacent ce « je » dans un « nous », total ou particulier, ce qui neutralise finalement l'arme la plus redoutable de ce « je » contre les « nous » : sa singularité même, toujours renouvelable par un nomadisme entretenu, défi permanent aux identités collectives figées.

La démarche journalistique du décentrement, c'est donc finalement l'apprentissage de ce nomadisme, de cette errance. Un apprentissage, parce que les tentations guettent, toujours. Un apprentissage que retrace, de manière archétypique, l'itinéraire de l'écrivain-journaliste George Orwell, comme nous allons le voir maintenant.

Chapitre VI

Un archétype de décentreur :
George Orwell

L'étude de l'itinéraire de George Orwell (1903-1950), écrivain-reporter, permet de retrouver l'essentiel des difficultés que nous avons évoquées à propos de la démarche du décentrement. Orwell ne les contourne guère, mais les travaille en profondeur pour tenter de les dépasser. En ce sens, étudié dans la perspective qui est la nôtre et après les analyses que nous venons de mener, son itinéraire semble dessiner une « histoire archétypique » du regard décentreur.

Orwell est à la recherche, en quelque sorte, d'un autre regard sur « les autres » – les colonisés, les vagabonds, les chômeurs, les hommes en guerre –, c'est-à-dire d'un autre regard que le regard dominant. Cette recherche lui a fait essayer diverses directions, notamment celle du regard empathique : Orwell est allé très loin dans son désir de « voir autrement » puisqu'il a réellement fait l'expérience, à un moment de sa vie, de la métamorphose (en clochard). Puis, abandonnant ses tentations de jeunesse, il s'est autocritiqué, il a réhabilité la distance nécessaire pour « y voir quelque chose », il a situé précisément dans cette distance et dans la singularité absolue du « regardeur » sa capacité à décentrer.

L'auto-analyse d'Orwell saisit magistralement toutes les difficultés du geste de décentrer ; elle fait à vrai dire de ce geste un tissu de difficultés et de tentations.

Si Orwell peut apparaître comme l'archétype du décentreur, c'est aussi parce que pour lui, décentrer est le vrai sens de l'activité de regarder : tant qu'on n'est pas un décentreur, on n'y voit rien, on est aveuglé par des constructions idéologiques. Et ce décentrement exige un exil permanent, un refus d'entrer dans des communautés figées, dans des « nous ». Ce thème de l'exil hante ses reportages de la fin des années 1930, tandis qu'un motif-clef de son dernier roman, *1984*, est précisément la découverte, par le héros, de sa capacité à voir, donc à décentrer, donc à résister.

I – LA QUESTION DE L'AUTRE REGARD

LE DÉSIR DE LA MÉTAMORPHOSE : *DANS LA DÈCHE À PARIS ET À LONDRES* (1933)

Se fondant notamment sur certains passages autobiographiques du *Quai de Wigan*, publié en 1937, nombreux sont les commentateurs d'Orwell qui soulignent l'importance de son sentiment de culpabilité parmi ses motivations d'écriture [1]. Écrire devait lui permettre de se métamorphoser, précisément, en « George Orwell » – il adopta ce pseudonyme au moment de la parution de *Dans la dèche à Paris et à Londres*, en 1933 –, c'est-à-dire d'expier la faute d'être né Eric Blair, dans

---

1. Voir R. Williams, *George Orwell*, 1971 ; B. Crick, *George Orwell : A Life*, 1980, p. 107-110 ; S. Leys, *Orwell ou l'horreur de la politique*, 1984, p. 22-23.

une famille bourgeoise, et d'être devenu un officier colonial au service de l'Empire britannique. Écrire devait le faire passer, enfin, du côté des opprimés.

Cette mission politique donnée à la littérature impliquait d'en avoir une définition large, peu attachée au clivage entre fiction et « non-fiction »[1]. Écrire des romans ou des reportages, le problème n'était pas là : il fallait réussir la démarche fondatrice de l'acte d'écrire, expier la faute originelle. Car bien évidemment, cet espoir placé dans l'écriture n'allait pas délivrer Orwell de ses angoisses. Comme le dit justement le critique Raymond Williams, « "être un écrivain", en un sens, a été une voie de sortie. Mais être l'écrivain qu'il était, l'écrivain réel, le conduisit vers toutes les difficultés, toutes les tensions que ce choix avait semblé lui permettre d'éviter »[2]. En effet, il restait à comprendre *quelle* écriture allait lui faire expier la faute d'être né parmi les dominants, avec un regard de dominant. Comment convertir son regard ?

Orwell sait bien que les yeux et les sens en général sont toujours en retard sur les idées. En dépit de sa sympathie pour les idées socialistes, il avoue qu'il avait conscience, à l'époque où il était officier colonial en Birmanie, c'est-à-dire de 1922 à 1928, de voir les ouvriers avec les yeux du bourgeois : « [...] je n'hésitais pas à me parer de la qualité de "socialiste". Mais je ne savais pas grand-chose du contenu réel du socialisme et il m'était toujours impossible de me représenter les ouvriers comme des êtres humains. De loin, bien sûr, et à travers des livres comme le *Peuple des abysses* de Jack London, par exemple, je pouvais sincèrement com-

---

1. Selon Raymond Williams, c'est d'ailleurs dans la non-fiction qu'Orwell a le mieux réalisé son dessein (*George Orwell*, 1971, p. 48). Williams ne prend pas en compte ici *1984*.

2. *Ibid.*, p. 37.

patir à leurs souffrances, mais je continuais à les haïr et à les mépriser dès qu'il m'arrivait d'en approcher un »[1]. Il en allait de même pour les Birmans qu'il avait fréquentés comme officier colonial, envers lesquels il avoue avoir éprouvé un intense mépris[2]. Qu'est-ce que la démarche d'écrivain peut changer à cela ?

Elle peut précisément raconter ce retard des yeux sur la pensée, c'est-à-dire décliner l'intense culpabilité du jeune homme, pour expier. Orwell raconte que l'officier Eric Blair avait déjà beaucoup cherché, sur les visages des Birmans, le sentiment de sa faute : « Je me sentais accablé par le poids d'une gigantesque faute, que je devais expier. »[3] Dans le prolongement de son expérience coloniale, Orwell allait se forcer à rencontrer celles qu'il appelait « les basses classes ». De cette plongée culpabilisante, Orwell attendait l'expiation, la métamorphose du regard : « Je voulais effectuer une véritable plongée, m'immerger au sein des opprimés, être l'un d'eux et lutter avec eux contre leurs tyrans. »[4]

C'est ainsi qu'après avoir abandonné sa carrière dans l'armée impériale, en 1928, Blair décide de vivre de sa plume et de devenir Orwell ; il se rend à Paris, puis à Londres, où il mène une existence de clochard et fréquente miséreux, opprimés, vagabonds. Cette expérience sera la matière de son livre *Dans la dèche à Paris et à Londres*, qui ne paraîtra cependant qu'en 1933. Cet ouvrage naît donc du désir d'accéder à l'intériorité de la misère, de voir enfin « du dedans ».

1. G. Orwell, *Le Quai de Wigan*, 1937, trad. fr. M. Pétris, 1995, p. 157-158.
2. *Ibid.*, p. 160.
3. *Ibid.*, p. 167.
4. *Ibid.*, p. 167-168.

Le culte du « vécu », la valorisation de l'expérience intérieure, sont manifestes. Orwell décrit avec minutie ses sensations, présentées comme le propre de celui qui « y » est – la faim, par exemple[1]. Se conduirait-il en ambassadeur du public là où il n'est pas ? Si c'était le cas, il ne s'efforcerait pas si souvent de faire ressentir la singularité profonde de ce qu'il vit, de l'autre côté, plus près d'« eux » que de « nous ». Car, à vrai dire, le « nous » qui transparaît ici dans l'écriture d'Orwell est davantage celui qu'il forme avec ses compagnons d'infortune, un « nous » tissé dans une expérience concrète commune. Le public, lui, est désigné comme un « vous », auquel on s'efforce de traduire les choses, même si elles lui sont probablement inaccessibles. Le public, c'est à la fois un « vous » et le « on » de la généralité –, le « *you* » anglais a en effet ce double statut[2].

Orwell se délecte, dès lors, dans ce texte, à dire « votre » incompréhension, « vos » stéréotypes, l'ignorance stupide de « vos » regards méprisants. Il raconte par exemple l'expérience qu'il fait, de l'intérieur, de la peur du chemineau chez « vous », qui êtes comme cette jeune fille bourgeoise : « Je revois encore cette pauvre fille sortir de la maison, l'air effrayé, puis, perdant soudain tout courage, déposer les tasses dans l'allée et tourner précipitamment les talons pour aller s'enfermer dans la cuisine : tant est grande la peur qu'inspire le seul mot de "chemineau". »[3] Là où il s'amuse le plus, peut-être, c'est dans ce récit de son arrivée dans un asile de vagabonds ; Orwell, à qui l'on demande son métier,

---

1. *Dans la dèche à Paris et à Londres*, 1933, trad. fr. M. Pétris, 1993, p. 49.
2. Voir par exemple p. 201.
3. *Ibid.*, p. 249.

dit qu'il est « journaliste » ; ce qui lui attire le regard interrogateur du « *Tramp Major* » :

> « "Vous êtes donc quelqu'un de comme il faut ? Un gentleman, hé ?
> – Je suppose.
> Il me jeta un nouveau regard appuyé.
> "Bien, c'est une fichue déveine, patron. Une fichue déveine."
> Après quoi, il fit preuve à mon égard d'une partialité que rien ne justifiait, et même d'une sorte de déférence. Il ne me fouilla pas et, dans la salle de bains, me donna une serviette propre pour moi tout seul – luxe inouï. Tant le mot de "gentleman" a de vertus aux oreilles d'un militaire. »[1]

Orwell est pris pour un journaliste comme « les vôtres », ce qui lui permet de dénoncer, chez ces journalistes ordinaires, leur inévitable cécité, puisqu'ils demeurent à l'extérieur ; pour comprendre quelque chose au monde des vagabonds, il faut y entrer, changer d'identité, accéder à l'intériorité, et « vous » laisser dehors. Et tout comme il use d'ironie à l'égard des journalistes, Orwell se moque des romanciers qui, pour « faire peuple », mettent dans la bouche de leurs personnages un argot en fait complètement inusité, désuet ; eux non plus n'« y » sont pas[2].

L'atout essentiel pour accéder à un « autre regard » que ce regard aveugle, c'est ainsi sa propre métamorphose : il est parti, il s'est transformé, et c'est grâce à cela qu'il va *voir*. Aussi le moment central de *Dans la dèche* est-il le récit de la transformation de soi, de la métamorphose. Ce sont des pages d'autant plus essentielles que, dix ans plus tard, c'est exactement sur ce type d'expérience (la perte de son identité) que portera la critique orwellienne : « Il m'était déjà arrivé d'être

1. *Ibid.*, p. 252-253.
2. *Ibid.*, p. 229-230.

habillé à la diable, mais jamais à ce point. Ces hardes ne se contentaient pas d'être sales et informes : il y avait aussi en elles, comment dire, une sorte d'inélégance intrinsèque, une patine à base de vieille crasse qui allait infiniment au-delà de l'élimé ou de la tenue négligée. C'était le genre de frusques que l'on voit sur le dos d'un marchand de lacets ou d'un chemineau. Dans l'heure qui suivit, à Lambeth, je vis venir vers moi un pauvre hère aux allures de chien battu, un vagabond selon toute apparence. Et aussitôt après, je m'aperçus que c'était moi-même, ou plus exactement mon reflet dans une vitrine, que je voyais. La saleté s'était déjà incrustée dans mon visage. »[1]

Il ne se reconnaît donc pas tout de suite. Dès lors, ce récit de sa métamorphose est en même temps le récit de la métamorphose de son regard : pendant un moment encore, il voit en lui « l'autre », le temps de devenir vraiment cet autre, du point de vue duquel, désormais, l'altérité aura une autre définition – rigoureusement inversée, en fait. « En changeant de vêtements, j'étais passé sans transition d'un monde dans un autre. Tous les comportements étaient soudain bouleversés. J'aidai ainsi un marchand ambulant à relever sa baladeuse renversée. "Merci mon pote ! [*Thanks, mate !*]", me dit-il avec un grand sourire. Jusqu'ici, personne ne m'avait jamais appelé mon pote : c'était un effet direct de ma métamorphose vestimentaire. »[2] Il est donc peu à peu reconnu par les nouveaux « siens » et mis à distance par les nouveaux « autres ».

Un passage où le narrateur nous fait clairement sentir que lui est désormais « dedans », tandis que nous demeurons « dehors », est celui du « déjeuner aux Tuileries »,

1. *Ibid.*, p. 167-168.
2. *Ibid.*, p. 168.

si l'on ose dire : son ami Boris, qui a trouvé du travail dans un restaurant, le retrouve aux Tuileries et lui présente un gros paquet enveloppé dans du papier journal, empli de victuailles qu'il a réussi à dérober. « Ce n'est peut-être pas très distingué de manger dans un papier journal sur un banc public dans un endroit comme les Tuileries, qui est un lieu généralement peuplé de jolies filles, mais j'avais trop faim pour me laisser arrêter par semblables considérations. »[1] Il y a la faim, « la nôtre », et il y a le regard des jeunes filles, « le vôtre ».

Le regard est considéré comme dépendant entièrement de l'identité, notamment corporelle, qui en constitue l'ancrage : changer de regard, c'est donc changer le corps qui est à l'origine des sensations. Effectivement, *Dans la dèche* retrace une éducation corporelle : à force de se frotter à un monde qui donne au premier contact la sensation de l'étrangeté, le corps s'habitue ; l'expérience transforme, et « l'autre regard » est au bout de cette initiation par l'expérience physique. Il s'agit d'une sorte de mélange de volontarisme et de passivité – en fait, la volonté conduit à renouveler les sensations passives. Williams souligne l'importance, chez Orwell, du motif de la *passivité*, motif paradoxal puisque cette passivité à la fois se cultive et conduit à la lutte – à la lutte « vraie », empreinte, enfin, de l'expérience charnelle de la domination. C'est cette passivité, explique Williams, qui caractérise les personnages romanesques d'Orwell de cette époque ; ils accueillent, subissent le monde social environnant. Dans *Dans la dèche*, Orwell leur ressemble, il est comme eux une « victime » qui éprouve la domination dans sa chair, mais lui, il s'est construit comme tel[2].

1. *Ibid.*, p. 69-70.
2. Orwell s'est donc transformé en ce qu'il appelait lui-même un

Néanmoins, avant même de prendre en compte l'autocritique du *Quai de Wigan*, on peut s'interroger sur cette métamorphose présentée dans *Dans la dèche*. On peut se demander notamment si le récit de la métamorphose ne suppose pas, au moins en partie, un échec de celle-ci. Cet échec ne tiendrait donc pas à une extériorité originelle d'Orwell au monde des vagabonds, mais à son statut d'observateur-narrateur, qui exige une forme d'extériorité tout au long de cette plongée dans la vie des chemineaux. Orwell ne peut décrire le « pauvre hère » qu'il est devenu que dans le moment où il ne « colle » pas encore à cette nouvelle identité. Ce récit de la métamorphose est ainsi, en même temps, et de manière contradictoire, un récit sur les conditions de possibilité du regard (ce n'est pas un hasard s'il s'achève sur une scène de « miroir ») : c'est tant que la métamorphose n'est pas réussie qu'elle permet encore d'y voir quelque chose. Il n'y a que son échec, son inachèvement, qu'on puisse *voir*. À l'inverse, pour que la métamorphose soit jugée complète, il faudrait qu'elle soit telle qu'Orwell perde en même temps toute faculté d'observation étonnée et curieuse de ce qui lui arrive, jusqu'à rendre toute narration impossible.

Toutes les pages d'observation et de description minutieuses du milieu dans lequel il se trouve, dans *Dans la dèche*, peuvent ainsi, en un sens, être lues comme l'expression de cet échec ou inachèvement de la plongée dans l'intériorité de ce nouveau monde. Prenons l'exemple de cette description de l'hôtel X..., où la dernière phrase trahit totalement le narrateur et son extériorité *de fait*, puisqu'elle révèle clairement qu'il

---

« absorbeur de chocs de la bourgeoisie (*schock-absorber of the bourgeoisie)* » (R. Williams, *George Orwell*, p. 45-46).

s'étonne de se retrouver là : « [...] Sur le mur, juste au-dessous d'une ampoule électrique, quelqu'un s'était attaché à calligraphier la phrase suivante : "Passant, tu trouveras plus facilement un ciel d'hiver sans nuage qu'une femme qui, à l'hôtel X..., aura gardé son pucelage." *J'étais décidément tombé dans un drôle d'endroit.* »[1] Significatifs sont les passages, nombreux, où Orwell note la saleté des lieux, reconnaissant en même temps que ceux qui sont à l'intérieur ne la remarquent pas ou plus. Par exemple celui-ci : « À l'hôtel X..., dès qu'on s'aventurait dans les locaux de service, on était immédiatement frappé par la saleté repoussante qui y régnait. La cafèterie abritait dans tous ses coins une couche de crasse vieille d'au moins un an et les casiers à pain étaient infestés de cafards. Je proposai un jour à Mario d'exterminer cette vermine. "Pourquoi ? Pourquoi faire du mal à ces petites bêtes ?", me répondit-il sur un ton où perçait une certaine réprobation. Les autres s'esclaffaient quand je faisais mine de vouloir me laver les mains avant de toucher le beurre. »[2] Orwell souligne, un peu plus loin, qu'alors même qu'« [il se] demandai[t] parfois s'il pouvait exister quelque part au monde un restaurant encore plus infâme que le [leur] », « les trois autres disaient qu'ils avaient travaillé dans des endroits bien plus immondes. » En outre, l'un d'eux, Jules, « éprouvait une véritable volupté au spectacle de la saleté » et s'étonnait qu'Orwell voulût sans cesse tout nettoyer[3]. Leurs critères sont donc loin d'être les mêmes, et Orwell s'empresse de le noter. Enfin, dans la salle de bains d'une *lodging-house* londonienne, Orwell remarque, en soulignant ses mouvements de

---

1. *Dans la dèche à Paris à Londres*, p. 72. C'est nous qui soulignons.
2. *Ibid.*, p. 102-103.
3. *Ibid.*, p. 147-148.

dégoût, tout ce qui le sépare des autres vagabonds :
« Cette salle de bains offrait un spectacle parfaitement
sordide. Imaginez cinquante individus, noirs de crasse
et nus comme des vers, pressés au coude à coude dans
une pièce de moins de six mètres sur sept, garnie en
tout et pour tout de deux baignoires et de deux serviettes
à rouleau graisseuses. Je n'oublierai jamais l'odeur nau-
séabonde des pieds sales. [...] Quand ce fut mon tour,
je lui demandai si je pouvais rincer la baignoire maculée
de crasse avant de l'utiliser. Ce qui m'attira la réponse
suivante : "Ferme ta grande gueule et trempe-toi le cul
dans la flotte !" Il n'y avait visiblement pas à discuter
– je n'insistai pas. » [1] Dans ces extraits, le « nous » qu'il
forme avec ses compagnons d'infortune semble bien
moins solide.

Dans sa démarche d'immersion, sa position même
d'observateur semble donc un obstacle. Et un obstacle
conscient : le doute ne cesse de tenailler le jeune Orwell
de *Dans la dèche*, comme le montrent, notamment, les
dernières lignes du livre. Il est tout de même troublant
qu'au terme d'une telle plongée dans l'intériorité de la
misère, Orwell exprime un désir qui semble signifier
que ce livre n'a pas atteint son objectif : « Je puis encore
ajouter ceci : "Voilà le monde qui vous attend si vous
vous trouvez un jour sans le sou." Ce monde, je veux
un jour l'explorer plus complètement. J'aimerais
connaître des hommes comme Mario, Paddy ou Bill le
mendiant non plus au hasard des rencontres, mais inti-
mement. J'aimerais comprendre ce qui se passe réellement dans l'âme des plongeurs, des trimardeurs et des
dormeurs de l'Embankment. Car j'ai conscience d'avoir
tout au plus soulevé un coin du voile dont se couvre la

---

1. *Ibid.*, p. 189.

misère. »[1] Aurait-il donc manqué cette connaissance intime, alors que c'était l'objectif même de sa métamorphose ?

Dans *Le Quai de Wigan*, le diagnostic sera sans ambiguïté, et donné sous la forme d'une affirmation générale : « Mais peut-on vraiment avoir une connaissance intime de la classe ouvrière ? C'est un point que j'aborderai plus en détail dans la suite de ce livre ; qu'il me suffise de dire ici que je ne pense pas que cela soit possible. »[2] Autrement dit, il y aurait peut-être quelque chose de mensonger, d'illusoire, dans la démarche elle-même. On ne peut pas regarder et être dedans : ce projet est intrinsèquement contradictoire. Mais en outre, même si l'on voulait aller au plus loin dans la métamorphose, entrer « dedans » tout à fait, quitte à perdre le « regard sur », on n'y arriverait pas non plus : il y a dans le « regard sur » quelque chose qui résiste au volontarisme du « devenir un autre ». Faire varier le regard, oui ; l'abolir par une conversion complète, un changement d'identité, un accès à une intériorité en rupture totale avec le « regard sur », non.

LE QUAI DE WIGAN (1937) OU L'AUTOCRITIQUE

« Malheureusement », écrit Orwell dans *Le Quai de Wigan*, « on ne résout pas le problème de classe en fraternisant avec les clochards. On arrive, au mieux, à se débarrasser par ce biais d'un certain nombre de ses propres préjugés. »[3] Cette remarque sur l'impossibilité de la métamorphose conduit plus loin, cependant, qu'à

1. *Ibid.*, p. 276-277.
2. *Le Quai de Wigan*, p. 129.
3. *Ibid.*, p. 173.

un simple aveu d'échec. Ce qu'Orwell combat désormais, c'est l'intention elle-même, prompte, justement, à nier son échec nécessaire et, dans ce déni si prévisible, révélant sa racine profonde : l'idéologie.

« Malheureusement, il est aujourd'hui de mode de prétendre que le verre est traversable. Tout le monde reconnaît, bien sûr, comme un fait indéniable l'existence du préjugé de classe, mais en même temps chaque individu, pris isolément, estime quant à lui en être exempté par on ne sait quel inexplicable miracle. » [1] La prise de distance d'avec son milieu d'origine est devenue une posture littéraire, dit Orwell – « Il n'est pas d'auteur ayant quelque ambition littéraire qui ne jette un regard amusé sur les personnages de la bonne société qu'il dépeint » [2] –, posture qui permet d'éviter de se poser la question du résultat réel – « Pendant ce temps, tout individu qui s'interroge vraiment sur lui-même doit bien s'avouer qu'il n'est qu'un imposteur. » [3] Suit une vive critique des attitudes de compassions, des engagements larmoyants, qui masquent le refus d'envisager un véritable changement des situations dénoncées. Et qui sont contre-productives, parce qu'en réalité elles ne trompent personne, elles suscitent la méfiance de celui qu'Orwell appelle « l'homme de la rue » [4] : « Tous ces efforts conscients et délibérés pour annuler les barrières de classe ne sont, j'en suis convaincu, qu'un leurre terriblement trompeur. Il arrive qu'ils se révèlent parfaitement vains, mais quand d'aventure ils produisent un résultat tangible, ce résultat consiste uniquement en un *renforcement* du préjugé de classe. Et si l'on y réfléchit un tant soit peu, c'est le seul résultat qu'on pouvait

1. *Ibid.*, p. 176.
2. *Ibid.*, p. 177.
3. *Ibid.*, p. 177.
4. *Ibid.*, p. 208.

logiquement espérer. On a voulu forcer l'allure et établir une égalité aussi artificielle que malaisée entre des classes différentes. En conséquence, on voit remonter à la surface toute sorte de sentiments qui, sans cela, seraient restés enfouis, peut-être pour l'éternité. »[1] L'apologie de la communion avec les opprimés n'est donc pas très différente, semble dire Orwell, de l'hypocrisie du socialiste anglais, anti-impérialiste, qui, dans le fond, demeure pris dans les préjugés et la fierté méprisante typiques d'une grande puissance coloniale[2].

Mais c'est dire alors que ce désir de communion, qui a beau manier la rhétorique du concret, du « vivre avec », demeure dans l'abstraction ; il demeure dans le discours, et n'a en fait rien à voir avec le « contact réel », comme le dit Orwell, avec le monde des opprimés. Orwell met à plat toute son éducation bourgeoise qui, avoue-t-il, continue de structurer son regard, c'est-à-dire ce « contact réel » : « Si je comprends pleinement cela, je comprends du même coup qu'il est absurde de donner des claques dans le dos à un prolétaire en l'assurant que nous sommes tous frères : si j'entends établir avec lui un contact réel, il me faut fournir un effort auquel, vraisemblablement, rien ne m'a préparé. Je dois opérer en moi une transformation si profonde qu'au bout du compte il ne restera pratiquement rien de la personne que j'étais. »[3] Autrement dit, si c'est bien *moi* qui le vois, ce « moi » reste empreint de son origine, il ne peut tout à fait se désancrer – ce qui, on le verra, n'interdit pas, tout de même, un *travail* du regard, une variation du point de vue. Néanmoins, on ne peut vouloir faire table rase de l'ori-

1. *Ibid.*, p. 183-184.
2. *Ibid.*, p. 179.
3. *Ibid.*, p. 182.

gine : en vouloir plus, viser un regard tout à fait *autre*, c'est abolir le « regardeur », c'est vouloir quelque chose qui n'a du regard que le nom, qui n'est qu'une abstraction, un désir idéologique, pas un regard concret.

La vérité de l'expérience concrète de la domination n'a donc rien à voir avec l'idéalisation – l'idéologisation – de cette expérience. Ici, Orwell retourne sa pensée du corps et de sa passivité contre le volontarisme que sa démarche de métamorphose avait supposé. La situation concrète, « charnelle », de l'observateur, c'est, inexorablement, celle de sa division, de sa crise indépassable, parce qu'il est par nature à la fois dedans et dehors. C'est le cas de l'observateur extérieur qui part à la rencontre d'une forme de domination, comme du dominé qui se met à observer sa domination : plusieurs pages du *Quai de Wigan* d'Orwell portent, en effet, sur le caractère non représentatif des intellectuels de la classe ouvrière, dans lesquels les intellectuels socialistes se reconnaissent, certes, plus volontiers ; mais cette fraternité tient, aux yeux d'Orwell, au fait qu'ils occupent tous le même lieu par rapport à la domination qu'ils observent et dénoncent – lieu qui, quoi qu'ils en disent, n'est pas celui de l'intériorité, mais d'une sorte de « dedans-dehors ».

« Pourtant, la plupart des gens se jugent capables d'abolir les distinctions de classe sans introduire aucun changement de nature à déranger la tranquillité de leurs habitudes ou de leur "idéologie". » [1] L'idéologie est définie ici comme le contraire du « contact réel », comme un désir d'identification au plus loin de l'expérience sensible de la rencontre. « Le petit-bourgeois inscrit au parti travailliste indépendant et le barbu buveur de jus de fruit sont tous deux pour une société

1. *Ibid.*, p. 182.

sans classes, tant qu'il leur est loisible d'observer le prolétariat par le petit bout de la lorgnette. Offrez-leur l'occasion d'un contact *réel* avec un prolétaire – par exemple une empoignade avec un porteur de poissons ivre, un samedi soir –, et vous les verrez se retrancher dans le snobisme de classe moyenne le plus conventionnel. Il faut toutefois préciser que les socialistes issus de la classe moyenne ont, pour la plupart, fort peu de chances d'en venir aux mains avec des porteurs de poissons ivres. » [1] On voit comment Orwell renverse ici son aveu – aveu d'échec à « fusionner » – en force critique : le vrai dégoût, le vrai mépris à l'égard des « basses classes » résident dans l'idéalisation de celles-ci par des idéologues.

Il est évident qu'Orwell prépare ici sa réponse à la polémique que cet ouvrage ne manquera pas de susciter : ce qui pourra apparaître comme une insuffisance du regard orwellien – son extériorité, sa difficulté à « empathiser » complètement – est en fait d'emblée présenté par Orwell comme le signe de son honnêteté, de sa rupture avec les constructions idéologiques.

La polémique sera en effet intense, dans les milieux socialistes anglais, conformément aux prévisions d'Orwell : comment auraient-ils pu comprendre cette extériorité indépassable, eux qui, comme le jeune Eric Blair des années 1920, en étaient encore à attendre du regard sur les masses travailleuses l'abolition de l'extériorité, la fusion, la reconnaissance de leur appartenance à la même communauté ? Ils étaient trop loin de l'autocritique orwellienne.

L'idée du livre venait de Victor Gollancz, qui avait déjà publié *Dans la dèche*. *Le Quai de Wigan* n'était

1. *Ibid.*, p. 184.

donc pas exactement une « commande » du Left Book Club, dont Gollancz était le président ; cependant, Gollancz avait envisagé, au moment de la réception du manuscrit, de le faire parrainer par le Left Book Club, c'est-à-dire de le faire retenir dans la sélection mensuelle du Club, ce qui aurait permis d'accroître le nombre de lecteurs. À la lecture, Gollancz pensa que le ton de la deuxième partie rendait ce projet impossible – un projet qui, de toute façon, devait être validé par deux autres personnes que lui, Harold Laski et John Strachey. Et pourtant, contre toute attente, ce comité accepta ce parrainage. Mais il revint alors à Gollancz, dans un avant-propos, de définir la position exacte du Left Book Club par rapport au livre d'Orwell ; car Gollancz savait que plusieurs membres du Club allaient être très heurtés par l'ouvrage. Cet avant-propos, malheureusement non reproduit dans la version française du *Quai de Wigan*[1], a donc pour fonction d'anticiper l'orage[2].

Il est très instructif, car il montre comment un des représentants les plus éminents du socialisme anglais a cru judicieux de se défendre contre les attaques d'Orwell. La maladresse de cette défense, qui ne fait que répéter l'objectif de la fusion avec les dominés malgré la critique orwellienne, est frappante. En effet, les remarques de Gollancz sur la persistance, chez Orwell, d'un point de vue petit-bourgeois, qui lui a fait manquer l'intériorité de la classe ouvrière, sont, sur le plan strictement argumentatif, bien peu efficaces, puisqu'elles confirment complètement le propos orwel-

1. On peut le lire, en revanche, dans l'édition américaine de 1958 de *The Road to Wigan Pier* ; nous traduirons les extraits cités.
2. Et il est adressé, en effet, aux seuls membres du Left Book Club, et non pas aux lecteurs en général, comme Gollancz le précise d'entrée de jeu. Sur ces points historiques, on s'est référé à M. Shelden, *Orwell. The Authorised Biography*, 1991, p. 271-273.

lien. Gollancz note ainsi : « Aucun lecteur ne doit oublier qu'en écrivant Monsieur Orwell se révèle précisément comme un membre de "la strate inférieure de la classe moyenne-supérieure" – ou, disons-le sans nuances, comme un membre de la classe moyenne », ce qu'affirme Orwell lui-même dans son texte. Autrement dit, ce qu'Orwell reconnaît, avoue, est retenu contre lui. « J'ai en tête, particulièrement, un long passage dans lequel Monsieur Orwell brode sur le thème de l'odeur de la classe laborieuse, selon l'opinion de la classe moyenne en général. [...] Je ne connais, en fait, aucun autre livre dans lequel un membre de la classe moyenne expose avec une franchise aussi complète la manière honteuse dont il a été éduqué à se représenter un nombre important de ses congénères. » Plus loin Gollancz insiste encore lourdement sur les origines sociales d'Orwell, à ses yeux indéniables sources d'aveuglement et de stéréotypes, le conduisant notamment à faire des remarques sur l'odeur et la saleté des ouvriers. « Monsieur Orwell est toujours une victime de cette atmosphère de son enfance, dans son foyer et son école, qu'il a lui-même mise au jour d'une manière si expressive. » Gollancz reproche donc à Orwell cela même que ce dernier revendique comme la condition de l'observateur : son extériorité, indépassable, garde-fou contre l'idéologie. Il lui reproche de ne pas être parvenu à s'anéantir lui-même, à faire table rase de ses grilles d'observation bourgeoises, ce qui laisse penser qu'un regard « fusionnel » aurait été possible, alors que c'est justement ce qu'Orwell n'a de cesse de dénoncer comme un mensonge idéologique.

Mais en outre, ces propos de Gollancz révèlent comment beaucoup de socialistes du Left Book Club entendaient la démarche du *décentrement* : il aurait fallu décentrer plus encore le regard bourgeois, semble dire

Gollancz à Orwell, aller plus loin dans la rencontre de ce qui conteste les préjugés dominants. Mais dans ce cas, c'est un certain public, et un certain public seulement – le lectorat bourgeois plein de stéréotypes – qu'il aurait fallu décentrer ; un public largement imaginaire d'ailleurs, car peu enclin « naturellement » à lire ce livre. Quant au public le plus « naturel », celui des cercles socialistes, il n'avait nullement l'intention, lui, d'être décentré. Au contraire, il concevait plutôt son rapport avec « son » reporter comme celui tissé avec un témoin-ambassadeur. Il est d'ailleurs net, dans cet avant-propos, que pour Gollancz, Orwell a détruit un « nous » ; ou du moins que, demeuré à l'extérieur, il n'a pas réussi à le confirmer, encore moins à le constituer.

Ce type de reproche engage avec Orwell un dialogue de sourds, puisque précisément l'objet d'Orwell est de s'attaquer à un « nous » qu'il considère comme une construction fantasmatique – le « nous » constitué de la fusion des dominés et de ceux qui luttent en leur nom. Orwell se fait révélateur des conflits et contradictions inhérents à la lutte contre la domination – lutter contre, c'est déjà être dehors, regarder et dénoncer, refuser l'appartenance à l'état de dominé – alors que Gollancz prône un combat qui passe par le sentiment d'une « communauté ». Il serait certes trop rapide d'affirmer que la question de la « communauté » des dominés n'intéresse guère Orwell ; ce qui est vrai, en revanche, c'est qu'il refuse d'envisager celle-ci sur le mode fusionnel qui demeure implicite dans l'attitude « idéologique » de certains de ses amis socialistes. Orwell fait l'éloge de l'extériorité comme *condition de l'émancipation.* Et c'est à cette émancipation que participe le « regard sur », dans la mesure où il est, précisément, le fruit d'une distance, peut-être déjà d'un refus. Tout ce que Gollancz montre du doigt comme une résistance à penser l'émancipation des dominés est en réalité assumé par Orwell comme sa condition. De la fusion il n'y a rien à gagner pour l'émancipation ; de la distance, tout.

Typique de ce dialogue de sourds est donc, en effet, cette polémique au sujet de la saleté du monde ouvrier, dans *Le Quai de Wigan*. Sans aucun doute, la saleté du monde ouvrier est aux yeux d'Orwell un stéréotype de la classe bourgeoise. La preuve en est que les vieilles dames de la petite et moyenne bourgeoisie, qui n'ont jamais vu un ouvrier de leur vie, ont ce « savoir », qu'elles transmettent à leurs enfants et petits-enfants : « Il est de bon ton de répéter, dans la classe moyenne, que les mineurs ne se laveraient pas comme il faut, même si on leur offrait toutes les facilités pour cela : c'est une absurdité, car on constate que partout où il y a des bains-douches installés sur le carreau de la mine, la quasi-totalité des ouvriers les utilisent. [...] Mais cela n'empêche pas les vieilles dames des pensions de Brighton de continuer à assurer que "si vous donnez des salles de bains à ces mineurs, ils s'en serviront pour stocker leur charbon". »[1]

Mais il n'est pas question, pour Orwell, de lutter contre le préjugé par le déni. « Cela dit, ose-t-il demander, est-il vrai que "ces gens-là" sentent ? Sans aucun doute, considérés globalement, les ouvriers sont plus sales que les représentants des classes supérieures. Et cela n'a rien que de très normal, si l'on considère les conditions de vie qui sont les leurs, car à l'heure d'aujourd'hui encore, moins de la moitié des maisons anglaises sont pourvues d'une salle de bains. »[2] Or, le

1. *Le Quai de Wigan*, p. 44.
2. *Ibid.*, p. 145.

mythe de la conversion ou de la métamorphose conduit au déni. « Il est vraiment navrant », déclare Orwell, « que les farouches zélateurs de la classe ouvrière se croient obligés d'en idéaliser tous les aspects, au point de faire de la crasse une vertu en soi. Ici, on voit curieusement le socialiste et le catholique démocrate-sentimental du type Chesterton se donner la main. Ils vous assureront tous deux que la saleté est saine et "naturelle", et que la propreté n'est qu'une marotte ou, au mieux, un luxe. Ils ne semblent pas s'apercevoir qu'ils apportent de l'eau au moulin de ceux qui prétendent que l'ouvrier est sale par choix, et non par nécessité. »[1]

Peut-on réellement ne pas voir – la crasse, par exemple ? Oui, on le peut dans deux cas pour Orwell : en étant vraiment dedans, ce qui est désormais présenté comme l'attitude rigoureusement inverse de celle de l'observation, parce que l'activité concrète de regarder implique une extériorité – déjà dans *Dans la dèche*, souvenons-nous, il notait son décalage entre lui et ceux qui, dedans, ne voyaient pas ce qu'il voyait, déjà la saleté, étrangement, était l'exemple privilégié ; ou bien en étant dans l'idéologie, qui précisément est définie comme une fuite devant le « contact réel », comme un déni de cette division, de ce « dedans-dehors » qui caractérisent l'activité de regarder. Il n'est pas étonnant, dans ce cas, que les « idéologues » aient précisément un fantasme de fusion et d'accès à l'intériorité, puisque c'est l'autre mode de ce qu'on pourrait appeler le « non-regard ». Or, ce qu'Orwell s'attache ici à montrer, c'est que de telles situations ne sont que faussement émancipatrices ; elles constituent plutôt des obstacles à l'émancipation. L'extériorité – qui n'est donc pas l'absence de contact, mais la manière dont se vit le

1. *Ibid.*, p. 146.

contact – est une chance ; elle est la condition d'un regard digne de ce nom, c'est-à-dire d'une attitude qui donne libre cours à l'étonnement, à la critique, à la sélection, à l'appréhension distanciée d'une situation afin, éventuellement, de la changer. *Voir* l'insalubrité, c'est aussi voir qu'on *pourrait* équiper correctement les foyers ouvriers. L'extériorité critique « dés-essentialise », si l'on ose dire, ce que l'idéologie du « point de vue intérieur », dans son aveuglement volontaire, dans ses dénégations, ne fait que figer, consolider. Le regard, extérieur par nature, est donc pour Orwell la véritable arme du changement social, en donnant à celui qui en use les moyens de combattre réellement ce que l'idéologie se contente, vainement, de nier.

D'où ce paradoxe orwellien : c'est la limite même que constitue le corps singulier de l'observateur – qui ne peut pas ne pas ressentir certaines choses, qui ne peut pas tout à fait se métamorphoser pour mettre fin à certaines sensations –, c'est cette limite charnelle, donc, ce donné dressé contre la volonté, qui est la source de l'émancipation. Toujours le motif de la passivité traverse la démarche d'Orwell, et toujours dans une visée d'émancipation, mais cette fois la passivité est évoquée dans ses limites – alors que dans le mythe de la métamorphose, l'expérience sensible paraissait illimitée, le corps était doué d'une plasticité qui permettait de devenir, par « habituation », qui on voulait. De toute évidence, c'est encore l'expérience sensible, le « contact réel » qui est érigé ici en rapport vrai à une situation, mais à condition d'assumer la division profonde, la frustration, qu'une telle expérience recèle. À condition, en somme, de ne pas perdre de vue que c'est toujours un *je* singulier qui voit, ressent, dans une perspective limitée.

Avec Orwell on a affaire, en somme, à un sensualisme rigoureusement inversé par rapport à celui de Séverine. Chez Séverine, la passivité de la sensation corporelle de l'observateur était condition du regard « vrai », c'est-à-dire du regard rassembleur, déployé depuis le centre de la communauté et constitutif du « nous ». Chez Orwell, elle est condition du regard absolument singulier, irréductible à toute vision collective (toujours suspecte d'idéologie), *décentré* et potentiellement décentreur, mettant en péril les visions collectives instituées. En somme, chez les deux reporters le corps est ce qui ancre le regard et lui donne sa force de vérité, mais dans un cas il est une sorte de corps collectif, désingularisé (d'où sa « vérité ») ; dans l'autre, il est le corps singulier, destructeur du « nous », expression d'une émancipation par rapport à une communauté instituée des regards (d'où sa « vérité »). C'est cette opposition terme à terme, sur fond d'analogie, qui invite à faire de l'une l'archétype de la figure, rassembleuse, du témoin-ambassadeur, et de l'autre l'archétype du décentreur[1].

COMMENT J'AI TUÉ UN ÉLÉPHANT (1936)

À partir de 1936-1937, Orwell ne cherche donc plus l'autre regard dans le regard des « autres », c'est-à-dire dans sa propre métamorphose en un « autre ». C'est peut-être une nouvelle de 1936, « Comment j'ai tué un éléphant » (« *Shooting an Elephant* »)[2], qui exprime le mieux ce deuil.

---

1. On peut évidemment se demander si ces deux archétypes ne renvoient pas aussi à deux figures différentes de l'anarchisme. Sur l'anarchisme d'Orwell, voir J.-C. Michéa, *Orwell, anarchiste tory*, 1995, nouvelle édition de 2000.

2. « Comment j'ai tué un éléphant », *in* G. Orwell, *Essais, articles,*

L'histoire met en scène le jeune Eric Blair, officier colonial en Birmanie, déchiré entre son humanisme anti-colonialiste et son hostilité irrépressible envers la population locale. « Tout ce que je savais », écrit Orwell au début de ce texte, « c'est que j'étais pris entre ma haine pour l'empire que je servais et ma fureur contre les petites brutes vicieuses qui faisaient tout pour rendre ma tâche impossible. Une moitié de mon esprit voyait dans la souveraineté britannique une tyrannie inébranlable s'imposant, *in saecula saeculorum*, à la volonté des populations passives, et l'autre moitié me soufflait que la plus grande volupté existant au monde consisterait à enfoncer la pointe d'une baïonnette dans les tripes d'un moine bouddhiste. » Toujours le fameux retard des yeux et du corps sur la pensée. On pourrait croire que la nouvelle va précisément nous montrer comment ce retard a été rattrapé – « Un jour », poursuit en effet Orwell, « se produisit un événement qui contribua à me déciller les yeux. » Mais pas du tout : la nouvelle ne nous décrit pas un changement d'identité comme celui visé dans *Dans la dèche* ; elle est au-delà de cette tentation de jeunesse, elle définit tout à fait différemment ce regard autre, décentreur, auquel aspire Orwell.

Le jeune officier colonial est averti un matin qu'un éléphant s'est soustrait à l'autorité de son propriétaire (son *mahout)* et qu'il est en train de dévaster un bazar. Blair se rend sur les lieux et assiste aux frasques de l'éléphant, qui a déjà fait un cadavre chez les indigènes. Le jeune homme envoie quelqu'un lui chercher une carabine à éléphant. Ici commence ce qui constitue le cœur de la véritable intrigue, celle qui se joue sous l'intrigue apparente : Blair se voit agir, comme s'il

lettres. Vol. 1 (1920-1940), trad. fr. A. Krief, M. Pétris et J. Semprun, 1995, p. 301-309.

s'était mis à l'extérieur de lui-même. Il voit la foule qui le suit lorsqu'il part à la recherche de l'animal, mais, plus exactement, il se voit, lui, suivi par cette foule. Et c'est un autre regard qui va alors émerger.

Car face à l'éléphant, son premier mouvement est un renoncement à utiliser l'arme. « Dès que j'avais aperçu l'éléphant, j'avais, avec une certitude absolue, compris que je ne devais pas le tuer. C'est une affaire grave que de tuer un éléphant domestiqué. [...] De plus, je n'avais pas la moindre envie de le tuer. » Mais il va *voir* quelque chose : « Mais à ce moment, je tournai la tête et vis la foule qui m'avait suivi. C'était une foule immense – deux mille personnes au moins – et elle grossissait de minute en minute. » C'est le regard sur lui de tous ces colonisés que voit l'officier colonial. « Ils me regardaient tous comme un prestidigitateur s'apprêtant à accomplir un de ses tours. Je ne leur inspirais aucune sympathie mais, avec ma carabine magique en main, je valais la peine d'être regardé. Et brusquement je sus qu'il me faudrait, malgré tout, tuer cet éléphant. C'était ce que cette foule attendait de moi, et j'allais devoir m'exécuter. Je me sentais invinciblement poussé de l'avant par deux mille volontés extérieures à moi. Et c'est à ce moment, alors que je me trouvais sur cette route, une carabine entre les mains, que je compris l'inanité, la vacuité du règne de l'homme blanc en Orient. J'étais-là, l'homme blanc armé de son fusil, face à une multitude d'indigènes désarmés. En apparence, le principal protagoniste de la scène ; en fait, une ridicule marionnette agitée de-ci de-là par la volonté des visages jaunes derrière moi. »

La suite de la nouvelle est le récit d'un « héros » qui s'exécute, contraint d'épouser le masque de l'« oppresseur », du « fort », que lui attribuent tous ces regards d'opprimés. L'homme blanc, dit Orwell, « porte un masque, et son visage finit par épouser les contours de ce masque ». Il tue l'éléphant, la peur éteinte par tous ces regards : « Mais même à ce moment-là, je pensais moins à ma peau qu'aux faces jaunes derrière moi qui épiaient tous mes gestes. Car, sous le regard de cette foule, je n'avais pas peur, au sens ordinaire du mot, comme c'eût été le cas si je m'étais trouvé seul. Un Blanc ne doit pas avoir peur devant les indigènes : c'est pourquoi, en général, il n'a pas peur. » Blair est seulement horrifié par la souffrance du grand animal, qui semble ne jamais se décider à mourir.

Le paradoxe, qui fait la complexité, la richesse, de ce texte, c'est que le regard auquel accède le « héros », et qui lui fait saisir le « ridicule », son « ridicule »[1], en même temps que la vérité de la domination, *n'est pas le regard du dominé*. Le regard du dominé lui demande d'être le dominateur, de tuer. Ce regard est là, pesant, mais il n'est que la médiation vers un autre regard : celui qui saisira, finalement, le couple dominé-dominateur, le jeu de regards qui les soude ; celui qui se mettra à l'extérieur du système de la domination ; celui qui sera véritablement *décentré* par rapport aux regards mutuels qui constituent ce système, et celui qui, du coup, mettra vraiment à distance ce système, le dénoncera comme une mascarade, tout en saisissant la souffrance qu'il engendre. La souffrance du dominé est comme déplacée sur l'éléphant ; le dominé ne livre pas immédiatement cette souffrance dans son regard, lui qui n'attend qu'une chose, la mort de l'animal pour aller le dépecer jusqu'à l'os. Ainsi, le regard qui permet de rompre véritablement avec le regard dominant, pour

1. La nouvelle s'achève sur cette phrase : « Mais je me suis souvent demandé si quelqu'un a un jour compris que ma raison véritable avait été la peur du ridicule. »

saisir l'intime de la domination, de la souffrance, n'est nullement un regard de fusion ou de communion avec le dominé. Ce qui, dans cet épisode face à l'éléphant, décentre radicalement Eric Blair et toute l'Angleterre impériale avec lui, c'est moins le regard de la foule des Birmans que le regard qu'il atteint lui-même, par cette scène initiatique. Il « se voit », ce qui implique notamment : « il se voit vu ainsi par eux ».

La manière dont Orwell met à distance les « faces jaunes » des Birmans, dans ce texte où pourtant il dit avoir enfin saisi la souffrance qui était la leur, est d'ailleurs assez troublante, elle est presque une source de malaise. Il semble prendre un malin plaisir à déplacer l'affect, l'empathie, là où on l'attendait le moins, c'est-à-dire sur l'éléphant agonisant. Il décrit un parcours où le « je », tout seul, finit par produire un regard décentreur, sous l'effet d'une expérience sensible aiguë – ces émotions vives suscitées par le face-à-face avec l'éléphant, les Birmans dans son dos. Un corps singulier, singulièrement touché, extraordinairement seul dans cette scène, aboutit à un regard singulier, comme sorti du système de la domination et par là apte à le contempler. Il n'y a, pour le Orwell de la fin des années 1930, que cette singularité absolue d'une situation qui puisse, éventuellement, produire un regard décentreur.

II – LA SOLITUDE DU DÉCENTREUR
DANS LES REPORTAGES DE 1936-1937

LA DOUBLE EXTÉRIORITÉ DANS *LE QUAI DE WIGAN*

Le Quai de Wigan est l'ouvrage dans lequel Orwell fait la critique de son désir de métamorphose et de fusion empathique avec les opprimés. Mais c'est aussi et avant tout un reportage sur les chômeurs du nord de l'Angleterre. Comment dans son écriture saisit-on cette évolution d'Orwell ? Comment ce texte décentre-t-il ?

Il s'agit d'un reportage retouché. Ces retouches apportent un degré supplémentaire dans la réflexivité, et permettent ainsi à Orwell de poser de manière approfondie, à l'intérieur de son reportage, la question de sa place à lui, en tant qu'observateur. Or, cette place se caractérise par une double extériorité, assumée, revendiquée même : le reporter n'appartient ni à « nous » qui le lisons ni à « eux » qu'il observe ; il est « entre » ; il est seul ; et c'est cette position qui fait de lui un décentreur. Comme le souligne l'un des biographes d'Orwell, Michael Shelden, la voix d'Orwell, dans ses reportages, se meut « entre deux mondes – tissant un lien entre le monde affairé de la rue et le monde calme de celui qui lit. L'enjeu pour l'écrivain est de maintenir le juste équilibre entre les deux mondes. Pour rester "à l'intérieur" et "à l'extérieur", il ne peut pas aller très loin dans chacune des directions. Il mettra dans l'embarras ses lecteurs et lui-même s'il entre trop dans l'intimité de son objet. Il paraîtra froid s'il demeure trop détaché. » Shelden rappelle la manière dont Orwell lui-même définissait l'écriture idéale : « La bonne prose est comme une vitre de fenêtre. »[1] Et Shelden de remarquer qu'une scène du *Quai de Wigan* illustre particulièrement bien cet idéal littéraire-journalistique : cette scène où Orwell décrit une jeune femme à l'arrière de sa maison, en train de déboucher un tuyau de vidange avec un bâton : « Dans son journal de bord il rapporte

---

1. « *Good prose is like a window pane* » (« Pourquoi j'écris », *in* G. Orwell, *Essais, articles, lettres. Vol. I (1920-1940)*, p. 27 ; les traducteurs ont cependant traduit « *window pane* » par « vitre transparente »).

qu'il est passé près d'elle tandis qu'il marchait le long d'une "horrible et sordide ruelle". Mais dans son livre il change légèrement la scène. Il la décrit depuis la fenêtre d'un train qui l'éloigne de Wigan. »[1]

La scène est en effet la suivante : « Alors que le convoi traversait lentement les faubourgs de la ville, je découvrais des rangées de petites maisons grises s'alignant à l'angle droit le long de la voie. Derrière une de ces maisons, une femme, jeune, était à quatre pattes sur la pierre, enfonçant un bâton dans le tuyau de vidange de cuivre partant de l'évier. Celui-ci devait sans doute être bouché. J'eus le temps de détailler cette femme – son tablier informe, ses grosses galoches, ses bras rougis par le froid. Elle leva la tête au passage du train, et je pus presque croiser son regard. Elle avait un visage rond et pâle, le visage las de la fille des taudis ouvriers, qui a vingt-cinq ans et qui en paraît quarante, après une série de fausses couches et de travaux harassants. Et, à la seconde où je l'aperçus, ce visage était empreint de l'expression la plus désolée, la plus désespérée qu'il m'ait jamais été donné de voir. Je compris soudainement l'erreur que nous faisons en disant que "pour eux, ce n'est pas la même chose que pour nous", sous-entendant que ceux qui sont nés dans les taudis ne peuvent rien imaginer au-delà des taudis. Car ce que j'avais reconnu sur ce visage n'était pas la souffrance inconsciente d'un animal. Cette femme ne savait que trop ce qu'était son sort, comprenait aussi bien que moi l'atrocité qu'il y avait à se trouver là, à genoux dans le froid mordant sur les pierres glissantes d'une arrière-cour de taudis, à fouiller avec un bâton un tuyau de vidange nauséabond. »[2]

---

1. M. Shelden, *Orwell. The Authorised Biography*, 1991, p. 255-256.
2. *Le Quai de Wigan*, p. 21-22.

Cette scène signifie clairement, comme le souligne Shelden, que « le monde de cette femme n'est pas le sien », qu'« il ne peut pas prétendre en faire partie », mais qu'en même temps « il n'est pas nécessaire d'être *comme* eux pour être de leur côté »[1]. En somme, étrangement, la rencontre s'éprouve dans la séparation, symbolisée par cette vitre d'un train qui quitte Wigan. Orwell ne désigne pas une incommunicabilité complète – celle évoquée par ceux qui disent que « pour eux, ce n'est pas comme nous ». Il est attentif à ne pas figer la différence comme d'autres figent l'égalité : le regard, tout extérieur soit-il, *peut* être une rencontre. Mais celle-ci n'a dès lors rien à voir avec une fusion empathique ; la vitre demeure ; le regard s'approche en mêlant le sentiment de la différence de « places » et la conscience de la possibilité que ces places soient inversées. À l'immédiateté d'un affect empathique, Orwell substitue donc un travail de *l'imagination*, qui tisse un lien au-delà de l'expérience sensible de la séparation.

Car l'expérience sensible, elle, reste celle de la séparation. *Je suis dehors, je ne suis pas eux* : voilà ce qu'Orwell ne cesse de dire à ses lecteurs. Cette extériorité de l'observateur s'affirme souvent sur le mode le plus violent, celui du dégoût. Ici, les remarques, nombreuses, d'Orwell sur la saleté ne sont pas, comme dans *Dans la dèche*, un aveu d'échec – échec à percevoir les choses de l'intérieur –, elles sont une marque de non-appartenance assumée, d'extériorité revendiquée. Parfois l'écœurement est tel qu'il décide de partir : « Le jour où je trouvai un pot de chambre plein sous la table du petit déjeuner, je décidai de partir. L'endroit commençait à m'écœurer au-delà de toute expression. Ce n'était pas seulement la saleté, les odeurs et la nourri-

1. M. Shelden, *Orwell. The Authorized Biography*, p. 256.

ture inmangeable, mais surtout le sentiment d'un pourrissement absurde et immobile, l'impression d'avoir échoué en quelque lieu souterrain où les gens ne cessaient de tourner en rond comme des cafards, englués dans un cercle sans fin de besognes bâclées et de récriminations sordides. »[1]

Évidemment, il sait que le corps s'habitue ; mais la façon dont il évoque cette « habituation » n'a plus rien à voir avec le volontarisme de *Dans la dèche* ; c'est cette « habituation » qui est presque décrite, elle, comme un échec, comme une immersion qui fait qu'on n'y voit plus rien, une mort du regard, une apathie des sens. « Toutes les fenêtres demeuraient hermétiquement closes – il y avait même, au bas, des bourrelets de caoutchouc – de sorte qu'au matin la chambre empestait comme la cage d'un putois. *On ne s'en rendait pas compte en s'éveillant, mais pour peu que l'on sorte quelques instants, au retour l'odeur vous frappait comme une gifle en pleine figure.* »[2] Quelques pages plus loin, il fait une remarque analogue à propos de la cuisine : « L'odeur qui régnait dans la cuisine était abominable, mais, comme pour la chambre, *on n'y prêtait plus attention au bout de quelques temps.* »[3] De toute évidence, comme la polémique avec le Left Book Club l'a souligné, ce n'est pas l'« habituation » mais la « gifle » qui prédomine dans ce reportage d'Orwell, signe de son extériorité indépassable – signe aussi, du coup, d'un esprit critique et d'un désir d'émancipation intacts, sains.

Orwell ne cesse de dire combien chaque coup de regard, si l'on ose dire, lui fait prendre conscience de

---

1. *Le Quai de Wigan*, p. 20.
2. *Ibid.*, p. 9. C'est nous qui soulignons, de même que dans les citations suivantes.
3. *Ibid.*, p. 19.

son extériorité. « En *voyant* les mineurs au travail », écrit-il par exemple, « *on se rend compte à quel point peuvent être éloignés les univers dans lesquels vivent les gens. Au fond, là où on extrait le charbon, c'est une sorte de monde à part qu'on peut aisément ignorer sa vie durant.* » [1] Ou encore : « J'ai suffisamment l'expérience du maniement de la pelle et de la pioche pour *me rendre compte* de ce que cela représente. [...] Mais quels que soient les efforts que je déploie ou l'entraînement auquel je m'astreigne, *je ne serais jamais capable* d'être mineur : c'est un travail qui me tuerait en l'espace de quelques semaines. » [2]

En même temps, la nature particulière de cette extériorité, le fait qu'elle s'éprouve dans le contact sensible, rend aussi l'observateur différent de ceux auxquels il s'adresse. Le public, lui, n'est pas dans ce « contact sensible ». Dès lors, cette extériorité de l'observateur correspond bel et bien à une double extériorité – par rapport à « eux » et par rapport à « vous », le public. Un « vous » d'ailleurs clairement désigné comme tel dans les extraits précédents. L'attitude d'Orwell correspond tout à fait à la relation triangulaire que nous repérions chez d'autres décentreurs : je vous dis votre différence irréductible avec « eux » ; « moi », qui suis à leur contact, je la connais ; à « vous », j'essaie de traduire ce sentiment d'extériorité qui vous est étranger – car vous aimez penser que vous n'êtes pas si loin d'« eux » que cela. Paradoxe d'un observateur qui s'approche des uns pour dire aux autres, qui sont au plus loin, que, plus on est près, plus on *sait* qu'on est loin ; et qui donc, dans cette interpellation, signifie qu'il est lui-même à l'extérieur de ses interlocuteurs.

1. *Ibid.*, p. 39.
2. *Ibid.*, p. 38-39.

Cette double extériorité fait la singularité absolue de l'observateur. C'est alors d'une autre manière que par la seule sensation corporelle qu'il lui faut tenter de tisser des liens pour l'instant rompus de tous côtés. La conception orwellienne du corps, foyer de la vision, détruit le fantasme naïf de la possibilité d'un accès *réel* au point de vue intérieur de l'autre. Mais alors, le nouveau ressort de la rencontre et de la compréhension – qui, au contraire des affects empathiques dans lesquels le jeune Orwell avait originellement placé sa confiance (à l'époque de *Dans la dèche*), n'annule pas la séparation –, c'est l'imagination et ses jeux.

Voici par exemple le récit du retour des mineurs à la maison à la fin de la journée de travail : « Pour autant que j'ai pu voir, la plupart des mineurs mangent d'abord et se lavent ensuite – ce que je ferais aussi, je crois, placé en semblables circonstances. »[1] On constate une incertitude (« je crois »), liée au fait même que le travail imaginaire (« si j'étais eux ») n'annule pas une sensation aiguë de la différence présente. Parfois ce travail imaginaire produit un rapprochement, comme ici ou comme dans la scène où il observe la femme à travers la vitre du train ; mais ce rapprochement demeure *imaginaire*, il n'annule pas la sensation présente, vive, de la séparation. Parfois, aussi, l'empathie imaginaire renouvelle une forme d'étonnement, qui marque justement les limites d'un telle démarche empathique : « En fait, il est plutôt surprenant de voir les mineurs se laver comme ils le font, si l'on considère le peu de temps qu'il leur reste une fois prélevées la part du travail et la part du sommeil. »[2] Quoi qu'il en soit, la vérité

1. *Ibid.*, p. 43.
2. *Ibid.*, p. 44.

sensible demeure la séparation de fait, qui interdit d'envisager le travail imaginaire comme autre chose qu'une construction. Le travail imaginaire « dés-essentialise », si l'on ose dire, la séparation éprouvée, il permet de la considérer, somme toute, comme conjoncturelle, voire aléatoire (je *pourrais* être à leur place, même si je n'y suis pas), et comme non absolument figée (cela *pourrait* changer). Mais il ne nie pas le donné sensible. Il l'interroge sans le nier.

Le rôle de l'imagination est dès lors double : construire l'empathie à partir de la situation actuelle, s'y essayer (et si j'étais *là* ?) ; mais aussi, éventuellement, construire un autre type de dépassement de la différence, construire la possibilité qu'« eux » sortent, demain, de là où ils sont. Dans son premier rôle, il s'agit, par exemple, pour l'imagination orwellienne, de décrire « le monde » des représentations ouvrières – tout ce qu'Orwell ne partage pas mais peut essayer de comprendre. Par exemple, il explique longuement, en se mettant littéralement à leur place – sans oublier pour autant quelle est sa place réelle – la « logique » par laquelle la misère attise les désirs de choses superflues et luxueuses, au lieu de concentrer l'attention sur l'essentiel. Il emploie volontairement le vocabulaire de l'universel (« l'être humain »), montrant que nous pouvons comprendre, qu'imaginer est possible : « L'être humain ordinaire se laisserait mourir de faim plutôt que de vivre de pain bis et de carottes crues. [...] Quand vous êtes chômeur, c'est-à-dire mal nourri, ennuyé, assailli de tracas et de misères de toute sorte, vous n'avez aucune envie de manger sainement. Ce qu'il vous faut, c'est quelque chose qui ait "un peu de goût". Et à cet égard les tentations ne manquent pas. Tiens, si on se payait un grand cornet de frites ! Ou une bonne glace ! »[1] Dans son autre rôle, c'est-à-dire dans ses tentatives de penser « leur » changement, l'imagination devient l'arme de l'émancipation : la sensation livre le donné, l'imagination s'attelle à sa transformation. Ainsi, à propos de l'hygiène, la différence, quoique réelle *pour l'instant*, c'est-à-dire sensible, n'est plus, comme pour les vieilles dames des pensions de Brighton, figée, essentielle, inscrite dans les gènes. Elle est dépassable en imagination. Au fond, cette différence, Orwell la détruit « imaginairement » et non pas – comme ceux qui croient qu'on ne s'oppose aux théories essentialistes des vieilles dames bourgeoises qu'en pratiquant le déni – « idéologiquement ».

Ainsi, tout en continuant à donner une importance au « contact réel », à l'épreuve du corps, Orwell a détruit peu à peu son propre mythe originel : devenir, par l'expérience sensible, un autre, vivre comme un autre, pour comprendre son intériorité. Orwell dénonce « l'idéologie de l'intériorité » et réhabilite la distance critique qui, en fait, est inhérente à l'activité de *regarder*. Le regard est considéré désormais comme l'expression d'un « angle » singulier, assumé ; il ne s'agit plus de se perdre dans le point de vue d'un autre, mais de se forger son propre ancrage, son *point* de vue – le point à partir duquel on voit. Le jeu de l'imagination, qui demande « Et si je n'étais pas là où je suis ? », montre que ce point n'est pas envisagé dans une fixité « essentielle » ; cependant, l'imagination, qui transforme, ne dévaste pas radicalement le point d'ancrage, au contraire des dénégations idéologiques.

---

1. *Ibid.*, p. 107-108.

HOMMAGE À LA CATALOGNE OU LE REPORTER COMME EXILÉ

La singularité absolue du point d'ancrage – le corps de l'observateur – fait donc du regard, pour Orwell, presque par définition, un *décentrement* : voir, c'est être *décentré* par rapport à toute autre perspective, qu'elle soit dominante ou non ; et c'est donc la décentrer. Chaque regard résiste à, entre en conflit avec un autre, *a fortiori* lorsqu'il advient contre une idéologie qui lui manifeste qu'il n'est guère bienvenu. Le regard, pour Orwell, est ainsi par définition le mouvement de sortie d'une vision du monde collective, la naissance d'une perspective nouvelle, qui pourrait être gênante parce qu'elle est potentiellement contestatrice du « déjà vu ». *Dés-appartenir :* tel semble être le principe de l'observateur orwellien.

Raymond Williams évoque cet enjeu, en formulant ce qu'il appelle le « principe de l'exil », essentiel à ses yeux pour comprendre la démarche politique orwellienne [1]. Selon lui, c'est précisément au moment où Orwell s'apprêtait à épouser, enfin, une vision du monde quelque peu collective, que ce « principe de l'exil » s'est exprimé avec le plus de clarté dans son itinéraire, comme un retrait ultime, érigé en attitude définitive. Au moment de la guerre d'Espagne, en effet, Orwell est passé, d'après Williams, de l'errance *(vagrancy)* à l'exil à proprement parler *(exile).* L'errance était là depuis toujours, elle était ce qui lui permettait de faire des expériences de toutes sortes – vivre auprès des vagabonds, par exemple, comme dans *Dans*

---

1. R. Williams, *Culture and Society*, 1967, chapitre VI : « George Orwell ».

la dèche, ou auprès des chômeurs, comme dans *Le Quai de Wigan*. Elle menait le jeune Orwell de refus en contestations et elle appelait certainement à l'élaboration progressive d'un principe de vie et de pensée qui fût quelque chose comme le « principe de l'exil ». C'est cela même, selon Williams, qui aurait conduit Orwell vers le socialisme, comme s'il avait perçu dans les socialistes une communauté d'exilés, une communauté dont le principe était l'exil, la recherche de l'autre regard, de l'ailleurs. Or, c'est au moment de ce choix qu'Orwell est amené à comprendre que le principe de l'exil se construit, en fait, dans la critique de toute communauté, y compris de celle-là. Alors qu'il s'apprêtait à adhérer à une vision collective, il se retrouve, malgré lui, dans la position du critique et construit alors véritablement la figure de l'éternel exilé. La communauté des exilés allait rester un rêve, un rêve d'exilé, infiniment exigeant, et son « principe de l'exil » un principe critique des groupes politiques réels et de leurs tentations idéologiques[1].

Effectivement, *Hommage à la Catalogne* décline volontiers ce thème orwellien du regard *comme décentrement*, infini, toujours à recommencer, envers et contre toutes les idéologies, dans un exil sans cesse renouvelé. On y retrouve l'idée que ce travail exige un « contact réel » avec les événements, et non une vision abstraite et lointaine, car celle-ci est particulièrement sensible aux idéologies. Orwell a quelques passages

1. À cet égard, cette réflexion de Williams sur le « principe de l'exil » chez Orwell nous paraît plus intéressante, plus fine, pour définir le rapport d'Orwell à la politique que l'expression « horreur de la politique » utilisée par Simon Leys. S. Leys emprunte certes cette expression à Orwell lui-même, mais il n'est pas certain qu'il s'agisse du dernier mot d'Orwell là-dessus ; ou alors, il faut entendre l'« horreur » en un sens qui implique tout de même l'attention, le souci de la politique – un souci plein d'effroi pour ce qui s'y passe.

grinçants sur tous ces journalistes qui écrivent au loin sur la Guerre d'Espagne en n'y comprenant rien. Ou sur ses éditeurs, que la crudité du réel ne pourrait que choquer : « Tous les Espagnols, à ce que nous découvrîmes, connaissaient deux locutions anglaises. L'une était : "OK baby", l'autre était un mot dont les prostituées de Barcelone se servaient dans leurs rapports avec les marins anglais, mais les typographes se refuseraient à l'imprimer, je le crains. » [1] Mais en même temps, c'est au nom de la particularité, de la partialité, de la limitation propre à tout regard « au contact réel » des choses qu'Orwell critique ces journalistes lointains. Il dit clairement qu'il préfère ses vues partielles, assumées comme telles, aux regards plus larges, mais franchement *faux* des journalistes superficiels et lointains. Si, rivé à l'événement, on ne voit pas tout, au moins ce que l'on voit, le *voit*-on ; alors qu'au loin, tout est enveloppé de fausseté, de visions qui ne sont pas des regards. « Comme tous ceux qui se sont trouvés à Barcelone à cette époque, *je ne vis que ce qui se passa dans mon coin*, mais j'en ai vu et entendu suffisamment pour être en mesure de réfuter un bon nombre de mensonges qui ont été mis en circulation. » [2]

Orwell insiste donc sur le fait que c'est toujours un « je » qui voit, en manquant un grand nombre de choses. Le passage suivant décrit bien en quoi celui qui prend

1. G. Orwell, *Hommage à la Catalogne*, trad. fr. Y. Davet, 1995, p. 56. Décidément, ce genre de plaisanterie est un « classique » des décentreurs... Cela dit, dans le cas d'Orwell, elle renvoie à une réflexion particulièrement élaborée sur le langage, terrain d'expression privilégié de la rigidité idéologique. Voir, outre *1984* et ses descriptions du « novlangue », le texte de 1946 « La politique et la langue anglaise », *in* G. Orwell, *Essais, articles lettres. Vol. IV : 1945-50*, p. 158-173. Sur le rapport d'Orwell au langage, voir notamment J.-C. Michéa, *Orwell, anarchiste tory*, 1995, nouvelle édition de 2000.

2. *Hommage à la Catalogne*, p. 167. C'est nous qui soulignons.

part aux événements est comme rivé à son corps, incapable de penser à autre chose qu'à l'expérience singulière qui l'affecte : « Quand on est en train de prendre
part à des événements tels que ceux-ci, je suppose qu'on
est en train, dans une modeste mesure, de faire de l'histoire, et l'on devrait, en toute justice, avoir l'impression
d'être un personnage historique. Mais non, on ne l'a
jamais, parce qu'à de tels moments, les détails d'ordre
physique l'emportent toujours de beaucoup sur tout le
reste. Pendant toute la durée des troubles, il ne m'est
pas arrivé une seule fois de faire l'"analyse" exacte de
la situation, comme le faisaient avec tant d'aisance les
journalistes à des centaines de kilomètres de là. Ce à
quoi je songeais surtout, ce n'était pas au juste et à
l'injuste dans cette déplorable lutte d'extermination
réciproque, mais tout bonnement au manque de confort
et à l'ennui d'être assis jour et nuit sur ce toit que je ne
pouvais plus voir, et à la faim toujours grandissante, car
aucun de nous n'avait fait un vrai repas depuis le
lundi. » [1]

Un autre passage illustre le fait que c'est une partie
des événements eux-mêmes, et non pas seulement leur
intelligibilité générale, que l'observateur direct manque. Ainsi, après avoir assisté aux événements de mai
1937 à Barcelone, où il a vu la répression des communistes contre les anarchistes qui avaient occupé certains quartiers et le central téléphonique de Barcelone,
Orwell repart sur le front à Huesca – où c'est tout autre
chose qui se joue : la lutte contre les fascistes, qui fait
un peu passer au second plan les luttes internes. Il est
blessé par balle, expérience qu'il raconte longuement,
et revient à Barcelone. Ce dont il s'aperçoit alors, c'est

---

1. *Ibid.*, p. 154-155.

qu'il a manqué des événements majeurs, qui se sont passés pendant son absence :

> « Lorsque j'arrivai à l'hôtel, ma femme était assise dans le salon. Elle se leva et vint à ma rencontre d'un air si dégagé que j'en fus frappé ; puis elle me passa un bras autour du cou et, tout en souriant tendrement à l'intention de la galerie, me murmura à l'oreille :
> « *Va-t'en !*
> – Comment ?
> – Va-t'en d'ici *tout de suite* !
> – Comment ?
> – Ne reste pas ici ! Il faut vite t'en aller !
> – Tu dis ? Pourquoi. Qu'est-ce que tu veux dire ? » [1]

Et plus loin :

> « Mais que diable veut donc dire tout cela ? demandai-je dès que nous fûmes sur le trottoir.
> – Tu n'as pas appris ?
> – Non. Appris quoi ? Je n'ai rien appris.
> – Le POUM a été supprimé. Ils ont saisi tous les locaux. En fait tout le monde est en prison. Et l'on dit qu'ils commencent déjà à fusiller. » [2]

Pour Orwell, manquer une partie des événements est inhérent à tout regard singulier. Un savoir total est encore un mensonge par rapport à la réalité vécue par ceux qui étaient au milieu de cette guerre. D'où ce passage significatif, où il fait de sa propre désinformation une information : « Dans toute l'affaire, le détail que je peux le moins digérer, bien qu'il ne soit peut-être pas de grande importance, c'est le fait qu'on ait laissé les troupes dans l'ignorance totale de ce qui était en train de se passer. Comme vous l'avez vu, ni moi ni

1. *Ibid.*, p. 199.
2. *Ibid.*, p. 200.

personne au front n'avons rien su de la suppression du POUM. Tous les quartiers généraux des milices du POUM, ses centres du Secours rouge, etc., fonctionnaient comme à l'ordinaire, et le 20 juin encore et jusqu'à Lérida, à cent kilomètres à peine de Barcelone, personne ne savait rien des événements. Les journaux de Barcelone n'en soufflèrent pas mot (ceux de Valence qui lançaient les histoires d'espionnage ne parvenaient pas sur le front d'Aragon), et il est hors de doute que si l'on arrêta tous les miliciens en permission à Barcelone, ce fut pour les empêcher de remonter en ligne porteurs de ces nouvelles. Le détachement avec lequel j'étais retourné au front le 15 juin doit avoir été le dernier à partir. Je ne suis pas encore arrivé à comprendre comment la chose put être tenue secrète, car enfin les camions de ravitaillement, entre autres, faisaient toujours la navette ; mais il n'y a pas de doute, elle fut bel et bien tenue secrète, et, comme je l'ai appris depuis de la bouche de beaucoup d'autres, les hommes n'entendirent parler de rien encore pendant plusieurs jours. »[1] Ainsi, le fait même qu'il ait été tenu dans l'ignorance de ce qui se passait donne à son témoignage l'authenticité de ce qui a été *éprouvé*. Et, comme par hasard, il s'agit précisément d'un témoignage affligeant pour les socialistes les moins enclins à prendre conscience du drame interne qui s'est joué dans leur camp. Autrement dit, malgré ses limites, ou peut-être grâce à elles, le regard le plus singulier demeure la seule ressource pour résister à des visions collectives imposées. C'est le corps d'un homme, avec son savoir mais aussi son *ignorance* – une ignorance qui est encore un savoir puisqu'elle est éprouvée, douloureusement d'ail-

1. *Ibid.*, p. 203-204.

leurs –, qui constitue l'arme contre l'idéologie, la seule ancre de l'exilé, le foyer d'où naît son regard.

III – LE REGARD COMME DÉCENTREMENT.
UNE LECTURE DE *1984*

WINSTON OU LA NAISSANCE D'UN REGARD

Le roman *1984* est révélateur de cette conception orwellienne du regard *comme décentrement*, c'est-à-dire comme point de vue singulier, ancré dans un corps singulier, représentant la résistance même à l'idéologie. Nos analyses du roman doivent simplement permettre de préciser les enjeux de l'activité de regarder, dans la réflexion politique d'Orwell.

Il semble que l'idéologie elle-même, dans *1984*, soit symbolisée par un regard : celui, ininterrompu, illimité, de Big Brother. Pourtant, regard « total » dont l'ancrage demeure énigmatique (qui est-il ?), l'œil de Big Brother est en fait le contraire de ce qu'Orwell entend par « regard ». Il représente la négation de tout regard, comme s'il s'était approprié toutes les perspectives possibles, tous les points de vue, les empêchant du coup de s'élaborer. C'est un centre qui n'a pas de contours, qui voit sans laisser de lieu d'où l'on puisse le voir en retour. Le regard total constitue donc, en réalité, un empire de la cécité. Significativement, l'individu typique du régime totalitaire a une face de scarabée, avec de « petits yeux », comme atrophiés [1].

Dès lors, la naissance d'un regard individuel serait l'affront suprême pour le pouvoir totalitaire, la révolte

---

1. *1984*, trad. fr. d'A. Audiberti, 1950, p. 90.

même contre ce centre surdimensionné. La résistance incarnée par Winston représentera en effet, comme on va le constater, la naissance d'un regard – d'un regard « point de vue », qui s'oppose au regard « total » de Big Brother, dégageant une perspective là où toutes les perspectives paraissaient sous contrôle. Le philosophe Claude Lefort a montré que la résistance, incarnée par Winston, passe par la découverte de soi comme un *corps*, corps singulier, s'éprouvant dans la singularité de ses sensations et de sa mémoire retrouvée[1]. Mais nous souhaitons souligner que, si le corps est en effet un enjeu central dans le roman, c'est peut-être avant tout en tant qu'il est le foyer de la vision : de tous les sens, c'est la vue qui est l'enjeu absolu, et du coup l'ennemi absolu du régime. Winston, ce sera avant tout un corps *voyant*, finalement anéanti à la fin du livre.

Mais comment le regard pourrait-il surgir ? Il faut dégager une perspective, autrement dit atteindre à une certaine extériorité par rapport à l'œil omniprésent de Big Brother qui est toujours derrière chaque individu. Une profonde réflexion court dans le roman sur la nature de cette extériorité. Il est frappant, notamment, qu'Orwell mette en scène l'espoir, puis la désillusion de Winston à l'égard de ceux qui sont en apparence les moins touchés par la propagande et par la terreur : les prolétaires ou « proles ». « S'il y a un espoir, il réside chez les prolétaires », se dit Winston au début[2]. Les prolétaires sont bien dans une situation d'*extériorité* par rapport aux victimes directes de la domination de Big Brother, puisque la contrainte qu'ils subissent est moindre – les prolétaires sont par exemple les seuls à

---

1. C. Lefort, « Le corps interposé. *1984* de George Orwell », article de 1984 reproduit dans C. Lefort, *Écrire à l'épreuve du politique*, 1992, p. 15-36.
2. *1984*, p. 103.

avoir une sexualité non contrôlée. Et pourtant l'espoir retombe, comme si ceux-là étaient décidément trop « dehors » – sorte de public du totalitarisme, qui n'en a qu'une idée abstraite sans jamais entrer en « contact réel » avec lui. Les préoccupations des prolétaires sont exclusivement matérielles, leurs comportements sont bestiaux et égoïstes, leur extériorité complète leur donne une sorte d'insouciance politique exaspérante pour Winston ; elle semble les rendre imperméables aux réalités de la domination totalitaire. Il se rappelle une scène où, un jour dans la rue, il avait cru qu'une émeute était en train de se produire ; finalement, il avait assisté à une rivalité de femmes glapissantes qui s'arrachaient des casseroles en accusant le vendeur de favoritisme. Significative est cette scène où Orwell fait reconnaître par Winston que, finalement, les prolétaires n'ont pas plus d'yeux que les membres ordinaires du parti : ils en ont, physiologiquement parlant, mais ce sont des yeux qui « errent », qui ne se fixent sur rien, qui ne voient pas vraiment. Il s'agit de cette scène du café, où Winston s'entretient avec un vieux prolétaire du passé, sans jamais obtenir de réponse aux questions qu'il pose : « – Vous avez dû voir de grands changements, depuis que vous étiez jeune, dit timidement Winston. *Les yeux bleu pâle du vieillard erraient* de la cible des flèches au bar et du bar à la porte, comme s'il pensait que c'était dans le bar que les changements avaient eu lieu. » [1]

Il semble que la « juste » extériorité, celle qui peut produire un regard émancipateur, exige tout de même une expérience concrète de la souffrance. Il faudra donc un « héros » qui ait cette expérience charnelle, qui soit ainsi *dedans*, tout en parvenant à ne pas rester rivé à l'intériorité, qui est la soumission. Ainsi, alors même

---

1. *Ibid.*, p. 130. C'est nous qui soulignons.

que Winston commence à penser avec désespoir que, chez les membres du Parti, compte tenu de leur faible marge de manœuvre, la « rébellion » ne peut être qu'« un regard des yeux, une inflexion de voix, au plus, un mot chuchoté à l'occasion » [1] – pas assez, en apparence, pour démentir la conviction de Winston que « le Parti ne peut être renversé de l'intérieur » [2] –, finalement c'est bien lui, un membre du parti, qui incarnera cette rébellion. Par le regard, en effet.

Winston représente une double naissance : une naissance à soi-même – *1984* retrace les étapes d'une émancipation psychologique, qui conduit enfin au surgissement d'un sentiment de soi, comme individu, et qui passe notamment par la découverte du passé – et la naissance d'un ancrage qui permet le déploiement d'un regard sur l'extérieur. Car ce que Winston construit en naissant à soi-même, c'est un *point* suffisamment solide, désaliéné, à partir duquel *voir* – un *point de vue*, au sens littéral de l'expression. L'enjeu du regard est au centre de chaque étape du processus d'émancipation de Winston.

Prenons la première de ces étapes, c'est-à-dire la décision de Winston d'écrire un journal. Cela exige qu'il se mette à l'abri du « télécran », qu'il recherche un angle mort d'où il ne puisse être observé. Et d'où il se sente autorisé à *voir* à son tour. Car ce qu'il décrit pour commencer, c'est une scène *vue*. Mieux encore : c'est une séance de « ciné », où le régime a offert aux individus rassemblés quelque chose à *voir*, en réalité pour contrôler, pour figer leur capacité réelle à voir ; Winston, lui, ose voir vraiment cette scène, c'est-à-dire

1. *Ibid.*, p. 103.
2. *Ibid.*, p. 103.

s'approprier ces images, les rapporter à des souvenirs, les intégrer dans un regard singulier digne de ce nom. La séquence que Winston a vue et raconte dans son journal, c'est l'image d'une femme juive, assise à l'avant d'un canot de sauvetage empli d'enfants, sous des bombardements, qui entoure de ses bras un garçon de trois ans, geste inutile pour écarter les balles ; d'ailleurs le bateau finit par voler en éclats.

Winston associe cette séquence à un souvenir du matin même : une de ces séances collectives appelées les Deux Minutes de la Haine, sur son lieu de travail, où il a vu deux personnes, la « fille aux cheveux noirs » (Julia), et un autre individu (O'Brien). La première le glace et lui déplaît, parce qu'elle lui a un jour envoyé un regard qu'il a cru hostile [1] ; il est clair que Julia est, en ces premières pages du roman, le symbole même du régime et de ses regards inquisiteurs. L'autre, O'Brien – qui s'avérera en fait être un représentant du régime, et notamment le tortionnaire de Winston, à la fin du livre –, lui est sympathique par l'élégance désuète de ses gestes. Il *porte des lunettes*, détail étonnant, qu'on pourrait interpréter de multiples façons ; en un sens, cela le distingue des scarabées aux petits yeux que sont habituellement les membres du Parti ; mais peut-être dans ces yeux cachés par des lunettes faut-il lire déjà la tromperie ; ou encore, peut-être O'Brien est-il en effet celui qui voit, mais qui veut garder à lui seul ce privilège, matérialisé par ces lunettes. Pendant les Deux Minutes de la Haine, on voit sur l'écran le visage d'Emmanuel Goldstein, l'ennemi du régime, qui provoque, par la mise en scène qui l'accompagne, une violente haine, incontrôlable chez tous les spectateurs, Winston compris. Puis apparaît le visage rassurant de

1. *Ibid.*, p. 22.

Big Brother, qui est censé apaiser les esprits, apporter un réconfort. C'est là que Winston constate en lui que l'effet normalement attendu n'est pas parfait, qu'il a du mal à éprouver cette joie paisible. Le corps résiste... Or, significativement, Orwell écrit que Winston a peur alors d'être *trahi par ses yeux* : « [...] il y avait un couple de secondes durant lesquelles *l'expression de ses yeux aurait pu le trahir*. C'est exactement à ce moment-là que la chose significative arriva – si, en fait, elle était arrivée. *Son regard saisit un instant celui d'O'Brien* ». Le texte précise qu'à ce moment-là, O'Brien « avait enlevé ses lunettes ». Ce geste semble permettre aux yeux de se rencontrer : « Un message clair était passé. C'était comme si leurs deux esprits s'étaient ouverts et que *leurs pensées avaient coulé de l'un à l'autre par leurs yeux*. » [1] C'est cette croyance, cette erreur – mais est-ce dû au fantasme de Winston, ou bien à la ruse d'O'Brien, l'ambiguïté demeure tout au long du roman – qui déclenche le processus d'émancipation de Winston : il croit recevoir un regard ami, à partir duquel, littéralement, il va commencer à *avoir moins peur de ses yeux, à s'autoriser de plus en plus à regarder*. C'est cette scène, apprend-on, qui a provoqué la décision de Winston de se mettre à tenir un journal. La recherche intérieure et l'interrogation sur ce qui l'entoure vont pouvoir commencer.

L'étape suivante est un rêve de Winston sur sa mère, où il est à nouveau question de regard. Sa mère et sa petite sœur se trouvent dans un bateau en train de sombrer et elles « *le regardaient* » [2]. C'est un regard accusateur, qui semble dire que c'est parce que Winston est

1. *Ibid.*, p. 31. C'est nous qui soulignons, de même que dans les citations suivantes du roman.
2. *Ibid.*, p. 47.

en haut, dans l'air et la lumière, qu'elles sombrent dans l'eau verte. Il est clair que cette image fait écho à l'image du ciné, de la femme juive tenant son enfant dans ses bras, dans un bateau, sous les bombardements. Il est clair aussi que c'est un rêve de culpabilité. Or, ce regard de la mère, comment ne pas l'associer spontanément à celui de la « fille aux cheveux noirs », et par extension au regard inquisiteur qui symbolise le régime lui-même, celui de Big Brother ? Pour l'instant, donc, Winston voit qu'il est écrasé par des regards qui semblent lui interdire, à lui, de voir. Les regards qu'il construit en rêve sont des censures.

Mais la censure a tôt fait de laisser place au désir de voir. Ce rêve est en effet suivi d'un autre. Winston se trouve avec la fille aux cheveux noirs dans un champ lumineux (le « Pays Doré »), elle enlève ses vêtements d'un geste simple qui émeut Winston, un geste qui « semblait anéantir toute une culture, tout un système de pensées, comme si Big Brother, le Parti, la Police de la Pensée, pouvaient être rejetés au néant par un unique et splendide mouvement du bras. Cela aussi était un geste de l'ancien temps »[1]. Comme les rêves suivants de Winston le confirmeront plus explicitement encore, ce geste émouvant n'est pas sans rappeler le geste simple et inutile de la femme juive – qui est elle-même une image maternelle –, mais aussi l'élégance désuète qui séduit Winston dans O'Brien. Mais surtout, on notera que le geste de la fille aux cheveux noirs la *découvre*, *l'offre aux regards* de Winston. Elle lui demande de la regarder. Ainsi la naissance du corps, à travers la découverte du désir sexuel, est bel et bien lié au thème du regard ; le corps naît par le regard et comme puissance de regarder. Le rêve transforme donc le regard censeur

1. *Ibid.*, p. 50.

de la fille en demande de regard : elle dont le regard interdisait de regarder devient celle qui autorise finalement Winston à voir.

L'effet immédiat de ces deux rêves sur le comportement conscient de Winston est, de fait, une émancipation du regard. C'est dans les jours qui suivent qu'il remarque, précisément, les « petits yeux » des membres du parti ; il observe la cantine, les gens qui y mangent, leur laideur et leur type « scarabée ». Il est pourtant surpris dans sa rêverie d'observateur par... un regard, justement : celui de la fille aux cheveux noirs. Nouvelle censure du regard par un regard. Le malentendu et son effet de censure ne seront définitivement levés que par la rencontre de Julia, plus tard, dans le couloir. Ému, Winston, de retour dans son bureau, a de nouveau peur d'être trahi par ses yeux : « Il *mit ses lunettes* et, d'une secousse, *rapprocha le télécran.* »[1] Sans le savoir, pour se mettre à l'abri de tout soupçon, il se met à ressembler à O'Brien (alors même qu'il croit encore qu'O'Brien est sympathique).

Sa liaison avec Julia met fin, cependant, au fantasme du regard censeur de la mère. Progression dans l'émancipation, qui conduit à une nouvelle étape, un rêve. Ce rêve se passe à l'intérieur du presse-papiers acheté chez le marchand Charrington, c'est-à-dire dans un objet du passé. La douce lumière n'est pas sans rappeler le champ du Pays Doré où il avait rêvé que la fille aux cheveux noirs se déshabillait. « Le rêve comprenait aussi en vérité – c'est en quoi en un sens il avait consisté – un geste du bras fait par sa mère et répété trente ans plus tard par la femme juive qu'il avait vue sur le film d'actualités. »[2] C'est évidemment une délivrance : la

1. *Ibid.*, p. 155.
2. *Ibid.*, p. 228.

mère est enfin devenue une femme tendre, comme la femme juive de la scène du « ciné ». « Sais-tu que jusqu'à ce moment je croyais avoir tué ma mère ? », dit-il à Julia, allongée près de lui. Des souvenirs d'enfance reviennent. Il se souvient de la faim et de lui, l'enfant vorace, qui fouillait dans les poubelles, reprochait à sa mère de ne pas assez le nourrir, volait la nourriture de sa sœur au visage « simiesque à force de minceur. » [1] « L'événement » auquel il sait que son rêve est attaché revient : après que Winston eut volé le dernier morceau de chocolat, destiné à sa sœur, sa mère désemparée avait fait ce geste : elle avait entouré sa sœur de son bras et pressé son visage contre sa poitrine. « C'était un geste inutile, qui ne changeait rien, qui ne produisait pas plus de chocolat, qui n'empêchait pas la mort de l'enfant ou la sienne, mais il lui semblait naturel de le faire. La femme réfugiée du bateau avait aussi couvert le petit garçon de son bras, qui n'était pas plus efficace contre les balles qu'une feuille de papier. » [2] Winston enfant s'était enfui. À son retour, sa mère et sa sœur avaient disparu. Ce qui paraît soudain clair à Winston, c'est que ces gestes inutiles constituent précisément ce qui distingue l'époque ancienne de l'époque présente ; ces gestes-là représentent tout ce que le Parti a anéanti.

À ce moment-là, Winston a retrouvé le passé et son regard sur le présent s'en trouve définitivement changé. En un sens, c'est à ce moment-là seulement qu'il voit enfin complètement la première scène racontée dans ce journal : le regard singulier s'est enfin déployé.

1. *Ibid.*, p. 230.
2. *Ibid.*, p. 234.

LES ÉTAPES DE L'ANÉANTISSEMENT DU REGARD

De même que la naissance du regard se fait en plusieurs étapes, qui exigent chacune une avancée de plus dans son travail intérieur, la destruction du regard par le régime procédera par étapes qui, chacune, permettront une incursion plus profonde dans le psychisme de Winston – contrairement aux certitudes de Winston et Julia, selon lesquelles « ils peuvent nous faire dire n'importe quoi, absolument n'importe quoi, mais ils ne peuvent nous le faire croire. Ils ne peuvent pas entrer en nous » [1] – afin d'annuler point par point son émancipation et de l'anéantir entièrement.

La cible essentielle de la torture d'O'Brien, ce qu'il veut parvenir à dompter entièrement chez Winston, c'est bien le regard. Il faut faire en sorte que Winston ne voie plus ce qu'il voit, il faut que Winston redevienne littéralement absorbé par le regard total de Big Brother. Le rêve éveillé de Winston, épuisé par la torture, est significatif : « Il se trouvait dans une cellule, qui pouvait avoir été sombre ou claire, car *il ne pouvait rien voir qu'une paire d'yeux*. Il y avait tout près une sorte d'instrument dont le tic-tac était lent et régulier. *Les yeux devinrent plus grands et plus lumineux*. Il se détacha soudain de son siège, flotta, plongea dans les yeux et fut englouti. » [2]

O'Brien commence – première étape – à concentrer son attention, sa torture, sur le *corps* de Winston : pour faire en sorte qu'il voie autre chose que ce qu'il voit, il faut agir sur ce corps d'où naît le regard ; il faut tromper

---

1. *Ibid.*, p. 237.
2. *Ibid.*, p. 344.

ce foyer de résistance à l'idéologie. En épuisant physiquement Winston, O'Brien parvient ainsi à lui faire voir cinq doigts au lieu de quatre – car O'Brien ne veut pas que Winston mente, il veut qu'il voie *réellement* cinq doigts. Pourtant, la logique même de cette torture montre qu'O'Brien continue à ce stade de demander à Winston de se fier à son regard. Il veut lui faire voir autre chose, certes, mais il veut toujours lui faire voir quelque chose. Dans une scène qui suit l'expérience des cinq doigts, O'Brien fait explicitement appel au regard de Winston pour lui prouver qu'il n'est (presque) plus rien de ce qu'il était avant, en tout cas que son corps n'a plus rien à voir avec ce qu'il était auparavant : il lui montre son corps meurtri dans un miroir. Claude Lefort souligne, dans son commentaire, que dans cette scène, « ce qu'il lui faut [à O'Brien], c'est le regard de Winston sur son propre corps. La négation de soi passe chez O'Brien par le regard de Winston ». Il nous semble que cette exigence d'O'Brien signifie que la destruction de Winston n'est pas encore totale : elle n'est que la reprise d'une exigence de Winston ; c'est Winston, en effet, qui ne croit que ce qu'il voit, et O'Brien, pour lui démontrer son triomphe, est encore à ce stade obligé de le faire en utilisant les critères de Winston.

En outre, que voit exactement Winston dans le miroir, qu'est-ce qui le bouleverse le plus ? Ses yeux – en train d'être anéantis. Ce qu'il y a donc de particulièrement atroce et d'extraordinaire dans cette scène, c'est qu'elle correspond au moment où Winston *voit – voit encore – que bientôt il ne pourra plus voir* : il voit l'anéantissement en cours de son regard. « Un visage lamentable de gibier de potence, un front découvert qui se perdait dans un crâne chauve, un nez de travers et des pommettes écrasées au-dessus desquelles *les yeux étaient d'une*

410

fixité atroce. »[1] Presque plus de regard, juste ce qu'il faut pour pouvoir encore s'en apercevoir.

C'est ensuite que vient l'ultime anéantissement. De même que la libération finale du regard s'était faite de l'intérieur – par un rêve –, de même c'est à l'intérieur qu'il faut agir pour détruire définitivement le pouvoir de regarder. Il faut, comme dit Lefort dans son commentaire, passer par « derrière ». C'est le supplice de la chambre 101. Celle-ci renferme l'horreur individualisée : « Il y a des cas où les êtres humains supportent la douleur, même jusqu'à la mort. Mais il y a pour chaque individu quelque chose qu'il ne peut supporter, qu'il ne peut *contempler* »[2], explique O'Brien. Ce qu'O'Brien va donc faire *voir* à Winston, dans la chambre 101, c'est ce qui lui bouchera la vue à jamais. En l'occurrence, c'est le supplice des rats : le visage de Winston est placé contre une cage pleine de rats, prêts à bondir dès l'ouverture de la porte pour lui sauter à la figure : « Ils vous sauteront à la figure et creuseront droit dedans. *Parfois ils s'attaquent d'abord aux yeux.* »[3]

Lefort révèle le sens de cet animal pour Winston : le rat n'est rien d'autre qu'une représentation de Winston par lui-même, c'est l'enfant vorace qui fouillait dans les poubelles, c'est cet enfant culpabilisant dont tout le travail intérieur de Winston, depuis des mois, lui avait permis de s'émanciper. Au milieu des cris perçants des rats, « il fut un fou, un *animal hurlant* », écrit Orwell de Winston[4], et Lefort souligne cette dernière expression. C'est donc dans ses fantasmes les plus intimes qu'O'Brien est entré ; il établit le face à face de Winston

1. *Ibid.*, p. 381.
2. *Ibid.*, p. 399.
3. *Ibid.*, p. 401.
4. *Ibid.*, p. 401.

avec lui-même, ou plutôt avec tout ce qui, en lui, depuis si longtemps, l'aliène et inhibe son regard. « La scène des rats », écrit Lefort, « révèle la porte par laquelle *ils* entrent ; la porte secrète du phantasme, celle qui, oserait-on dire, est au plus profond de soi, pour chacun, ou comme derrière soi. Ils entrent par-derrière... »

Et la réaction désespérée de Winston est bien une demande, faite à son tortionnaire, de lui boucher la vue : « Il n'y avait qu'un moyen, et un seul, de se sauver. Il devait interposer un autre être humain, le corps d'un autre, entre les rats et lui. »[1] Pas n'importe lequel : Winston crie de jeter Julia aux rats, trahison qui, comme le souligne Lefort, est une destruction de soi, puisque c'est la demande de détruire « la chair de sa chair », de déchirer « son tissu interne ». Là encore, cela nous instruit sur le sens profond de l'activité de regarder, pour Orwell : le regard est la manifestation d'une identité. C'est pourquoi la naissance du regard exigeait en même temps une naissance à soi et c'est pourquoi, à l'inverse, son anéantissement passe par la destruction de soi – puisque l'« écran » que « choisit » Winston pour lui boucher la vue est ce qui lui est le plus cher et qui lui avait permis de se construire comme individu.

1984 illustre ainsi la conception orwellienne du regard, comme mode de résistance à l'idéologie. Winston est fondamentalement celui qui *apprend à regarder*, et qui sera détruit pour cela même, par un régime qui s'arroge le monopole du regard.

Le regard, chez Orwell, est, par définition presque, un décentrement par rapport à une vision instituée, l'expression d'une perspective radicalement singulière, qui se méfie des visions collectives et qui les défie.

1. *Ibid.*, p. 401.

Orwell reporter vise ce décentrement permanent par rapport aux attentes de ses lectorats « naturels ». Il cherche à s'exiler, à être toujours là où il y a quelque chose que « vous » n'aimez pas voir, quitte à assumer la limitation de son point de vue, à chaque étape de son exil. Cette conception du regard comme décentrement s'enracine dans une pensée du corps, de la sensation passive, dont la singularité est irréductible à toute idéologie, et constitue l'ennemi même de celle-ci. La figure d'Orwell, écrivain-journaliste, définit ainsi un sensualisme « décentreur », archétype inverse du sensualisme « rassembleur » repéré chez Séverine.

Chapitre VII

Voir la violence.
Seymour M. Hersh, Michael Herr : deux décentreurs face à la guerre du Vietnam

À peine commencions-nous à étudier le geste de décentrer que nous en soulignions le paradoxe constitutif. Le journaliste décentreur veut nous faire voir, à nous le public, quelque chose qui nous est « autre », et le faire de telle manière que cette altérité agisse sur nous, nous mette en question, nous transforme, ce qui exige, d'une façon ou d'une autre, qu'un lien soit tissé entre elle et nous. Or, ce lien ne contredit-il pas le fait qu'il s'agit de quelque chose d'« autre » ? N'est-on pas finalement décentré par une altérité toujours en partie apprivoisée ?

Nous avons constaté, en outre, que les tentations qui guettent les décentreurs correspondent bel et bien à une domestication de l'altérité. Le « caméléon » de Tom Wolfe se croyait partout chez lui ; le « rassembleur des dominés », tentateur bien présent dans l'aventure *Libé*, se créait une nouvelle famille au lieu de s'intéresser à l'altérité que les « dominés » représentent pour un public de journaux ordinaire. C'est contre toutes les manières d'apprivoiser l'autre – le vagabond, le chômeur, le combattant pour la liberté – que George Orwell s'érige en proposant une écriture de l'exil et de la solitude, toujours à l'extérieur de ceux qu'elle décrit, « entre » eux et nous, unique, singulière. La lecture d'Orwell nous a permis de définir le décentrement comme le travail toujours inachevé d'un regard pour rester nomade ; car toute sédentarisation le rendrait suspect d'apprivoiser l'autre, et de se convertir en un regard de témoin-ambassadeur. Le témoin-ambassadeur, qui rassemble derrière lui, définit un lieu, le centre du « nous » ; le décentreur est, lui, dans la recherche permanente du non-lieu, afin de défier les lieux institués.

Mais les vrais décentreurs, les authentiques nomades, vigilants à ne pas sombrer dans les tentations de la sédentarisation, ne demeurent-ils pas, malgré tout, pris dans le paradoxe constitutif de leur démarche ? Atteignent-ils, eux, une altérité réelle ? Ne peut-on pas accuser tout décentreur de trahir, au fond, ces « autres » qu'il met en scène, puisque, précisément, il les met en scène, c'est-à-dire tisse un lien entre eux et un public ? Certainement. Contre une telle objection, il faut sans doute assumer que notre notion de décentrement s'oppose aux approches les plus radicales de l'altérité, celles qui interdiraient de penser un lien quelconque entre l'« autre » et nous. Mais on doit ajouter que la marque la plus certaine du décentreur authentique, c'est sans doute la permanence d'un doute, d'une frustration, d'une angoisse, d'une peur de trahir l'autre. Son nomadisme veut un tel inconfort – qu'on pense à la lutte orwellienne contre le « confort » des idéologies – ; et cet inconfort signale l'authenticité de sa démarche.

En un sens, le décentreur est une figure structurellement en crise. Différence importante avec le témoin-ambassadeur : ce dernier exige de la certitude, il est menacé en profondeur par la crise, comme nous l'avons vu dans l'étude du « cas » Lincoln Steffens. Même si *de facto* Steffens n'est pas « sorti » du journalisme, c'est bien cette question de la « sortie » que sa crise posait avec acuité ; car elle était profondément destructrice du statut de témoin-ambassadeur. Au contraire, la crise est inhérente au décentreur, elle le constitue, lui offre des garde-fous nécessaires. Le décentreur n'est pas concevable autrement qu'en perpétuel état de crise.

Il n'est pas non plus concevable autrement qu'en recherche de la limite, celle qui pousserait à bout le douloureux paradoxe dans lequel il s'inscrit. En d'autres termes, il ne peut manquer de se demander : quelle altérité est-elle à la limite de tout lien possible, à la limite de ce qui peut être donné à voir à un public ?

Cette recherche de la limite exige de réserver une place particulière, dans l'analyse des journalismes du décentrement, aux journalismes du face-à-face avec la violence, notamment au reportage de guerre. Car il est évident que la violence représente une telle situation-limite. Elle définit une altérité radicale, qui défie le décentreur, l'engageant à une perfection qui frôle l'impossible. En ce sens, les journalismes qui se confrontent à elle sont un peu le douloureux royaume des décentreurs. Ce dernier chapitre leur est consacré.

Nous entendrons ici la violence comme une situation, d'origine humaine ou naturelle, où une souffrance est infligée à des êtres humains. Pour les cas de violence infligée par des hommes à d'autres hommes, nous considérerons que le bourreau définit une altérité au même titre que la victime : tous deux sont dedans, et c'est ce « dedans » qui est « autre » pour quiconque, comme le public auquel s'adresse le journaliste, demeure dehors. Au fond, nous définissons la violence comme cela même qui brise tout lien entre le dedans et le dehors. Tous ceux qui « y sont », quelle que soit leur place dans cette violence – qu'ils soient bourreaux, victimes, témoins directs immédiatement exposés à la situation traumatique –, constituent une altérité par rapport à un public extérieur. Et c'est pourquoi la violence lance au journaliste un défi terrible : si elle signifie une brisure irréparable entre ceux qui y sont et ceux qui n'y sont pas, peut-on seulement envisager de tisser un lien au-delà de la brisure, sans trahir inévitablement cette brisure ?

La violence n'est pas vraiment un sujet de témoin-ambassadeur. Cela ne veut pas dire qu'elle interdise absolument toute démarche soucieuse de restituer les « faits », sur lesquels nous pouvons nous entendre et pour l'établissement desquels il n'est pas nécessaire d'avoir accès au vécu de la violence. Une telle démarche est même très importante, simplement elle ne peut pas être considérée comme une saisie profonde de la violence, dans son altérité, dans son vécu. Le débat entre Nicolas Poincaré et Sebastião Salgado, il y a quelques années, au sujet de la catastrophe de l'ouragan Mitch au Honduras, a bien montré à la fois l'importance et les limites de la position du témoin-ambassadeur, incarnée par Poincaré. Celui-ci, de retour d'un voyage au Honduras, en novembre 1998, affirma que le nombre de victimes avancé par le gouvernement du Honduras et repris par la presse internationale avait été largement gonflé : l'exactitude factuelle l'aurait cédé à une empathie, au demeurant généreuse, avec la souffrance des victimes ; l'émotion aurait pris le pas sur l'observation rigoureuse, et notamment le comptage, conditions d'un regard « vrai ». Les propos de Poincaré sonnaient comme un appel lancé à la profession journalistique de rester fidèle à la figure du témoin-ambassadeur : ce n'est pas que l'émotion soit interdite à cette figure, comme nous l'avons montré ; mais le « corps universel » auquel aspire le témoin-ambassadeur doit savoir faire sa juste place aux faits sensibles, au nombre de corps vus, dans les hôpitaux par exemple. La position défendue par Poincaré était indéniablement forte et nécessaire face aux manipulations de chiffres. Pourtant, elle rencontra un interlocuteur qui savait de quelle manière en révéler la limite. Invité sur le même plateau de télévision que Poincaré [1], le photographe Salgado sut à la fois lui donner raison, sur le plan de la rigueur journalistique, et souligner les limites, tout aussi « journalistiques », de l'approche rigoureusement factuelle. La vérité factuelle en dissimule une autre, logée peut-être dans cette emphase évoquée par Poincaré. Salgado rappela qu'il y a, dans le caractère infini de la souffrance et de l'émotion de ceux qui s'en approchent, une autre sorte de vérité, qui touche à l'« intimité » de la souffrance, pour parler comme Norman Mailer, et qui peut avoir sur les spectateurs un tout autre effet que la série de chiffres et de faits : un effet décentreur, le sentiment d'une altérité qui, si on la rencontrait, nous « déferait ». Salgado posait donc cette question : un certain journalisme, qu'il travaille avec l'image ou avec l'écrit, ne doit-il pas se préoccuper, précisément, de cette altérité-là, et viser, par son regard, cet effet décentreur ?

Il reste à savoir si face à la violence, le décentreur ne donne pas à contempler, surtout, sa crise, de façon paroxystique, voire son échec, avoué, décliné, comme on reconnaît qu'une limite tant recherchée est finalement au-delà de ses forces. C'est cette question qui nous intéressera ici. Pour y répondre, nous analyserons deux regards sur la guerre du Vietnam : celui de Seymour M. Hersh, qui révéla à l'Amérique le massacre de My Lai, c'est-à-dire la liquidation en mars 1968 d'un vil-

---

1. Émission « Arrêt sur images », diffusée sur la chaîne française « La Cinquième », le 6 décembre 1998.

lage nord-vietnamien par la Compagnie Charlie ; et celui de Michael Herr, présent au Vietnam entre 1967 et 1969, auteur de plusieurs articles puis, dix ans plus tard, de *Dispatches* (1977), un livre qui rassemble les articles d'origine tout en poursuivant le travail d'écriture.

I – LES « AUTRES AMÉRICAINS » :
SEYMOUR M. HERSH
ET LE MASSACRE DE MY LAI

DES « FAITS » À L'INTIMITÉ DE LA VIOLENCE

La reconstitution du massacre de My Lai, par un journaliste en *free-lance* sur la côte Est des États-Unis, plus d'un an et demi après, fut une affaire considérable dans l'histoire politique américaine. En novembre 1969, par trois articles parus coup sur coup[1], Seymour M. Hersh, journaliste de trente-deux ans, révèle à l'Amérique la liquidation, le 16 mars 1968, d'un village nord-vietnamien par la première section (First Platoon), dirigée par le lieutenant William C. Calley, de la Compagnie C ou Charlie Company, elle-même dirigée par le capitaine Ernest L. Medina, en complète infraction à la Convention de Genève du 12 août 1949 qui protège les victimes civiles de la guerre. Ces trois articles ont

1. Il s'agit d'articles parus respectivement les 12, 20 et 25 novembre 1969 dans divers journaux (dont la *St. Louis Post-Dispatch*) qui les ont achetés à l'agent de Hersh, David Obst du Dispatch News Service. Ces trois articles sont intitulés, respectivement : « Lieutenant Accused of Murdering 109 Civilians », « Hamlet Attach Called "Point-Blank Murder" » et « Ex-GI Tells of Killing Civilians at Pinkville », et ils sont reproduits dans le recueil *Reporting Vietnam*, vol. II, p. 13-27.

levé le voile derrière lequel l'armée cachait les procès en cours des responsables. Hersh les a fait suivre d'un ouvrage, *My Lai : a Report on the Massacre and its Aftermath*, paru en avril 1970, traduit en français sous le titre *Le Massacre de Song My. La guerre du Vietnam et la conscience américaine* [1] : ce livre révèle deux ans à l'avance les conclusions des enquêtes militaires que cette affaire médiatique avait contribué à déclencher (le rapport de la Commission Peers parut en 1972). Hersh publiera un autre ouvrage encore, sur la manière dont l'armée a cherché à étouffer l'affaire, en 1972 [2], mais nous laisserons ce texte en dehors de l'étude que nous proposons ici.

Hersh travaillait à Washington sur un ouvrage concernant les armes chimiques et biologiques quand, en octobre 1969, un ami avocat l'appelle pour lui dire que l'Armée est en train de préparer en secret le procès d'un lieutenant, William Calley, pour le meurtre de plusieurs civils vietnamiens. Un entrefilet de l'Associated Press était passé dans divers journaux à ce sujet, notamment dans le *New York Times* du 8 septembre 1969, mais il n'avait suscité aucun écho. Hersh trouve alors l'avocat de Calley, George Latimer et, avec l'accord de celui-ci, prétendant offrir à Calley l'occasion de donner sa version, il se rend à Fort Benning et parvient à l'interviewer. Le village en question était couramment appelé « Pinkville » dans l'Armée car il était coloré en rose sur les cartes (« zone densément peuplée »). Il s'agissait du village de Song My, et plus précisément du hameau appelé My Lai 4.

1. S. M. Hersh, *Le Massacre de Song My. La guerre du Vietnam et la conscience américaine*, trad. fr. G. Magnane, 1970.
2. S. M. Hersh, *Cover-up : the Army's Secret Investigation of the Massacre at My Lai 4*, 1972.

Le premier article de Hersh reconstitue les faits et rapporte les avis de quelques militaires ainsi que les bribes prononcées par Calley. Daté du 12 novembre 1969, il est acheté à l'agent de Hersh et publié par trente-six journaux. Ceci déclenche, dans les jours qui suivent, la parution d'autres articles, écrits par d'autres journalistes. Le photographe de l'armée, Ron Haeberle, présent lors du massacre, donne ses clichés personnels, en couleur (ceux en noir et blanc avaient été remis à sa hiérarchie) à la rédaction du *Cleveland Plain Dealer*, qui les publie le 20 novembre. Hersh découvre par la presse le nom de l'ancien GI qui est à l'origine du déclenchement de l'enquête militaire, Ronald L. Ridenhour, qu'il rencontre en Califormie. Ridenhour n'avait pas été un témoin direct du massacre, mais il avait survolé la zone quelques jours après et en avait entendu parler par plusieurs GI qui y avaient assisté. Un an plus tard, en avril 1969, il avait envoyé une lettre en plusieurs exemplaires à la Maison Blanche, au Pentagone, au Département d'État et au Congrès, où il faisait état de ces troublants témoignages. Ceci avait déclenché (le 23 avril 1969) une enquête, menée par le colonel William Vickers Wilson, qui, semaine après semaine, avait rendu Ridenhour de plus en plus sceptique sur les efforts de l'Armée pour découvrir la vérité. La Direction des enquêtes criminelles (CID) avait bien été saisie de l'affaire, à partir d'août 1969 ; mais ce qui se dessinait, c'était une action de l'Armée contre le seul lieutenant Calley, moyen de désigner un responsable, puis d'enterrer l'affaire.

Ridenhour s'était vite rendu compte de la nécessité de rendre l'affaire publique : il avait contacté la presse à partir du 29 mai 1969. Mais celle-ci ne s'était guère montrée enthousiaste. Ridenhour était donc content, quelques mois plus tard, de trouver enfin une oreille. Il donne à Hersh une copie de sa lettre initiale, et les coordonnées de quelques GI, témoins directs du massacre. Hersh les rencontre, et ces entretiens constituent la substance de son deuxième article du 20 novembre. Dans les jours qui suivent, il s'entretient, à Terre Haute, dans l'Indiana, avec un vétéran du nom de Paul Meadlo, qui reconnaît avoir participé personnellement au massacre. Cette confession fait l'objet de son troisième article, daté du 25 novembre. (Meadlo sera plus tard interviewé sur CBS par Walter Conkrite, ce qui donnera à l'affaire toute son ampleur médiatique.)

Ce même jour, l'Armée annonce officiellement que le lieutenant Calley passera en jugement devant une cour martiale pour le meurtre prémédité de 109 civils vietnamiens. Et la veille, elle a décidé de reprendre une enquête militaire : à la commission Peers (du nom du général qui la présidait, William R. Peers) est demandé d'établir si des officiers d'un grade élevé ont ou non couvert à l'époque ces atrocités. Il y avait bien eu une première enquête, déclenchée par la plainte d'un sous-officier dans les jours qui ont suivi le massacre, mais elle avait été écourtée très vite. En effet, le jour même du massacre, les hautes autorités militaires avaient été averties par un témoin, le sous-officier breveté Hugh C. Thompson, qui, le matin du 16 mars 1968 survolait My Lai à bord d'un hélicoptère d'observation du 123e bataillon d'aviation. Il avait vu des civils vietnamiens blessés, et avait averti par des signaux de fumée les GI sur place. À sa stupéfaction, les soldats au sol, loin d'apporter de l'aide à ces civils, s'étaient alors dirigés vers les blessés et les avaient froidement exécutés. Thompson avait finalement atterri et s'était interposé entre les GI et un bunker que le lieutenant s'apprêtait à faire sauter, alors qu'un groupe de femmes et d'enfants se trouvait à l'intérieur. Il avait emmené quelques blessés dans son hélicoptère. À la suite de sa plainte, une enquête avait été menée par le colonel Oran Henderson, mais elle avait tourné court rapidement.

L'affaire du massacre de My Lai, rendue publique, n'a pas empêché l'Armée à la fois d'amoindrir la portée du crime et de faire du lieutenant Calley son bouc-émissaire : celui-ci a été condamné à l'emprisonnement à vie et aux travaux forcés par une cour martiale en avril 1971 pour le meurtre d'« au moins 22 » non-combattants vietnamiens, puis mis en liberté conditionnelle en 1974. Personne d'autre n'a été condamné, notamment pas le capitaine Medina, acquitté à l'issue d'un procès qui s'est tenu du 22 août au 22 septembre 1971 [1]. Mais, aujourd'hui encore, on s'accorde à considérer cette affaire comme un rebondissement important de l'histoire politique américaine. Le rapport Peers a finalement fait état d'un nombre de tués, à My Lai, de 175 à 400 personnes, les meurtres ayant été accompagnés de viols et de tortures diverses [2]. Si l'affaire du Watergate a fait tomber un président, celle de My Lai a, pour sa part, mis en cause publiquement – sinon juridiquement – la hiérarchie militaire et contribué à faire du souvenir de cette guerre une blessure profonde dans la mémoire américaine [3].

---

1. Voir à ce sujet les articles dans le *New Yorker* de Mary McCarthy, rassemblés dans un ouvrage, *Medina*, Harcourt & Brac Jovanovich, Inc., 1972.

2. Voir J. Goldstein, B. Marshall, J. Schwartz (dir.), *The My Lai Massacre and Its Cover-up : Beyond the Reach of Law ? The Peers Commission Report with a Supplement and Introductory Essay on the Limits of Law*, 1976.

3. Voir M. B. Young, *The Vietnam Wars 1945-1990*, 1991, p. 243-244, M. Bilton et K. Sim, *Four Hours in My Lai*, 1992, et D. L. Anderson, *Facing My Lai. Moving Beyond the Massacre*, 1998. Et sur le rôle de Hersh : L. Downie Jr, *The New Muckrakers. An Inside Look at America's Investigative Reporters*, 1976, notamment le chapitre 2 : « Scoop Artist ».

La démarche journalistique de Seymour Hersh a consisté, dès le début, à reconstituer les faits. Mais on ne saurait la réduire à cela, d'autant que les premiers articles de novembre 1969 apportent très peu d'éléments par rapport à ce qui était déjà connu. Il est par exemple impossible à Hersh, à cette époque, de faire autre chose que de reproduire l'acte d'accusation contre Calley, qui fait état de 109 victimes et qui constitue le premier paragraphe – ou « *lead* » – de son premier article. Mais surtout, on peut se demander si l'événement qu'il évoque comporte exclusivement des enjeux factuels. Considérons le troisième paragraphe de ce même article, c'est-à-dire ce qu'on appelle, dans le jargon du journalisme américain, le « *nut-graph* », qui est censé condenser le problème essentiel soulevé par l'information donnée dans le « *lead* » : « L'Armée évoque un meurtre ; Calley, son avocat et d'autres personnes associées à l'incident décrivent un cas d'exécution d'ordres. » Le problème est de *nommer*, donc, par là, d'évaluer ce qui s'est passé : s'agit-il d'un « meurtre » perpétré par Calley, en infraction aux circulaires officielles, ou bien d'une simple application d'un ordre donné à Calley par sa hiérarchie (notamment par Medina) ? On pourrait considérer que ce point désigne, malgré tout, un enjeu purement factuel : y a-t-il eu, oui ou non, ordre ? Mais déjà Hersh, en donnant la parole aux parties en présence, laisse entendre que les choses sont beaucoup moins simples : même s'il y a eu ordre, cela dédouane-t-il Calley et ses hommes ? Et s'il y a eu ordre, sous quelle forme (explicite, implicite) cet ordre a-t-il été donné ? Un ordre seulement implicite et confus (« nettoyez-moi cette zone »), et surinterprété par Calley, voire l'absence d'ordre, dédouanent-ils la hiérarchie ? Dans tous les cas de figure, le fait d'exécuter des civils dans ces circonstances – la compagnie

venait de subir de lourdes pertes, et des cas antérieurs ont montré que les civils cachent parfois des
membres du Vietcong – constitue-t-il exactement un
« meurtre » ?

En réalité, explique Hersh dans cet article, sur le *fait*
que des civils aient été exécutés dans ce village, tout le
monde est d'accord : « Aucun des hommes interviewés
sur cet incident n'a nié que des femmes et des enfants
ont été tués. » Pour autant, la question de l'existence
d'un *crime*, à quelque niveau que ce soit, reste posée
par beaucoup de ces interlocuteurs. Mais surtout, les
arguments qui sont présentés dans l'article montrent
que la question de la nature de ce qui s'est passé, et par
là de la responsabilité des auteurs, dépasse l'enjeu factuel de l'existence, ou non, d'un ordre, et de la nature
de cet ordre. Le problème est de savoir ce qui a mené,
concrètement, à cet événement ; à quoi cet événement
a ressemblé exactement, ce qui l'a rendu possible.
Hersh est en train de quitter, peu à peu, les habits du
témoin-ambassadeur à la recherche des « faits », pour
adopter la démarche du décentreur : il veut faire voir
au public américain une altérité à la fois étrangère et
extraordinairement proche, inouïe et pourtant logée au
cœur de l'Amérique, celle de ces GI plongés dans une
violence tout autant vécue que perpétrée ; une altérité
tout simplement incroyable, « destructurante » pour
l'identité américaine. L'altérité que Hersh veut montrer
ici est très différente, par exemple, de celle que Murrow
et Friendly montraient dans le personnage de McCarthy : « l'autre » qu'était McCarthy mettait à l'épreuve
l'« américanité », mais pour la reconstituer, non pour
la faire trembler comme va la faire trembler l'enquête
journalistique de Hersh.

On sent bien, dès ce premier article, que c'est le
climat général qui a entouré l'événement, plus que les

« faits », qui est le problème essentiel. Les ordres, au fond, ils étaient toujours là, de manière diffuse – « On nous a dit de simplement nettoyer la région » (*We were told to just clear the area*), déclare un militaire anonyme, habitué des situations au Vietnam, tandis qu'un officier ami de Calley affirme : « Il n'y avait plus aucune personne bienveillante dans le village. Les ordres étaient de tuer tout ce qui bouge. » La question de l'existence d'un ordre précis ce jour-là n'est peut-être pas centrale. Ce qui est essentiel, c'est cette « évidence » de la tuerie à accomplir, telle qu'un autre officier l'exprime : « Ça pourrait arriver à n'importe lequel d'entre nous. Il [Calley] a tué et a vu beaucoup de tueries... Tuer, ce n'est plus rien du tout au Vietnam. Il savait qu'il y avait des civils là-bas, mais il savait aussi qu'il y avait des Vietcong parmi eux. » D'ailleurs, ordre explicite ou pas, comment se fait-il que l'Armée, avertie de l'éventualité d'une irrégularité dans les mois qui ont suivi l'incident, n'ait pas approfondi ses investigations ? N'était-ce pas le signe que, pour ceux qui « y ont été », cette « irrégularité » était tout ce qu'il y a de plus ordinaire, même si, du point de vue extérieur, c'est incompréhensible ?

Donc le débat se situe au-delà des points factuels. Les points qui sont confirmés (le fait de l'exécution de civils), comme ceux qui ne le sont pas (l'existence d'un ordre, la nature exacte de cet ordre s'il a existé), ne mettent pas fin à la question posée d'emblée dans l'article : comment cela s'appelle-t-il ? Qu'est-ce que c'est, cet événement à la fois lointain (une honte, un crime, quelque chose que les circulaires de l'Armée américaine interdisent, au nom du respect de la Convention de Genève...) et proche (c'étaient des soldats américains, banals, patriotes même, dans une situation exceptionnelle...) ? Comment, dans quel état d'esprit, a-t-on fait cela ? L'énigme est incarnée par le personnage de Calley lui-même, à la fin de l'article du 12 novembre : un personnage impénétrable, qui ne dit rien d'autre que son attachement à l'Armée, son patriotisme, et reconnaît que ses propres propos auront sans doute du mal à être entendus : « Je sais que ça semble étrange, mais j'aime l'Armée... et je ne veux rien faire pour la blesser. » C'est un ami à lui qui résume l'énigme, à savoir la proximité étrange entre le meurtrier et le « bon garçon » : « Peut-être a-t-il reçu de manière un peu trop littérale un ordre pour nettoyer le village, mais c'est un bon garçon (*he's a fine boy*). »

Pour Hersh, il va falloir à la fois *comprendre et ne pas comprendre*, entrer dans cet étranger-Américain et dans tous les autres qui ont fait « cela », ces soldats qui désignent exactement ce que représente cette guerre pour le public américain : un « autre » produit par « nous », un « autre » qui nous défait dans notre identité sûre d'elle-même. Hersh, en entamant dès le second article du 20 novembre un travail de recueil de témoignages, de communication avec tous ces acteurs du massacre, va tisser un lien à cet « autre », un lien douloureux, insupportable, un lien décentreur. Lui qui appartient plutôt à la tradition du journalisme d'investigation – on a parlé, à son sujet, d'un nouveau *muckraker* [1] – entre ici dans une autre dimension du journalisme.

Il est intéressant d'observer, par exemple, qu'il a beau prévenir dans la préface de son livre qu'il a souhaité mettre de l'ordre dans les témoignages parfois contradictoires qu'il a reçus [2], son texte fourmille cependant

1. Voir L. Downie Jr., *The New Muckrakers. An Inside Look at America's Investigative Reporting*.
2. « [...] craignant qu'il ne suffise d'affirmer que mes interviews avaient été consignées avec exactitude, je décidai de censurer certaines déclara-

en données contradictoires, confuses, en points de vue multiples qui décrivent le climat de l'événement. Ce n'est pas un renoncement, c'est l'accès à une autre vérité. Hersh reconnaît, précisément, qu'il n'est pas venu à bout des controverses sur l'ordre exact donné par Medina[1]. Mais il paraît clair, désormais, plus que jamais, que le problème n'est pas là. Dans les pages qui suivent, sans jamais reconstituer exactement le contenu des paroles de Medina, Hersh restitue l'écho que, *quoi qu'elles aient été, elles ont eu dans l'esprit des GI*. Car c'est au fond cela qui compte le plus, cela qui a rendu le massacre possible. Lorsque les GI eux-mêmes attribuent à Medina un flou stratégiquement voulu, que font-ils sinon – même si l'aveu est accompagné d'un déni de leur responsabilité propre – reconnaître que l'essentiel était l'accueil qu'ils ont fait à ces paroles ? Flou ou pas, l'ordre avait été « précisé » parce que ce massacre avait eu une logique qui débordait largement celle du respect des ordres. Calley révèle de lui-même sa capacité à rendre précis ce qui ne l'était pas forcément, selon une logique qui est finalement l'essentiel de cette affaire, cela qu'il faut voir et penser : « Chaque fois qu'on nous avait tiré dessus [dans la région de Pinkville], c'était par-derrière. [...] Aussi, la troisième fois, *nous avions l'ordre de nous assurer qu'il n'y avait personne derrière nous. Juste pour nettoyer le coin* [*clear the area*]. C'était une tactique de combat typique, expliqua le jeune officier. Nous avons avancé en tirant, précédés d'un barrage d'artillerie, *nous avons avancé*

---

tions, soit qu'elles fussent évidemment contradictoires, soit qu'elles pussent être recoupées par d'autres témoignages. Lorsqu'il y a eu désaccord sur un point important, ce désaccord a été exposé aussi complètement que possible » (S. M. Hersh, *Le Massacre de Song My*, p. 10).

1. *Ibid.*, p. 57.

jusqu'au village et nous l'avons détruit. »[1] Ainsi, quel qu'ait été son sens originel, l'idée de nettoyage ne pouvait pas manquer d'être reçue comme elle l'avait été : elle ne pouvait pas être accueillie avec le sens de « nettoyer le coin *des Vietcong* » mais conduisait inévitablement à un « nettoyer le coin *tout court* ».

Un autre moment du livre montre lui aussi que le fait est secondaire par rapport à la logique dans laquelle, quel qu'il ait été, il s'est trouvé pris. C'est le moment où Hersh évoque la série des coups de téléphone qui ont suspendu – en fait plutôt ralenti – le massacre[2]. Dans son hélicoptère, le sous-officier Thompson, indigné, envoie un message par radio au quartier général. Il est intercepté par le lieutenant-colonel Barker, qui appelle alors Medina. Celui-ci appellera Calley ensuite. Le contenu exact de la conversation entre Barker et Medina est impossible à reconstituer avec la certitude d'une preuve empirique, de même que la conversation téléphonique qui s'ensuit entre Medina et Calley : il faut se fier aux témoignages. Or, il semble que Hersh n'ait même pas le souci d'aller plus loin, c'est-à-dire de reconstruire la conversation « vraie », sa « factualité » brute, au-delà de ce qu'on a pu en dire. Il nous fait entrer dans le vertige des interprétations contradictoires, car, de toute façon, c'est cela qui a compté, quelle qu'ait été la « vraie » conversation :

> « John Kinch, de la section de mortiers, entendit Medina répondre qu'il "avait fait le compte de trois cent dix morts". Le capitaine avait ajouté : "Je ne sais pas ce qu'ils font. C'est l'officier de la première section qui commande. J'essaie de les arrêter." Un moment plus tard, selon Kinch, Medina avait

---

1. *Ibid.*, p. 59-60. C'est nous qui soulignons.
2. *Ibid.*, p. 81.

appelé Calley et lui avait ordonné : "Ça suffit pour aujour-d'hui." »

Il semble donc, selon Kinch, que Barker se soit montré ferme, en demande de comptes, suffisamment intimi-dant pour que Medina ait ensuite exigé de Calley l'arrêt pur et simple du massacre. Auquel cas, s'il y a eu poursuite des exécutions, quoique de manière plus ordonnée, la faute en revient au seul Calley. Mais voici maintenant la suite :

« Harry Stanley était à un mètre environ de Calley, non loin de quelques huttes proches du fossé de drainage, lorsque Cal-ley reçut l'appel de Medina. Sa version est différente : "Medina appela Calley et lui dit : 'Qu'est-ce qu'on est en train de foutre ?' et Calley répondit qu'il 'avait pris quelques Vietcongs ou des gens dont il fallait vérifier l'identité.' Alors Medina ordonna à Calley de dire à ses hommes d'épargner leurs muni-tions parce que l'opération devait durer encore quelques jours." »

Cette fois est proposée, à travers le vécu de Stanley et sa manière de comprendre la réaction de Calley au coup de fil de Medina, une nouvelle interprétation de l'effet du coup de fil de Barker sur Medina. On peut imaginer que ce coup de téléphone n'était peut-être pas aussi ferme que le laissait penser la première interprétation (celle de Kinch, témoin de la réaction de Medina). Ou alors que, tout ferme qu'il ait été, Medina ne l'a pas entendu ainsi. Ou encore que c'est Calley qui a inter-prété tout autrement les ordres que lui a adressés Medina. Qui sait ? Et dès lors, qui est responsable réel-lement de la poursuite « ordonnée » des massacres ? Calley, Medina, Barker ? Ces multiples niveaux inter-prétatifs sont loin de mener à une clarification factuelle. On ne « touche » jamais les faits bruts, contrairement

à toutes les velléités du journalisme d'investigation traditionnel – aux yeux duquel ce passage est quasiment
un anti-modèle journalistique. On est beaucoup plus
proche d'un journalisme goguenard à l'égard de la
notion de fait, qui se délecterait à dire la multiplicité
vertigineuse des vécus interprétatifs, pour chercher en
elle une « intimité » avec la violence.

PAROLES DE TÉMOINS : CES AUTRES QUE NOUS AVONS ÉTÉ

De quoi est faite cette intimité ? Dès les articles du
20 et du 25 novembre, l'affaire est évoquée comme
quelque chose qui, au-delà de la reconstitution des faits,
comporte une effroyable « étrangeté », patente dans les
paroles de ceux qui en parlent.

L'article du 20 novembre commence par citer le propos de trois anciens soldats présents sur les lieux du
massacre, qui affirment qu'il s'est agi d'un « meurtre
méthodique » (*poinblank murder*). Ainsi, un nom commence à être donné à l'affaire – un nom qui d'emblée
renvoie à de l'« étrange ». Hersh cite le sergent Michael
Bernhardt : « Je me suis avancé et j'ai vu ces types en
train de faire des *choses étranges* [*strange things*, c'est
nous qui soulignons]. Ils s'y prenaient de trois façons :
un, ils mettaient le feu aux baraques et aux huttes et
attendaient que les gens en sortent pour les tuer ; deux,
ils allaient dans les baraques et les tuaient ; trois, ils
rassemblaient les gens et les tuaient. » Il est intéressant
que ce témoin désigne le massacre à la fois comme un
ensemble de choses étranges, qui ne manquent pas de
créer la surprise chez ses interlocuteurs d'aujourd'hui
(dont le journaliste), et comme un ensemble d'évidences, pour ces soldats tels qu'ils étaient à ce moment-
là. Le seul témoignage de Bernhardt comporte ainsi ce

mélange de proximité et d'étrangeté qui est au cœur du processus de décentrement : « À un moment », rapporte Hersh, « il dit à son interviewer : "Vous êtes surpris ? Je ne serais surpris par aucune chose qu'ont pu faire ces types (les hommes qui ont fait la tuerie)." » Ainsi, lui-même, dans sa position de témoin qui parle, rapproche cette étrangeté, essaie d'en faire passer à la fois le caractère incroyable et l'« évidence », si l'on ose dire.

Le procédé de Hersh consiste ainsi à déclencher les voix de la violence – de la violence perpétrée. Celles-ci rapprochent brutalement de nous cette violence – nous l'entendons, nous pouvons imaginer tout cela – sans cesser d'en faire une énigme. Aussi ces voix sont-elles sommées, par le journaliste, d'aller sans cesse plus loin, pour éclaircir l'énigme pourtant logée en elles-mêmes : « Pourquoi les hommes ont-ils été pris d'une folie meurtrière ? (*Why did the men run amuck ?*) », demande explicitement le journaliste, au milieu de son article du 20 novembre. Et plus loin, sa question « Pourquoi est-ce arrivé ? (*Why did it happen ?*) » déborde manifestement l'enjeu de la reconstitution des faits, puisqu'elle fait suite, immédiatement, à l'exposé d'un « fait », par le soldat Michael Terry qui se souvient : « Plus tard, lui et l'équipe dont il avait la tête faisaient une pause-déjeuner près du fossé quand, dit Terry, il a remarqué "que quelques-uns respiraient toujours... Ils avaient de bien mauvaises blessures. Ils ne pouvaient attendre aucune aide médicale, et donc on les a tués. On en a tué peut-être cinq..." »

Cet article du 20 novembre montre donc que le journaliste s'intéresse déjà bien plus aux représentations et au langage des acteurs qu'aux « faits ». On le constate dans les citations qu'il propose du témoignage de Terry : « Ils les ont mis debout devant un fossé – un truc comme chez les Nazis... » et plus loin : « Je pense que probablement les officiers ne savaient pas vraiment si on leur avait ordonné de tuer les villageois ou non... Plein de types sentent qu'ils [les civils sud-vietnamiens] ne sont pas des êtres humains ; nous les traitions comme de simples animaux. » Manifestement, Hersh est déjà à l'écoute des associations d'idées et des incohérences dans l'usage des temps – le témoignage mélange le présent et le passé, suggérant que la parole est cette force douloureuse, décentreuse, qui relie l'hier et l'aujourd'hui, l'ailleurs et l'ici, l'altérité de la violence et « nous ». L'enjeu est, au-delà des faits, de faire place à cette parole qui nous lie à l'étrange incompréhensible. Le dernier témoin interrogé, dans cet article, dit par exemple : « Je tuais des cochons et un poulet pendant que les autres tuaient des gens. [...] Ce n'est pas juste un cauchemar ; je suis complètement conscient à quel point c'était réel. C'est une chose que je ne pense pas qu'une personne puisse comprendre – sa réalité ne m'avait pas heurté avant il y a peu de temps, quand j'ai relu des choses à ce sujet dans les journaux. » C'est réel, mais c'est comme une fiction, semble-t-il dire. C'est une « autre » réalité, qu'on peut « oublier », mais qu'on peut aussi faire (res) surgir dans le langage.

À ce propos, il est intéressant que les journaux se voient attribuer chez ces anciens soldats ce rôle d'éveiller à nouveau ce qui était éteint. En un sens, la démarche journalistique de Hersh conduit à aller plus loin dans la même direction : à produire sur des lecteurs non concernés ce trouble même que les anciens soldats ont vécu à la seule mention des « faits » dans la presse ; à les mettre face à « ce qu'on ne peut comprendre », pour reprendre les propos du soldat lui-même, c'est-à-dire face à une étrangeté brutalement rapprochée.

Le troisième article, du 25 novembre, poursuit ce travail. Le texte du journaliste est de plus en plus envahi par la voix du témoin – ici la voix du vétéran Paul Meadlo. C'est cette voix qui est le cœur, voix véritablement issue de la violence, puisque Meadlo est le premier des témoins interrogé à reconnaître d'emblée, non seulement qu'il a vu le massacre mais qu'il y a participé. Il décrit, raconte ce qu'il a fait, relancé simplement par le « Pourquoi ? » du journaliste (« *Why did he do it ?* ») qui ne paraît jamais rencontrer de réponse, parce que la voix, en rapprochant, en donnant la « logique » du massacre, ne cesse en même temps d'approfondir son étrangeté, son inaccessibilité. En effet, en étant ce « lien » entre la violence et les spectateurs qui n'y ont pas été, Meadlo est soumis lui-même à des secousses : il se remet dedans pour la ressaisir, il s'en extrait pour nous la livrer, à la fois il rapproche et met à distance le passé, et ceci conduit à des à-coups qui se lisent dans ses paroles, celles-ci ne constituant guère, de ce fait, une quelconque « réponse » à l'énigme. « Nous étions tous sous les ordres. Nous pensions tous que nous faisions la chose juste... À l'époque ça ne m'a pas dérangé. » Mais il évoque ensuite ses doutes de la nuit qui a suivi le massacre, et qui ne l'ont pas quitté depuis. La formule qu'il emploie est pour le moins étrange : « Les gosses et les femmes – ils n'avaient aucun droit à mourir. » Dans ses doutes, il essaie, semble-t-il, de démentir la logique du meurtre tout en la reprenant ; il se parle à lui-même dans la langue du meurtrier qu'il a été, pour se réfuter, alors même que cette langue est en train de lui paraître folle. Il pose, en somme, les premiers jalons d'un langage de l'après-violence, qui essaie de relier le passé et le présent mais sans pouvoir apprivoiser jamais ce passé, qui raconte mais ne rend guère compréhensible. Et c'est ce langage-là, soutenu par l'énigme mais inapte à la résoudre, que le journaliste recueille, relance, stimule – une énigme résumée par la mère de Maedlo : « Je leur ai donné un bon garçon et ils en ont fait un meurtrier. »

Les acteurs du massacre ont en effet toutes les chances de ne pas sortir indemnes de l'exercice auquel les soumet le journaliste. Son « Pourquoi ? » les incite à formuler la logique du massacre ; mais le fait même de la formulation peut – pas toujours, certes – les mettre soudain hors de cette logique, leur révéler son étrangeté. Beaucoup de ceux qui parlent du massacre réévaluent, au fur et à mesure de leur récit, cela même qu'ils sont en train de raconter, et donc se décentrent eux-mêmes : ils étaient dedans, ils en sortent de plus en plus, tandis que, ce faisant, ils décentrent ceux qui se croyaient au plus loin de la violence qu'ils décrivent. Dans l'ouvrage de 1970, l'un des meilleurs exemples de ce processus est le passage qui concerne le viol d'une jeune Vietnamienne. La scène, significativement, s'est déroulée sous les yeux du reporter et du photographe de l'armée (respectivement Jay Roberts et Ron Haeberle) : leur position de spectateur n'a, semble-t-il, donné aucune spécificité à leur comportement ; comme les autres, ils étaient plongés dans le présent de la violence, dans sa « logique ». Voici le passage, écrit, donc, à partir des témoignages, qui s'achève sur une réévaluation de la scène par l'un de ceux qui l'a racontée :

« Quelques hommes choisirent une mince jeune Vietnamienne d'environ quinze ans. Ils la tirèrent du groupe et commencèrent à lui arracher sa blouse. Ils cherchaient à lui caresser les seins. Les vieilles femmes et les enfants criaient et pleuraient. L'un des GI brailla : "Voyons un peu de quoi elle est faite." Un autre dit : "Vietcong boum boum", voulant dire par là que c'était une putain vietcong. Jay Roberts trouvait que la fille était jolie. Une vieille dame se mit à lutter avec rage contre les soldats, essayant de protéger la jeune fille. Roberts dit : "Elle repoussait deux ou trois types à la fois. Elle était extraordinaire.

D'habitude, elles sont plutôt passives... ils n'avaient même pas encore réussi à enlever sa blouse à la petite quand Haeberle est arrivé." Finalement, l'un des GI avait frappé la vieille avec la crosse de son fusil ; un autre lui avait botté les fesses. Grzesik et ses hommes assistèrent à la bataille en revenant du fossé vers le centre du hameau. Grzesik fut étonné : "Je croyais que le village était vide... je ne savais pas qu'il restait encore tous ces gens." Il se doutait que des ennuis se préparaient et tenait surtout à ce que ses hommes n'y soient pas mêlés ; il aida à arrêter la bagarre. Quelques-uns des enfants s'accrochaient désespérément à la vieille dame pendant qu'elle luttait. Grzesik se faisait du souci à cause du photographe. Il a peut-être crié : "Hé, il y a un photographe." Il se souvenait en tout cas d'avoir pensé : "Il y a là un type qu'on n'a pas encore vu avec un appareil photo." Et puis quelqu'un a demandé : "Qu'est-ce qu'on fait d'eux ?" La réponse fut : "Liquidez-les." Tout à coup la mitraillade avait éclaté ; plusieurs soldats tiraient. Seul un petit enfant était demeuré vivant. Quelqu'un avait visé soigneusement et l'avait abattu aussi. Une photo de la femme et de l'enfant avec la jeune Vietnamienne rentrant sa blouse parut plus tard dans la revue *Life*. Roberts tenta d'expliquer par la suite : "C'est simplement qu'ils ne savaient pas ce qu'ils étaient censés faire ; tuer ces gens leur paraissait une bonne idée, alors ils le faisaient. La vieille dame qui lutta si âprement était probablement une Vietcong." *Puis, ayant réfléchi un moment, il ajouta : "peut-être aussi que c'était tout simplement sa fille".* »[1]

Ainsi, les observateurs « officiels », Robert et Haeberle, ne sont pas d'emblée dans un état d'esprit différent de celui des acteurs du massacre. Roberts « trouve la jeune fille jolie », en un sens sans la voir – un peu comme Haeberle, dans un autre passage, cherche à faire une « photo sensationnelle » d'un enfant blessé[2]. Il faudra l'« après » pour que Roberts devienne, en quelque sorte, enfin un journaliste, conscient d'avoir été pris dans une logique dont l'étrangeté lui apparaît enfin. Cette venue

1. *Le Massacre de Song My*, p. 87-88. C'est nous qui soulignons.
2. *Ibid.*, p. 90.

à soi se fait au contact d'un autre journaliste, *le* journaliste (Hersh), qui incarne dès lors le point où l'altérité de la violence peut enfin *se voir*, le point de rencontre entre ceux qui y ont été et ceux qui n'y ont pas été, le lieu où est enfin possible, pour les uns comme pour les autres, le *décentrement*. Le décentrement de Roberts – et si cette vieille femme qui protégeait la jeune fille n'était que sa mère ? – est à la mesure du décentrement, inverse, d'un public qui peut enfin communiquer avec lui, le rencontrer, s'en rapprocher – et si ce tueur, cet « autre » était un Américain, quelqu'un que nous pourrions connaître, auquel nous pourrions ressembler ?

Toutes les voix, quel que soit le degré de décentrement qu'elles impliquent pour les acteurs concernés, ont un effet décentreur, dans le sens inverse, pour le public qui les entend. Car le seul fait qu'elles soient audibles produit ce troublant effet de rapprochement. Peut-être même la voix qui semble parvenir vraiment du « dedans » de la violence, celle qui ne cherche nullement à se faire comprendre, celle qui dit la logique du massacre sans honte, est-elle au bout du compte, par son naturel, par la candeur de celui qui la fait entendre, celle qui réalise le plus ce mélange du proche et du lointain caractéristique du décentrement. Un soldat comme Grzesic, poseur de questions gênantes, scrupuleux, hésitant, est au fond moins décentreur qu'un Herbert Carter, qui semble toujours être dedans, aujourd'hui comme hier – à la seule différence qu'il *parle* aujourd'hui alors qu'il *agissait* hier : « Autrefois, j'aimais les enfants, mais je ne peux plus les supporter... des petits roublards aux yeux obliques. Je ne les aimais pas, et les officiers ne les aimaient pas non plus. » [1] C'est sans difficulté, semble-t-il, qu'il raconte

1. *Ibid.*, p. 46

son comportement lors de cet épisode dans les jours qui précèdent le massacre de My Lai : un vieillard avait été amené à Calley ; Grzesic, qui connaissait le vietnamien, déchiffre sa carte d'identité et dit à Calley qu'il ne pense pas que ce soit un Vietcong :

> « Mais cela n'avait aucune importance ; la première section n'avait pas eu de contacts avec l'ennemi depuis plusieurs semaines. Calley avait repoussé Grzesic avec son M 16. "Pourquoi voulez-vous le tuer ?", avait demandé Grzesic. Calley lui avait dit de "décamper". Mais avant que Calley ait pu tirer, Herbert Carter s'était avancé. Harry Stanley était à trois mètres de là. Au cours d'un interrogatoire, en octobre il raconta à la police de l'Armée, la Criminal Investigation Division (CID), ce qui s'était passé ensuite : "Carter jeta le vieux dans un puits, mais le vieux écarta les bras et les jambes et se cramponna et ne tomba pas... Alors Carter lui tapa sur le ventre avec la crosse de son fusil. Les pieds du vieux lâchèrent mais il continua à se cramponner avec ses mains. Carter lui tapa sur les doigts pour essayer de le faire tomber... et Calley tira sur l'homme avec son M 16." Carter ne se fit pas prier pour évoquer l'incident au cours d'une interview : "Bergthold avait capturé le vieux, dit-il. C'est moi seul qui l'ai jeté dans le puits. Nous avions essayé de le faire parler et il ne voulait pas. Après, je l'ai empoisonné et je l'ai jeté dans le puits ; et le lieutenant Calley lui a fait sauter la cervelle. Moi aussi, je me suis mis à tirer dessus, ajouta-t-il. Je me suis dit : au diable ce croquant. Vous voyez ce que je veux dire. C'était un Vietcong." » [1]

Si Hersh nous laisse entendre que toutes ces voix, ces récits, ont un effet sur leurs auteurs, ce n'est pas l'essentiel, du point de vue du journaliste. L'essentiel est de les *rendre possibles*, quelles qu'elles soient et quel que soit le temps écoulé depuis l'événement. « Au cours des années antérieures à 1969 », rappelle-t-il au début de son livre, « les GI ne racontaient tout simple-

---

1. *Ibid.*, p. 48.

ment pas ces choses. »[1] « Ces choses » constituent un mélange de violence subie et de violence infligée. Une « altérité » qui ne se raconte qu'après, avec plus ou moins de distance. Il y a eu, dans la simultanéité des combats, des lettres de GI à leurs proches, qui racontaient[2]. De même, un soldat comme Grzesic semble avoir vu très vite, comme s'il n'avait jamais été tout à fait dedans. Meadlo ne met qu'une nuit à se voir être devenu le tueur qu'il a été – même si l'on ne connaît son état, à ce moment-là, qu'à travers le récit qu'il en fait de nombreux mois après. Carter, lui, semble n'en sortir jamais ou à peine, même lorsqu'il raconte, pour la première fois semble-t-il, devant Hersh. Le journaliste stimule le travail du regard chez les acteurs, quel que soit le point d'où ils partent. Il les oblige à faire de leur immersion l'objet d'un récit, ce qui la révèle, la rend visible, dans son étrangeté soudain manifeste.

Ce travail pose le problème du moment où l'on voit ce que l'on fait, ou plutôt ce que l'on a fait. Il y a des moments de ce genre, en deçà de toute narration, peut-être même de toute conscience – des moments où ils ont soudain éprouvé quelque chose, une souffrance, un rejet, sans pouvoir nécessairement formuler clairement leur émotion. C'est, par exemple, la détresse soudaine de Meadlo, le lendemain, qui saute sur une mine et hurle à Calley que voilà, ils sont en train de payer tout cela[3] ; ou les vomissements de Roy Wood[4]. Même Carter a exprimé, à un moment, aux dires des témoins, la souffrance de l'immersion, un désir d'arrêter : il s'est tiré soudain une balle dans le pied :

1. *Ibid.*, p. 26.
2. Cf. la lettre publiée p. 24-25 du *Massacre de Song My*.
3. *Ibid.*, p. 106-107.
4. *Ibid.*, p. 70.

« Herb Carter et Harry Stanley avaient ôté leur équipement et prenaient un peu de repos au poste de commandement. Il y avait près d'eux un jeune garçon vietnamien qui pleurait ; il avait une balle dans l'estomac. Stanley vit l'un des trois opérateurs radio de Medina qui venait vers eux par un sentier ; il n'avait pas son équipement de radio. D'après ce que Stanley dit à la CID, l'opérateur radio se dirigea vers Carter et lui dit : "Montre-moi ton pistolet." Carter le lui tendit. L'opérateur radio s'approcha alors à moins d'un mètre du jeune garçon et lui tira dans le cou avec le pistolet. Le sang jaillit du cou de l'enfant. Il essaya de s'enfuir mais ne put faire que quelques pas. Il tomba à terre. Il demeura couché là, prit trois ou quatre profondes inspirations, puis cessa de respirer. L'opérateur radio se tourna vers Stanley et dit : "Tu as vu comment j'ai descendu cet enfant de putain ?", et Stanley répondit : "Je me demande comment on peut tuer un gosse." Carter reprit son pistolet ; il dit à Stanley : "Je ne peux plus supporter ça..." Un moment plus tard, Stanley entendit un coup de feu et un cri poussé par Carter : "J'allai jusqu'à lui et je vis qu'il s'était tiré une balle dans le pied. Je pense que Carter s'était blessé exprès." » [1]

Peut-être s'agit-il de moments qui précèdent encore la possibilité de voir : ils sont racontés, d'ailleurs, par d'autres qu'eux – vus d'un autre point de vue que le leur. D'où l'importance de la pluralité des récits, qui permet d'éclairer les points aveugles des uns par les mots des autres. Ainsi, la souffrance « cachée » de Carter, le parfait tueur, apparaît dans d'autres récits que le sien ; à l'inverse, l'insouciance persistante de beaucoup de soldats, voire leur enthousiasme, c'est Carter, justement, qui en parle :

« Carter a raconté que quelques GI criaient et braillaient pendant le massacre : "Les gars s'amusaient. Puisque certains riaient et plaisantaient à propos de ce qu'ils étaient en train de faire, c'est que ça les amusait." Un GI avait dit : "Hé, j'en ai

1. *Ibid.*, p. 88-89.

eu un autre." Et un autre : "Marque-m'en un de plus." Même
le capitaine Medina paraissait s'amuser, pensait Carter : "Vous
voyez bien quand les gens aiment ce qu'ils font." Il y eut peu
de membres de la compagnie Charlie qui protestèrent ce jour-
là. La plupart de ceux qui n'aimaient pas ce qui était en train
de se passer gardèrent leurs réflexions pour eux. » [1]

Cependant, il faut bien le reconnaître, malgré le croi-
sement des récits, le cœur de la violence, son présent, nous échappe. C'est nécessaire : comment le vécu
présent du massacre par ses agents, ce vécu invisible
par eux, reconnu comme tel, pourrait-il être finalement
vu, sans que cette vision trahisse, par définition, le fait
même de son invisibilité au présent ? Le voir, ce serait
précisément avouer qu'on ne le saisit plus dans son
présent. En fait, c'est justement parce que Hersh, loin de
prétendre toucher ce « dedans », est lui-même conscient
qu'il ne peut, en déclenchant et en agençant les récits,
que s'en approcher, en percevoir et en faire sentir
l'étrangeté inaccessible, qu'il va très loin, peut-être le
plus loin possible, dans son travail de décentreur : il ne
prétend pas apprivoiser ce « dedans », il ne prétend pas
nous le faire voir comme si nous y avions été. Il respecte
la brisure originelle, tout en tissant par-dessus, sans la
nier, un lien fondé sur l'écoute. Il s'incline devant l'altérité de la violence présente, au lieu de la domestiquer
dans une narration transparente. Il décentre, en assumant la frustration du décentreur, qui s'arrête devant
l'« autre » pour le laisser « autre ». Il nous fait voir
qu'on ne peut pas voir la violence au présent, qu'on
peut seulement l'imaginer, dans l'écoute des récits de
l'après, par-delà l'invisible. Et de fait, ce que nous
voyons, ce sont « eux » maintenant, qui nous font ima-

1. *Ibid.*, p. 75.

giner ce qu'ils ont été hier. Mais leur « altérité » d'hier demeure intacte, non vue, juste rapprochée un peu.

Seymour Hersh a choisi le chemin que d'autres emprunteront derrière lui : il déclenche les voix de la violence, dans l'après, pour essayer d'approcher un peu l'invisible de la violence présente. Jean Hatzfeld, dans son travail d'écoute des victimes et des acteurs du génocide rwandais, s'inscrira dans le même chemin, assumant, finalement, que le journalisme de la violence s'accomplit comme journalisme de l'après-violence, retissant du lien – le lien de la parole – par-dessus une brisure originelle qui demeure soustraite aux yeux[1].

Mais pourquoi « soustraite aux yeux » ? Pourquoi le décentrement ne peut-il se produire que dans l'après ? Pourquoi s'accommoder de cette limite ? Pourquoi ne pas imaginer un décentreur au présent, qui fasse voir le moment de la brisure, le moment même où ça échappe aux yeux, le moment où ça devient « autre » ? Bien sûr c'est contradictoire – montrer c'est déjà relier, donc trahir la brisure –, mais aucun reporter de guerre n'a-t-il jamais prétendu relever ce défi suprême des décentreurs ?

II – MICHAEL HERR AU VIETNAM : LA VIOLENCE COMME SPECTACLE IMPOSSIBLE

L'ALTERNATIVE : REGARD PROTÉGÉ OU MORT DU REGARD

Ne croyons pas que l'image ait réglé le problème de la saisie du moment de la violence. Sinon, le travail des photographes de guerre n'aurait plus de sens profond :

---

1. J. Hatzfeld, *Dans le nu de la vie. Récits des marais rwandais*, 2000, et *Une saison de machettes. Récits*, 2003. Pour une analyse en détail du travail de Jean Hartzfeld sur le Rwanda, voir le chapitre VI de notre ouvrage *Du journalisme en démocratie*, Paris, Payot, coll. « Critique de la politique », 2004 ; rééd. « Petite Bibliothèque Payot », 2006, p. 404-421.

eux savent bien que l'image « décentreuse », celle qui saisit soudain, en un instant, la vérité intime de la violence, loin d'être banale, est une exception, un miracle. Ils sont dans la même recherche que les reporters de l'écrit, avec d'autres outils.

N'oublions pas non plus que la guerre que nous évoquons ici a donné lieu à de très nombreuses images ; toutes n'ont pas eu, loin s'en faut, la force « décentreuse » des textes de Michael Herr. Comme les photographes qui l'accompagnaient, Herr a cherché à saisir le surgissement même de la violence, gageure qui a fait de son écriture un véritable drame et un grand texte sur le journalisme.

Michael Herr est un journaliste de vingt-sept ans, envoyé au Vietnam à l'automne 1967 par le magazine *Esquire*[1]. Il y reste deux années. Il est sur place au moment de l'offensive du Têt de janvier 1968 et pendant les deux mois et demi que dure le siège de Khe Sanh (évacué finalement en avril 1968), au cours desquels il fait trois visites, en hélicoptère, à la place du copilote, de plusieurs jours chacune, à la base assiégée. Herr passe l'été 1968 au Vietnam, en compagnie d'autres journalistes, dont Sean Flynn (le fils de Errol) et Dana Stone[2]. « Les journalistes » constituent d'ailleurs un

1. *Esquire* était à cette époque un lieu important du mouvement du *New Journalism*. Les attentes de la rédaction d'*Esquire* à l'égard de Herr étaient tout à fait imprécises (voir J. Hellmann, *Fables of Fact : The New Journalism as New Fiction*, 1981, p. 127). Cette liberté, qui caractérisait d'ailleurs le *New Journalism* dans son ensemble, et qui est à la source de sa fécondité, a assurément compté dans l'originalité du travail journalistique de Herr. Si son écriture relève du *New Journalism*, c'est cependant, comme on l'a déjà laissé entendre, en demeurant très éloignée, selon nous, des ambitions « caméléoniennes » du programme de Tom Wolfe.

2. Voir la présentation de Michael Herr par P.-Y. Pétillon, *Histoire de la littérature américaine. Notre demi-siècle 1939-1989*, 1992, p. 545-547.

thème important de ses reportages. Son ouvrage *Dispatches*, paru en 1977[1], rassemble des articles qui, rédigés en grande partie au front, avaient été publiés dès son retour dans *Esquire*, *Rolling Stone* et la *New American Review*[2], ainsi que des réflexions écrites *a posteriori*, dans les huit années qui ont suivi son activité de correspondant au Vietnam.

L'écriture de Herr tourne sans arrêt autour de cette question : un journalisme du *présent de la violence* est-il possible ? En fait, il ne cesse de montrer que le spectacle de la violence au présent est contradictoire, parce que le vécu de la violence implique l'impossibilité de la contempler. Dès lors, le regard qui peut encore se poser sur elle est inévitablement un regard protégé ; donc, en un sens, un regard qui ne voit rien – du moins pas ce qu'il faudrait voir et ce qu'il voudrait voir. Pour voir vraiment, le spectateur devrait abandonner ses défenses et se laisser traverser par la violence ; mais

1. M. Herr, *Dispatches*, 1977, nouvelle édition de 1991. *Dispatches* est aussi reproduit dans *Reporting Vietnam*, volume II, 1998, p. 555-764. Nous citerons la traduction française de Pierre Alien : *Putain de mort*, 1996. Ce livre a inspiré les films *Apocalypse Now* de Francis Ford Coppola et *Full Metal Jacket* de Stanley Kubrick, Herr ayant été coauteur des deux scénarios.

2. « Illuminations Round » a paru en 1968 dans la *New American Review* ; « Khe Sanh » en septembre 1969 dans *Esquire* (écrit, à ce moment-là, en un mot : « Khesanh ») ; un autre texte a paru dans *Rolling Stone* en 1970. Ces textes constituent des chapitres de *Dispatches*, pour l'essentiel non remaniés – par exemple, pour ce qui est de « Khe Sanh », paru en deux fois dans *Esquire* de septembre 1969, la seule différence entre l'original et la reproduction de 1977 concerne les mots très familiers et quelques rares passages particulièrement crus (par exemple un dialogue sur les pratiques masturbatoires de l'un des GI) : dans la version « livre », les passages en question apparaissent, alors qu'ils étaient absents de la publication originale, et tous les mots figurent en toutes lettres alors que dans *Esquire*, « *fuck* », par exemple, était désigné par « f--- ». La version originale de « Khe Sanh » est par ailleurs reproduite dans le recueil de Tom Wolfe sur le *New Journalism* : T. Wolfe and E. W. Johnson (dir.), *The New Journalism*, 1973.

cela voudrait dire qu'il serait englouti, immergé, qu'il abandonnerait donc sa position de spectateur ; autrement dit, le regard serait cette fois impossible, vaincu, mis à mort. Ainsi, face à la violence, le journaliste est prisonnier de l'alternative : regard protégé ou mort du regard.

Aussi Herr décline-t-il le thème de l'échec du regard sous ses deux formes. D'un côté il se plaint qu'il est là pour voir, mais qu'en réalité il ne voit rien : « Vous savez ce que c'est, vous voulez regarder et vous ne voulez pas. » [...] Ce qu'on voit, si souvent, on a tellement besoin de s'en défendre, et on a fait 30 000 miles pour le voir » [1] ; il y a comme un écran entre les situations « vues » et lui. De l'autre, il laisse entendre qu'il y a des moments où cette guerre « entre » enfin dans ses yeux, mais alors ce sont des moments proprement invisibles – les descriptions sont d'ailleurs comme trouées, elles comportent des blancs –, cette « entrée » se réalise comme « derrière les yeux », et les « visions » qui en résultent, dit-il, ne viendront en fait que plus tard, dans ses cauchemars, dans ses souvenirs angoissés.

À cet égard, la description par Herr de son premier jour au front est prémonitoire. Elle annonce cette alternative sans issue, entre un regard au présent nécessairement protégé – afin de sauvegarder ce qui permet la position même de spectateur – et des moments où les protections sautent, qui en un sens pourraient constituer une victoire du regard contre ses propres défenses, mais qui, en réalité, signifient que le regard est vaincu, qu'il n'y a plus de spectacle possible. Herr écrit, à son arrivée :

> « C'était comme de traverser une colonie de cardiaques après une attaque, un millier d'hommes sur un aérodrome sous une

1. M. Herr, *Putain de mort*, p. 26-27.

pluie froide après avoir subi ce que je ne connaîtrais jamais vraiment, "tu ne seras jamais comme ça", la crasse, le sang, les treillis déchirés, les yeux qui déversaient continuellement leur chargement d'horreur et de ruine. Je venais de manquer la plus grande bataille de la guerre [1] ; à ce moment-là je me suis dit que c'était dommage, j'ai eu des regrets, alors que c'était là, tout autour de moi, et que je ne m'en rendais pas compte. Je ne pouvais regarder personne plus d'une seconde, je ne voulais pas qu'on me surprenne à écouter, encore un de ces correspondants de guerre, je ne savais que dire ni que faire, déjà je n'aimais pas ça. Quand la pluie s'est arrêtée et qu'ils ont enlevé leurs ponchos, il est venu une odeur, j'ai cru que j'allais être malade : du pourri, du moignon, une tannerie, une tombe ouverte, un feu d'ordures – horrible, et on passait dans des bouffées d'Old Spice qui la rendaient encore pire. Il fallait que je trouve un endroit pour m'asseoir seul et fumer une cigarette, que je trouve un visage pour couvrir le mien comme le poncho cachait mon uniforme neuf. » [2]

Le passage débute sur la plainte de l'incapacité à voir. Et puis, tout d'un coup, une odeur, une présence terrible, insupportable, de la guerre. Pas une vision – la vue est un sens décidément handicapé, face à la violence. Mais la sensation immédiate, envahissante, de la réalité insoutenable. Et que fait alors le reporter ? Il s'éloigne et cherche quelque chose pour lui couvrir le visage, pour arrêter cela, et, notamment, pour ne pas voir. En effet, comment ne pas interpréter cette demande d'« un visage pour couvrir le mien », comme un désir de se boucher la vue, au même titre que les autres sens ? Au moment où le « vrai » regard sur la réalité de cette guerre pourrait advenir, le reporter fuit. Il demande, en quelque sorte, pour reprendre la métaphore orwellienne travaillée par Claude Lefort, un

---

1. Il s'agit de la bataille de Dak To, en novembre 1967.
2. *Putain de mort*, p. 29-30.

« corps interposé » [1]. Car ce ne serait pas possible de voir cela *tout en restant un spectateur* : en se mettant à l'écart, le reporter se protège afin de pouvoir rester le spectateur de cette guerre – donc un spectateur protégé et frustré, puisqu'en fait, il n'y a pas d'autre possibilité.

Herr ne se ménage guère, il s'accuse de ce qui arrive, se moque de lui-même avec une ironie acide : « J'étais là pour voir. Parlons donc de prendre une autre identité, de se tenir à un rôle, parlons de l'ironie : je suis venu couvrir la guerre et la guerre m'a recouvert, une vieille histoire, sauf bien sûr si vous n'en avez jamais entendu parler. Je suis venu là en raison d'une croyance primaire mais sérieuse, comme quoi il faut être capable de tout regarder, sérieuse parce que je suis passé à l'acte et je suis venu, primaire parce que j'étais ignorant, il a fallu la guerre pour m'apprendre qu'on est tout autant responsable de ce qu'on voit que de ce qu'on fait. Le problème était qu'on ne savait pas toujours ce qu'on avait vu, pas avant longtemps, parfois des années, et qu'il y en avait une bonne part qu'on ne comprenait jamais, qui restait comme en réserve derrière les yeux. Le temps et l'information, *le rock and roll*, la vie elle-même, ce n'est pas l'information qui est gelée, c'est vous. » [2] En somme, l'expression « être recouvert par la guerre » semble signifier : c'est la guerre qui choisit ce qui entre dans les yeux, et quand « ça » entre. Et bien sûr, « ça » n'avait souvent rien à voir avec ce qui relevait du « vouloir voir » du reporter – un « vouloir voir » dont Herr dit bien qu'il est mêlé à un obscur et inavoué « vouloir ne pas voir ».

L'un des thèmes récurrents de *Dispatches* est que « ça » entre, en effet, mais après coup, et par la porte

1. Voir le chapitre précédent.
2. *Putain de mort*, p. 28.

de ce qui n'est pas contrôlable, le fantasme, et notamment les rêves. Comme les soldats, Herr avoue avoir rêvé après coup, pas sur place. Et c'est là, dans l'intériorité cauchemardesque, qu'il *a vu* enfin :

> « J'ai vu des soldats dormir, ils faisaient plein de Rem's[1] comme s'ils tiraient dans le noir, je suis sûr que c'était pareil pour moi. Ils disaient (je leur demandais) ne pas se souvenir de leurs rêves quand ils étaient en opérations mais à l'hôpital ou en R & R ils rêvaient constamment des rêves violents, clairs et nets, comme celui de l'hôpital de Pleiku la nuit où j'y suis allé. [...] Quant à mes rêves, ceux que j'avais perdus là-bas me reviendraient plus tard, j'aurais dû le savoir, il y a des trucs qui insistent jusqu'à ce qu'ils vous rattrapent. La nuit viendrait où ils seraient nets et impitoyables, la nuit qui serait la première d'une longue série, je me souviendrais et je me réveillerais en croyant presque n'être jamais allé à aucun de ces endroits. »[2]

En somme, ce passage raconte comment, d'abord, il « voit » les autres rêver, sans accéder à leurs rêves qui, précisément, disent l'intimité de la brisure qu'a représentée pour eux le vécu de la violence ; encore un regard protégé, manqué. Puis, lui aussi, il « voit », mais vraiment cette fois, sans défenses, dans la douleur intime. Simplement, ce n'est plus vraiment un regard, un spectacle conscient et restituable comme les journalistes en recherchent, c'est un spectacle onirique, une vision qu'il ne peut pas nous faire partager. Herr le reconnaît lui-même, par exemple lorsqu'il relate ce moment, en pleine bataille, où il a « basculé du mauvais côté de l'écran », c'est-à-dire où il « n'était plus un journaliste » mais « un combattant » ; alors ont commencé ces visions nocturnes, qui ne sont donc plus des visions « de journaliste » :

1. Rapid Eye Movements (stade du sommeil paradoxal).
2. *Ibid.*, p. 40.

« La nuit, quand nous sommes rentrés au camp, j'ai jeté le treillis que j'avais porté. Et pendant les six années qui ont suivi je les ai tous revus, ceux que j'avais vraiment vus et ceux que j'avais imaginés, les leurs et les nôtres, les amis que j'aimais comme les inconnus, des personnages figés pris dans une danse, une danse de toujours. Des années à penser ceci ou cela sur ce qui vous arrive quand vous suivez un fantasme jusqu'à ce qu'il devienne réalité et qu'alors vous n'ayez plus aucune prise sur cette réalité. Jusqu'à ce que je me sente comme un danseur moi aussi. » [1]

Ces visions constituent même, précisément, ce qu'il est impossible de voir pour un spectateur conscient, pour un journaliste : dans la réalité, dans le présent de la violence, elles ne seraient pas supportables, elles feraient fermer les yeux, elles balaieraient le spectateur. Ceci, Herr le dit clairement dans cette scène, face à des cadavres de prisonniers NVA et Vietcongs, qui avaient, semble-t-il, allumé un incendie pour couvrir une évasion :

« Les ARVN et quelques Américains tiraient à l'aveuglette dans les flammes et les corps brûlaient là où ils tombaient. Les cadavres de civils restaient sur les trottoirs un pâté de maison plus loin et le jardin près du fleuve était couvert de corps. Il faisait froid, le soleil ne s'est pas montré une seule fois, mais l'effet de la pluie sur les cadavres était encore pire que ce qu'aurait fait le soleil. C'est lors d'une de ces journées que *j'ai compris que le seul cadavre que je ne supporterais pas de regarder serait celui que je n'aurais jamais à voir.* » [2]

Ainsi, les cadavres « réels », dit Herr, j'en suis protégé, je n'ai pas à en avoir peur, je les vois sans les voir vraiment puisque mon regard est protégé. Les choses insupportables à voir, elles entrent tout de même, mais

1. *Ibid.*, p. 72-73.
2. *Ibid.*, p. 83. C'est nous qui soulignons.

autrement, et à mon insu – « par la porte du fantasme », pour reprendre l'expression de Lefort commentant la torture infligée à Winston, dans *1984*. Ce sont des choses que l'on ne peut pas voir réellement parce qu'elles sont contradictoires avec ce qu'implique un regard, elles le tueraient, l'empêcheraient de se déployer ; elles désignent *l'impossible* pour ce regard. C'est à la fois rassurant – voir ne peut rien me faire, le regard est protégé par nature –, désespérant – voir, c'est déployer un regard bouché, un regard aveugle – et terrifiant – ce qui échappe à mon regard protégé, voilà ce qui risque d'entrer en moi, de me déchirer, et de me donner plus tard des visions insoutenables.

Ces « visions » qui naissent dans l'après-violence ne correspondent nullement à une mise en commun, à une rencontre enfin advenue avec les soldats. Le pessimisme de Herr est total : il n'y a pas de rencontre entre tous ces êtres pris de visions terrifiantes – ce qui rend encore plus improbable, bien sûr, qu'il y en ait une entre l'un d'eux, lui, et un public radicalement « dehors » auquel il voudrait faire voir ses visions. Le fantasme et le rêve sont désignés comme les lieux de réalisation d'une vraie vision de la guerre, dans l'après, mais ce sont des citadelles imprenables. Certes, Herr dit qu'il a compris plus tard, dans son souvenir, dans ses rêves, qu'« ils » – les soldats, qui l'avaient prévenu – avaient raison : « Ce qu'ils disent est totalement vrai, c'est drôle les choses dont on se souvient. » [1] Et il sent venir en lui une folie qui est celle-là même qu'il pensait détecter – mais il n'aurait pu le vérifier – chez eux à l'époque. Mais les soldats avec lesquels il communique dans ses rêves sont des fantômes, des êtres fantasmati-

1. *Ibid.*, p. 35.

ques. Il insiste d'ailleurs sur le fait que tous ceux qui ont passé un peu de temps au front ont les mêmes histoires dans la tête, mais qu'ils ne peuvent pas les partager, en parler ensemble *réellement* :

> « Au bout d'un an j'étais si bien branché sur les histoires, les images et la peur que même les morts se sont mis à me raconter des histoires, on les entendait parler d'un lieu lointain et pourtant accessible où il n'y avait plus d'idées, d'émotions, de faits, plus de langage véritable, seulement des informations à l'état pur [*only clean information*][1]. Quel que soit le nombre de fois où ça s'est passé, si je les avais connus ou pas, peu importe ce que je ressentais ou la façon dont ils étaient morts, leur histoire était toujours là et c'était toujours la même. Ça disait : "Mettez-vous à ma place." »[2]

Ironique remarque pour un journaliste : l'« information » se situe là où le regard est dépassé par le fantasme, l'« histoire » – la *story* – se révèle au reporter au moment où les données empiriques, les « faits » n'ont plus aucune importance. C'est dans sa tête qu'elle se trouve. Mais en même temps, cette histoire qu'il se raconte, elle n'est pas une rencontre réelle avec ceux qui y ont été ; elle se passe après, à l'intérieur de la tête, sans échange réel.

Herr, en fait, semble ne pas croire davantage au lien recomposé, dans l'après, qu'il ne croit à la possibilité d'être lié à quiconque au moment de la brisure. C'est pourquoi chacun demeure étrange à chacun, malgré cette expérience commune, et le temps ne fait rien à l'affaire. Tout le monde trouve tout le monde « fou », tout en s'y faisant, et en ressentant l'impossibilité de faire savoir sa propre folie aux autres : « Devenir fou faisait partie du circuit, on pouvait seulement espérer

1. *Dispatches*, version originale, p. 31.
2. *Putain de mort*, p. 37-38

que ça n'arriverait pas trop près, ce genre de crise où des bidasses vident leur chargeur sur des inconnus ou fixent des grenades à la porte des latrines. Ça c'était *vraiment* fou ; tout ce qui n'allait pas si loin était presque normal, aussi normal que les regards vagues, prolongés, que les sourires involontaires, aussi courants que les ponchos ou les M-16 ou n'importe quel accessoire de la guerre. Si vous vouliez que quelqu'un sache que vous étiez devenu fou, il fallait vraiment hurler comme un écorché vif : "Gueule très fort, et ne t'arrête pas." »[1] La folie ordinaire ne suscite qu'un sentiment diffus d'habitude, qui frise l'indifférence, et qui n'est donc nullement un lien, une communication. Quant à la folie extraordinaire, elle provoque incompréhension et colère.

Il y a une scène où, par exemple, des Marines voient s'approcher de leur hélicoptère un enfant vietnamien, très perturbé, fou de douleur, de cette violence qui les rend fous eux aussi. Ils semblent avoir à son égard la même attitude, le même regard plein d'incompréhension, d'autoprotection, que celui de Herr sur eux. Certes, pourra-t-on objecter, la scène s'achève sur un geste d'affection de la part d'un Marine ; mais elle ne laisse tout de même pas envisager une communication réelle entre tous ces « souffrants » :

> « Nous n'étions qu'à quelques mètres du plus fort des combats, à peine à la distance d'un pâté de maisons au Vietnam, et pourtant on voyait encore apparaître des civils qui souriaient, haussaient les épaules, tentaient de rentrer chez eux. Les Marines essayaient de les chasser en les menaçant à bout portant, ils criaient : "*Di, di, di* ['partez', en vietnamien], pauvres enculés de mon cul, barrez-vous, foutez-moi le camp d'ici !" et les réfugiés souriaient, faisaient une courbette et

1. *Ibid.*, p. 64.

détalaient dans une des rues en ruine. Un gosse d'environ dix ans s'est approché d'un groupe de Marines de la compagnie Charlie. Il riait en secouant la tête d'un côté et de l'autre d'une drôle de manière. L'intensité de son regard aurait dû prévenir tout le monde de ce que c'était, mais il n'était jamais venu à l'idée de la plupart des troufions qu'un gosse vietnamien aussi pouvait devenir fou, et au moment où ils l'ont compris le gosse essayait de leur arracher les yeux, se cramponnait à leurs treillis, faisant peur à tout le monde – ils devenaient vraiment nerveux – jusqu'à ce qu'un Noir l'attrape par-derrière et lui prenne les bras. "Allons, pauv'tit bébé, 'vant qu'un de ces enculés ne te descende", dit-il en emportant le gosse là où étaient les soldats de l'armée de terre. » [1]

En écho à leur propre impossibilité à se rencontrer entre eux, il y a, bien sûr, l'échec du journaliste à entrer rien qu'un peu dans leurs mondes intérieurs. C'est d'autant plus difficile que son statut de spectateur le surprotège. Il les regarde sans tisser aucun lien intime. Herr écrit avec ironie : « Bien sûr nous étions intimes, je vais vous dire à quel point : c'étaient eux mes armes, et je les laissais faire. Je ne les ai pas laissés creuser mes trous ni porter mon paquetage – il y avait toujours des troufions qui se proposaient – mais je les ai laissés faire *ça* pour moi pendant que je regardais, peut-être pour eux, peut-être pas. » [2] Il reconnaît même rester muré dans un dégoût : « Le mot dégoût ne commence même pas à décrire ce qu'ils m'ont fait sentir : ils jetaient des gens depuis les hélicos, ils les attachaient et leur lâchaient les chiens dessus. » [3] Le drame de Herr, tel qu'il le décrit, c'est qu'il est resté cela, un journaliste, un être qui les *regardait* et qui, pour cela même, demeurait à mille lieues d'eux, de leur folie – qu'elle soit faite de violence subie ou de violence infligée, Herr

1. *Ibid.*, p. 84-85.
2. *Ibid.*, p. 71-72.
3. *Ibid.*, p. 71.

mêle volontairement les deux –, se protégeant d'elle. Même plus tard, quand en un sens il les rejoindra dans cette folie, il les manquera encore : l'après demeurera une solitude. Ce passage est particulièrement suggestif de cette solitude sans fin, dans le présent comme dans le passé de la violence :

> « "On avait ce *nyaq* et on allait le dépiauter." (Un troufion me racontait ça.) "Je veux dire qu'il était mort et tout, alors le lieutenant arrive et nous dit : 'Hé, trouducs, il y a un journaliste au TOC, vous voulez qu'il arrive et voie ça ? Servez-vous un peu de vos foutues caboches, il y a un moment et un endroit pour tout...'"
> "Dommage que tu n'aies pas été avec nous la semaine dernière" (un autre troufion, rentré d'une opération sans contact avec l'ennemi), "on a tué tellement de *nyaqs* que c'était même plus drôle."
> Était-ce possible qu'ils y soient allés et qu'ils ne soient pas hantés ? Non, impossible, pas une chance, je savais que je n'étais pas le seul. Où sont-ils maintenant ? (Où suis-je maintenant ?) Je me suis tenu aussi proche d'eux qu'il était possible sans être l'un d'eux et puis je suis parti aussi loin que j'ai pu sans quitter la planète. »[1]

Il n'y a rien à faire : on ne les touche jamais du regard, ni dans le présent de la violence, où le spectateur, pour voir, se protège – donc ne voit pas –, ni dans l'après, où les visions se déploient dans la solitude du trauma. Le journaliste, dès lors, est d'abord celui qui est obsédé par l'envie de voir et de faire voir, mais qui n'a rien à donner à voir, car son regard protégé ne touche rien d'important, puis, avec le temps qui passe, celui qui enfin voit, mais ne peut plus rien donner à voir, immergé dans ses fantasmes incommunicables. Le reportage de Herr est en somme un grand texte sur la cécité journalistique, celle de ses confrères, mais aussi la sienne.

1. *Ibid.*, p. 69.

LA CÉCITÉ DES JOURNALISTES

Les passages ironiques à l'égard de certains de ses confrères ne manquent pas. Herr se plaît manifestement à évoquer les questions stupides des « nouveaux », dont les anciens, lui-même et ses collègues, Tim Page, Dana Stone, Sean Flynn, ne cessent de se moquer. On notera d'ailleurs qu'il décrit ces « anciens » comme pris, déjà, d'une certaine folie : Tim Page, par exemple, dans une singerie à l'attention d'un nouveau, se griffe le visage et danse bizarrement[1]. Mais surtout, M. Herr rappelle que les journalistes, en général, sont la meilleure distraction des soldats : « Un jour, avec des soldats dans un coin au plus épais de la jungle, un journaliste a dit : "*Gee*, vous devez avoir de magnifiques couchers de soleil par ici", et ils se sont presque pissé dessus à force de rire. »[2] C'est en réalité le simple statut de journaliste qui est risible pour le soldat, ce statut de « regardeur », extérieur, qui est là parce qu'il le souhaite. Que peut-il y comprendre, lui, à l'intériorité, à la logique de cette guerre, à ce que les soldats ont dans la tête ? Mieux vaut sans doute en rire : « Il y a une histoire célèbre où des journalistes demandent à un mitrailleur d'hélico : "Comment pouvez-vous tirer sur des femmes et des enfants ?" et où il répond : "C'est facile, il y a moins besoin de les farcir de plomb." »[3]

Évidemment, Herr essaie de réaliser un autre modèle de journalisme. Un journalisme de la « compassion », comme il le dit[4]. Pourtant, cet autre modèle ne cesse

1. *Ibid.*, p. 43-44.
2. *Ibid.*, p. 19.
3. *Ibid.*, p. 41.
4. *Ibid.*, p. 225.

lui-même d'être mis en cause au cours du livre, à l'image de ce photographe, Larry Burrows, dont Herr évoque le travail avec une réelle admiration. Il le décrit en action, prenant des risques, traversant une piste pour photographier l'équipage d'un Chinook qui venait d'atterrir et qui allait repartir, avec blessés et cadavres à son bord. « Quand ce fut fini, il m'a regardé avec un air de détresse profonde. "Quelquefois, on a vraiment l'impression d'être un salaud", a-t-il dit. »[1] Il y a une distance, une impression de manquer quelque chose, qui, non seulement n'épargne guère les « meilleurs », mais est peut-être le propre de ceux-ci. Un sens de leur échec, de leur cécité persistante, de leur incapacité à toucher le cœur de la violence.

D'où l'importance des développements de Herr sur la « haine » suscitée par les journalistes auprès des soldats. Une haine qui désigne leur échec même à tisser un quelconque lien avec eux – ne parlons même pas de partage. Il y a des moments d'apparente rédemption, où le lien semble se tisser, malgré tout :

> « Même ceux qui préféraient éviter notre compagnie, ceux qui méprisaient les exigences de notre travail, qui trouvaient que nous gagnions notre vie sur leur mort, qui croyaient que nous étions tous des traîtres et des menteurs et les plus gluants des parasites, même ceux-là finissaient par reculer et nous faire une concession, la dernière, par admettre que nous avions ce lien le plus précieux : "Je dois quand même dire ça, vous les gars, vous avez des couilles au cul." »[2]

Mais la page suivante ne laisse aucun doute sur l'illusion que représente ce lien. La vérité, c'est la brisure

1. *Ibid.*, p. 226.
2. *Ibid.*, p. 207.

entre le dedans et le dehors, et donc l'échec du journaliste à être dedans :

> « [...] ils me haïssaient, ils me haïssaient comme on peut haïr
> n'importe quel sombre imbécile capable de se mettre au milieu
> de tout ça quand il a le choix, n'importe quel imbécile qui a
> si peu besoin de sa vie qu'il peut jouer avec. "Vous êtes des
> *dingues* !" avait dit ce Marine, et quand cet après-midi-là nous
> avons décollé de *Mutter's Ridge*, je sais qu'il est resté long-
> temps à nous regarder nous éloigner avec la même haine ins-
> tinctive, qu'il s'est tourné vers quiconque se trouvait là ou qu'il
> a parlé tout seul et qu'il a sorti ce qu'en fait j'ai entendu dire
> une fois juste après le départ d'une jeep pleine de journalistes ;
> j'étais resté seul, un tirailleur s'était tourné vers un autre pour
> nous gratifier d'un souhait dur et glacé : "Ces putains de mecs,
> a-t-il dit. Je voudrais qu'ils crèvent." » [1]

Herr ne le sait que trop : dans chaque journaliste,
même le plus rebelle à l'égard du journalisme traditionnel, il demeure une complaisance envers le cliché, elle-
même reliée à l'incapacité à saisir le présent de la
violence. Par exemple, Herr note l'incapacité de tout
journaliste, y compris lui-même, à voir la guerre autrement que comme un film. Lorsqu'il rappelle que c'est
dans un film, *Catch-22*, qu'une réplique dit que dans
une guerre chacun pense que les autres sont fous, il est
évident qu'il se tourne lui-même en dérision, lui qui n'a
de cesse de manier le thème de l'enfermement de chacun sur soi et de l'impossibilité de pénétrer la « folie »
des autres [2]. Autrement dit, même dans son aveu
d'échec il y a encore du cliché, de la pose journalistique.

Quant à l'intimité avec les soldats, si Tom Wolfe
semble en faire un des atouts de l'écriture de Herr, il

1. *Ibid.*, p. 208.
2. *Ibid.*, p. 210.

faut bien se rendre à l'évidence que ses limites ne cessent d'être soulignées par Herr lui-même. Il est vrai que l'article « Khe Sanh », reproduit dans le recueil *The New Journalism*[1], constitue l'un des textes où le reporter, à travers les dialogues, va au plus loin dans une démarche d'empathie ou d'intropathie. Mais il faut remarquer que ces scènes sont, à maints égards, des intermèdes, « hors violence » : l'horreur n'est évoquée que dans l'après, pas au présent. Et par ailleurs, cette rencontre comporte des écueils, qui constituent des moments importants de l'article : il y a toujours un risque qu'à un moment, « ils » vous échappent, versent dans une étrangeté complète.

L'article s'ouvre d'ailleurs sur le portrait d'un soldat qui apparaît comme un bloc d'énigme, une douleur à laquelle il n'y a pas d'accès. Il s'agit d'un Marine qui vient de passer cinq mois à Khe Sanh. On peut croire, au début, que Herr va nous faire pénétrer dans ses souvenirs : « il se souvenait », écrit-il, d'une période assez heureuse ici, avant le siège, « quand ils avaient le temps de jouer dans les torrents sous le plateau où était le camp, quand tout le monde ne parlait que des six nuances de vert qui teintaient les collines environnantes, quand lui et ses amis vivaient comme des êtres humains, au-dessus du sol, dans la lumière, au lieu de vivre comme des animaux si déglingués qu'ils s'étaient mis à prendre des pilules antidiarrhée pour maintenir au minimum leurs trajets à découvert jusqu'aux latrines »[2]. En fait, ce peudo-souvenir ressemble plus à un fantasme mi-poétique mi-ridicule, monté de toutes pièces par Herr, un petit délire personnel qui masque, en réalité, son inaptitude à saisir le présent de cet individu, l'inti-

---

1. Voir notre chapitre v, où nous citons le commentaire de Wolfe.
2. *Ibid.*, p. 95-96.

mité de ce qu'il est devenu. Cet individu présent n'est évoqué que par des détails, certes précis, mais tout extérieurs, « behaviouristes » (les pilules antidiarrhée). Herr décrit ses yeux, semblables à ceux des autres Marines, « toujours tirés ou exorbités ou simplement vides, ils n'avaient jamais rien à voir avec ce que faisait le reste du visage, ce qui donnait à tous un air d'extrême fatigue ou un regard de fou ». Mais on voit qu'il hésite dans la description et l'explication (multiplication des « ou »). Ces yeux disent quelque chose d'étrange, rien de sûr.

Et l'énigme ne cesse de s'approfondir. Il s'agit en fait du dernier jour de service de ce Marine au Vietnam. Il s'apprête à monter dans un des avions, et passe quelques dangereuses minutes sur la piste exposée aux tirs de l'ennemi. Herr décrit l'émotion commune de ceux, les journalistes notamment, qui, après ces minutes d'angoisse intense, parviennent finalement à s'envoler de Khe Sanh : « Si vous étiez à bord, ce début de mouvement était une extase. Vous étiez tous assis avec des sourires vides, épuisés, couverts de cette impossible poussière rouge que donne la latérite ; comme des écailles, vous sentiez le délicieux frisson d'après la peur, ce bref spasme de sécurité. » « Vous », c'est-à-dire vous et moi ; mais pas « eux », et notamment pas « lui », ce Marine énigmatique. Lui refusera de, ou plutôt ne parviendra pas à monter dans l'avion et à partir. Herr décrit, d'une manière tout extérieure, absolument non empathique, cette impuissance à quitter l'enfer. Il ne part pas, c'est incompréhensible, mais c'est ainsi. Et les autres hésitent entre l'indifférence, la dérision, le sentiment qu'il est fou et celui qu'il est juste dans la normalité de cette guerre : ils le mettent un peu en boîte, puis, sans trop y croire, le laissent raconter, une fois de plus, qu'il prendra le prochain avion.

Et Herr de conclure ce passage, une fois de plus, sur le fait que son incompréhension, son échec à entrer dans cette brisure, est sa protection à lui. Mais alors lui, le journaliste qui « y va », ne vaut peut-être pas mieux que ces Américains à l'arrière qui « préfèrent s'entendre dire que leur fils souffre d'une réaction aiguë à l'environnement plutôt que de savoir qu'il a été choqué par un obus, parce qu'ils ne peuvent pas mieux faire face à cette réalité des obus qu'ils ne pourraient faire face à la réalité de ce qui est arrivé à ce garçon pendant ses cinq mois à Khe Sanh »[1].

FAIRE VOIR LE « JE N'ARRIVE PAS À VOIR »

Quel journalisme demeure dès lors possible dans le présent de la violence ? La démarche de Herr consiste – et sur ce point il s'inscrit tout à fait dans la veine *du New Journalism* – à proposer une écriture qui porte largement sur la possibilité même du journalisme, c'est-à-dire sur la relation du journalisme à son objet, et non sur cet objet seul.

À maints égards, en effet, c'est cet échec à être le journaliste attendu qui constitue le sujet des reportages de Herr. Le paradoxe, c'est que ce qu'il y a de plus décentreur dans son texte, c'est cet aveu permanent d'échec, d'échec à décentrer. Car son « Je ne peux pas voir » est au fond la trace même du trauma que constitue la violence au présent : c'est une cécité qui est au bord du renoncement (à être journaliste), c'est-à-dire au bord de l'abandon des défenses. Un point-limite, en somme : Herr décrit le moment ultime pour le journaliste, celui où il contemple sa propre cécité, la sait indépassable –

1. *Ibid.*, p. 100.

puisqu'elle est faite de ses défenses mêmes contre la réalité de la violence – à moins de capituler.

Ainsi, dans ces descriptions distanciées, behaviouristes, qui signent l'incapacité à tisser un lien avec les douleurs cachées des soldats, et du coup à faire de leur altérité quelque chose qui nous décentre, il y a tout de même quelque chose comme un avertissement troublant aux lecteurs : c'est le dernier regard *possible*, semble dire Herr à ses lecteurs, celui qui advient juste avant de sombrer soi-même dans cette obscurité inimaginable ; je ne vois rien d'« eux », mais je vous dis que je ne suis pas loin d'y « entrer », à condition de passer moi-même « de l'autre côté de l'écran ». J'échoue à vous lier à eux, mais je vous dis à quel prix je pourrais réussir : au prix de la capitulation de mon regard – une capitulation dont Herr avoue d'ailleurs qu'elle ne pourra pas, de toute façon, ne pas avoir lieu, les protections ne sont pas infaillibles, il y a des choses qui entrent, simplement on ne le sait qu'après coup, dans les fantasmes et les rêves.

D'où la force de ces descriptions de visages impénétrables, de comportements étrangers, toujours inattendus, insensibles à « notre » insupportable, bizarrement attachés au lieu même de la souffrance. « C'étaient des visages de mômes à qui tout leur passé était tombé dessus, ils étaient à quelques mètres mais ils vous regardaient d'une distance que vous ne pourriez jamais vraiment franchir. »[1] Et plus loin : « Les vivants, les blessés et les morts voyageaient ensemble dans des Chinook surchargés, et pour eux ce n'était rien de marcher sur les cadavres à moitié couverts entassés dans la cabine pour se chercher une place, ou de faire des blagues sur la drôle de gueule qu'ils faisaient, ces pauvres cons de

1. *Ibid.*, p. 24.

morts. » [1] Ou encore : « Les Marines qui s'occupaient des corps étaient surmenés, pressés par le travail, ils devenaient hargneux, arrachant avec colère les paquetages de morts, coupant les courroies à coups de baïonnette et jetant les corps dans les sacs. Un des morts était si raide qu'ils ont eu du mal à le faire entrer. "Merde, a dit l'un d'eux, cet enculé a de grands pieds. Il a pas des grands pieds cet enculé ?", en forçant pour faire passer les jambes. » [2]

La plurivocalité du texte, le « ça parle », est le contraire d'une empathie, d'une entrée en « eux ». La parole meuble, mais n'échange rien. Rien ne casse l'étrangeté de cet être parlant et riant, le Marine. C'est le même rapport que Herr installe avec lui-même, constatant qu'il ne comprend guère ce qu'il est devenu : il voit qu'il a un drôle de rire, lui aussi, qui manifestement ressemble au leur [3] ; mais tant qu'il le voit, il ne le voit pas, justement, il ne le saisit pas, il s'en protège encore. Il voit l'avant ou l'après de la brisure, du trauma, dont le moment même demeure invisible : *il ne peut pas se voir en train de devenir comme eux, il ne peut saisir le moment de la brisure.*

Au mieux, si l'on ose dire, y a-t-il des moments-limites ; des moments de choc pur ; comme celui du premier jour, évoqué plus haut, où l'odeur le saisit et où il essaie de s'éloigner pour aller fumer une cigarette. Ce sont des moments où la *survie* du spectateur est en jeu, ce qui, à rebours, rappelle qu'il n'y a de spectateur que protégé, donc dans l'échec. Dès lors, ces moments de choc sont des moments à la fois d'accomplissement

1. *Ibid.*, p. 32.
2. *Ibid.*, p. 88.
3. *Ibid.*, p. 29.

de la fonction de spectateur – enfin ça entre dans les yeux – et de menace pour cette fonction : on entre en moi, par les narines ou les yeux ; c'est la guerre qui me regarde, me « couvre » et me recouvre. Ainsi, le jour où il est blessé, significativement, Herr cherche des mains ses yeux : c'est là qu'on est vraiment touché, en somme ; si les yeux restent, la protection reste, le spectateur, et son échec, demeurent[1]. Tous, comme lui, ont peur d'être regardés soudain par la guerre, ce qui voudrait dire ne plus la contrôler de ce regard protégé qui est leur défense. Cette scène dans un hélicoptère est significative de cette angoisse :

> « Quand on a décollé, le vent s'est engouffré dans l'appareil, les ponchos se sont mis à frémir et à trembler et celui à côté de moi s'est ouvert brusquement comme une gifle, découvrant un visage. Ils ne lui avaient même pas fermé les yeux. Le mitrailleur s'est mis à hurler de toutes ses forces : "Ferme-le ! Ferme-le !" Peut-être croyait-il que les yeux le regardaient, mais je ne pouvais rien faire. Ma main y est allée par deux fois mais je n'ai pas pu, et puis je l'ai fait. »[2]

Dès lors, ces moments de choc sont les derniers moments de la résistance du spectateur à son spectacle ; et ce qu'on voit, même dans ces moments-là, c'est toujours cette résistance, certes ultimement. Du coup, c'est toujours elle qui est l'objet du reportage, puisqu'il n'y a pas de regard possible au-delà. Un des passages les plus riches sur l'entremêlement de la résistance et du choc est peut-être cette autre scène en hélicoptère :

1. *Ibid.*, p. 38-39.
2. *Ibid.*, p. 25-26. On ne peut s'empêcher de penser ici à la torture de Winston, dans *1984*, après laquelle il se sent lui-même regardé par des yeux, dans sa chambre, signe que son propre regard est en train de capituler. Le paradoxe, chez Herr, c'est qu'être ainsi « regardé » jusqu'à perdre son propre regard signifie, en même temps, accéder enfin à la vérité de la violence, constituée, justement, de l'impossibilité d'en être le spectateur.

« En face de moi, à 3 mètres, un jeune soldat a essayé de sauter hors des sangles, il est tombé en avant avec un sursaut et il est resté pendu comme ça, le canon de son arme pris dans le filet en plastique rouge à l'arrière du siège. Quand l'hélico est remonté en virant il est retombé durement en arrière contre le filet et une tache sombre grande comme la main d'un enfant est apparue au milieu de sa veste d'uniforme. Elle a grandi – je savais ce que c'était, mais pas vraiment –, elle est remontée vers ses aisselles puis elle a descendu les manches et couvert ses épaules en même temps. Elle a inondé sa taille et puis ses jambes, elle a couvert la toile de ses bottes jusqu'à ce qu'elles soient aussi noires que ses vêtements l'étaient devenus, pendant que des gouttes lentes et lourdes coulaient du bout de ses doigts. Je croyais entendre les gouttes tomber sur le plancher métallique de l'hélicoptère. Hé ! ... Oh ! mais ce n'est rien du tout, ce n'est pas réel, c'est juste une espèce de *chose* qu'ils font qui n'est pas réelle. Un des mitrailleurs de porte était écroulé sur le sol comme une poupée de chiffons. Sa main avait l'aspect d'une livre de foie cru et sanglant venue de chez le boucher. Nous nous sommes posés sur la même piste d'où nous étions partis à peine quelques minutes plus tôt mais je ne m'en suis pas aperçu avant qu'un type me secoue par l'épaule et alors je n'ai pas pu me lever. Je ne sentais plus mes jambes sauf qu'elles tremblaient, le type a cru que j'étais blessé et il m'a aidé à me lever. L'hélico avait été touché huit fois, le sol était couvert de débris de plastique, un des pilotes devant était mourant et le jeune soldat était à nouveau pendu aux sangles, il était mort, mais (je le savais) pas vraiment mort. »[1]

La scène lui paraît irréelle jusqu'au bout, il ne la *voit* pas et raconte cela même. Pourtant, il y a un effet de cette scène sur lui, au point qu'il semble « blessé » – expression qui pourrait bien désigner, précisément, le fait que les défenses du regard ont été traversées, que « c'est entré », même si cela ne prend pas la forme d'une blessure visible. Mais *ce qui le blesse*, il ne le voit pas ; le texte est comme troué, divisé en deux séquences où les résistances sont à l'œuvre (regard pro-

1. *Ibid.*, p. 169-170.

tégé), traversé par le moment du choc qui demeure, lui, invisible (mort du regard). Cela s'est passé, mais cela n'est pas visible, puisque précisément cela détruit les défenses du regard.

Ainsi, le spectateur ne peut que se regarder *ne pas pouvoir voir*, ou bien, s'il a vu, jusqu'à s'autodétruire, à se regarder *avoir vu, c'est-à-dire avoir succombé*, et décrire alors cette « après-violence » qui porte en son centre un point aveugle, celui du moment du trauma. Il ne voit rien, ou alors il voit l'« après », incompréhensible, indice de tout ce qu'il ne pourrait pas voir au présent. Il voit, par exemple, cet homme qui ne cesse de baver et qui lui fait savoir qu'*il y a eu* quelque chose d'invisible, d'insaisissable :

> « Je me suis retourné pour aller ailleurs et il y avait un homme debout en face de moi. Il ne me barrait pas vraiment le passage mais il ne bougeait pas non plus. Il a chancelé un peu, cligné des yeux, il m'a regardé, à travers moi, personne ne m'avait jamais regardé comme ça. J'ai senti une grosse goutte de sueur froide me descendre dans le milieu du dos comme une araignée, elle a dû mettre une heure pour arriver en bas. L'homme a allumé une cigarette mais elle s'est noyée dans sa bave, je n'en croyais pas mes yeux. Il a recommencé avec une autre cigarette, je lui ai donné du feu, il y a eu un éclair de reconnaissance, mais après quelques bouffées elle s'est éteinte aussi et il l'a laissée tomber par terre. "Je n'ai pas pu cracher pendant une semaine là-haut, dit-il, et maintenant je ne peux foutre plus m'arrêter." » [1]

Ce tableau est significatif à plusieurs titres. Il est, là encore, un moment de choc, de menace pour le spectateur, qui se donne sous la forme d'un regard posé sur le journaliste, un regard insoutenable, qui le transperce ; il ne peut presque plus regarder tant il est regardé. Mais

1. *Ibid.*, p. 30.

au final il y a échec, la protection et la distance l'emportent, le journaliste demeure à l'extérieur de cet homme dont l'histoire ne nous est pas racontée, mais demeure hors de portée des yeux. Le journaliste est restauré dans sa position de spectateur aveugle. Il y a un bref échange au moment où Herr lui tend du feu, mais c'est tout, la description ne parvient pas à décoller des notations behaviouristes, elle ne traverse pas celui qui vient de l'horreur, elle ne le rencontre pas.

De même, dans cette scène d'exécution, où Herr dit qu'il regarde longtemps sans voir, pour finalement voir quelque chose, il est manifeste qu'il ne voit, là encore, qu'un visage de l'après, laissant dans son invisibilité le présent de la violence en actes :

> « Une fois je les ai regardés, alignés de l'enceinte jusqu'aux arbres, la plupart en tas près des barbelés, puis en plus petits groupes plus compacts à mi-chemin et enfin plusieurs points dispersés en éventail vers la forêt, dont un était à moitié dehors, à moitié dans les fourrés. "Tout près mais pas le pompon", a dit le capitaine, et quelques-uns de ses hommes sont allés dehors leur donner un coup de pied dans le crâne à chacun des trente-sept. J'ai entendu un M-16 en automatique lâcher ses rafales, une seconde de tir, trois pour mettre un chargeur, et j'ai vu un peu plus loin celui qui faisait ça. Chaque rafale était comme un ouragan minuscule et concentré qui faisait frémir et sursauter les cadavres. Quand il a eu fini, il est passé près de nous en allant vers sa cabane et j'ai su que je n'avais rien vu avant d'avoir vu son visage. Il était rouge, marbré, tordu comme s'il avait la peau retournée comme un gant avec une tache d'un vert trop sombre, un filet rougeâtre qui se fondait dans le pourpre d'une meurtrissure et une blancheur grise et maladive dans l'intervalle, on aurait cru qu'il venait d'avoir une attaque. Il avait les yeux à moitié révulsés, la bouche ouverte, la langue pendante, et il souriait. Vraiment un mec qui avait tiré son coup. Le capitaine n'était pas trop content que j'aie vu ça. » [1]

1. *Ibid.*, p. 27.

Ce qui s'est passé, ce qui a produit ces traces étranges sur ce visage, cette brisure, cette immersion dans une altérité insondable, a échappé au spectateur.

Il n'y a pas de solution, semble dire Herr : même si toutes les conditions techniques étaient remplies, il n'y aurait pas de spectacle du présent de la violence. Car on ne peut pas voir le moment où les yeux sont tout à fait traversés, blessés, ce moment annonçant des « visions » qui ne se donneront que des mois plus tard, dans l'enfermement cauchemardesque du fantasme et du rêve.

Le journalisme qui prend pour objet la violence pousse la démarche du décentrement jusqu'au point où elle est mise en péril : l'altérité que constitue la violence est-elle seulement représentable, visible par un public qui « n'y était pas », alors que cette altérité se caracté-rise précisément par une invisibilité, pour ceux qui « y sont » ?

La figure de Michael Herr représente l'échec, avoué, du journalisme face à la violence au présent. Le décen-treur désigne sa limite et capitule. À moins de considé-rer que ce qui décentre, malgré tout, dans l'écriture de Herr, c'est le fait même qu'elle décline cet échec, seule manière sans doute de « donner à voir » une altérité invisible...

Seymour M. Hersh, lui, dessine une autre voie, celle de l'après-violence, où peut malgré tout se tisser un lien entre « eux » et « nous », au-delà d'une brisure origi-nelle jamais niée, jamais effacée. C'est aussi, en un sens, un aveu d'échec, du moins la reconnaissance, en écho à celle de Herr, que le présent de la violence demeure opaque au regard. L'après désigne alors un espace de voix, d'images suggérées et reconstruites, qui assument leur décalage par rapport au présent de la violence. Mais le travail de Hersh transcende le désespoir de Herr, pour lequel le temps de l'après-violence est, lui aussi, pétri d'échec et de solitude, les rescapés – victimes ou bourreaux – demeurant des étrangers les uns aux autres, enfermés dans leur spectacle intérieur, cauchemardesque, incommunicable. Hersh, qui a la particularité, contrairement à Herr, de n'avoir pas vécu lui-même les événements qu'il donne à voir, ouvre à la possibilité d'une rencontre dans l'après, une rencontre qui ne prétende pas pour autant faire comme si l'incommunicable avait entièrement disparu ; c'est d'ailleurs pour cela même, c'est-à-dire parce qu'elle suppose toujours une part d'« énigme », que cette rencontre nous décentre.

Conclusion

Ici s'arrête cette petite histoire personnelle, politique, du journalisme moderne. Nous espérons qu'elle a permis de mieux saisir, d'une part, le grand geste fondateur de cette « modernité » journalistique, née avec l'invention du reportage à la fin du XIXᵉ siècle, le geste de *rassembler*, et d'autre part les recoins de la résistance, ces niches où, contre le journalisme dominant, des reporters travaillent à *décentrer* leur public.

Une galerie de portraits est toujours frustrante. Là où elle attire le regard, elle l'éloigne d'autres visages, enfouis – présents, pourtant, sous ceux qui sont mis en lumière. Nous ne pouvons que souhaiter qu'elle conduira à en éclairer d'autres, à sortir de l'ombre d'autres pans de cette histoire du journalisme injustement ignorée. En ce sens, cette conclusion est plutôt un appel à ne pas conclure – à laisser cette série de figures s'enrichir des lectures qu'on en fera. Qu'on la complète et qu'on la conteste ! Et qu'on la fasse « servir » : nous espérons tant, en effet, qu'elle trouvera un sens pour ceux qui font du journalisme ou veulent en faire.

Mais ne soyons pas dupe de nous-même ; cet espoir si modestement formulé renvoie bien entendu, comme chez la plupart des gens assez monomaniaques pour consacrer plusieurs années de leur vie à un sujet, à une ambition parfaitement immodeste : celle d'ouvrir la voie à une réelle *critique* du journalisme. Theodor W. Adorno disait que la pensée critique comporte, précisément, une « utilité », qui est de « s'opposer à tout ce qui justifie les choses établies » [1]. Il faut bien reconnaître aujourd'hui que beaucoup de « critiques » du journalisme, malgré leur violence ou peut-être à cause d'elle, appartiennent à leur façon aux « choses établies », et prennent place à côté d'un « journalisme établi » dénoncé mais peut-être pas interrogé avec la profondeur d'une critique digne de ce nom. Il est temps d'essayer autre chose : d'entrer dans la réalité historique du journalisme et d'élaborer des outils concrets, en ce sens vraiment critiques, pour l'analyser. Nous aimerions y avoir contribué.

Évidemment, voyager dans l'histoire du journalisme, élaborer des « figures » concrètes, c'est risquer d'abandonner les jugements simples. Nos figures posent sans doute autant de questions qu'elles apportent de réponses. Certaines d'entre elles dessinent même de véritables crises, cristallisent des incertitudes, des angoisses de journalistes lucides sur leurs rôles et leurs limites. Ils sont peu simples, par exemple, c'est-à-dire peu aisés à juger, ces « témoins-ambassadeurs » que nous avons mis au jour : ces journalistes qui *rassemblent dans le conflit*, en infligeant une épreuve au « nous ». Ils coupent court au mépris de principe à l'égard du journalisme rassembleur, plus exactement ils soulignent la complexité du geste politique de rassembler. Il nous semble pourtant qu'ils sont des repères

---

1. T. W. Adorno, « À quoi sert encore la philosophie ? », in *Modèles critiques*, 1963, trad. fr. M. Jimenez et E. Kaufholz, 1984, p. 12.

nécessaires à toute critique des visées « consensuelles » du journalisme, si elle se veut concrète, si elle souhaite rester au contact de la réalité historique du journalisme moderne. De même, un appel à un journalisme enfin décentreur ne peut être conséquent s'il ne prend pas la mesure de la difficulté intrinsèque à la démarche du décentrement, c'est-à-dire, là encore, s'il n'en saisit pas la complexité – que nos figures, nous l'espérons, aident à voir et à penser. Concrètement, décentrer est un chemin plein d'embûches.

En somme, penser le journalisme en élaborant des « figures », des figures critiques, le révèle sans doute comme un objet plus complexe qu'il n'y paraissait. Mais peut-être est-ce nécessaire pour qu'il devienne, précisément, un objet pour la philosophie politique. Moins transparents et moins péremptoires que les soupirs et les pamphlets, Séverine, Nellie Bly, Albert Londres, Edward R. Murrow, Lincoln Steffens, Norman Mailer, Marc Kravetz, George Orwell, Seymour M. Hersh, Michael Herr nous permettent avant tout de mener une interrogation sur le journalisme qui prenne la mesure de son rôle politique en démocratie, c'est-à-dire qui soit sensible à un double enjeu : la nécessité de constituer du commun, de créer du « nous », et celle de faire vivre le conflit, sans lequel la démocratie se meurt. Chacune de ces figures définit une tentative de tenir ensemble les deux enjeux, sans abolir les difficultés. Chacune, finalement, permet avant tout de ressourcer l'interrogation, de la reprendre, encore et encore, pour creuser l'exigence infinie que représente la démocratie et pour que le journalisme ne soit érigé en lieu crucial de cette démocratie qu'à condition d'en épouser l'inquiétude fondamentale.

Œuvres citées

ADORNO T. W., « À quoi sert encore la philosophie ? », *Modèles critiques. Interventions – Répliques*, (1963, 1965), trad. fr. M. Jimenez et E. Kaufholz, Paris, Payot, 1984, p. 11-24 ; « Television and the Patterns of Mass Culture », *in* B. Rosenberg et D. M. White (dir.), *Mass Culture. The Popular Arts in America*, Glencoe, Illinois, Free Press & Falcon's Wing Press, 1957, p. 474-488.

ADORNO T.W. et HORKHEIMER M., *La Dialectique de la raison. Fragments philosophiques (Dialektik der Aufklärung. Philosophische Fragmente*, Amsterdam, Querido, 1947 ; Frankfurt am Main, S. Fisher, 1969), trad. fr. E. Kaufholz, Paris, Gallimard, 1983.

AGEE J. et EVANS W., *Louons maintenant les grands hommes* (*Let Us Now Praise Famous Men*, Boston, Houghton Mifflin, 1941), trad. fr. J. Queval, Paris, Plon, 1972 et 1993.

ANDERSON D. L., *Facing My Lai. Moving Beyond the Massacre*, Univ. Press of Kansas, 1998.

ANGENOT M., *La Parole pamphlétaire. Typologie des discours modernes*, Paris, Payot, 1982.

ASSOULINE P., *Albert Londres. Vie et mort d'un grand reporter 1884-1932*, Paris, Balland, 1989.

BALLE F., *Médias et sociétés. De Gutenberg à Internet*, Paris, Montchrestien, 9e éd., 1999.

BARTHES R., « L'effet de réel », *Communications*, 11, 1968, *in* G. Genette et T. Todorov (dir.), *Littérature et réalité*, Paris, Seuil, 1982, p. 81-90.

BELLET R., *Jules Vallès. Journalisme et révolution. 1857-1885*, Tusson, Charente, Éd. Du Lérot, 1987.

BILTON M. et SIM K., *Four Hours in My Lai*, New York, Viking Press, 1992.

BLY N., *Ten Days In A Mad-House or Nellie Bly's Experience on Blackwell's Island*, New York, Norman L. Munro, Publisher, 1887 (l'ouvrage comporte encore plusieurs sous-titres : *Feigning Insanity in Order to Reveal Asylum Horrors. The Trying Ordeal of the New York World's Girl Correspondent*) ; *Nellie Bly's Book. Around the World in Seventy-Two Days*, New York, Pictorial Weeklies Company, 1890.

BOLTANSKI L., *La Souffrance à distance*, Paris, Métailié, 1993.

BOURDIEU P., *Sur la télévision*, Paris, LIBER, 1996.

CHALMERS D. M., *The Social and Political Ideas of the Muckrakers*, Salem, New Hampshire, AYER Publishers, Inc., 1964.

CORNU D., *Journalisme et vérité. Pour une éthique de l'information*, Genève, Labor et Fidès, 1994.

CRICK B., *George Orwell : A Life*, Londres, Secker & Warburg, 1980.

DASTON L., « Objectivity and the Espace from Perspective », actes du *Symposium on the Social History of Objectivity* publiés dans *Social Studies of Science* (SAGE, Londres, Newbury Park et New Delhi), vol. 22, 1992, p. 597-618.

DAYAN D. et KATZ E., *La Télévision cérémonielle (Media Events. The Live Broadcasting of History*, Harvard Univ. Press, 1992), trad. de l'anglais et refondu par D. Dayan, avec la coll. de J. Feydi et M. Robert, Paris, PUF, 1992.

DEBRAY R., « Lettre d'un voyageur au Président de la République », *Le Monde*, 13 mai 1999.

DERRIDA J. et STIEGLER B., *Échographies de la télévision. Entretiens filmés*, Paris, Galilée-INA, 1996.

DICKENS C., *American Notes and Pictures from Italy* (1842), Londres, Oxford Univ. Press, 1957.

DOWNIE L. Jr, *The New Muckrakers. An Inside Look at America's Investigative Reporters*, Washington (DC), New Republic Book Company, 1976.

DULONG R., *Le Témoin oculaire. Les conditions sociales de l'attestation personnelle*, Paris, EHESS, 1998.

ŒUVRES CITÉES

DURAND M., « Leurs témoins », *La Fronde*, 23 août 1899.

EPSTEIN E. J, *News From Nowhere. TV and the News*, New York, Random House, 1973.

ESPRIT, dossier « De la politique au journalisme. *Libération* et la génération de 68 », mai 1978, avec notamment une introd. de P. Thibaud et un « Entretien avec Serge July ».

FERENCZI T., *L'Invention du journalisme en France*, Paris, Payot, 1993.

FILLER L., *The Muckrakers*, The Pennsylvania's State Union Press, 1976 (nouv. éd. élargie de *Crusaders for American Liberalism*, Harcourt Barce and Company, Inc., 1939).

FISHKIN S. F., *From Fact to Fiction : Journalism and Imaginative Writing in America*, Baltimore, John Hopkins University Press, 1985.

FOLLÉAS D., *Putain d'Afrique ! Albert Londres en Terre d'ébène*, Paris, Arléa, 1998.

FREDEEN C., *Nellie Bly. Daredevil Reporter*, Minneapolis, Lerner Publication Company, 2000.

FRIENDLY F. W., *Due To Circumstances Beyond Our Control...*, New York, Random House, 1967, nouv. éd., 1995.

GAILLARD J.-M., *Séverine. Mémoires inventés d'une femme en colère*, Paris, Plon, 1999.

GENETTE G., « Frontières du récit », *in* G. Genette, *Figures II*, Paris, Seuil, 1969, p. 49-69 ; « Discours du récit », *in* G. Genette, *Figures III*, Paris, Seuil, 1972, p. 67-278.

GOLDSTEIN J., MARSHALL B., SCHWARTZ J. (dir.), *The My Lai Massacre and Its Cover-up : Beyond the Reach of Law ? The Peers Commission Report with a Supplement and Introductory Essay on the Limits of Law*, New York, The Free Press, 1976.

GUISNEL J., *Libération. La biographie*, Paris, La Découverte, 1999.

HABERMAS J., *L'Espace public. Archéologie de la publicité comme dimension constitutive de la société bourgeoise* (*Strukturwandel der Öffentlichkeit*, 1962), trad. fr. M. B. de Launay, Paris, Payot, 1993.

HATZFELD J., *Dans le nu de la vie. Récits des marais rwandais*, Paris, Seuil, 2000 ; *Une saison de machettes. Récits*, Paris, Seuil, 2003.

HELLMANN J., *Fables of Fact : The New Journalism as New*

477

Fiction, Urbana-Chicago-Londres, Univ. of Illinois Press, 1981 (en particulier le chapitre consacré à Michael Herr, intitulé « Memory, Fragments and "Clean Information" : Michael Herr's *Dispatches* », p. 126-151).

HERR M., *Putain de mort* (*Dispatches*, New York, Knopf, 1977, nouv. éd., New York, Vintage International, 1991, aussi reprod. dans *Reporting Vietnam*, recueil établi par M. J. Bates *et alii*, USA, The Library of America, 1998, vol. II, p. 555-764), trad. fr. P. Alien, Paris, Éd. de l'Olivier, 1996.

HERSH S. M., *Le Massacre de Song My. La guerre du Vietnam et la conscience américaine* (*My Lai 4 : a Report on the Massacre and its Aftermath*, New York, Random House, 1970), trad. fr. G. Magnane, Paris, Gallimard, 1970 ; *Cover-up : the Army's Secret Investigation of the Massacre at My Lai 4*, New York, Random House, 1972 ; « Lieutenant Accused of Murdering 109 Civilians », « Hamlet Attack Called "Point-Blank Murder" » et « Ex-GI Tells of Killing Civilians at Pinkville », articles publiés dans la *St. Louis Post-Dispatch* respectivement les 13, 20 et 25 novembre 1969, repr. dans *Reporting Vietnam*, recueil établi par M. J. Bates *et alii*, USA, Library of America, 1998, vol. II, p. 13-27.

HOFSTADTER R. (dir.), *The Progressive Movement 1900-1915*, Englewood Cliffs (NJ), Prentice Hall, 1963.

HOLLOWELL J., *Fact and Fiction. The New Journalism and the Nonfiction Novel*, Univ. of North Carolina Press, 1977.

HOURMANT F., *Au pays de l'avenir radieux. Voyages des intellectuels français en URSS, à Cuba et en Chine populaire*, Paris, Aubier, 2000.

HUGUES H. M., *News and the Human Interest Story*, Chicago, Univ. of Chicago Press, 1940, avec une introd. de R.E. Park ; nouv. éd., New York, Greenwood Press, Publishers, 1968.

KAPLAN J., *Lincoln Steffens. A Biography*, Londres, Jonathan Cape, Thirty Bedford Square, 1975.

KENDRICK A., *Prime Time. The Life of Edward R. Murrow*, Boston-Toronto, Little, Brown and Company, 1969.

KRAVETZ M., *Irano Nox*, Paris, Grasset, 1982 ; *L'Aventure de la parole errante. Multilogues avec Armand Gatti*, Toulouse, Éd. L'Éther Vague, 1987 ; « Portrait de l'Iran en jeune femme », *Libération* du 8 mars 1979, repr. dans *Grands Reportages. 43 prix Albert Londres 1946-1989*, prés. H. Amouroux, Paris, Arléa, 1986, nouv. éd. 1989, p. 517-528.

KROEGER B., *Nellie Bly*, New York, Times Books, Random House, 1994.

LASCH C., *The New Radicalism in America 1889-1963. The Intellectual As A Social Type*, New York-Londres, W.W. Noston Company, 1965 (notamment le chapitre VIII : « The Education of Lincoln Steffens »).

LE BON G., *Psychologie des foules*, Paris, PUF, 1895, nouv. éd. 1988 (collection « Quadrige »).

LEFORT C., « Le corps interposé. *1984* de George Orwell », *Passé-Présent. La force de l'événement*, n° 3, Paris, Ramsay, 1984, reprod. *in* C. Lefort., *Écrire à l'épreuve du politique*, Paris, Calmann-Lévy, 1992, p. 15-36.

LE GARREC E., *Séverine. Une rebelle. 1855-1929*, Paris, Seuil, 1982.

LESIAK C., « Nellie Bly », documentaire, production WGBH Educational Foundation, Boston, 1996, diffusé sur la chaîne câblée française Planète en 2000.

LEYS S., *Orwell ou l'horreur de la politique*, Paris, Hermann, 1984.

LIBÉRATION, articles divers de la période du 5 février 1973 au 23 février 1981.

LINDNER R., *The Reportage of Urban Culture. R. Park and the Chicago School (Entdeckung der Stadtkultur : Soziologie aus der Erfahrung der Reportage*, Frankfurt, Suhrkamp Verlag, 1990), trad. angl., Cambridge Univ. Press, 1996.

LIPPMANN W., *Drift and Mastery* (éd. originale, Mitchell Kennerley, 1914), Englewood Cliffs (NJ), Prentice-Hall, Inc., 1961 ; *Liberty and the News*, New York, Harcourt, Brace and Howe, 1920 ; *Public Opinion*, (1922), New York, Free Press, 1965 ; *The Phantom Public*, New York, Harcourt, Brace and Company, 1925.

LIPPMANN W. et MERZ C., « A Test of the News », *The New Republic*, 4 août 1920, p. 1-42.

LONDRES A., *Œuvres complètes*, prés. H. Amouroux, Paris, Arléa, 1992 ; *Dans la Russie des Soviets*, série d'articles parus dans l'*Excelsior* à partir du 22 avril 1920, publiés récemment sous forme de livre (Paris, Arléa, 1993, nouv. éd. 1996 ; nous citons le reportage dans cette dernière édition) ; « Au Pays de l'Ersatz. En auto à travers la Ruhr. D'Essen à Dortmund, aller et retour », *L'Éclair*, 13 avril 1923 ; *Au bagne*, série d'articles parus dans *Le Petit Parisien* en août-septembre 1923, publiés ensuite sous forme de livre (Paris, Albin Michel, 1924 ; nous citons le reportage dans l'édition : A. Londres, *Œuvres complètes*, prés. H. Amouroux, Paris, Arléa, 1992) ; *Chez les fous*, série d'articles parus dans *Le Petit Parisien* en 1925, publiés ensuite sous forme de livre (Albin Michel, 1925 ; nous citons le reportage dans l'édition : A. Londres, *Œuvres complètes*, prés. H. Amouroux, Paris, Arléa, 1992) ; *Terre d'ébène (la traite des Noirs)*, série d'articles parus dans *Le Petit Parisien* en 1928, publiés ensuite sous forme de livre (Albin Michel, 1929 ; nous citons le reportage dans l'édition récente : A. Londres, *Terre d'ébène*, Paris, Le Serpent à Plumes, 1994).

MAILER M., *Les Armées de la nuit* (*The Armies of the Night*, 1re édition simultanée de The American Library et, au Canada, de General Publishing Company Ltd, 1968), trad. fr. M. Chrestien, Paris, Grasset, 1970.

MAITRON J., *Le Mouvement anarchiste en France*, Paris, Maspéro, 1975.

MARCUSE H., *L'Homme unidimensionnel* (*One-Dimensional Man*, Boston, Beacon Press, 1964), trad. fr. M. Wittig revue par l'auteur, Paris, Minuit, 1968.

McCARTHY M., *Medina*, New York, Harcourt & Brac Jovanovich, Inc., 1972.

MICHÉA J.-C., *Orwell, anarchiste tory*, Castelnau-le-Lez, Éditions Climats, 1995 (nouv. éd. 2000).

MINDICH D. T., *Just the Facts : How « Objectivity » came to define American Journalism*, New York, New York Univ. Press, 1998.

MOTT F. L., *A History of American Magazines*, Cambridge (Mass.), Harvard Univ. Press, 5 vol., 1957-1970.

MUHLMANN G., *Du journalisme en démocratie. Essai*, Paris, Payot, coll. « Critique de la politique », 2004 ; rééd. « Petite Bibliothèque Payot », 2006.

MURROW E. R. et FRIENDLY F. W., émission *See It Now* sur la chaîne américaine CBS :

– « The Case of Milo Radulovich, A0589839 », documentaire diffusé le 20 octobre 1953
– « An Argument in Indianapolis », documentaire diffusé le 24 novembre 1953
– « A Report on Senator Joseph R. McCarthy », documentaire diffusé le 9 mars 1954
– « Annie Lee Moss Before the McCarthy Committee », documentaire diffusé le 16 mars 1954
– « McCarthy Reply to Murrow », enregistrement diffusé le 23 mars 1954
– « Murrow Reply to McCarthy », enregistrement diffusé le 13 avril 1954.

MURROW E. R., « Murrow Defends His '35 Role », *New York Times*, 13 mars 1954, p. A8.

NAGEL T., *Le Point de vue de nulle part (The View from Nowhere*, Oxford Univ. Press, 1986), trad. fr. S. Kronlund, Combas, Éd. de l'Éclat, 1993.

LE NOUVEL OBSERVATEUR, « Serge July : "cette terreur que je refuse..." », 29 octobre 1977.

ORWELL G., *Dans la dèche à Paris et à Londres (Down and Out in Paris and London*, Londres, 1933), trad. fr. M. Pétris, Paris, Ivrea, 1993 ; *Le Quai de Wigan (The Road to Wigan Pier*, Londres, 1937), trad. fr. M. Pétris, Paris, Ivrea, 1995 (éd. américaine utilisée, pour l'avant-propos de V. Gollancz : New York, Harcourt Brace & Company, 1958) ; *Hommage à la Catalogne (Homage to Catalonia*, Londres, 1938), trad. fr. Y. Davet, Paris, Ivrea, 1995 ; *1984* (posthume : 1950), trad. fr. A. Audiberti, Paris, Gallimard, 1950 ; « Comment j'ai tué un éléphant » (« Shooting an Elephant », 1936), *in* G. Orwell, *Essais, articles, lettres*, vol. I : 1920-1940 (*The Collected Essays, Journalism and Letters of George Orwell*, vol. I : *An Age Like This 1920-1940*, Londres, Secker & Warburg, 1968), trad. fr. A. Krief, M. Pétris et J. Semprun, Paris, Ivrea, 1995, p. 301-309 ; « Charles Dickens » (1939), *in* G. Orwell, *Essais, articles, lettres*, vol. I, *op. cit.*, 1920-1940, p. 517-574 ; « Pourquoi j'écris » (« Why I Write », 1946), *in* G. Orwell, *Essais, articles, lettres*, vol. I, *op. cit.*, p. 19-27 ; « La politique et la langue anglaise » (« Politics and the English Language », 1946), *in* G. Orwell, *Essais, articles, lettres*, vol. IV : 1945-1950 (*The Collected Essays, Journalism and Letters of George Orwell*, vol. IV : *In Front of Your Nose 1945-1950*, Londres, Secker & Warburg, 1968), trad. fr. A. Krief, B. Pecheur et J. Semprun, Paris, Ivrea, 2001, p. 158-173.

PALMER M. B., *Des petits journaux aux grandes agences. Naissance du journalisme moderne*, Paris, Aubier, 1983.

PARK R. E., « Natural History of the Newspaper », *American Journal of Sociology*, XXIX, 3 novembre 1923, p. 80-98 (repr. dans *The Collected Papers of R. E. Park*, recueil établi par E. C. Hugues, vol. III : « Society », Arno Press Inc., 1974, p. 89-104, cité dans cette édition) ; « News and the Human Interest Story », introd. au livre de H. M. Hugues, *News and the Human Interest Story*, 1940, et repr. dans *The Collected Papers of R. E. Park*, recueil établi par E. C. Hugues, vol. III, *op. cit.*, p. 105-114.

PERRIER J.-C., *Le Roman vrai de* Libération, Paris, Julliard, 1994.

PÉTILLON P.-Y., *Histoire de la littérature américaine. Notre demi-siècle 1939-1989*, Paris, Fayard, 1992 (p. 545-547 consacrées à Michael Herr).

PIGEAT H., *Médias et déontologie. Règles du jeu ou jeu sans règles*, Paris, PUF, 1997.

PLENEL E., *La Part d'ombre*, Paris, Stock, 1992 (nouv. éd., Paris, Gallimard, 1994) ; *Un temps de chien*, Paris, Stock, 1994 (nouv. éd., Paris, Gallimard, 1996).

POIRIER R., *Norman Mailer*, New York, Viking Press, 1972.

RATHER D. (avec HERSKOWITZ M.), *The Camera Never Blinks. Adventures of a TV Journalist*, New York, William Morrow and Company, 1977.

RIIS J., *How The Other Half Lives : studies among the tenements of New York*, New York, C. Scribner's sons, 1890 ; nouvelle édition : Telegraph Books, 1985.

ROSS I., *Ladies of the Press*, USA, Harper & Brothers, 1936.

ROSS L., *Reporting*, New York, Dodd, Mead and Co., 1961 (comporte notamment l'article « The Yellow Bus », p. 11-30).

ROSTECK T., See it Now *Confronts McCarthyism. Television Documentary and the Politics of Representation*, Tuscaloosa, Alabama, Univ. of Alabama Press, 1994.

SAMUELSON F.-M, « Comment Sartre voit le journalisme

aujourd'hui. Un entretien avec François-Marie Samuelson », *Les Nouvelles littéraires*, n° 2712, 15-22 nov. 1979.

SARRAUTE N., *Portrait d'un inconnu*, Paris, Gallimard, 1956 (préface de J.-P. Sartre).

SARTRE J.-P., *L'Être et le néant*, Paris, Gallimard, 1943.

SCHILLER D., *Objectivity and the News. The Public and the Rise of Commercial Journalism*, Philadelphia, Univ. of Pennsylvania Press, 1981.

SCHOLES R., « Double Perspective on Hysteria », *Saturday Review*, 24 août 1968.

SCHUDSON M., *Discovering the News. A Social History of American Newspapers*, New York, Basic Books, 1978 ; *The Power of News*, Cambridge, Harvard Univ. Press, 1995.

SÉVERINE, *Pages rouges*, Paris, Simonis-Empis, 1893 ; *Notes d'une frondeuse. De la Boulange au Panama*, Paris, Simonis-Empis, 1894 ; *Choix de papiers*, annotés par E. Le Garrec, Paris, Tierce, 1982 ; articles parus dans *La Fronde*, du 6 août au 15 septembre 1899, notamment dans le cadre de sa rubrique « Notes d'une frondeuse » ; articles sur le procès Zola dans *La Fronde* et dans le journal belge *Le Petit Bleu (*rubrique « Les impressions d'audience de Séverine à la cour d'assises »), du 8 au 24 février 1898.

SHELDEN M., *Orwell. The Authorised Biography*, Londres, Heinemann, 1991.

SPERBER A. M., *Murrow. His Life and Times*, New York, Freundlich Books, 1986.

STEEL R., *Walter Lippmann and the American Century*, New York, Vintage Books, Random House, 1981.

STEFFENS L., *The Shame of the Cities*, recueil d'articles parus dans *McClure's Magazine* à partir d'octobre 1902, New York, McClure, Phillips & Co, 1904 ; *The Struggle for Self-Government*, New York, McClure, Phillips & Co, 1906 ; *The Upbuiders*, Univ. of Washington Press, 1909 ; *The Autobiography of Lincoln Steffens*, New York, Harcourt, Brace and C°, 2 vol., 1931 ; « Jacob Riis. Reporter, Reformer, American Citizen », *McClure's Magazine*, vol. 21, mai-octobre 1903, p. 419-425 ; « Roosevelt – Taft – La Follette on What the Matter Is In America and What To Do About It », *Everybody's Magazine*, juin 1908, vol. XVIII, n° 6, p. 723-736.

STEPHENS M., *A History of News : From the Drum to the Satellite*, New York, Viking Penguin Inc.,1988.

STINSON R., *Lincoln Steffens*, New York, Frederick Ungar Publishing Co, 1979.

TALESE G., *Fame and Obscurity : Portraits by Gay Talese*, New York, World Publishing Co., 1970, recueil de portraits qui comporte notamment (p. 3-40) l'article « Frank Sinatra Has A Cold », originellement paru dans *Esquire*, avril 1966.

TARBELL I. M., *The History of the Standard Oil Company*, 1905 (nouv. éd., New York, P. Smith, 2 vol., 1950).

THOMPSON H. S., *Hell's Angels : l'étrange et terrible saga des gangs de motards hors la loi* (*The Hell's Angels : A Strange and Terrible Saga*, New York, Ballantine Books, 1967), trad. fr. S. Durastanti, Paris, R. Laffont, 2000.

TOINET M.-F., *La Chasse aux sorcières. Le maccarthysme*, Paris, Complexe, 1984.

TRILLING L., *Beyond Culture*, New York, Viking Press, 1965.

TUCHMAN G., « Objectivity as Strategic Ritual : An Examination of Newsman's Notions of Objectivity », *American Journal of Sociology*, vol. 77, n° 4, janvier 1972, p. 660-679.

VALLÈS J., *Œuvres*, éd. R. Bellet, Paris, Gallimard, « Bibliothèque de la Pléiade », 1990 ; *La Rue à Londres*, éd. L. Scheler, Paris, Les Éditeurs français réunis, 1951 ; *Correspondance avec Séverine*, éd. L. Scheler, Paris, Les Éditeurs français réunis, 1972.

WAKEFIELD D., « The Personal Voice and the Impersonal Eye », *Atlantic*, juin 1966, repr. *in* R. Weber (dir.), *The Reporter As Artist : A Look at The New Journalism Controversy*, New York, Communication Arts Books, Hastings House Publishers, 1974, p. 39-48.

WALLRAFF G., *Tête de Turc* (*Ganz Unten*, Cologne, Verlag Kiepenheuer & Witsch, 1985), trad. fr. A. Brossat et K. Schuffels, Paris, La Découverte, 1986 (et film du même nom).

WEBER R. (dir.), *The Reporter As Artist : A Look at The New Journalism Controversy*, New York, Communication Arts Books, Hastings House Publishers, 1974, introd. de R. Weber intitulée « Some Sort of artistic Excitement ».

ŒUVRES CITÉES

WERSHBA J., « Murrow vs. McCarthy : See it Now », *The New York Times Magazine*, 4 mars 1979.

WILLIAMS R., *George Orwell*, New York, Viking Press, 1971 ; *Culture and Society*, Londres, Chatto & Windus, 1967 (chapitre VI : « George Orwell »).

WOLFE T., *The Kandy-Kolored Tangerine-Flake Streamline Baby*, New York, Noonday Press, dernière éd. 1996 (comporte notamment, p. 76-107, son article de 1966 intitulé « The Kandy-Kolored Tangerine-Flake Streamline Baby ») ; *The Electric Kool-Aid Acid Test*, New York, Farrar, 1968 (nouv. éd., New York, Bantam Books, 1969) ; « The New Journalism », *in* T. Wolfe et E. W. Johnson (dir.), *The New Journalism*, New York, Harper & Row, Publishers, 1973, p. 3-52.

WOLFE T. et JOHNSON E. W. (dir.), *The New Journalism*, New York, Harper & Row, Publishers, 1973.

YOUNG M. B., *The Vietnam Wars 1945-1990*, New York, Harper Collins Publishers, 1991.

Table des matières

RÉALISATION : IGS-CP, À L'ISLE-D'ESPAGNAC (16)
IMPRESSION : BRODARD ET TAUPIN - LA FLÈCHE (SARTHE)
DÉPÔT LÉGAL : OCTOBRE 2007. Nº 92862 (43425)
Imprimé en France

LE MONDE
FRANCE LOISIRS

Collection Points